KB016154

風流

-동아시아 美學의 근원-

辛恩卿 著

보고사

莊子와 月明과 겐지(源氏)

莊子는 儒敎的 근엄성이 정통의 위치를 차지하던 중국사회에서, 언제나 인간 본연의 위치에서 自由를 추구하면서 정체되려는 그 문화에 끊임없는 생기를 불어 넣어 준 제도권 밖 사상가였다. 그는 아내의 죽음 앞에서 노래 부르는 비상식적인 행동으로 고정관념의 틀을 부숴버린 奇人이었으며, 대우주를 호흡하는 절대자유의 경지에 노닐면서 生과 死를 하나로 생각했던 호방한 인물이었다.

月明師. 그는 해가 두 개 나타난 변괴를 노래로써 물리친 신통력 있는 呪術師인 동시에 누이동생을 여읜 지극한 슬픔을 깊은 信心과 맑은 詩心으로 승화시킨 僧侶詩人이었으며, 달조차 감동하여 움직임을 멈출 만큼 피리를 잘 불었던 진짜 音樂人이었다.

겐지는 고귀한 신분에 아름다운 용모, 그리고 음악적 재능과 교양, 넓은 식견 등 모든 것을 다 갖춘 인물로, 젊은 시절 수많은 여인과 사랑을 나누며 온갖 호사를 누리다가 늙어서는 이 모든 것의 무상함을 깨닫고 절로 들어간 이야기 속 주인공이다.

풍류에 관한 최종 원고를 마무리한 뒤, 여기에 쏟아놓은 많은 말들을 대신하여 삶 그 자체로 풍류가 무엇인가를 대변해 줄 인물이 누구인가를 생각해 보았다. 그때, 조금의 망설임도 없이 내 머리에 떠오른 것은 바로 이 세 사람이었다. 장자와 월명과 겐지는 모두 바람같은 자유로움과 물같은 융통성을 지녔으며 자연의 리듬을 몸으로 체감하며 우주만물의 靈과 교감할 줄 아는 일종의 샤만이었다. 한 마디로 그들은 멋진 사람, 풍류인들이었다.

'風流', 이것은 지난 7년의 세월 동안 나를 붙들고 잠시도 놓아주지 않았던 話頭 중의 話頭였다. 7년 전 일본에 머물면서, 같은 듯하면서도 다르고, 다른가 하면 또 아주 흡사하기도 한 양국 문화를 통합된 시각으로 조명해 보고 싶은 의욕을 갖게 되었다. 그러던 중 일본의 문학사에서 가장 찬란하게 빛나는 <겐지모노가타리>를 접하게 되었고, 그 방대한 이야기를 꿰뚫는 '모노노아와레'라는 것이 일본을 대표하는 미감이라는 것을 알게 되었다. 모노노아와레에 대한 글을 찾아 읽으며 우리나라의 '恨'이 한국적 비애감의 독특한 표현이듯 이것이 일본적 비애의 특징을 함축하고 있다는 것을 느끼게 되었다(천이두 교수가 한과 모노노아와레를 비교 연구한 글을 발표했다는 것은 훨씬 뒤에야 알았다).

그러나, 우리의 미의식 속에는 한과 같은 陰의 정서만 있는 것이 아니라, 밝은 측면의 미적 감각이 내재해 있다는 것에 생각이 미치면서 '흥'이라는 것을 떠올리게 되었다. 그리고, 한과 흥을 양극으로 했을 때 이들과는 또다른 성격을 지니는 무심의 범주를 설정하게 되었다. 그리하여, 이 셋을 우리 고유의 미유형으로 체계화해 보려는 의욕을 갖고, 이것을 포괄하는 상위개념이 무엇일까를 생각하던 끝에 '풍류'라는 말을 떠올리게 된 것이다. 이같은 거친 아우트라인을 토대로 1992년 말쯤 구두발표를 하면서 '풍류'에 관한 본격적 연구가 시작되었다. 그 당시만 해도 이렇게 긴 세월에, 많은 분량의 연구가 되리라고는 생각지 못했다. 일본 정부로부터 연구비를 받은 것에 대한 結果報告의 성격으로서, 1년 기간에 논문 한 편 정도를 예상했었던 것이다.

비록 긴 세월동안 나를 매어놓았던 작업이기는 하지만, 이 연구는 개인적으로 내게 큰 의미를 지닌다. 이 연구에 몰두하면서 비로소 학문의 참맛을 알기 시작했기 때문이다. 그 이전까지는 학문과 삶은 별개였었다. 내게 학문이란 가설을 세우고 그것을 검증하는 知的 작업이었을 뿐, 거기에는 어떤 중심과 지향점이 없었고, 그래서 공허했다. 그러나 풍류 연구에 몰두하면서 학문과 삶은 하나가 될 수 있었고 긴 세월동안 정말 즐거운 마음으로 옛 풍류인들이 남긴 흔적을 찾고, 그것을 글로 엮어낼 수 있었다. 풍류에 관한 글은 엉성하게나마 일단락지었지만, 그것은 앞으로도 계속 내 삶의 화두로 남아 있을 것이다.

本書는 풍류에 대한 총론과 흥론, 한론, 무심론을 합하여 전부 4부로 구성되어 있는데, 흥·한·무심論은 각각 세 영역을 포괄하고 있다. 즉, 미적 원리를 규명하는 부분과 이것이 시대·담당층·예술장르에 따라 구체적으로 전개되는 양상을 검토하는 부분, 그리고 중국·일본의 비슷한 미유형과 비교하는 부분이다. 소쉬르의 말을 빌면 첫째 영역은 풍류론의 랑그에 해당하고, 둘째 영역은 파롤에 해당한다.

그리고, 본서는 동아시아의 미학체계를 세워 보는 것에 기본 의도가 놓이므로, 자연스레 비교연구의 방향을 취하게 된다. 미유형들간, 문학과 다른 예술간, 나라와 나라간의 비교를 통해 風流의 본질이 더욱 선명하게 부각될 수 있을 것이다. 풍류를 둘러싼 한·중·일 간의 同異點들은, 빨강·파랑·노랑과 같은 극명한 대조가 아니라, 붉음 안에서의 분홍과 자주, 보라의 변주로 비유될 수 있다.

힘들고 어려울 때 언제나 힘이 되어주는 가족에 감사드린다. 그리고, 보고사의 김흥국 사장님과 편집을 맡아준 박윤희씨께도 감사의 말을 전한다.

1999년 11월
온고을에서
저자

목 차

제 2 부 '흥'論

제1부 風 流 論

-東아시아의 놀이·藝術文化의 원형으로서의 '風流'-

1章 風流論의 意義

오늘날에도 우리는 '풍류남아'라든가 '풍류객'이라든가 '저 사람은 풍류를 안다'든가 하는 말을 흔히 접하게 된다. 이 말들은 보통 '멋이 있다'든가 '예술적'인 것에 조예가 있다든가 혹은 '제대로 놀 줄 아는 것'을 의미하는 경우가 많다. 그리고 이 말이 막연하게나마 예술이나 미적인 것과 연관이 있으리라는 추정 하에 수용되고 있음도 사실이다. 그러나, 이같이 예술이나 미와 연관된 것으로서의 '풍류' 개념은 우리나라뿐만 아니라 중국이나 일본에서도 같은 비중을 지니고 고대로부터 사용되어 왔다. 이렇게 볼 때, '풍류'라는 개념은 歐美의 예술이나 미의식에 상응하는, 동아시아 삼국 공통의 용어가 아니었을까 하는 단서를 얻게 된다. 한·중·일 삼국은 모두 동아시아라고 하는 지리적 공통성과, 한자를 주요 표기수단으로 사용해 왔다고 하는 문화적 공통성을 지닌다.[1] 그러기에, 이같은 공통의 토대 위에서 파생된 '풍류'라고 하는 말은 서양의 미학 혹은 예술론에 대응되는 동아시아 삼국의 고유한 사유방식과 미의식을 드러내기에 적당한 용어인 것이다.

지금까지 우리민족의 고유한 미를 설명해 온 관점은, 멋이라든가 태깔, 고움, 은근, 끈기, 한 등과 같은 우리말 표현을 사용한 것[2]과, 서양미학에

---

1) 앞으로 이 책에서 쓰이게 될 '동아시아' '한자문화권'이라는 말의 대상은 한국·중국·일본 3국으로 한정하기로 한다.
2) 조지훈의 「'멋'의 연구」(『한국인과 문학사상』, 일조각, 1968)와 백기수의 『미학』(서울대출판부, 1978)을 대표적인 예로 들 수 있다.

토대를 두고 숭고미, 우아미, 비장미, 골계미의 범주를 설정하여 우리 문학을 이해하는 입장3)이 兩大 주류를 이루었다.4) 전자의 경우는 우리의 '고유성'을 드러내기에는 적당하나 멋, 은근, 한 등의 개념이 다소 모호하고 개념 간의 확연한 특징이 설명되지 않았으며, 무엇이 상위개념이고 무엇이 하위개념인지 선명하지 않은 결함이 있다. 후자의 경우는 체계화된 관점에서 미적 범주의 일반론을 적용하여 우리문학의 '보편적' '일반적' 특성을 선명히 부각시키기는 하였지만 우리의 고유성과 독자성을 부각시키기에는 미흡한 점이 있다고 여겨진다.

어떤 문화의 독자성은 그 문화권의 고유한 용어로, 고유한 사유체계의 기반 위에서 설명이 될 때 그 實相에 좀 더 가까이 다가갈 수 있다. 이같은 전제에서 출발하여 '風流'라는 말을 핵심으로 하는 동아시아의 미적 체계를 정립해 보고자 하는 것이 필자의 기본의도이다.5)

이같은 전제에도 불구하고 이 시도는 서구의 미학론의 용어를 상당부분

---

3) 조동일의 「미적 범주」(『한국사상대계』1, 성균관대학교 대동문화연구원, 1973)와 김학성의 『한국고전시가의 연구』(원광대학교 출판국, 1980)를 대표적인 예로 들 수 있다.
4) 이 외에 品格論을 바탕으로 조선 중기 시가의 미의식을 규명하려는 시도도 있었다. 李敏弘, 『朝鮮中期 詩歌의 理念과 美意識』(성균관대학교 출판부, 1993)
5) 지금까지 '풍류'에 관계된 주요 연구업적을 들어보면 다음과 같다. 崔珍源의 『國文學과 自然』(성균관대출판부, 1977)에서는 '賞自然'을 풍류로 보았고, 鄭益燮은 '孤山의 風流攷'(『時調論』, 趙奎卨·朴喆熙 共編, 일조각, 1978)에서 야취가 있고 고상한 것을 풍류로 보고 자연, 음악, 飮酒를 중심으로 윤고산의 풍류상을 살펴보았다. 尹榮玉의 '風流性'(『고전시가의 이념과 표상』, 林下최진원박사정년기념논총간행위원회, 1991)에서는 고전문학의 이념 내지 철학성으로서의 '風流道'에 주목하였고, 崔鍾敏은 『민족문화대백과사전』(한국정신문화연구원刊,1992)의 風流項에서 한국문화의 특징의 핵심을 드러내는 것으로 풍류를 파악하여 문화전반에 걸쳐 풍류상을 고찰하였다. 기타, 郡司正勝의 『風流の象』(東京 : 白水社, 1992), 藤原成一의 『風流の思想』(京都 : 法藏館, 1994), 鈴木修次의 '「風流」考'(『中國文學と日本文學』, 東京書籍株式會社, 1987)도 빠뜨릴 수 없는 풍류관계 연구성과이다. 그러나, 본서의 경우처럼 풍류를 핵심용어로 하여 동아시아 삼국의 전통 미학체계를 수립하려는 시도는 없었다고 생각된다.

수용하였다. 동아시아에는 '美'의 현상이나 미에 대한 인식은 있었다 해도 그것을 체계적으로 종합한 '학문'은 없었기 때문이다. 풍류에 대한 이해를 심화하기 위하여, 서구의 오랜 학문적 전통 속에서 형성되어 이미 우리에게 친숙해진 용어들-예컨대, 미적 거리, 감정이입, 심미체험, 카타르시스 등-을 빌어다 쓰는 일이 불가피했던 것이다.

몇 가지 용어상의 차용은 불가피한 것이지만, 그 이론적 틀은 근본적으로 다르다. 서구의 미학에서 가장 이상적인 미의 형태로 제시되는 '황금분할'이라는 것이 미의 '對象'에 초점을 둔 것이라면, 필자가 지향하는 '풍류론'은 대상이 내포하는 미적 속성-이를 '풍류성'이라는 말로 표현하였다-을 감지하고 깊이 이해하며 나아가서는 미적 체험을 표현하고자 하는 욕구까지를 포함하는 '主體'의 心的 作用-이를 '풍류심'이라는 말로 표현하였다-에 큰 비중이 두어져 있다. 즉, 서구의 미학이 대상 속에서 발견되는 미의 요소를 규명하는 것이 주축을 이루었다면, 풍류론은 주체와 대상간의 상호작용 및 交感에 중점이 있는 것이다. 이 점이 서구의 미학과 풍류론의 큰 차이점 중의 하나일 것이다. 또한, 美라고 하는 것을 어떤 고정된 대상이 이미 그 안에 함축하고 있는 '정태적인 가치'로 보기보다는, 미의 주체와 대상, 미의 창출과 수용 간에 이루어지는 커뮤니케이션의 과정 속에서 역동적으로 '산출되어가는' 유동성 있는 가치로 인식한다는 점에서도 풍류론은 기존의 미학과 출발점이 다르다고 할 수 있다.

자생적 용어를 중심으로 동아시아의 미적 체계를 정립하고자 하는 의도에서 출발하였음에도 불구하고 서구 미학에 부분적으로 의존할 수밖에 없었던 아이러니와 더불어, 이 풍류론은 논의대상이 어느 한 곳으로 偏重되고 있다는 문제점도 지닌다. 동아시아를 하나로 묶어 보고자 했으면서도 우리나라의 풍류를 부각시키는 것에 크게 치우쳐 있고, 제 예술장르를 다 아우르려는 의욕은 있었지만 그 논의가 주로 문학에 편중되어 있음을 부인할 수 없으며, 문학 중에서도 서정시에 상당부분 비중이 두어져 있는 것도 사실이다.

이런 문제점들은 필자의 학문적 관심과 능력의 한계에 기인하는 것이다.

　이외에, 홍·한·무심이라는 말과 중국의 詩品·風格과 같은 評語들, 일본의 歌論에서 쓰이는 용어들 간의 의미상의 불균형도 문제가 될 수 있다. 주지하는 바와 같이, 評語를 중심으로 한 중국의 문예미학이나, 우타아와세-일종의 文學 競演會-의 判詞를 중심으로 전개되어 온 일본의 歌論은 각자 오랜 전통과 역사를 지니며 나름대로 체계를 구축해왔다. 이에 관한 연구도 다양하게 진행되어 왔다. 이에 비해, 우리나라의 경우 漢詩 문학을 대상으로 중국적 문예미학과 흡사한 방식으로 관심이 표출되기는 하였지만 우리의 전통이나 독자성을 규명하는 데까지는 나아가지 못했으며 체계적인 논의없이 산발적으로 전개되어 왔다고 해도 틀린 말은 아니다. 이처럼 미학에 대한 체계적·종합적 연구가 축적되어 있지 않은 상황에서, 풍류니 풍류성, 풍류심, 홍·한·무심 등의 생소한 말을 미학용어화하고 이를 중심으로 중국과 일본까지 포괄하는 동아시아 미적 체계를 구축하겠다는 시도는 형평성이 없는 것처럼, 나아가서는 무모하게까지 보일 수도 있다.

　그러나, 한·중·일 세 나라는 문화적·지리적으로 깊은 관계를 맺어 왔으므로 미적 현상이나 미에 대한 인식에 있어 공통의 분모를 가질 수밖에 없다. '風流'라는 말은, 이 공통의 분모를 이끌어 내고 그 본질적 특성을 규명하며 나아가 그것들을 종합하는 데 아주 적합한 용어라고 생각한다.

2장 '風流'의 개념과 본질

I. 韓·中·日에서의 '風流'의 개념과 용례

『우리말 큰사전』(한글학회)이나 『조선말사전』(과학원출판사)에 '풍류'는 공통적으로 '속된 일을 떠나 풍치있고 멋스럽게 노는 일' 혹은 '우리 민족음악을 옛스럽게 일컫는 말'로 정의되어 있다. 이외에 형용사로서 '풍류스럽다', '풍류하다'는 것을 '멋스럽다'고 풀이하고 있는 점도 같다. 다만, 앞의 것에는 '줄풍류·대풍류와 같이 악기합주를 일컫는 말'이라는 항목이 첨가되어 있고, '풍류놀이'를 '시짓고, 노래하고 술마시고 춤추는 놀이'로 정의하고 있다.

『中文大辭典』에는, '風化流行'(풍속이 교화되어 아래로 흐르는 것) '放逸', '不守禮法行異於衆也' 등으로 설명되어 있다. 또, 『漢語大詞典』에는 '風行流傳', '風尙習俗', '遺風', '流風餘韻', '灑脫放逸', '風度', '風格', '문학작품이 超逸佳妙한 것'으로 풀이되어 있다. 『中韓大辭典』(고대 민족문화연구소)에는 이외에 '방탕하다', '에로틱하다'는 의미가 첨가되어 있다. 『大漢和辭典』에는 '아름다운 遺風', '우아하고 세련된 것', '임금의 寵榮을 입는 것', '남녀간의 情事', '어디에도 얽매이지 않는 放逸함'으로 설명되어 있다. 이들 사전에서 '風流韻事'는 '풍류스러운 놀이' 즉 '자연을 벗삼아서 詩歌를 지으며 노는 것'을 의미하거나 남녀간의 艶事를 일컫는 말로 소개하고 있으며, '風流藪澤'은 기생의 거처를 의미한다고 풀이하고 있다.

또 일본 국어대사전인 『言泉』(小學館)에는 '기품이 있고 우아한 모습' 또는 '세속으로부터 떠나 趣味있는 곳에 노니는 것' '아름답게 장식하는 것'을 풍류로 일컫고 있다.

이처럼 한·중·일 삼국에서 쓰이는 '풍류'라는 말은 대체로 멋스럽고 품격이 높고 속세를 떠나 있는 것, 美的인 것에 관계된 의미범주를 지칭하는 개념으로 인식되어 왔다. 이로 볼 때, 동아시아의 고유한 예술의 특성을 이해하는 데 풍류라는 말이 디딤돌이 될 수 있으리라는 가능성을 확인하게 된다. 한·중·일의 '놀이·예술문화'의 고유성을 이해하는 핵심개념으로서 '풍류'라는 말을 이끌어 내기 위한 제 일보로서 古來로부터 각 나라에서 이 말이 어떻게 쓰여지고 어떻게 인식되어 왔는가를 구체적인 기록을 통해 살펴보기로 한다.

1. 중국에서의 '風流'

이 말이 처음 사용된 것은 물론 중국이고, 원래 字意대로 '바람이 흐르다' 혹은 '바람처럼 흐르다'의 의미로 쓰이기 시작한 것은 漢代 즉, 紀元前後무렵까지 거슬러 올라간다. 王粲의 시 <贈蔡子篤詩>에 '風流雲散(바람이 불어 구름을 흩어지게 한다)'라는 시구나, 『禮記』에 '風雲流形'라고 한 것은 모두 원래의 字意대로 자연현상을 기술한 것이다. 한편, '風流'란 말은 '氣風' 혹은 '遺風·民俗', '敎化에 의한 影響' 등을 의미하기도 한다.

> 孔明盤桓俟時而動. 遐想管樂遠明風流. (제갈공명은 느긋하게 생각하면서 때를 기다려 행동했다. 멀리 管仲과 樂毅의 인품을 사모하여 그 遺風을 세상에 闡明했다.)
>   -袁宏, <三國名臣序贊> 중[1]-

---

1) 『文選』47卷.

위 예는 비교적 이른 시기의 '풍류'의 용례에 해당하며,[2] '遺風'의 의미를 나타낸다. 그러나, '風流'가 오늘날과 같은 어떤 가치개념을 내포하는 용어로 쓰이기 시작한 것은 六朝時代 특히 晋代 무렵이다.[3] 이 시대의 풍류의 실상은 『晋書』의 列傳이나 『世說新語』에 잘 나타나 있는데 樂廣이나 王衍, 王羲之, 謝安 등은 당대의 풍류를 대표하는 인물들로 알려져 있다. 이 인물들에 얽힌 일화로부터 '風流名士'라든가 '王·謝의 風流' 혹은 '王謝堂前燕'이라는 유행어가 생겨나기도 했다. 오늘날 풍류라는 의미는 이 육조대의 풍류개념을 근간으로 한 것이라 해도 큰 과오가 없느니 만큼, 풍류의 실제 면모에 대한 이해를 위해 당시에 풍류인으로 이름난 사람을 중심으로 그들의 풍류의 내용을 항목화하여 좀 더 부연해 보기로 한다.

『晋書』 列傳을 보면, 당대에 '風流名士'로 이름난 '衛玠'에 대하여, '風神秀異', '好言玄理', '淸廉'한 사람으로 기록하였고, '王衍'[4]과 '樂廣'의 사람됨에 대해서는,

· 盛才美貌明悟若神
· 辭甚淸辯
· 口不論世事 惟雅詠玄虛而已
· 妙善玄言 惟談老莊爲事　　　　　　　　　－「王戎傳」－

· 性沖約 有遠識 寡嗜慾 與物無競
· 善談論 每以約言析理
· 所在爲政 無當時功譽　　　　　　　　　－「樂廣傳」－

라 하였으며, '이 두 사람은 宅心事外하여 천하의 풍류를 말하는 자는 王衍과 樂廣을 첫째로 꼽았다'고 서술하고 있다. 이 내용들을 검토해 보면, '풍

---

2) 작자인 袁宏은 328-376년 사이의 인물이다.
3) 鈴木修次, 앞의 글, 137-138쪽.
4) 王衍은 王戎의 從弟임.

류'라는 말은 성품·외모·학식·처세·사상적 성향·취미 등 광범한 영역
에 걸쳐 있으면서 주로 인간의 '내면적 가치'를 강조하는 말임이 드러난다.
외모만 하더라도 외적으로 드러나는 아름다움을 말하는 것이 아니라, 내적
수양과 인품이 겉으로 우러나와 풍겨나는 品格을 가리키는 것이라고 보아야
할 것이다.

　'王·謝의 風流'로 유명한 '王戎'과 '謝安'5)에 대한 기록을 봐도,

　　　·幼而穎悟 神彩秀徹
　　　·每與籍爲竹林之遊
　　　·職無殊能
　　　·性至孝不拘禮制　　　　　　　-「王戎傳」-

　　　·風神秀徹 神識沈敏
　　　·出則漁山水 入則言詠屬文 無處世意
　　　·誰放情丘壑 然每遊賞, 必以妓女從
　　　·性好音樂 自弟萬喪 十年不廳音樂　　　-「謝安傳」-

라고 서술되어 있다. 이 두 사람의 일화는 후대에까지 風流의 전형으로 일
컬어져,

　　　·王謝風流遠 闔閭丘墓荒　　　　　　-杜甫, <壯遊>-
　　　·山陰道上桂花初 王謝風流滿晋書　　-羊士諤, <憶江南舊遊>-
　　　·王謝堂前燕　　　　　　　　　　　-劉禹錫, <烏衣巷詩>-
　　　·風流謝安石 瀟灑陶淵明　　　　　　-『宋史』,「沈遼傳」-
　　　·風流宰相謝安　　　　　　　　　　-『南史』,「王儉傳」-

과 같은 문구가 인구에 膾炙되기에 이르렀다.
　　六朝期의 이같은 풍류양상을 검토해 보면, 이 인물들이 풍류재사로 일컬

───────────────

5) 王導와 謝安이라는 설도 있음.

어지는 데는 어떤 공통점들이 있음을 시사한다. 우선 名門家의 자제로, 시문의 교양과 훌륭한 인품, 뛰어난 자질을 지니고 작은 일에 구애받지 않는 활달한 풍도를 보이며, 예술적인 면에 있어 美的 소양이 있고, 경우에 따라서는 술과 色-위에 인용한 「謝安傳」에 이러한 면이 엿보인다-을 좋아하고, 뱃놀이, 낚시 등 호화취미를 즐기는 것 등이다. 또한, 이들은 공통적으로 내면의 풍요로움뿐만 아니라, 겉으로 드러나는 풍채나 외모까지도 남다른 면을 지니고 있다. 그러나, 致富나 관직의 일 등 세속적인 일에는 오히려 능력과 공적이 적은 것으로 묘사되어 '풍류'라는 것이 어느 면에서는 현실을 벗어나 있는 物外之事로 인식되고 있었음을 시사한다.

한편, 王戎은 竹林七賢 중의 하나이고 다른 사람들도 모두 '談論' '玄言'을 즐긴다든가 '宅心事外'하는 인물로 그려져 있음을 본다. 주지하는 바와 같이 담론이나 현언은 老莊的 연원6)을 지닌 것이며, '宅心事外' 역시 속세에 마음을 두지 않는 것을 의미하므로 이 부분은 이들의 思想的·知的 성향이 老莊에 이끌리고 있음을 반영하는 대목이라 하겠다.

이들의 풍류는 한 마디로 두보의 시 제목처럼 '호쾌하게 노는 것(壯遊)'을 핵심으로 하며, 이때 '호쾌하다'는 것은 예의범절이나 기존의 틀 혹은 현실의 작은 일에 얽매이지 않음을 의미한다. '풍류가 당시 으뜸이었다'고 일컬어지는 王獻之(王羲之의 孫)도 그 '高邁不羈'함으로 인해 풍류의 이런 칭호를 얻을 수 있었던 것이다.7) 이같은 그들의 풍류상은 王羲之의 '蘭亭之

---

6) 玄學(또는 玄風)은 先秦道家思想의 新傾向 내지 새로운 발전으로서 宋·明代의 理學을 新儒家라고 부르는 것과 같이, 新道家라고 불리울 수 있는 것이다. 談論은 흔히 淸談이라고도 하는데, 원래는 귀족들의 저택에 베풀어진 일종의 토론회 성격을 지닌 것이었으나, 六朝代에 老莊思想의 성행과 더불어 이른바 三玄(老子·莊子·易經)을 소재로 하는 철학적 담론이 주류를 이룸에 따라 이것을 淸談이라 부르는 경향이 생겨났다. 韋政通, 『中國哲學辭典』(臺北 : 大林出版社, 1978년); 黃秉國 編著, 『老莊思想과 中國의 宗敎』(文潮社, 1987)

7) 『晋書』「王羲之傳」

會’에서 그 전형을 엿볼 수 있다.

『世說新語』의 기록에 의하면, 이때의 풍류란 일종의 귀족취미로서 명예와 지위와 富와 어느 정도의 지식과 교양을 갖춘 귀족들의 호화스런 생활을 바탕으로 형성된 것이며, 六朝時代의 풍류라는 말은 이같은 조건을 갖춘 귀족들이 ‘曲水의 宴’과 같은 호화로운 酒宴을 베풀고 시문을 짓고 歌舞를 즐기면서 ‘현실에 얽매임 없이 여유롭고 흥겹게 생을 구가하는 귀족 취미적 문화생활 및 놀이’라는 의미로서 이해되고 있었음을 알 수 있다.

이른바 ‘王·謝의 풍류’로 대표되는 이들의 풍류가 품격이 높고 고매한 것이라고 한다면, 비슷한 시기의 ‘石崇의 풍류’와 같이 富와 사치스러운 생활이 바탕이 되는 속되고 다소 격이 떨어지는 풍류의 양상도 있었다.[8] 이런 양상의 풍류개념에는 요란스러운 것, 그리고 女色의 일면도 당연히 포함되어 있었다.

이런 기록들을 토대로, 중국 진대의 풍류를 인품에 있어 高邁不羈의 호방한 풍도에 중점이 두어지는 ‘王·謝式 풍류’, 宴席을 베풀어 주로 시문을 짓는 등 예술적 취향이 강조되는 ‘王羲之式 풍류’, 富와 女色을 바탕으로 하는 호화스럽고 사치스러운 ‘石崇式 풍류’로 크게 구분지어 볼 수도 있을 것이다. 조금 무리해서 말한다면, 왕사의 풍류는 성품의 호방함과 淸談이 중심이 되고, 왕희지식 풍류는 書畵나 詩文이 중심이 되며, 석숭식 풍류에서는 讌樂과 歌舞가 중심이 된다고 볼 수 있다.

한편, 은둔자의 삶을 ‘풍류’로 인식하는 풍조도 있었다. 阮籍이나 嵇康, 山濤 등 竹林七賢으로 대표되는 은자의 삶에서 공분모가 되는 것은, 벼슬이나 명예 등 세상의 속된 일에 등을 돌리고 자유분방하게 기존의 인식에 얽매임 없이 사는 태도일 것이다.

이처럼 晋代에는 다양한 형태의 風流相이 성행했지만, 어딘가에 구속받

---

8) 鈴木修次, 앞의 글, 151-154쪽.

지 않는 자유로움, '不羈'의 기풍을 구가했다는 점에서 공통점을 찾아볼 수 있다. 이같은 양상은 이 무렵 민간에서 불려지던 노래에서도 동일하게 나타난다.

素雪任風流　　흰눈은 제멋대로 풍류스러운데
樹木轉枯悴　　나무들은 점점 더 시들어가네

-<月節折楊柳歌> 중9)-

위 노래는 12월체 시형으로 된 晋代의 樂府 <月節折楊柳歌> 十一月歌의 일부이다. 여기서 '風流'는 '素雪'을 주어로 하는 서술어로서 흰눈이 멋대로 휘날리는 모습을 형용한 것이다. 이 말을 '타의에 구속받지 않고 자기멋대로'라는 뜻을 함축하는 '任'이라는 말이 한정해 주고 있다. 결국, 흰눈이 구속이나 방해를 받지 않고 자유롭게 내리고 있는 것을 '풍류스럽다'고 표현한 것으로 볼 수 있다. '풍류'라는 말의 쓰임이 앞서 보아온 상층 문인들의 경우와 다르기는 하지만, '放縱不羈'의 개념이 부각되는 것은 마찬가지인 것이다.

한편, 6세기 齊·梁무렵 이후에는 '풍류'가 '문학적 재능' 혹은 '문학성' 문학의 고아한 풍격 즉 '文雅' '風雅'를 의미하여 문학평가의 기준이 되기도 하였다. 中唐이후에는 이런 의미로의 풍류의 쓰임이 일반화되는 경향을 보인다. 劉勰의 『文心雕龍』과 鍾嶸의 『詩品』에서 이런 쓰임의 예를 들어보면,

殷仲文之孤興 謝叔源之閑情 並解散辭體 縹渺浮音 雖滔滔風流 而大澆文意. (殷仲文의 <孤興>과 謝叔源의 <閑情>은 언어표현을 흩뜨려 놓는 문체여서 공허하고 浮薄하다. 비록 도도한 풍류는 있지만 문장의 내용이 깊이가 없다.)

-『文心雕龍』「才略」篇-

---

9) 『樂府詩集』 49권 「淸商曲辭」 6 (宋 郭茂倩, 里仁書局, 1970)

太康中 三張二陸 兩潘一左 勃爾俱興 踵武前王 風流未沫 亦文章之中
興也. (太康-西晉武帝의 年號-年間에 三張과 二陸, 兩潘과 一左가 盛하게
일어나 前王의 뒤를 이었다. 그들에게는 風雅한 전통이 아직 남아 있어 또
한 문장의 중흥을 이루었다.)   -『詩品』序-

　여기서의 '풍류'는 풍아한 문학적 기풍, 또는 문학성을 의미하는 것으로
보아도 좋을 것이다. 한·중·일 3국에서 '풍류'가 문학적 음풍농월, 문학을
창작하고 감상하는 행위, 또는 문학성이 뛰어난 작품이나 시인에 대해 칭찬
하는 등 '文學'과 깊은 관련을 가지면서 사용되는 것도 여기서 연원을 찾을
수 있으리라 본다.
　또한, 풍류는 위와 같은 문학적 기풍을 가진 사람을 칭찬하는 말, 즉 형
용어적 용법으로 사용되기도 하였다.

　　殷中文風流儒雅 海內知名. (은중문은 풍류스럽고 清雅하여 海內에 이름
　　이 났다.)   -庾信, <枯樹賦> 중-

　여기서 '風流' '儒雅'는 은중문을 칭찬하는 말로 사용되고 있는데, 풍류는
주로 문학성과 학식에서 빼어난 것을, '儒雅'는 맑고 깨끗하여 俗氣가 없는
인품의 측면을 칭찬하는 것이라 할 수 있다. 이처럼 문학성이 풍부한 것을
'풍류'라는 말로 형용하는 용법은 후대에도 큰 영향을 주었는데,

　　搖落深知宋玉悲　　　나뭇잎이 흔들려 떨어지매 송옥의 슬픔을 깊이 헤
　　　　　　　　　　　　아리나니
　　風流儒雅亦吾師　　　풍류스럽고 청아함은 또한 내 스승이라네
　　　　　　　　　　　　　　　　　　　　-杜甫, <永懷古迹>·2-

에서 그 예를 찾아볼 수 있다.
　唐代 이후에는 이처럼 풍류라는 말이 문학평가와 관련되어 사용되는 양

상이 빈번해지고 널리 보편화된다. 釋 皎然의 『詩式』[10]에는 이런 용례의
풍류가 많이 사용되어 있다.

> 曩曩者嘗與諸公論康樂爲文 直于情性 尙于作用 不顧詞彩 而風流自然.
> (일전에 諸公들과 함께 康樂公의 문장에 대해 논한 적이 있었다. 감정에
> 솔직하고 용사를 중시하되 언어를 조탁하고 꾸미는 일은 돌아보지 않아
> 문장이 풍아하고 자연스럽다.)

> 氣高而不怒 怒則失於風流.
> (氣는 높게 하되 성내지 말 것이니, 성내면 풍류를 잃게 된다.)

앞의 예에서의 '풍류'는 강락공의 작품을 평가하는 데 쓰이고 있다. 여기
서 "風流自然"의 의미는 "不顧詞彩"와 문맥상 어떻게 연결짓느냐에 따라
달라지는데, 인과를 나타내는 순접관계로 보는 것이 타당할 듯하다. 즉 언어
를 꾸미는 일은 인공적인 행위라 할 수 있으므로 '詞彩'를 중시한다면 문장
이 '自然스러움'을 얻을 수 없기 때문이다. 여기서의 '風流'는 문학성이 풍
부하다는 의미로 사용된 듯하다. 두 번째 예는 그가 제시한 詩의 '四不' 중
의 하나에 해당하는 것인데, 여기서의 풍류는 성내는 것과 반대되는 의미
즉 품위와 風致가 있는 것을 나타낸다고 생각된다. 이외에도 皎然은 시의
七德 중의 하나로 '風流'를 제시하기도 하였는데, 이 모두 풍류가 문학평가
와 관련된 용어로 정착되었음을 보여준다고 하겠다. 또, 唐末 司空圖는 『二
十四詩品』[11] 중 '含蓄'에 대하여 '不著一字, 盡得風流(한 글자를 드러내지
않아도 풍류를 얻는다)'고 설명했는데, 이 때의 '풍류'는 단순히 문학성만을
의미하는 것이 아니라, 여기서 한 걸음 나아가 '眞髓' '要諦' '妙意'를 뜻하
는 것으로 이해할 수 있다.

---

10) 何文煥 撰, 『歷代詩話』(中華書局, 1981)
11) 같은 책.

唐代의 풍류 개념을 이해할 수 있는 또 다른 예로 李白의 <贈孟浩然>을 들어볼 수 있다.

我愛孟夫子　　나는 孟夫子를 좋아하나니
風流天下聞　　그의 풍류는 천하에 널리 알려졌다네
紅顔棄軒冕　　젊어서는 벼슬을 버리고
白首臥松雲　　이제 흰머리가 되어 松雲 속에 누웠도다
醉月頻中聖　　달에 취해 자주 술을 마시고
迷花不事君　　꽃에 혹해 임금을 섬기지 않았네
高山安可仰　　그 높은 산을 어찌 우러러 보리오
徒此揖淸芬　　다만 여기서 그 맑은 향기에 절할 따름이로다

이백이 맹호연을 좋아하는 이유는 그의 '풍류' 때문이라 하였는데, 3구 이하에 풍류의 내용이 구체적으로 드러나 있다. 벼슬에 마음을 두지 않았다는 것이 그 첫째 내용이요, 자연을 벗삼아 지내는 自由奔放한 삶의 태도가 그 둘째 내용이다. 전체적으로 晉代의 풍류상을 이어받은 듯하면서도, 淡泊淸雅한 기풍을 보인다는 점에서 호화로운 석숭의 풍류와도 구분되고, 道家的 기풍으로 기울어진 竹林七賢의 풍류와도 구분된다. 우리는 이를 '孟浩然式' 風流라 부를 수도 있을 것이다.

한편 중국의 풍류 개념에는, 禪의 세계를 풍류로 일컫는 것도 포함되어 있다.

不風流處 也風流.
(풍류없는 곳에 또한 풍류있다.)　　　　　　　-園悟 克勤, 『碧嚴錄』-

幽深淸遠 自有林下一種風流. (그윽하고 깊고 맑고도 高遠하여 스스로 숲 속의 한 풍류를 두었도다.)　　　　　　-宋 何谿汶, 『竹莊詩話』 卷21-

첫 번째 예에서는 두 개의 풍류가 사용되었는데, 앞의 것은 六朝 貴族社會에서 구가하던 것과 같은 俗世의 풍류를 말하고, 뒤의 것은 俗을 떠난 禪의 세계의 道의 氣風을 말하는 것이다. 즉, 앞의 것은 色의 풍류를, 뒤의 것은 空의 풍류를 뜻하며, 俗의 풍류를 떠난 곳에 별도의 풍류 즉 禪의 세계가 있다는 의미로 받아들일 수 있다. 두 번째 예는 소동파가 禪의 세계를 평한 말을 何谿汶이 인용한 것인데, 여기서의 풍류 역시 감각적 현상 이면의 道의 근원, 우주만물의 實相을 말한 것이라 할 수 있다.

지금까지 말한 '풍류'는 인품이건 문학성이건, 혹은 遺風을 말하는 것이건 주로 긍정적인 측면에서 내면적이고 정신적인 가치를 가리킬 때 사용된 것이었는데, 이외에도 여성의 고운 자태처럼 외면적인 아름다움을 말하거나, 輕浮함·好色·男女間의 情事와 같이 다소 부정적인 면을 의미하는 말로 쓰이기도 한다. 풍류가 여성의 容姿의 요염함이나 남녀간의 艶事를 일컫는 말로 쓰인 전형적인 예는 멀리 6세기의 『玉臺新詠』[12]까지 거슬러 올라간다.

秀媚開雙眼 風流著語聲
(요염한 자태로 두 눈을 뜨니, 풍류가 말소리에 묻어나네.)
　　　　　　　　　　　　　　　　　-劉汝, <詠繁華> 중[13]-

莫憚褰裳不相求 漢皐遊女習風流
(서로 짝을 구하지 못한 것을 꺼리지 말게나. 漢皐의 유녀는 풍류에 능숙하니까.)　　　　　　　　　　　-蕭子顯, <烏棲曲> 중[14]-

託意風流子 佳情詎肯私
(마음을 風流子에게 의탁한다면, 그 아름다운 사랑을 어찌 나에게 기꺼이 두지 않으랴.)　　　　　　　　-范靖婦, <戲蕭孃> 중[15]-

---

12) 『玉臺新詠』은 古今의 艶情에 관계된 시를 모은 시집으로 徐陵(507~583)이 편찬한 것이다.
13) 『玉臺新詠』 10卷.
14) 『玉臺新詠』 9卷.

첫 번째 예에서의 풍류는 여성의 요염한 容姿를, 두 번째는 남녀간의 情事를 의미하며, 세 번째의 '風流子'는 色을 좋아하는 남자 즉 '色男'의 의미하는데, 이 책의 편자인 徐陵은 이 모든 의미를 통틀어 '婉約風流'(『玉臺新詠』·序)라는 말로 나타내고 있다.

唐代에는 '풍류'라는 말이 여성의 요염한 容姿, 남녀의 情事, 好色의 의미로서 널리 보편화되고 또 여기서 한 걸음 더 나아가 妓女들의 거처를 '風流藪澤'으로 일컫거나(아래 인용 첫 번째 예), 好色이나 艷事 자체를 직접 '풍류'로 표현(두 번째 예)하기까지에 이르렀다.

長安有平康坊妓女所居之地 京都俠少 萃集于此 兼每年新進士以紅牋名紙 遊謁其中 時人謂此坊謂風流藪澤. (장안의 平康坊은 기녀들이 거처하던 곳이었다. 서울의 젊은 협객들이 여기에 모여들어 每年 新進士가 紅箋名紙를 가지고 거기서 놀기를 청했기 때문에 당시 사람들이 이 坊을 風流藪澤이라 하였다.) -『開元天寶遺事』·風流藪澤-

只將羞澁當風流 持此相憐保終始
(다만 풍류에 나아가는 것이 껄끄럽고 부끄러워 이로써 서로 연민하여 끝까지 이 마음 지켜간다네.) -駱賓王, <代女道士王靈妃>-

이처럼 여성의 요염한 모습이나, 妓生·好色·艷事에 관계된 것을 '風流'로 일컬으면서 풍류의 의미는 크게 방향전환을 하게 되며, 宋代의 詞에서는 오히려 이 방면의 의미가 강조되는 경향을 보인다.

滿搦宮腰纖細 年紀方當笄歲 剛被風流沾惹 與合垂楊雙髻
(잔뜩 졸라맨 궁중풍의 허리 섬세한데 나이는 바야흐로 머리 올릴 때가 되었네. 막 풍류기 배어들어 수양버들 쌍쪽이 어울린다.)
  -柳永, <鬪百花> 중-

---

15) 『玉臺新詠』5卷.

이 詞 작품은 갓 피어오른 꽃송이같은 앳된 기녀를 주인공으로 하여 그 모습을 묘사한 것이다. 여기서 '풍류'는 여성의 妖艶한 容姿를 형용하는 말로 쓰이고 있다. 이외에도 陳師道의 <踏莎行> 중에는 相思病을 '風流病'으로 일컫는 용례16)가 보이며, 「風流子」라는 이름의 調名도 있다. 周邦彦의 <風流子>를 예로 들어보면, 有夫女에 향한 애정의 괴로움과 안타까움을 노래하고 있어 艶情을 풍류로 일컫는 전형적인 양상이라 할 수 있다.

相思의 마음을 '풍류'로 표현하는 예는 元曲 <金錢記>(喬吉) 중에 "釣詩鉤 鉤不了我這風流的症候(시를 낚는 시 갈퀴도 나의 이 사랑의 병을 낚지는 못한다네.)"에서도 찾아볼 수 있으며, 이같은 쓰임은 오늘날에도 이어져 남녀간의 로맨스를 '風流韻事', 연애소송사건을 '風流公案'17)으로 부르고 있는 것이다.

이상을 종합해 보면 중국에서의 '풍류'의 개념은 '바람이 흐르다'라고 하는 자구적 의미로부터 '氣風'이나 '遺風'으로, 다시 風雅・文雅의 의미로 확대되면서 후대에 이르면 이처럼 남녀의 애정을 일컫는 말로 다소 俗化되어 가는 경향을 보인다. 이것은 우리나라나 일본의 경우도 마찬가지라고 생각된다.

2. 일본에서의 '風流'

풍류의 의미와 내용이 어떻든 중국의 '풍류' 개념에서 강조되는 것은 뭔가에 구속을 받지 않는 豪放不羈의 기풍이라고 생각된다. 晋代는 기존의 법도나 관직, 정치적 영달이나 명예, 富 등에 구애받지 않는 넓은 도량 즉 인품의 '호방함'에 비중이 두어졌고, 唐代의 풍류 개념은 세속의 시선이나

---

16) "重門深院簾帷靜 又還日日喚愁生 到誰準擬風流病"
17) 『中韓大辭典』(고대 민족문화연구소, 1995)

예법, 가치관에 구속받지 않고 남녀의 사랑을 구가하는 放縱不羈, 自由奔放의 풍조가 부각되었다고 본다.

이에 비해, 일본의 풍류 개념은 섬세함, 화려함, 裝飾性에 비중이 두어져 전개되었다. 이런 경우의 풍류는 주로 외면으로 드러나는 형태적인 아름다움이나 意匠의 세련됨이 강조된 것이다. 이 점은 일본의 '能'의 한 体로서 '風流体', '風流能'라든가, 風流服飾, 風流棚, 風流傘, 風流踊, 風流車와 같은 용례로 미루어 봐도 쉽게 짐작할 수 있다.

일본에서 '風流'라는 말이 쓰인 것 중 가장 오래된 기록은 『萬葉集』이다.

> 遊士と 吾は聞けるを 宿借さず 吾を還せり おその風流士
> (당신은 風流人이라고 들었는데, 재워주지도 않고 나를 돌려보내다니 얼간 이같은 風流人이군요. 卷2, 126번)

> 遊士に 我はありけり やど貸さず 歸しし我そ 風流士にはある
> (나는 역시 風流人이었다네. 머무르게 하지도 않고 돌려보낸 나야말로 진정한 風流人이었던 것일세. 卷2, 127번)

126번 작품은 石川女郎이라는 여자가 大伴田主의 사랑을 얻으려 하다가 소망을 이루지 못하자 원망하는 마음을 담아 부른 노래이고, 127번 작품은 大伴田主가 그녀에게 보낸 贈答歌이다. 126번 노래에는 상당히 긴 '코토바가키(詞書)'[18]가 붙어 있는데 이 당시의 '풍류'의 의미를 이해하는 중요한 단서가 된다. 詞書의 내용[19] 중에 '大伴田主'에 대하여 "容姿佳艶 風流秀絶

---

18) 작품의 성립배경이나 주제를 설명하기 위해 붙이는 말.
19) 이 노래의 詞書는 대강 '大伴田主라는 남자는 容姿가 아름답고 풍류가 빼어났는데 石川女郎이라는 여자가 그 남자와 함께 살고 싶었으나 마음을 전달할 길이 없어 마침내 꾀를 내어 변장을 하고 그 남자를 찾아갔다. 그러나, 소망을 이루지 못하고 그냥 돌아올 수밖에 없게 되자, 이 노래를 지어 한스러운 마음을 표현하였다.'는 내용을 담고 있다.

見人聞者 靡不歎息也"라고 묘사한 부분이 있는데, '容姿佳艷'은 용모의 아름다움을, '風流秀絶'은 풍도의 빼어남을 말한 것이라고 생각된다. 여기에 好色-詞書의 내용이 男女의 情事에 관한 것이므로-의 의미까지를 합하여 이런 자질을 모두 가진 남자를 '遊士' 또는 '風流士'라는 말로 나타낸 것이다.

한 가지 특기할 만한 것은 남자가 의미하는 풍류와 여자가 의미하는 풍류의 의미가 서로 다르다는 점이다. 126번의 풍류는 여자가 이해하는 풍류 개념이다. 127번 노래 내용을 보면, '여자를 돌려보낸 것이야말로 진정한 풍류가 아니겠는가' 하여 도덕적 품성을 풍류로 이해하는 어조가 담겨 있다. 상반된다고도 할 수 있는 이 두 가지 풍류 개념이 한 시대에 동시적으로 수용·사용되고 있는 것이다. 그러나, 어느 쪽이든 중국의 경우처럼 성품의 활달함, 호방함을 함축하고 있지는 않다.

또 한 가지 주목할 만한 것은 '遊士'나 '風流士'의 독법이다. 현재는 '미야비오(みやびを)'로 읽는 독법이 정착되어 있으나, 처음에는 '아소비오(あそびを)'로 읽혔다.[20] '아소비'라는 말은 '논다(遊)'는 뜻이고 '오'는 '남자'에게 붙이는 접미사이다. '아소비오'로 읽히는 것은 고대 일본의 경우 '遊'와 '風流'가 거의 같은 개념으로 인식되고 있었다는 점을 반영하며, 이같은 인식은 일본 고유의 것이기보다는 중국적 풍류 개념 중 '好色'의 의미가 부각되어 수용된 것이라고 보아야 할 것이다. '미야비오'로 읽을 때의 '미야비'는 '宮廷風' '세련됨' '우아함' 등을 나타내는 말인데, 이 역시 중국의 풍류 개념 중 '風雅'의 의미가 정착된 것이라 할 수 있다.

또 다른 용례로서, 『萬葉集』 16권 3807번 노래의 詞書 중에 나오는 "風流娘子"를 들 수 있다. 詞書의 내용은 이 노래가 지어진 경위 및 여기에 얽힌 일화를 소개하고 있다. 즉, 葛城王이 國司인 祇承의 태만함을 보고

---

20) '風流士'를 '미야비오'로 읽는 독법은 鎌倉時代 <遊仙窟>의 訓点에서 처음 나타나므로 '아소비오'로부터 '미야비오'로의 전환은 平安時代 이후의 일로 볼 수 있다. 鈴木修次, 앞의 글, 185쪽.

화가 나서 음식도 먹지 않고 宴樂을 즐기지도 않았는데 한 采女–왕이 식사할 때 시중드는 궁녀–가 이 노래를 지어 부르자 왕이 화를 풀고 기뻐하였다는 내용이다. 이 采女를 '風流娘子'라고 묘사했을 때의 '풍류'는 '자태가 아름답다'는 의미로 '娘子'를 수식하는 형용어의 구실을 한다. 앞의 예에서 "容姿佳艶"한 大伴田主를 '風流士'로 부르는 것과 같은 맥락으로, 모두 외면적 아름다움이 강조된 풍류 용례라 하겠다.

한편 『萬葉集』 1011번 노래의 詞書 중에는,

> 風流意氣之士 儻有此集之中 爭發念心 各和古体. (풍류스럽고 기개있는 사람이 혹 이 모임 속에 있다면, 서둘러 念心을 開陳하여 각 古風스런 歌体에 和答하시게나.)

라는 내용이 있는데 여기서의 '風流意氣之士'는 달리 風流才士라고도 할 수 있을 것이며 궁극적으로 '風雅'의 개념과 통한다고 볼 수 있다. 이로 볼 때, 이 시기에 이미 '미야비(宮庭風)'의 의미가 풍류 개념에 포함되어 있음을 알 수 있다. 중국적 風雅 개념의 일본식 변형이라 할 '미야비'라는 말은 '촌스러움'을 의미하는 '야보(やぼ)'의 반대개념으로서, 속되지 않고 우아한 것, 귀족적인 것, 文雅한 것, 곱고 아름다운 것, 여유가 있고 온화한 것을 의미한다. '미야비'는 한자 嫺・都・閑・雅 등으로 표기되는데, '風流意氣之士'에서의 '풍류' 개념이 이 '미야비'와 완전히 일치하는 것은 아니지만 상당 부분 포개어지는 부분이 있다고 하겠다.

이상의 예를 종합해 보면, 이 시기의 풍류 개념은 '好色', '容姿의 아름다움', '艶情'의 의미와 더불어, 風雅・文雅의 의미도 아울러 포함된 것으로 이해할 수 있다. 그러나, '容姿佳艶'과 같은 외면적으로 드러나는 감각적 아름다움에 더 큰 비중이 두어져 있다고 생각되며, 이 의미가 일본의 풍류 개념에 일관되게 이어지고 있다는 점에 주목할 필요가 있다고 본다.

『萬葉集』이후 헤이안(平安) 前期 무렵의 용례로, 최초의 勅撰和歌集인
『古今和歌集』(905年) 眞名序21)의 예를 들 수 있다.

> 昔平城天子 詔侍臣令撰万葉集 自爾以來 時歷十代 數過百年 其後和歌
> 棄不被採 雖風流 如野宰相 輕情如在納言 而皆以他才聞 不以斯道顯.
> (옛날 平城天子가 侍臣에게 조서를 내려 万葉集을 편찬하게 하셨다. 그로
> 부터 十代를 거쳐 百年이 지났다. 그 후 와카는 버려져 취해지지 않았다.
> 비록 風流는 野宰相-小野篁-과 같고 俗情을 가벼이 여기는 것은 在納言-
> 在原行平-과 같다 해도 모두 다른 재주로 널리 알려지고 이 道-와카의 道
> -로 이름을 떨치지는 못했다.)

小野篁은 文筆과 글씨로, 在原行平은 道義로 이름을 떨쳤던 인물이다.
그리고 여기서 말하는 '다른 재주'는 주로 한시문을 읽고 창작하는 능력이나,
그로 인해 함양된 德性을 가리킨다. 이를 종합해 보면 인용문에서의 小野篁
를 칭찬하는 말로 쓰인 '풍류'는 문학이나 예술적 취향이 높은 것과 관계가
있음을 알 수 있다. 그러나, 在原行平에 대한 찬사인 '輕情'이 '道義性'에
관련된 것이고 또 그 말이 풍류와 구분되어 쓰이고 있음을 볼 때, 여기서 사
용된 '풍류'에는 '높은 인품'을 나타내는 개념은 포함되지 않는다는 것을 알
수 있다. 헤이안 시대의 풍류 개념은 '風雅', 즉 '미야비(宮庭風)'의 성격을
어느 정도 함유하는 것으로 이해할 수 있다.

이후 <源氏物語>나 <枕草子>와 같은 여성들이 쓴 가나(かな) 작품류
에는 '풍류'라는 말이 등장하지 않는데, 이것은 풍류라는 말이 男性語로 인
식되어 있었음을 말해 준다.22) 헤이안 중기부터 특정의 장소에 어울리도록
특별한 意匠을 고안하여 여러 가지 물건들을 만든다든지 의복에 특별한 장
식을 할 때 '風情을 다한다'는 의미로 '풍류'라는 말을 사용했다.23) 그러다

---

21) 이 和歌集에는 가나로 된 假名序와 한자로 된 眞名序가 있다.
22) 鈴木修次, 앞의 책, 186쪽.

가, 말기 무렵부터는 祭儀에 사용되는, 화려하게 장식된 櫛이나 車, 笠 등을 '風流'로 일컫는 용례가 성행하기 시작하였다. 그리하여 中世에 이르러서는, 오봉(お盆)에 아름답게 상식한 옷을 입고 주는 춤을 가리켜 '念佛風流'라 하기도 했고,[24] 광의의 '게이노오(藝能)'-能의 일종-를 일컫는 말로 쓰이기도 하였다.

이 경우 풍류는, 화려한 장식물을 가지고 神社·佛閣으로 행렬을 이루어 가면서 假裝을 한 사람들이 떠들썩하게 춤을 추는 것, 또는 행렬 그 자체 또는 거기에 사용된 장식물이나 춤 등을 總稱하는 개념으로 사용되었다.[25] 따라서 '華美함' '장식성'이 그 의미의 근간을 이루며, 드디어는 화려하게 꾸미고 장식하고 멋 부리는 것 자체를 풍류로 인식하기에 이르렀다. 그리하여, 비단으로 화려하게 꾸민 옷을 '風流服飾'이라 하고, 祭禮行列에 쓰이던 덕지덕지 장식을 가한 棚과 車, 양산을 각각 '風流棚', '風流車', '風流傘', 이러한 것들의 意匠을 마련하는 사람을 '風流者', 화려하게 장식한 옷을 입고 추는 群舞를 '風流踊'이라 일컫기에 이른 것이다. 鎌倉時代에 성행한 延年能 중에는 大風流, 小風流라고 불린 舞踊劇이 있었는데 이 역시 화려함과 섬세함에 바탕을 둔 중세적 풍류 개념을 반영한 것이다.[26]

素人の老人が風流延年なんどに身を飾りて舞ひ奏でんがごとし.
(아마추어인 노인이 風流延年에서 장식을 하고 춤추고 노래하는 것과 같은 것이다.)   -『風姿花傳』[27]-

---

23) 『日本古典文學大辭典』(岩波書店, 1984), 風流項.
24) 같은 곳.
25) 松崎仁은 중세의 '풍류'를 1)行列이나 춤의 풍류 2)장식물의 풍류 3)사람이 분장을 하고 여러 가지 흉내를 내는 풍류 4)演劇으로서의 풍류 이 넷으로 대별하였다. 松崎仁, 「人形淨瑠璃における風流の傳統」, 『日本文學研究資料叢書』·淨瑠璃(東京 : 有精堂, 1984)
26) 秋山虔 外 二人 共編, 『日本古典文學史の基礎知識』(東京 : 有斐閣, 1975·1982), 335쪽.

위의 내용은 演技를 함에 있어, 실제 노인이 아닌 사람이 노인흉내를 낼 때 어떻게 해야 하는가를 설명하는 대목이다. 여기서 '風流延年'은 음악에 맞춰 여럿이 춤을 추면서 假裝行列을 하는 것을 말한다.[28]

能이나 가장행렬에 소요되는 이같은 장식적 요소가 격식과 섬세한 意匠을 필요로 한다는 점에서, 틀과 격식을 거부하여 자유스럽고 분방한 정신을 강조하는 중국의 풍류개념과는 어느 면에서 상반된다고 할 수 있다. 즉, 주어진 틀에서 벗어나는 '호방함'을 특징으로 하는 중국과는 달리, 일본의 경우는 오히려 틀과 격식에 맞추어 섬세하게 꾸미는 쪽의 의미로 발전해 갔다고 생각된다. 중국의 경우가 型式을 거부하는 쪽으로 풍류개념이 전개되어 갔다면, 일본은 이를 긍정적으로 수용하는 쪽으로 전개되어 갔다고 하겠다.

이처럼 중세의 풍류 개념은 '노오(能)'를 중심으로 보편화되었지만, 문학평가 및 문학론에 관련된 말로 쓰이기도 했다. 이 용례 또한 중국의 경우와 큰 차이를 보인다.

左歌 詞涉妖艶 富風流.
(左 편의 歌는 그 말이 요염에 관계되어 풍류성이 풍부하다.)

위는 중세의 歌論家인 藤原基俊가 「顯輔家歌合」에서 左팀의 노래를 평한 '한시(判詞)'[29]이다. 해당 와카는 사랑에 관한 것이고, 또 '艶'을 중시하는 그의 문학적 성향으로 미루어 여기 사용된 '풍류'는 '妖艶'과 거의 비슷한 뜻으로 볼 수 있다. 중국의 경우 '풍류'가 문학평가와 관련되어 쓰일 때

---

27) 『風姿花傳』은 中世의 能의 대가인 世阿彌가 아버지인 觀阿彌의 遺訓에 기초하여 저술한 最古의 能樂論書이다. 『連歌論集·能樂論集·俳論集』·解說篇(小學館, 1973·1989)

28) 또는, 이런 風의 '能'을 말하기도 한다.

29) 일본에는 오래 전부터 우타아와세(歌合)의 전통이 형성되어 있었는데 우타아와세란 左/右 편을 나누어 승부를 겨루는 일종의 文學競演을 말한다. 여기에는 심판이 있어 두 팀간의 우열을 판단하는데 이 때의 評語를 判詞라 한다.

‘風雅’의 의미가 강조되는 것과는 차이를 보인다. ‘艷’이 주로 밖으로 드러나는 감각적인 아름다움을 나타낼 때 쓰이는 말임을 감안할 때, 일본에서의 풍류 개념이 어떤 쪽에 비중을 두고 전개되어 왔는가 하는 점을 시사해 주는 좋은 예라 하겠다.

중세의 풍류 개념이 요란한 장식, 화려함 등으로 특징지워진다면, 근세의 풍류는 바쇼오(芭蕉)를 중심으로 하는 ‘素朴’의 풍류와, ‘우키요조오시(浮世草子)’를 중심으로 하는 ‘艷情’의 풍류로 크게 대별된다.

> 風流の初やおくの田植うた
> (奧州에서 처음 대하는 風流로구나. 지금 關屋에서 듣는 모내기노래.)
>   -『芭蕉句集』·206[30]-

> 先師曰く, ここにもひとり月の客と, 己と名乗り出づらんこそ, 幾ばくの
> 風流ならん. ただ自稱の句となすべし. (先師-芭蕉-께서 말씀하시기를 "‘여기에 한 사람 달빛 아래 客으로서 내가 있다'고 달에 대하여 자기자신을 대는 편이 얼마나 풍류스러운가! 직접 자기자신을 읊는 自稱의 句로 하는 것이 좋다."고 하셨다.)   -『去來抄』「先師評」[31]-

이외에 ‘俗語의 사용이 風流를 잃게 하고 古風에 섞여 들어가는 것을 경계한 예'[32]까지를 아울러 살펴보면, 바쇼오가 사용한 ‘풍류'라는 말은 ‘風雅'와 상통하는 개념임을 알 수 있다. 바쇼오는 하이카이의 세계를 風雅의 道로 규정하고 이를 추구하는 것에 전력을 다하였는데, 그가 중국의 한시문에 깊은 소양을 지녔다는 점을 감안한다면, 이때의 ‘風雅'는 중국적 풍아에 영

---

30) 『芭蕉句集』(岩波書店, 1962)
31) 芭蕉의 문인인 向井去來가 쓴 俳論書. 『連歌論集·能樂論集·俳論集』(小學館, 1973·1989)
32) "俗語のやりやう風流なくして又古風にまぎれ侯事"(「粟埼宛書簡」), 『日本古典文學史の基礎知識』(秋山虔 外 二人 共編, 東京 : 有斐閣, 1975·1982, 445쪽)에서 재인용.

향을 받은 것이라고 볼 수 있다.

그런데, 그가 사용한 '풍류'의 용례가 지금까지와는 크게 다른 것을 발견할 수 있다. 여행길에서 듣는 모내기 노래를 '풍류'로 인식하는 것을 볼 때 중국의 풍류상에서 보아온 귀족적 風雅의 세계나 일본적 미야비의 세계와는 다른, 서민적 '素朴性'을 풍류의 개념에 도입한 것이 두드러진 특징이다.[33] 이 점에서, 中世 말기의 荒木田守武의 '풍류' 개념과도 구분된다.

> 俳諧とてみだりに笑はせんとばかりはいかが. 花實をそなへ, 風流にして, 一句正しく, さてをかしくあらんやうに, 世世の好士の敎へなり. (하이카이는 단순한 戲言이 아니라, 花實-이름과 실속-을 갖추고 風流가 있도록 하여 격조를 바르게 하며, 그 위에 독자적인 취향을 구해야 한다는 것이 세상 好士의 가르침이다.)
> ―『守武千句』 跋[34]―

여기서의 풍류 역시 풍아의 개념이지만 이 말이 쓰인 앞 뒤 맥락을 고려할 때, 격조있고 우아하다는 의미의 전통적 풍아 개념임이 드러나는 것이다.

그러나, 근세에는 바쇼오적 풍류개념과는 상반되는 '好色' '男女間의 情事'를 의미하는 용법이 일반화되기도 하였다. 일본의 근세는 에도(江戶) 시대를 말하는데 이 때 화류계의 遊女를 중심으로 한 世態·人情을 묘사한 소설이 크게 성행하였다. 이것을 '우키요조오시(浮世草子)'라 부르는데 이들 제목 중에는 <風流曲三味線> <風流吳竹男> <風流源氏物語> <風流三國志> <風流西海硯> <風流茶人氣質>처럼 '風流'라는 말이 붙은 것이 많았다. 이 소설들의 내용과 관련지어 볼 때, 이 때의 풍류는 관능적·감각적 측면이 부각된 개념이라고 할 수 있다.

---

33) 鈴木修次는 "蜑の苫屋に旅寐を侘びて風流さまざまの事共に御座候."에서 사용된 "侘びて風流"를 근거로 바쇼오의 이런 풍류세계를 '와비(侘ひ)의 風流'로 일컬은 바 있다. 鈴木修次, 앞의 책, 198-199쪽.
34) 『連歌論集·能樂論集·俳論集』·解說篇(小學館, 1973·1989, 411쪽)

시대적 흐름에 따라 위에서 살펴본 바와 같은 의미의 변화가 있었음에도 불구하고 일본에서의 풍류개념에는 '장식성', '화려함', '기품' 등 외적으로 드러나는 아름다움의 요소가 강조되어 왔다는 것을 부인할 수 없다. 요컨대, 일본의 '풍류'는 고상한 것이건 화려하게 장식된 것이건 감각적으로 사람의 시선을 끌 만한 요소가 내포되어 있을 때 사용되는 말이라 하겠다.

3. 우리나라에서의 '風流'

3.1 新羅時代의 풍류개념

우리나라 문헌에서 가장 오래된 풍류에 관한 기록은 최치원의 「鸞郎碑序文」으로서 이 글은 한국적 풍류의 원 모습과 사상적 근원을 제시해 주는 중요한 기록이다. 이 글은 全文은 전하지 않고 『三國史記』「眞興王」條에 그 일부가 전하는데, 그 대목을 인용해 보면 아래와 같다.

> 其後更取美貌男子 粧飾之 名花郎以奉之 徒衆雲集 或相磨以道義 或相悅以歌樂 遊娛山水 無遠不至. 因此知其人邪正 擇其善者 薦之於朝. 故金大問花郎世記曰 賢佐忠臣從此而秀 良將勇卒由是而生. 崔致遠鸞郎碑序曰 國有玄妙之道曰風流. 設敎之源 備詳仙史 實乃包含三敎 接化群生.…　　　　　　　　　　　-『三國史記』卷4, 眞興王條-

비록 짧은 글이지만, 이 비문의 내용은 여러 가지 중요한 점을 시사하고 있다. 우선 풍류의 재래신앙적 성격, 풍류와 화랑의 관계, 풍류도와 儒佛仙 3敎의 관계를 명백히 해주고 있다는 점을 들 수 있다. 이 문장이 화랑의 한 사람으로 추정되는 鸞郎을 추모하는 성격의 글임을 감안할 때, 그리고 '玄妙之道'로서 '風流'가 언급되는 대목의 앞뒤 맥락을 고려할 때,[35] 나라에

---

35) 풍류얘기를 하면서 화랑에 대한 화제를 이끌어 낸 것이 아니라, 화랑얘기를 하는 과정

재래적으로 있어온 고유하고 玄妙한 道가 '風流道'이고 그 도를 받들고 교의대로 수련하는 일종의 종교집단 혹은 제사집단을 '風流徒'(즉, 화랑)라 했음이 드러난다. 제사집단적 성격에 대해서는 이 글만 가지고는 불충분하지만, 郭東淳의 「八關會仙郞賀表」나 이인로의 『破閑集』(下) 및 『高麗史』 등에 나와 있는 고려조의 八關會에 관한 기록을 보면, 天靈·三山·五嶽·名山·大川·龍神에 제사지내는 國家行事인 八關會가 先代의 仙風(즉, 風流)을 이어받은 것임을 명시하고 있어 제사집단으로서의 花郞의 성격을 밝혀 주고 있다. 따라서, 화랑들의 '遊娛山水'하는 기풍도 단순한 산수유람이 아니라 전국 명산대천을 찾아 제사지내는 행사의 일환으로 생각되는 것이다.

또, 위 비문 중 풍류와 3교의 관계를 설명하는 대목에 주목해 보면, 풍류는 우리 고유의 신앙을 근간으로 하면서 거기에 '儒·佛·仙' 3교를 수용한 것임을 명시하고 있는데, 이 때 3교간의 관계는 대등한 것으로 서술되고 있지만, 다른 기록들과 견주어 검토해 보면 사실상으로는 '仙' 즉 道家的 요소가 가장 강하였고, '風流=仙'이라고 할 정도로 仙의 비중이 가장 컸음이 명백해진다.[36] 花郞을 仙개념으로 명시한다든가[37] 화랑의 일이 仙道에 관한 책이라고 할 수 있는 『仙史』에 자세히 기록되어 있다고 한 것, '接化群生'에서의 '化生' 및 '玄妙之道'에서의 '玄'이나 '妙'가 담고 있는 道家的 의미[38] 등을 고려할 때, 풍류도는 仙과 동일시되거나 거의 포개지는 개념으

에서 풍류에 관한 언급이 있었다. 즉, 글의 중점은 풍류보다는 화랑에 있다.

36) 史籍에 무수히 등장하는 '仙'을, 우리나라 고유의 풍류도를 지칭하는 개념으로 볼 것인가, 아니면 道家思想의 범주 안에 속하는 개념으로 이해할 것인가에 대해서는 좀 더 검토할 만한 문제이지만, 여기서는 이 문제에 논의의 핵심이 있는 것이 아니므로 생략하기로 하고 또 前者의 의미로 수용한다 할지라도 道家의 큰 줄기에서 벗어나지 않으며 거의 포개지는 것이라고 본다.

37) 예컨대, 신라대 대표적 화랑인 永郞·述郞·安詳·南石行을 四仙으로 名한다든가 하여, 화랑을 仙人·仙郞·神人 등 道家의 용어로 지칭하는 예가 무수히 많다.

38) '化生'이란 말은 『莊子』『列子』『淮南子』 등 道家系統의 기록에서 쉽게 찾아볼 수 있는데, 만물의 근원인 道로부터 만물이 생성하는 단계를 설명하는 개념이다. "化而

로 인식되고 있었음을 알 수 있다. 이같은 내용들은 '풍류'의 의미에 내재되어 있는 形而上學的 要素 혹은 宗敎性을 반영하는 대목이라 하겠다.

'풍류도' 또는 '풍월도'라고도 불리는 花郞의 활동상은 '相磨道義' '相悅歌樂' '遊娛山水'로 요약되는데, 먼저 '相磨道義'는 그들의 知的 · 思想的 · 道德的 수련을 의미한다고 볼 수 있다. 그러나, 그들은 진리나 道義를 연마한다든가 국가적 제의행사에 참여한다든가 삼국통일을 위한 武士로서의 역할만이 강조된 것은 아니었다. 歌樂으로 서로 즐기면서 心性的인 수련에도 게을리 하지 않았다. 동아시아에서는 고래로부터 '歌樂'은 '治心' 즉 정서순화의 중요한 방도로 여겨져 왔으며, 歌와 樂으로 대표되는 藝術的 소양을 함양하는 것도 화랑의 중요한 수련과정 중의 하나였음을 알 수 있다. 그리고, 『三國遺事』나 필사본 『花郞世紀』에 의하면 화랑은 鄕歌作家로서도 중요한 비중을 차지하는데,[39] 이로 볼 때 화랑은 武士인 동시에 祭祀集團이며, 詩人이요 音樂家이기도 하다는 것이 명백해진다. 아울러, 화랑은 나라 안의 '美男子' 가운데 선발되어 '아름답게 단장'하였다는 점을 볼 때, '풍류'라는 말이 '예술성' 혹은 '심미성'의 개념을 내포하는 것이라는 추정이 가능해진다. 오늘날도 '풍류남아'라고 할 때는 단지 재주가 뛰어나다든지 잘 논다든지 하는 것에 국한하지 않고 풍채와 인물이 좋은 사람이어야 한다는 것도 여기서 이어지는 맥락이라 하겠다.

또한, 그들의 수련이라는 것이 한 군데 머물러 행해지는 것이 아니라, 바

生 化而死"(『莊子』「知北遊」), "天地含精 萬物化生"(『列子』「天端」), "化生萬物" (『淮南子』「泰族訓」) 등을 예로 들 수 있다. 또한, '玄'이나 '妙'는 道의 存在樣相을 설명하는 개념으로 노자 『도덕경』에서부터 그 예가 무수히 발견된다. 이로 볼 때, '風流道'의 형이상학적 측면을 설명하는 '接化群生'이나 '玄妙'는 道家思想을 배경으로 하는 말로 해석할 수 있다고 본다.

39) 필사본 『花郞世紀』(이종욱 譯註, 소나무, 1999)에 7세 「薛花郞」을 보면, 화랑도의 분파가 형성되는 양상을 언급하면서 "文弩之徒 好武事多俠氣 薛原之徒 善鄕歌好淸遊"라 하였고, 『三國遺事』 소재 향가에 관계된 대목들을 검토해 보면 화랑이 중요한 향가작가이거나 밀접한 관련이 있음을 알 수 있다.

람처럼 명산대천을 찾아다니며, 즉 무리를 지어 산수간에 노닐면서 행해졌다고 하는 점에서 풍류개념에 '놀이적 요소'가 내재한다는 근거를 확보하게된다. 화랑들이 '遊娛山水'했다고 할 때의 '遊'란 '한 곳에 머무르지 않고여기저기 다니다'는 의미가 내포되어 있으며, 오늘날 통용되는 감각적 즐거움을 수반하는 유희개념과는 그 성격이 다소 다르다는 점을 전제해야 할 것이다.

이와 같이 종교성, 예술성, 놀이성이 복합된 것으로 사용된 풍류개념의예로서는,

> 王敬愛之 奉爲國仙 其和睦子弟 禮義風敎 不類於常 風流耀世 幾七年
> 忽亡所在.　　　　　-『三國遺事』卷3,「彌勒仙花 未尸郎」條-

> 第三十二 孝昭王代 竹曼郎之徒 有得烏級干 隷名於風流黃卷.
> 　　　　　　　　-『三國遺事』卷2,「孝昭王代 竹旨郎」條-

등을 들 수 있다. 이 두 예는 모두 花郎과 관계된 내용이므로 첫 번째 '風流輝世(풍류를 세상에 빛냈다)'나, 두 번째 '風流黃卷'-花郎徒의 名簿-의 풍류는 모두 신라대의 전형적인 풍류개념인 風流道를 의미한다고 할 수 있다.

> 伏惟先大王 虹渚騰輝 鰲岑降跡 始馳名於玉鹿 別振風流 俄綰職於金貂
> 肅淸海俗. (엎드려 생각컨대 先大王께서는 虹渚40)에 광채가 나리고 鰲
> 岑41)에서 몸이 탄생하시어 이름을 처음 玉鹿-學士館-에 빛내시고 각별히
> 風流를 떨치시더니 이윽고 金貂42)에 올라 나라를 밝게 다스리셨다.)
> 　　　　　　　　-『孤雲集』卷3,「大嵩福寺碑銘」중-

---

40) 경문왕이 탄생할 때 물에 무지개가 있었다고 한다.
41) 경주에 있었던 산.
42) 무관들이 쓰는 冠인데 대신들도 많이 썼다. 이는 대신의 지위에 있음을 말한다.

이 글은 신라 景文王의 치적을 미화한 부분인데, 그에 해당하는 6문구 중 앞의 두 대목은 출생을 신비화한 것이고, 그 다음 두 대목은 학문·풍모를 기린 것이고, 다음 두 대목은 정치적 공적을 언급한 부분이다. '특별히 風流를 떨쳤다(別振風流)'는 말은 경문왕의 개인적 인품을 언급하는 대목에 나오고 있는데, 이 때의 풍류가 「鸞郞碑序」에서의 풍류의 의미와 완전히 일치하는지의 여부는 이 문장만 가지고는 판단할 수 없다. 그러나, 감각적, 놀이적 풍류의 의미가 아닌 것만은 분명하다. 형이상학적인 의미가 내포된 '風流道'에 조예가 깊다는 의미로 받아들여도 큰 무리는 없다고 본다. 그리고,

讚曰 相過踏月弄韻泉 二老風流幾百年 滿壑煙霞餘古木 攲昂寒影尙如迎.   -『三國遺事』 卷5, 「包山二聖」條-

와 같은 예는 신라대의 隱者인 觀機와 道成의 일을 기록한 것으로서, 이들이 「避隱」篇에 '古之隱淪之士'로 일컬어지고 있는 것으로 보아 은자의 은거기풍도 '풍류'로 인식되고 있음을 알 수 있다.

3.2 高麗時代의 풍류개념

신라적 개념의 풍류라는 말은 高麗朝에 이르면 주로 '仙'이라는 말과 混用되는 양상을 보인다. 고려시대에는 '풍류'라는 단어의 '명칭'과 '의미'를 둘러싸고 아래와 같은 몇 가지 쓰임이 있었다.

(1) 신라적 의미의 풍류를 '風流'라는 말로 표현하는 경우
(2) 신라적 의미의 풍류를 '仙' 또는 '仙風'으로 대치하여 사용하는 경우
(3) '풍류'라는 말이 종교성에 바탕을 둔 신라적 의미와는 달리 예술적 의미가 부가되고 중국 晉代的인 '宴樂'의 의미가 수용되어 쓰여진 경우
(4) 사물(특히 妓女)의 고운 자태를 형용하는 경우
(5) 풍류가 禪의 세계와 관련되어 쓰이는 경우

우선 첫 번째의 범주에 속하는 용례를 들어보자.

東方故俗 男子幼年 必從僧習句讀 有首面姸好者 僧與俗皆奉之 號曰仙郎 聚徒或至於百千 其風流起自新羅時. (나라의 옛 풍속에 남자아이는 어릴 때 중을 따라 句讀를 익혔는데 얼굴과 머리털이 아름다운 남자는 僧俗이 다 이를 받들어 仙郎이라 이름하였다. 이들의 모인 무리가 혹 千百에 이르렀으니 그 풍습은 신라로부터 일어난 것이다.)

－崔瀣,『拙藁千百』「故密直宰相閔公行狀」 및

『高麗史』列傳「閔宗儒傳」－

自伏羲氏之王天下 莫高太祖之三韓 彼藐姑射之有神人 宛是月城之四子 風流橫被於歷代 制作更新於本朝 祖考樂之 上下和矣. (복희씨가 천하의 왕이 된 뒤부터 最高는 우리 태조의 삼한이요, 막고야 산에 있다는 신인은 바로 우리 월성-신라의 서울-의 네 화랑인가 하노라. 풍류가 역대에 전해왔고 制作이 本朝에 와서 경신되었으니, 조상들이 즐겼고 상하가 회복되었나이다.)　　　　　－郭東珣,「八關會仙郎賀表」,『東文選』31卷－

浮世功名是政丞	뜬 세상의 공명은 정승이고
小窓閑味卽山僧	작은 창가의 한가로운 맛은 山僧이로다
箇中亦有風流處	그 중에 또한 풍류가 있으니
一朶梅花點佛燈	한 떨기의 매화 佛燈을 켰도다

의 예에서 앞의 둘은 화랑의 풍속을 말한 것이며, 세 번째 것은 『靑鶴集』[43]에 소개되어 있는 李嵒의 시다. 이 시에서는 '山僧의 한가로운 맛'을 '풍류'로 표현하고 있음을 알 수 있는데, 이때의 풍류는 단순히 겉으로 드러나는 유유자적한 산사의 생활을 의미하는 것이 아님은 물론이다. 그들의 道의 깊은 맛을 의미한다고 보아야 할 것이며 일종의 禪詩로 볼 수도 있는 작품이다.

두 번째 쓰임의 예를 들어보자.

---

43) 조선 선조대 사람인 趙汝籍이 지었다고 하는 仙家書.

遵尙仙風 昔新羅 仙風大行 由是龍天歡悅 民物安寧 故祖宗以來 崇尙
其風 久矣.   -『高麗史』世家18권, 毅宗二年-

曷若復行先王燃燈八關仙郎等事 不爲他方異法 以保國家致太平乎.
                                       -『高麗史』列傳,「徐熙傳」-

이 중 앞의 것은, 의종이 몇 개 항목에 걸쳐 新令을 반포했는데 그 가운
데 한 항목으로서 신라시대의 유풍인 仙風을 숭상하라는 내용이고, 뒤의 것
은 서희가 왕에게 다른 나라의 異法을 행하지 말고 自國의 법으로써 나라
를 보전하는 것이 좋다는 내용의 건의사항 중의 한 부분이다. 여기서의 '仙
風'이나 '仙郎'은 '풍류도' 혹은 '화랑도'를 의미하는 것으로서 두 번째 경
우에 해당한다. 또한 고려대의 풍류왕이라고도 할 만한 예종은 郭璵·李資
玄 등 처사와의 교유로도 유명한데, 곽여 등은 속세를 피해 숨는 전형적인
隱者들로서 왕이 이들의 '仙風道韻'을 높이 숭상했다는 내용이 전한다(『破
閑集』·中卷). 이 때 말하는 '선풍' 역시 형이상학적이고 종교적 색채를 띠
는 '風流道'의 의미에 은자의 기풍까지를 포괄하여 仙의 개념으로 나타낸
것이라 할 수 있다. 이처럼 풍류개념을 '仙'으로 나타내는 경우, 앞서 中國
의 경우나 신라시대와 마찬가지로 道家的 기풍이 농후하게 배어 있다고 할
수 있을 것이다.

세 번째로, 예술적인 면·미적인 면이나 중국 晋代的 宴樂의 요소를 '풍
류'라는 말로 표현하는 예를 들어보자. 金君綏라는 사람이 그림을 잘 그려
諸公이 그에게 병풍에 그림을 그려 달라고 한 뒤 다시 이인로에게 발문을
청하자,

雪堂居士以詩鳴 墨戲風流亦寫生 遙想江南文笑笑 應分一派寄彭城.
                                   -李仁老,『破閑集』·上卷-

라고 썼다고 하는 대목이 나온다. 고려시대에 이르면, 예술의 영역을 '풍류'에 포괄시키는 용례가 보편화되는 것을 알 수 있다. 그런데, 여기서 한 가지 주목할 만한 것은, 그 예술의 영역에 '墨戲' 즉 '書畫'가 포함되고 있다는 사실이다. 물론 신라시에도 솔거나 김생 등 서화에 뛰어난 풍류인이 있었지만, 그들을 직접적으로 '풍류'라는 말로 지칭한 것은 아니었다. 또, 같은 책에 '李縁이라는 사람에게 아들이 셋 있었는데 모두 文墨에 뛰어나 王·謝[44]에 비견되었다(中卷)'라는 구절도 있어 '풍류' 요건에 서화의 요소도 포함되고 있음을 반영한다. '墨戲風流'는 달리 '墨戲風骨'(『破閑集』·上卷)로도 표현되어 있는데, 이 때 풍골은 풍류와 같은 의미로 사용된 것이다.

한편, 고려시대 풍류개념 중 가장 일반화된 것은 晋代의 호화로운 宴樂的 요소가 강조된 석숭식 풍류 개념이다.

禁掖庭深闢鬪場	깊숙한 後庭에서 대결을 벌이니
錦衾霞被散濃香	錦袾와 霞被가 짙은 향내 풍기네
明皇謾有風流陣	명황은 부질없이 風流陣만 가졌을 뿐
未禦胡雛犯上陽	上陽宮 침범하는 胡雛-안녹산-를 막지는 못했다네

이 시는 李奎報의 <風流陣>인데, 여기서 풍류의 쓰임을 보면 놀이나 宴樂의 의미에 기초해 있음이 드러난다. '風流陣'은 唐 현종과 양귀비가 궁녀들을 거느리고 두 패로 나누어 겨루며 놀았던 유희를 말하는데 위의 시도 그 고사를 소재로 한 것이다. 화려하고 사치스런 놀이의 대명사라고 할 '풍류진'을 소재로 시를 지었다는 것은 그게 비록 중국을 배경으로 한 고사라 할지라도 고려시대에 이런 의미의 풍류개념이 이미 일반화되어 있었음을 말해 준다고 하겠다. 李穡의 시에 사용된 "晋風流"(<自詠>)라는 말도 이를 뒷받침한다.

---

44) 晋代에 풍류로 이름난 王戎과 謝安. 「중국에서의 풍류」항 참고.

　이같은 풍류의 쓰임은 『高麗史』「樂志」부분에서 그 전형적인 예를 보게 된다.

　　　兩行花竅占風流 縷金羅帶繫抛毬 玉纖高指紅絲網 大家着意勝頭籌.
　　　(두 줄 꽃 구멍 풍류 점치러 금으로 장식한 비단 띠에 포구를 매달았도
　　　다. 옥같은 부드러운 손 붉은 명주실 그물 높이 가리키고, 모두들 첫 알
　　　이기려고 마음먹는다.)　　　　　　　　　　　-唐樂條, <抛毬樂>-

　이 '포구락'은 抛毬놀이[45]를 하면서 추는 춤이름으로 <兩行花竅詞>는 그 춤을 출 때 불리어지는 것이다. 당악조의 <轉花枝> 역시 마찬가지이다.

　　　平生自負 風流才調 口兒裏 道得些知張鄭趙 唱新詞 改難令 憁知顚倒
　　　解刷扮 能儥噭 表裏都俏 每遇着飮席歌筵 人人盡道 可惜許老了.
　　　(평생을 두고 자부하기는 풍류와 재주였나니, 입으로는 張·鄭·趙 등을 안
　　　다고 말할 수 있고, 신작의 詞 노래하고 어려운 가곡 고쳐내고, 아무튼 몸
　　　짓할 줄 알고, 몸차림하여 분장할 줄 알고, 얼굴 표정을 지어낼 수 있는데
　　　안팎이 다 흡사하게 해낸다. 술자리와 가무를 하는 좌석을 만나게 될 때마
　　　다, 사람들은 모두 애석하게도 늙어 버렸구나 하고 말한다.)

　당악 呈才는 歌舞戱의 형태로 이루어지는 종합적 놀이라고 할 수 있는데, 이 때 쓰여지는 음악의 노랫말은 대개 宋詞의 형식을 빌고 있다.[46] 따라서, 고려조의 '풍류'라는 말의 쓰임 중 세 번째 범주는 중국적 풍류(특히 六朝期) 개념 가운데 연석을 베풀고 논다는 의미를 포함하여 모든 놀이적

---

45) 궁중의 呈才 때 추는 춤이름을 뜻하기도 하고, 놀이의 일종을 지칭하기도 한다. 고
　　려 때 시작된 것으로, 12인이 여섯 隊로 나뉘어 제1대 두 사람이 용알을 가지고 奏
　　樂에 맞추어 詞를 부르며 춤을 추다가 위로 던지어 구멍으로 나가게 하여 넘기면, 상
　　으로 꽃 한 가지를 주고 못하면 벌로 먹점을 찍으며 노는 놀이이다. 이때의 구멍을
　　'風流眼'이라고 한다.
46) 車柱環, 『唐樂硏究』(汎學社, 1981)

요소-용모의 수려함까지 포함하여 술, 歌舞, 好色 등-를 총체적으로 가리키는 말로 사용되는 경우라고 하겠다. 이규보가 "多情杜牧風流在(나에게도 두목의 다정한 풍류 남았다네"(<次韻李君見知>)라고 했을 때의 '풍류'나,47) "風流聲價"(『高麗史樂志』「唐樂」條, <雨中花>)의 예는 모든 놀이요소를 갖춘 것을 '풍류'라는 말로 총칭하는 경우라고 할 수 있다.

이같은 양상은, 속악가사의 경우도 마찬가지다. 俗樂 <紫霞洞>은 漢文으로 노랫말이 전하는데 그 내용 가운데,

> 三韓元老 開宴中和堂 白髮戴花 手把金觴相勸酒 雖道風流勝神仙 亦何傷.
> (삼한의 원로들이 중화당에서 잔치를 열어 흰머리에 꽃을 꽂고 손에는 금술잔을 들고 술을 권하나니, 풍류가 신선보다 더 낫다고 말해도 잘못된 게 없을 것이로다.)

라는 구절이 나온다. 이 앞부분에는 中和堂(채홍철이 居하던 곳)의 좋은 경관을 묘사하였고 이 뒷 부분은 술마시며 琴을 연주하며 즐겁게 노는 장면을 읊고 있어, 고려조 귀족문화의 전형적인 宴席의 양상을 엿볼 수 있게 한다. 또한, 이 때의 '풍류'라는 말의 쓰임은 晉代의 화려한 귀족문화로서의 풍류 개념과 거의 일치함을 알 수 있다. 이같은 宴樂的 풍류개념은 궁중의 呈才만이 아니고,

> 蘭舟曉發白雲樓　　새벽에 백운루에서 목란배를 타고 떠나
> 遙指江南第一州　　멀리 강남 첫째의 고을을 향해 가네
> 滿酌金杯搥畫鼓　　좋은 술 맘껏 마시고 북도 흥겹게 두들기니
> 不携西子亦風流　　서시가 없어도 이 또한 풍류놀음일세
> 　　　　　　　-李齊賢, <舟中和一齋權宰相漢功>-

---

47) 杜牧은 수려한 용모와 好色의 성향으로 이름이 높은 唐의 시인임.

와 같이 일반 상층사회에 두루 보편화된 쓰임이라는 것이 드러난다. 경치
좋은 곳에서 뱃놀이를 하면서 술을 마시고 북도 두들기며 거기에 美色까지
포함된 것이 고려조 상층 귀족사회에 인식된 풍류개념인 것이다.

玉顔嬌媚百花羞	고운 얼굴 요염한 자태는 百花를 무색케 하노라
第一風流飮量優	당대 제일가는 풍류라 주량도 크네
笑待詩人情最密	웃으며 시인을 응대하는 그 정 가장 친밀하여
麤狂如我亦同遊	나처럼 거칠고 광포한 사람과도 함께 어울린다네

-<贈敎坊妓花羞>-

始蕚小梅開暖岸	매화가 따스한 동산에 피기 시작하고
初茸芳草秀春坡	방초가 봄 언덕에 막 돋은 것 같으니
自渠生解風流品	이는 나면서 풍류의 자질을 타고났거나
倒却從前爛熟娥	아니면 전부터 익혀온 솜씨이겠지

-<復次韻李侍郎所著女童詩> 중-

이 시들도 모두 이규보가 지은 것인데, 여기서의 '풍류'는 기녀의 아리땁
고 요염한 자태를 형용하는 말로 사용되고 있다. 이런 용례는 넓게는 세 번
째 범주에 포함될 수도 있겠으나 특히 妓女와 관련되어 그들의 자태를 형
용하는 의미가 강조되므로 별도로 이 시대 풍류 개념의 네 번째 범주로 설
정할 수 있다. 앞의 시는 敎坊妓 花羞에게 준 香奩詩(기생에게 주는 시)로
서, 歌舞와 容姿에 모두 빼어난 기녀를 '第一風流'라 칭하고 당시 풍류라
는 말이 酒宴, 기녀와 특별히 깊은 관계를 지님을 보여준다.

한편 아래의 예는 사람이 아닌 사물이나 광경, 장면의 모습을 형용하는
데 '풍류'를 사용한 예이다.

| 天上酒旗猶傍柳 | 하늘 위에 酒旗星이 柳星 옆에 있어 |
| 綠楊相映亦風流 | 푸른 버드나무에 서로 비치니 또한 풍류스럽구나 |

-이규보, <酒旆二首> 중-

여기서 "柳"는 '柳星'과 '버드나무'를 모두 의미하는 重意的 語法이다. 하늘의 별이 땅위의 버드나무에 비치는 모습을 '風流'라는 말로 형용하고 있다. 이처럼 고려시대에는 이미 '풍류'가 인물이나 사물의 상태를 형용하는 용법으로 사용되는 예가 정착되어 있었음을 확인할 수 있다.

다음 다섯 번째로 풍류가 禪의 세계와 관련되어 쓰이는 예를 들어보자

<blockquote>
新年佛法爲君宣　　새해의 불법을 그대를 위해 말하리라
大地風流氣浩然　　대지의 이 풍류가 그 기운 넓고도 넓다

-慧諶, <正旦> 중48)-
</blockquote>

위 시는 眞覺 慧諶(1178-1234)이 지은 것인데 여기서의 풍류는 우주만물에 내재하는 道, 眞理를 뜻한다. 俗을 벗어난 禪의 세계를 풍류라는 말로 나타내고 있다.

이상 고려조의 '풍류'의 쓰임을 개괄해 보면, 신라적 풍류개념에서 '종교성'이나 '道', 형이상적의 국면이 강조될 때 '仙'이라는 말이 선호되는 반면, '놀이적 국면(宴樂)'이나 '예술성'이 강조될 때는 '풍류'라는 말이 사용된 것이 아닌가 생각된다. 이 점은 이규보가 <次韻空空上人贈朴少年五十韻>이라는 시에서 '風流'와 '仙風'을 구분해서 쓰고 있는 용례를 살펴보면 이 추정이 크게 어긋난 것이 아님을 알 수 있다.

<blockquote>
若復風流鍾雅性　　더우기 풍류가 본성에 잠재해 있고
又邀歌舞得歡場　　또한 가무를 하니 환락장일세
已煩柔指彈瑤瑟　　보드라운 손가락으로 비파를 타고
更要驕姿奉玉觴　　요염한 맵시로 잔을 드린다면
孰有相逢花態度　　어느 누가 이 꽃같은 태도를 만나
終然得固鐵肝腸　　끝내 철석같은 심장을 보존하랴
</blockquote>

---

48) 『韓國禪詩』(金達鎭 編譯, 悅話堂, 1985・1994)

···(中略)···

仙風舊莫聞周漢   선풍은 멀리로는 주·한 때에도 들을 수 없었고
近古猶難覩宋唐   또한 기끼이는 당·송 때에도 보지 못했느데
國有四郎眞似玉   이 나라에는 네 花郎이 옥과도 같아
聲傳萬古動如簧   만고에 전하는 명성 생황처럼 울렸어라

여기서, '風流'는 歡樂의 場과 연결되어 있으며, '仙風'은 신라대의 '風流
道'와 연결되어 있음을 알 수 있다.

3.3 朝鮮時代의 풍류개념

고려조에 이르면 '풍류'라는 말에 내포된 다양한 의미요소 가운데 놀이
적·예술적 요소가 '仙'의 의미와 대등하게 부각되다가, 조선조에 이르면 거
의 대부분이 종교성이나 仙風的 의미는 상실한 채 宴樂的 풍류개념으로 일
반화된다. 그러나 비록 종교성이나 형이상적 의미요소는 크게 약화되었다
할지라도 거기에 부정적이거나 퇴폐적인 의미요소가 개입되지는 않았다고
본다. 그러던 것이 점점 '한량들의 잡스런 놀이'라는 식으로 의미의 타락이
이루어져 가는 것을 보게 된다. 조선조에 이르면 이같은 의미의 전환이 확
연해지고, '풍류'의 의미영역도 광범해지는 것을 보게 된다.

조선조 각종 문헌이나 기록에서 드러나는 '풍류'라는 말의 쓰임을 종합하
여, 대강 다음과 같이 다섯 가지로 묶어 볼 수 있다.

(1) 신라적 의미에 근간한 풍류개념
(2) 경치 좋은 곳에서 연회의 자리를 베풀고 노는 것
(3) 예술 또는 예술적 소양에 관계된 것을 나타내는 표현
(4) 사람의 인품 – 성격·교양·태도·외모·풍채 등–이나 사물의 상태가
　　빼어난 것을 형용하는 표현
(5) 男女간의 情事를 나타내는 말

먼저, 첫 번째 쓰임의 예를 살펴보자. 드물기는 하지만 신라적 개념의 맥이 이어지고 있는 경우이다. 이같은 용례로서, 『金鰲神話』 중 <만복사저포기>에 양생이 읊은 시구를 들 수 있다.

自喜誤入蓬萊島   스스로 기꺼이 봉래섬을 잘못 찾아들어
對此仙府風流徒   여기 仙府(신선들이 사는 곳)에서 風流徒를 만났
                구나

이 시구에서의 '風流徒'는 곧 仙人을 말하는 것으로, 이같은 인식은 신라, 고려조에 이어지는 것으로 볼 수 있다. 또, 『동인시화』(下)에 朴信과 강릉기생 紅粧간의 일화를 소개하는 가운데, "新羅聖代老安詳 千載風流尚未忘(신라성대 늙은 안상 노닌 곳이니 천년의 풍류 오히려 잊혀지지 않았다네)"라는 시구나, 아래와 같은 時調

雲臺上 鶴髮老仙 風流師宗 긔 널너냐
琴一張 歌一曲에 永樂千年 ᄒ단말가
謝安의 携妓東山이야 닐너 무슴 ᄒ리요

에 사용된 '풍류'는 '花郞徒＝風流徒＝仙人'의 의미선상에 놓이는 신라적 개념 그대로의 풍류라 하겠다.

두 번째 범주는 흥겨운 연회의 자리에서 즐겁게 노는 것을 의미하는 용례로서, 조선시대에 가장 일반화되고 가장 많이 쓰이는 풍류개념은 바로 이 범주이다.

十二月削奪復叙 未久按擦嶺南以詩書讌樂自娛秉燭繼日 一道謂之風流觀察使.   -『대동야승』 3卷, 『己卯錄補遺』 「李淸傳」-

其人物이 軒昻ㅎ야 以文章으로 聞於皇城ㅎ고 風彩는 能壓古人혼데 素
耽風流酒色故로…   -<옥루몽> 중-

　李淸이 경치 좋은 곳에서 讌樂의 자리를 베풀고 시문을 즐기며 밤새워
가며 잘 놀았다고 해서 '風流觀察使'로 불렸다는 것이나, <옥루몽>에서
'풍류와 주색을 즐겼다'고 한 것이나, 여기서 말하는 풍류란 술과 음악과 미
색이 필수적으로 등장할 것으로 추정되는 宴席을 마련하여 시문을 짓고 감
상해가며 즐겁게 노는 것을 의미한다고 할 수 있다. 申用漑에 관한 일화에
서도 天安郡의 관비인 四德이 '(冷淡한 생활을 하지 말고) 東山絲竹으로 길
이 風流宰相이 되라[『대동야승』4권, 『稗官雜記』4)'는 말을 하는 대목이라든
가, '관동지방은 경치 좋은 곳이 많아 이 곳으로 부임해 오는 사람들이 왕왕
풍류로써 즐겼다[『동인시화』·下)'와 같은 부분에서의 풍류 역시, 즐겁게 노
는 것을 의미한다. 이와 유사한 예들은 무수히 찾아볼 수 있는데, 노는 내용
이 무엇무엇을 포괄하는가에 조금씩 차이가 있을 뿐이다. 대개는 위에서 보
는 바와 같이 경치 좋은 곳-이런 곳을 보통 '風流處' '風流地'라 하였다-에서 술
을 마시며 시문을 지으며 노는 것이 가장 보편적이지만 妓生, 歌舞, 뱃놀이
를 포함시키는 것도 일반적인 풍류상이라고 하겠고, 때때로 書畵가 들어가
며, 나아가서는 사냥, 낚시, 활쏘기와 같은 잡기적 취미까지 노는 것으로서의
풍류요건에 포괄되기도 한다. 그러나, 이같은 다양성에도 불구하고 거기에는
일종의 우선 순위같은 것이 있어, '좋은 경치'와 '시문'과 '술' '歌樂'은 기본
적이고 필수적인 풍류요소가 되고 있음을 본다.

蘇杭兩州가 詩酒風流로 擅名於天下어놀   -<옥루몽> 중-

閑餘索筆題窓紙   한가하면 붓 들어 창호지에 시를 쓰고
興至持竿上釣航   흥겨우면 낚싯대 들고 낚싯배에 오르네
日日窪尊須醉倒   날마다 술마시고는 취해서 거꾸러지니

風流千古說漫郎　　천고의 풍류를 元結에게 말해 주리라

-李荇, <枕流堂三首>·1-

에서 언급되고 있는 풍류상을 살펴보면, 이같은 우선 순위적인 것이 있음을 짐작할 수 있다.

조선조에서 통용되던 '풍류'개념의 세 번째 의미범주는 '예술' 혹은 '예술적 소양'과 관계된 것이다. 두 번째의 경우가 놀이의 내용보다는 노는 것 자체에 중점을 두고 쓰이는 것과는 달리, 세 번째는 주로 그 내용을 지시하는 경우이다. 그 가운데서도 사냥, 뱃놀이같은 비예술적인 것은 제외하고 '詩文'이라든가 '歌樂' 드물지만 '춤' 등 예술적인 것에 중점을 두는 경우이다. 그리하여, 풍류가 시문을 짓고 감상하는 행위 혹은 文學性-문학적 자질이나 소양 등-을 의미하는 경우에도 사용되고, 음악의 종류나 음악 자체 때로는 악기를 의미하는 데 사용되기도 하고, 춤의 동작을 지시하는 데 사용되기도 한다.

　　以觀其所爲 娥依于南軒 看月微吟 風流態度 儼然有序. (그 하는 바를 살펴 보니 아가씨가 남쪽 난간에 기대어 달을 보며 시를 읊는데 풍류의 태도가 엄연하여 질서가 있었다.)　　　-『금오신화』중 <취유부벽정기>-

와 같은 예에서 '풍류'는 시를 짓는 행위 자체를 의미한다. 한편, 尹汝衡과 李晟의 시를 소개하고 그에 대하여 '二老風流高致 深可足尙(두 사람의 풍류는 고상하고 운치가 있어 숭상할 만하다. 『동인시화』下)'라고 평하는 대목에서의 '풍류'는 '문학적 재질이나 소양' 등을 의미하는 것으로 이해해도 될 것이다.

　　龔太史用卿吳黃門希孟 皆風流文雅 覽本國山川之秀 不覺發興 至於下輦吟賞.　　　-『대동야승』4권, 『패관잡기』4-

　여기서 언급되고 있는 '風流'나 '文雅'는 문학적 소양 혹은 문학적 아취가 있는 것을 의미한다고 볼 수 있어, 결국 같은 의미를 두 번 반복한 것과 같다. 이같은 의미의 쓰임은 詩話集에서 주로 발견된다.

　조선조에 이르면 특별히 '음악'을 풍류로 나타내는 쓰임이 일반화된다. 풍류의 한 요소가 풍류 전체를 대변하는 것으로 의미의 변화가 일어난 경우로서, 조선후기로 오면 이런 쓰임의 양상은 더욱 보편화되는 경향을 보인다.

　　　뒤이어 지촉ᄒ여 순비를 돌니고 기성으로 ᄒ여곰 풍류를 알외거날
　　　　　　　　　　　　　　　　　　　　　　　　　　　-<구운몽> 중-

　　　제왕졔장 느러안ᄌ 풍류소리 질탕ᄒ디　　　　　-<몽유가> 중[49]-

　　　우리가 지은 글을 桂娘에게 넘겨주어 그 눈에 드는 것을 가곡에 넣고 풍류에 실어 그 고하를 매기며　　　　　　　　-<구운몽> 중-

　　　"峰下에 工人을 숨겨 앉히고 풍류를 늘어지게 치게 하고"
　　　"풍류를 딴 배에 실어"　　　　　　　　　　　　-<東溟日記> 중-

　　　何物龍鐘李御史　　눈물흘리는 이어사는 어떤 사람이길래
　　　至今占斷劇風流　　오늘날까지 劇風流를 독점하고 있는가
　　　　　　　　　　　　　　　　　　　　　　　　-<觀劇雜詩12首>·4-

　처음 둘의 풍류는 '歌樂'을, 다음 둘은 '악기'를 의미한다. 맨 끝은 申緯의 <觀劇雜詩> 중 판소리 <춘향가>를 시로 표현한 것인데, 여기서의 풍류는 판소리를 가리킨다. 이처럼 풍류가 특히 음악을 지정하여 쓰이는 전통을 이어 오늘날에도 國樂에서 관악합주를 '대풍류', 현악합주를 '줄풍류'라고 일컫고 있는 것이다. 그리고, '풍류음악'과 '삼현육각'은 동일한 악기편성

---

49) 『증보신구잡가』(『韓國雜歌全集』1, 鄭在鎬 編, 啓明文化社, 1984)

으로 이루어져 있으면서도, 즐기는 것일 때 즉 감상용일 때는 '풍류음악'이
란 명칭을 사용하고, 무용반주라고 하는 실용성에 비중을 둘 때는 '삼현육
각'이라는 명칭을 사용[50]한다는 점도, '풍류'라는 말에 '즐겁게 노는 것'이라
는 의미가 내재해 있음을 증명한다. 그리고, 國樂에서 일컬어지는 '풍류굿거
리' '풍류가야금' '풍류다스름'[51] 등은 모두 음악의 측면을 특별히 지정하여
풍류로 일컫는 用例들이다. 고전소설에서 잔치분위기를 묘사하는 데 상투적
으로 등장하는 '요지연 풍류소리' 역시 풍류가 음악을 특별히 지정하여 의
미하는 경우에 해당하는 것이다. 또한, 조선 후기에 俗化되기 전의 '風流房'
은 예술을 창작하고 감상, 향유하는 공간을 의미했는데, 이것을 달리 '律房'
이라 부르는 것도 풍류가 여러 예술장르 중 특히 음악과 관계가 깊음을 시
사한다고 하겠다.

한편, 조선조에는 '풍류'가 특히 음악을 가리킬 때는 '風樂'이라는 말로,
시문을 가리킬 때는 '風月'이라는 말로 대치되어 사용되는 양상이 매우 일
반적이다.

좋은 음식과 풍악을 갖추어 대접하니 인간세상에서 보지 못한 풍류였다.
-<숙향전> 중-

의 예는 음악을 '풍악'으로, 宴樂의 놀이를 '풍류'로 구분한 경우이고,

토끼 보고 좋아라고, "과연 들어와 보니 좋기는 좋다. 네 귀에서 풍경이
웽기렁 젱기렁허고 별유천지 비인간이라. 이런 좋은 경치에 풍월이나 한 수

읊어 볼까” …중략…“기왕 여까지 왔으니 수궁 풍류나 좀 듣고 갔으면 한이
없겠소”　　　　　　　　　　　　　　　　　　　　－판소리 ＜수궁가＞ 중－

의 경우는 시문을 ‘풍월’로, 음악을 ‘풍류’로 구분해서 사용한 예이다. 신라
대로부터 ‘풍류도’와 ‘풍월도’는 같은 뜻으로 쓰이었고, 시 짓는 것을 ‘吟風
弄月’이라 하는 언어관습에 따라 이를 줄여 ‘풍월’이라는 말로 시 창작을
의미했다고 보인다.

　또, 세 번째 범주의 풍류개념 가운데 특기할 만한 예는 춤의 동작으로서
‘風流枝’라는 말의 등장이다. ‘풍류지’는 조선후기의 궁중무용 중의 하나인
＜春鶯囀＞의 춤사위의 하나인데 두 팔을 여미고 垂手舞하는 춤동작이다.[52]
이상 조선조 풍류개념의 세 번째 범주는 ‘예술적인 것’ ‘미적인 것’에 관계
된 것에 한해서만 풍류라는 말을 사용하는 예이다.

　네 번째는, 사람의 풍모나 인품, 교양, 태도의 뛰어남을 나타내거나, 미적
상태를 형용하는 개념으로 사용되는 특이한 경우이다. 이런 예는 특히 고전
소설에서 많이 찾아볼 수 있는데 ‘풍류하다’, ‘풍류스럽다’같은 형용사적 표
현을 취한다. 그 대상이 女性일 경우 ‘풍류스럽다’는 ‘품위가 있고 우아하
다’‘교양이 있다’는 의미이고, 男性일 경우는 ‘호기있고 도량이 넓다’는 것
을 의미할 때가 많으며, ‘재주가 많다’, ‘멋이 있다’는 것은 男女 공통적으
로 사용되는 의미이다.

　性俱溫和 風韻不常 而又聰明識字 能爲詩賦 皆作七言短篇四首以贐 鄭
氏態度風流.　　　　　　　　　　 －『금오신화』 ＜만복사저포기＞ 중－

고 했을 때의 ‘풍류’는 ‘교양있는 태도’를 말하는 것이요,

---

52) 張師勛, 앞의 책, 213·308쪽.

홍란은 풍류한 선녀라.   -<옥루몽> 중-

꼭쇠 : 풍류가 철철 흐르는 승무 둡시오
                              -『마당굿연희본』<북청사자놀음> 중-

양류푸르러 짜는 것 갓흐니
긴가지가 그림다락에 뜰쳤더라
원컨더 그더가 부지런히 심은 뜻은
이 나무가 가장 風流러라
            -<구운몽>에서 주인공 양소유가 읊은 楊柳詞 중의 한 대목-

에서의 '풍류'는 '멋있다'는 의미이다. 세 번째 예에서는 '이 나무가 가장 풍
류하다(此樹最風流)'라고 하여 풍류라는 말이 漢文句에서 형용어로 쓰이는
예를 보여 준다. 이와 똑같은 예로서 김시습의 漢詩에 쓰인 '풍류' 예를 들
수 있다.

玉堂揮翰已無心   옥당에서 글 지을 맘 없어진 지 오랜데
端坐松窓夜正深   창가엔 솔 그림자 밤이 아주 깊었구나
香揷銅鑪烏几淨   향로에 향 꽂으니 책상은 깨끗한데
風流奇話細搜尋   풍류스런 이야기들 자세히 찾아내네
                                    -<題金烏新話二首> · 2-

김시습은 『금오신화』와 같은 이야기를 '풍류스러운 것'으로 인식하고 있
다고 하겠는데, 주지하다시피 『금오신화』는 비현실적이고 신기한 요소, 남녀
간의 애정요소를 특징으로 하며, 김시습은 이런 점들을 '풍류스러운 것'으로
인식하고 있음을 미루어 짐작할 수 있다.

昌曲이 年至十六歲에 儼然成就ᄒ야 文章이 驚人ᄒ고 知見이 出衆ᄒ며

根天之孝誠과 日就之學問이 有賢人君子의 出類之志操ᄒ고 英拔之風流
와 豪放之氣像은 有經天緯地才德兼備之資러라   -<옥루몽> 중-

여기서의 '풍류'는 '남다른 재주가 있는 것'을 의미한다. 흔히 고전소설의
주인공에게 부과되는 '풍류랑' '풍류남아' '풍류재사' '풍류남자' '풍류재자'
등의 호칭은 바로 호기있고 멋이 있고 재주가 뛰어난 사람을 말한다고 할
수 있다.

다섯 번째 범주로는, 풍류가 男女의 情事를 의미하는 경우이다.

동편에 정ᄌᆞ를 짓고 화됴월셕에 량인이 산정에 올나 칠현금을 희롱ᄒ고 노
리를 화답ᄒ야 셔로 즐기며 풍류ᄒ야 청흥이 도도홀시
-<숙영낭자전> 중-

라든가, 부잣집 과부에게 장가들려다가 봉변을 당한 鄭씨 성을 가진 두 사람
의 이야기를 기록하며 '二鄭風流是一般(『대동야승』2권, 『용재총화』)'이라 했
을 때의 풍류는 바로 이런 의미의 쓰임이라 하겠다(<숙영낭자전>에서의 풍
류개념에는 두 번째 범주의 의미도 복합되어 있다). 풍류가 이런 의미까지를
포괄한다고 할 때, 애정담을 다룬 고전소설은 바로 '풍류에 관한 백과사전'
이라고 해도 될 만큼 풍류의 用例가 무수히 등장한다. 대개는 주인공의 성
품을 설명하는 말로서, 혹은 주인공이 읊는 漢詩句에 등장하는 경우가 대부
분이다.

이렇듯 조선조로 들어오면 종교성, 예술성, 놀이성을 모두 포괄하는 신라
적 의미의 풍류개념에서 道나 형이상적 요소는 약화되는 대신, 예술이나 놀
이적 개념이 부각되는 것을 볼 수 있으며, 고려조는 신라적 개념과 조선조
적 개념이 혼재되어 사용된 시기라고 할 수 있을 것이다. '풍류'라는 말의
쓰임을 둘러싼 이같은 양상은 時調나 歌辭에서도 별로 다를 바가 없다. 정

극인의 <賞春曲>에,

> 紅塵에 뭇친 분네 이 내 生涯 엇더흔고
> 녯 사름 風流룰 미출가 못 미출가
> 天地間 男子 몸이 날만흔 이 하건마는
> 山林에 뭇쳐 이셔 至樂을 모롤 것가
> 數間 茅屋을 碧溪水 앏희 두고
> 松竹 鬱鬱裏예 風月主人 되여셔라
>   …(중략)…
> 物我一體어니 興인들 다롤소냐
> 柴扉예 거러보고 亭子에 안자 보니
> 逍遙吟詠ㅎ야 山日이 寂寂흔더

라고 했을 때의 '풍류'는 山水間 경치 좋은 곳에서 술을 마시며 시문을 읊으며 논다고 하는 두 번째 범주의 개념인 것이다. 두 번째 의미범주 가운데서도 풍류현상을 성립시키는 제 요소 가운데 우선 순위적이랄까 필수적인 것의 順이 있다고 언급하였는데, 예컨대 좋은 경치를 玩賞하고 술을 마시면서 詩文을 吟詠하는 것이 최우선적인 풍류요소라고 할 수 있겠고, 그 다음이 歌樂-혹은 歌舞, 이런 경우는 대개 妓生이 同席하여 美色을 즐기는 것도 풍류요건의 하나가 되는 것이 일반적이다-이고 때때로 書畵가 포함되며, 그 다음으로 뱃놀이·낚시·사냥·활쏘기 등 잡기적 취미까지 포괄하는 경우이다. 이 順은 풍류개념이 점점 다양해지고 광범해지고 俗化되어 가는 양상을 말해 주는 것이기도 하다.

<상춘곡>이 속화되기 전의 풍류개념을 담고 있는 것이라면,

> 玉갓치 고흔님과 눈과갓치 발근 달에
> 金樽에 술이 잇고 믈읍우희 거문고라
> 平生에 風流主人 되여 百年安樂하리라

니 나히 半白이라 풍류호화 다 던지고
盛世에 발인 몸이 入山修道 ᄒᆞ온 뜻즌
日後란 蓮花臺上에 놀아볼가 ᄒᆞ노라

折衝將軍 龍驤衛副護軍 날을 아는다 모로는다/니 비록 늙엇시나 노리 춤
을 추고 南北漢 놀이갈 졔 쩌러진 적 업고 長安花柳風流處에 안이 간곳
이 업는 날을/閣氏네 그다지 숙보와도 ᄒᆞ룻밤 격거보면 數多ᄒᆞ 愛夫들에
將帥ㅣ 될줄 알이라

와 같은 시조의 예는 우선 순위적인 것에서 한참 뒤의 것, 속화되어 가는
풍류개념을 보여주는 것이라고 하겠다. 그리하여, 조선조 후대에 보편화된
'風流房'이니 '風流亭' '風流處' 등은 곧 '妓生房'이나 '한량들이 모여 노
는 곳'과 거의 같은 개념으로 쓰이기까지 하는 것이다. 다음의 기록은 이같
은 예술의 창작과 향수의 총결산으로서의 풍류개념을 총체적으로 보여주는
예이다.

> 沈陝川鏞 疏財好義 風流自娛 一時之歌姬琴客酒渡詞朋輻湊並進 歸之
> 如市 日日滿堂 泛長安宴遊 非請於公則莫可辦也. …(중략)… 於是 妓歌
> 琴客 盡其平生之技藝 終日遊衍 西路之歌舞粉黛 頓無顏色 當日席上 巡
> 相以千金贈京妓 諸宰又隨力贈之 其至萬金 沈公迭宕一旬而還 至今爲風
> 流美談.　　　　　　　　　　　　　　　　　　　-『靑丘野談』卷1-

이 기록의 내용은 영조 때 가객들의 패트런이었던 심용이 琴客·歌妓들
을 인솔하여 평양의 회갑연에 참가하여 많은 사례금을 받았으며 이것이 風
流의 유명한 일화가 되었다는 것인데, '中略'부분은 그들이 보여준 풍류의
구체적인 모습들에 대한 설명이다. 이 기록에 담겨진 바에 의하면, 풍류개념
은 이미 전문예술인들이 사례금을 받고 행한 일종의 興行의 측면까지 확대
되고 있음을 충분히 짐작할 수 있다. 또한, 풍류라고 하는 것이 '돈을 받고

팔 수도 있는 것'으로 인식되어 俗化되어 가는 면모를 여실히 보여 주고 있
는 것이다.

요컨대, '풍류'개념의 시대적 변천을 추적해 보면, 형이상학적 색채는 약
화되는 대신 감각적이고 형이하학적인 측면이 부각되고 俗化되는 양상을 보
이며, 추상적인 개념에서 구체화된 개념으로, 그것이 포괄하는 의미영역은
축소되는 대신 풍류현상을 성립시키는 구체적 요소는 세분화되고 다양화되
는 양상으로 전개되는 것을 알 수 있다.

4. 한·중·일에서의 '風流' 개념의 공통점과 차이점

이상 중국, 한국, 일본에서의 '풍류'라는 말의 쓰임을 구체적인 예를 통해
개괄해 보았다. 이 쓰임을 비교해 보면 3국간의 공통적 의미와 차이지는 의
미가 대강 드러나거니와 풍류의 다양한 속성 가운데 각각 어느 면이 부각되
고 있는가 하는 점도 어느 정도 드러나게 된다.

'풍류'라는 말의 근원지가 중국이라는 점에서 우선 중국의 풍류 용례를
대강 다음 몇 가지로 분류해 보는 것이 필요할 듯하다.

    (1) 高邁不羈의 호방한 풍도가 강조되는 王·謝式 풍류
    (2) 시문, 서예, 그림 등 예술적 취향이 강조되는 王羲之式 풍류
    (3) 富와 色을 바탕으로 사치스러운 酒宴을 벌이고 노는 것에 중심을 둔
        石崇式 풍류
    (4) 은거의 기풍과 淸談을 주로 하는 竹林七賢式 풍류
    (5) 자연을 벗삼아 淡泊淸雅의 세계에 노니는 孟浩然式 풍류
    (6) 禪의 세계와 관련된 풍류
    (7) 자유분방한 남녀의 애정을 말하는 艶情의 풍류
    (8) 제 예술장르 중 특히 문학을 중심으로 風雅한 취향, 즉 文雅를 의미하
        는 풍류

이와 같은 風流相은 중국만이 아니라, 우리나라나 일본에도 모두 존재한다. 그러나 나라마다 특별히 부각되고 강조되는 범주가 있고, 같은 범주의 풍류상이라도 특별히 비중이 두어지는 부분이 있다. 또, 중국적 풍류상이 변형된 양상이나, 한국·일본의 고유한 풍류상을 발견할 수도 있다. 먼저, 세 나라 간의 풍류상의 차이점부터 검토해 보자.

중국에서 쓰여진 풍류개념의 다양한 쓰임과 전개를 살펴보면, 다양한 풍류상 가운데 일관되게 강조되고 있는 것은 '風'이 지니는 자유로움, 어디에도 얽매임 없는 분방함이다. 王·謝의 풍류건 石崇의 풍류건 혹은 노장적 성향을 띤 淸談家的 풍류건, 은둔자의 삶을 말하는 풍류건 간에 거기에 일관되고 있는 것은 바람과 같은 '정신의 자유분방함'이요, 어떤 틀이나 격식, 현실적 상황 등에 얽매임 없는 '豪放不羈'의 요소인 것이다. 이 호방불기가 관직이나 명예, 富 등 세속의 가치에 超然한 것을 의미하든, 법도나 도의적인 正道를 벗어난 放縱이나 放逸을 의미하든간에 주어진 틀에 구속받지 않는 활달한 풍도를 기본태도로 하는 것만은 사실이다. 이로 볼 때, 중국적 풍류에는 현실원리에 기초하고 있는 儒家보다는 老莊的 성향이 더 짙게 배어 있음을 부인할 수 없다. 중국에서는 人品이나 容姿 등 사람의 풍모와 관계되는 풍류 개념이 유난히 강조되는 경향이 있다고 생각된다.

일본의 경우도 역시 풍류가 다양한 의미로 전개되고 있지만, 그 근저의 핵심을 이루며 일관되게 강조되고 있는 것은, '세련됨' '華美함' '장식성' '섬세함'의 요소이다. 중국의 경우가 인간의 풍모에 관계된 것을 중심으로 풍류개념이 강조되어 온 것과는 달리, 일본의 경우는 사물의 외면으로 드러나는 '美的 요소', 특히 감각적 아름다움이 부각되어 왔다고 할 수 있다.

우리의 경우는 중국, 일본과는 달리 원래의 풍류개념에 '형이상학적 요소' 즉 '宗敎性'이나 '思想'의 측면이 강조되고 있다는 점에서 그 고유성과 독자성을 찾아볼 수 있다. 물론, 후대로 오면서 고대 중국에서 통용되어 온 풍류개념이 원래의 풍류개념을 대치하여 주도적인 개념으로 사용되는 경향을 보인다. 하지만 그런 경향은 통일신라이후 우리의 예술문화를 주도해 온 층이 중국의 예술문명을 선호하는 귀족 식자층이었기 때문에 풍류의 본래적 의미가 중국적으로 변질된 것은 어쩌면 당연한 것으로 볼 수 있다. 그러므로, 풍류 개념의 독자성은 오히려 초기의 풍류 개념에서 뚜렷하게 드러난다. '風流道'를 우리에게 고유한 재래의 신앙·사상으로 인식하고 있었던 점은 중국이나 일본에서는 찾아보기 어려운 풍류 개념이라 하지 않을 수 없다. 3국에서의 풍류 개념은 초기에는 정신적인 것이 강조되다가 점점 외면적인 것, 감각적인 것으로 의미가 俗化되어 가는 경향이 있다.

3국에서의 '풍류'라는 말의 쓰임과 전개에서 주목할 만한 사실은, 거기에 내포된 예술적 요소 가운데 중국의 경우는 주로 '詩文'(넓게는 詩書畵)의 측면이, 우리나라의 경우는 '歌樂'(음악)의 측면이, 일본의 경우는 '춤'(무용)의 측면이 부각[53]되고 있다는 점이다.

그러나, 이처럼 풍류라는 말이 민족별 차이가 있고 또 부각시키고 강조하는 면이 각각 다르다고 할지라도 그 말이 궁극적으로 어떤 공통방향을 지향한다는 점을 주목해야 할 것이다. 그리고 이 공유점을 중심으로 한·중·일 삼국의 문화를 하나로 묶어서 이해하는 기반이 마련될 수 있는 것이다. 그 공분모는 먼저, 풍류라는 말이 '놀이'를 표방하거나 놀이와 관계된 일종의 문화현상이라는 사실에서 찾을 수 있다. 어느 나라건 풍류는 기본적으로 '노는 것'과 밀접한 관련이 있다. 어딘가에 얽매임 없이 호방하게 시문을 짓고 가무를 즐기면서 놀 수도 있고, 무엇을 꾸미고 장식하면서 놀 수도 있고, 동

---

53) 일본에서의 '풍류'라는 말의 쓰임을 보면, 유난히 '춤'에 관계된 것이 많다. 예컨대, 風流能에서도 춤의 요소는 음악보다 큰 비중을 차지한다. 또 중세적 개념의 풍류를 일곱 가지로 나누는 가운데 하나인 '念佛風流'라는 것은 盆(우리나라의 추석과 같은 성격을 지니는 명절로 조상의 묘를 찾아본다)에 춤추는 것을 말하며, '小歌踊'은 室町期에 유행했던 小歌가 風流에 유입되어 그 선율에 맞춰 추는 춤을 의미한다. 이런 것들을 바탕으로 '風流踊'이라는 말이 일반화되기에 이르렀다. 『日本古典文學大辭典』(岩波書店, 1984) '風流'項.

맹·무천과 같은 祭天儀式조차도 노는 것으로 간주될 수 있다. 그런가 하면 산수간에 노닐면서 인간적 덕목을 바탕으로 自然眞趣를 찾으면서 놀 수도 있다. 물론, 여기시 '논다'고 하는 '遊'의 개념은, 긴장의 해소와 감각적 쾌감을 수반하는 오늘날의 일반화된 놀이개념과는 달리 '精神的'인 영역이 강조되며 '審美性'을 내포하는 것이라는 점이 전제되어야 한다.

그러나, 풍류가 근본적으로 '노는 것'이라고 해도 그것이 외형적인 즐거움, 감각적인 쾌락, 겉으로 드러나는 現象만으로 그칠 경우에는 '풍류'라는 말이 사용되지 않는다는 것은 위의 예들로써도 충분히 짐작할 수 있다. 문장이건, 酒宴이건, 歌舞건, 산수간에 노니는 것이건 간에 그것이 사물·現象의 本質에 접근하는 것일 때, 즉 사물·현상의 極까지 추구해 들어가는 것일 때 비로소 '풍류'의 의미영역에 포괄될 수 있다는 것이다. 즉, '삼라만상·우주만물 모든 현상의 본질과 조우하는 것을 전제로 하는 놀이'가 바로 풍류인 것이다. 중국 풍류인물로 첫 손 꼽히는 악광이나 왕연, 사안이 모두 그런 의미의 풍류를 즐겼고, 琴을 들고 산으로 들어간 물계자나 그림에 있어 그 극을 다한 솔거, 현학이 나타나 춤추게 만든 왕산악이나 모두 그런 의미에서 풍류를 아는 사람이라고 말할 수 있는 것이다. 동아시아 삼국에서의 '美'에 대한 인식이 다름 아닌, 이 '극을 다하는 것' '本質과의 遭遇'를 의미하는 것이었다는 것을 환기한다면, '풍류'란 '美的 認識'에 기반한 일종의 놀이문화라고 일차적인 성격규정이 가능할 것이다. 또한 '풍류'는 놀이문화의 원형인 동시에 '예술문화의 원형'이 되기도 하는 것이다.

한 마디로 3국의 공통된 풍류개념을 표현한다면, 그것은 '예술적으로(혹은 미적으로) 노는 것'으로 규정할 수 있다고 본다. '예술적으로'라는 것이 어떤 것을 의미하는가에 대해서 구체화해 본다면, 중국의 경우는 '호쾌하게, 어디에고 구속됨 없이'라는 '豪放不羈'의 의미이며, 일본의 경우는 '우아하고 세련되게'라는 '佳艶'의 의미이며, 우리나라의 경우는 '운치있고 멋있게'의 의미가 될 것이다. 노는 것이되 정신적인 영역까지를 포함하고 거기에 심미적 요소가 갖추어져 있을 때 비로소 풍류라는 말이 사용되고 있다는 점을 주목해야 할 것이다. 물론 동아시아 3국에서의 '美'개념은 '善'을 포함한, 혹은 美와 善을 일치시켜 생각하는 것임이 전제되어야 한다. 이로부터 '風流'를 '東아시아 3국의 놀이・예술문화의 원형'으로 이해하는 기반이 마련된다고 본다.

이 두 요건 중 어느 하나를 결여할 때 풍류라는 말이 성립될 수 없다. 예컨대 『三國史記』「列傳」에 등장하는 孝女 知恩을 풍류인이라고는 하지 않는다. 『삼국사기』 기록에는 그의 효행을 '美行'이라고 표현하고 있는데, 이때의 '美'는 '善'과 같은 의미로서 孝의 극을 다하는 것을 의미한다. 그러나, 거기에는 '美'의 요소는 있어도, 놀이요소가 없다. 반대로 주색잡기나 활쏘기 등 잡기에만 능한 한량이나 노름꾼의 경우라면, 놀이요소는 충분하되 마주하고 있는 현상에 그 극을 다하고자 하는 성실성, 즉 동아시아적 미의식이 결여되어 있으므로 역시 풍류인이라 할 수는 없는 것이다.

여기서 한 가지 附記할 점은, 어느 나라에서건 풍류는 애초에 富와 어느 정도의 신분・지위를 갖춘 계층의 정신적 여유를 바탕으로 하는 '귀족취미'로부터 비롯되었다는 사실이다. 놀이라고 하는 것이 일상의 실용적 목적성으로부터 어느 의미에서 유리되어 있는 것이라고 할 때, 일상적 삶에 구애될 필요가 없는 상류층이 미적인 것을 추구하고 향유할 수 있었을 것이기 때문이다.

Ⅱ. '風流'의 본질

그러면, 이제 '風流'를 동아시아의 놀이・예술문화의 원형으로서 자리매김하면서, 그 구체적인 특성들을 추출하여 풍류의 본질을 규명해 보기로 하자.

앞서 풍류란 '美를 표방하는 놀이문화'로 규정하여 '놀이성'과 '예술성(審美性)'을, 풍류개념을 구성하는 두 축으로 설정한 바 있는데, 그렇다면 무엇보다도 먼저 한자문화권에서의 '놀이'와 '美'의 개념이 어떻게 인식되어 왔는가 하는 점이 규명되어야 하리라고 본다.

1. 놀이적 요소

『李朝語辭典』(劉昌惇, 연대 출판부)에 의하면, '놀다'를 '遊'에 상응하는 말로 보고 그 쓰임의 예로서,

> 道胎예 노라(旣遊道胎), 先王ㅅ廟애 다시 놀오 (重遊先王廟), 모다 노라
> 森然히 精神이 모댓도다(群遊森會神), 琴을 노더니이다(연주하다), 錦水ㅅ
> ㄱ흔디 노로라 (同遊錦水濱)

등을 들고, '놀래'(놀애>노래) '놀음'(노름) '놀이' '놀이다'(움직이다, 희롱하다)는 '놀다'에서 나온 말로 보고 있다.

한편, 『大漢和辭典』(諸橋轍次, 大修館書店)에 '遊'는,

> 逸樂・戲樂하다(戲)
> 旅行하다(行) : 한곳에 머물러 있지 않다
> 就學하다 : 遊於聖人之門 (『孟子』「盡心章」上)
> 自適하다: 心有天遊(注:遊, 不係也) (『莊子』「外物」篇)
> 遊說하다, 閑暇하게 쉬다
> 奏樂의 古語(음악이 노는 것의 주된 부분이 되기 때문에 연유한 말)
> 酒色의 즐거움

등으로 설명되어 있다.

위 내용들을 종합해 보면, 한자문화권에서의 '놀이' 개념은, 호이징하나 까이오와가 말하는 '놀이'(play, game) 또는 실러가 말하는 '遊戲'(衝動)의 개념과 통하는 부분도 많지만, '道에 나아가는 것' '진리를 추구하는 것' 등 심각하고 진지한 知的 작용까지를 포괄하고 서양의 경우보다 훨씬 더 광범한 영역에 걸쳐 있다는 점에서 그 특징적 의미를 발견할 수 있다. 즉, 서양의 경우가 감각적이고 구체적 정서적인 측면에 걸친 '놀이' 개념이라면, 동아시아의 경우는 감각적·정서적·구체적이면서 나아가 '관념적'이고 '형이상학적'인 영역까지 포괄한다는 점에서 더 광범하다고 할 수 있는 것이다.

한자문화권에서 형이상학적 의미를 담고 있는 '遊'의 쓰임은 특히 『莊子』의 사상의 핵심을 이룬다고 할 수 있겠는데,

> 莊子曰 人有能遊 且得不遊乎. 人而不能遊 且得遊乎.
> (사람이 능히 '遊'할 수 있다고 한다면 또한 '不遊'할 수도 있는 것 아닌가? 사람이 '遊'할 수 없다고 한다면 또한 '遊'할 수도 있는 것 아닌가?)
> -『莊子』「外物」篇-

에서 보는 바와 같이, 모든 것이 상대적인 개념일 뿐이라는 것을 설명하는 예로 '能遊' '不能遊'를 들고 있으며, 여기서의 '遊'는 자연의 묘법을 즐기는 것을 의미한다. 이처럼 무한의 세계인 道 안에서 마음이 노니는 것을 '遊'로 표현하는 쓰임은 「田子方」篇에서 노자가 공자에게 '游心於物之初(만물의 시초, 즉 道 안에서 마음이 노닌다는 의미)'라고 말했다는 대목이나, 이미 일반 명사화된 '竹林之遊'에서의 '遊'의 쓰임에서도 명확히 드러난다. 이처럼 한자문화권에서의 '遊'란 속박됨 없이 無限의 세계에서 노니는 것을 그 중요한 의미요소로 하는 것이다. 장자가 「逍遙遊」篇에서 크기와 길이를 측량할 수 없는 鯤과 鵬을 등장시켜 그들이 유유하게 노니는 것을 묘사한 것도, 遊개념에 내포된 道의 無限함·헤아릴 길 없음을 강조하기 위한 것이다.

儒家的 개념에서도 遊는 지극한 이치를 탐구하는 형이상적 영역을 포괄한다.

子曰 志於道 據於德 依於仁 游於藝.　　　　　　-『論語』「述而」篇-

여기서 주자는 '藝'(禮樂射御書數의 6예)를, '지극한 이치가 깃들인 것'(至理所寓而日用之不可闕者也)이라 하고 '游'를 '사물을 완미해서 실정에 맞게 하는 것(游者玩物適情之謂)으로 풀이하고 있는데, 이로 미루어 보아도 '유'란 단순히 감각적인 것이 아니라 지극한 이치를 몸에 익히고자 하는 의미가 내포되어 있음을 알 수 있다. 또한 맹자가 '遊於聖人之門'(『孟子』「盡心章」上)라 했을 때의 '유'개념 역시 같은 맥락에서 이해될 수 있다고 본다.

이처럼, 한자문화권에서의 '놀이'개념은 서양문화권과는 성격이 상당히 다르다. 그리하여, 필자는 앞으로의 용어의 쓰임에서 서양적 놀이개념을 나타낼 때는 '遊戱'라는 말을 쓰고, 동아시아적 개념을 의미할 때에 한해서 '놀이'라는 말을 사용하는 것으로 구분하고자 한다. 따라서, '놀이'는 '유희'를 포함하는 더 넓은 개념이고 여기서의 관심 역시 협의의 '유희'보다는 광의의 '놀이' 개념에 있다고 하겠다.

위의 사전적 풀이에서 주목할 만한 점은, '놀다'나 '遊'가 '악기·음악을 연주하다'라고 하는 音樂的 풀이를 담고 있다는 사실이다. 고대 음악에 대한 기록인 「樂記」(『禮記』의 한 篇으로 수록됨)를 검토해 보면, 그것이 단지 音樂論의 성격만이 아니라 고대 중국의 '藝術論'이었음을 알 수 있는데, 음악은 예술의 가장 대표적인 영역이었고, 예술 가운데 정치적으로나 풍속교화의 면에서 가장 큰 영향력을 지닌 분야기에 '樂'으로 예술전반을 대변한 것이라고 할 수 있다.

'놀다'는 말에 '예술성'이 포함되어 있다는 사실을 바탕으로 한다면, 앞서

'풍류'를 '미적(예술적)으로 노는 것' '미적 인식에 기반한 놀이' '미적인 것을 표방하면서 노는 것'이라는 말은 마치 '驛前앞'이라고 표현하는 것과 마찬가지의 양상이 되는 셈이다. 이처럼 '노는 것'과 '예술'은 깊은 관련이 있으며 이 둘을 합쳤을 때 온전한 '풍류'개념이 되는 것이다. 특히 예술 가운데 '음악'은 '노는 것'의 주된 것이기에, '풍류'가 펼쳐지는 場에서 빠짐없이 등장하는 핵심적인 요소가 되어 왔다고 본다.

이상 '놀다(遊)'라는 말에 내포된 다양한 의미들을 바탕으로 하여 볼 때, 일차적으로 '풍류'를 동아시아의 '놀이문화의 원형'으로 규정한 것은 그 타당성을 확보하게 되는 셈이다. 요컨대, 풍류란 '노는 것'을 말한다. 그것이 형이상적이고 정신적인 것이건, 감각적인 유희이건, 歌舞를 즐기는 것이건, 산수간에 노닐며 자연의 이치를 탐구하는 것이건, 이 모든 것은 '놀이'개념을 근간으로 하는 풍류의 諸相을 지시하는 것으로 이해할 수 있는 것이다.

2. 미적 요소

그러나, '풍류'는 이와 같은 놀이적 요소를 중요한 기반으로 하면서도 '놀이'개념과 완전히 일치하지는 않는다. 풍류는 노는 것이되, '美的으로' '藝術的으로' 노는 것을 말한다고 언급한 바 있다. '논다'고 하는 것이 풍류의 '내용'을 말하는 것이라면, '예술적으로' 美的으로'[54]라는 것은 풍류의 '형식'을 말하는 것이 된다. 한자문화권에서 무엇을 '美'로 인식했는가 하는 점은 다음과 같은 용례들에서 단서를 얻을 수 있다.

子謂衛公子荊 善居室 始有日苟合矣 少有日苟完矣 富有日苟美矣.

---

54) 예술의 본질을 美라 한다면, '예술적으로'라는 말은 '美的으로'라는 표현으로 대치될 수 있을 것이다.

(공자께서 위 公子荊에게 말씀하시기를 "참 집안살림을 잘 하는구나. 처음
에 재물을 얻었을 적에는 '겨우 취하였습니다.'라 하더니, 조금 더 갖게
되었을 적에는 '그럭저럭 겨우 갖추었습니다.'라 하고, 넉넉하게 갖게 되었
을 때는 '그런대로 좋습니다.'라고 하였도다.")   -『論語』「子路」篇-

子曰 如有周公之才之美 使驕且吝 其餘不足觀也已.
(공자께서 말씀하시기를 '비록 周公의 재주와 같은 아름다움이 있다 해도
교만하고 인색하다면 그 나머지는 볼 것이 없느니라.'고 하셨다.)
                                    -「太伯」篇-

첫 번째 예를 보면 '풍부하고 넉넉한 상태'에 대하여 '美'라는 말을 사용
하였고, 두 번째 예에서는 겉으로 드러나는 아름다움이 아닌 내면의 德, 智,
技藝의 才를 '美'로 표현하고 있다. 美에 대한 이같은 전통적 인식은 『孟
子』의 구절에서 더욱 뚜렷하게 드러난다. 齊나라 사람 浩生不害와 주고 받
은 대화에서 맹자는,

可欲之謂善 有諸己之謂信 充實之謂美 充實而有光輝之謂大…
(하고자 하는 것을 善이라 하고 그것을 자신에게 두는 것을 信이라 한다.
그리고 그것으로써 가득 채우는 것을 美라 하며, 가득 채워서 빛이 나게
하는 것을 大라 한다.)   -「盡心章」下-

라는 견해를 편다. 즉, 善과 信으로 자신의 내면을 가득 채워 빈틈이 없게
하는 것이 '美'라 하였고, 이에 대한 朱子의 注도 '力行其善 至於充滿而積
實 則美在其中而無待於外'라 하여 '充·滿·積·實'의 요소를 미의 본질
로 해석하고 있음을 본다. '빈틈이 없이 가득 채운다'는 것은 달리 말하면,
'어떤 현상의 상태나 정도가 몹시 盛한 것 혹은 극치에 이르는 것'을 의미
한다고 해도 좋다. 이 점은 道家의 美 개념과도 다르지 않다.

天地有大美而不言 四時有明法而不議 萬物有成理而不說. 聖人者 原天
地之美 而達萬物之理.   -『莊子』「知北遊」-

여기서 말하는 '大美'란 주체가 無限에 도달한 데서 얻어지는 것, 無爲의
것, 道나 眞과 같은 우주본체에 연결된 것을 의미한다.[55] 성인이란 바로 이
같은 大美에 근본하여 만물의 지극한 이치에 통달한 사람을 말한다. 이와
같은 미개념은 다음 구절에서도 여실히 드러난다.

孔子曰 請問遊是. 老耼曰 夫得是 至美至樂也.   -『莊子』「田子方」-

이 문구는, '遊'의 경지에 이르면 '지극히 아름답고 지극히 즐겁다'고 하
여 '遊'와 '美'의 관계를 암시하고 있는데, 결국 '遊'나 '美'나 어떤 현상을
지극히 함으로써 얻어질 수 있는 것임을 말하고 있다.

荀子는 "君子知夫不全不粹之不足以爲美(군자는 무릇 불완전하고 불순한
것이 부족한 것이 美라는 것을 알아야 한다. 『荀子集解』「勸學」)'[56]라고 하
여 '완전하고 순수한 것'을 美로 인식하고 있다.

이로 볼 때, 한자문화권에서의 전통적 미의식은 황금비례에 바탕을 둔 서
양의 美 개념과는 판이하게 다르다는 것이 드러난다. 외면적 아름다움보다
는 오히려 내면의 진실성에 역점을 둔 말이며, 儒家건 道家건 '모든 현상의
최고의 경지에 이른 것' '우주의 본체, 삼라만상의 본질에 접한다'고 하는
의미를 내포하고 있음을 알 수 있다. 이런 美를 체험하는 것을 老子의 용어
를 빌어 말한다면 바로 '惚恍'이라 할 수 있을 것이다(『道德經』 14장).

또한, 한자문화권에서의 美개념은 '善'의 개념과 동일시되거나 '善'의 개

---

55) 李澤厚는 『中國美學史』(權德周外 譯, 대한교과서주식회사, 1992, 289~318쪽)에서
    장자가 말하는 大美가 서구의 崇高美와 비슷하나 숭고미가 압박감, 공포, 고통을 수
    반하고 종교적 열정을 포함한다는 점에서 양자는 다르다고 하였다.
56) 같은 책, 56쪽.

넘을 내포하는 경향이 있다. 『說文解字』에서도 '美, 與善同意'라 하였고 『淮南子』「脩務訓」에 '君子脩美'에 대한 注로서 '美, 善也'라 풀이하는 등 한문고전에서 '美善一致思想'은 보편적 인식이 되어 왔다. 또 '美'라는 漢字의 조성을 보면 '大'와 '羊'이 합쳐진 것임을 알 수 있는데, '큰 양'은 '가장 맛있는 음식'이라는 의미와 '犧牲用의 羊'이라는 의미를 모두 담고 있다. 두 의미 중 前者는 모든 음식 가운데 '맛의 극치를 다한 것'을 나타낸 것이요, 후자는 도덕적으로 지극함을 다한 것 즉 '善'의 측면을 대변하는 것이라 할 때, 字意에 이미 위에서 말한 동아시아적 '美'의 개념이 모두 함축되어 있다 할 것이다.

그리고, 한자문화권에서의 美 개념은 善의 연장으로서 내면의 덕목을 의미하기도 한다. 楚의 靈王이 章華臺를 짓고 伍擧와 함께 거기에 올라 臺를 두고 주고 받은 대화에서 이런 쓰임을 발견할 수 있다.

> 日 臺美夫. 對日 臣聞國君服寵以爲美 安民以爲樂 聽德以爲聰 致遠以爲明 不聞其以土木之崇高 彤樓爲美. …(중략)… 夫美也者 上下內外小大遠近皆無害焉 故日美. 若於目觀則美 縮於財用則匱 是聚民利以自封而瘠民也 胡美之爲. (왕이 "저 누대가 참 아름답구나" 하니, 伍擧가 대답하여 말하기를 "臣은 임금이 은혜를 베푸는 것을 美라 하고 백성을 편안케 하는 것을 樂이라 하며, 덕있는 사람에게 듣는 것을 聰이라 하고 멀리 있는 이를 불러오는 것을 明이라 한다는 것은 들었지만, 토목의 웅장함과 색칠하고 장식한 누대를 美라 하는 것은 듣지 못했습니다. …중략… 무릇 미란 상하, 내외, 대소, 원근이 모두 해됨이 없는 까닭에 미라 하는 것입니다. 눈으로 보기에 아름다운 것을 좇아 재물을 축내 없앤다면 이것은 백성의 利를 모아 자신을 배양하고 그들을 궁핍하게 하는 것이니 어찌 아름답다 할 수 있겠습니까?)
>   -『國語』「楚語」・上57)-

---

57) 『國語』란 책은 춘추시대 左丘明이 편찬한 것으로 춘추시대 및 그 이전의 歷史事迹과 인물의 談論을 기록한 것이다. 『中國美學思想彙編』・上(臺北 : 成均出版社, 1983), 10-11쪽.

왕이 색칠하고 화려하게 장식한 웅장한 누대를 보고 아름답다고 감탄하자, 신하인 伍擧가 진정한 美란 그런 외면적인 것이 아니라, 내면의 덕을 말하는 것이라고 대답했다는 내용이다. 여기서 '美'는 '樂', '聰', '明'과 더불어 내면의 덕목을 의미하며, 겉으로 드러나는 화려한 치장이나 규모를 가리키는 것이 아님을 확인할 수 있다. 또, 자신의 이익을 위하는 일이 다른 것에 해가 된다면 그것을 美라 여길 수 없다는 의견을 펴고 있다. 이로 볼 때, 여기서의 美는 도의적 善 개념에 밀착된 것이라는 것을 아울러 확인할 수 있다.

풍류를 '美的으로 노는 것'으로 규정한다면, 그것은 곧 우주만물·삼라만상에 접하여 그 본질과 진수를 경험한다고 하는 것을 말하는 것이라 할 수 있다. 이처럼 본래의 '풍류'는 형이하학적인 것, 감각적인 것, 외면적인 것보다는 형이상의 것, 내면적인 가치에 더 밀착해 있는 개념이었다고 할 수 있다. 그러던 것이 시간이 지나면서 외면적으로 드러나는 형상의 아름다움을 강조하는 방향으로 흘러갔다고 생각된다. '풍류'는 노는 것이되, 즐거움을 가져다 주는 어떤 현상이나 사물에 접하여 주마간산식으로 겉 외양만 훑고 지나가는 놀이가 아닌, 그 현상의 깊은 내면 혹은 본질까지 究極해 들어가 그 眞髓에 접하고자 하는 자세에 입각한 놀이인 것이다. 司空圖가 『二十四詩品』 중 「含蓄」을 '不著一字 盡得風流'(한 글자를 드러내지 않아도 풍류를 얻는다)고 했을 때, '풍류'를 '의미의 眞髓·要諦·깊은 뜻'으로 해석한다면 이 때의 풍류개념이야말로 본고에서 말하는 '풍류'개념을 가장 적절하게 표현한 용례라고 할 수 있을 것이다.

왕산악이 거문고를 탈 때 현학이 내려와 춤을 추고, 月明師가 피리를 불면 달이 운행을 멈추었다고 하는 것은 악기를 연주하는 그 정성된 마음이 극을 다했을 때, 그 정성된 마음으로 자신의 내부를 가득 채웠을 때에나 가능한 것이다. 지금 마주하고 있는 것이 거문고같은 악기를 연주하는 일이건, 가무를 즐기는 일이건 술을 마시며 詩文을 짓는 일이건, 산수자연을 완상하는 일이건 간에 우주의 삼라만상의 본질을 드러내는 모든 현상에 몰입하여 자기를 잊어버리는 이른바 '忘我' '沒我'의 경지에 이르러 그 현상 내지는 사물의 본질과 하나가 되는 상태에 이르는 것이 바로 풍류인 것이다. 그렇다면, '풍류'란 존재의 實相에 다가가는 한 방식을 말하는 것에 다름 아니요, '풍류심'이란 삼라만상의 실재에 다가가 그 진수를 맛보고자 하는 마음의 태도를 말하는 것이 되는 셈이다.

3. 자연친화적 요소

지금까지 '풍류'개념에 내재한 '놀이적', '미적' 속성을 규명해 보았다. 그 다음 세 번째, 풍류의 본질로서 가장 뚜렷하게 부각되어 오는 것은 '自然親和的 요소'일 것이다. 동양의 예술을 서양의 것과 비교할 때, 인생과 자연과 예술을 하나로 통합하여 보는 시선여부가 중요한 기준의 하나로 제기되곤 한다. 자연을 인간이 이용하고 정복해야 할 대상으로 보는 것이 서구적 관점이라면, 인간도 자연의 일부로 보면서 자연과의 합일 내지는 자연으로의 회귀를 예술이나 道의 최고가치의 상태로 보는 것은 동양적 관점이라고 할 수 있다. 전자가 자연을 대상화하는 관점, 즉 인간에 대립하는 존재로 인식하고 인간과 자연을 분리하여 보는 이분화된 관점이라면, 후자의 경우는 자연과의 합일을 추구하는 일원론적 관점이라 할 수 있을 것이다.

우리나라 풍류의 원초적인 모습을 보여 주는 '花郎徒'의 수련과정이나 활동상을 보면, 遊娛山水하는 것이 중요한 부분을 이루고 있으며, 후대의 다소 俗化된 풍류개념상으로도 풍광 좋은 산수간을 배경으로 풍류가 펼쳐지는 광경을 어렵지 않게 찾아볼 수 있다. 중국의 경우도 王·謝나 석숭의 풍류가 펼쳐지는 배경은 자연공간이었고, 은둔자의 기풍·노장적 경향의 淸談家들을 보아도 그들이 도를 추구하는 실질적 공간은 산수자연이었다. 중국을 비롯한 동아시아의 한자문화권에서의 '자연'이란 단순히 인간을 둘러싸고 있는 물질적 현상계를 의미하는 것으로 그치지는 않았다. 때로는 인격화된 존재, 神的 존재로 숭상되기도 하고 도나 진리의 구현체로 인식되기도 했다. 이같은 풍조는 儒家·佛家·道家를 막론하고 동아시아 삼국의 사고의 핵심을 이루는 부분이기도 하다.

이같은 동아시아적 자연관에 기초하여 앞의 인용 예들을 다시 검토해 볼 때, '풍류'란 자연만물·삼라만상과 交遊하는 태도에 관련된 것이라 할 수 있으며, '풍류인'이란 풍류를 아는 사람, 즉 풍류의 본래 의미를 아는 사람, 자연의 眞趣를 覺한 사람, 사물이나 자연의 靈과 교감하는 일종의 '샤만'으로 이해할 수 있는 것이다.58) 밝은 달이 창에 비치면 그 달빛 위에 올라 跏趺坐를 하였다는 廣德이나, 피리를 불면 달도 운행을 멈추었다고 하는 月明師는 이런 의미에서 진정한 風流人이요 샤만이었던 셈이다. 그렇다면, 풍류는 샤마니즘의 속성을 내재한 것이라고 아니할 수 없다. 단순히 자연을 배경으로 자연 속에서 그 외관만 감상하는 것이 아니라, 그 안으로 들어가 자연과 함께 호흡하고 자연이 환기하는 생명의 리듬을 몸으로 체감하면서 자기 내부에 있는 생명의 리듬을 자연의 리듬에 일치시키는 것, 자연을 포함한 모든 삼라만상을 향해 깨어 있고 열려 있는 마음, 그리하여 인간의 모태라 할 수 있는 자연으로 회귀해 가고자 하는 심성 이것이 바로 풍류인의 마음 즉 '풍류심'일 것이다. 그러므로 풍류의 마음은 도를 찾는 마음이요, 집착이나 자의식 혹은 개성을 放棄한 뒤의 청정한 마음이요, 어느 면에서는 속세를 초탈한 마음, 실재의 본질에 다가가고자 하는 마음인 것이다.

이런 의미에서, '풍류'개념에 내재한 인간과 자연의 관계는 '自然親和'인 동시에 '自然과의 交感'이며, 나아가서는 '自然과의 합일' '自然에의 回歸'를 의미하는 것으로 이해할 수 있다.

---

58) 藤原成一, 앞의 책, 서론.

挹翠高軒久無主   읍취헌 높은 집에 주인 없은 지 오래러니
屋樑明月想容姿   지붕 마루 밝은 달빛에 그 모습 그려보네
自從湖海風流盡   스스로 강호를 찾아 풍류를 다하니
何處人間更有詩   인간세상 어느 곳에 이런 시가 다시 있으랴
　　　　　　-李荇, <讀翠軒詩用張湖南舊詩韻>-

身世雲千里   몸은 구름천리이고
乾坤海一頭   천지는 바다 한 모퉁이라네
草堂聊寄客   그대 초당에 들어 묵고 가나니
梅月是風流   매화에 비친 달이 바로 풍류일세
　　　　　-李栗谷, <與山人普應下山至豊岩李廣文之元家宿草堂>-

　위의 두 시를 비교해 보면, 모두 자연과의 조화나 자연친화적 입장에서 쓴 것은 공통적이지만, 이행의 시에서의 '풍류'는 江湖에서 유유자적하는 '自然愛好的' 태도 혹은 거기서 좀 나아가 '자연과의 교감'을 말하는 것에 그치고 있지만, 율곡의 시를 보면 초당에 앉아 있는 '我'와 '梅月'이 어느 한 시점에서 하나가 되어 있는 '萬物一如의 상태를 표현하고 있음을 알 수 있다. '초당'이라는 구체적 공간, '밤'이라고 하는 구체적인 시간 속에 존재하는 '我'와 '物'(梅花·달)이 합일하여 일체가 되는 경지를 이 시는 보여주고 있는 것이다.

孰謂王子猷   누가 왕자유에게 말했던가
風流端不朽   풍류 영원히 시들지 않을 거라고
但賞主人竹   다만 주인집 대나무만 즐겼을 뿐
不飮主人酒   주인이 차려준 술은 안 마셨다네
　　　　-朴誾, <正月十九日與擇之飮止亭明日爲詩戲贈止亭兼奉容齋>-

　이 시구는, 진나라 왕자유라는 사람이 대나무를 좋아하여 어떤 사람의 집에 좋은 대밭이 있다는 말을 듣고 그 집에 찾아가 놀았는데, 주인이 술상을

차려놓고 기다렸지만 대를 즐기는 흥취만 즐기고 그냥 돌아갔다는 일화를
바탕으로 하고 있다. 여기서 그의 일화를 두고 '(그의)풍류는 영원히 시들지
않을 것'이라고 했을 때, 그 일화가 말해 주는 풍류의 성격 역시 '物'(대나
무)과 '我'(王子猷)가 어느 시점에서 완전히 하나가 되어 있는 상태, 혹은
인간이 자연의 일부가 되어 있는 상태의 것임을 짐작할 수 있다. 대나무와
하나가 되어 있는 그 상태에서 다른 속세의 것은 더 이상 끼여들 여지가 없
는 것이다. 그리하여, 주인도 만나지 않고 술도 마시지 않고 돌아온 것이다.
이러한 경지라면, 그의 '풍류'란 물아일체·자연합일의 상태 나아가서는 자
신이 떠나온 원 故鄕으로 回歸하는 것을 의미한다고 할 수 있는 것이다.

바로 이같은 점은, '풍류' 개념에 내재한 자연 중심적 요소가 儒家나 佛
家보다는 '老莊的 성향'에 더 이끌리는 것임을 반영하는 대목이다. 중국이
나 우리나라에서 고래로 자연에 은거하는 은자의 기풍을 '풍류'개념으로 포
괄하는 것이나, 산수 경치 좋은 곳에서 세상일 아무 것도 근심하는 것 없이,
어디에 얽매이는 것 없이 유유자적하는 것을 '신선놀음'이라고 표현하는 것
도, '풍류'와 '자연'과 '道家'의 밀접한 관련을 말해 주는 부분이라 할 수
있다. 노장사상에 있어 '자연'이란 物을 대표하는 것으로서 山水의 현상계
만을 지칭하는 것이 아니고, 道가 존재하는 곳, 나아가서는 道가 존재하는
방식, 또는 道 그 자체를 의미한다. 따라서, 자연합일이나 자연으로의 회귀
는 궁극적으로 道에의 지향성을 뜻하는 것이 된다. 그러므로, 동아시아의 예
술에서 최고의 가치를 부여하고 최고의 경지로 인식되는 '자연과의 합일'
혹은 '物我一體'의 상태는 儒家보다는 道家思想과 더 관련이 깊다는 것을
확인할 수 있다.

요컨대, 자연을 인간에 대립되는 것으로 인식해 온 서구의 二元的 思考
와는 달리, 동아시아에서 인생과 자연과 예술은 별도의 것이 아니며 궁극적
으로 같은 길을 지향하는, 같은 뿌리의 것으로 인식되어 왔다고 할 수 있고
이같은 사고의 기저에 老莊思想의 영향이 깊게 배어 있다는 것도 부인할

수 없을 것이다. 그리고, 인간과 자연과 예술에 대한 이러한 사고방식과 인식태도를 총체적으로 표현하는 말이 바로 '풍류'라고 해도 좋은 것이다.

4. 자유로움의 추구

놀이적 요소, 미적인 것의 추구, 자연과의 교감에 이어 풍류개념에 내재한 본질로서 간과할 수 없는 것은, 속된 것·현실로부터의 벗어나고자 하는 '자유로움에의 지향성'이다. 여기서 '자유로움'이라는 말에는 어딘가에도 속박당함 없이 마음대로 노닌다고 하는 '豪放不羈'의 요소 혹은 '破格性', 俗을 벗어나 있다는 의미에서 '脫俗性' 그리고, '隱'의 의미가 내포되어 있다.

아무 것에도 구애되지 않는 '豪放不羈'를 풍류로 여기는 것은 三國 중 中國에서 가장 강조되는 부분이지만, 우리나라에서도-특히, 고전소설에서-'풍류남아', '풍류재사', '풍류랑' 등은 이처럼 호방하고 그릇이 커서 아무 거리낌없이 때로는 세상의 예의나 격식, 틀을 무시하기도 하는 사람을 의미하는 경우가 많았다. 격랑이 배를 덮어도 태연자약했던 謝安이 그렇고, 王衍과 謝安, 기생 황진이가 그렇고, 세상일을 잊어버리고 마을을 돌아다니며 詩와 술로 나날을 보낸 까닭에 '風流狂客'이라 불리운 申命仁이 그렇다. 이같은 호방함, 격식에 구애되지 않으려는 정신은 때로 행동이나 삶의 태도, 세계관 등에서 破格으로 치닫는 경우를 종종 보게 된다. 또한, 세상일에 구애받기 싫어하는 마음은, 벼슬이나 명예에 나가지 않고 자연 속에서 隱居하는 경향으로 흐르기도 한다.

'隱'이란 본래 '逸'-즉, 현실에서 떠나 있음-을 의미하며, '有가 애초의 無로 돌아가는 것'을 표시하여 행위화한 것이다. 즉 '無로 復歸하는 생활양식'[59]을 의미한다고 보아도 좋다. 그러므로, '隱'의 風流는 '脫俗'일지언정

---

59) 金原省吾, 『東洋의 마음과 그림』(関丙山 譯, 새문사, 1978), 84쪽.

‘逃避’는 아니다. 신라대의 대표적인 은자인 包山二聖-觀機와 道成-, 가야
산에 들어가 신선이 되었다는 최치원, 고려대의 곽여나 이자현같은 處士,
죽림칠현을 모방한 竹林高會, 김시습 등은 모두 ‘隱’의 풍류를 보여준 인물
들이라고 할 수 있는 것이다.

또한, ‘자유로움에의 지향’은 곧, 경직되지 않고 집착하지 않는 융통성과
부드러움에의 지향을 의미하기도 한다. 마치 바람이 그물에 걸리지 않고 자
유자재로 흐르는 流動性과 變化를 기본속성으로 하여, 멈추거나 고여 있지
않는 것과 같다. 풍류인의 마음은 바로 이런 바람같은 마음이다. 그리고 ‘바
람같음’을 지향한다. ‘풍류’란 어떤 사물이나 현상을 그 궁극의 경지까지 추
구해 들어가고자 하는 태도를 기반으로 하면서도 그것이 집착이나 경직된
태도로 흐른다면 그 때는 더 이상 풍류라고 말할 수 없는 것이다.

3章 동아시아 미학론으로서의 '風流論'의 전망

I. '風流' '風流性' '風流心'

지금까지 '풍류'를 논의의 핵으로 하여 그 말의 쓰임, 개념규정, 내재된 본질을 규명해 보았다. '풍류'는 동아시아 한자문화권의 '놀이문화' '예술문화'의 원형으로 자리매김될 수 있으며, '풍류'개념은 '놀이+예술'의 복합적 양상이 되었을 때 온전히 그 의미가 드러나게 된다는 것도 살펴보았다. 이제, 지금까지의 논의에서 드러난 '풍류'개념의 위상과 본질을 바탕으로 하여 그것을 서구의 예술관이나 미의식 등과 비교함으로써 그 독자적 특성을 좀더 부각시켜 보고자 한다.

앞에서 본 풍류의 구체적 쓰임의 예들을 살펴보면, 3국 모두 풍류라는 말의 근저에, 오늘날 서구적 개념의 '藝術'에 상응하는 어떤 현상이나 개념을 지칭하는 인식내용이 자리하고 있음을 알 수 있다. 역으로 얘기하면, 동아시아의 경우는 '풍류'라는 말로써 서구의 '예술'에 상응하는 어떤 개념 내지는 현상을 인식하고 표현하고 있다고도 할 수 있다. 오늘날 통용되는 서구적 개념의 '예술'이라는 말에 부합하는 漢字語가 없다든가, 역으로 동아시아에서 통용되어 온 '풍류'라는 말에 부합하는 서구적 용어가 없다고 하는 것은, 곧 그에 상응하는 체험이나 가치, 思考認識의 결여를 의미한다. 물론, 서구문화에서도 그에 대응되는, 그리고 그와 비슷한 현상이나 체험은 있어왔을 것이다. 그러나, '풍류'라는 말이 담고 있는 그 본질적 개념의 독자성에 부응하는 체험영역은 空欄이 될 수밖에 없는 것이다. 즉, '風流'는 한자문화권, 그 가운데서도 한·중·일 동아시아 3국에 통용되는 '東아시아적' 고유성을 담고 있는 표현이 되는 것이다.

서구의 언어 중에서도 오늘날의 제 예술장르를 모두 통괄하여 칭할 수 있는 용어는 없다고 본다. 테크네, 포이에시스, 무시케, 아트, 쿤스트같은 용어[60]가 있었지만, 오늘날 통용되는 예술개념에 완전히 부합하지는 않는다. 한자어로서 '藝術'이란 말도 원래는 '卜祝筮匠 혹은 風水의 技'를 가리키는 말이었다. 그리하여, 『晋書』 列傳 중의 「藝術傳」은 이런 技에 뛰어난 사람들에 관한 기록이었고 『周書』, 『北史』, 『隋書』에서도 역시 이런 의미로 사용되고 있다. 이런 점으로 미루어 봐도 오늘날 통용되는 '藝術'이란 용어[61]

---

60) 고대 그리스에서 '테크네'(technē, 오늘날의 technic)란 말은, 예술이 자연현상과는 달리 인간의 정신적 내용이 現前하도록 물질현상을 일정한 방향으로 진행해서 형성시키는 재주라고 볼 때, 예술작품이 만들어지기까지의 기술·기능적 측면을 강조한 말이라고 할 수 있다. 그러나, 여기에는 인간의 능력의 어떤 고유한 가치가 담겨 있지 않다. '포이에시스'(poiesis, 오늘날의 póoesie)는 단순한 기술과는 다른 이러한 인간고유의 가치 즉 예술에 있어서의 '창조성'을 강조한 말이다. 한편, 예술이란 신비한 영감에 의해 이루어진다는 측면에 시선을 돌리게 될 때, 즉 인간의 기술을 초월한 것으로 인식할 때 '무시케'(musikē, 오늘날의 music)라는 말이 예술개념으로 부각되기도 한다. 이것은 그리스 신화에 나오는 神 '무사(musa, 즉 muse)'에 관계된 것이라는 의미에서 나온 말이며 이 용어는 주로 음악이나 무용, 시 등 유동적이며 파악하기 어려운 현상을 나타내는 예술의 총칭이 된다. 한편, 독일어 문화권에서 나온 '쿤스트(kunst)'는 '할 수 있다'는 말의 'können'에서 파생한 말로서, 예술이란 인간의 가능성이 문제가 될 만큼의 능력이 필요하다고 생각한 데서 연유한 용어인 것이다.

그리하여, 오늘날 서양에 있어 예술에 해당하는 용어는 '포에지'란 용어로서 시나 문예물을 가리키고, 조형예술을 일반적으로 '손재주'나 '할 수 있다'는 것을 강조해서 '아트'(art)나 '쿤스트'라 부르고, 신비적 鳴響을 울린다는 의미로 음악을 특히 뮤우즈와 관련시켜 '무시케' 혹은 '뮤직'이라 부르고 있다.

61) 한자어로서 '藝'는 '심는다'는 뜻으로서 禮·樂·射·御·書·數를 일컫는 '6藝'라

는 서양의 예술개념을 수용한 뒤 새로운 의미가 부가된 것이며, 동아시아에
서 예술로서 '체험되어 온' 인식내용에 부합하는 말이 아니었다는 것을 알
수 있다.

앞에서 규정한 '풍류'의 개념·본질을 서양에서 '예술'을 의미하는 용어들
과 비교해 볼 때, 玄鶴이 내려와 춤을 출 정도의 뛰어난 거문고 연주솜씨를
지닌 왕산악이나, 그린 나무가 진짜인 줄 알고 새가 내려와 앉다가 떨어졌
다는 그림솜씨를 지닌 솔거와 같은 고대의 풍류인들을 생각해 보면, 아트나
테크닉같은 '기술·기능'의 개념이 '풍류'라는 말에도 포함되어 있다고 할
수 있다. 또한, 고대의 풍류인들은 기존의 틀이나 고정관념을 벗어나 있는
인물들임을 감안한다면, 그들은 '述而不作'-성현의 말씀을 그대로 수용하여 해석
하며 새로 짓지 않는다는 의미-으로 상징되는 儒家的 發想과는 다른 길을 지향
한다는 것을 알 수 있으며 이 점은 그들이 지닌 사고와 행동의 독창성, 창
조성, 상상력을 대변해 주는 대목이라 할 만하다.[62] 서양의 예술개념의 중요
한 부분을 차지하는 창조성의 요소들이 '풍류'개념에도 내재해 있는 것이다.
또한, 풍류 및 풍류인들에 관한 모든 기록은 곧 '신비체험'의 기록이라 해도
될 만큼 신비하고 기이한 체험을 담고 있고, 이들이 '神仙'이나 적어도 '仙
人', '신선같은 인물'들로 묘사되어 있는 것으로 볼 때, 뮤우즈 여신의 방문
에 따른 신비한 영감에 의해 예술이 이루어진다는 서양적 발상 역시 풍류개
념에 포함되어 있다고 해야 할 것이다.

요컨대, 한자문화권의 '風流'라는 용어는 서구적 개념의 '藝術'이 지닐 수
있는 모든 특징들을 내포하면서, 거기에 앞에서 살펴온 바와 같은 독자적
의미가 부가되어 있는 개념인 것이다. 말하자면 예술이나 놀이개념을 둘러

는 것도 인물의 품격을 갖추기 위한 기초교양을 몸에 배게 한다(즉, 심는다)는 뜻에서
나온 것이라 할 수 있고, '術'은 '기술' '방책' 등을 의미한다.
62) 이런 점에서 봐도 '풍류'의 본질은 儒家보다는 道家에 더 부합하는 것임을 알 수
있다.

싼 동아시아 문화권의 고유한 체험·인식내용을 충분히 드러낼 수 있는, 이 문화권에서 자생한 용어가 바로 '풍류'인 것이다.

필자는 여기서 한자문화권의 미학론에서 핵심용어가 될 수 있는 '풍류' 개념을 중심으로 '風流性'과 '風流心'이라는 두 가지 미학용어를 제시하고 자 한다. 앞서 풍류라는 말의 쓰임과 그 전개를 살펴보는 부분에서, '풍류가 철철 흐르는 승무'라든가 '풍류한 선녀', '風流奇話(풍류스러운 기이한 이야 기)' 등과 같이 풍류란 말이 대상의 어떤 상태를 형용하는 말로 사용되는 예가 적지 않음을 지적한 바 있는데, 이 때 '풍류하다', '풍류스럽다'라고 하 는 형용사는 바로 대상이 '풍류성'을 내재하고 있다는 것을 의미한다. '풍류 성'이라는 말을 서양의 미체계에서 찾아본다면, '심미성' 혹은 '예술성'이 이 에 상응하는 용어가 되리라고 생각한다.

한편, 어떤 대상에 구현되어 있는 가치나 본질을 찾아내고자 하는 주체의 심적 작용을 '風流心'이라는 말로 표현하고자 하는데, 이에 부합하는 말을 서양미학에서는 발견하기 어렵다. '풍류'라는 말이, 주체와 대상(특히, 자연) 과의 합일의 상태를 미적인 것으로 가치 지우는 일원론적 입장의 동아시아 적 미학관[63]에서 생겨난 개념이라고 할 때, 주객합일의 상태를 미적인 것으

---

63) '美는 일정한 크기를 필요로 한다'는 아리스토텔레스의 고전미학 명제(『詩學』7장)에 서 드러나듯 서구의 미학론은 미적 대상을 설정하는 것으로부터 출발하여, 대상의 미 적 속성, 미적 구조와 존재방식을 규명하려는 관심이 큰 비중을 차지해 왔다. 이러한 점은 서구미학이 이원적 사고에 근원함을 반영한다. 고전주의·낭만주의·자연주의 등 과 같은 서양 예술사의 전개가, 외계자연 내지 현실의 生에 대한 자아의 내적 충동, 즉 외계와 내면과의 대립양상을 중심으로 전개되어 온 것이라 할 때, 서구미학이 이 원적 사고에 기반하고 있다는 점은 부인할 수 없다고 본다. 白琪洙, 『美學』(서울대 출판부, 1987) 이같이 대상과 자아, 외면과 내면의 이분화하는 이원적 사고는 주체(정 신)와 객체(물질)의 대립관계를 설정한 데카르트를 시조로 한다고 할 수 있다.
　　반면, 동아시아의 경우는 내면으로 관심을 집주하여 주관주의 심리주의 경향을 띤 다. 서구의 경우도 칸트나 립스와 같이 미를 관찰하는 주체의 작용분석에 치중하는 주관주의·심리주의의 흐름이 있었다는 점을 감안하면(하르트만, 『美學』, 을유문화사, 1983), 서구의 경우는 미적 대상에, 동아시아의 경우는 주체의 심적 작용에 비중이 두

로 '인식'하고 그 상태를 '지향'하며, 그같은 미적 체험을 '향수'하고 '표현'
하려는 주체의 총체적인 심적 작용을 나타내는 말을 서양문화에서 찾기 어
려운 것은 당연하다. 칸트가 말하는 '무관심성'이나 립스의 '感情移入', 또
는 '審美的 距離'와 같은 용어가 주체의 심적 작용을 지시하는 말이라는
점에서 부분적으로 유사하다고 볼 수 있지만, '풍류심'이 내포하고 있는, 미
적 상태에 대한 인식·감득·향수·지향성·표현욕구를 포괄할 수 있는 용
어는 되지 못한다. 또 美感-어떤 사물이나 상태, 현상들로부터 미적 속성 즉 風流
性을 감지할 때 일어나는 느낌-을 주체가 감득한다는 의미의 '審美體驗'이라는
용어도 '풍류심'이라는 말이 포괄하는 의미범주 중 극히 일부에 해당되는
것이라 할 수 있다.

'풍류심'이란, 풍류의 본질을 잘 이해하고 체득하는 마음자세나 어떤 사물
이나 현상에 내재한 본질-이것을 미적 가치라고 할 수도 있을 것이다-이나 풍류
적 속성 즉 '풍류성'을 파악하는 심적 작용이요, 모든 삼라만상에 편재한 궁
극적 실재에 가까이 다가가고자 하는 심적 지향성을 의미하는 것이다. 그리
고, '風流人'이란 이런 심적 작용 내지 능력 또는 심적 지향성을 가진 사람
이라고 할 수 있다.

요컨대, '風流性'이라는 것은 풍류현상을 성립시키는 '대상' 자체에 내재
한 속성에 관계된 것이며, '風流心'이란 대상과의 교감·합일을 지향하면서
그 대상에 내재한 풍류의 본질을 認識·感得하고 享受·表現하는 '주체'의

어져 있다는 식의 대비는 어쩌면 도식적일 수도 있다. 동아시아적 미의식 혹은 美學
觀의 특징은, 대상보다 대상을 바라보는 주체의 시선을 강조했다는 식의 이원론적 관
점보다는, 오히려 주체와 대상(특히, 자연)과의 합일의 상태를 미적인 것으로 가치지우
는 일원론적 관점에서 찾아질 수 있을 것이다. 그러므로, 주객합일의 상태를 미적인
것으로 '인식'하고 그 상태를 '지향'하며, 그같은 미적 체험을 '향수'하고 '표현'하려는
주체의 총체적인 심적 작용을 강조하고 부각시키는 미학체계가 이루어져야 한다. 서
구의 예술관 혹은 미학체계에서 결여되었다고 느껴지는 이 부분을 부각시킬 때, 동아
시아예술이나 미적 인식의 특징이 제대로 드러나리라고 본다.

심적 작용에 관계된 것으로 규정하고자 하는 것이다. 대상이나 현상, 사물, 삼라만상에 내재한 풍류적 속성-풍류성-을 느끼고 이해하는 것에 그치지 않고, 그 풍류의 본질을 충분히 즐기며 누리며 향수하는 심적 소양을 포함하며, 그 뿐만 아니라 감득하고 향수한 것을 어떤 형태로든간에 形象化-표현-할 수 있고, 또 표현하고자 하는 미적 욕구-즉, 심적 지향성-까지를 내포한 개념이 바로 '풍류심'인 것이다.

한자문화권에서의 '美'라는 것이, '어떤 현상의 속성으로써 궁극적인 상태가 될 때까지 가득 채워 빈틈이 없게 하는 것'을 의미한다고 한다면, '풍류심'란 바로 美를 추구하는 것에 다름 아닌 것이다. 그리고 동아시아 삼국의 예술이란 바로 이러한 풍류심을 가시적·감각적인 형태로 體現시킨 것으로 이해해도 될 것이다. '풍류'라는 말을 중심으로 '풍류성'과 '풍류심'을 미학 용어로 부각시킬 때, 한 가지 짚고 넘어갈 것은 이 용어가 대상과 주체를 이원화하기 위한 용어로 이해되어서는 곤란하다는 점이다.

Ⅱ. 風流心의 美的 具現으로서의 '흥'[64] '恨' '無心'

'美'라고 하는 것은 발신과 수신의 개념을 상정해야 하는 일종의 '커뮤니케이션 통로'이다. 따라서, 어떤 문화권에서 '미'라고 인식되던 고유한 내용이 무엇이며 그 개념이 어떻게 수용·표현되는가를 이해하기 위해서는, 해당 문화권에서 자생한 용어로 설명되어야 할 필요가 있다.

지금까지 우리의 고유한 미를 표현하는 말로 '멋'이라든가 '고움', '태깔', '맵시', '결', '은근', '끈기', '恨' 등이 거론되어 왔고, 중국에서는 沖澹·飄

---

64) 풍류심의 세 유형 중 '흥'은 어원상, 흥겨울 때 내는 콧소리로서의 우리말 '흥'과 한자어 '興'을 모두 포괄하므로 이 점을 고려하여 한자가 아닌 한글 '흥'으로 표기하고자 한다. 이같은 관점은 本書 전체를 통해 계속 적용될 것이다.

逸·高雅 등의 시품·풍격 용어가 미유형을 대신해 왔다. 일본의 경우도 '아와레', '엔(艶)', '心あり(有心)', '사비(さび)', '와비(わび)' 등의 용어가 상황과 논의 관점, 대상에 따라 유동적으로 사용되어 왔다. 이에 필자는 이들을 포괄할 수 있는 용어로 '風流'라는 말에 주목하고자 하는 것이다.

이를 위한 작업으로 '風流'로부터 '風流性' '風流心'이라는 용어를 이끌어 내었고, 이제 다음 단계로 '풍류심'의 세 유형으로서 '흥'과 '恨' '無心'을 제시하고자 한다. 이 미유형을 바탕으로 '흥'系, '恨'系, '無心'系로 확대하여 한·중·일 삼국을 포괄하는 용어로 활용하고자 한다. 이때, 각 유형의 미적 본질이 어떤 예술형태로든 형상화되었을 경우, 그 텍스트를 각각 '흥텍스트' '恨텍스트' '無心텍스트'로 부르고자 한다. 그러므로 여기에는 문학만이 아니라 그림, 춤, 음악 등이 모두 포함된다. 또, 흥이나 한, 무심 등의 용어가 텍스트에 직접 명시되는 경우-텍스트 제목까지 포함-를 '1차 텍스트', 직접 명시되지는 않아도 이들 미적 원리에 근거하여 텍스트 형상화가 이루어진 경우를 '2차 텍스트'로 구분하고자 한다. 그러므로 일부 문학텍스트를 비롯하여 대부분의 음악, 춤, 그림은 2차 텍스트로 분류된다.

서양의 미학이론이 객체와 주체를 구분하는 이원론에 입각하여, '객체 속에서 발견되는 미의 요소'-무엇을 美로 보느냐에 문제를 접어둔다면 이것을 風流性이라 말할 수도 있을 것이다-를 규명하는 것이 주축이 되어 왔다면, 동아시아 3국에서의 미에 관한 인식은 주체와 객체[65]간의 상호작용 속에서 느껴지는 교감에 중점이 놓여져 왔다. 다시 말해 동아시아에서의 미개념은 주체와 객체간의 '관계성'을 기초로 하여 성립되는 것이라고 할 수 있다. 기존의 서양 미학이론으로는 이같은 동아시아적 美認識, 審美體驗의 특성을 드러낼 수 없다. 그리하여 필자는 그 대안으로서 '風流心'의 개념을 제시하여 이같은 특성을 부각시키고자 하는 것이다. 언급한 것처럼, 이 용어는 어떤 대상에서

---

65) 동아시아에서의 예술의 대상은 보통 自然을 말한다.

풍류적 속성, 즉 '풍류성'을 感知하여 그 느낌을 누리고 즐기면서 때로 그 같은 체험을 미적 형태로 表現해 내고자 하는 주체의 심적 작용 전반을 나타내는 말이므로 동아시아 고유의 미적 현상, 미적 인식, 미적 체험을 잘 부각시킬 수 있다고 생각한다.

그러므로, 풍류심의 세 유형으로서의 '흥', '무심', '한'은 풍류성을 感知하는 작용만이 아니라 그것을 '表現'하는 작용에도 적용될 수 있다. 즉, 예술의 대상으로부터 풍류성을 감지했을 때 주체는 자신의 풍류심을 '흥'의 양상으로, 때로는 '무심'의 양상이나 '한'의 양상으로 표출·표현할 수 있는 것이다. 풍류심의 미적 표현은 이 셋 이외에도 同化, 觀照, 交感, 調和, 感情移入 등 다양한 양상으로 설명될 수 있을 것이다. 그러나, 이들의 양상을 구체적으로 살펴보면 모두 이 세 범주에 포괄된다.

'흥'은 대상 및 현실과 적극적 관계를 맺고 긍정적 시선으로 이를 포착하는 데서 오는 밝은 느낌이 기반이 되는 풍류심 유형이고, '한'은 대상이나 현실 속에서 겪는 소외의 체험이 기반이 되므로 이에 대한 소극적·부정적 시각이 내재되어 있고 '흥'과는 달리 幽暗性을 띤 풍류심 유형이다. '무심'은 현실세계를 지배하는 긍정/부정, 善/惡, 喜/悲 등의 이분적 分辨作用을 넘어서려는 데서 오는 초월적 미감이다. '흥'의 미가 즐거움을, '한'이 비애의 정감을 주된 정조로 하는 것이라면 '무심'은 초탈의 태도가 주조를 이룬다.

풍류심에는 대상의 풍류적 속성을 '향유' '감상'한다는 개념이 내재해 있다고 하였는데, '흥'은 왕에서 아래 천민까지, 지식층/무식층, 권력층/소외층 할 것 없이 전계층 모두에 걸쳐 향유될 수 있는 것이라면, '한'은 주로 어떤 이유로건 소외의 체험을 겪는 계층과 밀접한 연관을 지닌다. '무심'에는 분별의 경계를 넘어서고자 하는 지적 작용이 요구되므로 사고나 인식작용에 익숙해 있는 지식층과 친연성을 지닌다.

또 '무심'이 자연 중심적 풍류심 유형이라면, '한'은 철저하게 인간 중심적 미유형이다. 이 점에서 '한'은 어떤 고통이나 좌절 없이 현실에 적극적으로 참여함으로써 조성되는 '흥'과도 다르고, 애초부터 현실에서 시선을 거두어 속의 티끌을 털어내는 데서 오는 清淨힘을 추구하는 '무심'과도 다르다.

이와 같이 세 유형은, 풍류심의 미적 발현으로서 공분모를 지니면서도 그 구체적인 미적 원리나 전개양상은 각기 차이를 드러낸다. 이 점을 규명하려는 것이 본서의 기본의도 중의 하나이다.

Ⅲ. 風流論의 포괄범위

그러면 이제 미학론으로서의 풍류론이 구체적으로 어떤 범주에 걸쳐 어떤 양상으로 응용·전개될 수 있는지 살펴보도록 하자.

먼저, '美感'이란 어떤 사물이나 상태, 현상들로부터 미적 속성 즉 風流性을 감지할 때 일어나는 느낌을 말하고, 주체가 그것을 경험하는 것을 '審美體驗'이라 한다면, 풍류심은 일종의 審美體驗의 양상으로 이해될 수 있다. 앞서, '풍류심'이란 어떤 현상이나 우주만물에 내포된 궁극의 것, 본질에 접하여 그것을 認識하고 깊이 感得하며, 나아가서는 享受·表現하는 心的 태도를 총체적으로 일컫는 용어로서, 이것이 동아시아적 미적 체험의 본질을 이룬다고 언급한 바 있다. 그런데, 누구의 심미체험을 말하는가, 곧 심미체험의 주체가 누구인가 하는 점이 문제가 된다. 앞서, 美란 발신자와 수신자가 전제되는 일종의 커뮤니케이션 통로임을 언급한 바 있는데, 커뮤니케이션 과정에서 수신자의 심미체험이 중심이 될 경우 풍류심의 양상은, 대상-예술텍스트를 포함해서-에서 풍류성을 '感得'하고 '享受'하는 작용에 초점이 맞춰질 것이다. 그리고 발신자의 심미체험을 생각한다면, 풍류심에 내포된 여러 심적 작용 중 감득한 풍류성을 '表現' 및 '形象化'하고자 하는 욕구에 초점이 맞춰지게 된다. 요컨대, 풍류심은 미의 창작주체나 수용주체 모두의 미적 체험을 포괄하는 것이다. 그러므로, 풍류심은 창작의 계기를 유발하는 정서적·심리적 동기가 된다.

둘째, 敍情[66]의 방식으로 이해될 수 있다. 흥, 한, 무심은 특별히 밀접한 관련을 갖는 예술장르가 있지만, 기본적으로 이 세 유형은 敍情, 즉 情을 표출하는 양식과 깊은 관련을 갖기 때문이다. 이런 점에서 풍류심을 중심으로 하는 풍류론은 '抒情論'의 핵심이 될 수 있다.

셋째, 텍스트에 구현되어 있는 세계 혹은 텍스트의 내용이나 주제를 의미할 수도 있다. 예컨대, '이 텍스트는 무심의 세계를 표현한 것이다'라고 하든가 '이 춤은 한을 主題로 한다'라고 했을 때의 한이나 무심은 바로 세 번째 범주의 의미를 지닌다. 그러므로, 풍류심은 발신자나 수신자, 혹은 창작자나 감상자의 심적 상태에만 관련된 것이 아니라, 텍스트 구조화에 작용하기도 하는 것이다. 이런 점에서 풍류론은 '詩學'의 범주에 걸쳐 있기도 하다.

넷째, 풍류·풍류성·풍류심을 비롯하여 흥·한·무심 등의 용어는 비평용어로 활용될 수 있다. 기존의 비평용어는 중국의 詩品·風格 용어나 서구의 미학용어를 차용하는 양상을 띠었다. 이런 점에서 위의 용어들은 우리 문학의 특성을 부각시킬 수 있는 효과적인 평어가 될 수 있다고 본다. 이렇게 본다면, 풍류론은 '批評論'과도 관련을 맺게 된다.

풍류론과 기존의 미학, 서정론, 시학, 비평론의 관련양상을 다음 그림과 같이 나타낼 수 있다. '풍류론'은 이 네 영역 중 어느 하나와 완전히 일치하지는 않으면서 네 범주에 걸쳐 독특한 영역을 확보한다고 할 수 있다. 그러

---

66) 본서에서는 '敍情'과 '抒情'을 구분해서 사용하고자 한다. '敍情'은 말 그대로 '情感의 표출'이라는 의미로, '抒情'은 敍事·劇·敎述처럼 문학장르를 의미하는 것으로 사용한다. 따라서, 敍情은 抒情 장르의 본령이라 할 수 있으나 꼭 서정장르에만 국한되는 것은 아니며, 기타 문학장르나 정감의 표현을 기본으로 하는 제 예술장르에서 사용될 수 있는 포괄적인 용어이다.

나, 그 중 겹치는 부분이 가장 큰 영역은 역시 미학론이다. 그림상으로 풍류
론을 둘러싼 네 영역은 서로 겹치지 않는 것으로 되어 있으나, 실제는 상호
깊은 연관을 지닌다.

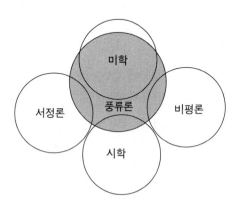

제 2 부 '흥'論

1章 '흥'의 美學

Ⅰ. '흥'의 意味體系

우리 주변에서 일상적으로 쓰이는 '흥이 난다', '흥겹다', '신이 난다', '신바람', '흥청망청' 등의 표현은 우리에게 매우 친숙한 정서이다. 시조나 가사, 판소리, 탈춤, 민요 등 우리의 전통예술의 핵심에는 언제나 '흥'의 요소가 함께 한다고 해도 과언이 아니다. 그러나, '흥'은 단순히 '즐거움', '재미'라는 말만으로는 설명될 수 없는 美的 內包를 지닌다.

어떤 사물이나 대상에서 風流性을 감지할 때 일어나는 느낌을 '美感'이라 한다면, 여기에는 感覺, 知覺, 聯想, 情感, 理解, 想像 등의 심리요소가 복합되어 있다. '흥'의 주조를 이루는 '즐거움'이나, '한'의 '슬픔'은 이 심리요소 중 정감작용에 국한된 것이므로 제 요소들의 종합적 상호작용의 결과인 '美感'에 포함시킬 수는 없다. 풍류심의 세 유형 중 '흥'은 生의 밝은 측면으로 마음이 향했을 때 조성되는 미감이다. 미감을 구성하는 정감요소 중에서도 즐거움, 기쁨, 상쾌함과 같은 陽의 요소가 기반이 된다.

'흥텍스트'란 흥의 미가 체현된 텍스트, 흥의 모티프를 主旨로 하는 텍스트이다. 다시 말해 흥이 어떤 텍스트의 의미구조나 미적 구조를 지배하는 주도적 요소가 될 때, 그것을 흥텍스트라 부를 수 있는 것이다. 텍스트에 따라서는 '흥'이라는 말이 직접 명시되는 경우도 있고, 그렇지 않은 경우도 있는데 전자를 1차 홍텍스트, 후자를 2차 홍텍스트로 구분한 바 있다. 후자는 문학을 제외한 대부분의 예술장르가 해당된다.

1. '홍'의 어원

'홍'의 어원을 더듬어 보기에 앞서 이 말을 漢字語로 볼 것인지 아니면 우리말로 볼 것인지에 관한 관심이 선행되어야 할 것이다. 우리말로 본다면 '신이 나서 감탄하는 소리'[1] '신이 날 때 내는 콧소리'라 하여 감탄사에 어원을 두는 것으로 풀이된다. 여기서 '신이 난다'고 하는 것에 대하여 1)무당이 神이 오르는 것 2)性的인 의미로 '腎나다' 3)'신(靴)이 날다(飛)'에서 온 말로 설명된다.[2] 이외에도 가야금의 제 2현을 '홍'이라고 하며, 양금의 오른쪽 괘 왼쪽 넷째 줄 중려의 입소리를 '홍'으로 나타내기도 한다.[3]

> 홍홍 노래ᄒ고 덩덕궁 북을 치고
> 宮商角徵羽를 마초리셩 ᄒ엿ᄃ니
> 어긔고 다 齟齬ᄒ니 허허 웃고 마노라[4]
>
> 오르며 나리며 나막신 소리에 홍
> 물만두 이밥이 중치가 네누나 홍
> 에루화 데루화   -<홍타령> 중-

여기서 '홍홍'은 바로 '신이 날 때 내는 콧소리'의 대표적 용례라 하겠다.

1) 한글학회 지음, 『우리말 큰사전』(어문각, 1990 · 1997)
2) 김민수, 『우리말 語源辭典』(태학사, 1997)
3) 한글학회 지음, 앞의 책.
4) 이하 인용되는 시조작품은 주로 『時調文學辭典』(정병욱 편저, 신구문화사, 1982)에
   의거하였으며, 有名氏 作만 작자명을 표기하기로 한다.

한자어 '興'은 '마주들다'는 뜻의 '舁'와 '同'의 합성으로 이루어진 글자로서 '힘을 합한다'는 의미를 내포한다.5) 마주 들어서 힘을 합하기 위해서는 상대가 있어야 하고 따라서 '興'이라는 글자는 둘 이상의 구성원을 전제로 하여 성립된다고 할 수 있다. 이 글자에는 起, 作, 生, 成, 盛, 擧, 行, 動, 昌, 出, 發, 善, 象, 比喩, 喜와 같은 다양한 의미가 함축되어 있는데 己, 起, 改, 興은 그 어원상 같은 무리에 속하는 것으로서 '굽어진 것이 펴진다'고 하는 의미요소를 공유한다.6)

한자어 '興'에 상응하는 순수 우리말로는 '어위'가 있다.

> 淸江 綠草邊의 쇼 머기는 아히들이
> 夕陽의 어위 계워 短笛을 빗기 부니
> 믈아래 줌긴 龍이 줌씨야 니러날덧   -鄭澈, <星山別曲> 중7)-

여기서 '어위겹다'는 말은 '흥겹다'와 같은 뜻인데, 우리말의 '어우다(어우르다)', '어위다(넓다, 너그럽다)', '어우러지다(여럿이 한데 어울리다)'와 같은 것은 모두 '어위'와 어원을 같이 하는 것으로 볼 수 있다. 그리고, 이런 말들은 한자어 '興'이 내포하는 의미에 맥이 닿아 있는 것이다.

이상에서 유추되는 '흥'의 속성은 적은 것보다는 '많은 것', 靜的인 것보다는 '動的'인 것, 쇠미한 것보다는 '茂盛한 상태', 슬프고 어두운 것보다는 '즐겁고 밝은 상태', 하강하는 것보다는 '上昇'하는 상태, 혼자보다는 '여럿', 수축되고 움츠러들기보다는 '발산'과 '펴짐'을 특징으로 하는 상태, 陰보다는 '陽'의 속성을 띠는 것과 더 깊게 밀착된 것임을 알 수 있다. 흥김, 흥바람, 흥청거리다, 흥미, 흥심, 흥분, 흥겹다 등과 같이 '흥'에서 파생된 어휘들

---

5) 諸橋轍次, 『大漢和辭典』(東京 : 大修館書店)
6) 藤堂明保, 『漢字語源辭典』(東京 : 學燈社, 1965・1987)
7) 이하 인용되는 가사작품은 주로 『歌辭文學全集』(金聖培 外 3人 編著, 精硏社, 1961)에 의거하였다.

은 '흥'이 지니는 의미소를 기본으로 하여 조금씩 다른 의미가 부가된 것으로 볼 수 있다. 이들은 '흥'을 의미의 핵으로 하여 주변에 의미의 망을 형성한다. '흥'을 둘러싼 이같은 語源 및 字意는 후술될 흥의 미적 원리와 불가분의 관계를 맺는다.

우리말 감탄사로서의 '흥'이나 한자어 '興', 그리고 이에 상응하는 우리말 '어위'는 '풍류심'의 한 유형으로서 '흥'의 의미체계에 모두 포괄된다. 그러므로, 앞으로 '풍류심'의 한 유형으로서의 '흥'은, 우리말 어원과 한자어 어원을 모두 포괄하는 말로 사용하고 이를 한글로 표기하기로 한다.

2. '흥'의 의미망

앞서 살펴본 語源, 字意를 통해 '흥'의 포괄하는 의미범주가 대강 드러났다고 보지만, 풍류심의 한 유형으로서 '흥'의 미적 원리를 규명해 보기 전에 다시 종합해 볼 필요가 있다.

먼저, '흥'이 내포하는 의미로서 '흥분'의 요소를 들고자 한다. 흥분은 상승감, 고조된 정서를 바탕으로 한다. '흥이 난다' '흥이 솟다' '흥겹다' '흥을 타다' '흥을 치다'와 같은 언어구성은 상승감으로서의 흥분의 느낌을 단적으로 표현한 것이다.

> 前村에 鷄聲滑ᄒ니 봄 消息이 갓가왜라
> 南窓에 日暖ᄒ니 閣裏梅 푸르럿다
> 兒禧야 盞 ᄀ득 부어라 春興계워 ᄒ노라

'흥겹다'에서의 '겹다'는 힘에 벅차거나 감당하기 어려울 정도의 상태를 나타낸다고 볼 때, 흥이 솟구치는 기분을 어찌할 수 없는 화자의 흥분이 감지된다.

둘째, 흥분은 분노했을 때도 일어나는 감정이지만 흥이 야기하는 흥분은 '즐거움(樂)'의 기분이 흥기되는 것을 의미한다. '흥'은 근본적으로 生을 밝은 측면에 시선이 향해 있고 그것을 긍정적이고 즐거운 기분으로 향유하는 데서 오는 陽의 정서라 할 수 있다.

> 三尺霜刃을 興氣계워 둘러메고
> 仰面長嘯ᄒ야 춤을 추려 이러셔니
> 天寶龍光이 斗牛間의 소이내다
> 手之舞之 足之蹈之 절노절노 즐거오니
> 歌七德 舞七德을 그칠줄 모라로다   -朴仁老, <太平詞> 중-

여기서는 음산하고 우울한 분위기를 전혀 느낄 수 없다. 이 인용대목에서 보는 것처럼 '흥'은 자신도 모르는 사이에 손과 발로 춤추고 마음에 혹 맺힌 것이 있다 해도 그것을 완전히 발산시켜 버릴 정도의 유쾌한 상태를 의미하는 것이다.

'흥'에 내포된 즐거움의 요소는 歌·舞와 깊은 관련을 지닌다. '흥청거리다'에서의 '흥청'은 원래 연산군 때의 妓樂을 말하는 '興淸'에서 연유한 것인데, 음악적 즐거움과 '흥'의 밀접한 관련을 엿볼 수 있는 대표적 용례라 하겠다.[8]

> 田園에 나믄 興을 전나귀에 모도 싯고
> 溪山 니근 길로 흥치며 도라와셔
> 아히야 琴書를 다스려라 나믄 히를 보내리라   -金天澤-

'흥'은 가야금의 제 2현을 가리키는 이름이기도 한데 "흥치며"라는 구절

---

8) 김민수, 앞의 책.

에서 '흥을 친다'고 하는 표현이 가야금과 같은 현악기를 켜는 것과 혹 관계가 있지 않나 추정해 볼 수 있다. 종장의 "琴書"도 이런 추정을 뒷받침해 준다. 그러나, 이런 가실을 차치하고라도 歌舞는 즐거움을 가져다 주는 가장 대표적인 수단이 된다는 점을 감안하면 흥과 즐거움, 음악의 상관성은 자명해진다고 하겠다.

따라서, '흥'은 자연적으로 '悅' '快'의 요소도 함축하게 된다. '悅'이라는 글자에서의 '兌'는 굳어 있던 사물을 녹여서 이리저리 분산시키거나 혹은 응어리 속의 알갱이를 뽑아내 버리는 것을 의미한다. '脫'이라는 글자도 같은 계열에 속하는데, '알맹이가 外皮와 분리되어 스르르 떨어져 나오는 것'을 뜻하는 '脫皮'라는 말은 이같은 쓰임의 대표적인 예이다. 이것을 心的 상태에 적용해 보면 心中에 단단하게 맺혀 있었던 응어리가 분해되어 시원하게 빠져나간 상태가 바로 '悅'인 것이다.[9] 이런 점을 종합해 보면, '흥'은 우울함, 비애, 幽暗性, 否定, 분노와는 거리가 먼 美感임을 알 수 있다.

셋째, '흥'에는 주변의 사물이나 사람, 나아가서는 삶 자체에 대한 따뜻하고 긍정적인 시각이 담겨 있다. '흥미'나 '관심'으로 표현될 수도 있는 이 긍정적 시선은 '흥'이 조화의 미, 무갈등의 미의 성격을 띠는 것과 깊은 관련이 있다.

넷째, '흥'에는 우리말 '헌사함'으로 표현될 수 있는 떠들썩함, 흥청거리는 느낌, 말이나 동작이 번다한 느낌, 활기찬 느낌이 내포되어 있다. 사전에 '헌스'는 '수다'를, '헌스ᄒ다'는 '수다부리다'를 의미하는 古語로 설명되어 있다.[10]

> 明珠 四萬斛을 녀닙픠다 바다셔
> 담는듯 되는듯 어드러 보내는다
> 헌스흔 믈방을론 어위계워 ᄒ는다   -鄭澈-

---

9) 藤堂明保, 앞의 책, 548쪽.
10) 한글학회 지음, 앞의 책.

위의 예에서 '어위겹다'는 '홍겹다'의 뜻인데, 이 말은 '헌수흔 믈방을'의 상태를 서술하는 구실을 하고 있다. 초장의 "明珠"는 '물방울'을 비유한 것인데, 이것을 "四萬斛"이라 한 것으로 보아 커다란 연잎에 물방울이 수도 없이 많이 맺혀 있는 모습을 보고 시적 화자가 자신의 홍을 의탁하여 "헌수흔 믈방을"로 표현한 것이다. 이렇듯, '홍'은 말이나 동작 혹은 어떤 사물이 많이 모여있는 상태, 소강상태가 아닌 생명감 넘치는 활기찬 상태와 깊은 연관을 갖는다는 것을 알 수 있다.

다섯 째, '홍'에는 '신바람'의 요소가 내포되어 있다. 관점에 따라서는 이 둘을 같은 것으로 볼 수도 있겠지만, 그 말의 사용범위로 보아 '홍'에 '신바람'의 요소가 포함된다고 생각한다. '신바람'은 集團祭儀나, 탈춤이나 굿 뒤의 亂場에서 볼 수 있는 혼란의 상태, 질서가 顚倒된 상태, 홍겨움이 조정 수위를 넘어 절정에 이르고 결국은 흘러 넘치는 放逸의 상태와 친연성을 가진다. 그러므로, 中과 和의 원리에 의해 감정의 균형을 유지하는 양반사대부 상층의 예술에 적용하기에는 부적절한 표현이다. 앞서 '신이 난다'라는 말은 어원상 무당이 神이 오르는 것과 관련이 있다고 언급하였는데, 무당의 憑神狀態는 정서의 고양과 몰입에 따른 엑스터시를 수반한다고 볼 때, '신바람'은 바로 이같은 엑스터시 상태와 흡사하다고 하겠다. 한편, '홍'은 향유 층의 신분에 관계없이 전 영역에 걸쳐 사용되므로 '신바람'보다 더 광범한 개념이라 할 수 있다.

또, '신바람'은 주로 사람에게만 한정적으로 사용되는 경향이 있는 반면,

그윽한 산비탈에 홀로 섰는 두견화는 지극히 위태타마는 自興에 겨워 방실방실 바람이 불 때마다 이리 저리로 한들한들.

이름일랑 묻지 마오 꽃이라면 그만이지, 보는 이야 있건 없건 興에 겨워 제 피느니 꽃 피고 이름 없으니 그를 설워. -경기민요 <노랫가락> 중-11)

의 예에서 보는 바와 같이 '홍'의 경우는 사람, 자연물 할 것 없이 광범한 대상에 걸쳐 사용된다는 점도 지적해야 할 것이다. 요컨대, '신바람'은 '홍'이 극치에 달한 상태이므로 궁극적으로 '홍'에 내포된 요소, '홍'의 일부로 이해할 수 있다.

Ⅱ. '홍'의 美的 原理

이제 '홍'의 미적 원리를 구체적으로 조명해 보기에 앞서 '홍' 美學의 원형을 보여줄 만한 텍스트를 검토해 보고자 한다.

> 봄철을 알외나다 春服을 쳐엄닙고
> 麗景이 더듼져긔 靑藜杖 빗기쥐고
> 童子六七 불너내야 속닙난 잔디예
> 足容重케 홋거러 淸江의 발을싯고
> 風乎江畔ᄒ야 興을타고 도라오니
> 舞雩詠而歸랄 져그나 부랄소냐
> 春興이 이러커든 秋興이라 져글넌가
>   …(중략)…
> 須臾 羽化ᄒ야 蓮葉舟에 올나는듯
> 東坡 赤壁遊인둘 이내興에 엇지더며
> 張翰 江東去인둘 오날景에 미츨넌가   -朴仁老, <莎堤曲> 중-

莎堤는 漢陰 李德馨의 靜養處인 龍津에 있는 지명인데, 한음은 광해군 즉위 후 정치적 누명을 입어 벼슬에서 물러나 이 곳에 머물렀다고 한다. 박인로는 한음과 교유하면서 그의 閑居生活을 이 <사제곡>에 담아 표현했다

---

11) 李昌培 編著, 『韓國歌唱大系』(弘人文化社, 1976)

고 하는데, 曾點의 풍류와 소동파의 적벽유, 張翰의 고사에 견주면서 서술
한 것이 특징이다. 이 한거생활의 중심에 놓인 것이 바로 '흥'의 체험이라
할 수 있는데, 우리는 이들의 풍류 특히 증점의 '舞雩歸詠'의 면모를 통해
'흥'의 전형적 양상을 탐색해 볼 수 있다.

첫 부분은, 공자가 제자들에게 뜻하는 바를 물었을 때 증점이 대답했다는
내용에 의탁하여 자신의 風流 및 詩興을 표현한 부분이다.

> 莫春者春服旣成 冠者五六人童者六七人 浴乎沂風乎舞雩 詠而歸 夫子
> 喟然嘆曰 吾與點也.　　　　　　　　　　　　　-『論語』「先進」篇-

때는 화창한 봄날이다. 두터운 겨울옷 대신 새로 만든 홑겹 봄옷을 입고
沂水에서 목욕한 뒤 舞雩에서 시원한 바람을 쏘이다가 노래를 부르며 돌아
오겠다고 하는 지극히 평범하고 소박한 포부를 펼치고 있을 따름이다. 그럼
에도 공자는 감탄하여 그의 배움이 깊음을 인정한다. 그것은, 앞서 세 사람
이 軍事, 政治, 宗廟 등 末流的인 것을 언급한 것과는 달리 증점은 인욕이
다하여 표백된 뒤에 오는 맑은 기운과 일상의 일을 즐기는 데서 오는 편안
함이 天理의 흐름에 맞닿아 있는 그런 기상을 말하고 있기 때문이었다.

우리는 증점의 고사 및 이것이 인용된 시구에서 흥의 원리를 읽어낼 수
있다. 우선 가장 먼저 감지되는 것은 언술 주체를 감싸고 있는 편안하고 즐
거운 분위기다. 새로 지은 깨끗한 옷, 목욕한 뒤의 깨끗한 몸, 청량한 바람
을 쏘인 뒤의 산뜻한 마음 등은 화자의 정서를 흥기시키는 계기가 되고 있
다. 이 고조된 즐거움은 노래를 부르며 돌아오는 것에서 극대화된다. 이 내
용들은 上巳日의 祓除儀式에 관계된 것인데 봄날의 놀이풍속의 일환으로
볼 수 있다.

여기서 주목할 점은, 정서의 고양과 흥기에서 오는 즐거움이 언술 주체
혼자만의 것이 아니라, '여럿'과 공유하는 것이라는 사실이다. 여기에 등장

하는 冠者五六人, 童者六七人은 화자와 마음이 맞고 뜻이 통하는 사람들일 것임에 틀림없다. 그들과의 화기애애한 관계가 유지되지 않는다면, 노래를 부르며 돌아오는 즐거움이 조성될 수 없을 것이기 때문이다. 이 과정에는 긴장이나 갈등, 대립의 싹이 배태될 여지가 없다.

또한 우리는 노래부르며 돌아온다고 하는 구절에서 '歸'에 담긴 의미를 숙고해 볼 필요가 있다. 沂水나 舞雩는 속세적 공간은 아니다. 어쩌면 가장 이상적인 공간을 이 둘로써 상징화하고 있는지도 모른다. 그런데, 여느 은일자나 이상주의자처럼 그 곳을 도를 추구하는 영원의 공간, 은거의 공간으로 삼지 않고 俗에서 묻은 때를 씻고 다시 俗으로 돌아오기 위한 공간으로 설정하고 있다는 점이 매우 의미 깊다. 즉, 언술의 주체가 뜻을 펴고자 하는 공간, 그의 意識이 지향하고 있는 공간, 그리고 궁극적으로 돌아오게 되는 공간은 어디까지나 속세의 삶의 터전, 현실세계인 것이다. '舞雩歸詠'의 풍류는 <사제곡>외에 <賞春曲> <獨樂堂> <船上嘆> <樂貧歌> 등 수많은 歌辭, 時調, 漢詩作品들에서 홍겨운 장면의 상징으로서 인용되고 있어 주로 상층문학에서 홍겨움의 대명사가 되고 있지만, 그 양상은 서민문학에서도 얼마든지 변형되어 나타난다. 예컨대 沂水나 舞雩가 '別天地'가 될 수도 있고, 冠者五六人, 童者六七人이 '樂工·妓女 거느리고' 하는 식으로 변형될 수도 있는 것이다.

'홍'의 미의 또 다른 전형으로서 우리는 판소리 <홍보가> 중 '박타는 대목'을 들 수 있다.

아니리 …홍보가 궤 속을 가만히 들여다보니깐 노란 엽전 한 궤가 새리고 딱 있지. 쑥 빼들고는 홍보가 좋아라고 한 번 놀아 보는듸,

중중몰이 "얼씨고나 좋을씨고, 얼씨고나 좋을씨고, 얼씨고 절씨고 지화자 좋구나, 얼씨고나 좋을씨고. 돈 봐라, 돈 봐라, 얼씨고나 돈 봐라. 잘난 사람은 더 잘난 돈, 못난 사람도 잘난 돈, 생살지권을 가진 돈, 부귀공명이 붙은 돈. 이놈의 돈아, 아나 돈아, 어디를 갔다가 이제 오느냐? 얼씨고나 좋을시고"[12]

박 속에서 예상치 않은 돈궤를 발견하고 좋은 기분을 주체하지 못하는 홍보의 모습이 여실히 드러나 있다. 흥과 관련하여 <홍보가>의 박타는 장면은 여러 면에서 주목을 요한다. 우선 '홍보' '놀보'라는 이름에 주목해 볼 필요가 있다. '-보'라고 하는 것이 습관적으로 어떤 행동을 되풀이하는 사람에 대해 붙이는 접미사-예컨대 울보, 떼보 등-라고 본다면 '홍보'는 '홍이 많은 사람' '작은 일에도 쉽게 홍을 내는 사람'의 뜻을 갖는 보통명사일 수 있는 것이다.13) 그러므로, <홍보가>는 '홍이 많은 홍보' 이야기라고 볼 수도 있지 않을까 생각된다.

그 다음으로 관심을 둘 만한 것은, 홍보가 탄 박이나 거기서 나온 사물이 하나가 아니라는 점이다. 만일 홍보가 박을 하나만 탔다든가, 거기서 나온 것이 단 한 종류의 사물이었다면, 그리고 홍보 혼자 쓸쓸히 앉아 박을 탔다면, 그것이 홍보에게 아무리 좋은 결과를 가져다 줬다 해도 과연 이 대목이 그렇게 홍겨운 장면의 전형으로 받아들여질 수 있었을까 하는 의문이 든다. 요컨대, 박타는 대목의 홍겨움은 여러 요소들이 모여 어우러지는 '떠들썩함'에 있다고 할 수 있다.

세 번째, 아니리 부분을 보면 홍보는 박타는 행위를 '한 번 놀아보는 것'으로 인식하고 있음이 드러나 있다. '홍'은 이처럼 삶이나 어떤 현상을 심각한 것이 아닌 '놀이'적인 것으로 받아들이는 데서 싹트는 미감이라는 사실을 유추해 낼 수 있다.

우리는 이상 두 텍스트로부터 '홍'의 미학에 내재해 있는 미적 원리로서, 정서의 상승작용, 현실에 대한 적극적 지향의식, 갈등과 긴장이 없는 편안함과 넉넉함, 놀이적 요소 등을 이끌어낼 수가 있다.

---

12) 『판소리 다섯마당』(한국 브리태니커 회사, 1982)
13) 같은 맥락에서 '놀보'도 '잘 노는 사람' '놀기만 하는 사람'의 뜻을 지니는 것으로 이해할 수 있다.

1. 홍기된 정서의 발산

'흥'은 정서의 홍기, 그 가운데서도 즐거운 방향으로 상승 작용하는 정서와 직접적 관련을 지닌다. 이 고양된 정서가 안으로 응축되는 것이 아니고 외면적인 발산을 전제로 할 때 홍의 미학이 성립한다.

· 江湖에 봄이 드니 미친 興이 절로난다
· 濯纓歌의 興이 나니 고기도 잊을로다

벼뷔여 쇠게 싯고 고기 건져 아히쥬며
이 쇼 네 모라드가 술을 몬져 걸너스라
우리는 아직 醉한 김에 興티다ᄀ 가리라

누우면 닐기슬코 안즈면 셔기슬허
먹던 술 못 먹고 자던 줌 아니오니
人間의 됴흔일 덕으니 興心업셔 ᄒ노라

이 예들에서 보다시피 봄, 음악, 술이 흥을 일으키는 요인이 되고 있는데, 이들은 기본적으로 즐겁고 유쾌한 기분을 전제로 한다. 끝 시조의 종장에서 '人間의 좋은 일 적으니 興心이 없다'고 한 것은, 흥이 인간사에서 좋은 일과 관계되어 일어나는 정서임을 명시해 준다. 그리고 '흥'이라는 주어는 '일어나다' '오르다' '나다' '솟다'와 같이 상승작용을 나타내는 動的인 서술어를 요한다. '흥'이 목적어가 될 때는 '겨워하다' '치다'와 같은 타동사가 사용되는데, '겨워한다'는 것은 어떤 일의 정도나 상태가 주체의 힘에 부칠 정도로 성한 것을 의미하므로, '흥'이란 즐겁게 솟구치는 기분을 밖으로 표출하는 양상을 말하는 것이라 할 수 있다. 이런 양상은 서민층 문학에서 그 진수를 엿볼 수 있다.

닭이 운다 닭이 운다
저 건너 모시당굴 닭이 운다
얼씨구 좋다 좋기만 좋지
는실는실 나니가 난노 지화자 좋을씨고

-서울민요, <는실타령> 중14)-

즐겁고 흥겨운 기분을 절제나 억압 없이 마음껏 분출하는 양상을 엿볼
수 있다. 그런데, 한 가지 주목할 점은 흥의 요소가 꼭 대단한 것, 특별나게
좋은 것으로 국한되지 않는다는 사실이다. '흥'은 특정의 어떤 사물이나 사
건에 대해서만 반응하는 정서가 아니라, 별 것 아닌 작은 일이라도 그것을
'즐겁게' 받아들이는 긍정적 자세만 있으면 느낄 수 있는 정감이다. 즉, 흥
을 야기하는 대상에 초점이 맞춰진 것이 아니라, 주체의 현실 긍정적 마음
가짐에 비중이 두어지는 미감이라 할 수 있다. 그리고, 그 기분을 안으로 감
춰두는 것이 아니라 밖으로 활짝 펼쳐내는 것이 흥의 본질이라 하겠다.

흥기된 정서의 발산이라고 하는 흥의 미적 원리는 漢詩에서도 쉽게 찾아
볼 수 있다. 유달리 '흥'의 미학이 두드러지는 朴誾의 작품들을 보면, 흥의
본질이 1차적으로 정서의 흥기와 발산에 있고, 그 체험이 엑스터시를 방불
케 하는 흥분상태의 것임을 다시 한 번 확인하게 된다.

興發不能深閉戶   흥이 일어 문닫고 깊숙이 들어앉아 있지 못하고
閑騎快馬似船行   여유롭고 유쾌하게 말 달리니 배를 탄 듯하구나
去時乘雪來乘月   갈 때는 눈을 밟고 올 때는 달빛을 밟으니
未覺山陰獨也淸   山陰의 정취만이 맑은 건 아니로다

-<約擇之同扣萬里瀬先簡一節>15)-

화자는 '흥'이 發하여 조용히 문을 닫고 들어앉아 있을 수가 없어 상쾌하

---

14) 李昌培, 앞의 책, 819쪽.
15) 이하 韓國 漢詩의 번역은 『韓國의 漢詩』(허경진 엮음, 평민사)를 참고함.

게 말을 달린다. 이처럼 '흥'은 신바람을 탄 에너지를 발산시키는 것을 전제로 한다. '문을 닫는(閉戶)' 것처럼 외부로부터 자신을 차단시키는 것이 아니라, 적극적인 노출과 개방의 태도를 취한다. 신이 나는 것, 흥이 나는 것은 에너지의 방출과 더불어 깊이 몰입하는 고도의 집중·농축상태를 요한다. 이 점에서 '흥'의 상태는 무당에게 신이 실린 상태와 비슷하다. '恨'의 경우도 '흥'과 마찬가지로 고도의 에너지 농축상태를 전제로 하지만, 흥이 보여주는 것과 같은 '발산'의 상태가 아니라, '응축' '수렴' '억제'의 상태라는 점에서 차이가 있다.

또한 흥이 무속적 엑스터시 상태를 방불케 한다고 해서 양자를 동일시할 수는 없다. 무속적 신명이 신이 '지피어지는' 피동성에 기초하는 것과는 달리, 흥은 주체가 의식적으로 '일으킬 수도 있는 능동적 자각의 소산이다. 전자가 무의식적 忘我體驗이라고 한다면, 후자는 어디까지나 깨어있는 신명체험, 다시 말해 자의식에 입각해 있는 忘我體驗이라는 점에서 양자는 선명하게 구분이 지어지는 것이다.

요컨대, '흥'의 미감은 무속적 신명과도 다르고, 恨같은 억압된 정서와도 성격이 다른 고유의 미적 원리를 지닌다 하겠다.

2. '俗(現實)'과의 적극적 관계맺음

두 번째 흥의 미적 원리로서 현실에 대한 개방적 시선, 적극적 관계맺음의 양상을 지적하고자 한다. 먼저, 다음 시조를 음미해 보자.

　　雲霄에 오로젼들 ᄂᆞ래 업시 어이ᄒᆞ며
　　蓬島로 가쟈ᄒᆞ니 舟楫을 어이ᄒᆞ리
　　출하리 山林에 主人되야 이 世界를 니즈리라　　　　-金天澤-

이 시조는 현실에 대하여 '흥'의 미학과는 다른 양상을 보이는 예이다. 화자는 하늘에 오르고 싶어도 날개가 없어 못하고, 神仙이 사는 蓬島에 가려 해도 노가 없어서 못 간다고 토로한 뒤에, 그럴 바에는 차라리 산속으로 들어가 이 속세를 잊겠다고 말하고 있다.

여기에는 세 종류의 공간이 등장한다. 雲霄와 蓬島로 대변되는 최고 '理想鄕의 空間', 山林으로 대변되는 '超俗的 空間', 그리고 "이 世界"로 대변되는 '俗世의 空間'이다. 첫 번째 것은 理想의 공간이요, 세 번째는 현실의 공간이며, 두 번째는 이상과 현실에 걸쳐 있는 準理想鄕이다. 실제적으로는 현실에 속한 것이면서도 심리적으로는 이상향의 기분을 맛볼 수 있는 양면성을 지닌 공간이다. 부연하자면 첫 번째는 실질적으로 도달할 수 없는 '無' 또는 '不在'의 세계이며, 나머지 둘은 '有'의 세계이다. 그 중에서도 두 번째 것은 '理想的 有의 세계', 세 번째 것은 '現實的 有의 세계'이다.

화자는 최고의 이상향을 실존하지 않는 곳, 즉 無에서 찾고 있으며, 차선으로 현실적 유의 세계와는 동떨어진 곳에서 대리만족을 구하고 있다. "이 세계를 니즈리라"는 표현으로 미루어 보면, 화자는 심적으로 현실에 유리된 공간을 동경하고 있다는 것을 알 수 있다. 이 시조뿐만 아니라, 다른 시조작품, 가사, 잡가, 한시, 고소설 등에서도 이같은 세 유형의 공간구분이 가능하다고 생각되는데, 공간적 지향성이 그 텍스트의 의미구조나 미적 구조를 결정하는 것을 흔히 보게 된다.

2.1 '有'의 세계에 대한 긍정

위 시조에 등장하는 세 종류의 공간 유형을 기준으로 할 때, 흥의 미감이 體現되어 있는 텍스트들은 적어도 위의 시조와 같은 現實遊離心理와는 거리가 멀다.

田園에 나믄 興을 전나귀에 모도 싯고

溪山 니근 길로 홍치며 도라와셔
아히야 琴書를 다스려라 나믄 히를 보내리라   -金天澤-

앞서 분류한 세 종류의 공간유형 중 '이상적 有의 세계'는 江湖, 田園,
山林, 林泉 등으로 표현되는데, 이 시조의 '田園' 역시 같은 맥락에 속한다.
화자는 지금 전원이라고 하는 '이상적 有의 세계'에서 노닐다가 俗世 즉,
'현실적 有의 세계'로 돌아오는 심정을 표현하고 있다. 전원에서 노닐 때의
홍취가 여전히 남아 있는 상태이다. 이 시조에서는 앞의 작품에서와 같은
현실부정의 태도, 현실유리적 충동은 찾아볼 수 없다. 오히려 '전원'은 현실
과 유리되어 있는 별천지가 아니라 현실세계의 연장, 그리고 현실과 맞닿아
있는 곳으로 그려지고 있다. 다음 가사에서도 이런 모습이 여실히 드러난다.

淸江 綠草邊의 쇼 머기는 아히들이
夕陽의 어위 계워 短笛을 빗기 부니
믈아래 좀긴 龍이 좀쎄야 니러날둧   -鄭澈, <星山別曲> 중-

淸江 綠草와 같은 자연배경이나, 상상 속의 동물인 용의 등장은 超俗的
세계의 표상일 수도 있겠지만, 여기서는 속세에 바로 맞닿아 있는 현실적
요소로 작용하고 있다. 이같은 전환은 "쇼머기는 아해들"에 의해 가능해진
다. 이로 인해서 청강녹초는 물론 실재하지 않는 용조차도 마치 눈앞에 현
존하는 존재인 양 부각된다. 여기서 주목할 점은, 홍의 미학은 눈에 보이지
않는 深遠한 그 무엇, 오묘한 진리의 세계, 속세를 초월한 공간배경, 추상적
이고 관념적인 논리 속에서 얻어지는 것이 아니라는 점이다. 요컨대, 홍은
눈앞에 펼쳐져 있는 것에 기초해 일어나는 미감이요, '현실원리'에 근거하여
'有'의 세계에서 형성되는 미적 체험인 것이다.

2.2 集團性과 開放性

且與風塵混	풍진 속에 세상에 섞여 살며
聊將詩酒爭	오로지 시와 술 가지고 다투었네
醉來唯興適	취기가 돌아 흥이 더욱 도도해지니
奇處要人驚	기이한 경치 새삼 놀라게 하네 -朴誾, <獨坐>-

'風塵'으로 묘사된 현실이지만, 시적 화자는 그 곳을 떠나 속세 아닌 곳으로 지향해 가려고 하기보다는 '더불어서(與)', '섞여(混)' 살면서 그 속에서의 홍취를 누리고 있는 것이다. 이럴 때, 흥은 현실세계와의 적극적인 관계맺음과 현실에 대한 긍정적 시선을 반영하는 표징으로 드러난다.

이처럼 흥의 미학적 본질이 되고 있는, 현실에 대한 적극적 말건넴, 현실을 향해 열려 있는 긍정적 시선은 흔히 '集團的 敍情'으로 유도되는 경우가 많다. 앞서 예를 든 <田園에> 시조도 언술의 주체는 한 사람일지 모르나, 흥의 주체는 그 한 사람으로 국한되는 것이 아니고 '아해'까지를 포함하는 복수형으로 확대되어 있다.

일반적으로 서정-장르개념의 抒情이든, 정을 표출한다는 자구적 의미의 敍情이든-은 시적 화자의 은밀한 내적 독백을 본질로 한다. 이것은 서정의 세계가 私的 비전을 주관에 의해 굴절시키는 개인화 과정을 거친다는 것을 뜻한다. 그러므로, 서정이란 근본적으로 개인적 요소, 타인으로부터의 고립성, 외적 세계로부터의 단절과 폐쇄 등을 전제한다. 서정의 세계는 이 세상 및 현실을 향하여 열린 시선이나 이 세상과의 적극적 관계맺음을 통해 이루어지기보다는, 어떤 의미에서는 현실로부터 차단되었다고도 할 수 있는 내면의 독자적 세계를 언어화함으로써 형성되는 세계인 것이다.

현실과의 관계맺음이 세계를 향한 개방화를 의미한다고 할 때, 흥의 서정은 한 개인의 홍취를 표현한 것도 있지만, 그보다는 여럿이 어울려서 즐거움을 같이 나누고 거기서 형성된 공감의 요소를 언어화하는 것에 그 본질적

특징이 있다고 하겠다. 이와 같은 '집단적 서정'의 양상은 서구의 개인적 서
정론으로는 포괄되기 어려운 특징이 아닌가 생각된다.

2.3 인간 중심적 경향

집단적 서정은 서로 어울리며 서로 나누는 데서 형성되는 것이다. '어울림'
이라고 하는 것은 적어도 둘 이상의 구성요소를 전제로 한다. 흥의 현장을
구성하는 미적 대상을 보면, 벗·美人·반가운 손님과 같이 인간인 경우도
있고, 景勝地·綠陰芳草와 같은 자연환경일 수도 있고, 술·음악·춤과 같은
인공물 등 광범하게 걸쳐 있다. 이 점이 인간사만을 대상으로 하는 '한'이나,
자연만을 대상으로 하는 '무심'의 경우와 크게 다른 점 중의 하나이다.

'무심'의 미는 인간사회, 인간간의 얽힘, 세속적 삶이 가져오는 구속을 벗
어나는 데서 조성된다. 그러기에 脫俗的, 現實遊離的 성격이 강하다. 이같
은 무심의 특징은, '自然'을 미적 대상으로 할 것을 요구한다. 무심의 미는
利害의 원리가 지배하는 현실을 벗어나 忘機의 상태를 지향하는 데서 형성
된다. 따라서, 무심의 脫俗性은 人間을 벗어나 자연을 지향하는 것을 본질
로 한다.

한편, '한'은 인간사회, 인간관계, 人間事 속에서 형성되는 미유형이다. 특
히, 조화로운 관계가 아닌 갈등의 인간관계, 소외를 가져오는 집단사회, 불
행한 인간사 등이 한의 미를 형성시키는 주된 공급원이다. 조화로운 관계,
행복한 인간사는 '한'을 야기하지 않을 것이기 때문이다. 요컨대, 한은 철저
하게 '인간' 혹은 '인간적인 것'을 중심으로 하는 미유형이라고 할 수 있다.

이에 비해, 흥의 미적 대상은 자연일 수도 있고 인간-인간관계, 사회 등-일
수도 있다.

수풀에 우는 새는 春氣를 못내 계워
소리마다 嬌態로다 物我一體어니

興인돌 다롤소냐   -丁克仁, <賞春曲> 중-

遠山 疊疊泰山은 주춤하여
奇岩은 層層 長松은 落落
에- 허리 구부러져 狂風에 흥을 겨워
우쭐우쭐 춤을 춘다   -<遊山歌> 중-

술이 닉어거니 벗지라 업슬소냐
블니며 튀이며 혀이며 이아며
온가짓 소리로 醉興을 비야거니
근심이라 이시며 시롬이라 브터시랴   -宋純, <俛仰亭歌> 중-

위의 예들에서 보는 바와 같이 '흥'을 야기하는 대상은 '새'나 '落落長松'일 수도 있고, 조화로운 인간관계가 될 수도 있다. 앞의 두 예에서 '흥'의 주체는 '새'와 '長松'으로 설정되어 있지만, 그렇다고 해서 이 텍스트들이 자연물의 흥을 노래하는 것으로 읽을 수는 없다. 시적 화자는 春氣를 못 이겨 울고 있는 새와 狂風에 이리 흔들 저리 흔들하는 기암 위의 소나무를 보고 그것들이 흥겨워 한다고 '느끼는' 것이다. 시적 화자가 그렇게 느끼고 생각하는 것은, 落落長松을 보고 자신이 흥취를 느꼈기 때문이다. 결국, '새'나 '소나무'에 기탁하여 시적 화자 자신의 흥을 표현한 것으로 읽을 수 있고, 새나 소나무는 흥을 느끼는 주체가 아니라, 흥을 야기하는 대상물로 받아들이게 되는 것이다.

우리는 이로부터 '흥'의 미가 지극히 인간 중심적인 것임을 확인할 수 있다. '자연'이 주요 미적 대상이 된다는 점에서 '흥'과 '무심'의 미는 같지만, '무심'의 미의 중심에는 인간 대신 '자연'이 자리한다. 무심의 미의 본질이라 할 脫俗性은, 모든 인간적인 요소-이해관계로 얽힌 인간사회, 自와 他가 엄격히 구분되는 인간관계, 인간의 욕망, 윤리 등-로부터 벗어나는 것, 즉 忘機의 상

태를 의미한다. 그러므로, 무심의 미는 인간이 자연의 품안으로 편입해 들어
감으로써 형성된다. 그러나, '자연'이 '흥'의 미로 구현될 때는 인간적 질서
속에 '자연'이 편입되는 양상으로 나타난다. 다시 말해, '흥'의 미의 중심에
는 인간, 인간적인 것이 자리하고, 자연물을 그 인간세계 안으로 끌어들이는
양상인 것이다.

2.4 헌사함

俗과의 적극적 관계맺음의 양상은 '헌사함'으로 표출되는 경향이 강하다.
앞서 '흥'이 포괄하는 의미범주에는 '헌사함'의 요소도 포함되어 있음을 언
급하였는데, 헌사함이란 어떤 대상의 상태나 동작, 사건이나 장면이 번다하
고 역동적인 것을 의미한다.

> 明珠 四萬斛을 녀님픠다 바다셔
> 담는듯 되는듯 어드러 보내는다
> 헌스훈 믈방울론 어위계워 ᄒᆞ는다   -鄭澈-

> 綠楊芳草는 細雨中에 프르도다
> 칼로 몰아낸가 붓으로 그려낸가
> 造化神功이 物物마다 헌스룹다   -丁克仁, <賞春曲> 중-

여기서 대상이 되는 "물방울"이나 "物物"은 하나가 아닌 '여럿', 靜보다
는 '動'을 전제로 하고 있어, '떠들썩하고 야단스럽다', '시끄럽게 이리저리
하다'는 뜻의 古語인 '헌사하다'에 잘 호응된다. 여기서 헌사롭게 어위겨워
하는 것은 물방울, 물물과 같은 複數的 존재들이다. 또한 그것을 보면서 화
자 역시 헌사한 분위기에 휩싸여 흥겨워하고 있다. 그런데, 구성요소가 '여
럿'이 모여있다고만 해서 흥이 성립되는 것은 아니다. 흥을 느끼는 주체가
사물이건, 자연물이건, 사람이건 간에 서로 조화로운 관계를 맺고 활기찬 분

위기를 조성할 때에야 비로소 흥의 미가 성립되는 것이다.

· 獨酌不盡興 且待吾友來 —朴誾, <霖雨十日間無來客> 중—
· 宿醒應自解 詩興漫相因 —朴誾, <曉望> 중—
· 酒無獨飮理 偶興聊自爲   —李滉, <和陶集飮酒二十首·8> 중—

와 같은 시구들 역시 '혼자'보다는 '여럿'이 어울리는 헌사함이 더 흥겹다는
것을 말해 주고 있다. '술'은 흥을 일으키는 가장 효과적인 사물인데, 여럿
이 어울려 즐길 때 그 흥취가 배가된다는 것을 표현한 것이다. 흥이란 이처
럼 세상으로부터, 타인으로부터 문을 닫아 걸고 獨善하는 것과는 애초부터
그 성격을 달리 한다.

        고은 볕티 쬐얀ᄂᆞᆫ디 믉결이 기름ᄀᆞᆺ다
        그믈을 주여 두랴 낙시를 노흘일가
        濯纓歌의 興이 나니 고기도 니즐로다   —尹善道—

        丹崖翠壁이 畵屛ᄀᆞ티 둘럿ᄂᆞᆫ디
        巨口細鱗을 낟그나 몯낟그나
        孤舟簑笠에 興계워 안잣노라   —尹善道—

이 두 작품은 또 다른 각도에서 흥의 헌사함을 보여 준다. 앞서 헌사함의
한 요소로 '複數性'을 들었는데, 그 경우는 흥의 주체의 복수성을 의미하는
것이었다. 그러나, 위 인용시조에서의 헌사함은 흥을 야기하는 대상의 복수
성을 보여준다. 여기서 보듯, 화자의 흥을 일으키는 것은 단일한 사물이 아
니다. 고운 볕이 내리쬐는 기름같은 물결, 낚시질, 노래, 절벽의 바위가 병풍
같이 둘러쳐진 아름다운 풍경 등 복합적인 요소들이 어우러져 흥을 야기한
다. 그 숫자가 많으면 많을수록 흥은 배가될 것이다.

요컨대, 홍의 헌사함은 복수적인 요소들이 주체의 홍을 야기하고, 그 대상들에 홍기되어 복수적 주체가 서로 어울려 조화를 이루며 즐거워하는 것을 본질로 한다고 할 수 있다.

3. 無葛藤의 미학

풍류심의 한 유형으로서 '홍'을 조명할 때 세 번째로 부각되는 것은 홍에 내포된 '無葛藤'의 요소이다. 홍의 세계를 체현하고 있는 텍스트들을 보면 어떤 상황에 대한 긴장이나 모순, 대립감정 등을 내재하지 않는다는 점이 공통적이다. 갈등이 내재하지 않는다기보다는, 갈등이나 긴장요소가 '홍' 텍스트를 규정하는 본질적 요인이 되지 않는다는 표현이 더 적절할 것이다.

3.1 '有餘'의 요소

보리밥 픗ᄂ물을 알마초 먹근 後에
바횟굿 묽ᄀ의 슬크지 노니노라
그나믄 녀나믄 일이야 부롤줄이 이시랴

-尹善道, <山中新曲·漫興2>-

윤선도의 시조는 전체가 '홍'의 미학에 기초해 있다고 할 만큼 홍의 진수와 다양한 면모를 보여준다. 그의 홍 텍스트 가운데서도 위 시조는 홍에 내재된 무갈등성의 성격을 단적으로 드러낸다. '홍'이라는 말이 문면에 드러나지 않은 제 2차 홍텍스트이지만 홍의 미학이란 과연 어떠한 것인가를 잘 보여준다. 욕망이 충족되지 않은 데서 오는 음습한 분위기는 홍의 본질과 거리가 멀다. 홍은 넉넉한 것이요, 모자람이 없는 데서 감지되는 적당한 쾌적함이다. 서정시의 본질이랄 수 있는, 세계와 자아간의 갈등과 긴장, 대립의 요소가 여기서는 감지되지 않는다. 눈앞에 펼쳐져 있는 것의 적당함과 알맞음을 '슬카지(실컷)' 즐기며, 아무 것도 부러울 것 없는 청명하고 화창한 세계를 충분히 누리는 데서 오는 여유가 감지된다. '슬카지'라는 말에서 드러나듯, 흥은 적당하고 알맞을 뿐만 아니라 넉넉하고 모자람 없음을 확인하는 데서 오는 만족과 현실긍정의 정서에 맞닿아 있다.

일반적으로 규정되고 있는 서정성이란 주체가 자신을 둘러싼 현실에 대해 갖는 정서적 긴장감을 말한다. 현실이 아무런 갈등을 유발하지 않고 주객이 조화되어 있을 때 서정적 긴장은 얘기될 수 없고, 때로는 이완된 구조를 보이는 것, 그래서 시적 가치가 다소 떨어지는 것으로 간주되기도 한다. 그러나 서정에 대한 이같은 이해방식은, 주와 객을 이분화하여 사고하는 서구적 사유체계를 배경으로 구축된 서정이론의 소산이다. 동아시아적 서정에서 갈등이나 긴장은 필수조건이 아니며 충분조건도 될 수 없다. 우리는 이같은 사실을 수많은 흥텍스트에서 확인할 수 있다. 정서적 갈등이나 긴장보다는 '有餘함'을 표현해 내는 것에 동아시아적 서정의 고유성이 있지 않은가 추정해 볼 수 있다. 이런 점에서 '흥'의 요소야말로 동아시아적 서정의 본질이 아닐까 하는 추정을 해 볼 수 있다.

> 白雲이 니러나고 나모긋티 흐느긴다
> 밀믈의 西湖요 혈믈의 東湖가자
> 白蘋紅蓼는 곳마다 景이로다
>
> ─尹善道, <漁父四時詞・秋詞3>─

> 긴날이 져므는줄 興의 미쳐 모르도다
> 빗대롤 두드리고 水調歌롤 불러 보자
> 欸乃聲中에 萬古心을 긔 뉘 알고
>
> ─尹善道, <漁父四時詞・夏詞6>─

<秋詞3> 초장의 "흐느긴다"는 동작은 일단 세계와의 갈등의 소산으로 이해된다. <夏詞6>에서 "萬古心"은 오래도록 그리워하거나 수심에 찬 마

음을, "欸乃聲"은 노 젓는 소리로서 대개는 愁心과 怨心, 悲感을 환기하는
객관적 상관물로 사용된다. 이러한 정감은 모두 갈등을 내포하는 것이므로
이 시조들을 홍 텍스트로 규정하는 것을 주저하게 하는 요소가 될 수도 있
다. 그러나 나머지 장들과 연결지어 보면, 흐느낌이나 애내성, 만고심까지도
홍을 유발하는 요소가 되고 있는 것을 알 수 있다.

<추사>에서 '흐느끼는 나무끝'은 바람이 일어나서 나무가 흔들리는 모습
을 형상화한 것으로, 悲感의 요소가 되기보다는 백운이 일어나는 광경에 대
응하여 화자가 처한 현재상황-좋은 경치를 눈앞에 대하여 홍이 일어나는 상황-을
표현하기 위한 보조적 요소가 되고 있음이 드러난다. <하사>도 마찬가지다.
중장에 "水調歌"가 등장하니까 대를 맞추기 위해 "欸乃聲"을 도입한 것이
다. 홍심이 悲感에 의해 침윤되는 것이 아니라, 悲感이 홍심에 흡수되어 슬
픔의 정서조차도 홍심의 일부가 되고 있다.

3.2 '混合'의 요소

그러나, 무갈등의 요소가 홍텍스트를 낮게 평가하는 기준이 될 수는 없다.
'홍' 텍스트는 낙관적 세계관의 반영이요, 我를 둘러싼 物과의 조화로운 관
계맺음의 결과물로 이해되어야 한다. 我와 物-현실, 타인, 자연, 사물 등 '나'를
둘러싼 주변환경의 모든 요소를 포괄하는-간의 조화와 융합의 관계는 다양한 양
상으로 표출된다. 主客合一의 경지인 '物我一體'의 양상일 수도 있고, 主가
客에 '同化'되는 양상이 될 수도 있다. 또 객체에 대한 주체의 '感情移入'
의 양상일 수도 있고, 주체가 객체를 '觀照'하는 양상일 수도 있으며, 주체
가 객체에 대하여 느끼는 '親和的 交感'의 양상일 수도 있다.16)

그러나, 주객융화의 다양한 양상들은 다시 둘로 분류될 수 있다. 두 요소

---

16) 정대림은 송강의 자연관을 규명하는 글에서, 시적 소재로서 자연을 바라보는 시인의
   태도를 관조, 동화, 교감, 대립으로 분류한 바 있다. 정대림, 「<關東別曲>에 나타난
   松江의 自然觀」, 《세종대논문집》 8집, 1981. 5.

가 한데 어우러져 각자의 개별성을 잃고 하나로 통합된 전체 속으로 융해되어 가는 '化合'과, 두 요소가 합쳐져 있되 개별성을 유지하는 상태로 조화를 이루면서 함께 섞여 있는 '混合'의 양상이다. 앞에 제시한 조화의 양상들 중 앞의 셋은 전자에 속하고, 뒤의 둘은 후자에 속한다. 이 중 '흥'의 미에서 보이는 무갈등과 조화의 양상은 후자, 즉 '混合'의 성격을 띤다. 그 중에서도 주체와 객체간의 '친화적 교감'의 양상에 가장 근접해 있다고 할 수 있다. 시적 자아는 흥의 계기가 되는 대상을 완상하며 교감의 즐거움에 취해 있으므로 갈등요인은 발아하기 어렵다. '無心'의 미 역시 주체와 객체간의 무갈등, 조화의 상태를 특징으로 하지만 이 경우는 物我一體와 같은 '化合'의 양상이라는 점에서 '흥'의 경우와 차이가 있다.

>   黃雲은 쏘 엇지 萬頃의 편 거지요
>   漁笛도 興을 계워 둘롤 쯔라 브니는다
>   草木 다 진 후의 江山이 埋沒커놀
>   造物이 헌ᄉᆞᄒᆞ야 氷雪노 쑤며내니
>   …(중략)…
>   술이 닉어거니 벗지라 업슬소냐
>   블니며 ᄐᆞ이며 혀이며 이아며
>   온가짓 소리로 醉興을 비야거니
>   근심이라 이시며 시롬이라 브터시랴
>   누으락 안즈락 구부락 져츠락
>   울프락 프람ᄒᆞ락 노혜로 노거니
>   天地도 넙고 넙고 日月도 閑暇ᄒᆞ다   -宋純, <俛仰亭歌> 중-

우리는 위 가사에서 '흥'에 내포된 '混合的' 무갈등의 양상의 진수를 발견할 수 있다. 中略 부분을 중심으로 한 前半部는 '자연물'로부터 흥이 야기되는 양상을, 後半部는 술·벗·歌·舞 등 '人工物' '人間事'로부터 흥이 야기되는 양상을 표현하였다. 시적 화자는 좋은 경물에 한껏 흥이 올라 있는데, 거기에 벗과 어울려 醉興이 도도한 가운데 '블너며(노래를 부르게 하며)', '틴이며(악기를 연주하게 하며)', '혀이며(끌어 당기며)', '이아며(흔들며)', '푸람도 하며(휘파람도 불며)' 즐기고 있다. 이렇게 아무 거리낌없이 "노혜로(마음놓고)" 노는데 '근심이나 시름이 있을 리 없다'고 한껏 즐거운 기분을 표현하고 있다.

이렇게 자신이 현재 행하는 동작과, 홍을 야기하는 요소들에 관한 총체적 상황을 하나하나 서술해 내고 있다는 것은, 物我一體와 같은 無心의 경지가 아니라 我와 物 사이에 心理的 距離가 존재함을 증명하는 요소가 된다. <賞春曲> 중에 "物我一體어니 興이야 다를소냐"라는 구절이 있는데 지금 현재 자신의 심적 상태를 物我一體라고 말하는 것은 아이러니칼하게도 실제로는 物我一體의 경지가 아님을 보여준다. 한껏 '홍'에 취해 있지만, 忘我의 경지는 아닌 것이다. 물아일체라고 생각하고 판단한다는 것은 명료한 자각의 소산으로 보는 것이 타당하다. 그 정도로 홍겹다는 것을 강조하는 것일 뿐이며, 어디까지나 대상이 주는 유쾌함과 즐거움을 확인, 감상하는 자세의 소산인 것이다.

이 경우 物은 어디까지나 홍을 야기하는 객체에 머물 따름이며, 만물과 더불어 조화되어 그 경계를 구분할 수 없는, 이른바 莊子가 말하는 物化의 상태는 아닌 것이다. 주체가 어떤 자극에 촉발되어 홍이 난다 해도 그것은 정서적 차원의 변화이지, 자아의 본질까지 변화하는 양상은 아닌 것이다. 이런 상태를 化合과 구분하여 '混合的' 조화의 양상이라 규정했던 것이다.

3.3 '直接性' '單純性'의 요소

'홍'에 내재된 무갈등의 성격을 분명히 하기 위해서는, 그것이 처음부터 主와 客 사이의 대립관계가 설정되지 않은 데서 오는 것인가, 아니면 갈등과 대립을 초월한 데서 오는 것인가를 규명해 볼 필요가 있다. 이 점을 규명해 봄으로써 '無心'에 내포된 무갈등의 양상과의 차이점이 드러날 수 있을 것이다.

> 추강에 밤이 드니 물결이 추노미라
> 낙시 드리치니 고기아니 무노미라
> 무심혼 둘빗만 싯고 뷘 비 저어 오노라　　　　　-月山大君-

　이 시조가 모처럼의 낚시에 고기가 물리지 않는 데서 오는 불만을 표현하는 시가 아님은 말할 것도 없다. 낚시를 드리우는 것은 일단은 고기를 낚기 위함이다. 그런데 고기는 하나도 물리지 않는다. 이것은 갈등상황을 유발할 수 있는 충분한 요소가 된다. 그러나, 종장을 보면, 비록 현실적 측면에서 보면 고기를 낚지 못했으므로 '빈 배'이지만, 아무리 담아도 넘침이 없는 '달빛'을 실었기에 '가득 찬 배'이기도 하다. 여기서 '無心'의 미의 본질이 드러난다. 空과 充, 물질과 정신, 있음과 없음의 분별과 利害, 대립을 넘어서는 데서 오는 평온이 이 텍스트를 지배하고 있다. 같은 무갈등의 양상이면서도, '흥'의 그것과는 상당한 차이를 보이고 있는 것이다.

　이에 비해 '흥'의 무갈등은, 처음부터 대립을 전제하지 않은 데서 오는 것이다. 그러기에, '흥'의 무갈등은 낙천적 현실관과 더불어, 감정의 '卽興的', '우연한', '直接的' 흥기에 접맥해 있다는 것을 확인하게 된다. 대립과 갈등을 넘어선다고 하는 것은 '認識作用'이라고 하는, 사유의 간접화 과정을 요구한다. 이에 반해 흥은 어떤 자극에 대한 직접적인 정서반응의 성격을 띠는 것이다. 좋은 경치, 맛좋은 술, 반가운 벗, 노래와 춤, 낚시, 사냥 등 즐거운 자극이 주어졌을 때 그에 대해 즉각적으로 일어나는 '단순한' 정서적 반응이기 때문에 처음부터 갈등요소가 개입할 여지가 없는 것이다.

　무갈등이 단순미의 특징으로 이어진다고 하는 사실은 '흥'의 미를 '無心'의 미와 구분케 함과 동시에 '恨'의 미와도 구분케 하는 중요한 점이 된다.

'한'의 미는 인간관계에서의 갈등을 전제로 하기에 비애감을 주조로 하면서도, 怨望, 念願, 自責, 後悔 등의 요소를 모두 함축하는 複合美의 성격을 띤다. 이런 점에서 '한'은, '즐거움'이라고 하는 단일한 정감요소만으로 형성되는 '흥'의 미와는 큰 차이를 지닌다고 할 수 있다. 그러나, 흥은 한이나 무심과 비교할 때 단순미의 성격이 두드러지는 것이 사실이지만, 흥의 미를 창출하고 향유하는 계층에 따라서 그 양상이 차이를 보이기도 한다(이 점은 章을 달리하여 다루어질 것이다).

4. 놀이성과 재미

흥이 일어나는 계기를 보면 술에 의한 醉興, 계절의 변화에 따른 春·秋興(흥의 미학에서 夏興과 冬興은 별 의미가 없다) 외에도 뱃놀이나 낚시, 사냥 등에 따른 흥, 음악이나 춤, 吟詠에 의한 흥, 좋은 경치 등이 중요한 비중을 차지한다. 그런데, 이들의 공통점은 모두가 '놀이의 현장'에서 이루어지는 것이라는 점이다. 이로부터 '흥'에 내포된 놀이적 요소를 거론할 수 있는 기틀이 마련된다. 만일 어부가 생계를 위하여 배를 타고 낚시질을 한다면 아마도 흥은 일지 않거나 감소될 것이다. 하지만, 생계수단이라고 하는 실제적인 목적 없이 그 자체를 즐긴다고 할 때, 다시 말해 칸트가 말하는 '무목적성의 목적성'에 조준되어 있을 때 고기 잡는 '일'은 흥겹고 즐겁고 재미있는 '놀이'로 전환된다. 세상만사 온갖 근심을 잊을 정도의 몰입을 수반할 것이다.

앞서 <흥보가>의 박타는 대목 한 부분과 <면앙정가>를 인용했는데 이예들 역시 흥과 놀이간의 깊은 관련을 시사하며, 직접적으로 '노는 행위'가 문면에 표현된 경우나 그렇지 않은 경우나 간에 흥텍스트들은 모두가 놀이에서 파생되는 정감이라고 보편화할 수 있다.

흥흥 노래ᄒ고 덩덕궁 북을 치고
宮商角徵羽를 마초리ᄉㅕᆼ ᄒ엿ᄃ니
어긔고 다 齟齬ᄒ니 허허 웃고 마노라

牛羊은 도라들고 뫼희 달이 도다 온다
조흔 벗 모혀 오니 밤ᄉㅣ도록 놀니로다
아희야 비즌 술 걸너스라 無窮無盡 醉ᄒ리라   -鄭壽慶-

가세가세 자네가세 가세가세 놀러가세
배를 타고 놀러를 가세
지두덩기어라 둥게 둥덩 덩실로 놀러가세   -<船遊歌> 中-

짜증은 내어서 무엇하나 성화는 바치어 무엇하나
속상도 일도 하도 많으니 놀기도 하면서 살아가세
니나노 닐리리야 닐리리야 니나노-
얼싸 좋아 얼씨구나 좋다
벌나비는 이리저리 퍼벌펄 꽃을 찾아 날아든다   -<太平歌> 중[17]-

첫 시조만 '논다'는 말이 문면이 드러나 있지 않은데, 그런 직접적 표현
이 없다 해도 우리는 주저함 없이 시조에 서술된 장면을 놀이현장의 것으로
받아들일 수 있다. 위 텍스트들에는 실제적 목적성을 떠난 데서 오는 한가
로움과 여유가 있는 동시에, 즐거움과 흥겨움과 재미와 웃음이 있다. 자발
성, 자유스러움, 비 일상성, 비 실제성, 질서 등을 놀이의 본질로서 제시한다
면,[18] 흥은 바로 그같은 놀이요소가 종합적으로 작용하여 파생시킨 결과라
할 수 있다.

무목적성과 더불어 '재미'는 놀이의 중요한 요소가 된다. '흥겹다'는 것은
'흥취가 일어나 한껏 재미있는 것'으로 풀이되어 있는데 이를 봐도 '흥'과

---

17) 이창배, 앞의 책, 789쪽.
18) J. 호이징하, 『호모루덴스』(김윤수 옮김, 까치글방, 1977), 18-23쪽.

'재미'는 거의 의미가 겹쳐지는 것으로 볼 수 있을 것이다. '재미'란 원래 맛을 나타내는 '滋味'에 '이'모음이 첨가된 것이다. 감각적인 '맛(味)'이 심미적 특성을 의미하게 되는 것은 梁代의 劉勰이나 鍾嶸의 언술에서 어렵지 않게 찾아볼 수 있다.

> 物我一體어니 興이야 다룰소냐
> 柴扉에 거러보고 亭子애 안자보니
> 逍遙吟詠ㅎ야 山日이 寂寂ㅎ디
> 閑中珍味룰 알니 업시 호재로다   -丁克仁, <賞春曲> 중-

　여기서의 '閑中珍味' 또한 '味'로서의 재미를 말한다고 볼 수 있으며, '흥'의 異稱이라 할 수 있다.

　이상의 예들에서 보는 바와 같이, 술을 마시면서 시부를 지으면서 혹은 낚시를 하면서, 춤을 추고 노래를 부르면서 거기에 내재된 生의 맛을 느끼는 것이 '滋味'요 '재미'라 할 수 있다. 그 재미를 발견할 때, 그리고 그 재미가 즉각적·직접적 정서반응을 유도할 때 자발적으로 표출되는 정서가 바로 '흥'인 것이다.

2章 예술장르·담당층·시대별 '흥'의 전개

Ⅰ. '흥'의 본질과 '흥텍스트'

1章에서는 '흥텍스트'에서 보편적으로 추출될 수 있는 흥의 본질, 미적 원리 등을 규명하는 데 중점을 두었다. 이제 2章에서는 구체적·개별적 양상에 초점을 맞추고, 예술장르·담당층·시대적 흐름에 따라 '흥'이 어떻게 달리 예술작품에 구현되고 표출되는지 그 구체적인 전개양상을 살펴보고자 한다. 흥기된 정서의 발산, '俗(현실)'과의 적극적 관계맺음, 무갈등의 경향, 재미와 놀이요소 등 '흥'의 미적 원리가 여러 변수요인들에 의해 어떻게 달리, 그리고 다양한 변주를 보이는지 검토해 본다면, '흥'의 미적 특질이 더욱 선명하게 부각될 것으로 생각한다.

여기서 '흥텍스트'란 흥의 미적 본질, 미적 원리가 어떤 형태로든 구체적으로 형상화된 것을 말한다. '담당층'이란 창작자와 수용자, 연행자 모두를 포괄하는 개념이며, 다루어질 예술장르는 그림, 음악, 탈놀이가 주 대상이 될 것이다. 그러나, 예술 담당층과 그들이 향유하는 예술장르간에는 밀접한 관련이 있으므로, 중복을 피하기 위하여 장르별 검토에서는 대표적인 것만을 집중적으로 언급할 것이다.

그리고, 시대적 변모양상은, 삼국시대·통일신라시대·고려시대 등과 같은

연대적 시간의 흐름을 기준으로 하는 대신 유교적 이념이 지배적인 시대이
념으로 부각하기 전의 시기, 유교이념이 지배적 시대이념으로 규림하던 시
기, 지배적 시대이념의 자리에서 쇠퇴해 가는 시기로 나누어 살피고자 한다.
무엇을 미적인 것으로 보는가 미적인 것으로 느끼는 기준은 무엇인가 등 가
치관의 기준이란 왕조중심의 연대적 시간과는 사실상 그리 큰 관련을 가진
다고 볼 수 없기 때문이다.

Ⅱ. 예술장르에 따른 '흥'의 전개

앞에서는 언어예술을 통해 '흥'의 원리를 규명하는 데 초점을 두었다. 그
러나, 우리의 전통문화 속에서 '흥'은 민족의 보편적 정서 또는 정을 표출하
는 방식, 혹은 미적 체험으로 자리매김되어질 수 있다. 모든 예술 가운데 흥
의 체험을 가장 직접적으로, 가장 생생하게 느낄 수 있는 것은 음악장르이
며, 흥을 비롯한 기타 정서표현이 거의 배제된 것은 '건축'이라고 생각된다.
그리고, '흥'의 본질은 같더라도 그것이 표출되는 양상은 각 예술장르마다
매우 다양하게 그리고 특징있게 실현되어 있다고 할 수 있다.

1. '문학'의 경우

문학텍스트를 대상으로 하여 '흥'의 미적 본질이 어떠한 징표로써 언어화
되는지를 알아보도록 하자. 풍류심의 세 유형 중 '흥'은 탈춤, 판소리, 민요,
풍속화 등에서 그 미적 진수를 맛볼 수 있지만, 한편으로는 서정문학의 본
질적 요소가 되기도 한다. 풍류심이라는 것 자체가 일종의 서정적 심미체험
이기 때문이다. '恨'은 서정적 심미체험의 한 양상을 보여주는 동시에, 한이

맺히고 풀리는 구조는 서사전개에 있어 핵심적인 모티프가 될 수 있다. 그러나, '흥'이나 '무심'은 서사문학의 본질적 요소가 될 수 없으며, 설령 서사체에 흥이나 무심의 모티프가 도입된다 하더라도 그 역할과 비중은 극히 미미할 뿐이다.

여기서는 문학텍스트 그 중에서도 서정양식에 속하는 흥텍스트를 중심으로 흥의 언술적 징표들을 몇 가지 이끌어 내보고자 한다. 여기서 한 가지 명확히 해야 할 점은, 어떤 언어적 표현들이 '흥'의 미를 구체화하는 징표가 된다고 해서, 이러이러한 언어적 표현들이 사용되면 곧 흥텍스트로 규정될 수 있다는 것을 의미하지는 않는다는 사실이다. 예컨대 후렴구는 흥을 돋우는 중요한 언어적 장치이지만, 후렴이 들어간 텍스트가 전부 흥텍스트는 아니라는 얘기다. 恨텍스트에서도 후렴은 얼마든지 찾아볼 수 있다.

첫째, '흥'은 이와 관련된 어휘나 어구를 통해 흥텍스트로 구현된다. 앞서 '흥'의 의미범주에는 흥분, 즐거움, 快, 悅, 흥미, 헌사함 등이 포괄된다고 하였는데 이런 의미요소들이 문면에 직접 시어로 활용되기도 한다. 이외에 '슬카장', '노혜로', '기분 좋음', '놀다', '재미', '웃음'과 같은 어휘들은 '흥'을 핵심으로 하는 의미의 망을 형성한다. 이들은 흥텍스트에 빈번히 등장하는 시어이기도 하지만, 단순히 시어로만 머무르는 것이 아니고 '흥'의 미학을 구축하는 미적 용어의 구실을 하기도 한다. '흥'의 미는 이러한 어휘들을 통해 그 구체적 형상을 드러낼 수 있는 것이다.

둘째, 흥텍스트에는 후렴, 餘音, 감탄사와 같은 다양한 형태의 助興辭가 많이 등장한다. 의성어나 의태어 및 일반 첩어적 표현, 나아가서는 일부 시조 종장 첫 구의 경우도 넓은 의미에서 조흥사에 포함시킬 수 있다. 이런 표현들은 텍스트 내에서 다양한 기능을 행하는데, 그 중에 흥을 돋우는 기능은 매우 중요한 의미를 지니기 때문이다.

후렴이나 여음은 고려가요나 민요, 잡가처럼 음악적 비중이 큰 시가장르에 많이 등장한다. 예컨대 경기민요 <잦은 방아타령>의 "아하 에이요 에이

여라 방아홍아로다", <倡夫打令>의 "얼씨구나 지화자 좋네 아니 노지는 못하리라"와 같은 후렴은 章 뒤에 붙어 의미상의 분단을 행함과 동시에 흥을 돋우는 구실을 한다. 그러나, 같은 후렴이라도 恨텍스트에서 부각되는 기능은 매우 다르다. 예컨대 강원도 민요 <한오백년>에서 "아무렴 그렇지 그렇고말고 한 오백년 살자는데 웬 성화요"라는 후렴은 비애의 정감을 고조시키고 극대화하는 역할을 행한다.

> 푸른 풀 長堤上에 소 압셰고 장기 지고 슬렁슬렁 가는 져 農夫야/개고리 解産ᄒ고 밧비들기 오락가락 씀북새는 논뙤마다 씀북씀북 검은 구름 업힌 들에 비청ᄒᄂ 져 一雙 白鷺 기룩기룩 울고 가는구나/두어라 世間榮辱 夢外事오 桑拓村 無限景은 져 쑨인가 ᄒ노라
>
> 비바람의 불늬여 왜각지걱하는 소리에 행여나 오는 양하야 窓 밀고 나셔 보니/月沈沈 雨絲絲한데 風習習 人寂寂하더라
>
> 뫼흔 길고길고 믈은 멀고멀고
> 어버이 그린뜻은 만코만코 하고하고
> 어듸셔 외기러기는 울고울고 가ᄂ니　　　　　-尹善道-

첫 예는 언술내용보다 슬렁슬렁, 오락가락, 씀북씀북 등의 의성어·의태어의 사용에서 오는 재미, 즐거움이 지배적 '흥' 요소가 되고 있고, 나머지 두 예는 沈沈, 絲絲, 習習, 寂寂, 길고길고, 멀고멀고, 만코만코, 하고하고, 울고울고와 같은 첩어적 표현에서 재미가 유발되는 양상을 보여 준다. 맨 끝의 예는 내용상 '외로이 어버이를 그리는 정'을 담고 있어 일견 哀調띤 것으로 받아들여질 수 있으나 언술이 전개됨에 따라 첩어가 반복 사용됨으로써 애조감이 희석되고 흥감이 부각되는 미적 효과를 낳고 있다. 그리하여 이 언술을 흥텍스트로 전환시키는 결과를 야기한다.

이들 의성어나 의태어, 첩어는 사물의 동작이나 형태를 사실적으로 묘사

하는 효과를 지니기도 하지만, 그것이 사용된 문맥에 따라서는 골계적 재미와 웃음의 효과가 더 강조되기도 한다. 위 시조들의 예가 그런 경우에 해당한다. 이런 표현들은 어떤 텍스트를, '흥'의 미가 구현된 것으로 인식하게 하는 언어적 징표가 된다.

셋째, 어떤 언어적 표현이, 그것의 지시내용보다는 흥미와 재미 위주로 진전되어 그 자체가 언술의 지향점이 되었을 때 편(Pun)이나 꼬리따기식 전개와 같은 같은 '언어유희'의 결과를 낳게 되며, 이 언어유희가 흥을 배가하는 요인이 되는 것을 흥텍스트 도처에서 발견할 수 있다.

> 秋山이 秋風을 씌고 秋江에 줌겨 잇다
> 秋天에 秋月이 두려시 도닷눈듸
> 秋霜에 一雙 秋雁은 向南飛를 ᄒ더라　　　　　-儒川君-

> 져건너 신진사집 시렁우회 언친거시 쌀은 청청둥 청졍미 청차조쌀이냐 아
> 니 쌀은 청청둥 청졍미 청차조쌀이냐

앞의 예의 경우, 텍스트의 초점은 의미전달에 있는 것이 아니라, '秋'字를 반복적으로 사용함으로써 재미를 유발하는 데 있다. 뒤의 예는 유사한 음을 지닌, 그리고 발음하기 어려운 어휘를 연속적으로 병치시킴으로써 언어유희가 이루어지는 양상을 보여준다. 한편,

> 오늘도 져무러지게 져믈면은 새리로다/새면 이님 가리로다 가면 못보려니
> 못보면 그리려니 그리면 病들려니 病곳 들면 못살리로다/病드러 못살줄
> 알면 자고간들 엇더리

와 같은 예는 민요의 遊戲謠 중 '꼬리따기식' 말놀이가 이루어지는 경우이다. 이외에 반복과 비슷하지만 여러 가지 사물의 종류나 동작 등을 나열하는 것도 텍스트에 흥을 부가하는 요인이 될 수 있을 것이다. 이 모든 예들

은 언어유희가 주는 즐거움과 재미를 통해 흥감이 조성되는 양상을 보여 준다. 바꿔 말해, '흥'의 미는 이같은 언어적 징표를 통해 흥텍스트로 구현된다고 하겠다.

넷째, 어구나 리듬의 반복도 흥을 야기하는 중요한 언어적 표현이다.

> 휘몰이　　실근 실근 실근 실근 실근 실근 식삭 시르렁 시르렁 실근 실근 식삭 실근 실근 시르렁 시르렁 시르렁 시르렁 식삭 식삭.

> 잦은 휘몰이　비어내고, 비어내고, 비어내고, 비어내고, 비어내고, 비어내고, 비어내고, 비어내고, 비어내고 "아이고, 좋아 죽겠다. 팔 빠져도 그저 부어라, 부어라, 부어라, 부어라, 부어라, 부어라. 일년 삼백육십날만 그저 꾸역꾸역 나오너라. 부어라, 부어라, 부어라, 부어라. 팔 빠져도 그저 부어라, 부어라, 부어라, 부어라."

이 예는 어구의 반복이 흥을 야기하는 전형적인 양상을 보여주고 있다. 어구반복은 어떤 의미를 강조하는 효과도 있지만, 위의 예처럼 반복의 횟수가 어느 정도를 넘어서면 의미강조의 효과보다는 흥을 조성하는 효과가 훨씬 더 크게 부각된다. 의미전달의 측면에서 보면, 이같은 반복은 중언부언으로서 일종의 剩餘的 표현이라고 할 수 있다.

어구반복 외에 歌辭에서와 같은 리듬의 반복도 텍스트에 흥겨움을 조성하는 요인이 된다. 규칙적 리듬의 반복이 정서의 고양을 가져오고 흥감을 상승시키는 결과를 가져오는 것은 사실이다. 그러나, 경우에 따라서는 단조로운 리듬의 반복이 텍스트의 긴장을 이완시켜 무미건조함을 낳고, 결과적으로 '흥'과는 상반된 결과를 야기하기도 한다.

다섯 째, 俗化된 표현 역시 텍스트에 흥감을 부여하는 중요한 언어요소가 된다.

> 중놈은 승년의 머리털 잡고 승년은 중놈의 샹토 쥐고/두 쓰니 맛밑고 이윈

고 져원고 쟉쟈공이 쳔논듸 뭇 쇼경이 구슬 보니/어듸셔 귀머근 벙어리는
외다 올타 흐느니

위에서 보는 바와 같은 속화된 표현은 언술상의 인물을 戱畵化하고, 日
常의 틀을 벗어나는 언어를 사용함으로써 맺힌 응어리를 배설해 내는 효과
를 지닌다. 이같은 흥의 요소는 탈춤의 대사에서 그 전형적 양상을 발견할
수 있다. 일상의 틀을 파괴함으로써 파생되는 상쾌함과 후련함, 이것이 俗化
된 표현에 내재된 흥의 본질이다. 불쾌한 감정을 저속한 표현을 통해 배설
해 내고 이로부터 심리적 쾌감을 느끼는 것은 '욕설'을 퍼붓는 것과 같은
효과를 가진다. 위 텍스트는 이 외에도, 리얼리티에 위배되는 언술을 이어감
으로써 재미가 조성될 수 있음을 보여준다.

여섯 째, 종결어미 중의 '-하자스라'와 같은 청유형어미도 경우에 따라서
는 '흥'을 조성하는 문학적 장치가 될 수 있다.

　　　이바 니웃드라 山水 구경 가쟈스라
　　　踏靑으란 오늘 흐고 浴沂란 來日흐세　　　　　-丁克仁, <賞春曲> 중-

여기서 "-가쟈스라" "-흐세"와 같은 請誘形 語尾는 화자 자신이 의도하
는 방향으로 타인-시적 聽者-를 유도하는 어조를 담고 있다. 그러므로 청유
형은 타인을 향한 말 건넴의 직접적 표현양상이요, 또 자신의 세계를 개방
한다는 것을 나타내는 간접적 징표이기도 하다. 이러한 열린 發話 태도는
자기 혼자가 아닌 '여럿'을 지향하는 심리를 반영하는 것이며, 주변상황·타
인과 적극적으로 관계를 맺고자 하는 심리의 언어적 징표인 것이다. 청유대
상이 인간이든 비인간이든 간에 그 대상과 어울려 즐거움과 재미를 공유하
면서 정감의 확대를 이루어가는 것이 바로 흥의 미의 본질인 것이다.

청유의 내용은 대개 즐겁고 좋은 일, 가치있고 의미있는 일인 경우가 많

다. 즉, 상대방에게 '흥'의 현장에 동참하기를 권유하고 유도하는 마음가짐
이 문학적 언술에서 청유형 어미로 나타난다고 볼 수 있는 것이다. 나쁜 일,
불쾌한 일, 불행을 야기할 수도 있는 일에 대하여 청유하는 예는 상상하기
어렵다. 여러 사람들과 '더불어 즐기는' 데 '흥'의 본질이 있다고 하겠다.

2. '그림'의 경우

쇼펜하우어는 그의 『의지와 표상으로서의 세계』라는 저서에서 제 예술을
계층적으로 정리하여 밑바닥에 건축을 놓고 위를 향하여 조각·회화·시·
음악으로 순서를 두었다. 그에 의하면 이 순서대로 올라갈수록 '非合理的'
인 현실에서의 인간상태를 더욱 더 분명하게 표현한다고 한다.[19] 이 때 '비
합리적인 현실에서의 인간상태'를 예술에 있어서의 '直觀'으로 바꾸어 큰
오차가 없다면, 이 순서는 곧 예술이 직관에 의존하는 정도를 계층화한 것
으로 볼 수도 있을 것이다. 예술에서의 직관이라 하는 것이 매우 주관적인
것이며 합리적으로 설명하기 어려운 모호한 성질을 띤 것임을 감안할 때,
맨 밑바닥에 놓여진 건축에서 작가의 순수한 예술적 직관이나 주관, 감수성
이 거의 느껴지지 않는다는 것은 예술감상의 자연스런 결과로 보여진다. 흔
히 예술가의 직관이나 주관이 그 예술의 '내용'이나 '주제'의 형태로 반영된
다고 한다면, 밑바닥에 위치하는 예술일수록 그 반영의 정도가 약하게 드러
날 것이며 위로 올라갈수록 예술가의 직관이 강하게, 직접적으로 반영되는
것으로 볼 수 있을 것이다. 이렇게 보면, 조각은 예술로서 내용도 주제보다
는 실용성을 강조하는 비순수예술이고, 모든 예술은 음악의 상태를 동경한
다고 한 쇼펜하우어의 견해에 수긍이 갈 만도 하다.

이제 관심을 繪畫쪽으로 돌려 생각해 보면, 건축이나 조각보다는 '비합리

---

19) 올드리치, 『예술철학』(김문환 역, 현암사, 1975), 129쪽에서 재인용.

적'이고 더 직관적이며 감상자의 정서에 호소하는 정도가 더 크다고 하겠지만, 시나 음악보다는 더 '간접적'으로 감상자에게 수용되며 좀 더 '합리적'인 설명이 가능한 예술로 규정될 수 있을 것이다. 음악에서 반음음계를 적절히 사용함으로써 비장한 분위기를 조성해 낼 수 있는 것과는 달리, 회화에서는 어떤 색채나 구도자체가 비장한 혹은 홍겨운 분위기를 조성할 수는 없다. 즉, 음악이 그것의 재료에 의해 직접적으로 어떤 내용이나 주제, 미감을 표현해 낼 수 있음에 비해, 회화의 경우는 '言語的 轉換'이라고 하는 '間接化'의 과정을 거치게 된다. 감상자가 어떤 그림을 보고 어떤 특수한 정서적 반응을 일으켰다면, 그것은 그림에 사용된 색채나 먹의 농담에 의한 영향력보다는, 그것에 의해 이루어진 형체를 언어화한 내용에 의한 영향력이 더 크다고 해야 할 것이다.

예컨대 두 사람의 씨름꾼이 서로 붙들고 있는 장면을 중심으로 빙 둘러 앉아 응원하며 감상하며 씨름판을 등지고 구경꾼을 향해 있는 엿장수는 하나라도 엿을 더 팔려고 가위질을 해대는 장날 한 풍경을 畵面에서 대했을 때【그림 1】, 우리는 이와 같이 '언어'에 의해 재구성된 그림의 내용에 홍겨움을 느끼는 것이다. 그러기에 음악에 비해 덜 직접적으로, 그러나 더 합리적으로 이해될 수 있는 것이다. 우리가 그림에서의 '홍'을 얘기하고자 한다면, 그것은 바로 이같이 '언어화된 그림의 내용'이 대상이 되는 셈이다.

이런 관점에서 우리의 그림을 조명할 때, '서정적 심미체험'으로서의 '홍'은 적어도 山水畵와는 거리가 먼 것임을 확인하게 된다. 深山幽谷의 그윽한 풍치에 구름이 신비감을 풍기며 감돌고 있는 한 폭의 산수화를 대할 때, 자연의 오묘한 이치에 숙연해지고 차분하게 안정되는 느낌은 갖을지언정 거기서 홍겨움이나 신바람이 느껴지지는 않을 것이다. '홍'의 체험을 미적 범주의 한 극으로 할 때, 산수화에서 느껴지는 이같은 超俗感·超脫感은 '홍'의 맞은 편 극에 위치할 만한 '幽玄'의 미감, '無心'의 미감에 연결되어 있다고 볼 수 있다.

　이로 볼 때, '흥'은 근본적으로 '인간중심의' 미감, 다시 말해 '인간 내지 인간적인 것과의 관련맺음' 속에서 조성되는 美感이라고 하는 것을 다시 한 번 확인할 수 있다. 이 점은 산천초목의 자연만이 아닌, 사람이 등장하는 산수화를 대상으로 할 때도 달라지지 않는다. 예컨대, 18세기에 활약한 沈師正의 <江上夜泊圖>나 <山水圖><雪景山水圖><倣沈石田山水圖>를 보면 으레 인물이 등장해 있다. 강 언덕에 배를 대고 있는 사공, 깊은 산골 초가에서 글을 읽고 있는 선비, 눈이 덮인 산길을 나귀를 타고 가는 선비, 험한 계곡에 걸린 아슬아슬한 다리위로 죽장을 들고 건너가고 있는 사람 등 인물의 유형은 다양하나 이 그림들의 초점이 인물에 맞춰져 있지 않다는 점에서는 공통적이다. 여기서의 인물은 그림의 전체 구도 속의 한 부분을 차지하는 동시에 자연의 일부로 그려져 있다. 이 때의 사람은 자연으로부터 독립되어 있는 혹은 자연에 대응되어 있는 존재가 아니라, 자연의 일부로서 화폭에 담겨진다. 화폭에 담긴 인간은 이미 자연화된 모습, 자연 속에 용해된 모습으로 형상화되는 것이다. 이것은 단지 그림의 전체 구도에서 인물이 차지하는 화면의 크기의 문제를 넘어서 있다. 인간을 자연의 대립물 혹은 신에 대응되는 존재로 바라보는 서양적 관점과는 달리, 인간도 자연의 일부로 보는 동양적 사고의 일말을 이 그림들은 확연하게 보여주고 있는 것이다.

　산수화·인물화·화조화로 동양화를 분류할 때, 이런 점에서 '흥'은 본질상 산수화보다는 인물화와 더 관련 깊은 것임이 드러난다. 그러나, '흥'이 인간중심의, 인간적인 모습의 부각 속에서 조성되는 미감이라 해서 우리는 윤두서의 <自畵像>【그림 4】이나 동일작자의 <老僧圖>【그림 5】를 보고 신바람이나 흥겨움을 느끼지는 않을 것이다. 이 그림들에서 인물은 타자로부터 고립되어 묘사되어 있다. 타자와의 관련 속에서 존재하는 인물이 아니라 '혼자'로서 떨어져 나와 있는 것이다. 그러기에 우리는 초상화의 백미로 꼽히는 윤두서의 <자화상>을 보고 그 힘찬 필력이나 사실감과 생동감 넘치는 표현에 감탄은 할지언정 흥겨움이나 신바람이 솟게 되지는 않는 것이

【그림 1】
金弘道, 씨름

【그림 2】
金弘道, 舞童

【그림 3】金弘道, 주막

【그림 4】尹斗緖, 自畫像

【그림 5】尹斗緖, 老僧

【그림 6】沈師正, 蝦蟆仙人

【그림 7】申光絢, 招拘

다. 그것은 이 그림이 대상의 고상한 인품과 같은 내면세계를 묘사해 내고
는 있지만, '관계지향성'이라고 하는 흥의 예술원리에서 빗겨가 있기 때문이
다. 이 점은 <노승도>도 마찬가지이다. 우리는 그 그림에서 脫俗한 경지에
이른 사람만이 가질 수 있는 무념무상의 신비로운 분위기는 감득할지언정,
타자와의 어울림에서 생겨나는 생기발랄한 기운이나 생명감 넘치는 활력 등
'흥'의 본질을 체험하기는 어려운 것이다.

　이것은 흥이 나를 둘러싼, 나아닌 '他者'와의 '어울림'을 근본원리로 한다
는 것을 다시 확인하는 계기가 된다. 김홍도의 <群仙圖>같은 그림이나 李
寅文의 <儒佛仙圖>, 앞의 <老僧圖>의 경우라도 노승 옆에 童子나 어떤
다른 인물이 그려지고 그 사람과 이야기를 주고받으며 길을 가는 모습이 그
려진 그림이라면, 그 그림들에서 우리가 받게 되는 느낌은 사뭇 달라질 것
이다.

　그러나 '나'아닌 '타자'는 반드시 인간이 아니어도 좋다. 등장인물은 한 사
람이더라도 우리에게 '흥'의 미감을 체험케 해주는 그림도 있다. 예컨대, 仙
人과 두꺼비가 한데 어울려 있는 모습을 그린 심사정의 <蝦蟆仙人>【그림
6】白殷培의 <蝦蟆仙人>, 한 童子가 개를 부르며 즐거워하는 申光絢의
<招拘圖>【그림 7】 등에서 우리는 동물이 이미 인격화된 존재로 화해 있는
것을 느끼게 된다. 즉, 동물에게 인격성이 부여되고 있는 것이다. 이것은, 산
수화 속의 인물이 자연화된 존재로 부각되는 것과 같은 이치라 할 수 있다.

　이처럼 '흥'은 단순히 사람을 주된 소재로 해서, 혹은 비인간적 존재에서
인간적 모습을 발견하고 인격성을 부각시켜 화면에 담는다고 해서 조성되는
것은 아니다. 고립이 아닌, 다른 것과의 관계-그것도 부조화나 갈등이나 모순,
불쾌감을 수반하는 관계가 아니라 조화와 즐거움과 융화감을 수반하는 관계-속에서
빚어지는 인간적인 모습, 즉 삶의 현장 속에서 느껴지는 생기발랄함이 바로
흥의 본질을 이루고 있기 때문이다. 그러기에 거기에는 해학이 있고 웃음이
있다. 삶의 한 단면을 제시하고 거기에 몰입되어 열중하고 있는 인간군상이

그려진 장면에서 우리는 흥겨움을 느끼게 된다. 그러므로 우리는 인물화 가운데서도 특히, 風俗畵에서 우리는 흥의 미감을 체감하게 될 확률이 커지게 되는 것이다.

보통 풍속화는 크게 인물화의 한 갈래로 분류되는데, '사람 또는 사람의 행위를 주제로 한 그림'을 인물화로 정의해 본다면,[20] 사람과 사람 사이의 관계 속에서 형성되는 風俗을 주제로 하여 그린 그림이야말로 '흥'의 체험에 밀착되어 있는 것이라 해도 좋은 것이다. 다시 말해, 풍속화에서 '흥'의 특징이 가장 생기있게 발현되어 있다고도 할 수 있는 것이다. 그러므로, 우리는 김홍도나 신윤복과 같은 풍속화가를 한국적 흥과 신명의 창출자로 꼽게 되는 것이다. 그들의 그림에 담겨진 공간적 배경은 장터·술집·기방·씨름판 등 일상적 삶의 현장이다. 등장인물 또한 선비·기녀·동자·주모 등 각양각층에 걸쳐 있다. 결국, 어느 한 곳, 어느 한 계층에 편중되지 않는 대등한 인간관계가 표출되어 있기에 풍속화 속의 흥은 더욱 생동감있게 다가올 수 있는 것이다.

그렇다면, 김홍도나 신윤복의 그림의 내용이 언어로 재구성되었을 때, 그 언어화된 내용이 '흥'이라고 하는 심미적 정서반응으로 연결되는 과정은 구체적으로 어떻게 전개되는 것일까? 그리고 그 작용은 어떻게 설명될 수 있을 것인가? 허버트 리드는, 아무 거리낌없는 마음을 가져야 한다는 전제 하에 어떤 그림을 대할 때, 마음의 작용을 설명하기 위한 적당한 학설로서 '감정이입설'을 제시했다.

어떤 그림을 보았을 때 우리를 움직이는 것은, 그 그림에서 느껴지는 순간적인 인상이다. 보는 사람에게 일어나는 과정은 '정서적'인 것이며 이 과정은 심리학자가 흔히 정서와 관련지우는 모든 무의식적 반사를 수반한다. 그러나 '정서'는 그것에 대해 명확하고 판연한 관념을 형성하자마자 정서임을

---

20) 孟仁在, 「우리나라 人物畵의 전개」, 『人物畵』(한국의 美 20, 중앙일보사, 1985)

끝내는 것이다. 이 순간적인 미적 감상을 용인하는 학설 중 가장 성공적인 것은 감정이입설이다.[21]

'홍'이 이 인용에서 말하는 바 '정서와 관련된 모든 무의식적 반사'중의 하나가 될 수 있음은 말할 나위가 없다. 우리가 어떤 그림을 보고 홍겨움을 감지했다면 그것은 정서의 순간적인 홍기와 관련된 것이지, 명확하고 판연한 관념을 형성하여 명쾌한 해석을 곁들이고 사고의 과정을 거친 뒤 비로소 전달되는 그런 성질의 것은 아닐 것이다. 우리는 酒母가 술국을 퍼주고 있고 그녀의 아들쯤 되어 보이는 소년이 어머니의 치맛자락 뒤에 숨어 있는 옆으로, 배꼽을 드러내고 장죽을 입에 문 주객이 술값을 지불하려고 괴의춤에서 돈을 꺼내고 있고 또 한 손님은 열심히 술국을 먹고 있는 김홍도의 <주막>【그림 3】이라는 그림을 대했을 때 가슴 깊이로부터 어떤 생기가 홍기해 오는 것을 느끼게 될 것이다. 그림의 내용을 언어로 재구성할 때 그들의 표정에서 느껴지는 것은 생의 활기요, 생동감이다. 그들의 표정은 밝게 펴져 있으며 아무런 근심 걱정도 없는 듯이 보인다. 만일 그 그림의 내용에서 비장한 분위기나, 삶의 고통과 관련된 것을 읽어낸다면 우리는 밝은 '陽'의 정서인 '홍'을 느낄 수 없게 될 것이다. 그리고 그 그림이 인간사의 갈등과 대립에 관한 것일 때도 역시 홍겨움은 느껴지지 않을 것이다.

그러나, 우리의 홍감의 근원은 단순히 삶의 생생한 현장을 보았다는 것에서, 그리고 옛날 주막의 풍경을 현대에 재현하여 눈앞에 볼 수 있다는 감탄에서만 찾아지는 것은 아니다. 우리는 한 순간 그 그림 속으로 들어가 그 인물 중의 하나 혹은 전부들과 '더불어' 느끼는 체험을 하게 된다. 그들의 홍겨운 기분에 전염되어 그 기분을 함께 체험하는 순간이 바로, 우리가 '홍'을 느끼게 되는 순간이다. 동일작가의 유명한 <씨름도>나 <舞童>【그림 2】을 볼 때도, 신윤복의 유녀 그림을 대할 때도 우리는 같은 느낌을 갖게

---

21) H.리이드, 『예술이란 무엇인가』(尹一柱 譯, 을유문화사, 1986), 42쪽.

된다. 여기에는 '언어로 재구성된 그 그림의 내용이 우울하지 않고 밝은 것일 것' 그리고 '그 그림 속으로 향해 들어가 더불어 느낄 것'이라고 하는 두 과정이 내재하게 되는 것이다.

3. '탈놀이'의 경우

우리의 민속예술 중에서 탈놀이만큼 흥겹고 신명나는 것은 아마도 없을 것이다. 미얄이 영감을 찾아 헤매는 애절한 사연을 보여주는 <봉산탈춤>의 「미얄과 영감과장」, <양주별산대놀이>에서 초월적 능력을 지닌 고승인 '연잎'이 파계승을 벌하는 「연잎과 눈끔쩍이과장」, 상상 속의 동물인 영노가 양반을 잡아먹는 대목을 다룬 <고성오광대>의 「영노마당」과 같은 공포스럽고 끔찍한 대목에서조차도 우리는 슬픔이나 공포를 느끼지 않는다. 오히려 슬픔이나 공포조차도 재미있고 흥겨울 수 있는 것이 바로 탈놀이의 본질적 특성이라 할 수 있다.

그런가 하면, 현실 속에서는 사회의 기득권을 가진 층으로 군림하여 직접·간접으로 하층민을 억압하고 지배하던 양반이 놀이마당에서는 평소의 체통에 걸맞지 않는 모습으로 戱畵化되는 것을 보는 것도 재미있고 흥겹다. 高僧이라 자처하던 승려들의 위선이 파헤쳐지고 파계승으로 전락해 가는 것 역시 재미있는 대목이 아닐 수 없다. 현실에서 억누르던 층과 억눌림을 당하던 층이 놀이판에서는 역할이 뒤바뀌는 모습 자체가 통쾌하고 신바람 나는 일인 것이다.

이같은 언행의 '불일치성'이 탈놀이를 희극적인 것으로 만들고, 기성질서에 대한 '반란의식과 신분의 倒錯이 탈놀이의 신명의 장본'이라는 지적22)은 탈놀이의 본질을 규명한 것이라 할 수 있다. 대사와 표정·동작의 불일치, 현실

---

22) 김열규, 『한국신화와 무속연구』(일조각, 1977), 128-132쪽.

과 이상의 괴리, 자신의 신분에 어울리지 않는 언행 등은 희극적 불일치를 야기하고 어떤 상황이나 텍스트를 희극적인 것으로 만드는 가장 직접적인 근거가 된다는 것은 부인할 수 없다. 그리고, 웃음을 환기시키는 희극적 계기로 약점·부조리·비정상·불일치·비논리성을 든다고 할 때,[23] 탈놀이는 희극의 전형을 보여주는 것으로 이해해도 무방하다.

그러나, 탈놀이의 '흥'의 근원을 이같은 희극적 불일치나 반란의식·신분적 도착으로만 설명하기에는 부족하다. 탈놀이의 흥은 이런 요소만으로는 포괄하기 어려운 복합적이고 다양한 요소에 의해 조성된다. 놀이꾼과 구경꾼의 경계, 현실과 비현실, 일상과 비일상, 양반과 常民의 경계가 흐려지면서 서로 넘나드는 것 즉 '경계가 허물어지는 것'을 보는 것도 흥겹고, 탈놀이의 대사나 춤사위도 신명나고, 심지어는 탈을 보는 것만으로도 우리는 재미있고 흥이 나게 마련이다. 확실히 탈놀이는 흥의 예술이라 해도 과언이 아니다. 탈놀이에서는 흥의 예술적 원리가 충실히 구현되어 있음을 확인함과 동시에 다른 예술장르와는 구분되는 탈놀이 고유의 흥의 본질과 만나게 되기도 한다. 탈놀이의 흥의 본질을 이해하기 위해서는 먼저 탈놀음판에서 흥이 야기되는 요소들을 중심으로 조명해 보는 것이 좋을 듯하다.

3.1 탈놀이판에 대한 기대심리와 '흥'

우리의 예술이나 놀이가 펼쳐지는 場은, 宮庭·廟·官衙와 같은 공식적인 공간, 사대부나 가객 등 풍류객이 모이는 風流房, 놀이패들의 갖가지 놀이가 펼쳐지는 넓은 놀이마당, 일꾼들이 일을 하면서 노래 등을 부르는 일터, 굿터·堂·절과 같은 종교적 공간 등으로 나누어질 수 있다.[24] 이 중 탈놀이는 놀이마당에서 펼쳐지는 대표적 민속예능임을 말할 것도 없다. 그렇다면, 이러한 놀이가 펼쳐지는 공간에 대한 구경꾼의 기대심리 혹은 선행정보,

---

23) N.하르트만, 『美學』(田元培 譯, 을유문화사, 1983·1991), 432-482쪽.
24) 『한국민속대관』5권 民俗藝術·生業技術篇(고려대학교 민족문화연구소, 1982), 67쪽.

선입견 등이 흥을 일으키는 보이지 않는 중요한 몫을 한다는 점에 주목해야 한다.

탈놀이가 연행되는 곳은 특별히 무대랄 것도 없이 큰 멍석 5, 6잎 정도를 깔아놓은 정도면 된다. 이 둘레를 구경꾼들이 빙 둘러앉아 있다. 그들은 이미 탈놀이의 전말과 내용의 전개, 연행자들이 보여줄 우스꽝스럽고 비속한 대사의 재미를 예상하고 웃을 준비가 되어 있다. 앞으로 자신들 앞에 전개될 모든 대사와 행동, 춤사위 등이 자신들을 즐거움과 흥겨움의 세계로 이끌어갈 것이며 그 동안만은 삶의 고충도 번민도 잊을 수 있을 것임을 믿어 의심치 않는다. 이처럼 앞으로 일어날 일에 대한 즐거운 예견 자체가 탈놀이판을 흥겹게 만드는 제 1차적인 요인으로 작용하게 된다. 뭔가 새로운 내용이 전개될 것임을 예상하고 기대와 호기심을 갖게 되는 데서 비롯되는 흥겨움과는 매우 성격이 다르다는 것을 알게 된다. 초월적 능력을 지닌 고승에게 혼줄이 나는 「연잎과 눈끔적이마당」은 몇 번을 보아도 재미있다. 상상 속의 동물인 '영노'가 등장하여 양반들을 혼내주는 장면을 수 차례 보았다고 해서 덜 재미있다든지 혹은 같은 내용을 이미 알고 있다 해서 시시하게 여기지 않는다. 그것은 탈놀이에서의 흥과 재미의 본질이 극적 전개에 있어 유기적 플롯이나 내용의 새로움과는 그리 큰 관계가 없음을 시사한다.

탈놀이판에 참여하는 사람들은 자신이 단지 구경꾼이 아니라, 연행하는 사람들과 어우러져 자신들도 놀이꾼으로 참여하여 한 판 '놀아보려는' 예상을 하고서 놀이판에 빙 둘러앉아 있는 것이다. 근대적 개념의 연극에서 무대를 경계로 구경꾼과 배우가 엄격히 분리되는 상황에서는 기대하기 어려운 양상이다. 이처럼, 탈놀이의 구체적인 내용이 구경꾼 앞에서 전개되기 이전의 놀이판 자체에서 형성되는 흥겨움은, 탈놀이의 흥의 본질을 더듬어 가는 첫 번째 실마리가 되는 셈이다. 즉, 탈놀이에서의 흥은 연행자의 示演과는 무관하게 형성될 수 있다는 데서 그 특징을 찾아볼 수 있는 것이다. 이 놀이판에 참여하고 있는 동안은 즐거울 수 있다는 예상, 그리고 자신도 한갓 구경꾼에만 머물지 않고 놀이꾼으로 참여할 수도 있다는 예상이 탈놀이가 시작되기도 전부터 그들을 흥겹게 하는 것이다. '흥겨웁고자'하는 마음, '흥겨울 것'이라고 예상하는 마음이 '흥겨움'의 근원이 되고 있는 것이다.

3.2 탈·복색의 형태와 '흥'

시끌시끌 흥청흥청하는 동안에 탈을 쓴 인물들이 몸을 흔들거리며 때론 와자지껄 구경꾼에게 말을 걸며 '점잖지 못한' 그리고 '단정치 않은' 자세로 등장한다. 예전에도 보아온 탈의 모습이요, 등장장면이지만 구경꾼들은 한바탕 웃는 것으로 그들을 맞이한다. 탈의 모습만 보아도 우습고 재미있고 흥겨운 것이다.

우리나라의 탈은 일본의 能面과 비교해 볼 때 표정이 무시무시하고 딱딱하며 좀 더 戱畵化되어 있다는 특징을 지닌다. 이같은 희극성은 기괴망측한 모습과 각 부위의 불균형, 과장된 모습 등에서 기인한다. 삐딱한 코와 입, 찢어진 눈꼬리, 툭 튀어나온 광대뼈, 볼·턱·이마 할 것 없이 솟아오른 혹, 파도처럼 쪼글쪼글한 이마의 주름, 아랫입술이 윗입술을 덮어 심술궂게 보이는 표정, 잘려나간 턱, 파리똥이 덕지덕지 내려앉은 검은 顔面 등은 보기만 해도 웃음이 터져 나오고 재미있다.[25] 이처럼 현실감을 벗어난 듯한 과장된 모습 속에는 희로애락을 진솔하게 표현하는 인간적인 숨결이 담겨 있다. 이런 모든 요소들이 본격적인 탈놀이에 앞서 놀이판의 흥을 돋우고 구경꾼의 즐거운 기분을 흥기시키는 중요한 요인들이 되고 있음을 부정할 수 없을 것이다.

---

25) 이상 한국의 탈에 대한 설명은 『한국민족문화대백과사전』22권(한국정신문화연구원, 1991)을 참조함.

3.3 탈놀이의 춤사위와 '흥'

탈놀이에서 춤사위는 흥겨움을 조성하는 데 빼놓을 수 없는 요소이다. 우리는 탈춤을 구경하면서, 발레를 감상할 때와는 다른 어떤 특이한 정서체험을 하게 된다. 어깨가 저절로 덩싯거려지는 즐거운 기분의 흥기, 그것을 지금 '흥'이라는 테마로 압축하여 논하고 있거니와, 탈춤을 보고 발레와는 다른, 그리고 宮中舞踊과도 다른 특이한 정서체험을 했다면 탈춤 자체에 흥겨움을 유발하는 어떤 요소가 내포되어 있다고 생각해 볼 수 있다.

우선 발레와 탈춤의 춤사위를 비교해 보자. 우리는 발레를 감상할 때 대개 지극히 형식화된 인공미, 정제·균형을 이룬 동작 하나하나에 다소 긴장되는 느낌을 갖게 된다. 머리끝에서 발끝까지 빈틈없이 세련되고 깔끔하게 멋을 부린 신사의 모습에서는, 비뚜름히 밀짚모자를 눌러쓰고 흙도 여기저기 묻은 농부의 모습에서 느껴지는 편안함을 느낄 수 없는 것과 마찬가지이다. 至高至上의 美를 추구하며 내용보다는 형식을, 自然보다는 人爲를 중시하는 근세 귀족적 유미주의의 산물인 발레는 균형과 균제, 조화의 미에 가치를 둔다. 모든 동작, 모든 자세에 정해진 격식이 있고 법칙이 있고, 전체의 조직 속에서 빈틈없이 짜여지는 造形美는 고전 발레의 근간을 이룬다. 발레의 역사는 體系化의 역사요, 形式化의 歷程에 다름 아닌 것이다.[26] 그러므로 발레에서는 탈춤과 같은 어깨 짓이 절로 나는 흥겨움이 느껴지지 않는다. 처음부터 끝까지 충분히 예상되고 계획되어 있기에 발레동작에서는 탈춤과 같은 즉흥적 요소를 찾아보기 어렵다. 어쩌면 배제된다고 하는 편이 더 타당할 것이다.

이에 비한다면, 탈춤의 역사는 파격의 역사요, 脫규격의 歷程이라 해도 과언이 아니다. 탈춤사위도 규격과 격식이 없는 것은 아니다. 그러나, 탈춤

---

26) 이상 발레에 관한 설명은 安濟承·安秉珠 共著, 『舞踊學槪論』(신원문화사, 1992), 145-153쪽을 참고함.

의 멋과 흥취는 그 규격대로 빈틈없이 추어지는 '춤'에 있는 것이 아니라, 놀이꾼의 개성과 기분을 살려 즉흥적인 멋을 부리는 '허튼춤'[27]과 같은 데서 찾아지는 게 아닌가 생각된다. 오늘날 '허튼춤'은 굿판이나 농악판, 탈판, 소리판, 잔치판 등에서 격식에 얽매이지 않고 자유로이 개성이나 감정을 발산하면서 신명나게 추는 오락적인 춤을 말하는데 '흥' 예술의 극치를 보여 준다고 해도 과언이 아닐 것이다.

이처럼, 脫格式·脫規格, 즉흥성은 '흥'의 본질에 근접한 중요한 요소 중의 하나이다. 이 외에 혼자 추는 홑춤보다는 여럿이 추는 群舞가 흥의 미를 구현하는 데 더 적합하다는 점을 지적할 수 있다. 집단으로 추는 춤은 달리 '대동춤'이라고도 하는데 이는 '흥'의 본질에 내포된 '여럿'과의 조화로운 어울림의 성격을 잘 구현할 수 있는 춤양식인 것이다.

한편, 궁중무용을 지칭하는 '呈才'와 비교를 해보는 것도 탈춤사위에 내재되어 있는 흥의 요소를 규명하는 데 도움이 된다. 궁중무용과 민속춤의 특징을 비교해 본 견해[28] 중 특히 주목할 만한 부분은, 탈춤을 비롯한 민속춤은 궁중무용과는 달리 모든 감정을 절제함이 없이 자유로이 노출시켜 표현한다는 점과 즉흥적이라는 것을 지적한 점이다. 이것은 비단 춤뿐만이 아니라, 아악(정악)이나 궁중음악과 판소리·민요 등 민속음악의 차이를 보이는 부분이기도 하다. 춤과 음악이 어우러진 농악에서는 이같은 대조적 특성이 극명하게 드러난다. 탈춤사위는 발레나 궁중무용과는 달리 동작이 크고 健舞的이다. 그러므로 男性的이고 씩씩하고 활기가 넘치며 動的인 것을 특징으로 한다.[29] 본래적으로 흥겨울 수밖에 없는 것이 탈춤인 것이다.

탈의 역할에 따라 말할 수 있는 문둥이춤, 애사당춤, 노장춤, 연잎춤, 취발이춤도 재미있고 흥겹거니와, 춤사위 동작을 가지고 말하는 멍석말이춤,

---

27) 민속학회, 『한국민속학의 이해』(문학아카데미, 1994), 392쪽.
28) 張師勛, 『韓國舞踊槪論』(大光文化社, 1984), 24-33쪽.
29) 민속학회, 앞의 책, 397-403쪽.

까치걸음춤, 용트림춤, 엉덩이춤, 어깨춤 등 어느 하나 흥겹지 않은 것이 없
다. 오광대나 야유계통의 춤인 '덧배기춤'(또는 배김새춤)의 덧배기는 '베어
버린다' '박는다'라는 의미인데, 어느 지점에 온몸을 던져 정지하였다가 적
절히 풀어나가는 것을 동작원리로 하는 춤이다. 산대계통의 춤인 '거드름춤'
이나 '깨끼춤'은 염불장단이나 타령장단과 어우러지면서 그 흥겨움과 신바람
을 배가하게 된다.[30] 이 모든 춤사위에서 배어나는 흥겨움의 근원은 바로
즉흥성과 脫규격성, 그리고 희로애락의 적나라한 표출, 형식과 격식에 얽매
이지 않는 자유로움, 人工을 거부한 自然美의 표출에서 찾을 수 있는 것이
다. 이것은 탈춤의 특성인 동시에 모든 민속춤의 공통요소이기도 하며, 나아
가서는 상층예술과 구분되는 민중예술의 특징이라 해도 좋을 것이다.

3.4 탈놀이의 喜劇的 전개와 '흥'

3.4.1 희극적 불일치

이윽고 본격적인 탈놀이가 시작된다. 욕설이나 비속어, 사투리, 음담패설,
과장된 표현, 모순된 행위의 반복적 표출, 앞뒤 내용의 괴리, 플롯의 미비성,
부정확하고 격(상황)에 맞지 않는 故事成語·漢詩文句, 특별한 동기가 없는
등장인물간의 싸움형식 등은 탈놀이를 문학적 측면에서 조명할 때 가장 크
게 드러나는 특징들이다. 일상생활에서 흔히 쓰는 구어체이기에 낯설지 않
고, 유식한 한문구가 부정확하기에 오히려 더 자연스럽고 흥겹고 재미있다.
확실히 이같은 '희극적 불일치'는 탈놀이를 흥겹게 하는 1차적 요인으로 꼽
히기에 충분하다.

> 말뚝이 저 년의 집안도 볼일은 다 보았구나(손짓하여 왜장녀를 가까이 불
> 러) 애 애 어여쁜 딸이 있으면 소개 하나 해다우. 돈은 열 냥 줄

---

30) 이상 탈춤사위에 관한 것은, 민속학회의 위의 책 및 『傳統舞踊用語의 硏究(韓國民
俗劇硏究所, 1984) 참고.

것이니 어서 데리고 오너라! (왜장녀 돈 열 냥을 받아들고 애사당
에게 주니 싫다고 하면서 왜장녀의 따귀를 친다) 그래 돈이 적어,
돈이 적으면 열 냥 더 주지. 자, 받아라! (왜장녀 돈 열 냥을 더 받
아들고 좋아서 딸 애사당에게 보이니 애사당은 왜장녀를 따라 말
뚝이 앞으로 간다)

말뚝이   (신이 나서 애사당을 업는다. 결혼했다는 표시이다. 손짓하여 왜장
         녀를 부른다) 애 애 이년아 술상 하나 봐 오너라, 내가 한 순배를
         낼 것이니.[31]

위는 <양주 별산대놀이>의 제3경 「애사당의 법고놀이」의 한 대목이다.
왜장녀는 애사당의 어머니인데 딸이 어머니의 뺨을 친다든가, 말뚝이가 장
모격인 왜장녀에게 이년저년 하며 욕설이나 하대를 퍼붓는다든가 하는 '상
황적 불일치'는 탈놀이 여기저기에서 발견되거니와 이 점이 탈놀이의 재미
및 흥을 돋구는 1차적인 요인이 됨을 부정할 수 없을 것이다.

3.4.2 '境界허물기'와 '흥'

그러나, 탈놀이의 흥겨움은 이같은 희극적 불일치와는 무관한 요인에 의해
서도 얼마든지 조성될 수 있다. <봉산탈춤> 마지막 과장은 미얄이 오랜만
에 만난 영감과 첩 때문에 한바탕 싸움을 하고 결국은 죽고 마는 대목으로,
탈놀이에서는 보기 드물게 비장한 느낌이 드는 부분이다. 그런데 죽음이라고
하는 어둡고 무거운 내용은, 미얄의 넋을 위무하기 위해 베풀어지는 굿에서
만신의 춤이 절정에 오를 때 출연자 전원이 등장하여 활활 타는 불 속으로
가면을 던져 태워 버리는 마지막 뒤풀이에서는 역으로 흥겨움으로 전환되는
것을 본다. 또한 놀이꾼·구경꾼이 함께 어울려 한바탕 신나게 노는 파장놀
이라든가, 원숭이와 소무가 어울려 맞춤을 추는 대목이라든가, 조롱 당한 양

---

31) 이하 탈놀이 대본은 심우성의 『마당굿연희본』(깊은샘, 1988)에 의거함.

반과 조롱하던 말뚝이가 한데 어울려 춤을 추는 뒤풀이의 신바람을 타고 덧배기춤을 집단난무하는 대목은 희극적 불일치나 반란의 주지 혹은 신분·역할의 倒錯에서 오는 흥겨움과는 별로 관계가 없다고 해야 할 것이다.

이때의 흥은, 오히려 양반과 천민, 처와 첩 등 무엇과 무엇의 구분이나 변별과 같은 '이원적 위상'에 기초한 대립이 허물어지는 데서 비롯되는 것이다. 탈놀이의 줄거리 전개는 대개 처첩간의 갈등, 양반과 천민의 갈등, 젊음과 늙음의 대립 등이 중핵을 이루는데, 그같은 갈등과 대립과 모순이 만천하에 폭로되고 풍자되는 과정은 재미있고 흥겹기만 하다. 나아가, 남녀유별이라든가 장유유서라든가 하는 유교적·정신적 가치가 탈놀음판의 대사를 통해 일순간 젊은 여자를 사이에 두고 뺏고 뺏기는 肉化된 양상, 저급화된 양상과 뒤섞여 버리는 것을 보면, 긴장의 해소와 더불어 막힌 것이 뚫리는 시원함을 맛보게 되는 것이다.

이같은 양상은 단순히 양반이 양반답지 않고 승려가 승려답지 못한 행동과 언사를 쓰는 데서 오는 '희극적 불일치'로 일축해 버릴 수는 없다. 여기에는 별도의 설명이 따라야 한다. 중요한 점은, 이같은 불일치·모순의 양상이 탈놀음을 희극적이게 만들고 재미있게 흥겹게 하는 요인이 되는 것만은 사실이지만 이것만으로 설명될 수 없는 탈놀이적 흥겨움의 본질이 규명되어야 한다는 것이다.

탈놀이의 흥은, 한시문구같은 '고상한'것과 비속어같은 저급한 것이 뒤섞이고, 정신적인 것과 肉化된 것·性的인 것·物質化된 것과 한데 버무려지는 과정에서 드러나는 심리적 쾌감과 관계되어 있다. 즉, 어떤 이원적 대립 사이에 놓여져 있는 경계나 벽이 '부수어지고' '허물어져' 이질적인 것들이 '한데 얼리고 뒤섞여' 이원적 대립이나 갈등이 '無化'되어 버리는 과정에서 경험하게 되는 대화합이 바로 흥겨움의 진원이 되는 것이다.

'희극적 불일치'라는 말에는 이같은 대화합과 화해의 구조가 내포되어 있지 않다. 또한 탈놀이의 흥과 신명을 '反亂'의 주지나 '신분적 倒錯'에서 찾

을 수 있다는 것은 부인할 수 없지만, 이 두 개념에는 正道라는 기존의 틀
을 전제로 한 反이요, 위/아래, 양반/상민, 지배계층/피지배계층과 같은 수직
적·계급적 이원론이 지니는 대립과 갈등의 양상이 여전히 잔재해 있다는
것을 부정할 수 없다. 역시 화해의 구조를 내포하지 않는 개념인 것이다. 탈
놀이의 진정한 흥은, 聖과 俗, 처와 첩, 가진 자와 못 가진 자, 착취하는 자
와 착취당하는 자 혹은 양반·상민의 '상하'와 같이 '+가치가 주어진 항'과
'-가치가 주어진 항' 사이의 단순한 위치·역할의 '뒤바뀜'에서 얻어지는 것
이 아니다. 상하가 뒤바뀌어 아래에서 억압만 당하던 사람이 위가 되어 풍
자와 조롱의 주체가 되는 상황이라면 조롱의 주체와 대상만 바뀌었을 뿐 또
다른 억압의식·대립의식이 조성되게 되는 것이다.

양가치를 지닌 모든 현상사이에 가로놓인 금과 벽과 경계가 허물어지면
서 또는 서로 넘나들면서 뒤섞여 이원적 대립의식의 지배권에서 벗어날 때
맞이하게 되는 나아닌 존재·이질적인 것에 대한 열린 마음이 바로 탈놀이
흥의 震源地가 되는 것이다.

첨예한 대립사이의 경계가 허물어지면서 맞이하게 되는 흥의 체험이 화해
의 구조를 바탕으로 한다는 점에서, 탈놀이의 희극성은 '諷刺'(satire)보다는
'諧謔'(humour)에 가깝다고 생각한다.

3.4.3 諧謔的 요소와 '흥'

탈놀이에서의 흥은 평소 억눌리기만 하던 계층이 사회적으로 묵인된 놀이
판에서 그동안 억눌린 한풀이를 한다든가, 양반의 허위의식을 파헤치고 드
러내서 그들이 고통당하는 것을 즐기는 '차갑고' '비정한' 성질의 것이 아니
다. 물론 기득권층에 대한 조롱과 풍자가 탈놀이의 큰 비중을 차지하는 것
은 사실이지만, 그 풍자의 근본적인 主旨는 양반이나 파계승의 최후의 존재
기반마저 '매장시켜 버리는' 데에 있지 않다. 조롱과 풍자를 해도 거기에는

애교가 있고, 양반의 마지막 체면유지를 위한 타협의 여지를 남겨놓고 있고, 그들의 사회적·신분적 지위에 대한 기본적인 긍정까지 허무는 것은 아니다.

<봉산탈춤>의 「양반·말뚝이과장」에서는 양반에게 함부로 밀대거리하며 조롱하던 말뚝이가 퇴장할 때는 양반과 어울려 노래를 부르면서 양반을 모시고 퇴장을 한다든가, 양반들을 100명을 잡아먹고 하늘로 승천하려고 한다는 비비가(<고성오광대> 「비비과장」) 99명만 잡아먹고 마지막 한 명은 살려주는 대목32)을 보더라도, 인간과 인간 사이의 근본적인 질서나 윤리의식을 밑뿌리째 흔들어 놓거나 뽑아 버리는 극단까지는 나아가지 않는 것이다. 그러기에, 탈놀이의 흥 나아가 흥을 자아내는 모든 장면은 대립항 사이의 경계가 무너지는 데서 오는 해방감과 개방성·생명감에 넘쳐 있으면서도, 근본적인 인간애까지 파괴하는 무질서·무도함으로 치닫지는 않는 것이다. 흥은 본질적으로 차갑거나 비정한 것이 아니라 '따뜻하고 원만한 것'이기 때문이다. 그러기에, 구속·억압이나 고통·괴로움이 남아 있는 한은 그것이 누구의 차지이건간에 화합과 화해는 있을 수 없는 것이며, 화해가 없는 흥겨움은 겉껍데기만의 흥일 뿐이라고 해야 할 것이다.

이런 점에서 탈놀이가 내포하고 있는 희극성은 풍자보다는 유모어에 가까운 것이 아닐까 생각한다. 풍자와 해학의 차이에 대해서는 많은 언급이 있어왔거니와 그 중 '自己否定'의 요소를 포함하느냐의 여부는 양자를 가름하는 중요한 요소가 된다.33) 즉, 비난의 화살이 타인에게만 향해 있는가 자기자신까지도 포함하는가의 문제이다. 해학은 따뜻한 웃음이요, 풍자는 차가운 웃음이다. 풍자가 약자나 서민층이 지배층, 기득권층, 강자, 윗사람의 약점과

---

32) 비비가 양반 99명을 잡아먹었다는 사실도 탈놀이에서는 실제행위로 보여지는 것이 아니고 대사로 처리됨으로써 잔인하고 비윤리적인 再現은 배제되고 있다

33) 朴鎭泰의 『韓國假面劇硏究』(새문사, 1985, 155-211쪽)에서도 '자기부정'의 요소를 풍자의 특성으로 지적하고 있으나, 탈춤의 희극적 본질을 '諷刺'로 규정하는 입장에서 논의를 전개하고 있다.

부조리를 폭로하여 그 모순과 부조리를 矯正하고 개혁·개선하는 데에 초점이 맞추어져 있다면, 해학은 자기를 포함한 모든 존재가 보여주는 못난 점·모자란 점·모순을 인간이기에 갖는 기본적인 약점이나 불완전성으로 이해하고 그것을 따뜻한 인간애로 포용하는 것에 중점이 주어져 있다.

예를 들면, <하회별신굿탈놀이> 중 「양반선비과장」을 보면, 정력에 좋다는 쇠불알을 놓고 양반·선비·백정이 서로 가지려고 싸우는 것을 보고 할미가 조롱하는 대목이 나온다. 처음에는 양반을 선비가, 그 다음에는 선비를 백정이 조롱한다. 여기까지는, 평소 점잖은 체하던 상층계급사람들이 별것도 아닌 것을 놓고 다투는 것을 보고 천민인 백정이 '폭로'하는 전형적인 '풍자'의 대목이 될 수 있을 것이다. 그러나, 인간의 추악함에 대한 비난의 화살은 양반층에게만 향해 있지 않다. 결국은 백정까지도 모두 포함하여 인간이기에 노출하게 되는 원초적이고 추악한 욕망 자체가 비난과 폭로의 대상이 되는 것이다. 탈놀이를 양반층에 대한 하층민의 '풍자'로만 일축할 수 없는 근거가 여기에 있다. 탈놀이의 극적 전개에 중요한 계기를 제공하는 처첩갈등 모티프도, 비판의 주체인 민중 자신까지도 포함된 남성들의 횡포를 폭로하는 것을 보게 된다.

이런 예에서도 역시 양반이나 파계승에 대한 조롱과 풍자가 큰 비중을 차지하는 것은 부인할 수 없다. 그러나, 앞서 언급한 바와 같이 그것이 남의 약점을 후벼내서 死地까지 몰고 가는 차가운 것이 아니며, 양반들을 개선시킨다든가 신분체제를 뿌리째 흔들어 개혁하려 한다든가 하는 급진적 공격성을 내포하지 않는 것도 사실이다. 또한, 비난과 비판의 화살이 비판의 주체인 민중 자신에게도 향해 있는, 이른바 민중의 자기반성을 내포하기도 하는 것이다. 이처럼, 궁극적으로 화해의 구도를 지향하고 자기반성을 내포한 웃음을 해학이라 한다면, 이러한 웃음과 공존하는 탈놀이의 흥겨움과 신명, 재미야말로 해학에 밀착된 것임을 다시 한 번 확인하게 되는 것이다.

3.5 受容過程의 특징과 '흥'

극적 전개에서 드러나는 경계허물기와 화해의 구조로 특징지어지는 탈놀이의 흥은 놀이꾼과 구경꾼들의 상호작용에 의한 演戲와 受容의 커뮤니케이션상황에서도 명백하게 드러난다. 놀이꾼들이 흥겹게 놀고 있는 장면이나 상황은 조용하게 '감상'되어지는 것은 아니다.

> 말뚝이   이 이 이 왜 가만있지 않고 맴돌 도느냐?
> 완보   너와 동쪽으로 못 가게 맹세를 했으니 갈 데가 없어 맴을 돈다.
> 말뚝이   이놈 봐라, 대단히 팽팽한 놈이로구나. 이놈을 꼼짝 못하게 금을 그어야지.
> 완보   허허 여러분(관중에게) 보십시오. 누가 금 밖으로 나갔나.

위에서 보는 바와 같이 탈을 쓰고 어떤 내용을 가지고 또 어떤 역할을 하고 있는 배우가 갑자기 그 틀(약속)을 깨고 무대(놀이판)밖으로 튀어나와 구경꾼에게 말을 걸기도 하고 자신의 의문을 확인하기도 하고 질문을 던지기도 한다. 그러면, 구경꾼은 거기에 장단을 맞춰 적절히 응답하기도 하고 웃기도 하는 등 구체적인 반응을 보임으로써 놀이판은 갑자기 확대되고 개방된다. 놀이판과 관람석, 배우와 관객, 비일상과 일상의 경계가 갑자기 허물어지면서 놀이판은 한동안 와자지껄 소용돌이친다. 구경꾼의 '놀이판으로의 끼어들기'와, 배우의 '관람석으로의 끼어들기'가 일순간 하나로 겹쳐지는 것이다. 그 겹쳐짐, 경계의 무너짐은 극히 일순의 일이다. 구경꾼은 구경꾼의 자리와 위치로, 연행자는 연행자의 자리와 위치로 돌아간다. 이같은 넘나듦은 어떤 규칙이나 격식 없이 수시로 자유롭게 행해진다. 극의 내용의 재미·흥겨움과는 무관하게 양자 사이의 경계가 허물어지고 넘나드는 것 자체가 탈놀이를 흥겹고 재미있게 만드는 촉매제가 되는 것이다.

극이 끝나고 놀이꾼과 구경꾼이 어우러져 한바탕 신나게 춤을 추는 뒷풀이마당은 바로 이같은 경계허물어짐이 절정에 이른 순간이요, 모든 갈등과 대립이 해소되며 맺히고 막힌 것이 풀리고 뚫리는 화해의 순간이요 재미와 홍이 최고조된 순간이 되는 것이다. 이 화해의 한 마당에서 우러나는 홍과 신명은 반란의 주지나 신분적 도착이나 사회풍자·비판과는 무관한 것이다. 오히려 대립의식을 넘어서서 맞아들이는 밝고 따뜻한 생명감의 표출이라 하는 편이 적합하다. 상하의 신분적 경계, 長幼의 경계, 놀이꾼과 구경꾼의 경계, 일상과 비일상의 경계, 억압과 피억압의 경계, 고상함과 저급함의 경계가 허물어지고 이질적인 것들이 뒤섞이면서 이질성은 퇴각하고 동질성-모두 다 고통과 부족한 점을 지닌 불완전한 인간들이라는 점-이 부각하여 진정한 화합으로 나아가는 계기를 마련하는 것이다. 이 점이 탈놀이의 회극성에 내포된 '홍'의 정체이다. 화해의 한 마당에서 비쳐지는 밝고 따뜻함이야말로 예술장르, 시대, 계급을 넘어선 홍의 본질이요 홍의 예술적 원리인 것이다.

4. '판소리'의 경우

탈놀이 못지 않게 판소리 역시 홍과 신명의 예술이다. 그리고 탈놀이와 마찬가지로 처음부터 끝까지 빈틈없이 잘 짜여진 예술이기보다는 즉흥성과 유동성에서 그 묘미를 찾을 수 있는 예술이기도 하다.

4.1 판소리의 음악적 요소와 '홍'

소리판에서 홍겨움을 조성하는 가장 직접적이고 강력한 근원이 되는 것은, 장단·樂調와 같은 음악적 요소일 것이다. 같은 사설이라도 느린 진양조보다는 중중머리나 엇머리 장단 혹은 볶는 타령장단으로 표현될 때 우리는 더욱더 홍겨움을 느끼게 될 것이며, 애연한 느낌을 자아내는 界面調보다는 平調나 羽調로 불려지는 대목에서 더 홍겨움을 느낄 것이다. 또한 떠는 청, 꺾는 목, 미분음으로 흘러내리고 끌어올리는 글리산도, 남도음악의 특징 중의 하나인 반음진행기법 등이 애연한 느낌을 자아내는 직접적인 요인이 된다고 할 때,[34] 역으로 이런 음악기법이 빈번히 큰 비중을 갖고 사용될 때 '흥'의 미감은 약화되거나 감소된다고 해야 할 것이다.

이 외에 우리음악의 흥겨움과 신명의 근원을 '3연음의 리듬'에서 찾는 견해도 있다.[35] 그 견해에 의하면 우리음악은 한 拍을 3등분하는 리듬을 특징으로 하는데 이것을 서양음악식으로 설명하면 3연음형식의 리듬이 된다는 것이다. 이러한 3연음 리듬에 의한 음악은 다이내믹한 율동감과 흥취, 신명을 자아낸다고 한다. 그러나, 음악적인 면에서 판소리 그리고 우리의 전통음악을 조명해 볼 때, 흥이나 신명은 오히려 어떤 규칙적인 장단의 반복이나 일정한 격식에서 일탈하는 데서 오는 변화와 즉흥성과 융통성에서 찾아질 수 있는 게 아닌가 생각된다.

4.2 음악과 사설의 부조화와 '흥'

그러나, 판소리는 음악예술만이 아니다. 사설과 연극적 동작과 흥행이 어우러진 종합예술이다. 흥을 조성하는 음악적 요소가 사설과 일치하지 않는 경우도 적지 않다. 탈놀이의 이야기내용도 그렇지만, 판소리도 작품 전체의 내용이 '悲劇'이라고 할 만한 것은 없다. 그래도 탈놀이보다는 전체적으로 비극적 정서를 더 짙게 깔고 있는 예술이다. 다섯 마당 중 가장 비극적 정서가 두드러진다고 하는 <심청가>라 할지라도 처음부터 끝까지 비극적이기만 한 것이 아니요, 부분부분의 애절한 대목이 오히려 흥을 돋굴 수도 있다는 아이러니칼한 점이 판소리의 한 특징이 되기도 한다. 사실 판소리를 듣고 '흥겹다' 혹은 '애절하다'는 느낌을 받을 때, 그 느낌이 사설의 내용에서 기인하는 경우도 있고 음악적 측면에서 기인할 수도 있다. 같은 음악 면이라 하더라도 선율이, 혹은 장단이, 또는 樂調가 그러한 느낌을 야기하는 근원이

---

34) 백대웅, 『한국전통음악의 선율구조』(대광문화사, 1982), 112-140쪽.
35) 신대철, 『우리음악, 그 맛과 소리깔』(교보문고, 1993), 286-292쪽.

될 수 있다. 한마디로 판소리의 홍을 이해해 들어가는 실마리는 매우 복잡하고 여러 갈래로 뻗어 있다고 하겠다.

사설과 음악의 관계를 조명할 때, 재미있는 사설을 홍겨운 음악에 싣는 것이 어쩌면 가장 자연스럽고 가장 홍겨울지도 모른다. 그러나, 실제로 그 사설내용과 음악적 요소가 일치하지 않고 나아가서는 정반대이기에 오히려 더 효과적으로 정서체험을 배가할 수 있다는 점을 간과하지 않을 때, 판소리에 대한 올바른 이해가 이루어질 것으로 보인다. 그리고 구슬픈 대목에서도 홍겨울 수 있고, 음악과 사설이 일치하지 않을 수도 있는 이 점이 바로 판소리의 홍이 탈춤이나 여타 예술장르와는 다른 독특한 일면을 지닌다는 것을 시사한다.

탈놀이에서의 재미나 홍도 그저 100퍼센트 즐겁기만 한 홍이요 재미가 아니라, 페이소스가 깔린 양가감정을 내포하는 홍이기는 하지만 그래도 판소리에 비하면 그 페이소스의 흔적은 매우 미약하다고 할 수 있다. 왜냐면, 탈춤에서 비애를 표현할 수 있는 수단은 동작이라든가 대사 등에 한정되어 있는 반면, 판소리의 경우는 사설, 창자의 표정, 발림, 게다가 음악까지 표현방법의 영역이 다양하고 광범하기 때문이다.

우리는 재미있는 사설을 홍겨운 가락으로 홍겹게 부르는 판소리 대목을 들을 때만 홍겨운 것은 아니다. 비장한 내용을 홍겨운 가락으로 부를 때나, 재미있는 사설을 구슬프게 부를 때도 홍겨울 수가 있다. 예컨대, <홍부가> 중에서도 가장 재미있는 '놀부심술' 부분이 진머리 계면조로 불린다든가, 심봉사가 물에 빠졌을 때 만나게 되는 몽은사 화주승의 화려한 복색과 치장을 재미있는 사설로 엮은 <심청가> 중 '중타령'이 엇머리 계면조로 불리는 경우36)에도 비장하거나 애연하지 만은 않다. 우리의 정서체험에 더 직접적이고 강한 영향을 미치는 것은 사설보다는 음악 쪽일 테지만, 재미있는 사설

---

36) 『한국민속대관』, 95쪽.

은 음악적 비장함 속에 지나치게 함몰해 가지 않게 하는 완충역할을 하는 동시에, 나아가서는 사설과 음악의 불일치가 오히려 소리판의 흥겨움을 조성하는 요인이 될 수도 있다는 점에 주목해야 할 것이다. 이것은 슬픈 내용을 흥겨운 음악으로 부를 때도 마찬가지다. 나아가서는 슬픈 내용을 슬픈 가락으로 부를 때조차도 흥겨울 수가 있는 것이 바로 판소리의 묘미이자 예술적 특성이기도 하다.

4.3 '감동'과 '흥'

그렇다면, 흥겨운 내용을 흥겨운 음악양식으로 부르는 경우의 흥은 다시 거론할 필요가 없다 해도, 비통하고 괴로운 내용을 구슬픈 음악으로 표현하는 경우에도 흥겨움과 신명이 야기될 수 있는 현상은 어떻게 설명해야 할 것인가? 여기서 우리는 판소리의 흥에 내재된 독특한 일면을 읽어낼 수 있다. 판소리의 흥은 꼭 정서의 흥기, 즐거움에 의해서만 조성되는 것은 아니라는 점이다. 슬픈 영화를 보고 나서도 '재미있다'고 할 수 있는 것과 마찬가지로 슬픈 대목을 듣고서도 '좋다'라고 하는 흥에 겨운 추임새를 발할 수 있는 것이 바로 판소리라는 예술장르인 것이다. 그렇다면 이런 때의 흥은 탈놀이의 흥의 본질이랄 수 있는 '재미'와는 성격이 확연히 다르므로 구분되어야 할 필요가 있다.

이 때의 흥은 '감동' 혹은 '감명'이라는 말로 표현하는 것이 더 적절하다. '재미'와 '감동'은 모두 흥과 신명의 요소인 점에서는 틀림없으나, 그 정서체험의 차이는 매우 크다. 이전에도 몇 번이나 본 적 있는 <햄릿>을 보며 깊은 공감과 감동의 세계로 빠져들 수는 있으나, 우리는 <고성오광대>나 <수영야유>를 보면서 재미와 흥은 느낄지언정 '감동'하지는 않는다. 아리스토텔레스 이래 누차 지적되어 온 것처럼 '재미'가 희극적 정서에 밀착해 있는 것이라면, '감동'은 비극적 정서에 밀착해 있는 것이기 때문이다. 양자

모두 놀이나 소리에의 몰입을 전제로 할 때 조성되는 정서체험이라는 점에
서는 공통적이지만, 전자는 대체로 희극적 내용에의 몰입을, 후자는 대체로
비극적 내용에의 몰입을 의미할 때가 많다는 점에서 구분되는 것이다. 홍겨
움의 밑바닥에 페이소스의 그림자를 내포하기는 하지만 탈놀이의 홍은 근본
적으로 '재미'와 연관되어 있는 반면, 판소리의 홍은 탈놀이적 재미의 요소
도 무시할 수 없지만 근본적으로 '감동'(감명)의 요소에 깊은 연관을 지닌다
고 보아야 할 것이다. 재미있기 때문에 홍겨울 수도 있고, 깊은 감동을 해서
홍겨울 수도 있다. 이로 볼 때, '재미'나 '감동'은 '홍'의 양면을 이루는 정
서체험으로 이해해도 무방할 것이다.

　　그렇다고 해서, 탈놀이의 홍의 본질은 '재미'요, 판소리의 홍의 본질은
'감동'이라고 잘라 말할 수 없다. 이렇게 설명하기에는 판소리의 홍의 정체
는 매우 복합적인 것이다. 판소리에는 분명 탈놀이에서와 같은 포복절도하
는 웃음을 수반하는 재미요소가 확연히 존재하기 때문이다. 이로 볼 때, 판
소리의 홍은 탈춤의 홍의 단순성에 비한다면 매우 복합적인 것임이 드러나
는 것이다. 탈놀이적 '재미'가 큰 비중을 차지하는 한쪽 켠에 '감동'의 요소
가 그 이상의 비중을 차지하면서, 판소리의 홍을 조성하는 것으로 이해하는
것이 타당하다.

　　심청이가 뱃사람들에게 팔려 가는 비통한 대목이 비극적이지만은 않은 이
유는, 그것이 결국 행복한 결말로 이어지는 한 과정에 지나지 않음을 알기
때문이기도 하지만, 비장한 대목에의 강한 정서적 몰입 뒤에 飛翔感·상쾌
함이 따르고 이 정서적 소화불량해소 상태가 곧바로 홍겨움의 정서에 이어
지기 때문일 것이다. 비장한 사설, 혹은 애절한 음악 자체가 홍겨운 것이 아
니라, 거기에의 몰입함으로써 즉, '슬픔'을 다 탕진하고 난 뒤의 홀가분함·
긴장 뒤의 해방감 이완감이 바로 '홍'이 내포하는 밝음·생명감·기쁨·즐거
움의 에너지로 전환되기 때문이다. 정서적 몰입에 따른 긴장감이 한 순간 풀
리면서 느슨한 해방감으로 전환되는 순간, 그리고 陰의 정서가 양의 정서로

전환되는 순간이야말로 '감동'이 극대화되는 순간이요, 소리판의 홍이 고조되는 순간인 것이다. 이 때의 홍은 판소리 창자의 것만도 아니요, 고수의 것만도 아닌, 청중들의 것만도 아닐 것이다. 청자에게서 시원을 이루어 고수·청중으로 점점 확산되고 결국은 소리판에 참여한 사람 모두에게 감염되어 가는 정서체험이다. 정서의 몰입과 수렴이 정서의 확산과 개방으로 전환되는 길목에 홍의 예술적 원리가 자리하게 되고, 이같은 홍의 일면은 판소리에서 그 진수를 엿볼 수 있다고 할 수 있는 것이다.

4.4 추임새와 '홍'

추임새는 바로 이같은 감동이 극대화되었을 때 자발적으로 발로되는 것이다. 물론 鼓手의 추임새는 창자를 음악적으로 리드하는 기능을 지니기도 하고, 관중의 추임새라는 것도 감동과는 별도로 청자로서의 매너의 표현일 수 있다. 청중이나 고수의 추임새는 창자의 홍을 유발하는 助興의 기능을 가지기도 하며 소리판의 분위기를 고조시키는 역할도 한다. 음악적으로 의도된 것이건, 감동의 무의식적 발로이건 간에 추임새가 판소리의 '홍'과 '신명' 조성의 중요한 요인일 수 있다는 것은 부인할 수 없을 것이다.

추임새는 사설이나 음악의 비장함·홍겨움과는 무관하게 발해진다. 슬픈 대목에서도 '좋다'고 하는 추임새는 얼마든지 일어난다. 이로 볼 때, 추임새는 감동에서 발로되는 홍겨움이 밖으로 표출된 언사요 감탄사인 셈이다. 이것은 청중이, 또는 고수가 소리꾼의 소리에 끼여드는 셈이지만, 탈놀이적 끼여들기와는 성격이 판연히 다르다. 탈놀이에서는 놀이꾼이 관중에게 말을 건네고 관중은 그에 응답함으로써 서로의 입장에 끼여들어 양자의 고유한 역할 사이에 그어져 있는 경계가 허물어지는 것이라면, 판소리의 추임새는 창자의 소리에 청중이 일방적으로 끼여드는 것이다. 즉, 끼여듦이라는 행위를 둘러싼 주체와 대상의 경계가 허물어지는 것이 아니다. 오히려 양자 사이에는 경계선은 엄연히 존재한다. 창자의 위치와 역할은 그대로 유지되는 가운데, 창자의 노래에 몰입하여(예의로 하는 추임새도 있지만) 듣는 이의 정서가 극대화되어 있음을 나타내는 청각기호가 바로 추임새라고 할 수 있는 것이다.

Ⅲ. 예술 담당층에 따른 '흥'의 전개

우리민족의 보편적 정서로서, 고유한 敍情方式으로서 또는 미적 체험으로서 '흥'은 각 예술마다 그 모습과 구현양상을 달리한다는 점을 앞에서 논해 왔지만, 이와 관련하여 그 예술을 담당하고 향유하는 계층 역시 흥의 다양성을 야기하는 중요한 변수가 된다는 점을 간과할 수 없다. 시조(평시조)·가사·한시 등 양반 상층 문학 및 정악·궁중무용·수묵화·궁중음악 등 기타 상층예술과, 중인 이하 평민층의 예술인 탈놀이·판소리·잡가·민요 등을 비교해 보면 양자의 '흥'의 색깔과 성격이 매우 다르다는 것을 알 수 있다.

그런데, 한 가지 짚고 넘어갈 점은 예술행위의 주체를 칭하는 '담당층'이라는 말의 지시범위이다. 그것이 '창작계층'을 지칭하는가, '전수·연행層'을 말하는 것인가, 아니면 '수용·향유하는 층'을 두고 하는 말인가 애매하다. 즉, 예술작품을 창작하고 전수하고 示演하는 층을 가지고 기준으로 삼을 것인지, 향수하는 층을 기준으로 할 것인지에 관한 문제이다. 탈놀이처럼 창조하고 즐기고 전승하는 것을 전부 민중 혹은 기층민이 담당하는 경우는 별 문제가 없지만, 판소리나 궁중예술처럼 담당자는 중인 이하 계층이면서 향수자는 상층계급이 포함되거나(판소리) 전부 상층인인 경우(궁중예술), 무엇을 기준으로 상층예술과 민중예술을 구분할 수 있는가 문제가 제기되는 것이다. 그러나, 지금은 거기에 초점이 주어진 것이 아니므로, 논의의 한도 내에서 향수자층을 중심으로 '上層藝術'과 중인이하의 '庶民藝術'로 분류하고 '평민' '민중' '기층민' 등의 용어는 '서민'과 동일한 범주 안에서 쓰일 수 있는 것으로 전제하고자 한다(예술 담당층에 대한 구체적인 논의는 본서 부록으로 실린 「풍류방예술과 풍류집단」 참고). 이런 기준에서 본다면, 평시조·가사·한시·문인화·궁중음악·궁중무용 등은 상층예술로, 민요·잡가·민화·탈놀이·농악·巫樂 등은 서민예술로 분류될 수 있으리라 본다. 판소리의 경우는 양반 상층의 재정적 지원을 받는 흥행예술로서 변모해 갔지만, 본래적 존재양상을 감안할 때 서민예술의 영역에 포함시켜야 할 것으로 본다. 그리고, 사설시조는 양면성을 지닌 것으로 분류될 수 있을 것이다.

1. '흥'의 깊이와 폭

그 중에서도 가장 두드러지는 것은, '흥'이 내포하고 있는 의미영역의 폭과 깊이, 그리고 강도에서 찾아볼 수 있다.

1.1 '흥'의 單一性과 兩面性

紅塵에 뭇친분네 이내生涯 엇더흔고
녯사롬 風流룰 미출가 못미출가
天地間 남자몸이 날만흔이 하건마는
山林에 뭇쳐이셔 至樂을 모룰것가
數間 茅屋을 碧溪水 앏픠두고
松竹 鬱鬱裏에 風月主人 되여셔라
엇그제 겨울지나 새봄이 도라오니
桃花杏花는 夕陽裏에 퓌여잇고
綠楊芳草는 細雨中에 프르도다
칼로 몰아 낸가 붓으로 그려낸가
造化神功이 物物마다 헌스롭다
수풀에 우는새는 春氣룰 못내 계워

소리마다 嬌態로다
物我一體어니 興인들 다롤소냐

　위는 정극인의 <賞春曲>의 앞부분인데 여기서 표현된 '흥'의 세계는 슬
픔이나 괴로움 등의 감정이 배제된, 즐거움이라고 하는 '單一의 정서'이다.
오로지 밝고 즐겁고 흥겹기만 한 세계가 표출되어 있다. 물론, 상층인들의
시문 가운데서도 漢詩文의 경우는 슬픔을 깔고 있는 흥겨움이라든가, 흥겨
움 속의 비애라든가 이런 것이 표현된 예가 가끔씩 발견되기도 한다. 그러
나, 대개는 단일정서로서의 '흥'이 표출되는 경우가 대부분이다.
　그러나, 탈놀이나 판소리는 앞에서 보아온 바와 같이 페이소스의 정도는
차이가 있을지라도 한바탕의 웃음과 생기의 한쪽 면에는 비애의 그림자가
드리워질 수 있다.

　　홍보 마누라 나온다, 박 홍보 마누라 나온다. "아이고, 여보 영감. 영감 오
　신 줄 내 몰랐소 내 잘못 되었소이리 오시오, 이리 오라면 이리 와. 어디
　돈, 어디 돈, 돈 봅시다. 돈 봐." "놔 두어라, 이 사람아. 자네가 이 돈 근본
　알겠나? 잘난 사람도 못난 돈, 못난 사람도 잘난 돈, 베개 너머는 춤밭는
　돈, 돈돈돈, 돈 봐라! 이 놈의 돈아, 아나 돈아, 어디 갔다 이제 오느냐. 얼
　씨구 돈 봐라. 돈, 돈, 돈, 돈, 돈, 돈, 돈, 돈 봐."

　영감　(돌아 앉으면서) 그러나 저러나 내가 집에 돌아오면 애들이 반길 터
　　　　인데 애들은 어디 갔소? 웬일이요?
　할멈　(한숨쉬고 돌아앉는다)
　영감　아 저 년이 무슨 일을 저질렀나 보구나, 저 야단하는 걸 보니까
　할멈　아니 영감 나가실라면 낭구 양식을 장만하여 주고 가지 그게 뭐요
　영감　낭구 양식을 장만하여 주면 거기서 더 어떻게 장만하여 주란 말야.
　　　　낭구가 잔뜩 못반이나 되고 쌀이 잔뜩 되가웃이나 되는데 거기서
　　　　더 장만하여 주면 더 어떻게 장만하여 주란 말야.
　할멈　아니 영감 쌀은 있으나 낭구가 없어 마댕이(아들이름)보구 낭구를
　　　　해오라 했더니 낭구를 가서 낭구를 어찌 하였던지 솔방울을 잔뜩

　　　　개판을 따가지고 산 아래로 내려와 쉬면서 지게 아래서 잠을 잠깐
　　　　자다가 놀래 깨어 일어나서 낭구짐이 면상에 가 엎드려져 코가 터
　　　　져 죽었읍네(영감과 할멈이 같이 운다)

영감　할 수 없네(할멈을 달래며)여보 할멈, 할 수 있나. 명이 짧아 죽은
　　　　것을 할멈도 할 수 있나. 그러나 저러나 찔느덕이(딸이름)가 보이지
　　　　않으니 그건 또 웬일이요.

할멈　(한숨 쉬고 돌아선다)

영감　이년이 거 웬일을 또 저질런고

할멈　영감 글쎄, 에미네란 것은 열 대 여섯 살 먹으면 시집을 보낼 것이
　　　　지, 가가 올해 열아홉 살이 아니갔읍나, 뒷집에 총각놈이 하나 있지
　　　　않읍나? 그놈이 매일 우리집에 댕기며 눈독을 들이더니 무슨 일을
　　　　잘못 하였는지 찔느덕이 중방을 부러트려 쥐겼읍네(영감과 같이 눈
　　　　물을 흘리며 운다) 에, 에, 에.

가세가세 자네가세 가세가세 놀러가세
배를 타고 놀러를 가세
지두덩기어라 둥게 둥덩 덩실로 놀러가세
앞집이며 뒷집이라
各位 각집 처자들로 장부간장 다 녹인다
冬三月 桂三月 회양도 峯峯 돌아를 오소
아나 월선이 돈 받소
가던 임은 잊었는지 꿈에 한 번 아니 보인다
내 아니 잊었거든 젠들 설마 잊을소냐
가세가세 자네가세 가세가세 놀러가세
배를 타고 놀러를 가세
지두덩기어라 둥게둥덩 덩실로 놀러가세
이별이야 이별이야 이별 二字 내인 사람 날과 백년 원수로다
동삼월 계삼월 회양도 봉봉 돌아를 오소
아나 월선이 돈 받소
살아 생전 생이별은 생초목에 불이 나니
불 꺼줄 이 뉘 있읍나

처음 것은 <흥부가> 중의 「돈타령」으로, 흥부가 매품팔고 받아 온 돈을 놓고 좋아하는 흥겹고 재미있는 내용이면서도 가난에 한이 맺힌 서민들의 애환이 담겨있다. 두 번째는 「강령탈춤」의 '영감할미춤'인데 영감과 할멈이 서로 찾아 헤매는 애틋한 사연이나 자식들이 다 죽었다는 소식을 전하는 비통한 대목에서도 그것이 비애로 흐르지 않고 오히려 재미있기까지 한 대사로 엮어지고 있다. 세 번째는 12雜歌 중의 하나인 <船遊歌>인데 뱃놀이하면서 흥겹게 인생을 놀고 즐기자는 내용이면서도 이별의 상황에서 절감하게 되는 허무감과 인생무상감이 엿보인다. 특히 잡가에서는 허무감이 감도는 흥겨움이 향락주의적 색채를 띠면서 잡가 고유의 텍스트성을 형성하고 있는 것이 주목된다. 이것은 모두 서민예술에서 나타나는 '흥'이, 즐거움이라든가 재미와 같은 陽의 정서로만 조성된 單一한 정서가 아니라, 슬픔·괴로움·체념 등 陰의 정서를 이면에 함축하는 兩面的 정서의 성격이 강함을 말해주는 부분이라 하겠다.

슬픔 속에서도 樂을, 죽음 속에서 삶의 밝음과 생명력을, 이별 속에서 만남을 예견할 때 음의 정서는 양의 정서로 전환될 수 있다. 그리고 이러한 전환은 낙관적 세계관의 기초 위에서 이루어질 수 있는 것이다. 슬픔에 침몰해 있는 마음, 괴로움에 허덕이는 마음은 무언가에 '매인' 마음이다. 이러한 얽매임에 지배되고 있는 한 '흥'은 일어날 수 없다. 흥이란 비애 속에서도 밝음을 보고, 빈곤 속에서도 풍요로움을 느낄 때 일어나는 건강한 정서이며 생동하는 생명력의 발현이다. 슬픈 내용의 대목에서도 흥겨울 수 있는 것은 이처럼 삶을 대하는 낙관적 마음을 가지고 있기 때문이다.

그러나, 민중예술에서의 '흥'이 양면적 성격을 띤다 해서 흥겹게 웃고 있는 얼굴 뒤에 차가운 조소나 무서운 음모, 무거운 침묵과 쓸쓸함이 포착된다면 '흥'의 강도는 반감되거나 소멸해 버릴지도 모른다. 이상과 같은 정서의 兩面性을 특징으로 하기에, 상층의 흥보다 서민층의 흥이 더 깊고 포용적인 것으로 느껴진다고 할 수 있다.

1.2 감정의 절제와 방일

'흥'은 정서의 量的 擴散을 특징으로 하는데, 흥'의 폭이 넓고 깊이가 있다고 하는 것은, 양적 팽창감을 달리 설명한 것이다. 서민의 예술에서 양적 팽창감이 더욱 뚜렷하게 느껴지는 요인 중 하나는, 희로애락의 감정표현이 확실하고 그 경계가 뚜렷하다는 점이다. 상층예술에서와 같이 감정의 節制에 미적 가치를 두는 경우에도 그 나름대로의 흥겨움이 표출되기는 하지만, 감정의 자유로운 발산 하에 표출되는 흥과는 그 양상이 다르다.

예를 들어, 흥겨운 장면을 표현하고 있는 대목을 비교해 보면, 포복절도할 정도로 '웃음의 폭발'이 이루어질 수 있는 것이 탈놀이의 場이며, 애가 끊어질 정도로 '눈물의 홍수'를 이루기도 하는 것이 판소리의 장인 것이다. 물론 탈놀이의 경우 슬픈 대목이라 하여 눈물의 홍수를 이루는 것과는 거리가 멀지만, 요컨대 정서표현의 기폭이나 그 정도가 크고 확실하기 때문에 흥겨움의 강도가 월등 크게 확대될 수 있는 것이 바로 서민층예술에 있어 흥의 특징이라 할 수 있다. 서민층예술에서 정서의 제약 없는 표출은 민요나 잡가에서도 두드러지게 나타난다.

> 花爛春城하고 萬和方暢이라
> 때좋다 벗님네야 山川景槪를 구경을 가세
> 竹杖芒鞋單瓢子로 천리강산 들어를 가니
> 滿山紅綠들은 一年一度 다시 피어 春色을 자랑노라
> 색색이 붉었는데 蒼松翠竹은 蒼蒼鬱鬱한데
> 起花瑤草 爛熳中에 꽃 속에 잠든 나비
> 자취없이 날아난다   -<遊山歌> 중-

> 오르며 나리며 나막신 소리에 홍
> 물만두 이밥이 중치가 네누나 홍
> 에루화 데루화
> 능수나 버들은 홍

제멋에 겨워서 척 늘어졌구나 홍   -<흥타령> 중-

사랑사랑 내사랑이야
동정칠백 월하초에 무산같이 높은사랑
목락무변 수여천 창해같이 깊은 사랑
오산전 달밝은데 추산천봉 완월사랑   -<사랑가> 중-

　인용작품들에서 보다시피 서민예술에서는 삶의 현장에서 느껴지는 홍겨운
정서들이 아무런 제약 없이 자유롭게 방출되고 있음을 알 수 있다. 그러나,
평시조같은 양반층문학이나 與民樂, 保太平, 定大業과 같은 궁중음악에서
는 그같은 홍겨움의 방일이나 정서의 넘쳐흐름을 찾아보기 어렵다.

田園에 나믄 興을 전나귀에 모도 싯고
溪山 니근 길로 홍치며 도라와셔
아히야 琴書를 다스려라 나믄 희를 보내리라   -金天澤-

且與風塵混   풍진 속에 섞여 살며
聊將詩酒爭   오로지 시와 술 가지고 다투었네
醉來唯興適   취기가 돌아 홍이 더욱 도도해지니
奇處要人驚   기이한 경치 새삼 놀라게 하네
                                          -朴誾, <獨坐>-

　이 예들에서 보듯 홍겹고 즐거운 분위기를 표출하되, 법도와 절제된 품위
와 격식을 벗어나지 않는 것이다. 홍겨운 감정의 절제는 표현의 절제로 이
어진다. 한 예로, 상층인의 홍텍스트에서는 민속예술에서와 같은 '과장된 표
현'이 드물다는 점을 들 수 있다. 상층예술은 감정이 절제된 美를 중시하므
로 과장된 표현이 두드러질 리가 없는 것이다. 이에 비해 탈놀이나 판소리,
민요, 잡가 등의 언어표현은 과장을 특징으로 한다고 해도 과언이 아니다.
또, 상층음악이 민중음악에 비해 느린 속도로 연주되는 경향이 있다는 점도

이같은 정서의 흥기나 절제와 직접적 관련이 있다.[37]

　홍감의 표출을 둘러싸고 이같은 차이가 빚어지는 것에 대해서는 다음 두 가지 측면에서 해명해 볼 수 있을 듯하다. 첫째는, 상층예술은 '發而皆中節' '適中'이라고 하는 '儒家的 中의 원리'[38]를 중시한다는 점과 직접적인 관련이 있다. '中'이란 어느 한 쪽에 치우침 없이 딱 들어맞는 것, 그 정도가 적당한 것, 법도에 맞는 것을 의미한다. '哀而不傷' '樂而不淫'의 시가관은, 감정이 극단으로 흐르지 않고 균형과 절제를 이루어야 한다는 유가적 심미관이 농축된 것으로 볼 수 있다. 哀나 樂은 법도에 맞는 것이요, 이것이 방일로 치달으면 傷과 淫이 되는 것이다. 오랜 전통 속에서 樂사상은 禮사상과 직접적으로 결부되어 있었고, 이처럼 질서와 中庸의 道를 기본으로 하는 유가적 예악사상의 영향은 민중층보다는 이들 상층인에게 더 절대적이었을 것이다.

　　如翰林別曲之類 出於文人之口 而矜豪放蕩 兼以褻慢戲狎 尤非君子所
　　宜尙. (한림별곡과 같은 류는 문인의 입에서 나왔지만 矜豪, 放蕩하고 또
　　褻慢, 戲狎하여 군자가 마땅히 숭상할 바가 아니다.)

　　　　　　　　　　　　　　　　　　　　　　　-<陶山十二曲跋> 중-

　이 인용구절에서 퇴계가 <翰林別曲>을 못마땅하게 여긴 것은 그것이 "矜豪放蕩"하고 "褻慢戲狎"하기 때문이다. '矜豪'는 '뽐내면서 제멋대로인 것'을, '放蕩'은 '뜻이 장대하여 구애됨이 없는 것'을 의미한다. 또 '褻慢'은 '외설적이고 방자함'을, '戲狎'은 '지나치게 가까워서 법도가 없는 것'을 가리킨다. 이 모두가 적당한 정도를 넘어서고, 中의 기준에서 벗어난 상태를 말한다. 이로 볼 때, 퇴계의 시가관은 철저하게 유가적 中의 원리를 기초로

---

37) 신대철, 앞의 책, 250쪽.
38) 『中庸』에서는 "喜怒哀樂之未發謂之中 發而皆中節謂之和"라 하여 일반적으로 유가에서 말하는 '中'의 개념을 여기서는 '和'로 설명하고 있다.

하고 있음을 알 수 있다.

둘째로, 演行이 이루어지는 상황과 직접적 관계가 있다고 볼 수 있다. 즉, 궁중같은 데서 관객-향수자-을 의식하고 연행이 이루어지는 경우에는 아무래도 정서를 마음껏 표출한다는 것이 여의치 않을 것이기 때문이다. 탈놀이나 민요 등도 관객을 전혀 의식하지 않는 것은 아니지만, 관객과 연행자의 구분이 상층예술만큼 분명하지 않고 예술작품을 '감상'한다기보다는 직접 참여하여 한데 어우러지는 것을 특징으로 하므로 흥겨움이든 비애든 마음껏 정서를 표출할 수 있었으리라 추측할 수 있는 것이다. 춤의 분화양상을, 관객을 의식한 춤과 관객을 의식하지 않고 민중놀이로써 연희되어진 춤으로 분류하여 전자는 궁중의 의식무용계통으로, 후자는 탈춤과 같은 민속무용으로 분화해 갔다고 보는 견해39) 역시 같은 맥락에서 이해할 수 있다.

1.3 '遊興'의 場과 '生活'의 場

상층과 서민층의 흥은 깊이뿐만 아니라, 그 폭에 있어서도 상당한 차이를 드러낸다. 상층예술의 경우 흥을 유발하는 계기는 매우 제한되어 있다.

男兒의 少年行樂 히올일이 ᄒ고하다/글닑기 칼 쓰기 몰돌니기 벼슬ᄒ기
벗사괴기 술먹기 妾하기 花朝月夕 노리하기 오로다 豪氣로다

위의 사설시조에서 보다시피 男兒의 豪華樂事 즉, 흥겨운 일은 술이나 시부의 음영, 음악, 낚시, 사냥 등 시간과 경제력을 갖춘 사람만이 누릴 수 있는 몇몇 가지로 국한되어 있음을 본다. 이럴 경우의 흥은, '遊興'의 장과 연결되어 있을 뿐이다.

이에 비해, 기층민의 예술에서의 흥은 '유흥적' 요소에 국한되지 않고 '생활현장'에까지 폭을 넓히고 있음을 알 수 있다. <심청가>에서의 황성잔치

---

39) 金苩慶, 『韓國民俗舞踊研究』(형설출판사, 1982), 50쪽.

에 올라가는 길에 심봉사가 부녀자들과 어울려 방아를 찧는 대목에서 느껴지는 흥겨움은 유흥보다는 노동의 현장에 더 가깝다고 해야 할 것이다. 이러한 양상은 노동요가 큰 비중을 차지하는 민요의 경우에 더욱 극명히 드러난다고 할 수 있다.

> 얼싸 좋구나 정기정정 좋구나
> 이 논배미에 물채가 좋다
> 에헤로 방호
> 백석지기 천석이 나고
> 에헤로 방호
> 천석지기 만석이 난다
> 에 둘러싸고나 우여
> 에헤로 방호

위 노래는 <논김매는 소리>인데 노동의 고됨보다는 흥겨운 정서가 더 강하게 표출되어 있다. 흥겨움이 조성되는 場이 이처럼 생활에 밀착된 노동의 현장으로까지 확대될 수 있는 것이 서민층예술의 한 특징인 것이다.

2. '혼자'의 흥과 '집단'의 흥

흥이 내포하고 있는 의미의 깊이, 폭, 두께를 볼 때 이처럼 상층인의 흥과 서민층의 흥은 그 전개양상이 다르다는 것이 드러났다. 그러나, 양자의 차이는 여기에 국한되지 않는다. '흥'이란 상층예술이건 서민예술이건 본래 '여럿'의 '어울림'을 기본성격으로 하지만, 양반층의 문학에서는 혼자서 흥을 즐기는, 이른바 '獨興'의 양상도 큰 비중을 차지한다. 이것은 작품에 구현된 내용으로서의 흥인 경우이건, 작품이 연행되는 상황에서 야기되는 흥이건 모두 해당된다. 양반들의 한시문에서는 혼자서 흥겨워 하는 내용이 담긴 것이 적지 않다. 또한, 혼자서 시문을 짓고 혼자서 읊조리면서 홍겨워하는 상황을 충분히 가정해 볼 수 있다.

無事覺日永	일이 없으니 해 길어짐을 알겠고
不眠愁夜遙	수심에 잠 못 이루는 밤은 아득하기만 하구나
邇來殊寂寞	요사이엔 더욱 적막하니
勝處廢招邀	명승지 놀러가자는 초청도 끊겼다네
雪積大地白	눈 쌓인 대지는 새하얗고
江空天宇寥	강 위의 빈 하늘은 고요한데
曾遊已疇昔	예전의 놀이 벌써 오래 되어
高興發今朝	오늘 아침엔 홍이 높이 이네

-<旣無馬又無酒有興>-

大隱巖前雪	대은암 앞에 눈쌓여
春來又一奇	봄 되자 또 하나의 기이한 경치를 이루었네
偶因淸興出	우연히 맑은 홍 일어 찾아왔지만
不與主人期	주인과 약속한 건 아니었네

-<萬里瀨> 中-

이 두 시는 朴誾의 作인데, '아무도 청하는 사람이 없거나' 누군가와 '약속을 한 것도 아닌' 상태임에도 혼자 그 상태를 즐기며 홍겨워하는 시적 화자의 심정을 읊고 있다. 여럿이 어울리는 데서 야기되는 홍이 아니라, 혼자서 즐기는 홍은 漢詩文에서 흔히 '淸興''偶興'으로 표현되는 경우가 많다.

이처럼 혼자 홍겨워하는 양상은 서민들의 예술에서는 거의 찾아보기 어렵다. 웃음도 '집단'의 웃음이요, 재미도 '집단'의 재미다. 언술의 내용이나 연행상황이나 '複數的' 홍이 전제되는 것이 특징이다. 서민의 예술에서는 공동체집단에서 유리된 홍을 생각할 수 없다. 홍이 구현되는 자리는 항상 떠들썩한 생기와 웃음으로 가득 차 있다. 탈놀이가 펼쳐지는 자리가 그렇고 잡가나 민요가 불려지는 자리가 그렇다. 탈춤을 보면, 여럿이 추는 群舞, 둘

이서 추는 對舞외에 혼자 추는 獨舞도 있지만 그것은 전체 과장 중의 한 부분으로서 전개되는 것이지 처음부터 끝까지 독무로서 완결되는 것은 찾아보기 어렵다.

3. 戱劇性과의 결부

흥은 예술장르에 따라 정도의 차이는 있겠으나 '재미'와 '웃음'의 요소를 수반하는 경향이 있음을 언급한 바 있는데, 상층의 예술에서는 그것이 '喜劇性'으로 발전하는 양상을 찾아보기 어려운 것에 비해, 서민층의 예술에서는 재미와 웃음이 희극성에 밀착되는 양상을 어렵지 않게 볼 수 있다는 점을 지적할 수 있다. 이러한 양상은 판소리나 탈춤은 말할 것도 없고 민요·잡가, 민화 그리고 병신·동물을 흉내낸 민속춤들에서도 현저하게 눈에 띠는 점이라고 하겠다.

4. 卽興性의 문제

'흥'의 표출에 초점을 맞추어 상층예술과 민중예술을 비교해 보았을 때, 두드러지게 느껴지는 것 중의 하나는 즉흥성의 문제이다.[40] 예를 들어 <보허자>나 <영산회상>과 같은 正樂과 판소리나 탈놀이에서 불려지는 음악들을 비교해서 들으면 연주되는 템포는 말할 것도 없고, 전자에서는 어떤 정해진 틀·격식을 벗어나지 않고 빈틈을 허용하지 않는 데서 오는 세련됨이, 후자에서는 전체의 틀이나 규칙을 전제하면서도 그 범위 내에서 그때그

---

40) 민속예술의 특징으로서 '즉흥성'을 지적한 글은, 신대철(앞의 책, 273 · 294쪽), 장사훈(앞의 책), 김온경(앞의 책) 등을 들 수 있다.

때의 정서의 즉흥적 표출 및 그에 따른 변화감이 강하게 느껴진다는 것은 대체로 공감하는 바일 것이다.

名鼓手 김명환이 '규칙적인 장단에서는 감동적인 예술을 기대하기 어렵다'고 한 것도 바로 이같은 그때그때의 흥을 미리 계획되지 않은 즉흥적 패턴으로 연주하는 데서 오는 변화의 묘미를 염두에 둔 말이라 할 수 있을 것이다. 이 말을 달리 표현하면, 미리 짜여진 규격대로 변화 없이 일정한 장단이 반복된다면 재미나 흥겨움이나 음악적 맛이 없어진다는 의미가 될 것이다. 물론 어느 민족의 음악이건, 어느 종류·어떤 계층의 음악이건 간에 '정해진 격식'과 그로부터의 '허용된 이탈'은 이미 전제되어 있는 것일 테지만, 우리의 음악 중에서도 정악과 같은 상층예술보다는 민중예술에서 이같은 즉흥성은 좀 더 특징적인 것으로 부각되는 것이다. 이러한 특징은 비단 음악뿐만 아니라 춤이나 그림에서도 마찬가지로 발견된다. 탈놀이에서의 즉흥적으로 개성을 살려 추는 '허튼춤'과 같은 묘미는 잘 짜여진 궁중무용(呈才)에서는 찾아보기 어려울 것이며, 같은 창자가 같은 대목을 불러도 어제와 오늘이 다를 수 있는 판소리의 묘미는 서양음악이나 종묘제례악같은 데서는 발견하기 어려운 점일 것이다. 이것은 상층인들의 문인화와 무명의 서민에 의한 民畵를 비교해 봐도 마찬가지다. 민화란 그림의 수요에 따르기 위해 장터같은 데서 그때그때의 요구에 따라 즉흥적으로 그려서 팔던 이름 없는 화공들의 그림인데,[41] 거기서 보이는 소박성·단순함 치졸하기까지 한 구도와 색채 비슷비슷한 내용들을 보면 그 그림들이 그때그때의 수요에 따라 즉흥적으로 그려진 것들임을 말해주는 것이다.

이처럼 즉흥적 요소가 내포하는 규칙 속의 무규칙, 규격을 전제한 脫규격화, 변화감은 결과적으로 인공적인 기교보다는 자연스러움을 강조하는 방향으로 흐르게 된다. 흥기하는 기분을 격식에 의해 절제함 없이 자유스럽게

---

41) 『民畵』(한국의 미8), 중앙일보사.

표출하는 데서 오는 흥겨움이야말로 인간의 정서를 표출하는 데 있어 가장 자연스러운 발로가 아닐 수 없다.

지금까지 예술담당층에 따른 '흥'의 예술적 구현양상의 차이를 몇 가지 지적해 보았는데 이 점들은 전반적인 예술장르에 걸쳐 크게 어긋남 없는 보편적 양상이라 할 수 있겠으나, 경우에 따라서는 일괄적으로 말할 수 없는 것도 있다. 辭說時調는 그 대표적인 경우이다. 사설시조가 상층문학적 요소와 서민문학적 요소를 모두 내포한다는 것에 대해서는 누차 논의가 이루어졌거니와, '흥'이라고 하는 테마에 초점을 맞추어 조명을 해봐도 역시 사설시조는 매우 복합적이고 이질적인 요소들이 공존하는 문학장르임이 드러난다.

흥겨움 속에 비애를 내포할 수도 있는 복합감정으로서의 흥이 구현되어 있는 사설시조는 별로 발견되지 않는데, 이 점은 여느 상층예술과 다를 바가 없다.

> 功名을 헤아리니 榮辱이 半이로다/東門에 掛冠ᄒ고 田廬에 도라와셔 聖經賢傳 헷쳐녹코 닑기를 罷ᄒ 後에 압닉 술진 고기도 낙고 뒷뫼헤 엄긴 藥도 키다가 登高遠望ᄒ야 任意逍遙헐제 淸風은 時至ᄒ고 明月이 自來ᄒ니 아지못게라 天地之間에 이것치 즐거오물 무엇스로 對헐소냐/平生을 이렁셩 즑기다가 乘化歸盡홈이 긔 願인가 ᄒ노라

> 林泉의 草堂짓고 만권 書冊 싸아놋코/烏騅馬 살지게 메겨 흐르는 물가의 굽씩겨 세고 보리미 길드리며 절더 佳人 겻헤두고 碧梧거문고 싀쥴언저 세워두고 生黃 洋琴 奚琴 저 피리 一等美色前後唱夫 左右로 안저 어쪼로 弄樂헐제/아마도 耳目之所好와 無窮之至所樂은 나 쑨인가 ᄒ노라

이들 예에서도 드러나다시피 첫째 시조는 田園의 흥취를, 두 번째 시조는 일생의 즐겁고 흥겨운 일을 열거함으로써 작품이 이루어지고 있는데 여기에 표출되어 있는 '흥'의 세계는 밝음·즐거움 등과 같은 陽의 정서로 일관되어 있다. 즉, 여기서의 '흥'은 단일한 정서임이 드러나는 것이다. 흥겨움을

표출하는 사설시조는 거의 이같은 양상을 보인다. 또한, 여기서의 '흥'은 집단적 흥의 표출이라기보다는 한 개인의 흥의 성격을 지니며, 감정의 절제를 보인다는 점에서도 상층예술적 성격을 드러내 보인다. 그러나, 이 한 측면으로 일축해 버릴 수 없는 것이 바로 사설시조의 특징이다.

> 金約正 ᄌ네는 點心을 ᄎ리고 盧風憲으란 酒肴 만이 쟝만ᄒ소/奚琴 琵琶 笛 필이 長鼓란 禹堂掌이 다려오소/글짓고 노뤼부르기 女妓和間으란 닉 아못조록 나 擔當하욤싀

> 노새노새 매양쟝식 노새 낫도 놀도 밤도 노새/壁上의 그린 黃鷄수둙이 뒤ᄂ래 탁탁 치며 긴 목을 느리워셔 홰홰쳐 우도록 노새그려/人生이 아침이 슬이라 아니 놀고 어이리

이 작품들은 똑같이 男兒의 豪華樂事의 흥겨움을 노래하고 있으면서도 한 개인이 아닌 여럿이 어우러져 조성되는 複數의 흥을 표현하고 있다든가, 儒家的 中의 원리에 의해 조정·절제되지 않은 자유로운 감정표출을 하고 있다든가 하는 점에서 앞의 예와는 확연히 다른 점이 느껴진다. 사설시조에서는 상층문학에서는 금기시되다시피 하는 남녀간의 사랑 또는 肉情에서 오는 흥겨움도 적나라하게 펼쳐진다.

사설시조의 서민예술적 면모가 가장 뚜렷이 드러나는 부분은 바로 이같은 放逸에 가까운 감정표출과, 아래의 예에서 보는 바와 같은, 흥겨움이 내포하는 재미요소의 喜劇性으로의 발전이라고 할 수 있을 것이다.

> 白髮에 환양노는 넌이 져믄 書房ᄒ랴ᄒ고/셴 머리에 黑漆ᄒ고 泰山峻嶺으로 허위허위 너머가다가 과그른 쇠나기에 흰 동정 거머지고 검던 머리 다 회거다/그르사 늘근의 所望이라 일락배락 ᄒ노매

이상을 종합해 볼 때, 사설시조의 양면적·복합적 성격은 그 주된 담당층

인 '전문가객'들의 신분적 특성과 밀접한 관계가 있다고 보여진다. 조선조의 신분계급상 그들은 중인층에 속한다고 할 수 있겠는데, 중인계층은 양반과 상민의 중간적 성격을 지닌다고 할 수 있을 것이다. 그들의 유흥의 자리가 펼쳐지는 곳은 기방이나 풍류방같은 곳이었다고 할 수 있겠고, 그 곳에서 풍류를 즐기는 양반층과의 교유가 있었을 것이고 따라서 양반 및 식자층의 교양과 세계관을 공유할 수 있는 가능성을 충분히 상정할 수 있다. 또 한편으로는 상민 중 풍류를 아는 사람들과의 교유의 가능성도 고려되어야 할 것이며 신분상 중인의 이같은 다양성, 비교적 자유로운 입지 등으로 말미암아 사설시조의 복합적 양상이 배태되었을 것으로 보인다.

Ⅳ. 시대적 흐름에 따른 '흥'의 전개

지금까지 예술담당층에 따른 '흥'의 전개 및 그 다양성에 관해서 개괄적으로나마 조명을 해보았는데, 그렇다면 시대적 흐름에 따라서 그 양상이 어떻게 달리 전개되는지를 살펴보기로 하자. '흥'이란 일종의 정서표출의 방식이요, 미적 체험의 한 양상이므로 계층에 따라 시대에 따라 다양한 변모를 보일 것은 당연하다. 여기서 난제로 떠오르는 것은, 시대적 흐름에 있어 어떤 기준을 가지고 분기점을 삼느냐 하는 점이다. 왕조별·연대별 분절은 경우에 따라서는 매우 유효한 기준이 될 수도 있겠으나, 지금의 경우와 같이 우리의 전통예술의 고유성을 밝혀주는 예술원리, 심미체험, 서정의 방식이 될 수 있는 '흥'을 문제로 할 때는 그러한 분절이 무의미하게 생각된다. 미적 체험을 환기할 수 있는 또는 그와 관련된 세계관·가치관의 기준을 가지고 시대를 나누어 그 변모양상을 살펴보는 것이 더 적절하고 유효한 접근방법이 될 것 같다. 미의식은 그 시대의 지배적 이념이나 가치관에 큰 영향을 받을 것이기 때문이다.

우리의 5천년 역사를 돌이켜 볼 때, 여러 사상이 유입되고 발전·유행하다가 쇠퇴의 길을 걷는 것을 보아왔다. 그럼에도 '儒家思想'(혹은 유교적 이념)은 조선조 5백년만이 아니라 우리 역사 전체를 통해 가장 큰 영향력과 지배력을 가진 사상 혹은 세계관이었다는 점은 부인할 수 없다. 그러므로 본서에서는, 유가사상이 지배적인 시대이념으로 부각하기 전의 시기, 지배적인 시대이념으로 군림하던 시기, 지배적인 시대이념으로부터 퇴각해 가는 시기로 나누어 살펴볼까 한다. 그리하여 다소 부자연스럽기는 하지만 이 각각을, '유교이념 이전시대', '유교이념시대', '유교이념 이후시대'로 칭하고자 한다. 시대이념이라고 하는 말은, 어떤 사상이나 가치관이 그 시대의 생활방식이나 사고방식을 주도적으로 이끌어 가는 역할을 하는 경우에 사용될 수 있다고 한다면, 유교 혹은 유가사상이 '주도적인 시대이념'으로 부상하던 시기인가의 여부는 어떤 시대의 미적 체험이나 예술관·사고유형·가치관 등을 가늠해 보는 유효한 기준이 될 수 있을 것이다.

1. 유교이념 이전시대

먼저, '유교이념 이전시대'부터 살펴보자. 이 시기를 연대나 왕조별로 언제까지라고 규정하기는 어렵고 또 그렇게 하는 것이 별 의미를 지니는 것도 아니지만, 성리학적 사유기반이 통치이념으로 전면에 부각되기 이전 그러니까 대체로 조선왕조가 들어서기 전까지로 획을 그어볼 수 있다. 삼국시대나 통일신라시대 그리고 고려조까지는 유교보다는 불교가 시대이념으로 부각해 있었던 시기라고 하겠고 특히 통일신라조까지는 상층·하층에 관계없이 불교 및 불가사상의 영향아래 있었다고 볼 때, 유교적 합리성보다는 신비체험이나 초월적 세계관에 지배되던 시기로 특징지어질 수 있다. 『三國遺事』나

『三國史記』 등 고려이전의 삶이라든가 의식세계를 추적하는 실마리를 제공하는 史書를 살펴 볼 때, '홍'의 미감을 읽어낼 수 있는 대목은 그리 흔하게 발견되지 않는다.

그러나, 이 글의 초점이 되고 '홍의 구체적 전개양상'을 기준으로 언어기술물에 반영되어 있는 홍의 양상을 조명해 보면, '유교이념 이전시대'의 홍체험은 超越的 世界에의 경험에 직접적으로 이어지고 있다고 할 수 있다. 이 시대 홍체험의 원형이 되고 있는 「가락국기」의 내용이라든가, 여러 기록들을 통해서 드러나는 祭天儀式의 면모는 다분히 '집단적 홍체험'의 기록이라 해도 무방하거니와, 이 때의 홍은 超越的·超自然的·超人間的·非凡性·非日常·神異의 세계에의 직접·간접적 체험을 말하는 '接神體驗' 또는 '神秘體驗'과 크게 다르지 않다는 것을 짐작할 수 있다. 확실히 유교의 합리성이나 中의 美學에 침윤되기 전의 '홍'의 세계는 신비체험을 하게 되는 순간의 엑스타시 체험을 방불케 하는 것이다.

이로 볼 때, 이 시대의 '홍'이라고 하는 審美體驗은 곧 神秘體驗과 맞물린 것임이 드러난다. 홍과 신명의 현장으로서 제천의식에 관한 기록들은 이를 방증해 준다.

· 夫餘國以殷正月祭天國中大會連日飲酒歌舞名日迎鼓.
· 高句麗其民喜歌舞國中邑落暮夜男女郡聚相就歌戲…以十月祭天國中 大會名日東盟.
· 馬韓常以五月下種訖祭鬼神郡歌聚舞飯酒畫夜無休期舞數十人.

이러한 기록들의 공통점은 제천의식이라는 것이 '집단'의 '신맞이' 행사에 다름 아님을 보여준다는 데에 있다. 여기에는 飲酒·歌舞 등 홍이 조성되는 현장에서 필수적인 것, 그리고 홍의 계기를 부여하는 것들이 수반되기 마련이다. 우리는 이 기록들에서 공동체 부락민들이 모여 한해의 풍년을 기약하며 혹은 풍년을 감사하며 춤추고 노래부르며 흥겹고 신명나게 노는 장면을 연상할 수 있다.

歌와 舞는 흥겨움이라든가 신바람을 가장 직접적이고 강렬하게 표현하는 방식이다. 환원하면, 흥과 신명을 타고 있을 때 가장 자연스럽게 유도되는 것은 춤과 노래라고 하겠는데, 고구려의 벽화인 <奏樂圖>라든가, 花郎이라는 집단의 성격, 향가가 지닌 효험 및 기능에 관한 기록 등을 살펴보면 바로 이러한 장면들을 그림이나 글로 묘사해 놓았다고 할 수 있는 것이다.

> …又幸鮑石亭 南山神現舞於御前 左右不見王獨見之 有人現舞於前 王自作舞以像示之 神之名或曰祥審.
> -『三國遺事』2권, 「處容郎 望海寺」條-

> 一聲念阿彌陀佛號或作一六觀 觀旣熟明月入戶 時昇其光加趺於上…
> -『三國遺事』5권, 「廣德‧嚴莊」條-

> 明常居四天王寺善吹笛 嘗月夜吹過門前大路 月馭爲之停輪…羅人尙鄕歌者尙矣. 盖詩頌之類歟 故往往能感動天地鬼神者非一.
> -『三國遺事』5권, 「月明師 兜率歌」條-

첫 번째는 '祥審'이라는 춤의 유래를 기록한 대목인데, 산신이 현현하여 춤추는 모습이 남의 눈에는 보이지 않고 헌강왕의 눈에만 보여 왕이 그 모습을 흉내내 춤추었다고 하는 내용이고, 두 번째 인용은 광덕이 도가 무르익어 달빛에 올라타곤 했다는 내용이며, 세 번째는 월명사가 피리를 잘 불어 달이 운행을 멈추었다는 것, 그리고 향가는 시(시경)의 頌과 같은 것으로 천지귀신을 감동시키는 일이 많았다는 것을 말해주는 기록이다. 이 기록들을 보면, 노래‧춤 등으로 표현되는 이 시대의 '흥'체험이 초월적 세계와의 만남에서 비롯되는 접신체험 혹은 신비체험적 성격을 띠는 것임이 드러난다. 이로 볼 때, 유교이념 이전시대의 흥은 조선조 양반사대부의 시부에서 드러나는 '儒家的 中의 원리'에 의해 조준된 흥의 미감과는 그 성격이 판이하게 다르다고 할 수 있을 것이다. 이때의 흥은 오히려 초자연적·초월적 세계의 체험에서 비롯되는 신비체험적 성격을 농후하게 띠고 있으며, 무당굿에서의 신명이나 신내림에 따른 엑스타시상태에 더 근접해 있다고 해야 할 것이다.

2. 유교이념시대

유교이념시대는 유교적 이념이 그 시대의 가치관과 미의식형성의 기반을 이루고 가치판단의 척도가 되며 사고의 지표와 방향을 제시하여 삶의 전반에 걸쳐 지배적 이념의 역할을 하는 시기를 말한다. 이 시기는 유가적 '中의 원리'로 조준된 흥의 세계를 특징으로 하는데 이에 대해서는 이미 III절 1.2항에서 논의한 바 있다. 유가적 미의식이란 한 마디로 더하지도 덜하지도 넘치지도 모자라지도 않는 中道와 질서의 미의식이라 해도 과언이 아니며, 이것은 예술담당의 주역이 주로 유교적 이념에 사상적 기반을 둔 양반 상층이라는 점을 감안할 때 지극히 당연한 현상으로 보아야 할 것이다. 여기에 유교사상에 기반한 예악사상을 기술하고 있는 『禮記』나 『樂記』의 내용이 절대적인 영향력을 행사했을 것임은 말할 나위가 없다. 주지하는 바와 같이 『禮記』「樂記篇」의 내용은 樂을 익혀 마음을 다스리는 것(治心)과 마음을 돌이켜 그 뜻을 조화롭게 하는 것(反情以和其志)으로 축약된다. 여기서, 잘 다스려진 마음이나 조화를 이룬 마음이란 절도가 있는 것 혹은 禮에 맞는 것을 의미한다고 할 때, 이같은 예악사상에 침윤된 유교이념시대의 '흥'이 어떠한 성격으로 구현이 되었을 것인가는 더 이상의 論及이 없이도 자명해지는 것이다.

물론 서민층에서도 여러 민속예능이나 놀이를 즐기며 그 다름의 미적 기반을 형성하고 있었겠지만 서민층의 미의식·가치관은 어떤 뚜렷한 자취를 드러내며 하나의 시대이념으로서 전면에 부각되지 않았다.

3. 유교이념 이후시대

유교이념 이후시대는 성리학적 유교이념이 예술의 미적 가치를 결정하는 유일한 기준이 되는 역할에서 밀려나는 시기를 말한다. 즉, 성리학적 기반 이외의 佛家·道家思想, 實學思想 나아가서는 開化思想까지 각각의 입장을 어떤 각각의 목소리로 표명하기 시작하는, 이른바 價値의 多元化시대를 말하는 것이다. 유교이념 이후시대라 할지라도 여전히 성리학적 유교이념은 사유와 생활 전반에 걸쳐 강한 영향력과 지배력을 행사하고 있었던 것은 틀림없겠으나, 그것만이 유일한 그리고 지배적인 가치판단 기준으로 군림하던 상황으로부터 서서히 퇴각해 가는 시대를 맞이하게 되는 것이다. 이같은 시대이념의 변모에 발맞추어 미의식이나 예술담당층, 각각의 예술장르에도 변화가 있을 것임은 말할 나위가 없다. 질서감과 균제, 중도의 미가 강조되는 유교이념시대와는 달리 정서를 자유로이 표출하는 것을 금기시하지 않는 풍조가 대두하기 시작한 것이다. 이에 따라, '흥'의 정서도 제약 없이 표출되어 '인생은 유한하니 마음껏 놀자'고 하는 醉樂的·향락 지향적 태도로 나아가게 되는 것을 볼 수 있다.

사유기반의 다원화, 가치기준의 다원화는 예술 담당층의 다원화와 맞물려 있다. 양반사대부의 전유물이라 해도 과언이 아니었던 제반 예술들을 일반 서민들도 참여하고 향수하는 방향으로 폭이 넓어지고 개방화되고 다원화되는 양상을 보이게 되는 것이다. 성리학적 사유의 기반을 이루는 합리성, 中道사상, 도덕성이 삶과 사유의 가치기준, 나아가 예술적(미적) 가치기준을 결정하고 지배하는 양상에서 벗어나 좀 더 자유롭게 인간의 성정을 표출하고 희로애락을 발산하는 양상을 예술전반에서 엿볼 수 있게 되는 것이다. 그리하여 이 시기의 '흥'은 '정서적 방일'과 '취락적 경향'과 맞물려 있는 것이 특징적이다. 성정을 표출하되 적당한 기준에 어긋나지 않는 것 즉 中의 원리에 의해 조정된 것이 유교이념시대의 흥이라면, 그 적당한 정도라고 하는 기준을 벗어나 있는 것이 이 시대의 미적 기준의 특징인 것이다. 따라서 희로애락의 발산이 뚜렷하고 극단까지도 표출할 수 있는 정서의 방일, 그리고 그것이 '인생은 유한하니 백발이 오기 전에 마음껏 놀자'라는 식의 취락적 경향으로까지 흐를 수 있는 것이 이 시대의 흥의 정서의 표출에서 보이는 특징으로 제시될 수 있는 것이다. 그리하여, 극단적으로는 '흥'이 곧 '遊興'을 의미하는 것으로, 의미의 변질·축소가 가해지기도 하는 것이 이 시대 '흥'의 특징인 것이다.

오늘날 전승되는 민요의 틀이 조선조의 것에서 그리 벗어나지 않는다는 견해를 바탕으로 한다면, 유교이념 이후시대의 '흥'의 특징이 잘 나타나 있는 것은 민요와 잡가, 탈놀이, 그리고 일부 사설시조 등이라고 할 수 있다.

요컨대, '유교이념 이전시대'의 흥은 초자연적·초월적 세계에의 경험에서 비롯되는 신비체험 혹은 접신 체험과 맞물려 있는 것이라 할 수 있고, '유교이념시대'의 흥은 유가적 사유의 기본을 이루는 中의 美·秩序의 美·균제감 등에 의해 조준된 심미체험이라 할 수 있을 것이며, '유교이념 이후시대'의 흥은 정서의 방일로 흘러 취락·향락주의적 경향으로 전개되어 가는 것을 특징으로 지적할 수 있다.

3章 中國·日本의 '흥'계
미유형과의 비교

Ⅰ. 중국의 '흥'계 미유형

중국 미학, 고전비평이론에서 '흥'은 시품이나 풍격, 평어보다는 작시이론에 있어 창작주체의 심적 상태를 설명하는 말로 주로 사용되어 왔다. 어떤 특수한 작품, 한 개인의 시를 평하는 데 적용되기보다는 일반적인 시창작에 있어 창작의 기본적 계기 혹은 창작의 원동력을 의미하는 말로 쓰여지는 경우가 많았다. 그래서, 이와 관련된 시품이나 평어는 '무심' 관련의 그것에 비해 논의가 활발하게 전개되지 않았다. 중국의 고전 미학 용어 중 '興'을 중심으로 하는 것들-예컨대, 興會·興趣 등-은 사실 여기서의 '흥'과는 별 관련이 없다. 그보다는 '滋味'라든가 '曠達'이 훨씬 '흥'의 미적 내용과 가깝다.

1. '樂而不淫'과 '흥'

중국의 미학용어 가운데 '흥'의 미와 관련된 것 중 가장 연원이 오랜 것은 아마도 공자가 『詩經』 <關雎>에 대하여 "樂而不淫"(『論語』「八佾」篇)이라 평한 말일 것이다. 이 부분에 대하여 朱子는,

孔子曰 關雎樂而不淫哀而不傷 愚謂此言爲此詩者 得其性情之正 聲氣
之和也. 蓋德如雎鳩 摯而有別 則后妃性情之正 固可以見其一端矣. 至於
寤寐反側琴瑟鐘鼓 極其哀樂而皆不過其則焉 則詩人性情之正 又可以見
其全體也. (공자께서 말씀하시기를 "<關雎>는 즐겁되 음란하지 않고 슬프
되 상심하지 않는다."고 하셨으니, 이 시를 지은 사람이 성정의 올바름과 聲
氣의 和함을 얻은 것을 말씀하신 것이라고 생각된다. 덕이 雎鳩새와 같이
지극하면서도 분별이 있다면 후비의 성정의 올바름에 대하여 진실로 그 일
단을 볼 수 있을 것이다. 寤寐反側과 琴瑟鐘鼓로 그 슬픔과 즐거움을 지
극히 하되 법도에 지나치지 않는다면 시인의 성정의 올바름에 있어 또한 그
전체를 볼 수 있을 것이다.)

라 풀이하였다.

이 구절의 요점은 '잠 못 이루고 뒤척이는 슬픔과 악기를 울리며 즐거워하
는 樂이 있다 하더라도 그 슬픔과 즐거움을 지극히 하되 법도에 지나치지 않
게 한다면 性情의 올바름을 얻을 수 있다'는 것인데, 여기에 사용된 '性情之
正' '聲氣之和' '摯而有別' '不過其則' 등의 표현은 '樂而不淫'의 미가 극
단으로 치우치지 않는 '中' '調和'를 본질로 하고 있음을 명시한 것이다.

邵雍이 "是故哀而未嘗傷 樂而未嘗淫 雖曰吟咏情性 曾可累於性情哉."[1]
라 한 것도, '性情을 읊되 그에 얽매이지 않는' 中과 和의 원리를 강조한 것이
라 여겨진다.

'즐겁다'는 뜻을 갖는 '樂'은 원래 音樂이 가져오는 정서적 효과를 의미
한다.

尊卑有分 上下有等 謂之禮. 人安其生 情意無哀 謂之樂 …중략… 禮定
其象 樂平其心 禮治其外 樂化其內 禮定正而天下平. (높고 낮음의 구분
이 있고 위 아래의 등급이 있는 것을 禮라 한다. 사람이 그 삶에 편안하고

---

1) "그러므로, 슬퍼하되 상심한 적이 없고 즐거워하되 음란한 적이 없는 것이니, 情性
을 읊는다고 하더라도 그것이 性情에 얽매이는 것이겠는가?" 『伊川擊壤集』序(『中國
美學思想彙編』·下, 臺北:成均出版社, 1983, 20쪽)

느낌과 생각에 슬픔이 없는 것을 樂이라 한다. …중략… 禮는 그 형상을 정하고 樂은 그 마음을 화평하게 한다. 禮는 밖을 다스리고 樂은 안을 교화하는 것이니 예악이 바르면 천하가 편안하다.) ─阮籍, 「樂論」[2]─

夫樂者樂也 人情之所不能免也. (무릇 음악이라고 하는 것은 즐거운 것이니 人情이 피할 수 없는 것이다.) ─『樂記』─

樂也者 情之不可變者也. (음악이라는 것은 情의 변할 수 없는 것이다.) ─『樂記』─

'느낌과 생각에 슬픔이 없는 것' '즐거운 것'이라고 하는 音樂의 정의는 바로 음악이 가져다 주는 효과를 가리키기도 한다. 그러면서도 '樂也者 情之不可變者也.'라고 하여, 사람의 감정은 항상 움직여 일정치 않은 것이지만 그 정이 발하여 음악이 되었을 때는 哀樂의 정이 일정해서 변할 수 없음을 말하고 있다. 이를 종합해 보면, '樂'이라는 글자 안에는 이미 '즐거워하되 恒常性을 유지한다'고 하는 '樂而不淫'의 의미가 내포되어 있음을 알 수 있다.

'樂而不淫'이 즐거움에 법도와 경계, 질서를 두는 개념이라는 점을 감안하여 '흥'의 미와 비교해 볼 때, 한 가지 흥미로운 사실이 드러난다. '흥'에는 본질적으로 '樂'의 요소가 포함되어 있는데, '樂而不淫'과 같은 흥의 양상은 주로 양반사대부 상층 문학의 특징이 되는 반면, 경계를 넘어선 흥감 다시 말해 '정서의 放逸'로서의 흥감은 탈춤, 판소리, 잡가, 風俗畵 등 주로 피지배층 민속예술의 특성이 되고 있다는 점이다.

─────────────

2) 『中國美學思想彙編』·上, 165쪽.

2. '滋味'와 '흥'

'滋味'라는 말은 鍾嶸의 미학론에서 매우 중요한 의미를 지니는데, 이 역시 중국 미학용어들 가운데 '흥'과 관련이 있는 것 중 하나이다. '滋味'라는 말은 劉勰도 사용한 적이 있으며, 그 이전에도 이미 '味'라는 말이 특별한 의미를 나타내는 데 쓰인 예가 적지 않다.

예컨대, 『論語』「述而」篇에 "子在齊聞韶 三月不知肉味 曰不圖爲樂之至於斯也"에서의 '味'는 '快樂'의 의미를 내포한다. 여기서 "肉味"는 실제 맛있는 음식으로서 '고기의 맛'을 의미할 수도 있으나 그것으로 대표되는 感官의 만족 즉 '快樂'을 비유한다고 보는 것이 문맥상 더 적절하다. 또 『樂記』에는 "大羹3)不和 有遺味者矣. 是故先王之制禮樂也 非以極口腹耳目之欲也. 將以敎民平好惡 而反人道之正也."4)라 하였는데 여기서의 '不和'는 음식에 조미료를 가하지 않은 것을 말한다. 선왕이 예악을 제정한 참뜻을 음식의 맛에 비유하여 서술하고 있는데, 여기서 조미료가 첨가된 味인 '和'는 '口腹耳目之欲'을 비유한 것으로 感官의 쾌락을 의미한다. 이렇게 볼 때 '有遺味'는 五感의 만족으로서의 快樂보다는 가치, 意義, 神聖한 것과 연결되어 윤리적·정신적 만족을 나타내는 말로 사용되고 있음을 알 수 있다.

'味'라는 말이 본격적으로 文學的, 美的 개념으로 사용되기 시작한 것은 劉勰과 鍾嶸부터라고 생각된다. 劉勰은 시의 성률을 논하는 대목에서,

> 是以聲畫姸蚩 寄在吟詠 吟詠滋味 流於下句.
> (그러므로, 聲律의 곱고 추함은 吟詠에 의존하고, 吟詠의 滋味는 句를 배치해 가는 데서 흘러나온다.)   -『文心雕龍』「聲律」篇-

---

3) 調味料를 사용하지 않은 肉汁.
4) 국에 양념을 가하지 않는 것은 그 속에 다하지 못한 餘味가 있기 때문이다. 그러므로 선왕께서 禮樂을 제정하신 것은 口腹이나 耳目의 욕구를 극진히 하려는 것이 아니라 백성에게 好惡를 공평히 하는 일을 가르쳐서 人道의 바른 데로 돌아오게 하려는 것이다.

라 하여 '滋味'라는 말을 사용하고 있다. 이 말이 정확히 무슨 의미인지는 알수 없으나 대개 吟詠의 '즐거움' '재미' '風致' '妙味' 정도로 추정해 볼 수있다. 劉勰은 이외에도 餘味, 可味, 遺味, 道味, 辭味, 義味 등 다양한 조합으로 '味'라는 말을 사용하고 있는데, 이들도 滋味의 의미와 크게 다르지 않다. 劉勰은 어떤 작품이나 표현이 미적 가치를 지니고 있을 때 그것을 평하는 말로 이런 표현을 사용하지 않았나 생각된다.

鍾嶸은 '味'라는 말을 사용한 횟수는 많지 않으나 특별히 주목할 필요가있다.

> 五言居文詞之要 是衆作之有滋味者也. 故云會於流俗 豈不以指事造形窮情寫物 最爲詳切者邪 (五言詩는 文詞의 中樞가 되는 것이니, 詩의 여러 體製 중 滋味가 있는 것이다. 그러므로 世俗에 부응한다고 하는 것이니, 어찌 사물을 지적하여 形을 만들고 情을 窮究히 하여 物을 그려냄에 가장상세하고 절실한 것이라고 하지 않겠는가?) 　　　　　　-『詩品』序-

이 인용구절 앞 분에 '淡乎寡味'[5]라는 말이 나오고 있어, 鍾嶸은 '滋味'를 포함한 '味' 개념에 특별한 미적 의미를 부여하고 있음을 알 수 있다.

> 永嘉時貴黃老稍尙虛談 於是篇什 理過其辭 淡乎寡味. (永嘉 때에는 黃老를 귀히 여겨 점점 虛談을 숭상하게 되었다. 이에 시편들은 이론이 그 언어표현보다 지나쳐서 淡泊하고 맛이 적다.) 　　　　　　-『詩品』序-

이 두 인용구절을 종합해 볼 때, '滋味'와 '寡味'는 서로 대조되는 말임이 드러난다. '淡'은 五味가 가해지기 전의 본래의 맛 즉 '無味'와 통하므로 결국 '滋味'는 '無味'와도 대조를 이룬다.

그가 말하는 '滋味'를 좀 더 명확히 이해하기 위해서는, '滋味'의 결과를

---

5) 이에 대한 자세한 논의는 「중국의 '無心'系 미유형」 참고.

"曾於流俗"으로 표현한 것에 주목해 볼 필요가 있다. '流俗'은 世俗 및 時流에 부응한다는 의미를 담고 있어, 雅正한 것에 가치의 기준을 두는 전통적 儒家의 입장에서는 反가치적이고 부정적인 것으로서 경시되어 왔다. 그러나, 鍾嶸은 五言詩의 가치를 평가하는 데 있어 긍정적 의미로 사용하고 있다. 즉, 그는 일반 세속에 받아들여져 호응을 받고 강한 보편성을 획득한다는 의미로 '"曾於流俗"이라는 말을 사용했던 것이다. 왜 그렇게 호응을 받느냐에 대한 이유로, '指事造形 窮情寫物'에 있어 가장 상세하고 절실하기 때문이라는 점을 내세웠다. 여기서 '指事'나 '造形', '窮情'이나 '寫物'은 모두 추상성을 벗어난 구체적 내용을 가리키는 말이라 할 수 있으므로, '淡'이 甘·辛·苦라는 구체적 味가 부가되지 않은 것을 가리키는 것과는 대조를 이룬다. 말하자면, '滋味'는 '指事' '造形' '窮情' '寫物'과 같은 구체적 '味'를 그 안에 함유하고 있는 것이라고 할 수 있다. '寡味'와 '滋味'에 대한 鍾嶸의 언급을 비교해 보면, 전자에 대해서는 부정적 시각을, 후자에 대해서는 긍정적 시각을 가지고 평가를 하고 있음이 드러난다.

'無味'와 '味'(혹은 遺味)는 각각 道家的·儒家的 배경을 지닌다는 점에서 대응된다. 또한, 양자의 차이는 '무심'과 '흥'의 차이에 부합한다. '흥'은 滋味를 얻었을 때 야기되는 것이요, 무심은 滋味를 넘어섰을 때 얻어지는 것이기 때문이다. '흥'은 대상이나 사물, 현상에서 독특한 味를 발견하고 그것을 즐기는 데서 얻어지는 미감이라는 점에서 '滋味'와 겹쳐지는 부분이 있다. 그러나 滋味는 '흥'의 미감을 야기하는 여러 요소 중의 하나이므로 '흥'의 포괄범위가 훨씬 넓다. 또한, 미적 개념으로서의 '味'가 감각적 쾌락이 아닌 정신적 만족감으로 국한되는 경향이 있는 것에 비해, '흥'은 정신적 충족감은 물론 感覺的 만족감까지도 아울러 포괄하므로 그 적용범위가 더 넓다. 예컨대, 취흥이 도도하다든가 뱃놀이를 즐기는 것과 같은 종류도 '흥' '흥감'으로 설명될 수 있는 것이다.

3. '曠達'과 '흥'

'滋味'와 더불어 司空圖가 24시품 중의 하나로 제시한 '曠達'도 '흥'의 미에 아주 근접해 있다.

生者百歳 相去幾何 歡樂苦短 憂愁實多. 何如尊酒 日往烟蘿 花覆茅檐 疎雨相過. 倒酒旣盡 杖藜行歌 孰不有古 南山峩峩. (인생 백년 그 차이야 얼마나 되랴. 환락은 심히 짧고 憂愁는 실로 많도다. 술잔을 들고 날마다 안개낀 縷紅草6)를 찾아가 보는 것이 어떤가. 꽃은 띠집 지붕을 덮고 성긴 비가 지나간다. 술잔을 기울여 다 마셔버리면 명아주 지팡이를 짚고 노래를 부르며 간다. 누가 옛스러움을 두지 않으랴. 남산은 높고 높은데.)

이 내용에서 우리는 '有限한 인생이니 살아 있을 때 즐겨 보는 것이 어떤가' 하는 醉樂的 경향을 읽어낼 수 있다. 술, 자연, 노래로 빚어진 흥겹고 유유자적한 생활의 단면이 그려져 있는 것이다. 그러면서도 正道를 넘어서지 않는 절제의 자세가 엿보인다.

'曠'은 '日'과 '廣'의 조합으로 되어 있는데, '廣'은 '큰 지붕이 있는 집'7)을 의미한다. 그러므로, '曠'은 공간적으로 크고 넓다는 뜻을 내포하고 있다. '達'은 '계속 가도 막히지 않는다'는 뜻으로, 여유가 있어서 停滯되지 않고 시원하게 빠져나가는 것을 나타낸다.8) 이 글자 역시 어떤 요소들 때문에 방해나 제약을 받지 않는다는 뜻, 즉 막힘이 없다는 뜻이 내포되어 있다. 그러므로, 이 두 글자의 조합으로 이루어진 '曠達'은 시간·공간, 思考의 제약으로부터 벗어난다고 하는 의미를 기본적으로 함축한다. 위 설명구 역시 憂愁

---

6) '烟蘿子'는 仙人의 이름이기도 하다. 따라서 이 구절을 '어찌하여 술잔을 들고 날마다 烟蘿子를 찾아가는가'로 풀이해도 될 것이다.

7) '廣'에서 '广'는 '지붕'을 나타낸다. 秦에서는 사면의 벽이 없는 것을 '殿', 여기에 큰 지붕을 덮은 것을 '廣'이라고 했다고 한다. 藤堂明保, 『漢字語源辭典』(東京:學燈社, 1965·1987), 410쪽.

8) 같은 책, 527쪽.

는 많고 歡樂은 적은 현실적 삶의 테두리를 벗어나 자유롭게 노닐고자 하
는 내용이 서술되고 있다.

현실의 굴레나 제약을 넘어선다고 하는 점에서는 '無心' 계열의 '超詣'나
'飄逸'과 유사하지만, 이들은 俗의 세계, 유한한 세계로부터 추상적·형이상
학적 세계로 이동·진입한다는 의미가 강조되는 반면, '曠達'은 그 이동이
동일한 차원, 동일한 영역에서 이루어진다는 점에서 차이가 있다. 위에서도
서술되어 있듯이, 굴레나 근심이 많은 현실적 삶을 벗어나 찾아들어간 세계
는 感官의 작용을 초월한 道·眞理의 세계가 아니다. '烟蘿'를 神仙 이름
으로 본다 해도 마찬가지다. 遊仙의 모티프는 실질적인 정신적 초월에 기반
을 둔 것이 아니라, 동경과 이상의 세계로서 仙界를 설정하는 것이기 때문
이다. 通達, 豁達과 같은 용례도 이를 뒷받침한다.

그러나, 시각을 바꾸어 '曠達'과 '홍'의 미적 내용을 비교해 보면 '홍'쪽
은 俗·現實의 세계에, '曠達'은 超俗·超現實의 세계에 더 가까이 다가가
있다는 차이를 지적할 수 있다. 요약하면 '曠達'은 넓게는 '홍' 계열의 미영
역에 속하지만 그 범위 내에서 '무심' 계열의 미적 특성을 많이 함유하고
있는 미 개념이라고 하겠다. 釋 皎然 『詩式』 「辨體」 19字 중 '達'을 '心迹
曠誕'이라 설명한 것도 크게는 같은 맥락에 속한다.

4. 기타: '賦比興' '興趣' '興會'와 '홍'

6義의 하나인 '興'이나, 중국의 미학에서 '興'이라는 말이 들어가는 미학
용어들이 어떻게 쓰이고 있는가를 검토해 본다면, 여기서 말하는 풍류심의
한 유형으로서의 '홍'의 본질이 더 선명히 부각되리라 생각되어 간략하게나
마 개괄해 보고자 한다.

先秦時代의 '興'의 쓰임을 보면 우선 『詩經』의 경우 표현기법으로서의

'興'은 사물-대개 自然物-에 의탁하여 흥을 일으키는 방법, 즉 托物起興의 기법을 말한다. 그러나, '흥을 일으킨다(起興)'고 했을 때의 '興'은 단순히 흥겹고 즐거운 감정만을 의미하지는 않는다. 『論語』의 "興於詩[9] 立於禮 成於樂."[10] "詩可以興 可以觀 可以群 可以怨."[11] "興於詩"는 '시에서 감정을 일으킬 수 있다'는 뜻이며, "詩可以興"은 시의 효과 중 '感發志意'의 측면을 말한 것이기 때문에 단순히 '快'나 '樂'의 감정에만 국한되지 않는다는 것을 알 수 있다. 여기서 '興'은 즐거운 감정을 의미하는 것이 아니라 情·意·志를 총괄하는 의미에서의 감정 일반을 의미한다.

이처럼 고대의 문헌에서 '興'은 作詩의 기법으로서 사물에 의탁하여 감정을 일으키는 방식을 의미하거나, 哀樂, 喜悲를 모두 포괄하는 '感情' 일반을 가리키는 의미로 사용되었다. 그러나, '興'이라는 말이 문학 비평용어나 미학용어로 사용되면서부터는 대개 창작의 원동력으로서 시인의 창작욕구나, 意慾, 감수성, 직관, 靈感 등을 의미하게 되는 경우가 많다. 예컨대, 劉勰이 "入興貴閑(흥의 상태로 들어가는 데는 마음의 閑이 중요하다)" "興來如答(흥감이 찾아와서 화답하는 듯하네. 『文心雕龍』「物色」)"라고 했을 때의 '興'은 창작의 원동력이 되는 정신작용으로서의 상상력이나 영감, 창작의욕 등을 의미한다고 볼 수 있는 것이다.

여기서 '興'에 내포된 세 가지 의미를 이끌어 낼 수 있다. 첫째는 詩作을 가능케 하는 정신작용의 의미로서 靈感, 直觀, 想像力, 獨創性, 創作慾求, 感受性 등으로 대치될 수 있는 것이며, 둘째는 밖으로 이끌어내어지고 일으

---

9) 주자는 "興於詩"에 대하여 '吟詠之間 抑揚反覆 其感入 又易入故學者之初 所以興起其好善惡惡之心而不能自已者 必於此以得之.'라 주석을 붙였는데 이로 볼 때 그는 여러 감정 중에서도 '善을 좋아하는 마음'에 가장 중점을 두고 있음을 알 수 있다.

10) "시에서 감정을 일으키며 예에 서며 악에서 이룬다." 「泰伯」篇.

11) "시는 뜻과 정을 感發시킬 수 있고, 정치의 得失을 살필 수 있으며, 조화롭게 무리지을 수 있고, 원망할 수 있다." 주자는 興觀群怨에 대하여 각각 "感發志意 考見得失 和而不流 怨而不怒"이라 주석을 붙이고 있다. 「陽貨」篇.

켜진 내용물로서의 '情感', 혹은 그러한 정감을 일으키거나 정감이 일어나는
행위를 가리키는 것으로 哀樂, 喜悲를 모두 포괄하는 개념이다. 셋째는 두
번째와 같은 양상으로 作詩가 이루어지는 방법, 즉 6義 중의 興體를 의미
하는 경우이다. 그러므로, '사물에 의하여 감정을 일으키는 작시방법'으로서
의 興은 세 번째 의미에 포괄될 수 있다.

> 夫詩之本在聲 而聲之本在興 鳥獸草木乃發興之本. (무릇 시의 근본은
> 聲에 있고 聲의 근본은 興에 있으니 鳥獸草木이 곧 흥을 일으키는 근본이
> 된다.)12)

> 自古工詩者 未嘗無興也. 觀物有感焉則有興. (옛부터 시를 짓는 일에는
> 흥이 없을 수가 없으니 사물을 보면 느낌이 있고 흥이 있는 것이다.)13)

> 征征行之詩 要發出悽愴之意 哀而不傷 怨而不亂. 要發興以感其事 而
> 不失情性之正. (出征을 노래한 시는 요컨대 떠남에 애절한 마음을 표현하
> 는 것이니, 슬프되 상심하지 않고 원망하되 어지럽지 않다. 중요한 것은, 흥
> 을 일으켜 그 일에 감응하되 情性의 올바름을 잃지 않는 것이다.)14)

위 인용구에서의 '興'은 모두 감정 일반을 의미한다. 특히, 세 번째 인용
을 보면 앞에 哀怨의 감정이 주가 되는 征行詩에 관한 내용을 서술하고 있
고 이것을 총괄하여 "發興以感其事"라 하였으므로 '興'이 슬픔, 즐거움을
모두 포괄하는 감정 일반의 개념이라는 것을 확인할 수 있다. 그러므로 여
기서의 '興'은 생명감, 발랄함, 즐거움, 愉快의 의미를 포괄하는 陽의 정서
로서의 '흥'과는 거리가 있다.

중국 고전 비평에서 미적 의미로 쓰여진 '興' 관련 용어들은 대개 첫 번째

---

12) 鄭樵, 『通志』(『中國美學思想彙編』·下, 臺北:成均出版社, 1983, 58쪽)
13) 葛立方, 『韻語陽秋』卷二(『中國詩話總編』第二卷, 臺灣:商務印書館)
14) 楊載, 『詩法家藪』(『歷代詩話』, 何文煥 撰, 中華書局, 1981, 733쪽)

의미로 사용되고 있다. 예를 들어, 鍾嶸이 謝靈運의 시를 평할 때 사용한 "興多才高", 張華의 시를 평할 때의 "其體華艷 興託不奇"에서의 '興'은 시인의 창작적 資質로서의 감수성이나 독창성을 뜻한다고 봐도 무리가 없다.

嚴羽의 경우 "有詞理意興"(『滄浪詩話』「詩評」)이라 했을 때의 '興'[15]이나 "詩者吟詠性情也. 盛唐諸人惟有興趣 羚羊掛角無跡可求…(近代諸公)且其作多務使事 不問興致."[16]에서의 '興致'도 같은 의미로 해석될 수 있다, 그는 盛唐 시인들에게 興趣가 있는 것을, 영양의 뿔처럼 흔적을 찾으려 해도 찾을 수 없고 붙잡으려 해도 붙잡을 수 없는 묘한 것으로 비유하고 있다. 그렇다면, 이때의 '興趣'란 말로써는 구체적으로 설명할 수 없는 문학적 감수성, 영감, 풍부한 상상력을 의미한다고 보는 것이 타당하다. 그 뒤에 이어지는 '興致'는 '使事'에 대응되는 것인데, '使事'(用事)가 그 근거나 흔적을 쉽게 제시할 수 있고 배워서 익힐 수 있는 것임에 비해, '興致'는 그 근거나 所從來를 쉽게 포착할 수 없고 배워서 익힐 수 있는 것이 아님을 말한 것이다.

그가 詩法 중의 하나로 제시한 '興趣'도 같은 맥락에서 해석될 수 있다. 그는 體製, 格力, 氣象, 興趣, 音節을 詩의 五法으로 제시했는데 (「詩辨」), 여기서 體製는 體幹을, 格力은 筋骨을, 氣象은 儀容을, 興趣는 精神을, 音節은 言語의 측면을 나타낸다.[17] 이때의 '興趣' 역시 詩作을 가능케 하는 정신작용을 총괄적으로 지칭한 것이라고 생각된다.

當興致未來 腕不能運時 徑情獨往 無所觸則已. (흥치가 이르지 않아 솜

---

15) 이 경우의 '興'은 '情感'으로 볼 수도 있다.
16) 시라고 하는 것은 성정을 읊는 것이다. 盛唐의 여러 시인들은 홍취가 있어 마치 羚羊이 뿔을 나뭇가지에 걸어놓되 그 흔적을 찾을 수 없는 것과 같다. …중략…(근래 여러 시인들은) 시를 지음에 用事에만 힘을 기울이고 홍취를 소홀히 한 것이 많다. 「詩辨」
17) 市野澤寅雄 譯註, 『滄浪詩話』(明德出版社, 1976), 34쪽.

씨가 발휘되지 않을 때는 오직 情만이 작용하여 감동하고 본받을 바가 없다.)18)

興至則神超理得 景物逼肖. (홍이 이르게 되면 초월의 경지에 이르고 이치를 터득하게 되어 경물을 묘사함에 실물에 逼眞하게 된다.)19)

興來如宿構 未始用雕鐫. (홍이 이르면 마치 오랫동안 문구를 구상한 것과 같아서 다듬고 꾸미지 않아도 된다.)20)

첫 번째 인용을 통해 '興'이 단순한 情을 말하는 것이 아니며, 적어도 '情'과는 구분되는 것을 알 수 있다. 나머지 두 인용을 미루어 봐도 홍은 인위적인 노력과는 무관하게 어느 순간 찾아오는 직관이나 靈感과 같은 성격의 것임을 짐작케 한다.

중국의 미학용어로서의 '興'이 理智나 論理로서는 설명될 수 없는 일순간의 頓悟的 정신작용에 가깝다고 하는 것은 아래의 인용에서 더욱 분명해진다.

山水之勝 得之目寓諸心 而形于筆墨之間者 無非興而已矣. 是卷于灯窓下爲之 盖亦乘興也 故不暇求其精焉. (산수의 좋은 경치는 눈에 닿고 마음에 깃들여 筆墨으로 형상화되는데, 이에 홍이 아닌 것이 없다. 이들이 灯窓 아래에서 이루어짐에 있어 또한 홍을 타는 것이므로 정교함을 구할 겨를이 없다.)21)

黃鶴樓 郁金堂 皆順流直下 故世共推之. 然二作興會適超 而體裁未密 豊神故美而結撰非艱. (<黃鶴樓>와 <郁金堂>은 모두 흐름에 좇아 곧바로 붓을 놀려 이루어진 것이므로 세상에서 모두 추앙하는 것이다. 그러나 두 작품은 홍회는 適超하지만 체재는 정밀하지 못하다. 상상력이 풍부하고

18) 顧凝遠, 『畵引』(胡經之, 『中國古典美學叢編』·中, 中華書局, 333쪽)
19) 王紱, 『書畵傳習錄』, 같은 책, 331쪽.
20) 『伊川擊壤集』序(『中國美學思想彙編』·下, 臺北:成均出版社, 1983, 20쪽)
21) 沈周, 『書畵匯考』(胡經之, 앞의 책, 332쪽)

우미하여 結構에 어려움이 없다.)22)

陳去非嘗爲余言 唐人皆苦思作詩. …중략… 作詩者興致先自高遠 則去非
之言可用. (진거비가 일전에 나에게 말하기를 '당인들은 모두 고심해서 시
를 짓는다'고 하니 …중략… 시를 짓는 것이 흥치가 高遠한 곳으로부터 이르
는 일이 우선되는 것이라 한다면 진거비의 말이 옳다.)23)

첫 번째 인용에서는 그림이란 '흥을 타는 것이기 때문에 표현의 정밀함을
구할 겨를이 없다'고 했고, 두 번째 인용 역시 '興會가 초연하여 체재가 정
밀하지 않음'을 언급했다. 이는 興을 타는 것과 표현의 精密性을 얻는 것이
양립하기 어려움을 말한 것이다. 세 번째는 '唐人들은 시를 지음에 고심한
다'는 陳去非의 말을 앞에 소개하고 '시를 지음에 흥치가 먼저 고원한 것으
로부터 이르는 것이 우선한다면 그같은 진거비의 말이 옳다'고 하여 詩作에
있어 '苦思'와 '興致'가 대조적인 작용을 행한다는 것을 간접적으로 시사하
고 있다.

이를 종합해 볼 때 '표현의 精密性'은 노력이나 수련을 통해, 혹은 배워
서 얻을 수 있는 것이고, '苦思' 역시 자구를 排設하는 데 기울이는 노력과
수고가 담긴 말이므로 모두 창작의 과정에서 구체적인 표현에 필요한 요소
가 된다는 것을 알 수 있다. 여기에는 점진적 노력과 오랜 시간이 요구된다.
한편, 이에 대조되는 '興致' '興會'는 노력이나 의지에 의한 수련과는 무관
하게 어느 순간에 찾아와 창작을 가능케 하는 원동력으로 작용한다. 시인이
靈感을 얻어 一筆揮之로 시를 써 내려가는 상황은, 달리 말하면 창작자에
게 興致가 도래하여 흥을 타는 상황이라고 할 수 있는 것이다. 이 순간은
의지나 이지의 분별력이 작용하지 않는 無我의 경지이기도 하므로, 어떤 점
에서는 무당에게 神이 실리는 순간과도 흡사하다.

---

22) 胡應麟, 『詩藪』(胡經之, 같은 책, 332쪽)
23) 葛立方, 『韻語陽秋』卷二.

'흥이 이른다(興來, 興至, 興到)' '흥을 탄다(乘興)'와 같은 표현은 '興'이라는 것이 意志나 理智의 통제를 넘어서 있는 것임을 말해 주며, 시인의 창작욕구 내지 상상력, 감수성, 靈感, 直觀 등과 상통하는 개념임을 반증해준다. 미학용어로서의 '興'은 주로 '興趣' '興致' '興會'와 같은 글자 조성으로 쓰이지만, 이외에도 '靜興'24) '興寄'25) '興象'26) '諷興' '托興' 등으로도 쓰인다.

이상 언급한 중국 고전 미학용어로서의 '興趣' '興會'를 풍류심의 한 유형으로서의 '흥'과 비교해 볼 때, 연관성은 깊으나 다른 점이 많음을 지적하지 않을 수 없다. 우선, '興致'가 정감을 의미할 경우 여기에는 哀나 樂의 모든 감정을 포괄하는 감정일반을 말하는 것이지만, '흥'의 경우는 樂의 정서만을 함축하는 개념이라는 점에서 차이가 있다.

또, 창작의 원동력이 되는 정신작용으로서의 '興趣' '興會'와 흥의 절정으로서의 '신바람', '신명'은, 의지의 통제를 넘어서는 상태로서 일종의 엑스터시적 무아감을 나타낸다는 점에서 공통적이지만 쓰임의 범위가 크게 다르다. 전자는 창작의 상황에만 국한되어 쓰이는 것에 비해, 후자는 예술이나 놀이, 일반적 삶의 場, 人性的 측면 등 넓은 범위에 걸쳐 어떤 대상이나 상황이 美感을 수반하거나 주체가 그와 관계된 미적 체험을 할 경우에 광범위하게 쓰이는 미적 용어인 것이다.

---

24) 齊己가 二十式 중의 하나로 제시한 것. 『風騷旨格』(『歷代詩話續編』, 丁福保 輯, 中華書局, 1983)
25) "彩麗竟繁 而興寄都絶"(陳子昂), 『中國美學思想彙編』上, 283쪽.
26) "作詩大要不過二端 體格聲調 興象風神"(胡應麟), 『詩藪』(『中國美學思想彙編』· 下, 156쪽.

Ⅱ. 일본의 '홍'계 미유형: 오카시(をかし)

1. '오카시(をかし)'에 대한 개괄

홍과 오카시의 비교에 앞서, '오카시'에 대하여 개괄해 보고자 한다. 일본에서 예술의 심미성에 관심이 집중되고 歌論으로서 체계화가 이루어지기 시작하는 것은 헤이안(平安)시대부터이다. 흔히 이 시대의 미의식으로 와카(和歌)나 <源氏物語> 등을 정점으로 하는 '모노노아와레'가 특별히 강조되는 경향이 있으나, '모노노아와레'와 더불어 '오카시'는 이 시대의 미의식의 兩大 흐름을 이루며, <枕草子>라고 하는 수필은 오카시 문학의 대표적인 작품으로 꼽힌다. 여기에, 중세 武士들에 의한 정치적 전환, 불교·도가의 성행이라고 하는 문화여건이 이 가미되어 독특한 중세적 상황이 형성되고 이같은 시대적 특수성에 부응하는 미유형으로 '유우겡'이 부각되기에 이른다.27) 보통 '能樂'이라고 하는 예술형태, <徒然草>라는 수필에 유우겡의 미적 특징이 농축되어 있다고 설명된다. 후에 근세에 이르러 하이카이(俳諧)나 하이쿠(俳句)를 중심으로 사비(さび), 와비(わび), 시오리(しをり), 호소미(ほそみ), 카루미(かるみ)28) 등의 미유형이 주목을 받게 되지만, 이들은 앞서의 세 미유형에서 파생하여 여기에 약간의 변화가 가해진 미로 이해할 수 있다. 예컨대 '사비'는 고독한 가운데 자연과의 관계 속에서 생겨나는 쓸쓸함, 혹은 생활의 마이너스 상태를 긍정하여 플러스로 전환시키는 데서 오는 미로 인식되는데 이는 '유우겡'에 그 뿌리를 내리고 있다 할 수 있다. '와비' 역시 마이너스 상태를 넘어서서 가치전환을 가져온다는 점에서 사비와 유사하다.

일상생활 속에서의 비애를 근저로 하는 '호소미'와 '시오리'는 아와레의

---

27) '모노노아와레'나 '유우겡'에 대한 검토는 「恨論」 「無心論」의 「중국·일본의 미유형과의 비교」 참고.

28) 이들 미유형에 대한 이해는 復本一郞, 『芭蕉俳句 16の キ-ワ-ド』(日本放送出版協會, 1992)에 의거한 것이다.

하이쿠적 형상화라 할 수 있고, 韻律에 의한 새로움의 획득으로 특징지워지는 '카루미'는 오카시의 하이쿠적 변형이라 할 수 있을 것이다.

이런 점에서 볼 때 일본의 미도 '모노노아와레' '오카시' '유우겡' 이 셋으로 크게 범주화할 수 있게 된다. 모노노아와레의 '아와레'는 '哀'의 의미로서 헤이안 시대 궁정의 상층계급을 중심으로 하는 귀족적 哀傷·感傷주의를 바탕으로 하는 낭만적 비애미로서 일본적 悲感이라 할 만한 것이다. 그러나, 헤이안 시대의 대표적 모노가타리(物語)인 <源氏物語>에서의 모노노아와레는 꼭 비애미로 한정되는 것이 아니고, 삶의 정취, 멋, 깊은 맛까지도 널리 포괄하는 개념이다. 광의의 모노노아와레는 物情을 아는 것이라 할 수 있고 여기에는 희로애락의 모든 감정이 포괄되지만, 그 가운데 悲感이 가장 절실한 감동을 가져오는 것이므로 보통 비애미를 중점적으로 일컫는 말로 사용되고 있다. 이렇게 특수화된 미로서의 모노노아와레는 보통 오카시와 대립되는 것으로 이해된다.

井上豊은 오카시의 특성으로서 '웃음' '명랑성' '浮揚' '外發性' '열려진 마음' 등을 제시하고, '幽暗性' '우울' '비애' '고뇌' '침잠' '내면적' '무거움과 습기' '닫혀진 마음'을 특징으로 하는 아와레의 미와 대비시킨 바 있다.29) 이같은 지적이 대비를 위하여 양자의 특징을 극단화한 느낌이 없지 않으나 '오카시'는 '흥'과, '아와레'는 '恨'과 매우 유사하다는 것을 확인하게 된다.

'오카시(をかし)'는 '愚' '痴'를 뜻하는 '오코(をこ)'를 어원으로 하는데30) <枕草子>에 사용된 '오카시'의 용례를 검토해 보면 골계성, 재미있음, 기이함 세 가지로 크게 구분된다.31) 이 중 헤이안 시대는 주로 두 번째 의미로 사용되었다. 이 중 오카시의 한 요소로서 '골계성'에 주목해 보면, 왜 하

---

29) 井上豊, 『日本文學の原理』(東京:風間書房, 1983)
30) 같은 책, 39쪽. 이 외에 'をこ'의 어원으로 'をく'(招く)를 제시하기도 한다.
31) 같은 책, 40쪽.

이카이(俳諧)나 하이쿠(俳句)가 헤이안 시대의 <枕草子>를 계승한 오카시의 문학장르로 이해될 수 있는지 짐작할 수 있다. 오카시의 문학적 계보는 『萬葉集』16권의 戱歌-『古今集』19권 '雜体' 중 俳諧歌-<枕草子>-俳諧·俳句로 이어지는데 여기서 '俳'는 희롱, 장난, 농담, 우스운 일, 弄調, 익살, 利口(언어의 교묘한 사용), 등을 의미하고 있어[32], 오카시의 세 의미범주 중 '골계성'과 매우 깊은 관련을 지닌다는 것을 알 수 있다. '俳'는 오카시가 포괄하는 넓은 범위 중 한 요소로 이해하면 무리가 없을 것이다.[33] 오카시의 세 용례 중 '재미'의 요소는 '한'계의 '감동'과 대조되는 '흥'계의 특징이라 할 수 있다.

하이카이나 하이쿠에는 물론 이런 골계적 요소가 적지 않이 발견된다. 그리하여 지금까지의 오카시에 관한 연구는 지나치게 이 '俳'의 의미만 강조되어 온 것을 부인할 수 없다. 그러나, 골계적 요소는 하이카이나 하이쿠에 농축되어 있는 오카시의 미의 극히 일부일 뿐이며 오카시는 단순히 이같은 골계성만을 가지고 설명할 수 없는 더 넓은 내포적 의미를 지닌다. 오카시의 1차적 특징 즉 본질적 요소는 골계성에 있다기보다는, 우주만물 그 가운데서도 특히 자연물의 발랄한 생명현상의 밝은 면을 포착하고 生조차도 즐거운 '아소비'(遊び, '논다'는 뜻)로 여기는 경쾌한 기분을 가지고 그 흥기하는 생명력을 기존의 틀에 구속받지 않고 자유롭게 그려낸다는 점이다.[34]

---

32) 『近世俳句俳文集』(東京:小學館, 1972·1989) 解說 및 服部土芳, 『三冊子』(日本古典文學全集 51, 小學館 刊, 1973·1989) 중 「白雙紙」 4段.

33) 土芳은 위의 책(「白雙紙」 8段)에서 '俳意'를 '詞'의 俳意, '心'의 俳意, '作意'의 俳意 셋으로 구분하고 있다. '詞'의 俳意란 和歌 이래의 전통적 '雅'의 미에 역행하는 '俗'의 언어 혹은 일상어를 사용하여 양 요소가 충돌하는 데서 생기는 것, 즉 언어표현에서 드러나는 俳意이고, '心'의 俳意는 風狂의 마음이나 생의 충족감을 기대하는 태도를 말하며, '作意'의 俳意는 座의 문학 즉, 응수하는 데서 야기되는 미를 말한다. 俳諧나 俳句는 이 셋의 俳意 중의 하나 혹은 둘 이상을 함축하게 된다. 주 32)의 『近世俳句俳文集』 解說 부분 참고.

34) 山本正男, 「俳諧の藝術精神」, 『東西藝術精神の傳統と交流』(東京:理想社, 1965), 171쪽.

바로 이 점이 '홍'의 본질과 일치하며 양자를 같은 범주에 넣어 비교할 수 있는 근거가 된다. 그리고 또한 이 점은 와카와 크게 구분되는 하이쿠의 기본특징이기도 하다. 홍과 오카시는 생명현상의 다양한 모습을 펼치는 데서 조성되는 미의식이라는 점에서 수묵화보다는 채색화에 근접해 있으며, '無心'계 미유형이 감각형상의 이면에 존재하는 우주적 哲理 및 道·無의 영역에 관련된 것과는 달리, 감각적 체험으로 포착되는 것, 우리 눈앞에 펼쳐져 있는 것, 즉 '有'의 세계에 친연성을 지닌다는 점에서 큰 유사성을 찾을 수 있다고 본다.

2. '홍'과 '오카시'의 공분모

兩 미유형의 공통적 특징은 '한'系, '무심'系의 미적 특성과 비교해 볼 때 선명히 드러난다. '恨'이 생명현상에의 소극적 참여, 무의식의 세계로 자아를 억제시킴으로써 자아소멸을 꾀하는 美이고, '무심'이 초월적이면서 존재에 대한 깊은 성찰을 통해 忘我의 경지에 이르렀을 때의 미적 체험을 가리키는 美라고 한다면, '홍'은 생명현상에의 적극적 참여, 외면으로의 발산에 의한 자아소멸·자아방기로 특징지워질 수 있다. 이에 근거할 때, '홍'계의 미는 풍류심의 양적 확대에 따른 고양된 정서를 '표출'하는 데 의미가 두어지며 주변의 현실이나 인간의 삶에 개방화된 태도로 임하여 강한 관계지향성을 보이는 발랄한 생명감의 미라 할 수 있다. '平淡' '超詣' '유우겡'과 같은 '무심'계의 미는 지적 관조에 의한 정신의 수직적 상승을 나타내는 미인데, 정서의 고양이라는 점에서는 '홍'계와 같으나 미적 체험에 의한 정신영역의 질적 변화나 전환을 수반한다. 따라서, 홍계가 때로 저속성으로 흐르기도 하는 것과는 달리 超脫·超俗의 풍아함을 보여준다.

'홍'이 情的(감성적) 차원에서의 정서의 고양이라면, 무심은 인식작용의 측면을 나타내는 '정신'(知的) 차원의 고양이라고 구분할 수 있겠다. 뜨거움과 차가움의 대비도 가능할 것이다.

'흥'계의 미가 풍류심의 양적 확대와 팽창을 특징으로 한다면, '한'계의 미는 생명현상의 受容的 深化로서 정서적 '깊이'를 함축하는 미이다. '受容'이라는 말은 '침투'와는 달리 밖에서 안으로 내면화되는 양상을 띠며 외부의 자극을 소극적·수동적·靜的으로 받아들이는 정신작용이라고 생각한다. 같은 피동성을 나타내면서도 '흡수'와 달리 소극적인 특징을 지닌다. '한'계는 '흥'계가 보여주는 개방화된 시선, 관계지향적 성향과는 달리 주변의 것들에 대해 폐쇄적 태도를 보인다. 개방/폐쇄가 일종의 경계지음, 선긋기에서 파생된 것이라고 한다면, '무심'계는 이같은 경계, 선의 구분을 넘어서는 미유형이라는 데서 그 본질적 특성을 찾아볼 수 있다. 웃음·즐거움·재미라든가 비애·감동이라든가 희로애락과 같은 것은 바로 선긋기, 경계지음의 소산이며 이같은 주관성을 초월하고자 하는 것이 무심계의 미인 것이다.

이 외에도 갈등·긴장의 유무에 따라 '흥'과 '무심'계는 무갈등·무긴장의 미유형으로 '한'계는 갈등과 긴장의 미로 분류될 수 있다. 또 '한'과 '무심'은 多層的이고 복합적인 미로, '흥'은 單層的이고 단순한 미로 구분될 수 있으며, 생을 가볍게 그리하여 놀이[35]처럼 인식하는 '흥'계와 무겁게 인식하는 '무심' '한'계의 구분도 가능하다.

이상 종합해 보면, 흥과 오카시는 모두 삶의 밝은 측면을 포착하여 그 생명감을 표현하는 데 중점이 있는 미유형으로, 陰의 정서가 우세한 恨系의 미와는 달리 陽의 정서가 우세하다는 점에서 하나로 묶일 수 있다.

오카시 문학의 계보를 『萬葉集』16권의 戲歌-『古今集』19권 '雜体' 중 俳諧歌-<枕草子>-俳諧·俳句로 설정하였는데 이 중 <枕草子>와 俳諧,[36] 俳句를 주대상으로 하여 흥의 미적 특성과 비교해 보고자 한다. <枕

---

35) '풍류'라는 말에는 이미 놀이성이 포함되어 있으며, '흥'의 한 요소인 '재미'는 이 놀이성과 깊은 관계가 있음을 밝힌 바 있다.

草子>는 오카시 문학의 진수를 보여주는 것으로 언급되어 왔고, 하이카이 역시 오카시의 미로 포괄·설명되곤 한다. 이에 비해 하이쿠 문학을 미학적 측면에서 조명할 때, '오카시'에 주목하는 견해는 별로 없었다. 관심이 있다 해도 '俳'의 의미에 함축된 골계성만을 지나치게 강조하여 그것이 마치 오카시의 미의 전체인 양 부각시키는 경향이 강했다. 그러나 오카시의 미의 본령은 '俳'로 대표되는 골계성에 있다기보다는, 발랄한 생명감, 일상 현실 속에서의 생명현상에 시선을 돌려 그 본질적인 면을 포착하는 데 있다고 보기 때문에 하이쿠를 그 대상으로 하는 데 무리가 없다고 본다. 일본 近世에 성행한 하이쿠는 서민적인 문학으로서 일상생활 속의 생생한 삶의 면모 특히 밝고 陽性的인 측면에 시선을 향하여 物의 생명력과 다양한 存在相, 본질을 포착하여 그것을 17자로 응축하여 표현한다는 점에 그 특징이 있기 때문이다.

---

36) 俳諧란 '俳諧의 連歌'의 준말로서 '純正連歌' 혹은 '本連歌'에 대응되는 것이다. 전자가 凡俗의 일상을 시에 도입한 것으로 때로 골계적이고 속된 요소를 포함하는 것임에 비해, 후자는 아정하고 純粹한 것을 말한다. '俳諧의 連歌'는 '本連歌'에서 파생한 것이다. '純正連歌'처럼 長句(5·7·5)와 短句(7·7)을 교체하며 읊는 長詩형태인데 이 중 맨 처음 구를 '홋쿠(發句)라 하여 이것이 따로 독립된 것이 이른바 하이쿠(俳句)이다. 長句와 短句를 번갈아 가며 100구 이어가는 것을 '햐쿠잉(百韻)'이라 하고, 36구를 이어가는 것을 '카센(歌仙)'이라 한다. 그리고 여기에 참여하는 사람의 숫자에 따라 獨吟, 兩吟, 三吟 등으로 칭한다.

36구, 100구 등으로 이루어진 連歌 한 편은 전체적으로 일관된 의미를 지니는 것도 아니고, 공통된 주제하에 통일성을 유지하는 것도 아니다. 다만 앞의 구에서 이미 지나 소재, 어휘, 정조 등의 유사성을 聯想하여 다음 구를 이어갈 뿐이다. 連歌의 句作 방법에 대해서는 「韓·日 長歌文學의 傳統 比較」(『古典詩 다시읽기』, 보고사, 1997)에서 자세히 설명한 바 있다.

3. 홍기하는 生命感의 상이한 變奏

지금까지 삶에 대한 강한 긍정을 근거로 하는 생명현상의 확산적 체험이라는 점에서 흥과 오카시의 미적 공분모를 찾아보았다. 이것은 달리 말하면, 풍류심의 양적 팽창과 확산을 말하는 것이요, 생명현상·삶의 현장의 밝은 면에 시선을 향하여 감각적 체험이 가능한 존재의 아름다움을 표현하는 陽性的 미감이라는 점을 공통 특징으로 한다는 것을 말한다.

이처럼 같은 범주에 속하는 흥과 오카시의 미감이 상이한 컨텍스트, 상이한 문화환경 속에서 어떻게 다른 꼴무늬로 꽃피워지는가를 살펴보기로 한다.

3.1 생명현상에의 '참여'와 '관찰'

五月雨に鶴の足みじかくなれり
(五月 비에 학의 다리가 짧아졌구나)　　　　　　　　-『芭蕉句集』[37]·215-

浴鶴潭 몰근 물에 鶴을 조차 沐浴ᄒ고
訪花隨柳ᄒ야 興을 틔고 도라오니
아무려 風乎舞雩詠而歸인들 불을 일이 이시랴　　　　　-朴仁老-

두 작품 모두 사물의 본질, 우주만물의 생명현상의 긍정적 측면을 포착하여 그 존재감·생명감을 충분히 感受하면서 밝게 노래하고 있다는 공통점을 보인다. 여기서는 비애나 갈등, 고통, 투쟁과 같은 생의 부정적이고 암울한 면을 찾아볼 수 없다.

먼저 하이쿠 작품을 보면, 대부분의 하이쿠가 다 그렇듯이 이 작품도 단편적인 한 장면의 인상적 모습을 묘사해 낸 것에 지나지 않는 듯한 느낌으로 다가온다. 오월이 되어 강우량이 늘자 평소 길게만 보였던 학의 다리가

---

37) 岩波書店 刊(1962). 이 책은 芭蕉의 發句, 俳句만을 모아놓은 것으로 이후부터 『芭蕉』로 略稱한다. 숫자는 여기에 수록된 작품번호를 가리킨다.

물의 깊이 때문에 짧게 보이는 것을 그리고 있다. 이 짧으면서도 담담하게 표현된 句 속에서, 우리는 비로 인해 새삼 새로운 사실을 깨닫게 된 사람의 흥분과 경이감을 읽어낼 수 있다. 이 작품은 『莊子』「駢拇篇」의 "長者不爲有余 短者不爲不足 是故 鳧脛雖短 續之則憂 鶴脛雖長 斷之則悲"[38]에 입각하여 지어진 것이다. 오월에 내린 비로 불어난 水位와 그로 인해 짧아 보이는 학의 다리를 대비시켜 사물, 우주만물의 본질-학의 다리는 길다는 것에 그 본질적 특성, 학다운 속성이 있다-을 포착하여 그것을 감지하는 인간적 시선의 상대성을 의미화하고 있다.

時調에서도 역시 鶴이 소재로서 등장한다. 그러나, 학에 詩意의 중점이 놓인 俳句와는 달리 여기서는 '흥'을 돋우는 부분적 사물로서 등장하고 있을 뿐이다. 이 시조에서 표현하고자 한 것은, 浴鶴潭이라는 데서 목욕하고, 꽃과 버드나무에 취해 曾點의 기상[39]과도 비견될 만큼 고도로 흥이 오른 주체의 심적 상태이다.

이 둘을 비교해 볼 때 가장 먼저 부각되는 점은, 하이쿠에서 話者는 문면에 얼굴을 내밀고 있지 않은 반면, 시조에서 화자는 "이 세상에 아무 것도 부러울 것이 없다"고 하면서 자신의 얼굴과 목소리를 적나라하게 표출하고 있다는 점이다. 이같은 차이는 '흥'이 생명현상에 '참여'하여 그것을 같이 '나누는' 데서 오는 미감인 반면, '오카시'는 미세한 생명현상의 '관찰'의 결과 얻어지는 경이감을 바탕으로 한다는 것을 보여 준다. 흥의 현장 한 중심에 인간이 있다면, 오카시의 경우는 생명의 현장 저 편에 비껴서서 혹은

---

38) "긴 것은 남는 것을 말하는 것이 아니고, 짧은 것은 모자라는 것을 말하는 것은 아니다. 그러므로 오리 다리가 짧다 하여 그것을 이으면 근심하게 되고 학의 다리가 길다 하여 자르면 슬퍼하게 되는 것이다."

39) 이 내용은 『論語』「先進篇」에 등장하는데, 공자가 제자들에게 뜻하는 바를 물었더니 증점은 다른 제자들의 현실적 희망과는 달리 '舞雩歸詠'(沂水에서 목욕하고 舞雩에서 시원한 바람을 쐬다가 노래를 부르며 돌아옴)의 기상을 말하였으므로 공자가 이에 감탄했다는 내용이다.

숨어서 살짝 엿보고 관찰하는 태도를 전제로 하여 성립된다.

　海づらの 虹をけしたる燕かな
　(바다 위의 무지개가 사라져 버렸네. 제비떼들 때문에)
　　　　　　　　　　　　　-其角, 『近世俳句俳文集』[40]·221-

　灰捨てて白梅うるむ垣ねかな
　(재연기가 피어올라 담장 옆의 흰 매화꽃이 뿌옇게 보이는구나)
　　　　　　　　　　　　　-凡兆, 『近世』·302-

　上行くと下くる雲や秋の天
　(가을 하늘에 떠 있는 구름 오르락 내리락)　　-凡兆, 『近世』·312-

　맨 위의 俳句는, 비온 뒤 바다 위에 선명하게 떠 있던 무지개가 어디선가 날아온 제비떼들로 인해 가려져서 사라져 버린 것처럼 보이는 광경을 그리고 있다. 두 번 째 것은 타다 남은 불씨에 물을 뿌리자 재가 섞인 연기가 날려 담장 옆에 새하얗게 피어 있던 매화꽃이 막을 씌운 듯 뿌옇게 흐려진 장면을, 세 번째 俳句는 조용히 떠 있는 봄날 구름이나 변화무쌍한 여름날 구름과는 달리 유유히 떠가는 맑은 가을하늘의 구름의 움직임을 "上行くと下くる(오르락 내리락)"이라는 표현을 써서 묘사하고 있다.

　이처럼 대상의 本質이나 움직임의 미묘한 변화는 '관찰'에 의해서만 파악될 수 있는 것이다. '관찰'이라고 하는 것은 인간의 정신작용 중 감성적 측면보다 지성적 측면에 강하게 의존하는 행위로서 '살펴보고' '비교하고' '생각하는' 지적 작용과 더불어, 보고 듣고 느끼고 맛보고 냄새맡는 감각작용까지를 포괄한다.

---

40) 小學館 刊(1972·1989). 이후로 이 책은 『近世』로 略稱하며 숫자는 여기에 수록된 작품번호를 나타낸다.

鴨は，羽の霜うちはらふらむと思ふに，をかし.
(오리는 깃에 묻은 서리를 털어버린다고 말들 하는데, 그렇게 생각하고 보
니 참 재미있다.)　　　　　　　　　　　　-<枕草子>・48段-

에서 '-라고 생각하고 보니'라는 표현은, 관찰작용의 한 면을 보여주는 극명
한 예라고 하지 않을 수 없다.

　관찰하기 위해서는 대상이 관찰자의 시야의 범위 안에 들어오는 것이어야
하고, 그 미묘한 변화를 누구나 금방 알아챌 수 있는 것이어서는 안 된다.
또한, 관찰작용이라는 것은 큰 것보다는 미세한 것, 전체보다는 부분에 관심
이 集注되는 경향이 있으며, 관찰의 결과 어떤 새로운 발견이 있을 것을 요
구한다. 즉, 관찰의 대상은 변화의 소지가 내포된 것이 될 가능성이 큰 것이
다. 芭蕉는 다음과 같이 구를 짓기 전의 사물에 대한 관찰의 중요성을 강조
하고 있다.

　　師の曰く，絶景にむかふ時は，うばはれてはず. ものを見て，取る所を心に
　留めて消さず，書き寫して靜に句すべし. (스승께서 말씀하시기를, '絶景에
　임했을 때 거기에 마음을 뺏기면 句로 표현하는 것이 어려워진다. 사물을
　잘 보고 느껴 취한 인상을 마음에 담아두어 사라지지 않도록 하고 그 인상
　을 옮겨 적어 두어 조용히 句作을 해야 한다'고 하셨다.)
　　　　　　　　　　　　　　　　　-『三冊子』[41] 「わすれみづ」 37段-

　그에 의하면 관찰이란 '미세하고 보잘것없는 사물이라도 등한시하지 않고
항상 그 사물의 본질을 발견하려고 하는 것'이다(같은 책, 38段). '무릇 物을
句로 지을 때는 그 물의 본질을 알지 않으면 안 되는데(『去來抄』[42] 「同門

---

41) 이 책은 芭蕉의 門人인 服部土芳(1657-1730)이 지은 俳論書로서 「白雙紙」「赤雙
　　紙」「わすれみづ」 三部로 구성되어 있다. 여기서는 小學館(1973・1989)에서 간행한
　　텍스트를 인용했다.
42) 이 책 역시 芭蕉의 門人인 向井去來(1651-1704)가 지은 것으로 「先師評」「同門評」

評」11段)' 바로 물의 본질을 파악하기 위해서는 관찰이 필요하다는 것이다.

그러므로, '오카시'의 미를 창출하는 '관찰'이라고 하는 정신작용은 생명 현상에 대한 즉각적 반응이라고 할 수 없다. 간접적이며 우회적 반응이며 굴절적인 인식작용이 함축돼 있다. 이런 양상은 오카시 문학의 결정체라 할 수 있는 <枕草子>에서 극명하게 드러난다.

> かへでの木, ささやかなるにも, もえ出でたる, 木末の赤みて, 同じ方にさ しひろごりたる葉のさま, 花もいと物はかなげにて, 虫などの枯れたるやうに てをかし. (단풍나무는 크기가 작은 것이라도, 싹이 터 있는 나무 앞부분이 빨갛고 같은 방향으로 나와 퍼져 있는 잎사귀의 모습이 몹시 재미있다.)
>
> ―<枕草子>・47段―

> 日陰, 浜木綿, 葦, 葛の風に吹きかへされて, 裏のいと白く見ゆるもをかし. (石松, 문주란, 갈대. 그 부스러기가 바람에 날려 안쪽이 새하얗게 보이는 것도 재미있다.)
>
> ―<枕草子>・67段―

두 예 모두 마치 식물도감을 방불케 할 정도로 자세한 관찰이 이루어지고 있음을 볼 수 있다. 두 번째의 예에서 오카시의 미를 야기하는 궁극적인 대상은 石松, 문주란, 갈대 자체가 아니라 거기에 붙어 있는 '부스러기'로서, 극히 미세한 사물이다. 그 부스러기가 바람에 날려 팔락거리고 그 때문에 안쪽 부분이 더욱 하얗게 보이는 것을 발견하고 감탄을 하고 있는 것이다. 이같은 아주 작은 부분의 변화까지 포착할 수 있는 것은 주체가 대상에 근거리적으로 밀착하여 사물을 관찰하는 데서 연유한다.

요컨대 오카시의 미란, 별로 눈에 띄지 않는 것, 작은 것, 사람들의 무심히 보아 넘기는 것에서 생각지도 않은 새로운 사실―이것은 생명의 밝고 긍정적 측면에 연관된 것이다―을 발견하는 데서 오는 경이감, 신기함을 함축한 미라고

「故實」「修行」四部로 구성되어 있다. 주 41)과 같은 小學館 刊 텍스트를 인용했다.

할 수 있다. 그리고 그 새로운 발견은 인간의 삶의 긍정적 측면과 결부된 것으로서 자연사물의 '관찰'로부터 생의 긍정으로 향하게 되는 밝은 통로가 되는 셈이다. 따라서, 오카시의 미는 '意外性'을 함축한다고 하는 특징을 지닌다.

이와는 달리 '흥'은 생의 긍정으로 이끌어지는 그 장면이나 상황에 동참하여 생명감을 함께 누리는 데서 창출되는 미라고 하는 것을 다음 작품에서도 확인할 수 있다.

> 丹崖翠壁이 畵屛 ᄀ티 둘럿ᄂ디
> 巨口細鱗을 낟그나 몯낟그나
> 孤舟簑笠에 興계워 안잣노라   -尹善道-

"丹崖翠壁"으로 대표되는 아름다운 경치나 낚시의 재미가 흥을 야기하는 요소가 되는데 외로운 배에 簑笠을 쓰고 앉아 있는 시적 화자 역시 흥이 야기되는 장면 한 가운데 위치하고 있음을 알 수 있다. 즉, 그 장면 밖에서 관찰하는 것이 아니라 중심으로 뛰어듦으로써 이 시조를 감상하는 주체에게 또 다른 흥을 일으키는 한 부분이 되고 있는 것이다. 그리하여 시조를 감상하는 사람은 마치 자신이 그 흥의 현장에 참여하고 있는 듯한 느낌을 가지면서 자신도 흥겨워하게 되는 것이다. 오카시가 관찰에 의해 전혀 생각지 못한 의외의 발견을 하는 데서 오는 경이감을 내포하는 것과는 달리, 여기서의 흥은 어느 정도 예견된 일에서 오는 기대감 즉 '豫期性'을 내포한다는 점이 드러난다.

3.2 固定된 '對象'과 固定된 '主體'

이로부터, 흥과 오카시의 미의 두 번째 차이점을 지적할 수 있게 된다. 전자의 경우 흥을 일으키는 요소들은 고정·정지되어 있고 불변하는 것이지

만 주체가 거기에 참여한다는 점 즉, 주체가 변화하고 움직임으로써 흥의
미가 성립되는 반면, 오카시의 경우는 '대상'은 변화하고 움직이는 것이지만
그것을 관찰하는 '주체'의 시선은 고정된다는 차이를 지닌다.

> 稻妻のわれて落つるや山の上
> (번개가 내리치자 번쩍 閃光이 갈라지는구나. 저 산위에서.)
> 　　　　　　　　　　　　　　　　　　　-丈草, 『近世』·290-

> うぐひすや茶の木畑の朝月夜
> (殘月이 아직도 남아 있는 새벽녘, 茶밭에서 울고 있는 휘파람새)
> 　　　　　　　　　　　　　　　　　　　-丈草, 『近世』·282-

> 夏の夜や木魂に明る下駄の音
> (여름날, 또각거리는 게다 소리에 밝아오는 아침)　　　-『芭蕉』·211-

> 봄철을 알외나다 春服을 쳐엄닙고
> 麗景이 더된져괴 靑藜杖 빗기쥐고
> 童子六七 불너내야 속닙난　잔디예
> 足容重케 훗거러 淸江의 발을싯고
> 風乎江畔ᄒᆞ야 興을타고 도라오니
> 舞雩詠而歸랄 져그나 부랄소냐　　　　　-朴仁老, <莎堤曲> 중-

> 고은 볃티 쬐얀ᄂᆞ디 믉결이 기름ᄀᆞᆺ다
> 그믈을 주여 두랴 낙시를 노흘일가
> 濯纓歌의 興이 나니 고기도 잊을로다　　　-尹善道-

　하이쿠 작품들에서 '번개가 치고' '휘파람새가 울고' '게다 소리가 들리는'
상황은 모두 오카시를 야기하는 '대상'들에서 반향된 움직임이요 변화들이
다. 그러한 대상의 움직임을 시적 주체는 어딘가에서 움직이지 않은 채 듣
고 보고 판단하고 생각하는 등 관찰을 하고 있는 것이다. 반면, 가사나 시조

작품을 보면 시적 대상 -自然 -은 그대로 있는데 화자가 거기에 동참함으로써 흥을 일으키고 있음을 알 수 있다. 즉, 가사 인용구절은 화자가 "麗景"이라는 말로 總稱 된 '속닙난 잔디', '淸江', '風乎江畔' 등의 자연 속을 이동하면서, 자신의 흥을 증점의 기상에 비유하며 흥겨워 하는 내용을 담고 있다. '흥'이라고 하는 것은 시적 주체의 마음속에서 일어나고 마음속에서 움직이는 변화에 기반하고 있음이 드러난다.

'오카시'가 대상이 변화하고 움직이는 것을 고정·정지된 주체가 관찰하는 데서 형성되는 미유형이라고 한다면, 그것은 곧 오카시를 성립시키는 근거가 '밖'에 있음을 말해 주는 것이 된다. 오카시의 미가 '밖'에서 오는 것이라 한다면, 흥은 주체의 '안'에 있는 것을 밖으로 끌어내는 데서 오는 것이라고 할 수 있다. 즉, 흥이 성립되는 근거는 주체의 '내면'에 있다고 보아도 무방한 것이다.

> 世上이 ᄇ리시미 ᄇ린디로 ᄃ니노라
> 綠陰芳草의 젼나귀 빗기 ᄐ고
> 夕陽의 醉興을 겨워 채를 닛고 오도다

밖에 있는 대상에서 어떠어떠한 조건이 갖추어지지 않으면 오카시의 미는 성립되지 않는다. 흥의 경우도 물론, '좋은 경치'에 '술'과 '안주' '낚시' '시와 음악' '좋은 벗' 등 어느 정도 흥을 야기할 수 있는 조건들이 전제되지 않는 것은 아니지만, 객관적으로 보아 꼭 절경이 아니라도 감지하는 주체의 내면에서 절경이라고 느끼고 흥겨워할 수 있고 꼭 좋은 술, 좋은 안주가 아니어도 흥은 성립될 수 있다.

앞에 인용한 <丹崖翠壁> 시조 중 "巨口細鱗을 낟그나 몯낟그나"에서 보듯 낚시질을 하여 고기를 낚든 못 낚든 그것은 흥겨운 분위기를 크게 좌우하지 않는 것임이 드러난다. 無名氏의 위 시조도 마찬가지다. "세상이 ᄇ

리시면 ㅂ린디로" 흥겨울 수 있고 거기다가 온전한 나귀도 아닌 "전나귀"
(발을 저는 나귀)를 타고 돌아다녀도 "채를 잊고 올 정도로" 흥에 취할 수
있는 것이다. 문학작품 특히 시조에서 "夕陽"은 勢가 약화된다든가 늙음 등
생의 부정적 측면을 환기하는 이미지로 많이 쓰이고 있음에도 불구하고, 여
기서는 작품 전체가 빚어내는 흥겹고 밝은 美感으로 인해 긍정적 측면으로
전환되는 것을 느낄 수 있다. 이로 볼 때, 흥이 성립되는 1차적 근거는 감
지주체의 내면에 있음이 확인된다.

　이러한 차이점은 일본어에서 '興'과 'をかし'의 쓰임을 비교해 보면 확연
히 알 수 있다.

　　つちありく童べなどの, ほどほどにつけては, いみじきわざしたりと, 常に袂
　　まもり, 人にくらべ, えもいはず 興ありと思ひたるを, そばへたる小舎人など
　　に引きはられて泣くもをかし. (길을 걷고 있는 어린 소녀들이 각각 그 신분
　　에 맞게 멋진 몸치장을 한 것을 굉장한 일로 여기면서 끊임없이 소매자락을
　　살핀다든지 다른 사람과 비교해 본다든지 하면서 뭐라고 이루 다 말할 수
　　없을 정도로 흥겨워하는 참인데, 까불까불하는 심부름꾼 아이들에게 그 옷
　　자락이 잡아당겨지자 울어버리는 것도 재미있다.)　　-<枕草子>·46段-

　일본 고전문학에서는 '興'이라는 말이 매우 드물게 쓰이는데 위 인용구절
은 '오카시'와 '흥'을 그들이 어떻게 구분하여 사용하였는가를 살피는 좋은
예가 된다. 이 부분은 5월 5일 명절의 한 장면을 묘사한 것인데, 어린 여자
아이들의 모습을 '관찰'하는 데서 오는 재미나 즐거움에 대하여서는 '오카시'
란 말을, 여자아이들의 즐거운 기분상태에 대해서는 '興'이라는 말을 쓰고
있다. 즉, 외면적 상황에서 야기되는 정서의 고양, 상승감에 대해서는 오카
시, 외면적 여건 여하보다는 주체에 초점이 두어져 내면의 정서상태의 흥기
감을 표현할 때는 흥을 구별해서 사용하고 있는 것이다.

　또『三冊子』「赤雙紙」(13段)에 "はつ雪に兎の皮の髭作れ"라는 句에 대한

해설로서 "山中に子どもと遊びて初雪に興じた句である"라는 대목이 있는데, '어린아이들이 산 속에서 놀면서 첫눈에 흥겨워한다'고 하여 외부사물에 대한 관찰 결과가 아닌, 주체의 내면에서 일어나는 고조된 상승감을 나타내는 말로 '興'이라는 말을 쓰고 있음을 알 수 있다.

'흥겹다' '흥이 난다' '흥이 솟다' '흥이 많은 사람' 등의 쓰임에서 드러나듯 흥은 自發的이고 직접적으로 토로된 정서로서의 성격을 띠는 것이다. '겹다'고 하는 것은 주체의 감수능력에 벗어나는 상태, 의지로 감당할 수 있는 한계를 벗어난 상태, 힘에 부치는 상태를 나타내는데, '흥겹다'고 할 때는 흥겨운 기분이 최고치에 이르른 상태를 의미한다. 반면, '오카시'의 경우는 '-を感じる' '-と思う'라는 쓰임에서 보듯, 사물을 비교해 보고 생각하는 등 관찰하여 새로운 발견을 한 결과로 인해 '느끼는' 것으로서 간접적이고 여과된 정서표현에 사용한다는 것을 알 수 있다. 그러므로, '-が をかし(-가 재미있다)'라는 표현은 곧 '-을 보는 것이 재미있다' '-라고 생각하니 재미있다'는 의미로 해석될 수 있는 것이다.

양자의 이같은 차이점을 바꿔서 말하면, 오카시의 경우 외적 여건이 갖추어지면 누구라도 느낄 수 있는 것인 반면, '흥'은 어떤 흥겨운 여건이 다 갖추어졌어도 주체의 내면세계에 흥이 성립될 여지가 마련되어 있지 않다면 성립될 수 없는 것이라고 할 수 있다. 반대로, 여건이 갖추어져 있지 않아도 내면이 흥겨우면 그것을 흥의 상황으로 받아들일 수 있는 것이 흥의 미의 특질인 것이다. 그러므로, 흥의 경우와는 달리 오카시는 미감의 근원이 '밖'에 있으므로 대상에 대한 일정한 조건이 충족되기를 요구한다.

'관찰' '고정된 주체'라는 관점에서 오카시의 미가 성립되기 위한 외적 여건을 구체적으로 살펴보면, 대상은 변화하는 것 혹은 변화의 역동성을 그 안에 내포하고 있을 것, 큰 것보다는 미세한 것이 요구된다. 불변하는 것이라면 관찰작용 그로 인한 생명현상의 새로운 발견의 의미가 없어질 것이기 때문이다. 또, 부피가 큰 것은 미묘한 변화를 관찰하기 어렵기 때문에 시야에 들어올 정도의 크기를 요구하는 것이다.

　　鳥虫の額つきいとうつくしうて飛びありく, いとをかし. (새나 벌레가 귀여
운 이마생김새를 하고 이리저리 날아다니는 것이 참 재미있다.)
　　　　　　　　　　　　　　　　　　　　　　－<枕草子>·3段－

　　ねずもちの木, 人のなみなみなるべきさまにもあらねど, 葉のいみじうこまか
に小さきが, をかしきなり. (광나무는 다른 나무들처럼 한 그루의 몫을 하는
것으로 취급받을 만한 모습은 아니지만, 잎사귀가 몹시 섬세하고도 작은 것
이 참 재미있다.)　　　　　　　　　　　　　　　　　　－<枕草子>·47段－

　'참새'나 '벌레'가 날아다니는 모습, 그리고 섬세하고 작은 '나무잎사귀'에
서 생동감과 생명력을 느끼고 그것을 즐거워하는 주체의 흥분이 감지된다.
여기서 관찰의 궁극적 대상이 되고 있는 것은 참새나 벌레의 '이마의 생김
새', 광나무의 '잎사귀' 같은 아주 작은 사물이다. 이렇게 끊임없이 움직이는
것에서 생명감을 느끼고 미세한 부분까지 관찰의 대상이 되고 있음을 볼
때, 오카시의 미가 어디서부터 비롯되는가를 다시 한 번 확인할 수 있다.
　이처럼 오카시의 미가 성립하기 위해서는 소재상으로 외적 여건이 충족되
어야 할 필요가 있다. 그러나, 흥의 경우는 소재나 대상 등 외적 여건이 중
요한 것이 아니라, 어떤 상황이든간에 그것을 즐겁게, 흥겹게 받아들이는 주
체의 마음가짐이 기본이 되는 것이다.

3.3 美的 對象
　이 점은 흥과 오카시의 미를 형성하는 주된 대상이 무엇인가 그리고 그
대상의 어떤 점이 어떻게 부각되는가 하는 문제와 직결된다.

3.3.1 '자연물'의 형상화

두 번째 항목에서도 언급했듯이, 엄밀히 말하면 흥의 경우 대상이 무엇인가 하는 점은 그리 중요하지 않다. 그러나, '자연물'이 흥을 야기하는 주된 미적 대상이 되고 있다는 점은 부인할 수 없고 이 점에서는 오카시의 경우와 다를 바가 없다.

하지만, 흥의 경우 산이나 들, 강, 나무, 달(月) 등 대상이 되는 자연물의 범위가 국한되어 있는 것에 비해, 오카시의 경우는 여기에 새나 짐승, 곤충까지 포괄되며 천체도 달뿐만 아니라 안개, 비, 눈, 서리 등 넓은 범위에 걸쳐 있다. 그리고, 각각의 자연물 예컨대 '나무'만 해도 한 두 종류가 아닌 거의 모든 종류의 나무들이 대상이 된다는 점에서 자연물에의 의존도가 흥에 비해 훨씬 크다고 할 수 있다.

여기서 한 가지 짚고 넘어갈 점은, 일반적으로 한국문학에 있어 자연은 '공간적 측면'이, 일본문학의 경우는 '시간적 측면'이 강조된다는 사실이다.[43] 흥과 오카시의 미에 국한시켜 봐도 이같은 경향이 뚜렷이 드러난다.

앞서 보아온 예들에서 알 수 있듯, 오카시의 미는 대상을 관찰하는 가운데 밝고 긍정적인 생명현상을 포착하고 그에 경이감을 표하는 데서 비롯된다. 고정된 주체가 대상을 관찰하는 양상이므로 여기에는 필연적으로 시간의 흐름에 따른 자연의 변화상이 담기게 되는 것이다.[44] 그러므로 '자연'은 시간의 흐름

---

43) 이 문제는 拙稿, 「韓・日 短歌文學의 傳統 比較」(『古典詩 다시읽기』, 寶庫社, 1997)에서 자세히 언급한 바 있다.

44) 특히 俳句의 경우 '季語'라고 하는 독특한 시적 장치를 통해 자연소재에 대한 무한한 관심과 시간의 흐름에 대한 민감한 반응을 반영한다. '季語'란 계절을 나타내는 말을 시구에 의무적으로 넣어야 한다는 作句 규정이다. 시간적 계기는 '변화'를 내포한다. 시간의 흐름에 따른 자연물의 변화상이 季語로 압축되어 나타나는 셈이다. 한 마디로 季語의 규정은, 관찰에 의해 사물의 본질과 조우하고 의외의 새로운 발견을 함에 따른 경이감을 농축시키는 장치(『近世俳句俳文集』(東京:小學館, 1972・1989, 解說 部分)라고 할 수 있다.

을 알려주는 나침반이 되는 셈이다. 시간의 推移에 따른 자연의 변화에 관심을 갖는 것은 오카시 문학만이 아닌 일본문학 전체의 특징으로서 '모노노아와레'의 미도 예외는 아니다. 시간적 계기에 의한 자연물의 다양한 변화상 가운데 '삶의 무상감' '비애감'을 느낄 때 모노노아와레의 미로 형상화되고, 끝없이 변화하는 자연 속에서의 '발랄한 생명감'을 확인하는 계기가 된다면 오카시의 미로 형상화되는 것이다. 즉, 자연 속에서 느껴지는 시간성이 어떤 방향으로 굴절되는가의 문제이다.

'自然'이란 시간성과 공간성을 모두 함축한 개념인데, 시간적 측면에 관심을 기울이는 일본의 경우와는 달리, 한국문학은 자연의 공간적 측면에 비중을 두는 경향이 있다는 것을 '흥' 텍스트에서도 확인할 수 있다.

> 田園에 나믄 興을 전나귀에 모도 싯고
> 溪山 니근 길로 홍치며 도라와셔
> 아히야 琴書를 다스려라 나믄 히를 보내리라   -金天澤-
>
> 어나興이 졀로나며 三公도 아니밧골
> 第一江山애 浮萍갓한 漁父 生涯를
> 一葉舟 아니면 어대부쳐 단힐난고   -朴仁老, <船上嘆>-

여기서 '田園' '溪山' '江山'은 주체가 흥을 느끼는 '공간'에 대한 총체적 개념이다. 화자는 시간의 흐름에 따라 변화하는 자연의 모습에 흥을 느끼는 것이 아니다. 자연의 변화상보다는 오히려 자연의 불변성이 흥을 고취하는 요인이 된다고 할 수 있는데, 이것은 자연의 '공간적' 측면에 비중을 두는 데 따른 결과이다. 왜냐면, 시간의 흐름은 필연적으로 변화를 내포하지만 공간이라는 개념 속에 내포된 不動性은 변함없는 흥을 보장하기 때문이다. 그러므로, 시조에 담긴 시간의 흐름(-싯고 도라와셔-를 보내리라)은 '대상'의 변화를 야기하는 동인으로 작용하는 것이 아니라, '田園'으로부터 '溪山'으로 공간이 이동됨에 따라 '주체'의 흥을 야기시키는 계기가 되는 것이다.

자연을 공간적으로 포착하느냐, 시간적으로 포착하느냐 하는 차이는 대상이 고정되어 있느냐, 주체가 고정되어 있느냐 하는 문제와 서로 맞물려 있다. 앞서 흥의 경우 흥을 일으키는 요소들은 고정·정지되어 있고 불변하는 것이지만 주체가 거기에 참여한다는 점 즉, 주체가 변화하고 움직임으로써 흥의 미가 성립되는 반면, 오카시는 대상이 변화하고 움직이는 것을 고정·정지된 주체가 관찰하는 데서 형성된다고 언급한 바 있다. 이와 같은 차이로 인해, 흥의 경우 자연 속에서의 주체의 공간적 이동을 수반하는 양상으로 발전되고, 오카시는 시간적 추이에 따른 대상-자연-의 변화가 부각되는 양상으로 발전하게 되는 것이다. 주체의 동작의 변화는 공간이동과 밀접한 관련을 지니고, 대상물의 변화는 시간의 흐름과 밀접한 관련을 지니기 때문이다. 만일 대상물이 공간적으로 이동해 간다면, 고정된 주체는 그 변화를 포착할 수 없을 것이다.

요컨대 '자연'은 흥과 오카시의 미를 형성하는 주요 미적 대상이라는 점에서는 공통적이지만, 오카시의 미는 그 근원이 '밖'의 대상물에 있으므로 그것의 변화상에서 발랄한 생명감을 발견하는 데서 형성되고, 흥의 미는 그 근원이 주체의 '내면'에 있고 자연은 내면의 변화를 흥기하는 요인으로 작용한다. 그러므로, 오카시의 미로 형상화되는 자연은 그 變化相이, 흥의 경우는 오히려 그 不變相이 부각되며, 이 차이는 자연이 각각 시간적 측면·공간적 측면에 초점이 맞춰지는 데서 비롯된다. 자연의 변화상은 주체의 관찰에 의해 포착되며 그에 따른 경이감이 오카시의 미로 농축되고, 자연의 불변상은 주체에게 안정감과 충족감을 가져다 주고 이것이 흥의 미로 농축된다고 하겠다.

3.3.2 '全體'의 강조와 '部分'의 강조

오카시는 미세하고 눈에 잘 띄지 않는 대상들을 관찰함으로써 의외의 것

을 발견하고 그로부터 경이감을 느끼는 데서 형성되는 미유형이다. 또, 주체
는 고정되어 있고 대상의 본질과 변화를 관찰하게 되므로 대상은 시야에 들
어오는 작은 사물일 것이 요구된다. 따라서, 대상은 전체보다는 '부분'에 관
심의 초점이 놓인다.

のどかに澄める池の面に, 大きなると小さきと, ひろごりただよひてありく, い
とをかし. (평화롭고 투명한 연못 수면 위로, 크고 작은 연잎이 여기저기
떠 다니는 모습은 정말 재미있다.)   -<枕草子>·67段-

여기서 오카시의 미를 야기하는 대상은 '연잎'이다. 만일 이 장면이 時調
나 歌辭로 노래되었다면 어느 화창한 날, 멀리 산이 보이는 곳 혹은 누각같
은 데에서 전체적인 자연의 풍광을 조망하면서 흥겨워하는 주체의 시선이
강조될 것이다. 그리고 그같은 中·遠距離的 시선에 포괄되는 '연못'이 전
체 풍광의 일부로서 서술되었을 것이다. 그런데, 이 인용구절을 보면, '연못'
도 아니고 연못 위에 떠 있는 '연잎'이 대상이 되고 있다. 이 단편적인 예만
보아도 오카시의 미가 큰 것보다는 '미세한 것', 전체보다는 '부분'을 강조
하는 것임을 알 수 있다.

반면, 흥의 경우는 '전체'의 조감도 속에 참여하여 그것의 일부가 되는
데서 오는 즐거움, 생명감, 존재의 확산감으로 설명될 수 있다. 이로 인해
부분보다는 '전체'가 강조되는 미적 특성을 지닌다.

三尺霜刃을 興氣계워 둘러메고
仰面長嘯ㅎ야 춤을 추려 이러셔니
天寶龍光이 斗牛間의 소이내다
手之舞之 足之蹈之 절노절노 즐거오니
歌七德 舞七德을 그칠줄 모라로다   -朴仁老, <太平詞> 중-

　이 장면은 밤하늘의 별빛 아래에서 칼춤을 추며 흥겨워하는 모습을 그린 것이다. 그러나 주체의 '흥'은 꼭 별빛을 받아 번쩍번쩍 빛나는 '칼'에 연유한 것만은 아니다. 휘파람, 칼, 별이 빛나는 밤하늘, 춤 이런 요소들이 어우러져 흥겨움을 야기하는 것이다. 이 대목을 앞의 <枕草子>의 예와 비교해 볼 때, 흥을 야기하는 요소들 중 어느 한 부분에 초점이 맞춰져 있는 것이 아님을 알 수 있다. 따라서, 흥의 대상이나 주체는 中·遠距離 視點의 범위 안에 놓이게 된다. 이 인용대목에 서술된 공간배경은 '斗牛間'을 꼭지점으로 하여 地面上의 춤추는 '話者', 그가 들고 있는 '칼'이 각각 한 변씩을 이루는 三角圖를 이룬다. 오카시가 어느 한 부분에 초점이 맞춰진 것과는 달리, 삼각도 전체가 흥의 공간범주를 형성하는 것이다.

　따라서, 오카시의 대상이 되는 사물은 하나인 경우가 대부분이고, 많아야 둘인 반면, 흥은 그 수가 많으면 많을수록 정도가 배가된다. 하이쿠나 하이카이는 길이의 제약 때문에 그렇다 치더라도 산문인 <枕草子>의 경우도 대개는 하나 혹은 두 사물·두 현상을 비교해 보고 거기서 새로운 생명의 본질을 발견해 내는 양상을 보인다. 예를 들면, "辛崎の松は花より朧にて"의 경우는 '소나무'와 '꽃', "秋の空尾上の杉をはなれたり"에서는 '삼나무'와 '가을하늘'이 오카시를 야기하는 대상물이 되고 있다. 이에 비해,

　　　기러기 떳는 밧긔 못보던 뫼 뵈는고야
　　　낙시질도 ᄒ려니와 取ᄒ 거시 이 興이라
　　　夕陽이 ᄇᆞ이니 千山이 錦繡ㅣ로다　　　　　　-尹善道-

　　　夕鳥는 날아들고 暮煙은 니러난다
　　　東嶺에 달이 올나 襟懷를 빗쵀도다
　　　兒孺야 瓦樽에 술 걸너라 彈琴ᄒ고 놀니라　　　　-宋宗元-

를 보면, '기러기' '낚시질' '눈부신 석양' '비단으로 수놓은 듯한 산'(앞의

것), '새' '저녁연기' '달' '술' '음악'(뒤의 것) 등 다양한 사물들이 복합적으로 흥의 미를 조성하고 있음이 드러난다. 이런 점도 한쪽의 경우는 미세한 사물, 부분에 초점이 집중되게 하고, 다른 한쪽은 전체를 조망하게 하는 미적 차이를 낳는 근거가 된다.

또한, 오카시는 대상의 미세한 부분에 초점이 집중되므로 정서의 응축과 긴장을 요구하는 반면, 흥은 다양하고 복합적인 사물들을 공간적 이동을 통해 이리저리 둘러보고 거기에 참여하는 데서 오는 미감이므로 응축·긴장감보다는 이완되고 느슨하며 편안한 여유감을 수반한다.

3.4 寫實美로의 발전 여부

3.1과 3.2에서 언급된 차이점은 '리얼리티'의 요소 즉 '寫實美'로 발전되느냐의 여부로 연결된다. '흥'이나 '오카시'의 미는 모두 삶의 추상적·관념적인 면을 다루는 것이 아니라, 삶의 현장에서 바로 눈앞에 펼쳐진 '존재(有)'의 생명감을 구현한 미의식이라는 공통점을 지닌다. 그러나, 오카시의 경우는 대상을 관찰하는 자세가 전제되며 그것의 성립근거가 '밖'에 있는 것이라는 점에서, 리얼리티를 획득하게 될 여지를 내포하고 있고 사실미로 발전될 가능성이 크다고 볼 수 있다.

青柳の泥にしだるる塩干かな
(푸른 버드나무 개펄에 늘어져 있는 썰물 때)   -『芭蕉』·54-

辛崎の松は花より朧にて
(카라사키의 소나무는 꽃보다도 어슴푸레하다)   -『芭蕉』·34-

秋の空尾上の杉をはなれたり
(산꼭대기의 삼나무가 가을 하늘 위에 우뚝 솟아있구나)
                                            -其角, 『近世』·235-

　　青柳の眉かく岸の額かな
　　(강 둔덕의 이마에 푸른 버드나무로 눈썹을 그린 것일까)

　　　　　　　　　　　　　　　　　　　-守武, 『守武千句』[45]-

　　名月や煙這ひゆく水のうへ
　　(秋夕 보름달이 비친 수면 위로 물안개가 기어가고 있네)

　　　　　　　　　　　　　　　　　　　-嵐雪, 『近世』·250-

　여기서 물안개로 인해 몽롱하게 보이는 소나무, 하늘을 찌를 듯이 높이 솟은 삼나무, 이마에 눈썹을 그린 듯 선명하게 심어져 있는 버드나무, 밝게 보름달이 비치는 수면 위로 물안개가 퍼져가는 모습 등은 화자의 주관적 정서를 부각시키기 위한 객관적 상관물도 아니고, 감정이입이 이루어진 것도 아니다. 다만, 사물 그 자체에 입각하여 있는 모습 그대로를 그림을 그리듯 묘사하고 있음을 본다. 물론 하이쿠도 詩인 이상, 작자의 주관적 시선이 전혀 개입되지 않는다고 말할 수는 없으나 최대한 私意를 배제하고 존재의 본질을 포착하여 있는 그대로를 보여주려 하는 句作態度가 엿보이는 것이다.

　이에 비해 '흥'의 경우는 그 성립근거가 주체 '안'에 있고, 흥의 현장에 동참함으로써 창출되며 私意 즉 주관적 요소가 개입된다는 점에서 寫實美로 발전하게 될 가능성이 희박하다. 실제로 지금까지 거론한 시조들이나 그밖에 '흥'의 미가 구현된 시조작품들 중에서 리얼리티감을 수반하는 작품이 별로 없다는 점으로도 이 사실이 뒷받침된다고 하겠다. 이런 점들을 감안하면 情景融合이 동아시아 시문학의 이상적 기준이라 할 때 오카시는 '景'에, 흥은 '情'에 좀 더 비중이 두어지는 것으로 보아도 무방할 것이다. 리얼리티의 획득, 사실미로의 발전 여부는 생명현상의 본질을 파악하는 데 私意를 개입시키느냐 개입시키지 않느냐의 문제와 직결된다. 私意를 버린다고 하는

---

45) 이 책은 1652년에 간행된 荒木田守武의 俳諧句集으로 이 작품은 第二의 百句(俳諧는 5·7·5의 長句와 7·7의 短句를 교체하며 읊는 것인데 100句 형식을 '百韻' 36句 형식을 '歌仙'이라 한다)의 卷頭에 수록된 작품이다.

것은 '사물의 본질을 있는 그대로 포착하는 것' 즉 '物의 본질에 뿌리내리지 않은 주관적 생각을 버리는 것'을 의미한다.

앞서 오카시의 미는, 미세하고 보잘것없는 사물 하나하나를 충실히 관찰하고 그 본질에 접근하여 새로운 면모를 발견해 내는 데서 오는 경이감·재미·즐거움·신기함을 근간으로 한다고 하였는데, 이같은 결과는 주관적 요소를 되도록 배제46)하고 대상의 특성을 부각시킴으로써 가능해지는 것이다. 이에 비해, 흥은 오히려 사물의 본질에 접하여 生起하는 즐거운 기분을 맘껏 표출하는 쪽을 지향하는 데서 성립된다. '미친 흥이 절로 난다'든가 '흥을 치다'라든가 '흥이 솟다' '흥겹다'와 같은 표현은 모두 '넘쳐나는 흥을 주체하지 못하는 상태'를 의미하며 흥기된 정서의 최대의 고양상태 및 최대의 量的 팽창을 나타내고 있다. 즉, 흥은 외면으로 아무런 제약 없이 맘껏 '발산'할 것을 전제로 하는 미감이다. 그러기에 '主觀的' 요소가 강하게 배어 있는 것으로 받아들여지는 것이다.

객관적 성격이 강하여 사실미로 발전할 가능성이 큰가, 아니면 주관적 성

---

46) 주관적 요소 즉 私意를 되도록 배제하려는 것은 일본 시가의 전통을 이룬다. 이같은 전통을 집약적으로 실현한 사람이 일본 근세의 유명한 俳人인 바쇼오(芭蕉, 1644-1694)이다. 그는 句作을 할 때 가장 유념해야 할 항목으로서 '私意의 개입을 되도록 排除하라'는 점을 여러 차례 강조하였는데, 다음 인용구에서 그 진면목을 엿볼 수 있다.

"「松の事は松に習へ，竹の事は竹に習へ」と師の詞のありしも，私意をはなれよといふ事なり…習へというは，物に入りて，その微の顯れて情感ずるや，句と成る所なり. たとへ，物あらはにいひ出でても，その物より自然に出づる情にあらざれば，物と我二つになりて，その情誠に至らず. 私意のなす作意なり. ('소나무에 관한 것은 소나무에게 배우고 대나무에 관한 것은 대나무에게 배우라'고 스승-芭蕉-께서 말씀하신 것도 私心을 버리라는 의미이다.…'배운다'고 하는 것은 사물 안으로 들어가 그것의 은미한 부분-본질-에 접하여 감동이 일어나고 그것이 句를 이루게 된다는 의미이다. 만일 그 物을 드러내놓고 표현한다 해도 그 物로부터 자연스럽게 흘러나온 情感이 아니라면 物과 我가 이원화되어 그 감동도 진실한 것이 되지 못한다. 그것은 私意에 의해 지어진 것에 지나지 않는다.『三冊子』「赤雙紙」3段)

격이 강해 사실미로 발전하는 데 저해가 되는가 하는 차이는 언어표현에서
도 극명하게 나타난다.

> 前村에 鷄聲滑ᄒ니 봄 消息이 갓가왜라
> 南窓에 日暖ᄒ니 閣裏梅 푸르럿다
> 兒孺야 盞 ᄀ득 부어라 春興계워 ᄒ노라
>
> 夕鳥는 날아들고 暮煙은 니러난다
> 東嶺에 달이 올나 襟懷를 빗쵀도다
> 兒孺야 瓦樽에 술 걸너라 彈琴ᄒ고 놀니라   -宋宗元-
>
> 흥흥 노래ᄒ고 덩덕궁 북을 치고
> 宮商角徵羽를 마초리셩 ᄒ엿ᄃ니
> 어긔고 다 齟齬ᄒ니 허허 웃고 마노라

　이 흥텍스트들은 주체의 흥감을 표현하는 데 초점이 맞춰져 있으며, 화자
는 자신의 '흥'을 직설적인 어법으로 표출하고 있다. 이같은 어법은 종결어
미를 통해 드러나는 경우가 많다. 흔히 시조의 종결어미에는,

> "夕陽의 醉興을 겨워 채를 닛고 오도다"
> "濯纓歌의 興이 나니 고기도 잊을로다"
> "孤舟簑笠에 興계워 안잣노라"

와 같이 '-노라' '-하리라' '-도다'와 같은 표현이 많이 등장하는데 이는 주
체의 감정이나 판단과 주장을 강하게 드러내는 효과를 준다. 그리고, '흥'에
상응하는 서술어는 '흥이 오르다' '흥을 타다' '흥이 나다' '흥에 겹다' 등
주체의 심적 상태를 직접적으로 말해주는 표현이 대부분이어서, 흥에 내포
된 주관성을 명시하는 한 근거가 되고 있다. 그리하여 이같은 어법은 흥텍
스트가 객관성, 사실성을 획득하는 데 장애요소로 작용한다. 이런 양상은 歌

辭의 경우도 마찬가지다.

한편, 오카시의 경우는

松風の琴の唱歌や蟬のこえ
(솔바람의 琴에 맞추어 노래부르는 매미의 소리)

-野野口立圃, 『近世』·26-

夏迄もとつておきなの氷室哉
(여름까지 놓아 두면 노인처럼 돼 버리는 氷庫 속 얼음)

-梅盛, 『近世』·56-

에서 보는 바와 같이, 화자나 오카시의 감지주체의 모습을 확인할 수 있는 시적 장치를 발견하기 어렵다. 홍의 주체처럼 화자가 직접 얼굴을 내미는 경우는 아주 드물며 이것이 객관적 톤을 유지하게 하는 한 요인이 된다. 이 차이는 바로 홍이 주체에 중점이 있는 미인 반면 오카시는 대상에 중점이 있는 미라는 차이로 직결된다. 兩者의 이같은 톤의 차이를 '말하기 어법(Telling)' '보여주기 어법(Showing)'으로 구분해 볼 수 있을 것이다.

홍과 오카시는 무심계, 한계 미와는 달리 사물이나 현실에 대한 적극적 관심을 갖는 데서 야기되는 미라는 공통점을 지닌다. 이것은 곧, 홍계 미가 외부 세계나 현실, 物에 대하여 개방된 태도를 갖고 적극적 관계맺음을 지향하는 특성을 공유한다는 것을 의미한다. 이같은 특성을 공유하면서도 그것이 언어화되는 과정에서 홍은 주관적 경향으로 흐르고, 오카시는 객관성이 강하여 사실성을 획득하는 방향으로 나아간다는 점은 매우 주목할 만하다.

위 시조작품들에서의 관계맺음 양상은 '아희야'라는 語句와 여러 사람이 모여 노래부르며 홍겨워함을 나타내는 "다 齷齪ᄒ니"라는 표현을 사용함으로써 적극적·직접적 양상으로 표면화되고 있다. 이런 측면은 시조보다 탈춤이나 판소리 등 홍의 문학에서 더욱 두드러지는 양상을 보인다.[47]

반면 하이쿠 작품들은 '의인화'(첫째 句)나, '비유법'(둘째 句)을 통해 사물과 인간의 관계맺음 양상을 표현하고 있다. '노인'과 '얼음'은 한창때의 시간이 지나면 勢를 잃고 약해져 버린다는 공통점을 지니는데 바로 이 유사성을 매개로 하여 자연과 인간이 관계를 맺는 것이다. 의인화나 비유를 통한 관계맺음은 소극적이고 간접적·우회적·굴절적인 특징을 지닌다. 일본의 시가에서 보이는, 私的인 주관을 최대한 배제하려는 특징과 관계맺음의 양상을 표면화하지 않으려 하는 특징은 같은 맥락에서 이해될 수 있는 문제이다.

3.5 '재미'의 성격

흥과 오카시는 모두 생의 밝고 명랑한 측면을 부각시킨다는 공통점을 지니므로 자연적으로 즐거움과 재미, 웃음의 요소를 내포하게 된다. 그러나, 兩 미유형에 있어 '재미'가 유발되는 양상은 큰 차이를 보인다.

3.5.1 '豫見'된 것과 '意外'의 것

우선 오카시는 대상을 관찰하고 거기서 생각지도 않은 새로운 면을 발견했을 때의 경이감을 바탕으로 한다는 점에서, '기대밖의 것'으로부터 재미가 파생되는 미유형이라 할 수 있다.

> 5. 月は袖こほろぎ睡る膝のうへに
> (달은 옷소매에 비치고 귀뚜라미는 무릎 위에서 잠들어 있네)
> 6. しぎの羽しばる夜深き也
> (도요새의 깃털을 묶어놓은 밤은 깊어만 간다)

이것은 36구 카센(歌仙) 형식으로 된 <詩あきんの卷>[48]이라는 하이카이

---

47) 탈춤이나 판소리에 있어서의 '흥'의 전개양상은 本書 2부 2장 참고.
48) 『連歌俳諧集』(東京:小學館, 1974·1990)

의 5·6구을 인용한 것이다. '달'과 '귀뚜라미'의 배합도 기발한데, 귀뚜라미
가 무릎 위에 잠들어 있다고 하는 발상은 쉽게 예상할 수 없는 돌발성을 내
포하고 있다. 기발함이란 豫測不可能에 대한 다른 표현이다. 이같은 기발함
은 다음 구에서 다시 한 번 상상을 뒤집어 엎는다. 제 6구는 5구에 설정된
'밤'이라는 시간적 배경에 연상되어 '夜深'이라는 말로 이어받고 있다. 도요
새는 요란하게 울어대는 새인데 그 깃털을 묶어놓았기 때문에 소리가 들리
지 않아 밤이 더 고요하게 느껴진다는 내용이다. 평범한 소재에서 기발한 발
상을 이끌어 내어 생각지도 않은 생명감의 일면을 표현해 내는 데서 얻어지
는 놀라움, 이것이 오카시의 본질인 것이다.

이에 비해, 홍의 즐거움·재미는 어떤 장면이나 상황이 이미 예상된 대로,
기대했던 결과대로 전개되는 것에서 느끼는 만족감이라고 할 수 있다.

> 世上이 ᄇ리시미 ᄇ린ᄃ로 ᄃ니노라
> 綠陰芳草의 젼나귀 빗기 트고
> 夕陽의 醉興을 겨워 채를 닛고 오도다
>
> 春服을 새로입고 詠歸臺에 올라오니
> 麗景은 古今업서 淸興이 졀로하니
> 風乎詠而歸를 오날다시 본닷하다   -朴仁老, <獨樂堂> 중-

이 시조의 화자가 '채를 잊고 올 정도로' 홍에 겨워하는 것은 자연 속에
서 뭔가 새로운 것을 발견했기 때문이 아니다. 오히려 끊임없이 변화하고
불안정한 인간의 삶과는 대조적으로 변함이 없고 안정적인 모습을 보여주기
때문에 기대를 저버리지 않는 편안함과 친숙함을 기대할 수 있는 것이다.
인용 가사작품에서 "風乎詠而歸를 오날다시 본닷하다"라고 한 부분에는, 증
점과 같은 기상은 틀림없이 홍겨움을 야기할 것이라는 내용을 예상하고 실
제 그대로 실현된 것에 만족감을 느끼는 화자의 심정이 노출되어 있다. "春

興이 이러커든 秋興이라 져글넌가"(莎堤曲)와 같은 표현도 마찬가지 설명이
가능하다. 이 역시 '춘흥이 이렇게 도도한 걸 보니 추흥도 이보다 덜하지
않을 것이다'라는 예상을 전제로 한 표현인 것이다.

이처럼, 오카시의 재미의 본질이 돌출적인 것이 주는 놀라움에 있다면, 흥
의 재미는 낯익은 것이 주는 편안함·충족감에 근간을 둔다고 하겠다.

3.5.2 '同質的' 요소의 調和와 '異質的' 요소의 衝突

'재미'의 성격을 둘러싼 차이점 중 두 번째로 들 수 있는 것은, '이미지의
轉換' 여부이다. 흥이나 오카시는 '恨'이나 '모노노아와레'의 미와는 달리
'무갈등'을 특징으로 한다. 갈등이 없다는 것은 調和를 이룬다는 것을 의미
한다. 흥과 오카시는 모두 조화와 어울림을 특징으로 하지만, 조화의 양상에
서 큰 차이를 보인다.

우선 오카시는 대등한 둘 이상의 사물, 즉 전체를 이루는 부분과 부분이
조화를 이루는 것이요, 흥은 사물들과 그것을 포괄하는 전체 사이에 조화가
이루어지는 것이다. 또한, 오카시는 서로 대등한 둘 이상의 요소들이 조화를
이루되 그것이 '異質的' 요소의 조합으로 인한 不調和의 調和인 것에 비해,
흥은 '同質的' 요소의 조합에서 오는 조화의 양상이라는 점에서 차이를 보
인다. 흥과 오카시에 공통적으로 내포된 '재미'의 요소는 바로 이같은 조화
의 양상과 직결된다.

오카시의 재미는 상호 이질적이거나 상충되는 이미지간의 대조·충돌에서
비롯되고, 흥의 재미는 동질적인 요소간에 이루어지는 조화의 미를 즐기는
데서 비롯된다고 할 수 있다. 흥의 재미가 예견된 것이라는 사실도, 동질적
요소간의 어울림에는 예상을 깨는 돌출적 요인이 없다는 것과 깊은 관련을
지닌다.

이질적 요소간의 충돌에 의한 부조화의 조화를 芭蕉는 '行きて歸る心'(갔

다가 돌아오는 마음)이라는 말로 표현하고 있다. 그 대목을 구체적으로 인용
해 보면 다음과 같다.

發句の事は, 行きて歸る心の味はひなり … 發句は取合せと知るべし. (홋쿠
를 짓는 것은 갔다가 돌아오는 마음과 같은 맛이 있어야 한다. … 홋쿠를 지
을 때는 '토리아와세'를 알아야만 한다.)　　-『三冊子』「わすれみづ」1段-

　여기서 '取合せ(토리아와세)'라고 하는 것은 둘 이상의 상이한 사물을 배
치하여 調和를 이루도록 하는 것을 말한다. 그리고 그 구체적인 예로서 "山
里は萬歲おそし梅の花"라는 句를 들고 '「만자이」[49] 돌아 다니는 것은 늦는
데 「매화」는 벌써 피었다'고 하는 두 사물의 대비가 이루어지면서 만자이에
대한 추억이 일전해서 眼前의 매화에로 굴절되는 마음의 움직임을 나타내고
있다고 하였다. 바로 이처럼 어떤 이미지의 반전이 일어나는 것을 '갔다가
돌아오는 마음'으로 비유했던 것이다. 이 점이 바로 오카시의 미의 일반적
특징인 것이다.

寒菊の隣もありやいけ大根
(寒菊 옆에 심어져 있는 무우)　　　　　　　　-許六,『俳諧問答』-

海ははれてひえふりのこす五月哉
(바다는 개었는데 比叡山에는 아직도 비가 내리는 5월이구나)
　　　　　　　　　　　　　　　　　　　　-『芭蕉』・204-

青柳の泥にしだるる塩干かな
(푸른 버드나무 개펄에 늘어져 있는 썰물 때)　　　　-『芭蕉』・54-

---

49) 萬歲란 藝能의 일종으로서 新春에 祝言을 唱하면서 춤을 추는 千秋萬歲(센즈만자
　이)를 가리키는데, 근세에는 略稱하여 萬歲(만자이)라고 부른다.『日本古典文學大辭
　典』卷五(東京: 岩波書店, 1984)

삶의 고상한 여유의 표상이라 할 '寒菊'과 생활을 위한 '무우'의 대조, '갠 바다'와 '비내리는 산'의 대조, 운치있는 '버드나무'와 흐트러진 '개펄'의 대조가 각각 이루어져 있다. 이처럼 이질적인 사물을 병치하는 데서 오는 재미는 오카시 문학의 뚜렷한 특징이 된다. 모든 사물의 存在相은 하나가 제시된 것보다도 둘이 대비되었을 때 그 본질적 양상이 더 두드러지는 법이며, 바로 대조에 의해 사물의 새로운 면을 발견하고 재미를 느끼는 것이 오카시의 미적 특징인 것이다.

이질적 요소의 조합에 의한 이미지의 反轉이 오카시에 내포된 재미의 핵심을 이루는 것과는 달리, 흥의 경우는 오히려 동질적 이미지의 조화에서 오는 여유감이 재미의 근간을 이룬다.

> 낙시줄 거러노코 篷窓의 둘을 보쟈
> 흐마 밤들거냐 子規소리 몱게 난다
> 나믄 興이 無窮ᄒ니 갈길흘 니젓땃다　　　　　-尹善道-

> 夕鳥는 날아들고 暮煙은 니러난다
> 東嶺에 달이 올나 襟懷를 빗최도다
> 兒孺야 瓦樽에 술 걸러라 彈琴ᄒ고 놀니라　　　　-宋宗元-

첫째 시조에서 봉창에 걸린 '달'이나 '낚시'의 재미, 맑은 새소리 등 흥을 야기하는 요소 사이에는 대조나 이미지의 반전, 충돌이 없다. 둘째 시조도 마찬가지다. '새', '暮烟', '달', '술', '음악' 등 흥을 조성하는 전형적 사물들이 등장하는데 이들은 한결같이 '흥'이라고 하는, 즐겁고 밝고 상승하는 느낌으로 일관되고 있다. 모든 요소들이 '흥겨움'이라는 한 방향을 향하여 집중되고 있는 것이다.

3.5.3 언어사용에 있어서의 '재미'

홍이나 오카시에 포함된 재미요소가 골계성으로 발전하는 양상은 그리 어렵지 않게 찾아볼 수 있다. 이런 경향은 사설시조, 잡가, 판소리, 탈춤,『古今集』19권 '雜体' 중 俳諧歌, 俳諧, 俳句 등에서 주로 발견된다. 그런데, 골계성과 웃음 등의 재미요소가 언어화되는 양상에 있어 두 미유형은 차이를 드러내 보인다.

오카시의 경우, 이질적인 요소들간의 충돌로부터 웃음이 유발된다고 하였는데 이것을 달리 말하면 '本情의 파괴'라고 부를 수 있다. '本情' 혹은 '本意'는 어떤 사물에 대하여 전통적으로 고정된 이미지를 가리키는데, 대개 雅正한 언어로 표현된다.

鶯や餅に糞する縁の先
(휘파람새가 떡에 똥을 싸고 간 툇마루 부근)   -『芭蕉』·61-

여기서의 이질적 요소 혹은 부조화를 이룰 듯한 두 요소인 '휘파람새' '糞'이 어울려 묘한 조화를 빚어내고 이것이 이 작품을 '재미있게' '우습게' 그리고 다소는 '속되고 저급하게' 만드는 요소가 되고 있다. 이러한 골계성과 웃음은 와카같은 데서 전통적으로 雅正한 것으로 묘사되는 '휘파람새'와 저속하고 일상적인 '糞'의 이미지가 충돌하는 데서 빚어지는 것이다.[50] 이처럼 本情의 雅正性을 흩뜨리고 파괴함으로써 골계성과 재미가 야기되는 양상은 俳諧나 俳句뿐만 아니라『古今集』19권 '雜体' 중 俳諧歌에서도 쉽게 발견된다.

---

50) 川本晧嗣는 한 句 안에서 雅語(즉, 本意)와 俗語(일상어)가 만나 생각지도 않은 의미의 반향과 충돌을 야기하는 것이 俳諧의 생명이라 하였다. 川本晧嗣,『日本詩歌傳統』(東京:岩波書店, 1991), 89-90쪽.

山吹の花色衣ぬしやたれ問へど答へずくちなしにして
(황매화꽃 색깔의 옷을 입은 사람은 누가 찾아와도 대답하지 않는다네. '입
이 없다'고 하는 이름의 '구치나시' 빛깔이므로.) -『古今和歌集』·1012-

이 시에는 '구치나시'라는 표현을 두고 '掛詞'가 사용되고 있다. '掛詞'란
일종의 同音異議語인데 '구치나시'는 치자나무[51]를 가리키는 동시에 '말이
없다'는 '口無し'를 뜻하기도 하므로 하나의 단어에 두 가지 의미를 내포하
는 언어사용법이다. 그런데 이 와카의 재미는 '掛詞' 사용에만 있는 것이
아니라, '황매화꽃(山吹)'의 쓰임이 本情과 충돌을 빚는 데서 야기된다. 이
꽃을 형상화하는 전통적 표현의 예를 들어보면,

春雨ににほへる色もあかなくに香さへなつかし山ぶきのはな
(봄비에 더욱 곱게 피어난 색깔은 아무리 봐도 싫증이 나지 않는데, 게다
가 그 향기까지 마음을 끄는 저 황매화꽃)   -『古今和歌集』·122-

에서의 '春雨'와 같이 淸雅한 소재와 함께 어울리거나, 色·香 등 꽃의 본
질적 요소가 노래되는 경우가 보편적이다. 이것이 바로 황매화꽃을 비롯한
일반 꽃에 내포된 本情·本意이다. 그런데 1012번 노래에서의 '황매화꽃'은
일상어와 어울려 쓰임으로써 本情의 雅正함에서 벗어나 있고, 이와 같은 이
질적 이미지간에 빚어지는 충돌, 상충작용이 이 시를 '재미있게' 만들고 있
는 것이다.

俳諧를 '오카시를 근간으로 하는 滑稽文學'으로 정의하고 '웃음'을 그 1
차적 특질로 꼽는 견해[52]도 모두 이런 점에 기반하고 있다. '俳諧는 일상언
어를 사용한다'고 하는 芭蕉의 말(『三冊子』「わすれみづ」35段)이나, '일상의

---

51) 치자나무는 열매가 익어도 입을 열지 않으므로 이 이름이 붙게 되었다고 한다. 이
   나무의 열매는 染料로 쓰이는데 여기서는 黃赤色의 빛깔을 의미한다.
52) 井上豊, 「俳諧の原理」, 앞의 책, 176쪽.

속어를 가지고 읊는 連歌를 세간에서는 俳諧連歌라고 부른다'(『三冊子』「白雙紙」 4段)고 하는 말은, '俳'라는 글자에 '일상어를 사용하는 데서 오는 골계성'이 내포되어 있음을 반증한다.

> 15. しばらるる大內山の月のもと
>   (묶여 있는 大內山의 달 언저리)
> 16. 御室の僧や鹿ねらふらむ
>   (大內山 仁和寺의 僧이 사슴을 노렸기 때문이겠지)
>
> 29. あらをしや家に傳る舞あふぎ
>   (아아, 아깝구나. 우리집에 전해져온 舞扇을 도둑맞은 것이)
> 30. あるる鼠をにくむ幸わか
>   (설쳐대는 저 쥐를 미워하는 幸若)

이 작품은 <哥いづれの卷>[53]이라는 하이카이의 일부이다. 이 작품은 貞德翁 獨吟의 햐쿠잉(百韻)인데 100句 중 15, 16, 29, 30 번째 句에 해당한다. 이 句에 생동감을 부여하는 것은 '쥐'나 '殺生의 파계를 한 僧'과 같은 凡俗한 소재, 그리고 이 소재를 표현하는 데 사용된 일상적 언어이다. 이같은 소재나 어휘들은 들은 와카나 純正連歌에서는 잘 다루어지지 않는 일상 현실의 소재인데, 바로 그렇기 때문에 생생한 삶의 현장을 부각시킬 수 있는 것이다.

이처럼 일상적 소재나 일상언어의 사용으로 인해 재미가 유발되는 양상은 『萬葉集』 16권의 戲歌에까지 거슬러 올라간다.

> 法師らがひげの剃り杭 馬繫ぎいたくな引きそ僧は泣かむ
> (法師들이 수염을 깎은 말뚝에 말을 묶어 세게 끌지 말아라. 스님이 울 테니까)
>   -『萬葉集』・3846-

---

53) 『連歌俳諧集』(東京:小學館, 1974・1990)

당시 일반 남성들은 수염을 깎지 않았으나 승려들은 수염이나 머리를 4일마다 한 번씩 깎았다고 한다. 원래 수염이 없어 이상해 보이는데, 더군다나 수염을 깎은 뒤 듬성듬성 돋아난 것이 마치 잘라낸 나무기둥같이 보인다는 발상을 바탕으로 하고 있다. 이 작품의 재미는 聖스럽고 고상한 존재인 스님을 戱畵化하는 데서 비롯되기도 하지만, 수염(ひげ), 말뚝(杭), 馬, 울다(泣かむ)와 같은 구어체 일상어를 그대로 시에 도입한 것이 재미형성에 큰 역할을 한다.

雅正한 本情과 충돌을 빚는 일상어를 사용하거나 언어유희를 통해 골계성과 재미가 파생되는 오카시와는 달리, 사설시조나 탈춤, 판소리 등에 녹아 있는 흥의 재미는 욕설과 같은 卑俗語를 여과 없이 사용하는 데서 비롯된다. 강한 현실긍정은 저속으로 흐르기 쉽고, 일상언어나 비속어를 여과 없이 사용하는 것은 저속화를 부추기는 요소가 되기도 하지만, 이같은 저속성이 오히려 흥을 배가하는 작용을 하기도 하는 것이다.

> 白髮에 환양노는 년이 져믄 書房 ᄒ랴ᄒ고/셴머리에 黑漆ᄒ고 泰山峻嶺으로 허위허위 너머가다가 과그른 소나기에 흰 동정 거머지고 검던 머리 다 희거다/그르사 늘근의 所望이라 일락배락 ᄒ노매
>
> ·중놈은 승년의 머리털 잡고 승년은 중놈의 샹토 쥐고
> ·중놈이 졈은 샤당년을 엇어 싀父母께 孝道를 긔 무엇슬 ᄒ야 갈쇼
>
> 가세가세 자네가세 가세가세 놀러가세
> 배를 타고 놀러를 가세
> 지두덩기어라 둥게 둥덩 덩실로 놀러가세
> 앞집이며 뒷집이라 各位 각집 處子들로 장부간장 다 녹인다
> 冬三月 桂三月 회양도 峯峯 돌아를 오소
> 아나 월선이 돈 받소…
>   -<船遊歌> 中-

인용된 예 모두가 재미있고 즐거운 내용으로써 흥을 유발한다. 첫 번째
예는 나이 들어 머리가 하얗게 센 여자가 젊은 남자와 눈이 맞아서 그를 만
나러 가는 도중에 벌어지는 에피소우드를 그리고 있는 辭說時調이다. 자연
적 늙음을 인위적 방법으로 감추려 하는 데서 웃음과 재미가 야기되고 있는
데 "환양노는 년", "져믄 書房 호랴호고"와 같은 卑俗한 표현이 그 재미를
배가시키고 있는 것이다. 그 뒤에 이어지는 "즁놈", "승년", "사당년" 등의
비속어도 같은 구실을 한다.

그 다음 예는 뱃놀이에서 고조된 흥이 放逸로 흘러가고 있는 양상을 보
여주는 雜歌이다. 여기서는 저속한 표현은 사용되지 않았지만 "장부간장 다
녹인다", "아나 월선이 돈 받소"와 같이 일상생활에서 구어적으로 사용되는
표현을 아무런 절제 없이 사용함으로써 정서를 이완시키고 이로부터 흥감을
표출하는 효과를 거두는 것이다.

3.6 差異의 근저에 있는 것

지금까지 같은 미적 범주에 속하면서 상이한 빛깔과 꼴무늬로 변주를 보
이는 흥과 오카시의 특성들을 비교해 보았다. 여기서 드러난 공통점과 상이
점들은 시각을 넓혀 생각하면, 문학을 통해 형상화된 兩國 文化的 기반의
同異點으로 이해해도 될 것이다. 문학의 비교연구가 궁극적으로 지향할 바
는 '文化의 비교'라고 생각하며 문화의 비교를 통해 우리 문화, 우리 민족
의 아이덴티티를 확인하는 작업이야말로 國學을 전공하는 사람들의 보람이
라고 여긴다. 이제, 같은 기반 위에 놓이면서도 상이점을 낳게 한 근본적 요
소는 무엇인가 에 대하여 간략히 생각해 보고자 한다.

'文化'란, 개인의 행동·사고방식·感受 방식 및 인간관계의 패턴으로서
이 패턴은 특정 사회·집단의 구성원으로부터 다른 구성원으로, 세대로부터
다음 세대로, 학습을 통해서 전달·계승되며 이 패턴은 변화하면서도 그 변

화의 양상에 통시적으로 일관성을 담고 있다.[54] 흔히 문화는 그 자체로서 하나의 유기체인 여러 부분적 문화요소로 이루어진 超유기체로서 일종의 '모자이크'에 비유될 수 있다. 동일한 모자이크의 파편이 둘로 나누어져 상이한 모자이크 모양을 이루게 되면 그것에 隣接한 몇 갠가의 모자이크 파편들에 의해 별도의 의미가 부과되고, 경우에 따라서는 마치 전혀 다른 모양을 띠게 될 수도 있다.[55] 이처럼, 개별문화로 파생되게 하고 그것이 독자적인 문화로 성장할 수 있게 하는 근본요인으로서 자연적·지리적 조건, 역사적 변화 등이 거론된다.[56]

일본의 자연은 자주 내리는 비로 수목이 울창하여 원시림과 같은 모습을 띠는 곳도 흔히 보인다.[57] 높은 산에 빽빽하고 울창하게 하늘을 찌를 듯이 자란 나무들로 인해 그 깊은 곳은 신비와 두려움의 대상이 되고, 그 곳에 거주하는 알 수 없고 신비한 어떤 존재는 베일에 가려진 그 신비함 때문에 경외의 대상이 되고 흔히 신격화된다. 일본의 자연은 겉에서 보는 것과는 전혀 다른 의외의 모습이 그 안에 펼쳐져 있는 경우가 많다. 이에 비해, 우리나라의 자연은 몇몇 높은 산을 제외하면 대개는 완만한 느낌을 주며 두려움과 경외의 대상이라기보다는 생활의 연장공간으로서의 친근한 대상으로 다가온다. 깊숙이 들어간다 해도 인간이 예상한 범위와 정도를 크게 벗어나지 않는 경이를 보여줄 뿐, 일본의 경우처럼 밖에서 보는 것과는 전혀 다른 의외의 장면이 펼쳐져 두려움을 안겨주는 일은 흔치 않다. 이같은 자연환경은 審美觀의 차이를 낳는 가장 큰 원동력이 된다고 본다. 고대로부터 인간의 미적 감상능력 및 미적 대상은 자연이 기준이 되어 왔을 것이기 때문이다. 훤히 드러난 것보다 감추어진 것에서 미적인 것을 체험하는 일본적 심

---

54) 『日本の社會文化史』3卷(東京: 講談社, 1973), 13-14쪽.
55) 『日本の社會文化史』4卷, 17-22쪽.
56) 같은 곳.
57) 韓·日 양 문화의 차이를 빚어내는 근거로서 '風土'에 천착한 예는 金容雲의 『韓·日 民族의 原型』(평민사, 1987·1991)에서도 볼 수 있다.

미안도 여기에 근원한다고 본다. 따라서, 사람들 눈에 잘 띄지 않는 것, 찾아내기 어려운 것에 미적 기준이 두어지고, 그 깊이 감추어진 것을 찾아낸 사람의 희열과 경이감이 문학이나 기타 예술로 표현되는 것이다.

이것은 곧 큰 것보다는 작은 것, 눈에 잘 안 띄는 것, 전체보다는 부분, 미세한 것, 즉 섬세한 관찰을 해야 그 미묘함이 파악될 수 있는 것이 미적 대상이 되는 경우가 많다. 지금도 일본의 공원같은 데를 가보면, 고개를 숙이거나 허리를 잔뜩 굽히고 뭔가를 열심히 관찰하면서 때로는 카메라를 들이대고 사진을 찍기도 하고 노트를 꺼내 스케치를 하는 사람들의 모습을 흔히 보게 된다. 자연 속에 들어섰을 때 시선을 멀리 두고 먼저 전체적인 형상을 둘러보면서 감상하는 우리나라 사람들의 태도와는 크게 대조를 이룬다. 이처럼 자연이나 모든 사물을 미시적으로 자세히 관찰하여 그 결과 의외의 것을 찾아냈을 때 탄성을 올리며 언어로 표현했을 때 하나의 俳句가 탄생할 수 있는 것이다. 그러므로, 일본문학 나아가 일본예술에서는 대상의 미묘한 '변화'를 미적인 것으로 받아들이는 반면, 우리나라의 경우는 여전한 것, 인간에게 두려움을 주거나 의외의 사건을 안겨다 주는 것보다는 어느 정도 '예상된 것', '불변의 것'에 미적 기준을 두는 양상으로 차별화된다. 그리하여, 자연도 일본에서는 '시간적'-시간은 변화를 가져오는 것-으로, 우리나라에서는 '공간적'으로 파악되는 것이다.

관찰은 상대와 마주보는 행위가 아니라, 일방적으로 대상을 '들여다 보고' '엿보는' 행위이다. 우리 시가에는 부정적으로 그려지는 안개나 구름 등이 일본에서는 가장 강도 높은 미적 체험을 가능케 하는 자연물로 등장한다. 그것을 통해 살짝 비치는 것의 아름다움은, 일본 미학자 金原省吾의 표현대로 하면 훤히 툭 트인 바다가 아닌 '나무 틈 사이로 살짝 비치는 바다'의 아름다움 바로 그것일 것이다. '엿봄의 미학'은 일본적 특성이지 우리의 문화에 밀착한 특성이라고 할 수는 없다. 오히려 툭 터진 곳, 예를 들면 정자나 누각같은 데서 한눈에 다 들어오는 자연환경을 전체적으로 관망 또는 조망하며 시를 읊조리고 노래부르는 것이 한국적인 특색일 것이다.

또 다른 자연적 여건으로서 일본의 잦은 '地震'은 그들의 미적 감각을 각인하는 중요한 요소가 되었을 것으로 본다. 지진은 찰나성, 一過性을 특징으로 한다. 어느 한 순간에 한 번 휙 덮치고 간 지진은 삶의 모든 것을 바꿔놓는다. 물론 우리나라도 가뭄이나 홍수가 닥쳐 모든 것을 바꿔놓는 일이 흔했지만, 지진과는 달리 찰나적이지도 一過的이지도 않다. 지진이 삶의 한 부분이 되어 버린 일본인들의 삶에서 그들의 미적 감각 형성에 지진이 미친 영향력은 충분히 짐작하고도 남음이 있다. 순간적인 것이 가지는 엄청난 의미, 일순간의 시간이 차지하는 인생에서의 비중에 대한 절실한 체험은 일본에서 '禪'을 꽃피우게 한 하나의 계기가 될 수 있었을 것이다. 禪이란 순간적 깨달음이다. 어느 일순간에 반짝 하고 전혀 예기하지 않았던 깨달음을 얻는 것처럼, 자연물을 관찰하다가 어느 한 순간에 의외의 것을 발견하고 거기서 인생의 진면목을 체험하여 그것을 언어로 형상화한다는 점이 일본문학에 공통되는 기반이 아닐까 생각한다. 이에 비해, 우리나라 사람의 미적 체험은 한 순간에 찰나적으로 다가오는 의외의 것보다는 어느 정도 예상된 것에서 야기된다고 여겨진다.

이같은 자연적 여건 못지 않게 미의식 형성에 중요한 요인이 되는 것으로 '半島'와 '島嶼'라는 지리적 여건을 지적할 수 있다. 반도는 한편으로는 대륙에 연결되어 있으면서 다른 한편으로는 섬과도 연결될 수 있는 교량역할을 한다. 즉, 어느 한 쪽과 다른 한 쪽을 연결하고 관계지운다는 데 그 본질적 의의가 있는 것이다. 이에 비해, 섬은 육지로부터 고립된 것이다. 다른 사람과 사귀며 교제를 하고 싶어도 사회성이 결여되어 바램대로 잘 안되는 것이 일본인들이 체험하는 사교의 고충이라는 내용의 글을 읽은 적이 있다.

지금까지 보아왔듯, 언어로 표현하기 전단계 즉 관찰하는 단계에서는 物의 본질을 포착하여 하나되는 것을 중요시하면서도 언어화하는 단계에서는

私意를 배제하고자 하는 것이 오카시 문학 나아가서는 일본문학의 한 특징을 이루는데, 이는 관계맺음이나 개방화를 지향하면서도 그에 소극적인 일본인들의 특성과도 상통하는 것이다. 즉, 직접적 관계맺음을 원하는 속마음을 표면에 드러내기를 꺼리는 태도에 그 맥이 닿아 있다고 본다.

한편, 우리나라의 경우는 지리적 여건상 늘상 이쪽 저쪽과 좋든 싫든, 그리고 우호적이든 적대적이든 관계를 맺고 살아올 수밖에 없었다. 때로는 생존을 위하여, 때로는 더 나은 발전과 진출을 위하여 '나' 아닌 '저편'과 타협하고 투쟁하고 거래한다고 하는 것은 바로 관계를 맺는다는 것의 다른 표현인 셈이다. 문학작품을 통해서 볼 때, 우리문학은 비유(특히 은유) 표현이 매우 드문데, 그것은 비유라는 우회적 표현보다는 直敍的 표현이 보편화되어 있음을 말해 준다. 또 소재가 되는 사물들과 직접적 관계맺음을 지향함을 말해주는 근거가 된다. 이 점은 자기 밖의 物-타인을 포함하여-과 직접적인 관계맺음을 지향하며 자신의 속마음을 표현하는 데 적극적인 한국인의 특성을 말해 주는 일면이라 하겠고, '半島'라고 하는 지리적 여건과도 무관하지 않은 것이다.

이에 비해, 고립된 도서국인 일본이 타인과의 관계맺음에 서툴 수밖에 없는 것은 당연한 현상인 지도 모른다. 전혀 원하지 않아서가 아니라, 그 방법을 모른다고 하는 것이 정확한 표현일 것이다. 따라서, 일본인은 상대를 자세히 관찰하면서 때로는 상대에 대한 배려[58]의 의미로, 때로는 자기방어를 위하여 자신의 본마음을 겉으로 드러내지 않는 성향을 지닌다. 자신의 의견이 남들에게 공감을 얻을 수 있는 객관성을 결여할지도 모른다는 두려움 때문에 주관이나 개성을 표면화하는 것을 꺼리는 것이다.

일본 시가에서 私意를 문면에 활짝 드러내 놓는 것을 下級으로 인식하는 이면에는 이같은 心的 성향이 자리잡고 있다. 표면적으로는 자연물의 한 단

---

58) 이 배려를 의미하는 일본어 '오모이야리'(おもいやり)는 일본문화의 중요한 부분을 나타내 준다.

편적 인상을 묘사한 것 같아도 그 이면에 인생과 작자의 개인적 생각을 충분히 담을 수 있다고 믿고, 독자도 겉으로 표현된 것 속에서 진짜 의도를 읽어낼 수 있는, 말하자면 이심전심의 미적 체험이 상호간에 존재하는 것이다. 이것이 일본적 커뮤니케이션의 한 단면이다. 오카시는 일본을 대표하는 세 미유형 가운데 가장 개방적인 것임에도 불구하고, 앞에서 살핀 바대로 소극적이고 간접적·우회적·굴절적 인 관계맺음 양상을 보이는 것도 이같은 지리적 여건과 무관하지 않다고 본다.

제 3 부 ‘恨’ 論

1章 '恨'의 美學

I. '恨'의 意味體系

우리는 보통 '恨'이라는 말에서 悲哀感·喪失感·우울·억울함 등을 연상하게 되므로, 이같은 '恨'의 정서를 풍류심과 연결짓는 일이 일견 무모하게 생각될 수도 있다. 그러나, '恨'이라는 말이 사용되는 상황, 그 때의 심리상태, 심적 체험 등을 면밀히 검토해 보면, 이 말의 내포가 단지 부정적 정서에 국한되지 않는다는 것을 알게 된다.

恨의 형성의 단초가 되는 사건에 대한 주체의 심리적 반응은 비애감·분노·좌절 등 부정적 감정이 주조를 이루는 것은 사실이나, 그 감정이 일시적이거나 강도가 약할 때, 혹은 일회적일 경우에는 '恨'이라는 말을 쓰지 않는다. 그 심리상태가 더 이상 진전될 수 없는 궁극의 상태에까지 이르렀을 때, 그리하여 마음이 일종의 진공을 이루는 상태가 되었을 때 우리는 '한'이라는 말을 사용한다. 이럴 경우 오히려 마음은 순화되고 감정의 진전이 제로가 되는 상태, 즉 無化되는 상태에 이른다. 이것은 비단 비애감의 경우에만 해당되는 것은 아니다. 어떤 감정, 어떤 현상이든 그것이 궁극의 상태에 이르면 원점의 제로상태로 환원되는 것이 자연의 법칙인 것이다.

그러나 궁극에 이르기까지의 과정을 거친 뒤의 無化된 상태, 즉 이성에 의한 통제나 인내의 한계를 넘어선 뒤의 심적 진공상태는 원점의 그것과는

다를 수밖에 없다.1) 그 현상의 본질에 접함으로써 경험하게 되는 일종의 카
타르시스가 수반되는 것이다.2) 이런 점에서 '恨'은, 감정의 제로상태나 카타
르시스를 수반하지 않는 '冤'과 다르다고 할 수 있다.3)

　이같은 심리적 경험을 일반 미학에서 말하는 '미적 체험'으로 이해할 수
있다고 보며, 따라서 풍류심의 한 형태로 범주화될 수 있다고 생각한다.
'한'의 체험에는 슬픔, 좌절 등의 부정적 정서가 극에 달하여 본래의 부정성
이 無化되는 과정이 포함되는 것이다. 그러나, 이같은 감정의 無化를 영구
적인 것으로 이해하거나 '恨풀림'의 결과로 간주할 수는 없다고 본다. 오히
려 일시적인 한 순간의 체험으로 보는 것이 타당할 것이다.

　풍류심의 한 유형 혹은 심미체험의 한 형태로서 '한'의 미학적 위상을 정
립시키기 위한 기초작업으로서 우선 '恨'이라는 말이 내포하는 의미들을 검
토하고자 한다.

1. '恨'의 어원

　'한'은 보통 '쌓인다', '맺힌다', '서린다', '깊다'와 같은 서술어와 함께 쓰
인다. 이와 같은 표현에서도 드러나듯이 '한'은 감정이 분출되지 않고 안으

---

1) 논자에 따라서는 이런 상태를 '달관의 경지' 혹은 '체념'으로 설명하는 경우도 있다.
2) 이것을 천이두는 '恨'의 밝은 내포라고 말하지만 이같은 무화된 감정이 꼭 '밝은'
　것만은 아니며 '한'에 밝은 면까지 내포된 것으로 이해하는 것은 논리의 비약이라고
　본다. 천이두는 한의 미적 본질을 '삭힘'의 작용에서 찾으면서 삭힘의 과정에 내포된
　윤리성, 밝은 면을 들어 한에는 明暗의 兩面이 존재하는 것으로 이해하였다. 恨에 윤
　리적 지향성이 내포되어 있는 점은 수긍할 만하나, 한 자체에 어두운 면과 대등하게
　밝은 면을 포함시키는 것에는 무리가 있다고 본다. '한'의 밝은 면은 어두운 면과 대
　등하게 존재하기보다는 일종의 잠재적 가능성으로서 내포된 것으로 보는 것이 타당하
　다고 생각한다. 천이두, 『한의 구조연구』(문학과 지성사, 1993)
3) 冤鬼나 冤魂은 넓게 '恨'의 한 형태로 볼 수도 있지만 필자는 이같은 점을 가지고
　양자를 구분하고자 한다.

로 응고된 상태와 밀접한 관련이 있음을 알 수 있다.

이 글자의 구성을 보면, 사물이 고정적으로 지속되는 상태를 나타내는 ‘艮’과, 마음상태를 나타내는 ‘心’의 복합으로 이루어져 전자가 聲符로, 후자가 訓符로 작용하고 있다. 여기서 ‘艮’은 ‘目+匕’의 會意로서, 오늘날의 포크(fork)에 해당하는 ‘匕’가 사물을 찍거나 찌르는 기능을 갖듯이, ‘시선을 멈추고 지긋이 사물을 바라보는 것’을 의미한다.4) 이로 볼 때, ‘恨’은 어떤 사물·현상·사건에 대하여 마음이 지긋이 고정되어 傷痕이 생기고 이것이 사라지지 않는 것을 나타내는 글자임을 알 수 있다.5) 마음이 고정되면 응어리가 생기게 마련이다.

詩語로서의 ‘恨’과 ‘怨’에 주목하고 이들의 글자조성 및 쓰임을 비교분석한 연구에 의하면, ‘恨’은 과거에 관계된 어떤 일이 해결불가능·회복 불가능한 기정사실이라고 자각될 때 일어나는 감정이고, ‘怨’은 원인이 해결 가능하다고 생각되면서도 현실적으로 해결되지 않는 정황에서 생기는 감정이라고 하였다.6) 또 前者가 감정의 응고상태를 나타내는 것과는 달리, 後者는 유동성을 지닌다고 하였다.

이와 같은 ‘감정의 응어리’는 ‘恨’이라는 글자가 내포하는 제 1의 의미요소라 할 수 있다. 그리고, 이 ‘감정의 응고’가 장기간의 시간을 필요로 한다는 점을 감안할 때. 불행의 요소의 ‘축적성’, ‘반복성’, 이로 인한 삶에의 자각 등이 이 글자에 내포되어 있음을 짐작할 수 있다.

---

4) 藤堂明保, 『漢字語源辭典』(東京 : 學燈社, 1965 · 1987), 706쪽.
5) 같은 책, 707쪽.
6) 松浦友久, 「詩語としての ‘怨’と‘恨’」, 『詩語の諸相』(東京 : 硏文出版社, 1981)

2. '恨'의 의미망

'한'은 '흥'과는 달리 다양한 정감이 복합적으로 얽혀 있다는 점에서 특징적이나. 어떠한 정감요소들이 여기에 내포되어 있는가를 살피는 것은 '한'의 명확한 이해에 도움이 될 것으로 생각한다.

'한'의 정감요소 중 가장 큰 비중을 차지하는 것은 아마도 '悲哀感'과 '怨望'일 것이다.

(1) 登臨暫隔路岐塵　높이 올라 속세와의 갈림길 잠시 사이에 두고
　　　吟想興亡恨益新　시구 읊조리며 흥망을 생각하니 한이 더욱 새롭네
　　　　　　　　　　　　　　　　　-崔致遠, <登潤洲慈和寺上房>-

(2) 소금수레 메워쓰니 千里馬ㄴ줄 제 뉘 알며
　　　돌속에 버려쓰니 天下寶ㄴ줄 제 뉘 알리
　　　두어라 알리 알지니 恨홀줄리 이시랴　　　　　　　-鄭忠信-

　　　애매한 일로 비명횡사함이니 누구를 恨하리오-<숙영낭자전> 中-

한시에서의 '한'은 역사의 흥망을 통해 인생무상을 감지하는 데서 오는 슬픔을 의미하며, 시조에서 '恨홀줄리 이시랴'라고 한 것은 자기를 알아주는 이 없어도 원망하지 않겠다는 뜻이라고 할 때 여기서의 '한'은 '怨望'의 뜻을 담고 있다고 할 수 있다. <숙영낭자전>의 '한' 역시 '원망'의 뜻으로 보는 것이 타당하다.

(3) 映溪千萬朶　　계곡물에 아른거리는 흐드러진 꽃가지들
　　 却恨千分開　　도리어 활짝 꽃피운 걸 후회하고 있구나

(4) 未能瞻日月 却恨向塵埃. (龍顔을 뵙지 못했으니 도리어 속세를 향한
　　 것이 한스럽도다.)　　　　　　　　　　　　-『破閑集』·中卷-

慚恨至今持斗米　부끄럽고도 한스럽구나. 오늘날까지 벼슬길에
　　　　　　　　매어
故園蕪絶負逍遙　고향의 뜰 황폐하게 버려두고 逍遙의 念을 저
　　　　　　　　버리고 만 것이
　　　　　　　　　　　　　　　-朴祥, <酬鄭翰林留別韻>-

恨眼目不長 落老胡計中. (안목이 길지 못해 늙은이의 계략에 빠진
것을 한탄하다.)　　　　　　　　　　-『破閑集』·下卷-

　이 예들에서의 '한'은 모두 '後悔'의 요소를 포함하는 것인데 (3)이 단순
한 후회의 정감 즉 悔恨이라면 (4)는 과거 또는 현재의 자기행동에 대한
'自愧感' 때문에 일어나는 '自責'과 '恨歎'의 심정이 깊게 배어 있는 慚恨
이라 할 수 있다. '怨'이 주로 타인을 향한 감정이라면, 자괴나 자책, 한탄
은 그 원망의 감정이 자신을 향했을 때 일어나는 감정이라 하겠다.

(5) 嘗覽元曉居士所著金剛三昧論　深恨不見其人. (일찌기 원효거사가
　　저술한 금강삼매론을 열람하였으나 그 사람을 만나보지 못한 것을
　　깊이 한스러워 하였습니다.) -『三國史記』列傳·第六,「薛聰」條-

　　欲參高會慙非分　명망 높은 그 자리에 참석하고 싶지만 분수 아님
　　　　　　　　　　을 부끄러워하나니
　　却恨當年第二人　그 해에 亞元에 머무른 게 애석하기만 하구나
　　　　　　　　　　　　　　　　　　-『東人詩話』中-

(6) 未圓常恨就圓遲　이지러져 있을 때는 항상 둥글어짐 더디어 한이
　　　　　　　　　　더니
　　圓後如何易就虧　보름달 된 뒤엔 어찌 이리도 쉽게 이지러지는가
　　　　　　　　　　　　　　　　　-宋翼弼, <望月>-

몸에 쌓인 이 가죽을 뉘라서 벗겨주며 눈 없는 게 한이로다
　　　　　　　　　　　　　　　-<심청전> 中-

(5)의 예는 과거에 이루지 못한 일에 대한 '아쉬움', '유감', '애석'의 의미
로서의 '한'이며, (6)은 강한 소망과 염원 즉 '願望'의 의미가 함축된 '한'의
예이다. 송익필의 시구에서는 '빨리 보름달이 되었으면'하는 염원이, <심청
전> 구절은 '나도 앞을 볼 수 있었으면'하는 염원이 行間에 담겨 있다고
보기 때문이다.

(7) 客愁秋恨立江邊   가을 나그네 수심어려 강변에 서니
    山日依依下遠天   산의 해는 느릿느릿 먼하늘로 져가고 있네
                -鄭徹, <別辛君望獨立芳草洲上不堪惘然題一絶寫懷> 中-

(8) 此生 緣分이 천박하와 이리 되었사오니 첩의 怨恨을 풀어 주시면 죽
    은 혼백이라도 淨한 귀신이 되리이다   -<숙영낭자전> 中-

(7)의 예는 비애감과는 다소 성격이 다른 '憂愁'의 정감으로서의 '한'의
양상을 보여준다. '憂愁'에는 무엇인가에 대한 근심, 걱정, 염려의 심정이
담겨 있어 슬픔과는 구분된다. (8)의 경우는 현재 자신이 처한 상황에 대한
'억울함'의 표출로서의 '한'을 보여주며, 나아가서는 이런 상황을 야기한 원
인이나 대상에 대한 '憤慨'의 심정을 드러내고 있다.

이외에도 恨에는 '傷心', '挫折'과 '失望', '不滿' '諦念'의 요소들이 포
함되어 있다. 이상 살펴본 것처럼, '恨'은 다양한 감정요소들이 복잡하게 얽
혀 형성된 복합정감으로서, 이 점은 '흥'이나 '무심'의 단순성과는 대비되는
'한'의 미의 특징이라 할 만하다.

II. '恨'의 심리

'한'은 '흥'이나 '무심'과는 달리 복합적 성격을 띠는 미유형이다. 위에서

본 것처럼 '한'은 다양한 정감이 복잡하게 얽혀 의미의 網을 형성하고 있어, 그 심리적 메카니즘을 좀 더 자세히 규명할 필요성이 제기된다. '한'이 내포하고 있는 다양한 의미요소들 중 적어도 하나 이상이 어떤 기호형태—언어기호, 청각기호, 시각기호, 동작기호 등—로 표면에 부각됨으로써 우리는 그것을 '한'의 징표로 수용하게 되는데, 그 기호가 내포하고 있는 의미요소가 많으면 많을수록, 포괄범위가 넓으면 넓을수록 '한'의 미적 체험은 강렬해진다.

그러나, '한'의 정서가 아무리 복잡다단하다 해도 그것이 구조화되는 양상을 소급해 보면 두 가지 심리기제, '소외'와 '억압'의 요소가 근저에 자리하고 있음을 알 수 있다. 그러므로, '한'의 미가 농축되어 있다고 여겨지는 <한중록>을 중심으로 이 점을 규명해 보고자 한다.

1. '疏外(Alienation)'와 '抑壓(Repression)'의 구조

<恨中錄>(혹은 <閑中錄>)은 '한'의 본질이 가장 뚜렷하게 그리고 섬세하게 표현되어 있는 작품이라고 생각되어, 이의 분석을 통해 '한'이 형성되는 과정을 추적해 보고자 한다.[7] <한중록>은 혜경궁 홍씨의 恨체험의 기록이다. 혜경궁 홍씨의 恨이 어떻게 형성되어 갔는가 하는 점은, 작자가 체험한 恨의 내용이 무엇인가 하는 문제와 밀접한 관계가 있다. 홍씨가 글 곳곳에서 '終身의 至痛至恨'이라 표현하고 있는 恨은 천륜에 어긋나는 남편의 죽음과 친정의 몰락이라는 두 사건에서 연유한다. 이 두 사건은 모두 어느날 갑작스럽게 닥친 불행이 아니라 오랜 세월에 걸쳐 갈등과 불화와 비극

---

7) 이 작품에 대해 처음으로 심리적 분석을 시도한 논문은 아마 金用淑의 「思悼世子의 悲劇과 그 精神分析的 考察」(『國語國文學』 19호, 1958)일 것이다. 이 외에 李能雨, 「恨中錄의 心理分析」, 《文學春秋》 1965. 3(『古小說研究』, 二友出版社, 1980에 재수록); 金用淑, 「閑中錄研究」, 『朝鮮朝女流文學의 研究』(숙명여대 출판부, 1979) 등도 심리분석에 의한 연구이다.

의 요소가 누적되면서 지속·반복되어 왔다는 데에 주목해야 한다. 이런 불행의 요소가 지속적으로 되풀이되면서, 그에 직면하는 홍씨의 심적 반응도 걱정·근심·불안으로부터 증오·분노로, 그리고 좌절과 체념으로 변화되어 간다. 이런 부정적 정서가 증가함에 따라 喪失感과 遊離感도 증가되며, 경험주체가 감내해야 하는 고통의 폭도 커지게 된다.

만일 혜경궁 홍씨가 이렇게 누적되어 온 불행의 감정을 밖으로 분출할 수 있는 처지였다면 <한중록>은 쓰여지지 않았을지도 모른다. 당시 상황과 처지에서 혜경궁 홍씨가 할 수 있었던 유일한 것은 상황을 수용하여 안으로 삭이는 것 뿐이었다. 어쩔 수 없이 상황을 수용하고 인내하는 것은 意識의 세계에서 그의 의지로 행해지는 것이지만, 無意識的으로 자기보호의 태도를 취하고 있다는 것을 行間을 통해 포착할 수 있다. 그것은 괴로운 기억 저편으로 사건의 진상과 그에 따른 고통을 '밀어 넣어 버리는' 태도이다.8)

이같은 단서들로 미루어 '한'은 단순히 비애감이 지속적으로 되풀이되어 응어리로서 굳어진 심리상태라고 규정해 버릴 수 없는 복합적 심리현상임이 분명해진다. '한'은 의식적인 인내와 무의식적 억압을 비롯하여 부당한 힘으로 인해 구석으로 밀려난 듯한 억울한 느낌, 고독감, 좌절감, 상실감 등 다양한 심리현상들을 내포하고 있는 것이다. 이처럼 다양한 심리현상의 근저를 들여다 보면 두 개의 핵을 중심으로 그물망같은 미세한 감정의 실타래가 얽혀 있다는 것을 알 수 있다. 그 두 개의 중심축은 '疏外'와 '抑壓'의 심리기제이다. 이제, 이 두 용어를 중심으로 '한'의 심리적 특성 및 그것의 형성과정을 살펴보자.

소외나 억압의 이론은 사회학 혹은 심리학의 영역에서 다루어지는 것으로 서구문화를 배경으로 성립된 것이다. 그러므로, 우리 민족 특유의 심리체험이라 할 수 있는 '한'이 구조화되는 양상을 소외나 억압을 축으로 설명하는

---

8) 심리학에서는 이같은 메카니즘을 방어기제(Defense Mechanism)라고 하는데 이 경우는 특히 '억압'에 해당한다고 할 수 있다.

것에 무리가 있을지도 모른다. 이런 문제점을 고려하여 이들 용어가 포함하는 다양한 의미 중 어떤 특수한 사회배경 안에서만 설명될 수 있는 부분은 배제하고, 보편적인 체험으로 수용될 수 있는 현상을 중심으로 하여 이를 '한'의 구조화에 적용하고자 한다. 그렇다고 소외나 억압이 곧바로 '한'에 대응된다거나 이들이 '한'의 중심내용을 이룬다는 의미가 아니며, 이들이 '한'이라는 복합적 심리현상이 형성되는 과정에 작용하는 핵심적인 심리기제가 된다는 점에 주목하고자 한다.

'소외'라는 말은 원래 헤겔 철학에서 정신의 자기대상화·外化에 기원을 두고 있는데 마르크스에 의해 노동의 목적으로부터 소외라는 개념이 도입되면서 사회학적 의미를 부여받게 되었다.[9] 그러나, 여기서는 심리학 특히 사회심리학적 관점의 의미를 취하고자 한다. 사회심리학에서 이 말은 개개인이 사회생활의 주요한 제 과정에서 遊離되어 중심 밖에 놓여져 있다고 느끼는 감정을 나타낸다. 사회심리학적 관점에서 소외는 1)노동소외감-노동에 있어서 목적의 상실감-, 2)무력감-사회적 제 조건에 영향을 미칠 수 없다고 하는 감정-, 3)사회적 고립감-타자와의 사이에 빈번한 접촉을 가질 수 없다고 하는 감정-, 4)가치 疏隔感-有意味한 가치나 공통목표의 상실감-, 5)自己疏隔感-명확한 아이덴티티 감각의 상실-을 그 주된 내용으로 한다.[10]

이 중 '恨'의 형성과 밀접한 관계가 있는 소외의 양상은 사회적 고립감과 가치 疏隔感이다. 前者는 집단으로부터의 분리, 집단의 기준으로부터의 고립, 사회적 수용에 대한 낮은 기대감을, 後者는 그 사회의 공통 가치로부터 소외되어 있는 상태 즉 공통 요소가 적은 상태를 말한다. 그러므로, 이 때의 소외는 '중심'에 대한 '周邊性(Marginality)'의 의미를 함축하는 아노미 (Anomie) 개념과 아주 흡사하다.[11] 여기서 '중심'은 힘이나 권력일 수도 있

9) 鄭文吉, 『疏外論研究』(문학과 지성사, 1978·1987), 17-36쪽.
10) Melvin Seeman, "On the Meaning of Alienation", *American Sociological Review*, 1959. 6(No. 6)

고, 전통이나 관습, 집단 공통의 가치일 수도 있다.

혜경궁 홍씨는 명문가에서 자라 일찍이 영조의 눈에 들어 세자빈으로 간택된 후 얼마동안은 웃어른들로부터 온갖 귀여움을 받으며 부러울 것 없이 지냈다. 그러나, 영조와 사도세자 간의 불화가 점점 심각해지면서 결국 부자 간에 천륜을 깨뜨리는 비극이 발생한다. 81년의 긴 생애동안 남편의 죽음을 시작으로 아들 정조를 먼저 보내고 가까운 친족들마저 억울한 죄를 뒤집어 쓰고 사사되어 친정이 몰락해 가는 불행이 계속된다. 고통으로 점철된 세월을 보내다가 가까운 친지를 모두 잃고 궁중 뒷방의 힘없는 늙은이로 밀려나 말년을 맞이했을 때의 심정은 '소외감'이라는 말 한 마디로는 설명이 부족할 것이다. 가장 가까운 사람들을 죽음의 길로 보내면서 아무 것도 할 수 없고 더구나 자신이 궁중에 들어온 탓에 친정식구들이 환난을 겪게 되었고 게다가 그들에게 전혀 힘이 되어 줄 수 없었던 것을 환기했을 때 그가 느꼈을 무력감, 무가치함은 충분히 짐작하고도 남음이 있다.

이처럼 '恨'의 심리현상에는 중심으로부터 이탈되어 주변으로 밀려나 있다고 느끼는 사람의 억울한 심정, 자기무력감, 무가치함, 고립감이 뒤섞여 있음을 알 수 있다. 이 감정들을 통합하여 '소외감'이라는 말로 나타낼 수 있는 것이다. 그러나, 어떤 한 개인이 소외상태에 놓였다 해서 모두 그것이 '恨'으로 발전되는 것은 아니다. 개인적 성향에 따라서 또 그 개인이 처한 사회·문화적 환경에 따라서 그 양상은 달라진다.

보편적으로 비극적이라고 인식되는 사건이 발생해도 그것을 비극으로 수용하지 않는 사람에게는 그것이 일어나지 않은 것과 같다. 인도의 신분제도가 그토록 긴 세월 유지될 수 있었던 것은 가장 천한 신분인 수드라라 할지라도 그것을 비극으로 여기기보다는 전생의 業으로 받아들였기 때문일 것이

---

11) 정문길, 앞의 책, 212-213쪽. '아노미'라는 말이 사회학에 처음 소개된 것은 뒤르껭의 『자살론』에서인데, 이에 대한 사회학적 개념에 대한 자세한 설명은 Orru, 『아노미의 사회학』(임희섭 역, 나남, 1990) 참고.

다. 또 태어날 때부터 맹인인 경우와 후천적으로 맹인이 되었을 때 후자의 경우 '한'으로 발전할 가능성이 크다. 왜냐면 恨은 원래부터 결여상태에 놓여 있는 경우보다 불행이 닥치기 前과 後를 比較할 수 있는 상황에 놓였을 때 더 증폭될 것이기 때문이다.

소외나 억압이 모두 恨이 형성되는 과정에서 주체가 겪게 되는 심리현상이라는 점은 같지만, 소외는 외부적 영향이 크게 작용하는 반면, 억압은 주체의 내면적 성향과 더 밀접한 관계가 있다. '억압'은 비극적 사건을 비극으로 인식하기 시작할 때, 즉 외부사건이 주체의 내면에 파국을 가져올 위협으로 인식될 때 일어날 수 있는 심리현상이다.

'억압'이라고 하는 심리현상은 프로이트에 의해 防衛機制(Defense Mecha-nism)[12]의 한 종류로서 거론된 것이지만, 여기서는 꼭 無意識의 차원에서 일어나는 것으로 국한하고자 하지는 않는다. 意識의 차원에서 일어나는 억압현상을 무의식적인 것과 구분하기 위하여 '抑制(Suppression)'라는 말이 사용된다.[13] 諦念이나 忍從이라는 말로 더 잘 이해될 수 있는 '억제' 현상[14]은, 주체가 불안이나 불행의 요인을 밖으로 분출하지 않고 '內面化'하는 것이라는 점에서는 '억압'과 같지만 어디까지나 자신의 행위를 意識的으로 자각하고 있으며 意志의 통제 안에 놓인다는 점에서 억압과 다르다. '한'의 본질을 '삭힘'이라는 우리 고유의 표현을 가지고 설명한 견해는 '억제'의 심

---

12) 프로이트의 방위기제에 관한 설명은 Raymond J. Corsini(Ed.), *Encyclopedia of Psychology*(London : Search Press, 1972); 칼빈·S·홀, 『프로이트 心理學入門』(이용호 역, 백조출판사, 1977); 『新版 心理學事典』(東京 : 平凡社, 1981); Rom Harre & Roger Lamb(Eds.), *Encyclopedic Dictionary of Psychology*(Basil Blackwell Publisher, 1983)를 참고함.
13) 억압과 억제의 차이는 『新版 心理學事典』, 759쪽.
14) 김종은은 恨의 정신역동을 말하면서 "의식적인 현실에의 못마땅함을 체념과 인종의 형식으로 인정함과 동시에 이를 밑받침하는 무의식권내에서는 소원성취 염원이 강하게 작용하고 있다"고 하였다. 여기서 意識世界에서 일어나는 정신적 역동을 체념과 인종으로 설명한 것은 여기서 말하는 '억제현상'과 큰 차이가 없다고 생각된다.
   김종은, 「소월의 病跡-恨의 정신분석」, 《문학사상》 20호, 1974. 5.

리현상을 美的으로 풀이한 탁월한 해석이라고 할 수 있다.[15]

한편, 방위기제로서의 억압은 自我에 있어 위험하거나 감당할 수 없는 충동, 혹은 그것에 결부된 기억, 이미지 등이 意識으로부터 추방되어 무의식의 세계에 가두어지는 것을 말한다. 다시 말해 불안이나 파국을 초래하는 위험을 가져오는 관념이나 욕구를 자신의 의식에 나타나지 못하게 하는 기제이다. 그러므로, 방위기제의 一種인 억압은 방위기제 그 자체의 뜻과 거의 일치한다. 처음에 프로이트는 이 둘을 동일시했으나 이 외의 다양한 방위기제를 발견해 냄에 따라 구분하여 사용하게 되었다.

어느 정도의 억압은 정상적인 자아발달의 과정에서 자연스럽게 일어나는 것이지만 정도가 심해지면 강박신경증이나 우울증으로 발전하기도 한다. 이 증상에 대응될 수 있는 것으로 우리사회에 보편화된 '화병'이라고 하는 것을 들 수 있는데, 이는 '恨'이라는 정신적 응어리가 신체적 증상으로 나타난 것으로 볼 수 있다. '화병'은 경우에 따라서는 치료를 요하는 것일 수도 있으나 우리 사회에서 그것이 비정상적인 것 혹은 정신질환으로 간주되지 않는 까닭은, '恨'의 체험만큼이나 일반적이고 보편화된 것으로 받아들여지기 때문이다.

프로이트는 억압을 1차·2차 억압[16]으로 구분했는데 1차 억압은 유아기에 의식에 압박해 들어오는 불쾌한 것을 최초부터 배제하는 것, 다시 말해 意識化되어 본 적이 없는 본능이 억압되는 것을 말하며, 2차 억압은 한때는 의식의 세계에 속했던 생각이나 지각내용이 의식의 세계로부터 추방되어 그것이 의식으로 돌출하는 것을 저지하는 과정을 의미한다. 그러나 이 과정에서 추방되는 대상인 관념이나 기억은 파괴되지 않고 다만 무의식 속으로 밀려나 감금된다. 억압된 재료들은 꿈·말실수 등과 같은 증상을 통해 왜곡된

---

15) 천이두, 앞의 책.
16) 이에 해당하는 원 용어는 Primary Repression / Repression Proper(혹은 Secondary Repre-ssion)이다.

형태로 나타나기 쉽다. 이로 볼 때, '恨'의 구조화에 관계되는 것은 2차 억압이라 할 수 있다.

프로이트에 의한 1차·2차 억압의 구분은 라캉의 언술에도 계승되어 나타난다. 라캉의 언술에서 1차 억압은 개체 발생의 과정에 자연히 수반되는 필수적 요소로 설명되며 2차 억압은 은유공식에 의해 명확히 설명되고 있다. 기표/기의의 관계에서 원래의 기표 S-원래 의식의 세계에 속했던 생각이나 지각내용-가 새로운 기표 S'-말실수, 꿈, 농담 등 무의식의 형성물-로 대체되고 원래의 기표 S는 기의가 된다는 것이 은유공식의 핵심이다.17) 2차 억압에 의해 무의식으로 밀려난 원래의 기표-욕구, 혹은 직접 경험된 결여-는 형태를 바꾸어 의식세계로 모습을 드러내는 현상은 '억압된 것의 귀환'이라는 말로 설명되며 '否定'은 그 대표적인 위장의 방식으로 이해된다.18)

<한중록>에는 자신을 파국으로 몰아넣을 수도 있는 외부적 위협요소에 직면한 주체가 억제와 억압을 통해 자신을 방어하는 심리적 흐름이 적나라하게 드러나 있다. 혜경궁 홍씨의 한은 사도세자의 죽음과 친정의 몰락이 주원인이 되어 형성된 것이다. 이런 불행을 당하여 혜경궁 홍씨는 의식적으로 사도세자의 죽음을 기억의 밖으로 추방코자 한다. 만년에 이르러 그 사건을 기록할 때조차도 직접 거론하지 못하고 '某年의 일' 또는 '某年禍變'과 같은 우회적 표현을 써서 그 기억으로부터 회피코자 하는 태도를 보인다. 아래 기록은 그 사건이 있던 당시의 정황을 묘사한 것이다.

---

17) 라캉 이론 중 억압, 은유공식에 관한 것은 Jacque Lacan, エクリ(Écrits) 3冊, 宮本忠雄 譯(1卷)·佐佐木孝次 外 2人 共譯(2卷·3卷), 東京 : 弘文堂, 1985; 金仁煥, 「言語와 慾望」, 『韓國文學理論의 硏究』(을유문화사, 1986); 권택영 엮음, 『욕망이론』(민승기·이미선·권택영 옮김, 문예출판사, 1994); 아니카 르메르, 『자크 라캉』(이미선 옮김, 문예출판사, 1994); Dylan Evans, *An Introductory Dictionary of Lacanian Psychoanalysis* (London·New York : Routledge, 1996) 등을 참고함.

18) 'The Return of the Repressed'. Dylan Evans, 위의 책, 165쪽; 아니카 르메르, 위의 책, 173-175쪽. 124-126쪽.

내 마음이 음식을 끊고 굶어 죽고 싶고, 깊은 물에도 빠지고 싶고, 수건을
어루만지며 칼도 자주 들었으나, 마음이 약하여 강한 결단을 못하였다. 그러
나 먹을 수가 없어서 냉수도 미음도 먹은 일이 없으나 내 목숨 지탱한 것이
괴이하였다.19)

이렇게 기억하기조차 괴로운 사건을 평생 간직하며 고통을 억제해 오다가
붓을 들어 기록할 수밖에 없게 된 사연을 다음과 같이 기록하고 있다.

그 당시에 되어 가던 일을 내 차마 기록할 마음이 없으나, 다시 생각하니
주상(純朝)이 자손으로 그때 일을 망연히 모르는 것이 망극하고, 또한 시비
를 분별치 못 하실까 민망하여 마지못해서 이렇게 기록한다. 그러나 그중
차마 일컫지 못할 일 가운데 더욱 일컫지 못할 일은 빠진 조건이 많으며 내
머리가 다 신 만년에 이것을 능히 써내니, 사람의 모질고 독함이 어찌 이에
이르는고.

우리는 이 기록들을 통해 혜경궁 홍씨가 평생의 한이 된 고통을 얼마나
긴 시간동안 억제해 왔는가 하는 것과 그것을 기억 속에서 지워 버리려고
얼마나 몸부림쳤는가를 충분히 짐작할 수 있다. 그러나, 至痛至恨을 의지로
써 억제하거나 인내하는 데는 한계가 있다. 이때 무의식으로의 억압이 일어
난다.

우선 사도세자의 죽음이라는 사건에 직면하여 그의 무의식에 억압된 내용
물이 무엇인가를 검토해 보면, 그것은 그 사건의 직접적 가해자인 영조에
대한 '증오'와 '원망'임이 드러난다. 그 감정이 의식의 세계로 분출되는 것
은 혜경궁 홍씨에게 고통과 파국만 가져올 뿐이다. 유교적 윤리 속에서 군
주는 神과 같은 절대권력자인 동시에, 사사로이는 시아버지이기 때문에 현
실의 세계에서 그에 대한 증오를 표출하는 것은 곧 파멸을 의미한다. 그러
므로 영조에 대한 증오심은 무의식의 세계로 추방되어 단단하게 감금된다.

---

19) 이하 <한중록>의 인용은 『韓國古典文學全集』6 (良友堂, 1980)을 자료로 하였다.

한편, 친정의 몰락을 야기한 일련의 사건들은 영조의 명에 의해 이루어진 것이지만, 사도세자도 직접적인 원인을 제공했다고 볼 수 있다. 영조와 불화한 세자의 아내였기 때문에 그런 불행을 맞이한 것이다. 그러므로 두 번째 사건에 대한 홍씨의 증오의 대상은 영조만이 아니라 사도세자까지 포함된다. 그러나 사도세자에 대한 증오 역시 현실의 윤리에서 용납될 수 없는 것이므로 억압된다.

무의식으로 추방된 증오심이 모습을 바꾸어 의식세계로 돌출하는 양상은 <한중록>에서 매우 다양하게 나타난다.

> 병환이 망극하여 옥체가 위태하심과 종사가 매우 위태로웠으므로 상감(영조)께서 애통망극하시나, 만만 부득이하여 그 처분을 하시고……

> 사십년이래 그 일로 忠逆이 혼잡되고 시비가 뒤바뀌어 지금까지 정치 못하였으니, 경모궁 병환이 만 부득이하셨고 영묘 처분이 또한 부득이하셨던 것이다. …중략… 내든지 부왕이든지 지통은 스스로 지통이요, 의리는 스스로 알고, 망극중에 보전하여 종사를 길게 지탱한 성은을 감축하고…

> 나는 네 아버님 아내로 이 지경이 되고, 너는 아들로 이 지경을 만났으니 다만 명을 서러워할 뿐이지 누구를 원망하며 탓하리요. 우리 모자가 이때에 보전함도 성은이요, 우러러 의지하여 명을 삼음도 또한 성상이시니…

이 인용대목들은 영조에 대한 원망과 증오심을, 관용과 聖恩에 대한 감사로 위장하고 있는 양상을 보여 준다. 즉, 증오심이 의식의 표면으로 부각되는 과정에서 그에 대한 否定의 표현으로 모습을 바꾼 형태인 것이다.

> · 모두 하늘이 시키는 일이니 원통하고 원통하다.
> · 차마차마 망극하여 이 경상을 내가 어찌 기록하리요. 섧고 섧다.
> · 하늘이 어찌 이토록 하였었는가.
> · 살려고 하여도 살길이 없고, 죽으려 하여도 죽을 수가 없다. 이것이 모

두 나의 죄악이 무겁고 운수가 흉한 때문이니 하늘에 호소하고 귀신을 원
망할 뿐이다.
· 모두 흉한 징조를 귀신이 시키는 것 같아서 인력으로도 어찌할 수 없었
다.
· 하늘아 하늘아, 나를 살게 하여 두었다가 동생의 억울한 누명 씻는 것을
보고 죽게 하시도록 주야로 피눈물 흘리며 축수할 뿐이다.
· 하늘을 부르고 통곡하매 나의 팔자를 한탄할 뿐이다.

위의 인용들은 증오심을 대체하여 하늘에의 읍소, 비통함의 토로, 운명으
로의 귀결 등 사회적으로 용인된 감정이나 태도로 위장한 것을 보여준다.
즉, 영조에 대한 홍씨의 '증오심'과 '원망'-원래의 기표 S-이 사회적·윤리적
으로 용인된 감정이나 宿命論-새로운 기표 S'-으로 대체되는 은유의 양상을
읽어낼 수 있다. 이같은 감정이나 자세는 사회적·윤리적으로 용납될 수 있
는 것이기에 자아를 해치지 않으며 오히려 자아방어를 가능케 하는 기제가
되는 것이다.

그런가 하면, 증오와 분노를 직접 표출하는 경우, 그 대상이 사도세자나
영조로부터 화완옹주, 별감과 같은 궁정의 雜類 등 주변인물로 轉移되는 양
상을 보인다. 라캉의 이론틀에서 보면 이같은 양상은 환유의 방식으로 이해
될 수 있다.

이상, 비애감·분노·염원·자책 등 복합적 감정이 이 두 가지 심리현상
을 중심축으로 하여 '恨'으로 구조화되는 과정을 다음과 같이 요약해 볼 수
있다. 먼저, 불행감·비애·분노 등 부정적 정서를 야기하는 어떤 요인이 발
생한다. 그것은 해당 주체에게 대단히 소중한 어떤 것을 파괴하는 위협요소
로 감지되지만 아직 부정적인 감정의 상태일 뿐이다. 이 불행의 요소가 일
회적일 때, 그리고 일순간으로 완료된 것일 때, 우리는 '恨'이 맺힌 것으로
받아들이지는 않는다.

불유쾌한 상태가 지속적으로 되풀이되면 그 상태를 벗어나고자 하는 욕구

가 싹트게 된다. 그 욕구는 결여된 것을 충족시키거나 상실한 것을 되찾거나, 상실이라는 결과가 발생하기 전의 상태로 되돌아가고자 하는 것이다. 그러나, 상황은 주체의 염원대로 전개되지 않고 불유쾌감을 야기하는 요소가 지속·반복되면서 자아를 파괴할지도 모르는 위협으로 감지되고 불안감이 조성된다. <한중록>의 경우 사도세자의 죽음과 홍씨 친족들의 죽음은 혜경궁 홍씨가 감지해 온 그간의 위협요소와 불안감의 실체로서 현실화된 사건이다. 불행의 요소가 되풀이되는 회수가 많을수록, 불안의 경험이 장기화될수록, 그 사건이 미치는 영향력과 파괴력이 클수록 '恨'의 형성조건은 강화된다고 볼 수 있다. 주체는 세상으로부터의 분리감, 고립감, 무력감, 무가치감 등으로 나타내지는 강한 소외감을 느끼게 된다.

또 한편으로는 문제해결을 위해 욕구의 실현을 '억제'하는 意識的 태도를 보인다. 즉, 분노와 화를 안으로 '삭히고' 꾹꾹 눌러 '참는다'. 이같은 억제가 가중화·가속화되고 의지로서의 통제가 불가능해지면 그 불안과 고통의 내용은 무의식 속에 억압된다. '쌓인다', '서린다', '맺힌다' 등은 내면 깊숙이 밀어 넣는 억제와 억압의 심리작용의 결과를 형용하는 말이라고 생각된다.

소외와 억압의 현상은 동시적으로 그리고 반복적으로 지속되면서 감정의 응어리로 고착화되기에 이른다. 이 감정의 응어리가 바로 '恨'인 것이다. 욕구가 현실적으로 실현되거나 완전히 사라지게 되면 '한'이라고 하는 심리적 응어리가 형성되지 않는다. <한중록>에서 소외감은 문장 곳곳에 직접적으로 표현되지만, 無意識에 깊게 억압된 내용물은 어떤 代替的 표현을 통해 意識의 세계로 돌출되는 迂廻的 양상을 보인다.

<한중록>을 면밀히 읽어보면 대부분의 표현이 극도의 긴장과 억제로 단단히 무장된 사람의 견고한 심리상태를 감지케 한다. 그러나, 문장 곳곳에서 어느 한 순간 이같은 응고성이 무너지면서 '液化'되는 양상을 발견할 수 있다. 자연현상에서 '액화'란 고체가 액체로 변하는 것을 말한다. 혜경궁 홍씨의 경우 단단하게 굳어진 것은 英祖에 대한 '증오심'인데 이것이 때때로 사

회적으로 용납될 수 있는 감정표현으로 대체되곤 한다는 점은 앞에서 언급한 바 있다. 이런 표현들에서 悲哀와 痛切이 극치에 이른 사람의 심리상태를 읽어내는 것은 그리 어려운 일이 아니다. '애닯고 애달프다', '슬프고 슬프다', '비통하고 비통하다', '하늘아 하늘아' 등과 같은 동일내용의 반복적 표현은 비애의 감정이 더 이상 진전될 수 없는 窮極에 이르렀음을 보여 준다. 단순히 궁극에 이른 정도가 아니라 그것이 넘쳐흐르는 상태까지 이른 것임을 아울러 말해 준다. 이 순간은 '맺힘'의 상태가 아니라, 고체가 액체로 변할 때와 같은 '흐름'의 상태인 것이다. 그러나 억압된 것이 意識으로 귀환하여 '흐름'의 상태로 존재하는 것은 일시적이다. 다시 無意識의 세계로 자취를 감추는 재귀환이 일어나기 때문이다.

이와 같은 양상은 꼭 <한중록>이라는 텍스트에만 국한되지 않는다. 일반적으로 '恨체험은 응고된 감정의 응어리로만 존재하는 것이 아니라 응어리진 것의 液化의 순간을 포함한다(이 점에 대해서는 '한'의 미적 원리에서 자세히 언급하기로 한다).

2. 恨心理 형성의 사회·문화적 요인

소외와 억압의 심리현상은 어떠한 사회문화적 환경에서도 찾아볼 수 있다. 그러나, '恨'의 경우처럼 이 현상이 지속적으로 장기화, 되풀이되어 응어리로서 고착되는 양상은 그리 흔치 않다고 보여진다. 그러기에 '한'을 우리 고유의 정서, 혹은 고유의 문화라고까지 일컫고 있는 것이다.

소외와 억압의 심리현상을 정신분석적 측면, 과학적 측면에서 면밀히 분석 연구해 온 서구사회에 있어서, 이 양상이 장기적·지속적으로 나타날 경우 '신경증환자'의 전형적 증상으로 분류된다. 그러나 우리의 문화적 배경 속에서는 '한'이나 '화병'이라는 것이 흔히 있을 수 있는 보편적 현상으로 이해될지언정 비정상이라거나 환자로 인식되지는 않는다. 이것은 소외와 억압에 대한 인식의 차이이며, 나아가서는 어떤 문제가 발생했을 때 그것을 얼마만큼 문제로서 인식하는가, 그리고 해결을 위해 그 문제에 어떻게 대처하는가 하는 태도의 차이이기도 하다.

그렇다면 어떤 감정이 응어리로써 고착화되고 때로는 신체적 병리현상을 수반하기도 하는 현상이 보편화된 것, 다시 말해 비정상적이 아닌 것으로 인식될 수 있는 사회문화적 배경은 무엇인가?

서구사회와 구별되는 우리 전통사회의 가장 큰 특징은 개인이나 개성이 집단적 가치 속에 함몰되어 왔다는 점이다. 즉, '집단에 의한 個人의 疏外'가 두드러진 사회였다는 점이다. 개성의 발현이나 자기주장은 오히려 부도덕하거나 미성숙의 징표로 간주되어 왔다. 한 개인에게 문제가 닥쳤을 때 그 문제를 표면화하여 현실적으로 해결 가능한 방안을 모색하는 것에 대해 소극적인 것도 이같은 가치 기준의 영향이 지대했기 때문이다. 문제를 노출시키기보다는 안으로 감추고 인내하는 것이 미덕으로 간주되는 사회에서, 개인의 불만을 분출할 기회가 제도적·관습적으로 제약되어 있었다는 점도 서구사회와 다른 점이라고 할 수 있다. 이처럼 개인보다 공동체가 우선하는 사회에서 개인들, 그 중에서도 소외의식을 강하게 느끼는 개인들의 욕구는 합리적 방법으로 '분출'되기보다는 의지에 의해 '억제'되거나 무의식의 세계에 '억압'되는 방향으로 나아가게 되는 것이다.

또한, 개인적 가치보다 집단적 가치가 우선하는 사회에서 집단적 가치에 反하는 상황, 집단적 가치와 공통요소가 적은 한 개인의 입장은, 개인이 중시되는 사회에서보다 훨씬 더 고립감과 단절감이 커지게 된다. 즉 소외감의 정도가 더욱 커지는 것이다. 언어가 욕구실현을 위한 사회적 상징이며, 공동체적 가치에 참여하는 수단이라 할 때, 이들은 사회 속에서 '無言'의 구성원, 침묵하는 사람으로 존재할 수밖에 없다. 이때의 무언과 침묵은 不立文字의 진리를 설파하는 입장의 無言과도 다르고, 궁극의 우주의 진리나 근원에 접하여 俗世·차별화의 징표인 언어를 絶하고 無心의 경지에 이르렀을 때의 무언과도 다르다. 이런 입장에서 본다면, 혜경궁 홍씨의 한은 <한중록>을 집필하면서 어느 정도 풀린 것이라 할 수 있다.

'자아'와 '합리성'이 강조되어 온 서구사회의 경우 어떤 한 개인에게 문제나 욕구의 좌절이 있을 때는 현실적·합리적인 방법으로 해결방안을 모색하는 방향으로 나아간다. 다양한 통로를 통해 개성을 분출할 수 있는 기회가 마련된 서구사회에서 어떤 문제가 장기화, 지속화되거나 되풀이되어 고착화될 가능성은 그렇지 못한 경우보다 희박할 것이다.

유교 문화권에서는 집단적 가치에 우선하여 '我'를 드러내는 것을 군자답지 못하다 하여 경시했으며, '公'보다 '私'를 우선하는 것을 '小人'의 징표로 치부했다. 또한, 어떤 자극에 대하여 즉각적·직접적 반응을 보이는 것은 경박한 것으로 간주되었으며, 무슨 문제나 불만을 언어에 담아 노출시키는 것을 개인의 利만 앞세운다 하여 도덕성이 결여된 것으로 인식했다.

이같은 사회 문화적 풍토는 소외와 억압의 심리현상이 '한'으로 구조화되는 직접적 기반으로 작용했다고 생각한다. 소외나 억압은 어느 사회에서든 있을 수 있는 보편적 심리현상이지만, 이것이 公과 共同體를 중시하는 사회·문화적 배경을 만남으로써 '恨'이라는 독특한 심리현상을 형성시킨 것으로 볼 수 있다.

Ⅲ. '恨'의 美的 原理

1. '痛'의 內在化·長期化·累積化

'한'은 비애의 정감을 주조로 하면서 원망, 자책, 후회, 체념, 상심 등 다양한 정감요소를 복합적으로 함축하고 있지만, 이들 개개의 단순정감과는 달리 지속적인 '痛'의 체험이 반드시 수반된다. 물론 개개의 정감들도 경우에 따라 아픔의 증상이 따를 수 있지만, 항상 그런 것이 아니고 또 지속적이지도 않다는 점에서 '한'의 그것과는 다르다.

'한'의 미에서 필수적 요소인 '痛'은 '흥'의 경우처럼 즉각적·직접적으로 그리고 적극적·능동적으로 '발산', '표출'하는 양상이 아니라, 간접적·소극적으로 내면화되어 수렴·응축되는 양상으로 나타난다. 이 점은 현실에서 마주치는 다양한 苦나 痛의 요소를 '초월'하여 痛의 제로상태, 脫俗感의 양상으로 나타나는 '무심'의 경우와도 다르다. 앞서 언급한 것처럼 '한'의 경우도 일순간의 감정의 액화현상이 포함된다. 그렇다고 해서 이것을 '흥'의 경우처럼 '즐거움'이라고 하는 일관된 정감이 지속적으로 발산되는 양상과 동일하게 취급할 수는 없다. 한에 있어서의 감정의 진공상태 및 응고된 감정의 액화현상은 억압된 내용물에 대한 反作用의 양상을 띠므로, 분출·발산과 같은 外向化의 양상으로 이해되기보다는 오히려 '내향화'의 범주 내에서 이해되어야 하리라고 생각한다.

'흥'과 같은 정감의 '발산'을 긍정적·적극적(Positive, +) 표출로, '무심'을 중립적 (Neutral, 0) 표출로 나타낸다면, '한'은 부정적·소극적(Negative, -) 표출로 나타낼 수 있다. 결과적으로 '한'은 정서의 하강·침잠을 야기하며 깊이, 幽暗性을 띠는 '陰'의 미유형으로서의 성격을 띠게 된다.

한편, 이같은 '痛'의 체험이 일회적이지도, 일시적이지도 않다는 점에서 '한'의 본질적 특징을 찾을 수 있다. 만약 그것이 일회적인 체험으로 끝난다거나 장기적으로 지속되지 않는다면, '怨'이나 '傷心' '失望', 단순한 '비애감'의 성격을 띨 것이다. <한중록>에서도 보았듯이 痛의 체험이 오랜 시간에 걸쳐 반복, 지속됨으로써 '한'이라는 복합정감이 형성되는 것이다. '천추 깊은 한', '한오백년', '평생 한이 맺혀'와 같은 어구들은 바로 한에 내재된 반복적·지속적·장기적 요소를 단적으로 표현해 주는 것이라 하겠다.

2. 복합적 미감

앞서 「한의 의미체계」에서 '한'이 다양한 정감의 복합체임을 언급한 바 있다. 정감이라는 측면에서 한 걸음 나아가 '美感' 일반의 관점에서 생각할 때 '한'은 정감만이 아닌 다양한 미적 요소를 복합적으로 포함하고 있다는 점에서 특징을 지닌다.

'美感'이란 어떤 사물이나 상태, 현상들로부터 미적 속성 즉 風流性을 감지할 때 일어나는 느낌을 말한다. 주체가 그것을 경험하는 것을 '美的 體驗'이라 할 때, 이를 風流를 중심으로 한 미체계의 용어로 대체한다면 '風流心'이 그에 해당한다. '美感'은 심리현상의 한 양상이지만, 感覺·知覺·聯想·情感·理解·表象·想像 등 심리현상을 구성하는 제 심리요소가 상호침투, 상호 종합적으로 작용한다는 점에서 일반 심리현상과 다르다.[20] 그러나 이들 중 어느 하나의 심리요소가 지배적으로 부각될 때도 '미감'의 영역에 포괄될 수 있으며, 미유형에 따라서는 이 중 특별히 어느 한 요소가 주도적으로 작용하기도 한다.

이로 볼 때, '비애감'이 '한'의 주조를 이루는 정감이라 해서 그것을 '미감'이라 할 수 없는 것은 이와 같은 심리요소들 중 '情感'이라고 하는 한 單面만을 포괄하기 때문이다. 悲哀感만이 아니라 '한'이 내포하는 怨·願·冤·恣의 정감도 마찬가지이다. 이들은 '한'이라고 하는 美感이 구조화되는 과정에서 야기되는 정서적 부산물 즉 '정감'의 심리요소라고 할 수 있다. 이에 비해 '한'은 제 심리요소들이 복합되어 있을 뿐만 아니라 그것들이 상호침투 하여 종합적 작용의 결과 형성되는 것이다. 그러므로 '한'은 단순히 다양한 정감들의 복합체이기만 한 것이 아니라, 슬픔의 원인, 해결가능성 등에 대한 '이해'와 '지각'[21]을 포함하는 美感으로 이해되어야 하는 것이다.

---

20) 楊辛·甘霖, 『美學原理新編』(北京 : 北京大學出版社, 1996), 281-319쪽.
21) 知覺은 대뇌가 객관사물의 整体性이나 사물사이의 관계를 인식하는 간접 작용이라

3. 인간중심의 미

미적 체험의 원천은 다양하지만 크게 '자연'과 '(인간)사회'로 양분할 수 있다. 後者는 인간들이 영위해 가는 사회, 인간관계, 다양한 인간사뿐만 아니라, 인간 자체에게서 풍겨나는 미감까지도 포괄한다. '恨'은 '인간'에 관계된 것-인간사회, 인간관계 등-을 미적 체험의 원천으로 한다는 점에서, '自然'을 중심으로 하는 '무심'의 미의 반대켠에 위치하게 된다.

인간관계에서 빚어지는 다양한 갈등·대립·모순·비애·그리움·상실감·분노 등이 '한'의 미를 형성하는 원천이 되는 것이다. 뿐만 아니라, 제도·관습·가치기준 등 다양한 사회적 환경 또한 '한'의 미 형성의 계기를 마련해 준다. 따라서, '한'의 미는 근본적으로 不調和한 인간관계 즉 '갈등'을 내포하는 미유형이다. 이 점 역시 '흥'이나 '무심'이 보여주는 무갈등의 양상과 크게 차이나는 부분이다.

이런 점들을 우리는 <한중록>을 통해 그 실제적 양상을 더듬어 볼 수 있었다. 요컨대, '한'의 미는 진리나 도의 구현체로서 자연을 규정하고 그 속에서 超俗感을 체험하는 '無心系' 美와는 그 성격이 판이하게 다른 것이다.

4. '痛'의 제로化와 無我의 체험

앞서, 恨체험은 응고된 감정의 응어리로만 존재하는 것이 아니라 응어리진 것의 液化의 순간을 포함한다는 것을 언급한 바 있다. 그러나, '恨'에 내포되는 이같은 액화체험의 성격은, '달관'과도 다르고 '한'의 요인이 현실적으로 해결되었을 때 즉, 맺힌 한이 풀렸을 때의 '한풀이'의 심리상태와도 다

는 점에서, 대뇌가 감각기관에 대하여 직접 작용하는 '感覺'과 다르다. '理解'는 지각과정 중에 일어나는 사유활동을 말한다. 楊辛·甘霖는 지각의 특징으로서 整体性, 選擇性, 농후한 감정적 색채, 統覺作用 등을 들었다. 위의 책, 284-287쪽.

르다. '달관'이란 삶에 대한 知的 통찰 및 그 결과로 야기되는 '깨달음'에 근거하며, 또 일순간으로 일어나는 현상도 아니기 때문이다. 그리고, '한'에 내포된 일순간의 정서의 액화체험은, 현실적으로는 전혀 해결된 것이 없으면서-즉, 한의 요인은 그대로 남아 있으면서-마치 극과 극이 통하는 순간 감정의 굴곡이 평정상태가 되는 양상이므로, 한이 풀린 뒤의 심리상태와도 차이가 있는 것이다.

'恨'을 단순히 고착된 심리현상으로만 볼 수 없는 근거가 여기에 있다. 감정의 액화 혹은 분출에는 일순간이나마 '恨의 진공상태'가 존재하며 이것이 일종의 카타르시스를 수반한다. 이같은 심리체험은 무의식의 세계에 억압된 것이 어느 한 순간 의식의 세계로 돌출하는 양상으로 파악될 수도 있고, 억압된 것에 대한 否定 혹은 反作用으로 이해될 수도 있다.

응고된 것이 액화되는 체험은 비애감이나 痛의 상태가 더 이상 진전될 수 없는 곳까지 도달한 뒤 얻어지는 것이다. 이것은 곧 '窮極'에 대한 체험이며 자의식이 소멸되는 체험이기도 하다. 痛이 표백되고 제로화된 상태는, 無我의 체험, 窮極의 체험이라는 점에서 무당의 憑神狀態와 유사하다고 할 수 있다. 무당은 恨人이라 불러도 될 만큼, 깊은 한 체험 없이는 무당의 세계로 들어설 수 없다. 무당은 자신이 깊은 한의 체험자인 동시에 타인의 한의 치료사이기도 하다. 이런 점에서 볼 때, 恨의 절정으로서의 자아의 공백상태가 무당의 憑神의 순간과 흡사한 것도 우연이 아니다.

또한, 이같은 자아의 진공상태는 어느 면에서 서구미학의 '카타르시스'와 유사한 면을 지닌다. 그러나, '한'에서의 자아의 공백은, 근본적으로 어떤 상태-구체적으로 말하면 '痛' '悲哀' '불행감'-가 궁극에 이르른 순간의 자아의 소멸을 전제로 한 개념인 반면, 카타르시스는 어디까지나 자의식의 각성 상태에서 일어나는 淨化·해방감·고양감의 체험이라는 점에서 차이가 있다. 응어리가 액화되는 체험은 보통의 미적 체험이 그러하듯 그 상태가 영구히 지속되는 것이 아니라 일시적인 것으로 머문다는 특징을 지닌다.

이같은 無我感은 '風流心'의 본질이다. '홍'이나 '무심'도 그것이 풍류심의 유형들인 이상 이같은 무아감을 수반한다. 그러나, '홍'의 무아감은 정감이 모두 발산된 뒤의 자의식의 '消盡狀態'에 가깝고, '무심'의 무아감은 自他 분별의식이 없어진 뒤의 자아의 '超越狀態'에 가깝다고 할 수 있다. 이에 비해 한의 무아감은 자아의식의 '眞空狀態'를 의미한다고 할 수 있다.

여기서 서구적 비애감의 미적 형상화라 할 '비극미'와 '恨'의 미를 비교해 보는 것도 의의가 있으리라 여겨진다. '한'이나 '비극미' 모두 주어진 상황 속에서는 해결이 불가능한 사회적·개인적 모순과 불행을 전제로 한다는 점, 또 둘 다 비애감을 주된 정서로 한다는 유사성을 지니므로 兩者를 동일시하기 쉽다. 그러나, 兩者 사이에는 무시할 수 없는 큰 차이가 있다.

우선 첫째로 지적할 수 있는 것은, 비극미는 상호 대립되는 두 힘 사이의 충돌을 전제로 하지만, '한'이 형성되는 데는 꼭 두 힘간의 갈등과 충돌이 전제되지 않는다는 점이다.[22] 예컨대, 가난에서 벗어나 부자가 되고 싶은 염원을 가진 사람이 평생 그 소망을 이루지 못하고 그 극단의 가난 속에서 삶의 본질을 깨닫게 되었을 때 '한'의 미가 형성될 수는 있지만, 이를 두고 비극미라 말할 수는 없을 것이다. 만일, 가난에 직면한 주체가 양심을 버리고 부를 택할 것인가, 양심을 지키면서 부를 포기할 것인가를 놓고 갈등 및 내적 투쟁을 겪는다면 이 때는 비극미의 범주로 포괄될 수 있다. 두 힘 사이의 충돌이 그 기반이 되기 때문이다. 위의 경우 두 힘은 윤리적인 성격의 것이지만, 관습이나 제도적인 것, 계급적인 것 등 다양할 수 있다. 헤겔은 '윤리적' 측면에 주목했고, 마르크스는 '제도적'인 측면을 중시한 대표적 인물이다.

---

22) '한'에는 원망과 자책, 공격성과 죄의식, 불안과 염원 등 상호 모순적인 두 감정적 요소가 내재해 있는 것이 사실이다. 그러나, 이것은 감정적 복합형태로서 恨이 형성된 후의 그 특성을 말하는 것이지, '한'이 형성되는 과정에서 상충되는 두 힘 간의 갈등이 전제된다는 것을 의미하지는 않는다.

비극미는 상호 대립·모순되는 두 힘이 전제되므로 경험주체의 갈등과 투쟁이 자연히 수반된다.[23] '갈등'은 충돌의 현상이 내부화된 것이고 '투쟁'은 외면화된 것이라고 구분할 때, '한'에 내포된 현실과 이상의 不調和는 투쟁보다는 갈등의 성격을 띠는 것으로 이해할 수 있다. 투쟁은 그것을 통해 원하는 것을 쟁취할 가능성이 있을 때에만 이루어진다고 볼 때, 한은 오히려 투쟁의 무익성을 인식함으로써 성립된다. 비극미가 理想을 향한 주체의 능동적·적극적 태도를 함축하는 것과는 달리, 恨은 소극적·수동적인 성격을 띠며 숙명론적 경향이 강한 것도 이같은 맥락에서 이해될 수 있다.

항상 높은 파도와 싸우던 어부가 어느 날 풍랑에 휩쓸려 죽었다고 할 때, 비애감은 있을지언정 비극미는 형성되지 않는다. 왜냐면 투쟁의 대상이 '자연'이기 때문이다. 서구적 관점에서 자연은 투쟁과 극복의 대상으로 인식된다 해도 거대한 풍랑에 맞선 한 개인은 무력한 존재일 뿐이다. 갈등이나 투쟁은 두 힘간의 팽팽한 균형이 전제될 때 가능하다. 그러나, 만일 한 개인의 죽음의 간접적 원인이, 아무리 노력해도 풍랑을 견딜 만한 배를 구입할 수 없는 사회경제구조에 있다고 보면, 비극미 형성의 전제가 마련된 것으로 볼 수 있다.

또 비극미는 투쟁의 대상만이 아니라, 투쟁 목적의 적합성이라는 요건도 충족되어야 한다. 예컨대, 동물원의 사자 두 마리가 먹이를 놓고 싸우다가 한 마리가 죽었다 해서 비극미가 성립되는 것은 아니다. 사자를 사람으로 대치해도 마찬가지다. 투쟁의 목적은 전 인류가 보편적으로 가치있게 여기는 것이어야 하는 것이다.

둘째, 비극미는 一回的인 한 사건만으로도 형성될 수 있지만, 한은 長期間에 걸친 비극적 요소의 되풀이, 누적성을 전제로 한다. 위의 어부의 예를 들 때, 죽음은 일회적이지만, 평생을 파도와 싸워왔으므로 죽음이라고 하는

---

23) 사회주의 미학에서는 비극미의 형성에서 '투쟁'의 요소를 중시한다. 『마르크스·레닌주의 미학의 기초』·Ⅲ(소연방과학아카데미 편, 논장, 1989), 109-123쪽.

비극적 요소는 매순간 지속되어 왔다고 할 수 있다. 설령 죽음에까지 이르지는 않았다 하더라도 바다에 나갈 때마다 죽음에 대한 불안은 내면에서 지속되어 온 것으로 볼 수 있다.

셋째, 비극미는 주체의 파멸, 패배와 같은 '비극적 결말'이 중시된다. 과정이 아무리 비극적이어도 그 결과가 승리나 해피엔딩이라면 숭고미나 골계미로 전환이 쉽게 일어날 수 있는 것이다. 반면, 한의 미가 형성되는 경우는 결말보다도 그 과정에 초점이 맞춰진다. 비극적 요소가 해결된 경우, 즉 한이 풀린 경우라 해도 거기에 이르기까지의 과정에서 충분히 한의 미를 논할 수 있는 것이다.

넷째, 비극미 형성의 주체는 내면적 탁월성을 가진 인물 즉 보통수준 이상의 인물[24]인 반면, 恨체험의 주체는 그같은 요건을 필요로 하지 않는다. 오히려 평범한 인물인 경우가 많다. 여기서 내면적 탁월성이란 그가 품고 있는 이상, 가치관, 윤리성의 수준을 말한다. 예컨대, 부모의 유산 때문에 형제간에 싸우다가 동생이 형을 죽인 사건이 있을 때 집안의 비극은 될 수 있지만 동생도 형도 비극미의 주인공으로 볼 수는 없다. 내면적 탁월성이 결여되어 있기 때문이다. 그러나, 이 경우 형을 죽인 동생이나 나머지 가족들에게 이 사건이 두고두고 영향을 끼쳐 그 사람들의 삶과 내면세계에 어두운 그림자를 刻印해 놓는다면 '恨'의 미에 포괄시키는 것에 무리가 없다.

다섯 째, 비극미는 비극적 사건을 통해 미래에의 방향성을 제시한다는 특징을 지닌 반면,[25] 한의 미는 오히려 과거지향적인 성격을 띤다. 한이 내포

---

24) 비극적 결말과 주인공의 도덕적 우월성은 『詩學』에 드러난 아리스토텔레스 비극론의 핵심이라 할 수 있다.

25) 비극적인 것은, 파멸 혹은 비극적 결말을 야기한 상황을 보다 잘 이해하게 하고 그 것을 극복할 수 있는 방향을 가르쳐 준다는 점에서 미래지향적인 성격을 내포한다고 할 수 있다. 『마르크스·레닌주의 미학의 기초』·Ⅲ, 117-119쪽. 미래에의 방향제시는 어떤 의미에서는 '교훈성'이 내포된 개념이라 할 수 있으며, 아리스토텔레스가 『詩學』에서 '비극은 관객을 보다 나은 시민으로 만든다'고 한 언급 역시 비극이 지니는 교

하는 悔恨·自責은 되돌릴 수 없는 기나긴 세월에 대한 회한이요 자책이다. 비극미가 형성되는 시간적 길이에 비해 한이 형성되는 시간적 길이가 훨씬 길다는 점을 감안하면, 한이 왜 과거지향적 성격을 띨 수밖에 없는가에 대한 답이 마련된다.

훈성의 측면을 지적한 대목이라 할 수 있다.

2章 예술장르·담당층·시대별 '恨'의 전개

Ⅰ. '恨'의 본질과 '恨텍스트'

'한'의 정체에 대해서는 그간 많은 관심이 집중되어 왔다. 그러나, '한'은 여러 층위에서 접근될 수 있는 복합성을 지닌 데다가 각 층위별로 제한해 살펴보아도 매우 복잡하게 얽혀 있으므로 그 정체를 정확히 규명해 낸다는 것은 불가능한 일이다. 그것은 때로는 오랫동안 누적되어온 정신적 상흔을 의미하는 정서나 심리현상으로 이해되기도 하고, 때로는 예술작품을 생산시키는 문화적 원동력으로 이해되기도 한다. 그런가 하면 단순히 한국적 비애감을 나타내는 말로 쓰이기도 한다.

이처럼 '한'은 아주 복합적이고 다양한 내포를 지니고 있어 그것들을 관통하는 공분모를 추출하는 것이 쉬운 일은 아니다. 앞장에서 필자는 '한'의 다양한 범주를 고려하여 1차적으로 '한'을 '소외'와 '억압'을 바탕으로 하여 구조화된 심리현상으로 규정하고, 이것이 '한'의 다양한 의미와 현상들을 관통하는 공분모로 제시될 수 있음을 언급한 바 있다. 그리고, 이를 바탕으로 '한'을 미적 영역으로 확대할 수 있는 근거를 마련했다.

이제, 이러한 공분모가 시대별로 계층별로, 그리고 예술장르별로 어떻게 달리 모습을 드러내는가를 살피고자 한다. 이것의 구체적 전개에 앞서 '한'

의 본질을 다시 한 번 규명해 보고 '恨텍스트'의 범위를 한정하는 일이 필요하다고 본다. 우선 '한'의 본질을 이해하기 위해서는 '한'과 유사한 것으로 인식되는 怨, 願, 寃, 후회, 자책, 비애, 유감, 회한, 분노 등의 정서와 '한'의 관계를 살펴보아야 할 것이다. 앞장에서도 언급하였듯이, 美感은 감각, 지각, 정감, 이해, 상상, 연상 등의 심리요소가 상호 종합적으로 작용하여 형성된다. 위에 열거한 심리요소들은 이 중 '정감'에 해당하는 것으로 '한'이라고 하는 종합적 미감의 일부를 구성한다. 한은 복합정서이므로, 여기에 원망, 유감, 슬픔, 자책 등이 포함되어 있지만, 이 중 어느 한 정서만 표출되는 것을 바로 '한'이라 규정할 수는 없다. 예컨대, 비애감이 '한'의 주된 정서라고 말할 수는 있지만, 비애가 곧 '한'은 아닌 것이다.

그렇다고 해서 어떤 물건을 생산해 내는 과정처럼, 이런 요소들이 재료로서 주어지고 이것들을 반죽하여 '한'이라는 미감으로 빚어내는 것으로 이해되어서는 안될 것이다. 제 심리요소들은 어떤 미감이 형성되는 과정에서 부수적으로 수반되는 것일 수도 있고, 미감이 형성되기 전에 미리 주어지는 것일 수도 있다. 그러므로, 위의 정감들이 다른 심리요소들과 종합적으로 작용하여 '한'의 미감을 형성한다고 할 수 있는 동시에, '한'이라고 하는 종합적 미감을 구성하는 요소들이라고 말할 수도 있다.

또, '흥'이나 '무심'이 어느 한 순간에 형성될 수 있는 것과는 달리 '한'은 오랜 시간을 두고 형성되어 간다는 특징을 지닌다고 볼 때, 이러한 정감들은 그 과정에서 야기된 정서적 부산물로 이해될 수도 있다. 그리고 바로 이런 점 때문에 '한'은 '흥'이나 '무심'과는 달리 서사텍스트와 밀접한 관련을 맺는다.

이에 덧붙여 이들 제 정감들과 구분하여 '한'을 美感 혹은 미적 체험의 영역으로 포괄할 수 있는 근거를 다시 한 번 상기할 필요가 있다고 본다. '한'의 주된 정조가 비애인 것만은 사실이나, 그 비애가 일순간적인 것이 아니고 오랜 시간을 거쳐 반복, 축적되면 그것이 정신적 상흔으로 자리잡게 되고 응어리로 맺혀지는 응고의 상태를 거치게 된다. 이 상태가 어떤 계기로 최정점, 극단에 이르렀을 때 일종의 감정의 액화상태, 다시 말하면 자의식의 제로상태를 경험하게 된다.

지금까지의 '한'에 관한 견해는 대개 '한'을 맺힌 것, 응고된 것으로 국한하려는 경향이 있었다. 그러나, '한'이 단지 응고된 것, 맺힌 것이라고 하는 고체의 상태이기만 하다면 그것을 美感이라 부르기는 어려울 것이다. 어떤 감정이든 극의 상태에 이르면 넘치게 마련이다. 심리적 '액화체험'이라고도 할 이 순간은 '자의식'이 제로가 되는 상태, 즉 無我의 상태와 다름이 없다. 이 순간은 한을 야기한 요인과 화해하는 순간이며, 우주 삼라만상의 실체, 모든 삶의 현상들의 본질과 핵심에 접하는 순간이기도 하다. 이 순간이 비록 지속적인 것은 아니라 할지라도, 이같은 체험이 내포된 것이기에 '한'은 비로소 미적 체험 혹은 미감이라 불릴 수 있는 것이다.

우리는 '한'의 형성과 '한'에 내포된 미적 본질의 전형을 巫俗의 入巫過程에서 발견하게 된다. 巫俗은 恨의 결정체이고, 巫는 恨人의 표상이라는 점을 감안할 때, 그가 앓는 巫病이나 오랜 세월 겪어 온 온갖 간난, 정신적 상흔은 바로 한이 형성되는 토대이다. 그 한이 개화되는 순간, 절정의 극점에 도달하는 순간이 바로 入巫의 순간이며 이 때 경험하는 엑스터시가 바로 앞서 말한 감정의 액화상태, 자의식의 제로상태인 것이다.

'한'에 내포된 액화체험, 즉 감정적 응어리가 풀려 흘러 넘치는 체험의 또 다른 전형으로 '창작'의 순간을 얘기할 수 있다. 여기에는 '창작'뿐만 아니라 '演行'의 형태도 당연히 포함되며 이 상황 또한 입무과정의 엑스트시를 방불케 한다. 다만 그 결과로서 치유력이나 靈力이 획득되지 않는다는 점이 다를 뿐이다.

또한, 이 순간은 풍류심이 발현되는 절정의 순간이기도 하다. 우주만물 및 어떤 현상, 삶 등 표피적으로 드러난 것들의 이면에서 그 근원의 것을 발견하는 것, 본질에 접하는 것 이것은 바로 '풍류'의 본질이기도 하다. '한'

이 내포하는 의미의 복잡성, 다양성, 복합성, 애매성에도 불구하고 그것을 관통하여 미적 체험의 범주로 승격되게 하는 요소는 바로 '한'이 이 '풍류'의 본질을 공유하고 있기 때문이다.

이러한 '한'의 본질을 고려하여 필자는 '恨텍스트'를 '長期的·反復的으로 持續·蓄積되어 응고된 정신적 상흔을 主旨로 하는 텍스트'로 규정하고자 한다. 한 텍스트에는 시적 화자-혹은 인물, 한 텍스트의 연행자-의 정감, 이성, 연상작용 등 복합적인 제 심리요소가 함축되어 있으며, 정신적 응어리가 고착된 상태에 머무르지 않고 사물의 본질과 조우하여 액화되는 체험이 포함되어 있음은 물론이다. 그러므로, 恨텍스트는 '미적 체험으로서의 恨이 예술형태로 형상화된 것'으로 규정될 수도 있다.

앞서도 언급했지만, '한'에는 불행의 요소가 反復·長期化되고 蓄積된다는 특징이 내포되어 있으므로 '흥'이나 '무심'의 미와는 달리 서사 텍스트와 밀접한 관련을 가진다. 환원하면, '한'의 미는 서사 텍스트에서 그 본질이 가장 극명하게 발현될 수 있다. 서정 텍스트의 경우는 어느 한 순간의 화자의 정서가 표출되는 장르이므로 위와 같은 '한'의 특성을 텍스트 속에서 찾아내기가 어렵다. 따라서, 서정장르의 경우 '한' 텍스트는 복합정서 및 제 심리요소가 다 표출된 것은 물론, 이 중 어느 한 요소가 집중적으로 부각된 것까지를 다 포괄하고자 한다. 전자는 '1차 恨텍스트', 후자는 '2차 恨텍스트'로 구분된다.

'한'은 서사 텍스트에서는 스토리를 구성하는 모티프로, 서정 텍스트에서는 정감으로 기능할 수 있으며, 언어예술 이외의 장르 예컨대 '살풀이춤'이나 恨을 내용으로 하는 繪畵처럼 주제-심화된 의도-를 의미할 수도 있다.

또 '恨텍스트'의 범위를 규정함에 있어 간과할 수 없는 점은, 恨이 예술형태로 형상화되었을 때의 언술의 주체를, 실제 '한' 체험의 주체와 구분해야 한다는 사실이다. 언술 혹은 어떤 예술형태 속에 '한'의 내용을 담는다고 해서 그 언술의 주체가 반드시 '한' 체험의 직접적 주체가 되는 것은 아니라는 것이다. 이 章 Ⅲ절 '계층별 전개'는 실제 한체험의 주체에, Ⅳ절 '예술장르별 전개'에서는 언술의 주체에 초점이 맞춰질 것이다.

또, '한'을 主旨로 하는 텍스트의 범위를 규정할 때 '한'이라는 언어적 표현이 문면에 드러난 경우만 그 대상에 포괄되는 것은 아니다. '한'의 내용이 문면에 직접적으로 표현되지 않았어도 그 텍스트가 한의 내용을 주지로 하고 있다면 '한'의 텍스트에 당연히 포괄되어야 한다고 본다.

Ⅱ. 시대적 흐름에 따른 '恨'의 전개

'홍'의 미를 검토하는 과정에서도 언급한 바 있지만, 어떤 미의식이 시간의 흐름을 두고 어떻게 변화해 가는가를 살피는 데 있어 삼국시대, 남북국시대, 고려, 조선 등 왕조별 분절은 별 의미가 없고 그 변화상을 포착하는 데 효과적이지도 않다. 이에 대한 대안으로서 앞의 '홍'론에서 그 시대를 주도하는 지배이념(Ideology)을 준거로 하는 시대적 분절을 고려했다.

우리 역사를 통틀어 '유교이념'은 시대를 넘어서는 강한 영향력을 지니고 우리 문화를 창조, 발전시켜 왔다는 점에서는 의문의 여지가 없다. 그러나, 유교이념이 사회에 끼치는 영향이나 정도에는 시대마다 차이가 있다. 그리하여 문화·사회 및 일상의 삶 전반에 걸쳐 유교가 뿌리깊은 영향력을 행사하는 시대를 '유교이념시대'로 규정하고 이를 기준으로 '유교이념 이전시대', '유교이념 이후시대'라는 구분을 하고자 했던 것이다. '유교이념시대'는 실질적으로 조선조가 이에 해당하므로 이와 같은 세 구분은 자연적으로 시대적 분절과도 병행될 수 있지만, 언제나 일치하는 것은 아니다. '조선왕조'는 무한한 역사의 흐름 중 어느 한 시기를 지시하는 개념이지만, '유교이념시대'는 역사 속에 되풀이되어 나타날 수 있는 非一回的 개념이기 때문에 그 의

미의 지향점이 근본적으로 다르다.

어떤 것을 아름다운 것, 가치있는 것으로 여기느냐 하는 것은 그 시대를 주도하는 문화적 원동력에 따라 나르고 문화적 원동력은 시대를 주도하는 이념과 표리의 관계에 놓인다. 이같은 시대이념, 문화적 배경이 '한'의 미의 전개에 어떤 영향을 미치고, '한'의 미의 형성과 어떠한 관계를 지니는지를 검토하는 것이 이 章의 주안점이다.

'한'의 미와 시대·문화의 상관적 관계를 결론적으로 미리 말한다면, '유교이념시대'가 '한'의 미 형성에 가장 직접적이고 강력한 영향력을 행사할 수 있는 토양을 제공한다는 점이다. 이같은 상관성을 규명하기 위해서는 유교가 하나의 시대이념으로서 지니는 특성이 무엇인가를 살펴봐야 할 것이다.

우리는 먼저 이론적인 철학사상으로서의 유교-혹은 유학사상-와, 현실적 지배이념, 통치수단화된 이데올로기로서의 유교를 구분해야 할 필요가 있다. 여기서 말하는 것은 後者의 의미의 유교인데, 후자의 의미로서의 '유교이념시대'란 구체적으로 고려말 성리학을 사상적 기반으로 하는 신진세력이 등장, 이들이 조선왕조를 건국하고 유교를 지배이념으로 또는 통치수단으로 한 시기가 해당될 것이다. 이 시기는 문화, 가치관, 일상생활 등 전반에 걸쳐 유교가 강력한 영향력을 행사한 시기이다.

'유교이념 이전시대'는 유학이 이념화되기 전을 말하는데, 이 시기의 儒는 佛·仙과 더불어 다원적이고 대등한 비중을 지녔을 뿐 특별히 시대와 문화와 생활 전반을 지배하는 절대가치를 구현했다고 볼 수는 없다. '유교이념 이후시대'는 지배이념으로서의 유교의 영향력이 약화되는 시기를 의미한다. 유교가 여전히 강한 힘을 가지고 사회전반에 스며들어 있었던 것이 사실이나, 성리학 자체 내의 비판적 지성에 의한 실학의 대두, 새로운 문물의 도입으로 전통적 가치와 사상이 도전을 받는 변혁기로서 그것이 더 이상 절대가치로서의 권위를 누릴 수 없게 되는 시기이다.

조선 전기와 후기는 사회에 대한 유교이념의 영향의 면에서 상당한 차이를 드러낸다는 점에서, 우리나라의 '근대'의 기점을 조선 후기로 소급하여 잡는 관점이 대두하였다. 이 시기는 전통적 유학사상이 여전히 뿌리깊게 사회전반과 意識世界를 주도하고, 佛·仙도 역시 민중의 삶에 밀착되어 있는 한편, 유교 자체내의 반성으로 실학사상이 대두되고 새로운 문물이 도입되었으며, 서민들이 자신의 존재를 의식하기 시작하는 시기로 특징지워진다. 조선 후기는 '유교이념 이후시대'가 파생시킬 수 있는 제 문화현상들이 구체적 역사의 어느 시점에서 실현된 하나의 예이다.

각 시기를 독특한 문화패턴 분류의 한 기준으로 삼아 고려해 볼 때, 세 시기, 세 문화패턴 사이에는 적지 않은 차이가 있음을 감지하게 된다. 이 차이를 우선 '가치의 多元性'이라는 관점에서 한 번 생각해 보고자 한다.

조선왕조를 건국한 주체세력인 개혁파 유학자들은 고려말에 수용된 성리학을 사상적 기반으로 하여 이를 건국의 革命的 이데올로기[1]로 삼고, 부국강병과 왕도정치 등 이상국가 실현에 필요한 지배이념, 통치수단으로 삼았다. 이에 따라 성리학은 조선사회의 지배계층인 사대부계층에 의하여 절대적으로 신봉된 이데올로기가 되었고, 사대부계층이 조선사회의 지배계층으로 군림한 것과 정비례하여 이 사상도 정통적인 사상으로서 군림하였다.

조선왕조 건설에 있어 구질서의 거부와 새 질서 창출을 위한 혁명적 이데올로기의 역할을 했던 주자학은, 새로운 통치질서가 확립되고 사회가 안정되면서 이 체제의 지속을 위한 이데올로기의 강화를 요구하게 되었고, 이념의 강화를 위해서는 다른 이념, 다른 가치를 소외시킬 필요가 있었다. 따라서, 주자학을 신봉한 유학자들은 자기의 사상만을 정통적인 것, 唯一絶對的인 진리로 인정하고 다른 일체의 사상에 대해서 배타적 태도를 가지고 그것을 이단시하고 배척하였다. 이에 따라 유교이념은 절대적 가치로서 시대·문화 및 삶 전반을 지배하는 영향력을 행사하게 되었던 것이다.

---

1) 車仁錫, 「傳統思想의 現代化에 관한 硏究」, 『韓國哲學思想硏究』(한국정신문화연구원, 1982)

　유교가 일원적 가치의 절대적 위치를 차지한 유교이념시대와는 달리, '유교이념 이전시대'와 '이후시대'는 다원적 가치의 공존으로 특징지워진다. 다원적 가치의 시대는 배타적이고 독선적인 태도 대신 여러 이질적인 문화 요소들을 조화롭게 總合하여 새로운 내용과 형식을 가진 문화를 창출하고자 하는 융화적 정신을 기본으로 한다.[2] 이로 볼 때, 유교이념시대의 유교와 儒·佛·仙이 조화를 이룬 시대의 유교는 그 기본정신이 크게 다르다고 할 수 있다.

　그러나, '유교이념 이전시대'가 지니는 다원성이란 유·불·선이라고 하는 어느 정도 고정된 가치의 三權分立的으로 안정적인 가치체계를 구축한 데서 오는 다원성인 반면, '유교이념 이후시대'는 유교의 절대적 영향력이 해체되면서 다양하고 이질적인 가치들이 불안정하게 공존하는 상태에서 야기되는 다원성이라는 점에서 차이가 있다.

　이로부터 우리는 一元的 절대가치가 지배하는 문화와 多元的 가치들이 병존하는 문화를 구분할 수 있게 된다. 전자를 '一元的 價値의 시대', 후자를 '多元的 價値의 시대'로 명명하여 이를 로트만의 文化類型 분류[3]인 '中世型(Medieval Tpye)', '啓蒙型(Enlightenment Type)'과 비교해 보면, 전자는 '중세형'과 후자는 '계몽형'과 유사한 점이 있다는 것을 발견하게 된다.

　로트만에 의하면 전자는 '모든 것은 의미있는 것'이라는 가정으로부터 진행되는데 이같은 유형에서 '의미'는 '실존(Existence)'의 지표가 된다. 그 어느 것도 문화적으로 무의미한 것은 없으며 사회적 가치의 개념은 이것에 연결된다. 그 자체를 재현하는 사물-즉, 실질적인 목적을 제공하는 대상-은, 가치있는 어떤 것-즉, 힘·聖스러움·고상함·富·현명함 등-의 기호가 되는 대상물과는 달리 가치의 저급한 층위에 놓인다. 이 양상은 종교적 이념과 관계된 문화적

---

2) 李鍾厚·尹明老,「傳統思想에 나타난 融和精神」, 같은 책, 162-163쪽.

3) Ju. M. Lotman, "Problems in the Typology of Culture", *Soviet Semiotics*, trans. & ed. by Daniel P. Lucid(Baltimore : The Johns Hopkins University Press, 1977)

기호에서 분명히 드러난다. 모든 텍스트들은 알레고리칼하고 상징적인 것으로 해석되는 경향이 있고 텍스트의 해석을 통해 진리를 찾으려 하는 원리를 기반으로 한다. 사회적 가치를 지니려면 사물은 하나의 기호가 되어야 한다. 즉, '뭔가 의미있는 것'의 대치물일 때, 그리고 그것의 한 부분일 때 가치를 획득하게 된다. 사물의 가치는 그것 자체의 가치에 의해서가 아니라, 그것이 재현하는 어떤 것의 가치에 의해 결정된다. 인간은 절대가치·절대진리의 세계에 동참했을 때, 그리고 그 절대진리의 한 부분을 함유할 때 가치를 지닌다. 이 문화유형에서는 동일성의 미학(Aesthetics of Identity)이 우세하다.

한편, '계몽형'은 대립의 원리 위에 구축되며 기호의 원리를 인정치 않는다. 즉, 어떤 의미있는 것의 기호로서 사물을 보는 것이 아니라, 실재(real) 그 자체로 본다. 모든 존재하는 것은 그 자체로서 의미를 지닌다. 오직 직접적인 실재만이 가치있고 진실한 것으로 인식되며 인간도 본질적으로 육체적 행복·노동·음식·생명 등과 같은 생물학적 과정의 존재로 파악된다. 모든 사물들은 기호체계 안에서 의미를 지닐 때 무가치하고 거짓이 되며, 이 유형에서는 대립의 미학(Aesthetics of Contrast)이 우세하다.

일원적 가치의 시대 즉 유교이념시대는, 중세형 문화유형에서 가치있는 어떤 것의 자리에 지배이념으로서의 程朱學이 위치한다고 볼 수 있다. 사회적으로 의미있는 것으로 인식되는 것은 오직 그 절대가치의 일부를 함유하거나 그것과 직접적으로 연결되어 있을 때뿐이다. 유교이념시대에 한 개인은 개인 자체로 의미있는 존재가 아니라, 유교적 가치를 구현할 때 즉 구성원으로 참여할 때 비로소 의미와 가치를 지닐 수 있게 되는 것이다.

'유교이념 이전시대'와 '유교이념 이후시대'는 모두 다원적 가치의 시대로 분류할 수 있지만, 로트만의 '계몽형'과 유사성을 지닌다고 보여지는 것은 '유교이념 이후시대'이다. '유교이념 이전시대'에 개별적인 것, 실재하는 것이 갖는 의미와 가치에 대한 자각이 이미 있었다고 볼 수는 없기 때문이다. 우리는 일원적 가치의 시대와 중세형, 다원적 가치의 시대-특히 유교이념 이후시대-와 계몽형이 보여주는 차이의 일면을 觀念山水와 眞景山水, 평시조와 사설시조에서 쉽게 찾아볼 수 있다.

일반적으로 일원적 가치가 절대적 힘을 행사하며 생활 전반을 지배하는 시대는, 다원적 가치가 공존하는 시대보다 더 많은, 그리고 더 광범위한 소외집단을 파생시킨다. '소외'란 '중심' 혹은 '힘'을 전제로 했을 때 성립되는 개념이다. '중심'에서 밀려난 것, 즉 일원적 절대가치의 범주 밖으로 벗어난 것이 바로 '소외'인 것이다. 소외에는 차별의식이 내포되어 있고 이 차별의식이 '한'의 맺힘에 중요한 외부적 인자가 되는 것이다.

'유교이념시대'는 그 시대를 지배하는 일원적 가치가, 불교나 도교가 아닌 유교였다는 점 때문에 유교가 가지는 독특한 사상·윤리체계로 인해 소외와 한의 양상을 격화시켰다고 본다.

우선, 개인의 소외가 그 어느 시기보다 격화된 시기이다. 유학 윤리의 기본이 되는 仁이나 克己復禮와 같은 도덕률은 개인과 사회의 융화에는 효과적인 것이었지만 개체성을 허용치 않는 개념이었다.[4] '仁'은 타인에 대한 인도주의적 태도를 말하는 것으로 집단 구성원으로서의 개인이 중시될 뿐 개체의 주인으로서의 개인을 중시하는 개념은 아니었다. 또한 仁의 실천이라 할 '克己復禮'는 자아의 개체성을 억제하고 조화를 강조함으로써 사회규범에 부합한다고 하는 일종의 自制倫理였다. 또 개인과 개인간의 조화의 원리인 '禮'와 '讓'을 보더라도 私的 利益의 양보를 통해 도달할 수 있는 仁의 실천덕목이었던 것이다. 이처럼 대개의 유학 윤리들은 대개가 私로서의 我를 억제하고 公으로서의 我를 앞세우는 것이 仁에 이르는 지름길임을 강조하고 있기에 모든 私的인 것-이를테면, 개인의 욕망, 개인을 위한 선택권과 의사결정, 개인의 자유와 권리 등-은 도덕적 가치범주 밖으로 밀려나게 되는 것이다. 이로부터 개인의 소외가 야기된다.

---

4) 車仁錫, 앞의 글, 9쪽.

그러나, 유교이념시대의 언어기술물, 예술 등에 이같은 개인의 소외의식이 표출되는 경우는 거의 찾아볼 수 없다. 다시 말해, 이 개인의 소외가 恨 형성의 동인으로 작용하는 경우는 거의 없다는 것이다. 왜냐면, 유교적 가치가 모든 사회적 가치의 定向指標가 되었기에 개인의 자의식의 각성을 기대할 수 없기 때문이다.

유학에서의 공동체적 調和의 원리는 실천적 영역에서 뿐만이 아니라 종교와 형이상학 그리고 통치의 영역에서도 강조되었다. 통치에 있어서의 조화는 士農工商의 엄격한 신분적 위계질서에 기초를 두었고 이 질서의 유지가 곧 사회적 조화라고 보았던 것이다. 사회 구성원으로서의 개인은 제각기 놓인 위치에서 기능을 발휘하고 통치라는 것은 그 기능이 효율적으로 발휘되도록 다스린다는 것을 의미했다. 전제적 지배체제를 정당화하는 이데올로기로서의 유학은 지배층에게는 효율적이었으나, 피지배층에게 있어서는 지배권력에 대한 순응의 덕목을 길러주고 사회안정을 유지하는 기능을 발휘하게끔 작용했던 것이다.

사회신분제도의 연장선상에 家父長制가 위치하는 것은 극히 자연스러운 귀결이다. 유학의 윤리에서의 공동체에 대한 의무는 첫째로 가족에 대한 의무이며 효율적인 통치와 군주에 대한 忠을 강조하기 위해서는 사회조직, 통치조직의 최소단위가 되는 '家'를 강조할 필요가 있었다. 즉, '家'는 개인과 국가사회를 접맥시키는 고리가 되었기에 한 집안에서의 家長은 나라의 君主에 상응하는 의미를 지녔다.5) 신분제가 피지배층의 소외를 야기하듯, 가부장제는 女性의 소외를 야기한다.

이렇듯 피지배층과 여성의 소외는 궁극적으로는 지배체제를 정당화하는 이데올로기로서의 유학윤리의 역기능의 소산이었던 것이다. '소외'의 반대항에는 자기 삶의 주인이 되는 권리, 자기 자신을 위한 의사결정과 선택, 개인

---

5) 蘇光熙, 「儒敎思想에 있어서의 個人과 社會」, 『韓國哲學思想硏究』(한국정신문화연구원, 1982)

이익의 옹호 나아가서는 他人에 대한 영향력까지를 모두 포괄하는 '힘'이 놓이게 된다.

이같은 시대적 배경 속에서 일원적 절대가치가 창출해 내는 '힘'을 가지지 못한 존재들은 중심에서 밀려난 소외계층이 될 수밖에 없었고 이 소외의식이 '恨'으로 이어지는 외적 요인이 되었다고 보는 것이 필자의 관점이다. 여기에는 가부장 중심의 사회에서의 여성, 신분제 사회에서의 피지배층은 물론, 이단으로 배척된 유교 아닌 모든 사상·가치체계를 신봉하는 사람들, 나아가서는 지배층 중에서도 정치권력의 중심에서 벗어난 집단, 예컨대 유배자들이나 서얼층도 소외계층에 포함될 수 있는 것이다.

그러면, '恨'과 관련하여 이같은 시대적 배경이 그 안에서 생산된 언어기술물, 예술텍스트들에게 어떤 결과로 나타나는지 그 양상을 살펴보기로 하자. 뒷장의 계층별·장르별 恨의 전개양상과의 중복을 피하기 위하여 텍스트의 구체적 분석은 생략하고 제목이나, 간단한 내용, 출처만을 거론하고자 한다. 또한 恨텍스트 중에서도 漢詩처럼 시대에 따른 변별적 차이를 별로 드러내지 않는 것들은 고려의 대상에서 제외하고자 한다.

1. 유교이념 이전시대

유교이념시대가 일원적 절대가치에 의한 소외와 恨이 격화된 시기인 것은 사실이나, 소외의 양상은 모든 시대에 걸쳐 다양한 형태로 전개되고 각각 다른 성격의 '한'을 파생시킨다. 유교이념 이전·이후시대 역시 신분제 사회이고 여전히 유교는 큰 영향력을 가졌다. 그러나, 유교이념시대만큼 차별의식이 첨예화되지는 않았다.

이전시대는 儒·佛·仙이 가치의 병립체계를 이룬 시기라 할 수 있는데, 이 때는 文臣에 의한 武臣의 소외가 두드러진 반면, 여성이나 서얼층 등에 대한 차별은 유교이념시대만큼 심각하지 않았다. 무신의 恨은 군사력에 의한 혁명의 형태로 폭발하여 무신정권시대를 엶으로써 '풀리게' 된다.

이 시대의 恨을 얘기할 때 가장 먼저 지적하고 싶은 것은, 어느 시기나 恨이라는 '現象'은 있어왔지만 그 현상을 恨이라는 '用語'로 나타내는 것이 이 시기에는 보편화되지 않았다는 점이다. 대신, '怨'이라는 말이 그 '현상'을 지칭하는 데 더 보편적이었다. 『삼국유사』에 쓰인 怨과 恨의 용례를 보면, '怨'이 17회, '恨'이 7회, 그밖에 '願'이 74회, 嘆이 24회6)인데 이로 미루어 봐도 위의 설명이 어느 정도 타당하다 생각된다.

『三國史記』列傳, 『高麗史』列傳, 『三國遺事』, 逸書로서 단편적으로 전하는 『수이전』, 『파한집』『보한집』『역옹패설』같은 詩話集들, <공후인>같은 상고대가요, 고려가요 등 이 시기의 기술물들을 검토해 보면, 우선 '恨'이라는 용례 자체가 극히 드물 뿐만 아니라 恨이라는 '말'이 지칭하는 '현상'도 유교이념시대와는 매우 다른 점을 드러낸다. 이 중 '한'이라는 용례가 가장 많은 것은 개인작 漢詩인데, 이는 시대적 특징을 반영한다기보다는 漢詩라고 하는 장르적 특성에 기인한다고 생각되므로 고려에 넣지 않기로 한다.

둘째, 恨이 형성되는 조건을 볼 때 유교이념시대처럼 사회관습이나 法制 등 차별이나 소외에서 비롯되는 한의 양상을 이 시기에는 별로 찾아볼 수 없다는 점이다. 이같은 특징은 이 시기 문헌에 나타난 한의 용례나 恨텍스트에서 한의 내용이 되는 것이 무엇인가를 살펴보면 자명해진다.

> 恨不得供養眞身. (眞身을 공양하지 못한 것을 한스럽게 여기다.)
> −『三國遺事』卷3, 「黃龍寺丈六」條−

> 我輩豈以離別骨肉爲恨乎. (우리들이 어찌 골육과 이별하는 것을 한스럽

---

6) 하정용, 『三國遺事一字索引』(민속원, 1998)

게 여기랴?)   -『三國史記』列傳,「金庾信」條·上-

嘗覽元曉居士所著金剛三昧論 深恨不見其人. (일찌기 원효거사가 저술한
금강삼매론을 열람하였으나 그 사람을 만나보지 못한 것을 깊이 한스러워
하였습니다.)   -『三國史記』列傳,「薛聰」條-

古人不見今空歎 往事難追只自悲. (고인을 보지 못하니 지금의 부질없는
한탄이요, 지나간 일을 좇기 어려우니 다만 스스로 슬플 뿐이로다.)
                                       -『破閑集』·下卷-

위 예들의 경우 한의 내용을 종합해 보면, 제도나 관습, 타인에 의해 한
이 형성되는 양상과는 다소 거리가 있음을 보여준다.[7] 다른 사람은 아픔으
로 여기지 않을 수도 있는 어떤 상황을 아프게, 그리고 부정적으로 받아들
이는 주관적 반응으로서의 한을 엿볼 수 있기 때문이다. 즉, 이 예들에서 恨
체험은 그것의 원인이 중요한 것이 아니라, 어떤 상황을 유감스럽게 받아들
이는 주체의 心的·情緖的 태도가 문제되어 야기된 것이다.

얼핏 외부적 제도나 관습으로 인한 恨체험으로 인식될 수도 있는 崔致遠
의 경우나 志鬼의 경우도 궁극적으로는 상황을 받아들이는 주체의 태도가
문제된 것이다.『三國史記』「崔致遠傳」의 경우, "唐에 있을 때나 고국에 돌
아와서나 모두 난세를 만나 행세하기가 곤란하였고 걸핏하면 비난을 받으니

---

7) 그러나, 이 두 번째 특징이 한의 원인을 自傷과 他傷으로 분류한 견해에서의 자상
을 의미하지는 않는다. 김열규 교수는 제도나 관습, 타인으로 인해 한이 형성되는 것
을 타상, 자기 스스로 한의 원인을 제공한 경우를 자상이라 하였는데, 객관적으로 그
것을 판단할 수는 없다. 그리고, 밖의 원인에 기인하여 한이 쌓였다 해도 남의 탓으로
돌리지 않는 경우나, 스스로 만든 한인데도 남의 탓으로 여겨 원망을 쌓는 경우 중요
한 것은 결국 그 원인을 누가 만들었느냐 하는 점이 아니라, 어떤 부정적 상황을 恨
스러운 받아들이느냐 마느냐 하는 점, 즉 그 상황을 어떻게 받아들이고 어떻게 반응
하느냐의 문제인 것이다. 金烈圭,『恨脈怨流』(主友, 1981),『맺히면 풀어라-한국인의
원한과 신명』(書堂, 1991)

'스스로 不遇함을 한탄하고(自傷不遇)' 다시 벼슬에 나갈 뜻이 없었다."고 하는 대목의 自傷不遇 역시 차별이나 소외에서 비롯되는 한과는 거리가 있다. '난세 속에서 살아간 것'이 한의 원인이라면 원인이다. 이것은 운명과 결부되는 것이지 제도나 관습, 타인의 의지에 의한 恨과는 무관한 것이다.

이 시기의 대표적 恨텍스트인 『殊異傳』의 <心火繞塔>[8]의 경우도 마찬가지다. 선덕여왕에 대한 흠모의 정 때문에 火鬼가 되어버린 志鬼이야기는 어찌 보면 여왕과 천한 역졸이라고 하는 신분적 차이가 한을 야기한 원인인 것처럼 보이기도 한다. 그러나, 이야기의 전후맥락을 살펴보면, 오히려 선덕여왕은 지귀가 자신을 사모함을 알고 그의 원을 풀어주려고 마음을 썼다는 것이 드러난다. 心火로 상징되는 지귀의 恨은 궁극적으로 사모의 정념이 결집되어 자의식의 통제를 넘어 분출된 것이지, 신분제도가 빚어낸 소외·차별의 소산은 아니다.

요컨대, 이 시기의 恨체험은 어떤 외부적 요인에 의해 타의적으로 강요된 것이 아니라 어떤 상황에 대하여 스스로 한스러운 것으로 반응함으로써 형성된 것으로 이해할 수 있다.

세 번째, 어떤 요인에 의해 한이 형성되었건 한의 주체는 그 상황에 대하여 '내향적 반응'을 보인다는 것이 이 시기 한체험의 보편적 특징이 아닌가 생각된다. 한을 야기할 수 있는 상황을 어떻게 수용하고 어떻게 대처하는가 하는 心的 지향을 '내향적'인 것과 '외향적'인 것으로 나눌 때, '내향적 지

---

8) 志鬼는 신라 活里의 驛人이었는데, 그는 선덕여왕의 美麗함을 사모하였다. 고민하고 울부짖다가 憂愁涕泣하여 그의 몰골은 초췌해졌다. 왕이 절에 행차하였다가 그 소문을 듣고 그를 불렀다. 지귀는 寺塔에 돌아가 御馬 행차를 기다리다 홀연 잠이 들었다. 왕은 팔찌를 벗어 가슴에 얹어두고 환궁하였다. 후에 잠에서 깨어난 지귀는 괴로움에 못 이겨 心火가 일어나 그 불길이 탑을 에워쌌고 그는 火鬼가 되었다. 왕은 術士를 불러 呪詞를 짓게 하니 그 내용은 "지귀는 심중에 불길이 일어 그 몸이 火神으로 변했다네. 저 바다 밖으로 내쫓아, 보지도 말고 가까이 하지도 말지니"라고 했다. 그 당시 이 呪詞를 門壁에 붙여 불을 鎭火하는 풍속이 있었다.

향'은 한의 원인이야 무엇이든 한의 감정이 궁극적으로 자기의 내면을 향하는 것이다. 여기에는 '내 탓'이라는 자성이 심연에 내재한다. 최치원 경우의 '自傷'이나, 위 예들에서 맨 끝 『破閑集』의 '空歎' '自悲'는 이같은 내향적 지향성을 단적으로 보여준다. 따라서, 이 시기 한의 용례들에 나타난 한의 감정은 自責, 悔恨, 遺憾, 哀惜, 悲哀, 挫折 등 자기를 향하는 것이 대부분이다. 타인을 향한다 해도 비교적 恨의 농도가 약한 怨望 정도이다. 그러므로, 유교이념시대 한의 감정이 怨恨, 敵愾心, 復讐心, 冤痛함, 忿怒 등 상대적으로 타인을 향하는 양상이 우세한 것과는 차이를 보인다.

앞에서 인용한 恨의 용례나, 선덕여왕에 대한 연모의 정을 못 이겨 불길이 되어 타오른 지귀의 경우 모두 한의 상황에 대한 내향적 반응을 보여준다. 지귀의 경우 '불'은 맺힌 것이 밖을 향한 결과로서의 '放火'가 아니라, 선덕여왕에 대한 연모로 인해 저절로 마음의 불길이 타오른 것, 즉 '心火'인 것이다. 또 처용설화에서 보여지는 처용의 반응태도나, <원가>를 지어 부른 신충의 태도도 이같은 사실을 확인해 주는 예라 할 수 있다.

이러한 점은 자연스럽게 네 번째의 특징으로 이어진다. 앞서 말한 한의 감정의 내향적 지향성과 외향적 지향성은 상황에 반응하는 심적·정서적 태도를 말하는 것으로 그것이 행동으로 옮겨지느냐의 여부와는 무관한 것이었다. 그러나, 이 心的 지향성이 구체적인 행동으로 옮겨질 때 그 行動化되는 패턴, 즉 한풀이의 패턴을 보는 것도 시기에 따른 恨체험의 변모를 측정하는 데 도움을 준다. 크게 自力에 의한 것과 他力에 의한 것으로 나눠볼 수 있다.

自力에 의한 것으로는, 자신에게 피해를 입힌 당사자에게 '보복'을 하거나, 제 3자에게 한을 '전이'시키는 경우9)를 포함하여 신앙의 힘, 예술창작의

---

9) 김열규 교수의 분류로 치자면 '원한의 검은 빛 전이'에 해당한다. 그는 한풀이의 양상을 (1)복수처럼 자신에게 원한을 일으킨 자에게 앙갚음하는 형태 (2)자신에게 원한을 일으킨 자가 아닌 제 3자에게 행하는 것이되 자신에게 맺힌 원한을 나쁜 방향으로

경험을 통해 그것을 '승화'시키는 경우, 한의 원인을 직시·관조·성찰함으로써 그것이 결코 한이 될 수 없는 것임을 깨닫고 한의 원인을 '無力化'시키는 것, 한이라는 陰의 정서를 그와 반대되는 陽의 정서-해학, 웃음 등-로써 '中和'시키는 것, 또 한 체험의 주체인 자기자신을 없앰으로써 궁극적인 한의 원인을 소멸시키는 것 즉 自殺에 의한 '원인의 無效化'의 방법이 모두 여기에 속한다. 한의 감정에 내재된 외향적 지향성이 행동으로 옮겨지면 보복이나 전이의 유형이 될 수 있다. 他力에 의한 것은 맺힌 한이 풀리도록 도와주는 존재가 초월적이거나 신이한 존재인가, 아니면 현실적이고 평범-신이하지 않다는 의미-한 존재인가로 나눌 수 있다. 무당은 전자에, 현실적 힘을 가진 존재-예컨대 임금, 官吏 등-는 후자에 속한다 할 수 있다. 이런 한풀이 패턴들은 경우에 따라서는 몇 가지가 조합되는 양상을 보인다.

이 시기의 한풀이는 自力에 의한 경우 '보복'이나 '전이'와 같은 부정적 방법보다는 '승화'나 '自覺에 의한 恨의 원인의 無力化'에 의해 한을 '풀어내는' 양상이, 他力에 의한 경우는 '초월적 힘'에 의해 '풀어지는' 양상이 우세하다는 특징을 지닌다.[10]

최초의 恨텍스트라 할 <공무도하가>나 <황조가>는 님을 여읜 한을 노래로 '승화'시킨 경우이며, <처용가>를 지어 부른 처용은 관용의 태도로써 恨의 원인을 '無力化'시킨 경우이다. 자신의 不運에 대하여 남을 원망하지 않고 琴을 가지고 산으로 들어가 버린 勿稽子나, 간신의 참소와 훼방을 받고도 이를 통한스럽게 여기지 않고 長歌를 지어 뜻을 표한 實兮, 가난에

전이하는 경우, 즉 원한의 검은 빛 전이가 이루어지는 경우 (3)자신에게 맺힌 한을 제 3자에게 좋은 방향으로 전이하는 경우, 즉 원한의 흰 빛 전이가 이루어지는 경우로 구분했다. 김열규, 앞의 책.

10) 그러나, 한을 맺히게 한 대상에 대한 보복의 기록도 없지는 않다. 남편을 죽인 왜적에게 복수를 하는 昔于老의 예(『三國史記』 列傳·五), 일찍이 내물왕이 자신을 고구려의 볼모로 보낸 것에 한을 품고 내물왕의 아들인 미사흔을 왜국의 볼모로 보냄으로써 유감을 푼 實聖王의 예(『三國史記』 列傳·五, 「朴提上」)가 여기에 속한다.

傷心하지 않고 거문고를 연주했던 百結先生은 모두 남의 눈에 한스럽게 보일 수도 있는 상황에 처하여 自省과 觀照의 태도로써 恨의 원인을 '無力化'시킴과 동시에 예술을 통해 한을 '승화'시킨 예라 할 수 있다.[11]

한편, 억울하게 옥에 갇힌 왕거인의 恨[12]은 하늘의 감동으로 풀어지게 되며, 왕의 꾸지람에 한을 품은(心懷悉恨) 龍이 惡龍으로 화하여 보복하려 하다가 如來의 감화를 받고 독한 마음을 풀어낸 이야기[13]는 自省과 깨달음에 의한 한의 원인의 無力化, 신앙의 힘에 의한 昇華, 如來의 神通力 등 한풀이의 자력적·타력적 제 요소가 어우러진 예라 할 수 있다. 그러나, <首揷石枏>[14]의 崔伉이나 金庾信의 예[15]처럼 魂魄이 출현함으로써 한이 풀어지

---

11) 이들의 이야기는 『三國史記』列傳(第八)에 나와 있고, 물계자의 이야기는 『三國遺事』(卷 5)에도 보인다. 물계자는 전쟁에서 큰 공을 세웠으나 그때마다 왕손의 미움을 받아 인정받지 못했다. 그러나, 물계자는 이것을 원망하느냐고 묻는 사람에게 '나는 일찍이 싸움에서 자기 몸을 잊고 목숨을 바치는 용맹이 없었으니 불충하기 이를 데 없는 일이다.'라고 답하고 거문고를 메고 산으로 들어갔다. 실혜는, 조부 때부터 공을 많이 세웠는데 간신의 참소로 궁벽한 곳에서 벼슬하게 된 상황에 대하여 痛恨스럽게 여기지 않느냐고 묻는 사람에게 '아첨하는 신하가 임금을 미혹케 하고 충성스런 신하는 배척을 당하기 마련이니 어찌 이를 슬퍼하랴'하고 노래를 지어 자신의 뜻을 나타냈다. 백결선생은 가난을 한탄하는 아내에게 '무릇 生과 死는 命이 있고 富와 貴는 하늘에 달렸다'고 답하며 거문고로써 방아소리를 내어 아내를 위로했다. 이들의 태도에서 한의 원인을 직시, 관조·성찰하여 깊은 깨달음을 얻음으로써 결국 남들 눈에 불우하게 보이는 상황이 더 이상 '한의 조건'이 되지 못하도록 한의 원인을 '無力化'시켜 버리는 양상을 볼 수 있다.
12) 왕거인에 관한 이야기는 『三國遺事』卷二「眞聖女王·居陁知」條에 실려 있다.
13) 『三國遺事』卷三, 「魚山佛影」條.
14) 『殊異傳』에 실린 이야기. 신라 崔伉의 자는 석남이었다. 그에게는 사랑하는 여자가 있었는데 부모가 그를 만나는 것을 금하였다. 수 개월 동안 만나보지 못하자 그는 애를 태우다 죽고 말았다. 죽은 뒤 8일이 지나 밤중에 그는 여자의 집에 갔으나 그녀는 그가 죽은 것을 알지 못하고 반갑게 맞이하였다. 항은 석남꽃을 머리에 꽂고 가지를 그 여자에게 나누어 주며 말하기를 "부모님이 당신과 동거하는 것을 허락했으므로 이렇게 오게 되었다."고 하며 드디어 그 여자를 데리고 집으로 돌아와 담을 넘어 들어갔다. 그런데 밤이 지나고 새벽이 오도록 그에게서는 소식이 없었다. 家人이 나와 보

게 되는 경우는 이와는 양상이 다소 다르다. 둘 다 自力的 성격을 띠면서 여기에 어떤 초월적 힘이 내재한 경우로 볼 수 있으며, 김유신의 한풀이에는 여기에 부가하여 임금의 현실적 힘에 의한 해결이 큰 비중으로 작용한다. 두 경우 모두 보복이나 원한의 전이라는 부정적 한풀이의 양상이 아니라는 점을 주목해야 할 것이다.

다섯 번째, 유교이념시대 恨텍스트의 두드러진 특징이라 할 '女性의 恨체험'이 이 시기의 텍스트에서는 큰 비중을 차지하지 않는다는 점이다. 이 시기 여성들의 지위는, 家系繼承이나 家産相續, 婚姻制度 등을 통해 잘 드러난다. 男孫이 없을 경우 女孫繼嗣를 허용한 것이라든가, 후계자가 없을 경우 남계혈족만이 아니라 妻系 혈족의 자손도 養嗣子가 되어 가산을 상속받는다든가, 재산상속에 있어서의 자녀균분제 등은 이 시기 여성의 지위를 어느 정도 짐작할 수 있게 한다. 이 시기는 여성들의 바깥출입이 자유로웠으며, 남녀의 만남도 크게 제약을 받지 않는 개방적 분위기였다. 또한, 혼인관계에 있어서도 정절은 아내에게만이 아니라 남편에게도 요구되는 의무였다. 이 시기의 수절녀를 열녀라 하여 표창한 사례가 많았다든가 節婦만이 아니라 義夫도 표창의 대상이 되었던 점, 그리고 귀족층이 아닌 이상 여성의 改嫁에 큰 제약이 없었다는 점 등은 여자에게만 의무가 강요된 것이 아니었고 여자의 지위가 남자에게 예속된 것만은 아니었다는 것을 말해 준다.16)

고 그 연유를 물으니 여자가 사연을 모두 말했다. 가인이 말하기를 '항이 죽은 지 8일이 되어 오늘 장례를 치르려고 하는데 무슨 괴이한 소리를 하느냐? 하였다. 이에 여자는 "첩은 낭군께서 나와 더불어 석남꽃 가지를 나누어 꽂았으니 이것이 그 증거가 될 것입니다."라고 했다. 이에 관을 열고 살펴보니 시신은 머리에 석남꽃 가지를 꽂고 있었고 옷은 이슬에 젖은 채 신에는 구멍이 뚫려 있었다. 여자가 항이 죽은 것을 알고 통곡하며 목숨을 끊으려 할 때 항이 다시 소생하여 함께 20년간을 해로하다 일생을 마쳤다.

15) 혜공왕 때 김유신의 혼백이 출현하여 未鄒王의 무덤 속으로 들어가 후손들을 홀대하는 것을 호소하자 임금이 잘못을 사과하고 재물을 보내 명복을 빌어주었다고 한다. 『三國史記』列傳·三 「金庾信·中」條 및 『三國遺事』卷一, 「未鄒王 竹葉軍」條.

이처럼 여성들에 대한 사회적 관습이나 제도의 압박과 구속이 심하지 않았던 만큼 상대적으로 여성의 소외, 차별, 억압의식 등은 심각하지 않았다고 할 수 있다. 즉, 이 시기는 적어도 한의 체험을 극대화시키는 토양이 형성된 것은 아니었다.

이 시기의 恨텍스트들이라 할 <서경별곡> <이상곡> <가시리> <동동> 등을 보면 비록 여성의 목소리로 언술이 전개되고 있지만 거기서 性差別 의식의 소산으로서의 女性의 恨이 감지되지는 않는다. <동동>의 경우는 여성이기에 체험하게 되는 한이 아니라, 遊女라는 신분이 야기하는 한을 노래한 것으로 볼 수 있고 <이상곡>은 남편을 저승으로 떠나보낸 여인의 한을 노래한 것이다. <서경별곡>이나 <가시리> 역시 보편적인 이별의 슬픔을 담고 있어, 여자이기 때문에 겪는 한을 노래한 자탄가류 내방가사들과는 성격이 크게 다르다.

이상의 내용들을 종합해 볼 때, 이 시기의 恨의 양상은 그 시대를 지배하는 제도나 관습, 이념, 절대화된 일원적 가치가 빚어낸 '差別'의 소산이라기보다는, 시대 · 문화적 차이를 넘어 인간 누구나 경험할 수 있는 원초적 감정으로서의 비애의 성격을 띠는 것이라 할 수 있다. 다원적 가치의 시대란 단순히 여러 가치체계의 병립만을 의미하는 것은 아니다. 단일한 가치가 절대적인 힘을 행사하며 사회관습이나 제도의 형태로써 그 가치체계 밖의 존재를 소외시키는 양상에서 빗겨가 있다는 것을 의미하기도 한다.

이 시기의 '한'이 冤恨 · 敵愾心과 같은 강도 높은 것이기보다는 상대적으로 强度나 硬度가 약한 유감 · 통탄 · 원망 · 애석함 등 내향적 성향을 띤다든가, 한풀이의 방식도 보복이나 원한의 전이보다는 승화나 깨달음 등에 의한 것이 주류를 이룬다는 것도 이같은 시대적 배경과 깊은 관련을 지닌다고 할 수 있다.

---

16) 이상 고려조 여성의 지위에 대해서는 『한국사』 5 (국사편찬위원회, 1990), 350-365쪽.

2. 유교이념시대

이제, 恨의 징표가 어느 시대보다 명백히 드러나는 유교이념시대의 恨텍스트들을 보기로 한다. 먼저 지적할 점은, 일원적 가치가 절대적 영향력을 행사하는 시기의 텍스트가 다원적 가치 시대의 그것보다 '한'의 인자를 포함할 소지가 많고, 恨의 강도나 깊이도 클 것이라는 점이다. 따라서, 이 시기의 언어적 기술물에는 '한'이라는 말의 쓰임이 전 시대보다 증가하게 되고, 한의 현상을 한이라는 말로 지칭하는 용례가 보편화된다. 앞에서 『삼국유사』에 쓰인 怨과 恨의 용례를 비교하여 초기에는 怨이라는 말이 한의 현상을 나타내는 데 더 보편적으로 쓰였다고 하는 설명을 한 바 있는데, 이 시기의 텍스트에서는 이 말들이 사용된 용례의 빈도수가 어떠한지 살펴보기로 하자. 『松江集』 『蘆溪先生文集』 『孤山遺稿』를 대상으로 한 색인집17)을 근거로 하면, '怨'과 '恨'이 송강의 경우 각각 4회/14회, 노계의 경우 1회/1회, 고산의 경우 2회/13회가 쓰여 이 시기에는 오히려 恨의 '현상'을 나타내는 데 '怨'보다는 '恨'이라는 말이 더 보편화되어 있음을 알 수 있다.

둘째로, 일원적 가치의 시대에는 한의 형성에 제도나 관습과 같은 外的 要因, 즉 '소외'에 의한 차별의식이 중요한 동인이 되었다는 점을 지적해야 할 것이다. 어떤 상황을 한으로 여기는가 즉, 한의 내용이 무엇인가를 보면 이 점은 더욱 분명해진다. 이 시기 한의 내용은 특히 고소설에 잘 나타나 있다. 적서차별의 한을 이야기한 <홍길동전>, 가난의 한이 용해되어 있는 <홍부전>, 여성의 정절을 강요하는 사회관습이 빚어낸 여성의 한을 테마로 한 <장화홍련전>, 신분제도가 빚어낸 모순과 허위의식을 풍자한 <양반전>, 孝라는 사회적 가치규범에 의해 희생을 하게 되는 <심청전> 등을 그 예로 들 수 있다. 이외에도 우리는 유교이념시대의 전형적 恨텍스트인 <한중록>이나 <숙영낭자전>, 자탄가류 내방가사나 시집살이민요18) 등에서도 제도나 사회

---

17) 董達, 『韓國漢詩分析索引』(太學社, 1995)

관습에서 빚어지는 한의 체험들을 발견할 수 있다.

셋째, 유교이념시대의 한체험 양상은 다른 어느 소외층보다도 여성과 서 얼층의 소외가 두드러지며, 특히 이 시기의 恨체험의 중심에는 '女性'이 굳 게 자리한다는 점에서 다른 시기와 구분된다. 이들에게 가해진 사회적 제약 과 제도적 구속은 신분의 고하를 막론하고 여성들의 압박하는 요인이 되었 으며, 여성으로 태어난 것을 한탄하는 내방가사들, 시집살이민요들을 양산해 냈다.

不更二夫라는 명분 아래 청상과부라 할지라도 수절이 강요되고, 三從之 道라는 굴레는 여성이 스스로의 삶의 주체가 되는 것을 가로막는 요인이 되 었다. 또 七去之惡을 두어 가부장제도의 유지에 장애가 되는 여성을 소외시 켰으며 여성의 외부출입의 자유를 제한하거나 교육의 기회를 제한함으로써 세상을 보는 눈을 차단하고 오로지 가정만이 그들 세계의 전부가 되게끔 하 였다. 또한, 여성의 家系繼承을 금한 것은 남성우월적 사고와 격하된 여성 의 지위를 단적으로 말해 주는 것이었다. 어린 시절부터 수많은 女訓類 서 책들을 가까이 하게 함으로써 일원적 가치체계에 순응하는 법을 가르쳤다. 여성에 가해진 이런 제약은 처음에는 사대부 여성층이 대상이 되었으나 유 교가 지배이념으로 자리잡고 유교적 도덕률이 널리 보급됨에 따라 서민층 여성에게까지 확대되었다.

이 시기 여성에게 있어 유교적 가치체계로부터의 일탈이나 그것의 상실은 곧 사회로부터의 축출, 소외를 의미했다. 고소설 속의 수많은 여성인물들이 죽임을 당하거나 스스로 죽음을 택하는 것도 모두 일원적 가치체계가 요구

---

18) 내방가사나 시집살이민요가 '향유된' 시기를 본다면 유교이념 이후시대에도 계속 불 려졌으므로 꼭 유교이념시대의 텍스트로 국한할 수는 없지만, 이들의 내용을 보면 일 원적 가치의 절대화가 빚어낸 산물임이 명백하므로 유교이념시대의 恨텍스트로 다루 고자 한다. 바로 여기서도, 고려시대 · 조선전기 · 조선후기 등의 왕조별 분절이 恨의 시대적 변모를 살피는 데 그리 효과적이지 않다는 증거를 찾아볼 수 있다.

하는 덕목을 상실하거나 거기에 훼손이 가해졌기 때문이다. 이같은 恨스러운 체험은 개인의 성격이라든가 심리적 성향이나 취향의 문제가 아니라 사회적 관습, 제도 등 외부로부터 강요된 것이었기에 여성들의 집단적 한을 야기하는 요소가 되었던 것이다.

넷째, 절대적 힘을 가진 가치체계 및 거기서 파생된 여러 제도와 관습들이 소외층을 확대시키고 한의 체험을 격화시킴에 따라, 한풀이의 양상도 다양하게 변모해 간다는 특징을 지적할 수 있다. 우선 이 시기의 恨텍스트에서 볼 수 있는 빈번한 怨靈·寃鬼의 출현을 들 수 있다. '寃'은 '兎'가 덮개 아래에 갇혀 달리지 못하고 몸을 구부리고 있는 모양을 나타낸 것[19]으로, 恨이 내포하는 다른 어느 감정요소들보다도 상처가 더욱 심하게 응고된 상태이다. 대개는 억울한 죄를 뒤집어쓰거나, 원통하게 죽은 사람의 원혼을 의미한다. 이처럼 恨 중에서도 가장 깊은 상처를 가진 寃鬼가 빈번히 출현한다는 것은 그만큼 이 시기가 한의 체험이 격화된 시기임을 말해 준다. 寃鬼出現談의 전형인 <장화홍련전>은 물론 <숙영낭자전> 등 고소설에서 이런 양상을 확인할 수 있다.

또한, 한풀이 양상에서 寃鬼의 출현이 빈번할 뿐만 아니라 한을 야기한 대상에게 직접적 해를 가하는 복수와 같은 적극적·부정적 방식이 보편화되는 반면, 스스로의 힘에 의한 '승화'는 유교이념 이전시대에 비해 훨씬 약화되는 양상을 보인다. 이 시대의 恨텍스트들이 보복에 의한 한풀이를 보여주는 예가 많다고 하는 것은, 그 만큼 맺힌 것을 분출할 수 있는 통로가 막혀 있음을 반영한다. 맺힌 것을 풀 수 있는 다른 합리적·제도적 장치가 마련되어 있지 않을 때, 보복은 가장 직접적이고 손쉬운 방법이 되었을 것이다.

한편, 외부의 힘에 의해 한이 '풀리는' 경우 그 힘이 꼭 신이하고 초월적인 것에 국한되지 않고, 현실적 힘을 가진 凡人—예를 들어, 정치제도권 안의 官

---

19) 藤堂明保, 『漢字語源辭典』(東京 : 學燈社, 1965·1987), 620쪽.

吏-으로까지 확대되는 양상을 보인다는 점도 이 시기 한풀이 방식의 특징으로 제시될 수 있다.

다섯 째, 일원적 가치가 지배하는 시기에 있어 '한'이란 그 가치체세로부터의 일탈 혹은 상실된 상태를 의미하고, 한을 푼다는 것은 원점으로의 복귀 혹은 상실했던 절대가치의 회복을 의미한다. <숙영낭자전>에서 남편이 없는 사이 외간남자와 정을 통했다는 누명으로 한이 맺혀 죽은 숙영이 결국 그 누명이 벗겨져 상실했던 가치-貞節-를 회복함으로써 한이 풀리는 것은 그 대표적 예이다. 또한 <임경업전>에서는 왕이 그의 忠義를 褒賞함으로써 김자점의 모함으로 한때 상실했던 가치를 되찾게 된다.

3. 유교이념 이후시대

유교이념 이후시대는 儒·佛·仙은 물론 신문물의 수용과 개화사상이 세상을 풍미하는 가운데 實學, 西學, 東學 등 다원적인 가치체계가 난립하던 시기이다. 이같은 상황은 유불선 三價體系의 조화와 안정 위에 구축된 유교이념 이전시대의 가치의 다원성과는 성격이 매우 다르다. 일원적 가치가 그 절대적 영향력을 상실해 가는 과정에서 드러내 보이는 가치체계의 분산과 혼란, 일원성의 해체라는 의미가 강하다.

이 시기 恨의 전개에서 가장 주목할 만한 점은 한풀이 양상의 다양한 변화이다. 유교이념시대의 한풀이는 결과적으로 이탈되어 온 원래의 자리, 즉 일원체계로의 복귀나 상실했던 절대가치의 회복을 의미했다. 그러나, 유교이념 이후시대는 가치가 다원화·분산화된 시기이기에 유교 이외의 다른 가치의 추구를 통해서도 한풀이가 가능했던 것이다. 예컨대 이 시기 소외계층들에게 정신적 버팀목이 되었다고 할 천주교, 동학 나아가서는 증산교의 解冤思想에 이르기까지 종교적 신앙의 힘은 한을 승화시키는 중요한 장치가 되었던 것이다.

서얼차별도 여전했지만 그들은 자신들을 소외시켰던 일원적 가치체계에 삶을 귀속시키기보다는, 다양한 활동을 통해 자신의 능력을 발휘하고 이상을 실현해 감으로써 서얼이라는 한을 어느 정도 풀 수가 있었다. 이 역시 가치의 다원화 시대였기에 가능한 변화였던 것이다. 여성에 대한 인식이 실질적으로 변화된 것도 이 시기다. 그 인식변화의 기반은 동학에서 마련되었다. 동학교주 최제우는 신분이나 계급을 초월하여 인간의 평등을 실현하고자 하였다. 또 남녀의 평등과 여권을 존중을 주장하는 등 궁극적으로 인도주의를 지향하였다. 동학혁명시 동학군이 주창한 內政改革案 중 특히 주목할 점은 청춘과부의 개가와 여성의 사회적 진출을 허할 것을 요구함으로써 전통적인 여성의 지위에 대한 개선책을 제시했다는 점이다.[20]

이같은 시대적 변화로 인해 일원적 가치의 시대에 소외와 한의 요인이 되었던 것들이 강력한 힘을 발휘할 수 없게 되었거나, 경우에 따라서는 더 이상 恨형성 요인으로 작용하지 않게 되었던 것이다.

예술에 있어 정통으로 인식되어 오던 것들로부터의 과감한 이탈도 이같은 시대상과 맞물려 일어난 변화로서 가치의 다원화현상이 예술장르에까지 확산된 것을 말해 준다. 탈춤, 판소리, 잡가와 같은 민속예술과 실경 산수화의 성행, 평민계층으로까지 시창작과 향수가 확대된 상황 등이 바로 그것이다. 소외층들은 이같은 예술장르를 통해 지배계층에 대한 저항의식이나 신분에 따른 恨을 풍자, 비판의 형태로 표출함으로써 일종의 한풀이의 장치를 마련했던 것이다.

지금까지 '한'의 현상을 야기하는 직접적 토대로서 시대·문화적 배경을 살펴보았다.

---

20) 『韓國女性史』1(이화여자대학교 한국여성사 편찬위원회, 1972·1978), 382쪽 ; 尹乃鉉·朴成壽·李炫熙 共著, 『새로운 한국사』(삼광출판사, 1991), 403쪽.

III. 예술 담당층에 따른 '恨'의 전개

지금까지 시대·문화적 토양이 '한'의 현상을 형성하는 데 어떤 관계를 가지고 또 어떻게 직접적인 계기로 작용하는지 개괄해 보았다. 이제 恨의 美가 체험주체의 신분이나 계층에 따라 어떻게 전개되는가에 초점을 맞추어 보고자 한다.

여기서 다시 환기해야 할 점은, 恨의 체험 주체와 '한'을 언술화했을 때의 언술 주체를 분리시켜 생각해야 한다는 사실이다. 恨체험을 주지로 하는 텍스트의 언술 주체가 반드시 해당내용의 恨을 직접적으로 체험한 것이 아닐 수도 있다. 이 장에서 관심을 갖는 것은 恨체험 주체의 신분, 계층에 따라 텍스트의 양상이 어떻게 달라질 수 있는가 하는 점이다.

앞서 살펴보았듯이 시대마다 소외의 원인과 기준이 다르고, 따라서 소외 계층도 달라진다. 소외는 '中心으로부터의 소외'라고 하는 방향성을 내포한다. 중심을 달리 '힘'이라는 말로 바꾸어 볼 때, 소외란 그 중심으로부터의 일탈로 설명될 수 있는 것이다. 그 힘은 정치권력일 수도, 사회적 영향력일 수도, 지배력을 의미할 수도 있다. 그 힘이 작용하는 대상이 달라져도 한 가지 변하지 않는 것은, 주체든 타인의 삶이든 자신의 영향력 안에 두고 지배할 때 우리는 그것을 '힘'이라 부른다는 사실이다. 자기에게 작용하는 힘을 주체성 혹은 의사결정권이라 한다면, '힘'이란 자기에게 작용할 뿐만 아니라 타인의 삶에 간여하여 그를 변화시킬 수 있는 영향력까지를 포괄한다. '힘'을 가진 존재들은 형이상학적으로는 조물주, 하늘에서부터 현실적으로는 군왕, 지배층 신분, 그 힘에 기생하는 중간 지배층, 한 집안에서의 家長까지 모두 포괄된다.

'恨' 체험의 가능성이 더 큰 계층이라면 신분상으로는 피지배층일 것이고, 성별상으로는 女性일 것이며, 신봉하는 가치체계상으로는 유학 이외에 이단으로 취급되는 모든 사상을 신봉하는 사람들이 해당될 것이다.

그러나, 이같은 이분법은 계층별 恨체험의 양상을 살피는 데 몇 가지 문제점을 내포한다. 신분은 양반이면서도 벼슬길에 나아가지 못했거나 서얼층인 경우, 양반이라는 지배층에 속하면서도 자신의 삶을 자신의 의지대로 영위해 가지 못했던 여성들, 지배층으로서 벼슬길에 나아갔으면서도 더 큰 힘에 밀려 '귀양'이라는 형식으로 자신의 삶이 타인에 의해 휘둘리게 된 사람들과 같이 단순한 이분법으로 포괄되지 않는 계층들을 얼마든지 상정할 수 있기 때문이다.

또한, 恨이 형성되는 데는 '소외'라고 하는 외적 요인과 더불어 '억압'이라고 하는 내적 요인이 작용하는데 이같은 개인적 성향이 무시된다는 점을 지적하지 않을 수 없다. 소외층이라 하더라도 개인적 성향으로 볼 때 억압의식이 강하지 않은 사람도 있고, 힘의 중심에 놓인 계층이라도 작은 정신적 자극에도 민감하게 반응하고 억압의식이 강한 사람도 있다. 그런데 '한'의 체험 및 그것의 형상화 양상을 그 한 체험 주체의 신분, 그가 속한 계층에 따라 살피는 관점에서는 이같은 개인차가 무시될 수밖에 없는 한계가 있다.

이러한 문제점들을 접어두고 크게 지배층의 언술과 피지배층의 언술로 나누어 양상을 살피기로 한다.

1. 지배층의 恨체험 양상

먼저, 지배층의 恨텍스트를 대상으로 살펴보자. 지배층은 현실적으로 생활상의 곤란을 겪지 않는 계층이다. 그러므로 그들의 언술에 나타난 恨의 양상은 피상적이고, 형이하학적인 생활현장과 유리되어 있으며 感傷的인 경향을 띤다.

1.1 지배층 남성의 恨체험

지배층 중에서도 특히 남성의 경우는 소외나 한의 체험과 가장 거리가 먼 계층이다. 우선 그들의 언술에 쓰인 '恨'의 용례를 통해 그들이 恨을 어떻게 인식하고 있는가를 살펴보자.

映溪千萬朶	계곡물에 아른거리는 흐드러진 꽃가지들
却恨千分開	도리어 활짝 꽃피운 걸 후회하고 있구나
僧看疑有寺	승려는 바라보며 절이 있는가 의아해하고
鶴見恨無松	학은 바라보며 소나무 없음을 아쉬워하네
深夜窓月絃聲苦	창 너머 달빛이 흐르는 깊은 밤 괴로운 듯 거문고소리
只恨平生無子期	다만 평생에 종자기 없는 것을 아쉬워하는 것일까
欲參高會慙非分	명망높은 그 자리에 참석하고 싶지만 분수아님을 부끄러워하나니
却恨當年第二人	그 해에 亞元에 머무른 게 애석하기만 하구나
未圓常恨就圓遲	이지러져 있을 때는 항상 둥글어짐 더디어 한이더니
圓後如何易就虧	보름달 된 뒤엔 어찌 이리도 쉽게 이지러지는가

앞의 네 예는 『東人詩話』에서 발췌한 것인데, 각각 金圻가 '落花'를 읊은 시구, 고려 때 과거시험에서 '夏雲多奇峰'이 제목으로 나왔을 때 어느 서생이 지은 聯句, 늙은 기생이 달 아래서 흐느끼듯 거문고를 타는 소리를 듣고 朴致安이라는 사람이 읊은 시의 한 구절, 金仁鏡이 과거시험에서 급제하지 못하고 亞元에 머무른 것을 두고두고 애석해 하는 심사를 읊은 것이다. 맨 끝은 조선 전기의 시인 宋翼弼이 지은 <望月>의 일부이다.

여기에서의 '恨'의 내용은 각각 활짝 꽃을 피운 것, 소나무(깃들 곳)가 없

는 것, 종자기가 없는 것, 과거에 장원하지 못한 것, 달이 늦게 차고 빨리
기우는 것이다. 여기서 알 수 있는 '한'의 내용은 시적 화자, 혹은 시적 화
자의 감정이 이입되어 있는 시적 대상들에게 꼭 있었어야 할 것이거나, 기
대·소망하던 것들이거나 존재의미가 되는 것으로 현재는 不在하며 과거의
것으로 남아버린 것들이다. 소망하던 바가 자신의 뜻대로 되지 않은 것을
현재의 시점에서 아쉬워하거나, 후회하거나, 遺憾스러워 하거나, 애석하게
여기고 있으며 이같은 감정을 恨으로 인식하고 있는 것이다. 여기서 우리는
'한'의 미에 본질적으로 내재된 '過去指向性'을 다시 한 번 확인할 수 있으
며 지배층 남성에게 있어 '恨'이란 詩作의 계기를 제공하는 情緖的 動機로
서의 성격이 강함을 알 수 있다.

　　碧雲天 黃花地에 西風緊 北雁飛라
　　하룻밤 찬 식벽에 뉘라셔 霜林을 醉ᄒ인고
　　아마도 離恨別淚로 물드린ᄀ ᄒ노라　　　　　　　　－金學淵－

　　소곰수레 메워쓰니 千里馬 닌줄 제 뉘 알며
　　돌속에 버려쓰니 天下寶 닌줄 제 뉘 알리
　　두어라 알리 알지니 恨ᄒ줄리 이시랴　　　　　　　－鄭忠信－

　　忠臣의 속무음을 그 님금이 모로므로
　　九原千載에 다 스러 ᄒ려니와
　　比干은 므음을 뵈아시니 므슴 恨이 이시리　　　　－朱義植－

　　忠孝도 닉 못ᄒ고 비록이 주글센둘/暮夜明月의 杜鵑의 넉시 되여 平生의
　　爲君父怨恨을 梨花一枝에 春帶雨 되어시니/行人도 닉 뜻을 아라 駐馬愁
　　를 ᄒᄂ다　　　　　　　　　　　　　　　　　　　－姜復中－

　　首陽山 ᄇ라보며 夷齊롤 恨ᄒ노라

주려 주글진들 採薇도 ᄒᆞᄂᆞᆫ것가
비록애 푸새엣 거신들 긔 뉘 짜헤 낫ᄃᆞ니   -成三問-

達水似諳征客恨   達水는 나그네의 한을 알기라도 하는듯이
東流直上漢陽橋   동으로 흘러 곧바로 漢陽橋로 올라가네
     -鄭徹, <湖老南松老西去去留之際烏得無情卽援筆長吟> 中-

客愁秋恨立江邊   가을 나그네 수심어려 강변에 서니
山日依依下遠天   산의 해는 느릿느릿 먼하늘로 져가고 있네
     -鄭徹, <別辛君望獨立芳草洲上不堪憫然題一絶寫懷> 中-

無限西風仲宣恨   끝없이 불어대는 서풍은 王粲의 한이런가
天涯又送故人行   다시 아득히 멀리 벗을 떠나 보내네
                    -崔慶昌, <吉州樓題> 中-

우리는 여기서 恨을 체험하게 되는 다양한 동기들을 보게 된다. 이별의 상황, 자신의 가치를 아무도 알아주지 않는 것, 충성의 마음을 임금이 몰라 주는 것, 충효를 다 못하고 죽는 것, 끝까지 절개를 지키지 못한 것, 나그네 의 처지, 자기 뜻을 펴지 못하는 것[21] 등이 각각 恨을 야기하는 동인이 되 고 있다. 한의 내용이나 동인이 되는 사항들을 개괄해 볼 때, 지배층 남성의 한체험에서 어떤 정형을 발견할 수 있다. 정형화의 첫째 양상으로, 한의 내 용이 어느 정도 고정화되어 있다는 것을 들 수 있다. 충·효·절개 등 윤리 적 가치를 다하지 못한 것, 인생무상, 재주만큼 뜻을 펴지 못한 것, 고향· 가족·벗과의 이별, 나그네 설움, 남이 나를 알아주지 않는 것 등이 지배층 남성들의 한체험을 야기하는 주된 동인인 것이다.

이같은 정형화를 야기한 하나의 모형이 된 것이 梁 江淹(文通)이 지은

---

21) 최경창의 시구에서 仲宣은 삼국시대 위나라 王粲의 字이다. 자기의 뜻을 펴지 못 한 것을 한스러워 하여 누대에 올라 <登樓賦>를 지었다고 한다.

<恨賦>[22]이다. 열거를 특징으로 하는 賦의 일반적 틀에 따라 인간사에서 한이 될 수 있는 것들을 열거 형식으로 서술하고 있다. 무덤에 우거진 풀들을 보면서 古來의 한을 품고 죽어간 사람들을 생각한다는 冒頭의 내용으로부터 秦나라에 패망한 趙王의 고사를 통해 나라를 잃은 한을, 漢의 宮女였으나 마음에도 없이 匈奴 呼韓邪單于에게 시집간 王昭君의 고사를 통해 고향과 나라를 떠난 사람의 한을 서술했다. 또, 재주가 뛰어남에도 임금에게 배척당하고 등용되지 못한 後漢 때의 馮衍의 고사를 통해 임금의 배척을 받거나 出仕하지 못한 사람의 한을, 옥에 갇힌 뒤 刑에 처해지고 만 嵇康의 일을 통해서는 높은 뜻을 가졌지만 그것을 펴지 못한 불우한 처지의 한을 표현했다. 그리고, 이외에도 主君을 떠난 신하, 가슴에 피멍이 든 妾室의 자식, 차가운 바람 몰아치는 북쪽 邊塞를 지킨 사람들, 전쟁터에서 성대한 鐘鼓의 음향을 울리며 활약하던 榮貴의 자제들을 열거한 뒤 신분의 고하를 막론하고 모든 인간은 결국 허무하게 연기처럼 사라져 간다고 하면서, 죽음은 피할 수 없는 天道요, 인간의 힘으로 어쩔 수 없는 숙명이라는 것으로 글을 마무리하였다.

<恨賦>의 내용과 인용한 작품 예들을 비교하면, 그 구체적인 사건내용이야 다르지만 그것이 의도하는 주지는 거의 일치함을 발견하게 된다. 이런 한 내용의 정형성 및 고정성은 그들의 한체험을, 절절한 체험에서 우러나온 한이 아니라, 한스럽게 여겨질 수 있는 사물이나 상황에 대한 '공식화된 반응'으로 받아들이게 하는 요인이 된다. 결국, 지배층 남성들의 한체험이 관념화·추상화되는 요인으로 작용하게 되는 것이다.

또 다른 정형성의 예로서, 남녀간의 이별의 한, 相思의 한을 노래할 때는 여성의 목소리를 빌거나 여성의 체험을 재현하는 방식으로 언술이 전개된다는 점을 들 수 있다. 이별이라도 가족이나 고향, 친지가 대상이 되는 경우는

---

22) 『文選』 第16卷.

구태여 여성화자의 목소리로 전개하지 않으면서도, 남녀의 이별의 恨이 노래될 때는 여성화자를 등장시키거나 여성의 체험을 재현하는 것이 지배층 남성의 恨텍스트에서 일종의 慣例처럼 되어 있는 것이다.

> 明鏡臨慵微步緩　　거울보는 것도 시들해지고 걸음도 늘어지네
> 榮華減損紅顏換　　꽃같은 자태도 시들고 홍안도 변해가네
> 　　　　…中略…
> 行人絶迹無鴻雁　　행인의 자취 끊기고 기러기도 날지 않네
> 程遠恨長天碧漫　　길은 멀고 恨은 길고, 푸른 하늘은 아득하기만 하
> 　　　　　　　　구나　　　　　　　-李奎報, <同前雙韻> 中-
>
> 相思不見令人老　　그리워도 보지 못해 사람 늙게 하더니
> 鏡中華髮已蕭森　　거울 속 머리는 하얗게 세어 덤불을 이뤘네
> 不如臨池摘荷葉　　차라리 연못의 연잎을 따다가
> 裁作美人身上襟　　님이 입으실 옷이나 지었더라면
> 　　　　　　　　　　-崔慶昌, <次景濂堂韻> 中-
>
> 十五越溪女　　열 다섯 살 아리따운 아가씨
> 羞人無語別　　부끄러워 말도 못하고 헤어졌다네
> 歸來掩重門　　돌아와선 문 닫아걸고
> 泣向梨花月　　배꽃처럼 하얀 달 쳐다보며 눈물흘리네
> 　　　　　　　　-林悌, <無語別>-

위 인용 예들은 전부 남녀간의 이별의 恨이나, 相思의 恨을 노래한 것인데, 이중 앞의 두 예는 여성화자의 목소리로 그 恨을 말하게 하고 있으며, 마지막 예는 화자는 남성이되 여성의 恨체험을 재현하고 있다. 한시 외에 가사 <사미인곡> <속미인곡> 등도 같은 범주에 놓일 수 있다.

이같은 정형화의 모형이 되는 것을 樂府나 詞 작품에서 쉽게 찾아볼 수 있다. 詞의 근원을 악부에 둔다고 보면, 남녀의 관계에서 비롯되는 한을 노래할 때 여성의 목소리, 여성의 시각으로 그려내는 발상은 궁극적으로 樂府

에 근원을 두고 있다고 해도 큰 과오는 없을 것이다. 중국문학사에서 漢의 악부로 취급되는 <箜篌引>이나, 고려가요 <서경별곡> <가시리> 등은 이같은 악부의 전통이 우리 시에서도 예외가 아님을 보여주는 예이다.

振玉下金階 구슬장식 흔들며 섬돌을 내려가
拭眼矚星闌 눈을 부비고 별무리를 바라보네
惆愴登雲軺 외롭고 쓸쓸하게 수레에 오르나니
悲恨兩情殫 우리 사랑 다한 것이 슬프고 한스럽기만 하네

-<七日夜女歌> 九首 중 第 七首-

寡婦哭城穨 과부의 통곡에 성이 무너지니
此情非虛假 이 심정은 거짓 꾸밈이 아니라네
相樂不相得 함께 화락하고 싶어도 그리 할 수가 없나니
抱恨黃泉下 한을 품고 저승으로 갈밖에

-<懊儂歌> 十四首 중 第 四首-

衆鳥各歸枝 뭇새들이 각각 보금자리로 돌아갔건만
烏烏爾不棲 까마귀만은 둥지를 치지 못했네
還應知妾恨 나의 이 恨을 응당 알고 있기에
故向綠窗啼 저렇게 녹음우거진 창밖에서 우는 거겠지

-聶夷中, <烏夜啼>-

이들 노래는 南朝 무렵 長江 및 漢水 沿岸 지방에서 불려지던 戀愛歌[23]인데, 모두 님과 이별하고 혼자서 그리워하는 相思의 恨을 노래하고 있다. 앞의 두 예는 작자는 알 수 없지만 한결같이 여성의 목소리로 상사의 恨을 토로하고 있음을 본다.

지배층 남성들의 경우 남녀의 사랑에 관계된 것을 자기자신의 목소리로

---

23) 宋의 郭茂倩이 편찬한 『樂府詩集』 45-47권(「淸商曲辭」二·三·四)에 실려 있다.

직접 말한다는 것은 체면에 어긋나는 일이었을 것이고, 따라서 그런 내용을 노래하고 싶으면 이같은 '樂府的 發想'을 차용했으리라 추정할 수 있다.

'話者'라고 하는 개념은 텍스트 밖 실제 작가에 의해 고안된 일종의 시적 장치이다. 그러므로, 자신의 체험을 자신의 목소리로 직접 노래하는 것과는 달리, 체험을 '간접화'하는 결과를 낳는다. 남성작가가 여성화자를 설정한다는 것은, 인물을 내세워 자기의 체험을 대신 말하게 하는 것을 의미하기도 하고, 역으로 여성의 체험을 대신 말해주는 대리자 역할을 하는 것을 뜻하기도 한다. 어느 쪽이든 체험의 리얼리티 측면에서 보면 실질적 주체의 체험과 언술화된 체험 사이에 괴리가 있음을 말해 주며, 체험이 객관화됨으로써 결과적으로 리얼리티는 반감되고 관념화·추상화를 야기한다. 이는 지배층 남성의 恨체험에 공통되는 '感傷的 傾向'을 유발하는 요인이 된다.

이상의 인용 예들로부터 지배층 남성들의 '한' 체험, 혹은 한에 대한 인식태도의 특징들을 종합해 볼 수 있다. 첫째, 의식주 등의 日常生活에 밀착된 '한'이 아닌, 관념적인 비애감의 체험을 '한'으로 인식하고 있다는 점이다. 그들은 자신의 삶뿐만 아니라, 타인의 운명까지도 변화시킬 수 있는 영향력을 가진 '힘의 중심'에 위치한다. 따라서, 恨을 주지로 하는 그들의 작품이 실생활의 고통과 유리된 추상적 觀念이나 感傷의 성격을 띠는 것은 자연스러운 현상이라 하겠다. 또한, 그들의 한텍스트가 보여주는 정형성으로부터, 그들의 한체험의 관념적·감상적 경향을 엿볼 수 있다.

둘째, '한'이 은밀하고 극히 私的인 사건-예컨대, 이별과 같은 상황-에 대한 개인적 감정반응의 성격을 띠는 경우도 적지 않지만, 개인의 차원을 넘어선 외부적 사건-예컨대, 지나간 역사, 인물의 흥망, 충효, 理想의 실현 등-에 대한 지배층 공동의 公的인 정서반응의 양상을 띠는 것이 월등 많다는 점이다. 이 점이 이별·獨守空房의 고독, 相思 등 극히 개인적 상황에서 야기되는 恨체험이 주를 이루는 지배층 여성들의 경우와 크게 다른 점이다.

셋째, 그들이 체험하는 恨은 타인에 의해 외부적·강제적으로 '맺혀진'

것이 아니므로 怨恨이나 寃恨의 양상을 띠지 않는다는 점을 들 수 있다. 따라서, 보복·한풀이 등의 부정적 반응으로 발전되는 경향은 거의 찾아볼 수 없다.

우리는 여기서 지배층 남성의 범주에 속하면서도 다소 성격이 다른 계층으로서 잠정적 소외층을 생각해 볼 수 있다. 流配든 落鄕이든간에 어떤 계기로서이건, 임금 즉 힘의 중심에 놓인 절대적 존재의 사랑을 잃었다는 것은 곧 소외를 의미한다. 그러나 이 소외는 잠정적·한시적인 것으로서 힘의 중심으로의 복귀에 대한 희망과 기대를 가지고 있기에 그들의 '恨'은 응어리가 '맺혀진' 것으로 나타나지는 않는다. 대신, 恨이 戀主의 情으로 굴절되는 양상을 띤다.

楚辭의 기초가 되는 屈原의 <離騷>는 이처럼 정치적 소외가 戀主의 主旨로 이어지는 텍스트의 모형이 된다. <이소>는 참소를 당하여 임금의 사랑을 잃은 번민의 심정을 읊고 있는데 '離'는 '遭'의 의미를, '騷'는 '煩悶' '憂愁'의 의미를 지닌다. 우리나라의 경우 향가 <怨歌>, 고려가요 <정과정>(정서), <동백목>(채홍철), 정철의 歌辭 <思美人曲>, 그리고 <萬憤歌><萬言詞> <北遷歌> 등의 유배가사가 모두 같은 범주에 속한다.

> 내 님믈 그리스와 우니다니
> 山 접동새 난 이슷ᄒ요이다
> 아니시며 거츠르신ᄃᆞᆯ 아으
> 殘月曉星이 아르시리이다
> 넉시라도 님은 ᄒᆞᆫ ᄃᆡ 녀겨라 아으   -<鄭瓜亭>-

> ᄇᆞ람의 흘리 ᄂᆞ라 紫微宮의 ᄂᆞ라올라
> 玉皇 香案前의 咫尺의 나아안자
> 胸中의 ᄊᆞ힌 말ᄉᆞᆷ 쓸커시 ᄉᆞ로리라
>   …(중략)…
> 日暮脩竹의 翠袖도 冷薄ᄒᆞᆯ샤

        幽蘭을 것거 쥐고 님 겨신 디 브라보니
        弱水 フ리진듸 구름길이 머흐러라   -曺偉, <萬憤歌> 中-

        나의罪를 헤아리니 如山如海 하것고나
        아깝다 내일이야 애닯다 내일이야
        不生一心 願하기를 忠孝兼全 하사더니
        한번일을 그릇하고 不忠不孝 다되것다   -安肇源, <萬言詞> 中-

  이 작품들은 모두 유배당한 사람의 한을 노래한 것으로 이들의 공통점은
정치적 소외가 한을 야기한 원인이 된다는 것, 현재의 상황이 한스럽기는
하지만 그 상황을 야기한 대상에 대한 원망이나 보복의 念보다는 恨이 군
주에 대한 연모의 정으로 변모되고 있다는 것, 한스러운 심정을 표출하는
가운데 중심으로의 복귀에 대한 갈망과 기대가 서려있다는 점, '憂國忠情'
의 심볼인 蜀 望帝의 魂魄 즉 杜鵑-이에 대해서는 Ⅳ절 서정장르 항에서 자세히
언급됨-을 소재로 한다는 점 등이다. <정과정>의 "마음 돌리어 다시 괴오
쇼셔"나, <만분가>의 "幽蘭을 것거 쥐고 님 겨신 디 브라보니"와 같은 구
절은 힘의 중심으로의 복귀에 대한 강한 열망이 담겨 있다고 하겠다. 이외
에 <사미인곡>이나 <속미인곡>은, 귀양은 아니지만 政爭으로 인해 落鄕
사헌부와 사간원의 논척을 받은 정철이 고향 창평에 낙향하여 지은 것이므
로 같은 범주에서 논의될 수 있는 작품이다.
  이들은 비록 정치적 소외를 겪고 있지만 그것이 잠정적·한시적인 것이고
또 지배층으로서 힘의 중심에서 한체험과는 거리가 먼 생활을 해왔기에 그
들의 한체험의 濃度나 硬度는 피지배층의 그것만큼 절실하게 드러나지 않
는다. 언술에 표현된 그들의 한 체험이 感傷的 悲哀의 정조를 띤다는 점에
서도 일반적 지배층남성의 경우와 큰 차이가 없다. 그들의 恨텍스트에는
'憂思煩悶'의 정조가 표현되는 정도이지 한풀이나 보복, 저주 등의 강렬한
내용이 담기지 않는다는 점도 일반 지배층 남성의 경우와 같다.

다음으로 지배층 남성의 범주에 속하면서도 그와 성격을 달리하는 또 다른 계층의 예로 庶孼層을 들 수 있다. 앞서의 예에서 본 소외나 한은 한시적·잠정적인 것이지만, 신분적 제약으로 인한 이들의 한은 시간이 흐른다고 해결되는 것이 아니다. 그것은 차별적인 사회제도, 관습에서 비롯되는 것이기에 평생 짊어져야 할 불행의 요소이고, 따라서 그들의 恨은 더욱 깊고 절실했다. 능력은 있지만 신분적 한계 때문에 뜻을 펴지 못하는 데서 오는 '恨' 체험은 일반 지배층 남성들에게서는 찾아보기 어렵다.

秋江水急下龍津　가을 강물은 빠르게 용나루로 흘러가는데
津吏停舟笑更嗔　나루터 벼슬아치 배를 세우고 비웃다가 꾸짖다가 하네
京洛旅遊成底事　서울에 노닐면서 어떤 일을 하고 다녔길래
十年來往布衣人　십년 내왕에 아직도 벼슬을 못하고 있는가
-<龍津>-

行世有難策　행세를 하려 해도 대책을 세우기 어렵고
在生無善謀　생계를 꾸리는 것조차 좋은 방책이 없네
誰能一斗酒　누가 내게 한 말 술 보내와
送我寫離愁　고향떠난 시름을 덜게 할 수 있을지
-<到帶方府示府伯> 中-

위의 예는 恨의 시인으로 일컬어지는 李達의 시작품인데 벼슬도 여의치 않고 삶의 방편을 찾으려 해도 뜻대로 안 되는 삶의 고달픔이 잘 나타나 있다. 그는 서출이라는 신분적 한계 때문에 세상에 쓰이지 못하고 평생 현실적으로 소외감과 비애를 느끼며 살았다. 그리하여 그의 시 중에는 이같은 불우한 처지와 삶에의 좌절, 현실의 괴로움을 읊은 것이 많다. 그러한 그에게 있어 詩作活動은 신분적 恨을 보상케 해주는 유일한 방편이 되었다.

그의 시에 표현된 恨의 내용은 자신의 처지와 삶의 현장에 밀착된 것들이어서, 일반 지배층 남성의 경우처럼 관념적 애상으로 흐르지 않고 현실적

리얼리티를 획득하고 있음을 본다. 그의 시 중에는 遊仙의 모티프를 담은
것이 많은데, 이는 脫俗의 세계를 추구함으로써 불우한 처지를 딛고 현실과
의 상충에서 벗어나려는 방편으로 이해할 수 있다.[24]

後四家로 일컬어지는 李德懋, 朴齊家, 柳得恭, 李書九 중 이서구만 빼
고 나머지는 모두 서출이라는 점에서 이달과 같았지만, 이들의 행보는 다소
독특한 점을 보인다. 서출이라는 신분적 한계 때문에 능력껏 크게 등용되지
못한 불우한 조건은 오히려 그들로 하여금 청나라를 드나들면서 견문을 넓
히고 저술활동을 활발히 하게 하는 긍정적 계기로 작용했다. 이달이 일원적
가치체계의 중심에서 소외된 한을 평생토록 품고 살아갔다면, 이들은 정통
적 가치체계라 할 수 없는 실학사상에 관심을 가짐으로써 불우한 처지를 강
요하는 일원적 가치에 자신의 삶을 귀속시키기를 거부했던 것이다. 시창작
과 신선세계에 노니는 것이 이달의 한풀이의 방편이었다면, 이들은 좀 더
적극적인 태도로 자기 능력을 발휘하고 자아를 실현하는 방편을 찾음으로써
한을 극복해 갔다고 할 수 있다. 유득공의 <二十一都懷古詩>에서 드러나
는 것처럼 중국중심의 역사관에서 탈피하여 민족 주체적인 시각으로 역사를
보려는 의식도 다원적 가치를 모색한 결과로 볼 수 있다.

그러나, 이같은 적극적 모색이 가능했던 것은 그들의 개인적 성향에 기인
하기보다는 다원적 가치의 시대라고 하는 배경이 더 큰 요인이 되었으리라
생각한다.

1.2 지배층 여성의 恨체험

양반가 여성들은 신분상으로 지배층이면서도 가부장제 하에서는 힘의 중
심에서 벗어난 존재였다. 논자에 따라서는 사대부 집안에서의 여성의 지위
는 생각보다 훨씬 높으며 인격적으로 평등한 대우를 받았다고 말하기도 한

---

24) 김완기, 「한과 슬픔의 시인 손곡 이달」, 『蓀谷李達詩選』(허경진 엮음, 평민사, 1989)

다. 그러나, 앞서도 언급했듯이 그것은 삶의 주체가 되어 자아실현을 위해 적극적 의지를 발휘한다든가, 삶의 주체로서의 권리를 행사한다든가, 자기의 삶의 향방을 스스로의 의사에 따라 결정한다든가 하는 것과는 거리가 멀었다. 그들은 한 집안의 평화와 조화를 유지하는 '기능'을 가진 안주인의 '역할'로서만 대우를 받았을 뿐이다.

그러나, 비록 제한된 범위 내에서의 자유일망정 생활고와는 거리가 먼 지배층에 속해 있었으므로, 그들의 恨체험 양상이 다소 추상적이고 감상적인 경향을 띤다는 점에서는 남성들의 경우와 크게 다르지 않다.

하지만 같은 지배층이라도 여성들의 삶은 부자유스럽고 속박이 많았기에, 여성이라는 사실 자체가 恨을 야기하는 제 1동인이 되는 경우가 많았다.25) 內房歌辭 중의 '自嘆歌類'에서 그 전형을 발견할 수 있다.

前生에 무삼죄로 女子身이 되어나셔
父母親戚 다버리고 이고상이 무삼일고
　　　…(중략)…
後生에난 男子되야
천원기수 죠혼곳에 경어사어 하여볼고　　　　　　-<諧嘲詞>-

가을달 房의 들고　蟋蟀이 床의 울제
아마도 모딘 목숨 죽기도 어려울샤
도라혀 풀텨 혜니 이리하야 어이하리
　　　…(중략)…
芙蓉帳 寂寞하니 뉘 귀예 들릴소니
肝腸이 九回하야 구배구배 근쳐셔라　　　　　　-<閨怨歌> 중-

---

25) 물론 지배층 여성의 언술 가운데는 여성에게 부과된 역할과 구속에 큰 갈등을 겪지 않는 사람의 정신적 조화와 균형감각을 보여주는 작품들도 적지 않다. 여기서는 이런 텍스트들은 논외로 한다.

첫 번째 작품에서는 여자로 태어난 것을 한하며 후생에는 꼭 남자몸으로 태어나고자 하는 願을 토로하고 있다. 두 번째 작품은 허난설헌 혹은 허균의 첩 巫玉이 지었다고 전해지는 <閨怨歌>의 한 대목인데 <怨夫辭>또는 <怨婦辭>라고도 한다. 나이가 들어 雪膚花顔은 사라지고 님의 사랑도 떠나간 여인의 외롭고 처량한 심사가 전개되고 있다. 그 심사는 단순한 怨望 정도가 아니라 "구곡간장이 끊어질 듯하고, 차라리 죽고 싶기도 하고, 자나깨나 시름뿐이고, 주변 모든 사물도 서럽게 느껴져 살동말동"한 절실한 심정이다. 그러나, 여인들에게 요구되는 婦德 때문에 누구에게 하소연도 할 수 없고 훌훌 떨치고 자유로이 울 밖으로 외출을 할 수도 없었다. 이같은 상황에서 비애, 고독, 원망, 탄식, 한탄의 감정이 축적되어 답답하고 애간장이 타는 절실한 '恨'의 체험을 하게 되는 것이다. 같은 지배층이라도 남성들의 恨이 遺憾·悔恨·哀惜 등과 같이 비애감이 어느 정도 걸러진 감정체험인 것에 비해 그 체험의 강도가 훨씬 크다고 할 수 있다.

> 철사마냥 이내생각 여광여취 병이되야
> 꼿을바도 생각나고 달을바도 생각나니
> 뒷동산 두견화야 봄철이 도라오니
> 작년의 모든꼿은 올이다시 피어나고
> 상상연 가던낭군 이적지 아니오니   -<상사곡> 中-

> 슬프고 가련하다 이 내 팔자 어이할고
> 손 꼬바 헤아리니 오실 날이 망연하다
> 애고애고 서른지고 실날가튼 이내목숨
> 흐르느니 한숨이라   -<寡婦歌> 中-

<상사곡>은 나를 버리고 떠나간 님을 그리며 그가 돌아오기만을 학수고대하는 내용이고, <과부가>는 시집온 지 보름만에 남편을 여읜 청상과부의 슬픔을 내용으로 하는 가사이다. 모두 님에 대한 그리움에 한이 맺힌 여성

의 심정이 절절히 표현되어 있다.

閨恨을 노래한 것은 마찬가지인데 아래 한시와 위의 내방가사들 사이에는 표현상의 차이가 있다.

月樓秋盡玉屏空	달빛 비치는 누대에 가을은 깊은데 병풍은 허전하고
霜打蘆洲下暮鴻	서리내린 갈밭에는 저녁 기러기가 내려와 앉네
瑤瑟一彈人不見	비파를 타건만 님은 보이지 않고
藕花零落野塘中	연꽃만이 쓸쓸하게 들 연못에 지고 있네

위 시는 난설헌 許氏의 <閨恨·1>이다. '屏空', '서리내린 갈밭' '저녁 기러기' '지는 꽃' 등 비애와 한을 환기하는 소재를 이용하여 님이 떠난 규방의 허전함을 우회적으로 표현하고 있다. 특히 4구에서 자신의 처지를 '떨어지는 꽃잎'에 비유한 것이나, <閨恨·2>에서 "雨打梨花晝掩門(비는 배꽃에 몰아치고 한낮에 문을 닫네)"라고 묘사한 것은 노골적 표현을 억제하면서도 맺힌 恨을 리얼하게 전달하는 효과를 얻고 있다.

이런 점에서 相思의 念을 적나라하게 표출하는 위의 가사들과는 확연한 차이를 보인다. 이 차이는 국문으로 된 길이가 긴 노래양식과 한문으로 된 짧은 노래양식이라고 하는 장르상의 차이에서 비롯된다. 길이가 길어지면 자탄의 내용은 사설조로 바뀌기 쉽고 따라서 함축미 대신 적나라한 직서적 표현으로 흘러가게 되는 것이다. 이런 점에서 相思의 恨을 노래한 내방가사는 같은 내용을 노래하는 婦謠-특히, 靑孀謠·달거리 등-와 대동소이하다고 하겠다.

이같은 특정의 주제를 제외하고는 지배층 여성의 恨체험 표출방식은 피지배층 여성과 매우 다른 점을 드러낸다. 사대부 여성들에게 가해지는 구속과 제약은 서민층 여성보다 더 큰 반면, 실생활에서 야기되는 고충은 그들보다 더 작았다. 이같은 신분적 특수성이 그들의 한체험 표현의 성격을 결정하는 인자가 되었던 것이다.

일반적으로 지배층 신분에 속하는 사람들은 개인의 감정을 직접적으로 노출하는 것을 꺼리는 경향이 있고 따라서 억제된 표현, 함축된 표현으로 여과시키는 경향이 뚜렷한 것이다. 사대부층 여성들의 한시 중에는 특정 인물을 설정하여 그 인물로 하여금 말하게 하는 시가 많은데 이렇게 함으로써 자신의 맺힌 한을 여과하는 장치를 마련하는 것이다. 이로 인해 恨체험에 대한 리얼리티는 약화되는 경향을 띠게 되고 이같은 양상은 지배층 남성의 경우와 다르지 않다.

또한, 그들의 삶은 생활고와는 거리가 멀었기에 그들의 시에는 생활현장과 밀착된 소재나 시어보다는 '한'의 정서를 표현하는 데 관습적으로 사용되는 소재들이 많이 등장한다. 따라서, 피지배층 여성들의 시에 비해 '感傷的' 어조로 흐르는 경향이 있었고 이 역시 지배층 남성의 경우와 큰 차이가 없는 점이라 하겠다.

한편, 恨을 야기하는 동인이 주로 주관적 사건-이별·사랑·상사·고독 등-으로 한정된다든가 시적 공간이 집안으로 제한되는 점은 서민층 여성과 공통되는 부분이라 하겠으며 이것은 신분의 고하를 떠나 여성이기에 공유하는 특성이라고 생각된다. 예컨대 여성의 恨텍스트에서는 사대부층이건 서민층이건,

> 登臨暫隔路岐塵　　높이 올라 속세와의 갈림길 잠시 사이에 두고
> 吟想興亡恨益新　　시구 읊조리며 흥망을 생각하니 한이 더욱 새롭네
> 　　　　　　　　　　　　　-崔致遠, <登潤洲慈和寺上房>-

> 忠孝도 닉 못하고 비록이 주글센들/暮夜明月의 杜鵑의 넉시 되여 平生의
> 爲君父怨恨을 梨花一枝에 春帶雨 되어시니/行人도 닉 뜻을 아라 駐馬愁
> 를 하느다　　　　　　　　　　　　　　　　　　　　-姜復中-

와 같이 外部 事件-역사적 사건이나 인물 등-이나 公共의 가치와 관련된 한

체험의 양상을 찾아보기 어려운 것이다.

2. 피지배층의 恨체험 양상

피지배층은 사회를 조화롭게 유지한다고 하는 통치자들의 政治的 명분 하에 권리나 자유 면에서 철저히 소외된 존재들이었다. 그들에게는 힘과 권력을 가진 계층이 그 영향력을 효율적으로 행사할 수 있도록 순응의 태도가 요구되었다. 그리고 당장 일상의 생활고에 직면해 있었기에 그들의 恨은 感傷的인 방향으로 흐르기보다는 형이하학적인 생활고와 관계되는 것이 많았다.

지배층의 恨체험이 추상적이고 관념적이며 감상적인 경향이 강한 것과는 달리, 피지배층의 그것은 의식주의 생활현장에 밀착된 것으로 현실적인 경향을 띤다는 특성을 지닌다. 생활고에서 비롯되는 恨이 아니더라도, 예컨대 이별의 한을 노래한다 해도 지배층의 경우는 그것이 작자의 실제 한체험과 일치하지 않을 수 있다. 오히려 작자에 의해 만들어진 '퍼스나'의 한체험인 경우가 많다.

그러나, 피지배층의 언술에서는 恨의 내용을 말하는 언술 주체와 恨체험의 주체가 일치하는 양상이 우세하다. 자신이 직접 체험한 한의 내용을 자신의 목소리로 직접 토로하므로 그 정감은 더욱 절실해진다. 따라서 안으로 맺혀지고 쌓인 감정이 여과없이 적나라하게 노출된다고 하는 것이 피지배층의 한텍스트의 특징이다. 퍼스나를 내세운다고 하는 것은 경우에 따라서는 작자의 감정을 더 증폭시키는 효과를 낳기도 하나, 체험이 간접화됨으로 인해 감정의 여과, 객관화를 야기하는 경우가 많다.

  못허겄다 못허겄다
  요놈의노릇을 못허겄다

죽자니 靑春이요
사자니 고생이라
요놈의 노릇을 못허겄다

　이것은 생활고를 노래한 남성민요이고, 아래의 예들은 잠 못 자고, 못 먹
고, 과로에 시달리는 시집살이의 恨을 노래한 여성민요이다.

잠아잠아 오지말아
자부다가 흔란본다
흘난이사 보지마는
오는잠을 어짜란고
메늘애기 자분다고
씨어머니 訟事가네

등잔등잔 옥등잔에
고무기름 가득부어
걸든잔에 걸어놓고
짓도비고 섶도비고
소매두둥 다누벼도
불꺼줄이 전혀없네[26]

　이 노래들에는 생활에 밀착된 서민들의 恨체험이 여과나 억제 없이 직접
적으로 표현되어 있다. 여기에 묘사된 내용은 어느 특정인에게만 해당되는
것은 아니다. 일반 서민들이 누구나가 겪는 생활고요, 시집살이의 설움인 것
이다.
　우리는 여기서 지배층의 그것과 구분되는 피지배층 恨체험의 특성을 발견
하게 된다. 그들의 恨체험이 가장 잘 나타나 있는 민요는 특정 작자의 개인
체험이 담기는 장르가 아니므로, 여기서의 恨체험은 그것이 불려지는 집단

---

26) 이상의 민요는 高晶玉, 『조선민요연구』(首善社, 1949, 297-301쪽)에서 인용.

공동의 것이라는 점을 주목해야 한다. 시집살이 노래를 부르건 청상요를 부르건 어느 한 개인의 한이 아닌, 같은 처지에 있는 사람 나아가서는 노래내용과 똑같은 체험을 하지 않았다 하더라도 누구나 공감할 수 있는 성질의 것이라는 점이다. 이 점이 개인적 감정에 기초한 지배층의 한체험과 크게 다른 부분이다.

이러한 특징은 비단 민요에만 국한되는 것은 아니다. 피지배층이 향유했던 모든 예술장르의 공통점이기도 하다. 무당들의 노래에 담긴 사연은 꼭 그 무당 개인의 것만은 아니다. 그들의 노래에 담긴 한체험은 집단무의식으로서의 한, 공동체적 체험으로서의 恨의 성격을 띤다고 해야 할 것이다.

생활현장의 고충과 밀착된 한이 표현된다든가, 개인보다는 공동체적 한이 서술된다는 점, 그리고 언술의 주체와 한체험의 주체가 일치한다는 점 등은 피지배층의 한의 서술에 리얼리티를 부여하는 요소가 된다. 이어 피지배층 한체험의 네 번째 특징으로 지적할 것은 한이 '웃음'을 통해 희석화되는 양상이 두드러진다는 점이다. '풍자(satire)'와 '해학(humour)'은 웃음의 미학의 중심축을 이루는 것인데, 이것은 정신분석학에서 무의식의 형성물로 언급되는 농담이나 말실수, 꿈 등과 동일선상에서 이해될 수 있다.[27] 특히 웃음에 의해 억압된 것을 해방시킨다는 점에서 '풍자'나 '해학'은 '농담'과 동일한 기능을 갖는다. 이들은 무의식 세계에 억압된 것-대개는 불쾌한 것-을 의식의 세계로 돌출시킴에 있어 억압된 내용과 반대되는 양상을 취한다는 점에서 '反動形成(Reaction Formation)', 에너지의 소모가 많은 것-恨·분노·불쾌 등-을 소모가 적은 것-웃음·유쾌 등-으로 바꾼다는 점에서 '置換(Displacement)'의 防衛機制라 할 수 있다.[28] 요컨대, 풍자나 해학은 무의식에 억압된 '恨'이라고 하는 불쾌한 내용의 대체물인 것이다.

---

27) 프로이트, 「유모어」, 『예술론』(이용호 역, 백조출판사, 1968)
28) 프로이트의 防衛機制(Defense Mechanism)에 대해서는 칼빈. S. 홀, 『프로이트 心理學入門』(이용호 역, 백조출판사, 1977) 참고.

이 중 특히 피지배층의 恨의 해독제로서 의미가 있는 것은 '풍자'이다. 풍
자는 타인에 대한 공격성을 특징으로 하는데, 그 대상은 항상 가진 자, 힘있
는 자, 그러면서도 따뜻한 인간미나 도덕성을 결여한 자가 해당된다. 그러므
로, 피지배층에게 신분적으로나 사회적으로 한이 맺히게 한 양반층들을 향하
여 공격의 화살을 퍼부음으로써 恨은 어느 정도 중화될 수가 있는 것이다. 우
리는 아래와 같은 탈춤 대사나 민요에서 그 뚜렷한 증거를 볼 수 있다.

> 말뚝이 (중앙쯤 나와서) 쉬이. (음악과 춤 멈춘다) 양반 나오신다아! 양반
> 이라고 하니까 노론 소론 호조 병조 옥당을 다 지내고 삼정승 육
> 판서를 다 지낸 退老宰相으로 계신 양반인 줄 아지 마시오 개잘
> 량이라는 양자에 개다리 소반이라는 반자 쓰는 양반이 나오신단
> 말이요
> 양 반 야아, 이 놈 뭐야아!
> 말뚝이 야, 이 양반들 어찌 듣는지 모르갔소 노론, 소론, 호조, 병조, 옥
> 당을 다 지내고 삼정승, 육판서를 다 지내고 퇴로재상으로 계신
> 이생원네 삼형제분이 나오신다고 그리 하였소
> 　　　　　　　　　　　　　　-<봉산탈춤> 제 6과장 「양반과장」-

> 兩班이사　　　세妾을하난
> 明紬바지　　　세허릴러라
> 상놈이사　　　세妾을하난
> 양왜달랑　　　불나영한다29)

> 두껍아 두껍아 너 등어리가 왜 그런노
> 全羅監司 살 적에 妓生妾을 많이 해서
> 창이 올라 그렇다30)

호의호식하며 기생첩을 거느리고 거드름만 피우는 양반들에 대한 한이 풍

---

29) 高晶玉, 앞의 책, 171-172쪽.
30) 金素雲, 『朝鮮口傳民謠集』(東京 : 第一書房, 1933)

자의 어조로 표출되고 있다. 여기서 중요한 것은, 이들이 풍자의 대상으로 올려지면서 그들로 인해 맺힌 한이 웃음 속으로 녹아들어 약화된다는 점이다.

이처럼 풍자는 한이 현실적 사회문제나 집단 공동의 문제로부터 기인할 때 그것이 공격과 비판이라는 형태로 '外向化'되어 나타난 결과로 이해할 수 있다. 그러므로, 풍자는 맺힌 한이 보복과 같은 파괴적 행동으로 치닫는 것을 막는 차단장치, 내지는 중화장치가 되는 것이다.

한편, '해학'은 인간 누구나가 갖을 수 있는 열등하고 모자란 점을 표면화시키되 그것을 차가운 시선으로 공격하고 열등함을 비웃기보다는 따뜻한 인간애로써 포섭해 가고자 하는 화해의 구조를 내포한다. 그러므로, 간접적인 恨의 중화장치는 될지언정 풍자와 같은 직접적 효과는 지니지 못한다. 오히려, 한을 승화시킨 사람만이 갖는 여유와 포용의 산물이라 할 수 있으므로, '해학'의 현장에는 한이 더 이상 毒으로 남아 있지 않다고 하겠다.

이처럼 웃음을 통해 한을 풀어내는 것은, 힘없고 가진 것 없고 억압받고 그러면서도 선량한 계층에게 있어 가장 손쉬우면서도 직접적인 효과를 갖는 한의 해독제가 되는 되는 것이다. 신분차에서 빚어지는 한, 가진 자의 횡포에서 비롯되는 한은 남성이건 여성이건 공통된 체험일 것이지만, 이런 양상은 대개 남성의 한텍스트에서 발견된다.

그 다음으로 지적할 점은, 피지배층의 恨은 흔히 체념의식이나 '노세노세'와 같은 醉樂思想으로 변질되는 경향이 있다는 것이다. 이런 양상은 그들 전유의 향유물이라 할 雜歌에서 잘 드러난다.

인생 一場春夢이요, 세상 공명 꿈밖이로구나
생각을 하니 세월이 가는 것 등달아 나 어이 할거나

무정세월이 덧없이 가니 원수 백발이 날 침노하누나
청춘 홍안을 哀然타 말고 마음대로만 노잔다

위는 <愁心歌> 중의 한 대목인데 <수심가>에는 보통 이별, 그리움, 늙음, 인생무상 등 삶의 여정에서 겪게 되는 온갖 哀恨의 내용들이 노래되기 마련이다.

그런데, 그같은 哀恨이 '어차피 세월은 무정하게 지나가기 마련이니 구태여 애달아할 것 없이 마음대로 놀자'는 식의 諦念的·醉樂的 어조로 표현되고 있음을 본다. 이는 恨에 대한 적극적 극복·승화의 태도가 아니라 일종의 회피적 태도이다.

> 요니츈싀은 다지ᄂ가고 황국단풍이 도라를왓구나
> 지화ᄌ죠타 텬셩만민은 필슈직업이라
> 각각 버러먹는 골시 달나 우리는 구타여 션인되여
> 타고단니는거슨 칠셩판이오 먹고 다니는 거슴 ᄉ자밥이라
> 입고다니는거슨 미쟝포로다
> 요니일신을 싱각ᄒ면 불샹코 가련치안탄 말이냐
> 지화ᄌ죠타　　　　　　　　　　　　　　　-<비다랏기> 中)31)-

여기에서는 諦念的 어조에 부가하여 고달픈 자신의 신세에 대한 自嘲하는 태도까지도 엿볼 수 있다. 이같은 체념이나 자조는 "지화ᄌ죠타"는 어구에 힘입어 쉽게 醉樂的 경향으로 변모된다. 잡가에는 '어루하 죠타' '에헤에야' '흥흥흥 성화가낫구나'와 같은 후렴구가 많이 붙는데 이같은 遊樂的 어구는 애연한 내용의 희석화하는 동시에 한에서 벗어나고자 하는 피지배층의 무의식적 지향이 발로된 것으로 이해할 수 있다. 그러므로, 체념의식과 취락사상은 동전의 양면과 같은 것이다. 또한, 여기서도 다른 피지배층의 恨텍스트들처럼 안으로 맺혀지고 쌓인 감정을 직설적으로 여과 없이 표현하는 양상을 볼 수 있는데, 이처럼 쌓인 감정을 여과 없이 발산하는 것 역시 한을 웃음으로 중화시키거나 욕망을 체념하는 것과 더불어 가진 것 없고 힘없는 계층에게 가장 손쉬운 한풀이의 방편이 되었던 것이다.

---

31) 『증보신구잡가』(鄭在鎬 編, 『韓國雜歌全集』·1, 啓明文化社, 1984)

이상 지적한 점들은 남성이건 여성이건 피지배층 공통의 한체험의 특성이
지만, 性에 따른 차이점이 있음을 간과할 수 없다. 여성들의 경우는 縱的으
로는 신분적 恨을, 橫的으로는 性別 恨을 이중적으로 겪게 되므로, 한 체험
의 폭이 지배층 여성이나 피지배층 남성보다 더 넓다. 거기다가 현실적 생
활고까지 가중되므로 그들이 경험하는 恨은 그 어느 소외계층보다 더욱 절
실한 것일 수밖에 없다. 그러면서도 여성이라는 한계 때문에, 한의 내용이
현실적 사회문제나 집단 공동의 문제와 결부되기보다는 집 안팎을 둘러싼
개인 가정사에 국한되는 경향이 있는 것이다. 신분차에서 빚어지는 한, 가진
자의 횡포에서 비롯되는 한은 남성이건 여성건 공통된 체험일 것이지만, 여
성은 남성에 비해 그같은 한의 현장과 직접적으로 접촉할 기회가 적었기 때
문에 한의 내용이 좁은 범위에 국한될 수밖에 없는 것이다.

그리고 여성들의 한체험의 표현은 주로 민요에 국한되는 것에 비해, 남성
들의 경우는 민요는 물론 탈춤, 한시 등 다양한 매체를 통해 표현된다는 점
도 性別에 따른 차이 중의 하나라고 할 수 있다. 이중 평민 남성들의 한시
는 양반들에 대한 저항이나 사회의 부조리한 문제들에 대한 날카로운 풍자
는 물론, 피지배층 평민들의 현실, 그리고 그 한계를 실감한 데서 비롯되는
恨을 절실히 표현하고 있어 특별한 주목을 요한다.[32]

書劍終何用	책과 칼을 배웠으나 어디에 쓰랴
蹉跎鬢欲華	이리저리 걸려 넘어지니 머리털만 세어가고
歸田無舊業	돌아가 밭을 갈려 해도 물려받은 땅뙈기가 없으니
寄跡賃人家	남의 집을 빌어 몸을 의탁할밖에

-李得元, <秋夜書懷> 중-

32) 평민 남성들이 漢詩 창작을 하게 된 것은 조선 후기에 들어와서의 일인데, 그때까
지 지배층 양반사대부의 전유물이었던 한시를 짓고『소대풍요』와 같은 시선집을 내는
가 하면 詩社를 결성하기도 하면서 활발한 활동을 벌였다. 평민들의 시 인용은『平民
漢詩選』(허경진 엮음, 평민사, 1987)에 의거함.

뛰어난 재주가 있어도 쓰일 곳이 없고 물려받은 땅뙈기 하나 없는 가난한 현실을 표현하고 있다. 훌륭한 칼과 거문고가 있어도 어디 쓸 데가 없는 현실적 한계를 '교룡이 구름을 얻지 못하고 갑 속에서 울고 있는 것'(南應琛, <醉吟>)으로 비유한 것이나, '평생 배운 것을 어디다 써먹을 것인가'(鄭楠壽, <漫興>)하고 직설적으로 울분을 토로한 것은 뜻이 있어도 펼 수 없는 그들의 신분적 한을 여실히 드러낸 표현이라 하겠다.

窮鬼侵凌百計稽   가난 귀신 침노하여 모든 계획 망쳐버렸고
身嬰衰病任羸煞   약한 몸은 병들어 더욱 파리해졌네
                              -鄭楠壽, <漫興> 中-

山禽不識樵夫性   산새도 나무꾼의 마음을 모르나니
郡籍曾無野客名   고을 호적에는 애초부터 야인의 이름이 없었다네
一粒難分太倉粟   한 톨도 얻기 어렵구나 창고 속 곡식
高樓獨依暮煙生   높은 누대에 홀로 기대 있노라니 저녁 연기가 피어
                   오른다   -정봉-

와 같은 시구에서 보다시피 가난과 굶주림으로 인한 그들의 恨은, 지배계층의 관념성·감상성을 띤 恨체험과는 근본적으로 성격이 다르다. 창고에는 곡식이 쌓여 있어도 호적조차 없는 노비신분[33]이기에 한 톨도 얻지 못하고 돌아와야 하는 심정은 단순한 원망이나 유감, 애석함, 안타까움과는 거리가 먼 것이다.

가난, 굶주림, 질병과 같은 生活苦 외에 그들의 신분적 한을 부추긴 것은 부역, 전쟁, 관리의 횡포와 같은 사회적·현실적 모순이었다. 정민교의 <軍丁歎>에는 아이까지도 軍籍에 집어넣고 매일 집에 찾아와 세금을 독촉하

---

33) 나무꾼 정봉은 雲浦 여씨의 노비였다고 한다. 관청에 쌀을 얻으러 갔다가 호적에 이름이 올라 있지 않아 그냥 돌아올 수밖에 없었는데, 그때 낙심하여 관청 누대에 기대어 이 시를 지었다고 한다. 같은 책.

고 가난과 질병에도 어디 하소연할 곳조차 없는 피지배층의 설움이 총체적으로 묘사되어 있다.

이밖에, 여성들의 경우 '한'이 비애의 정조에 머무는 것과는 달리, 남성들의 경우는 풍자·비판·저항의식으로까지 확대되는 경향이 있다는 것도 차이점의 하나로 지적해야 할 것이다.

이상 살펴보았듯이, 피지배층의 한 체험은 지배층의 그것보다 더 절실한 것일 수밖에 없고 따라서 그것을 풀어내는 데도 더 다양한 방편이 요구되었다. 풍자나 해학과 같은 웃음, 체념, 취락적 태도, 감정의 여과 없는 발산 등의 방편은 피지배층의 한을 승화시키는 장치가 되었다고 하겠다.

3. 宗敎·思想的 異端 계층의 恨체험 양상

사회에서 절대적 영향력을 지닌 가치체계에서 벗어나 있음으로 인해 異端의 소외체험을 겪는 일군의 계층으로서 종교·사상적 이단계층을 들 수 있다. 이같은 사상적 이단으로 인한 소외층을 파생시킨 것은 주로 유교이념 시대의 일이다. 통치이념화된 유교는 불교나 노장사상에서는 볼 수 없는 敎條主義的 태도 하에 程朱의 성리학만을 숭상하고 다른 모든 사상은 이단시하였다. 같은 유학내부에서도 정주학설 이외의 다른 학설은 용납되지 않았으니, 동학, 서학, 천주학, 노장사상, 불학, 실학 모두가 이단으로 배척된 것은 말할 나위가 없다.

그러나, 이들의 소외체험은 가치체계의 중심에서 타의에 의해 밀려나거나 신분·성별처럼 어쩔 수 없는 숙명적 조건으로 인한 소외가 아니라, 자신의 적극적 의지로 정통이 아닌 다른 가치를 추구함으로써 야기된 것이다. 승려집단과 동학교도, 천주교도들은 소외계층이면서도 그 소외의 체험을 恨으로 응고시키지 않는다는 점에서 특징을 지닌다.

　우선 禪家詩들을 보자. 승려집단은 유교이념 이전시대에는 오히려 '힘'의
중심에 놓인 계층이었다. 이들이 소외집단으로 밀려난 것은 조선조 이후이
므로 여기서 논의되는 것은 유교이념시대의 승려계층이다. 그들은 喜悲, 愛
憎, 生死의 差別相으로부터 온갖 인생의 번뇌가 싹튼다고 보고 이를 넘어
선 존재의 본질에 다가가는 것을 수행의 궁극적 지향점으로 삼았다. 그러므
로, 희로애락의 감정에서 벗어난 無心의 세계, 탈속의 세계를 지향하였다.
恨은 俗의 가치를 추구하는 사람들이 겪는 갈등을 전제로 하기에 그들의
정신세계는 恨과는 거리가 멀다고 할 수 있다.

下界鐘聲搖醉夢	하계의 종소리는 취한 꿈을 휘젓고
天上星彩冷衰容	천상의 별빛은 여윈 얼굴에 차갑다
我來正值三春暮	내가 온 것은 마침 봄 저물무렵
杜宇啼時月上峰	두견새가 울고 산봉우리에 달이 뜨누나

-普雨, <靈隱菴> 中-

衆登猶少慮	무리지어 오를 때는 염려할 바 없었는데
獨去甚多疑	이제 홀로 떠나니 심히 걱정이 되는구나
好返梨花下	잘 돌아가 배꽃 아래에서
春風聽子規	봄바람 맞으며 두견새 우는 소리 들으시게나

-普雨, <示閑圓通> 中-

　둘 다 恨과 슬픔의 새인 두견이 소재로 사용되었음에도 불구하고, 전혀
그 내포적 의미를 읽어낼 수 없다. 後述하게 되겠지만, '두견'과 '달'의 조
합, '두견'과 '梨花'의 조합은 다른 계층의 恨텍스트에서는 절실한 한의 정
조를 창출해 낸다. 그런데, 위 시구에서는 단지 봄풍경을 구성하는 하나의
소재로 작용할 뿐이다. 오히려 평화롭고 조용하고 따뜻한 봄날의 정조를 조
성하는 매개물이 되고 있음을 볼 수 있다.

不聞聞自性　　듣지 못하면서 本性을 듣고
不見見眞心　　보지 못하면서 眞心을 보네
心性都忘處　　心性을 모두 잊는 곳
虛明水月臨　　텅빈 물 속에 밝은 달빛 나타난다

──禪, <贈盲聾禪老>34)─

　보통 사람들에게 눈멀고 귀먹은 상태는 恨맺힘의 동인이 되기에 충분하
다. 그러나, 이 시에서 오히려 聾盲의 조건이 육신의 눈과 귀로는 포착할
수 없는 진리를 보는 계기가 된다는 역설을 말해 준다. 이같은 현실인식은
부정적인 상황을 긍정적인 것으로 전환시키는 주체의 성찰력에 기인하는 것
이고, 드러난 현상의 이면에 있는 것을 포착하고 깊이 성찰하는 힘은 곧 종
교적 수행의 결과라 할 수 있다.

　종교적 진리나 신앙의 힘이 한의 여과장치가 되어준다는 점에서는 東學
敎徒, 天主敎徒의 경우도 마찬가지이다. 최제우가 지은 가사나 상주지방의
金周熙라는 인물이 지었다고 전해지는 동학가사들은 시대상황을 바탕으로
동학의 교리를 운문으로 서술해 나간 것이다. 따라서, 교리를 따름으로써 위
기상황을 극복하고 구제를 받을 수 있다는 희망감과 안도감을 갖게 하는 내
용들이며 결국 恨텍스트와는 거리가 멀다. 이런 점에서는 천주가사도 같은
맥락에 놓인다.

　이들 외에 이단으로 취급된 또 다른 그룹으로 老莊思想에 경도된 무리들
을 들 수 있다. 그러나, 지식인들은 공식적으로 도교도임을 자처하기보다는
外儒而內老佛의 태도를 취하고 있었으므로 異端의 사상에 경도되었기 때문
에 겪는 소외나 한의 체험을 텍스트에서 읽어내기는 어렵다.

　이들 異端階層은 현실적으로는 소외계층이었지만 그 사상 자체의 진리나
가치체계가 恨과 무관하거나, 한을 해소・승화시킬 수 있는 자체적 여과장

────────────

34) 이상의 禪詩 작품은 『韓國禪詩』(김달진 編譯, 悅話堂, 1985・1994)에서 인용함.

치가 마련되어 있었기에 소외의식이 恨으로 응고되는 양상은 찾기가 어렵다. 오히려, 현실적으로 유교의 일원적 가치체계 속에서 한이 맺힌 사람들이 역으로, 이 가치체계가 異端으로 취급하는 사상 속에서 한을 승화시켜 갔다고 하는 아이러니를 엿볼 수가 있다.

Ⅳ. 예술장르에 따른 '恨'의 전개

지금까지 시대별, 계층별로 恨의 미가 어떻게 달리 전개되는가를 살펴보았다. 그러나, 어떤 미유형이든 같은 시대, 같은 계층이라 하더라도 그것을 담아내는 형식-예술장르라 말할 수도 있을 것이다-에 따라 내용물이 다르게 표현될 수 있다. 이제 여러 예술장르에서 恨의 미가 어떻게 달리 표출되는가를 살펴보고자 한다. 이는 계층별·시대별 전개양상과 밀접하게 관련되는데, 장르마다 특별히 어떤 시기, 어떤 계층에 특정적으로 향유되는 경향이 있기 때문이다. 예컨대 내방가사는 시기별로는 유교이념시대와, 계층별로는 지배층 여성과 특별한 관련을 갖는다. 이런 중복을 피하기 위하여 이 節에서는 예술장르를 크게 언어예술과 그 이외의 예술장르로 나누고, 언어예술도 敍事와 抒情장르로 나누어 살피고자 한다.

'恨'은 '흥'처럼 감각기관에 직접적으로 작용하는 것이 아니라는 점에서 '간접미'의 성격을 띠고, 또 '흥'이나 '무심'의 미처럼 단순한 정서체험의 양상이 아니라는 점에서 '복합미'의 성격을 띤다. 그리고, 정신적 상흔이 長期的으로 蓄積·반복되어 형성되는 미라는 점에서 한을 야기한 상황에 대한 지각·인식작용을 수반한다. '한'은 美感을 의미하기도 하지만 때로는 예술창작의 동기, 텍스트의 구조적 원리를 설명하는 근거가 될 수도 있다. 이와 같은 '한'의 특질을 감안할 때 언어라고 하는 매체는 한의 특징을 부각시키는 데 가장 적절한 수단이 되며 언어예술은 모든 예술장르 중 한의 체험을 총체적으로, 그리고 가장 구체적으로 그려낼 수 있는 양식이라 할 수 있다. 그러나 음악, 그림, 춤에 있어서의 청각이나 시각, 동작이라고 하는 매체는 한의 미가 지니는 복합적·간접적·인식적 성격을 모두 담아낼 수 없다. 다만 '한'의 미를 구성하는 일부요소인 '비애감'을 표현하거나, 한의 내용을 단편적으로 형상화할 수 있을 따름이다. 따라서, 어떤 텍스트에 恨의 주지가 각인되는 의미화의 과정에 享受者의 역할이 크게 개입되는 양상을 띤다.

예술장르들은 각각의 본질적 특성에 따라 흥의 미를 잘 부각시키기도 하고, 무심이나 한의 미를 특별히 잘 드러낼 수 있는 경우도 있다. '흥'의 미는 음악을 통해, '무심'의 미는 그림 특히 '산수화'를 통해, 그리고, '한'의 미는 '문학' 속에서 그 본질이 잘 부각된다. 그리고, 궁중예술과 같은 상층예술보다는 민속예술에서 '한'의 진수가 잘 드러난다.

1. '문학'의 경우

'한'의 미는 모든 예술장르 중 언어예술에서 그 본질이 가장 잘 표출될 수 있다. 美感에 내포된 제 심리요소 중 '感覺'과 '知覺'은 여러 면에서 서로 대조적인데, 감각은 감각기관에 의한 직접적 자각이고 知覺은 사물이나 현상들간의 관계에 대한 간접적 자각을 의미한다. 지각은 '간접적' 자각이므로 思考와 認識의 작용이 따르게 된다. '한'은 그것을 야기한 요소를 '부정적인 것', '비극적인 것', '불행한 것'으로 '자각'하고 '인식'하는 데서부터 성립되는 美이며 따라서 知覺의 작용을 요구한다. 이런 점에서 볼 때, 어떤 현상에 대한 사고와 인식, 지각 등의 심리작용을 가장 잘 표현할 수 있는 것은 단연 言語라고 할 수 있으며, 恨의 미와 본질을 가장 효과적으로 형상화할 수 있는 것은 바로 언어예술인 것이다.

언어예술에서의 恨의 주체를 말할 때는 실제 한체험의 주체가 아닌, 한의 내용을 텍스트 속에서 말하는 주체 즉 언술주체를 의미한다.

1.1 서사장르와 '恨'

풍류심의 세 유형인 '흥' '무심' '한' 중 서사장르와 가장 관련이 깊은 것은 '한'이다. 언어예술 중에서도 서사문학은 어느 정도의 시간의 흐름을 요구하며, 어떤 사건이나 현상이 시간의 흐름을 두고 어떻게 변화해 가는가 하는 것을 서술해 가는 것에 그 본질적 특성이 있다. 시간의 흐름을 전제한다는 점에서 서사장르와 한은 공통적이다. '한'의 본질을 규명하는 과정에서도 드러났듯이 어떤 불행의 요소가 일시적인 것으로 지나갈 때 '怨'이라고는 할지언정 '恨'이라는 말을 쓰지는 않는다. 蓄積性, 反復性과 더불어 長期性은 한을 흥이나 무심의 미와 구분짓는 요소 중의 하나이다. 서정장르에서 시간의 흐름에 따른 사건의 변화는 언술의 이면에 함축되어 있고, 함축된 서사35)의 절정의 순간만이 언술로 표현될 뿐이다. 요컨대, 한의 미가 성립되기까지는 상대적으로 긴 시간을 요하고 이것이 하나의 스토리를 구성할 가능성이 커지게 되는 것이다.

서사문학에서는 서술의 최소단위를 설정하는 것이 문제가 되는데 러시아 형식주의자 토마체프스키는 해체작용이 최대로 진행되어 더 이상 해체 불가능한 부분에 이르렀을 때의 테마재료의 가장 작은 분자를 '모티프'라 부르고 이를 '결합동기'와 '독립동기'-혹은 역동적 동기와 정태적 동기-로 나누었다.36) 전자는 사건을 결합시켜 주는 인과관계를 전개시키는 데 필요한 것이

---

35) 이같은 특징으로 인해 서정시를 'Implied Narrative'라고도 한다. L.J. Zillman, "The Range of Poetry", *The Art and Craft of Poetry*(The Macmillan Company, 1966)

36) B. 토마체프스키, 「테마론」, 『러시아 형식주의』(츠베탕 토도로프 편, 김치수 옮김, 이화여대출판부, 1981) 그가 말하는 '모티프'는 비교시학에서는 '다른 작품에서도 공통적으로 나타나는 테마단위-예컨대, 약혼녀의 유괴, 수수께끼 탐색 등-를 의미하기도 한다.

며, 후자는 시간적 연속이나 인과관계의 연속에 필수적이지 않으며 따라서 생략될 수도 있는 것이다.

서사문학에서 '무심'의 상태를 체험하고 '흥'을 느끼며, '한'이 맺히는 것도 사건 전개에서 일종의 모티프의 역할을 한다고 할 수 있다. 그러나, 흥과 무심은 단지 등장인물의 감정이나 심리상태를 표현하는 독립동기가 될 뿐이지만, 恨은 등장인물의 정서적 측면을 서술하는 독립동기가 될 수 있는 동시에 한이 맺히고 풀리는 모티프는 사건의 인과관계를 제공하는 결합동기가 된다. 소설 중에는 恨의 맺힘과 풀림이 서사의 핵심이 되는 경우가 적지 않다.

서사 특히 설화문학 중 '한'과 가장 거리가 먼 것은 아마도 神話일 것이다. <바리데기>와 같은 巫祖神話의 예도 있기는 하지만, 초월적 능력을 가진 주인공이 위대한 업적을 이루는 이야기에서 '한'은 개입될 여지가 적기 때문이다. 본풀이의 하나인 <바리데기>는 한으로 점철된 삶의 역경을 극복하고 무당이 됨으로써 남의 한을 풀어줄 수 있는 능력을 얻게 된다. 이 이야기는 한맺힘이, 타인의 한을 풀어주는 신통력을 획득하기 위한 전제가 된다는 점에서 다른 恨텍스트들과는 구분된다.

民譚도 얼핏 보면 '恨'과 거리가 먼 것처럼 생각되기는 마찬가지다. 민담은 그 성격상 골계미가 우세하며 웃음을 의도하는 장르이기 때문에 비애의 정조가 기본이 되는 '한'과 거리가 멀게 느껴질 수도 있는 것이다. 그러나, 앞서 恨의 계층별 전개에서도 보았듯이 민담은 피지배층의 恨을 웃음으로 풀어내는 풍자와 해학의 중요한 매체가 된다는 점에서 恨과 관련을 맺는다.

설화문학 중 '한'과 가장 밀접한 관계를 갖는 것은 아마도 '傳說'일 것이다. 많은 전설이 비극적 결말을 보인다는 점이나, 전설을 다른 설화장르와 구분케 하는 이야기의 '증거물'이 대개는 한의 맺힘이나 풀림과 결정적 관계를 가진 것이라는 점에서도 恨과 전설의 친연성을 말할 수 있다.

박제상의 妻와 관계된 '鵄述嶺神母' 전설[37]은 '長沙' '伐知旨'라는 地名의 유래, 망부석·사당·<鵄述嶺曲>[38] 등의 증거물들이 한맺힘의 결정체이거나 한을 풀어주기 위한 방편이 된다는 점에서 전형적인 예가 된다. 즉, 멀리 떠나가는 남편이 안타까워 모래밭에 주저앉아 길게 울부짖었다 해서 붙여진 '長沙', 그녀가 다리를 뻗고 주저앉아 일어나지 않았다 해서 이름붙여진 '伐知旨', 결국 남편을 그리워하다 돌로 화한 '亡夫石' 등은 남편을 기다리는 아내의 한의 결정체요 증거물인 것이다. 또한, 후대인들이 그녀를 제사하기 위해 지은 '사당'이나 그녀가 남편이 떠나간 왜국을 바라보며 죽은 장소이름을 따서 만들었다는 <鵄述嶺曲>, 그리고 그녀에게 붙여진 '鵄述嶺神母'라는 호칭 역시 그녀의 恨의 흔적인 것이다.

'杜鵑'에 얽힌 전설 역시 이야기의 증거물이 한의 결정체라는 점에서 같은 범주에 놓인다. 여기에는 중국의 역사와 관련된 '杜宇' '蜀魄'의 전설39)과 우리나라에서 생겨난 '접동새' 전설40) 두 가지가 있다. 모두 한을 품고

---

37) 박제상 및 그의 처에 관한 기록은 『三國史記』(列傳, 朴堤上條), 『三國遺事』(卷一, 奈勿王 金-혹은 朴-堤上條)에 모두 보인다. 그러나, 전설 내용의 토대가 된 것은 『三國遺事』의 기록이다.

38) 작자 미상의 신라 눌지왕 때 지어진 노래. 가사는 전하지 않고 『증보문헌비고』 권106 「樂考」17에 창작동기만 간단하게 소개되어 전한다. 눌지왕 때 박제상이 왜국에 사신으로 가서 돌아오지 않자, 그 처가 슬픔을 이기지 못하고 그리워하다가, 세 딸을 거느리고 치술령에 올라가 왜국을 바라보며 통곡하다가 죽어 치술령 神母 또는 망부석이 되었다고 한다. 이와 더불어 그녀를 모시는 사당이 있었다고 하는 점에서, <치술령곡>은 후세인들이 앞의 이야기를 소재로 지어 그녀에게 제사를 지낼 때 바친 제의가로 추정된다. 후대에 김종직이 이것을 소재로 하여 <치술령곡>이라는 한시를 짓기도 하였다. 『國語國文學資料事典』(한국사전연구사, 1997)

39) 蜀의 後主는 이름이 杜宇요 호는 望帝였다. 周가 기강이 흩어지고 望帝 때 마침 水災가 있었는데 宰相인 開明이 玉壘山을 막아 수해를 막았다. 망제는 요와 순이 정권을 선양한 뜻을 본받아 드디어 정사를 개명에게 맡기고 자신은 西山으로 가서 숨어 지냈다. 후에 복위하려 하였으나 뜻을 이루지 못하고 죽어서 杜鵑으로 화하였다. 이 새는 봄마다 달빛 아래서 주야로 슬프게 울었는데, 촉나라 사람들이 그 소리를 듣고 '우리 망제의 혼이로다.' 했다. 『太平寰宇記』『華陽國志·蜀志』, 『大漢和辭典』(諸橋轍次, 大修館書店) 10권 125쪽과 5권 1052쪽에서 재인용.

40) 어떤 사람이 아들 아홉과 딸 하나를 낳아 기르다가 죽었는데, 계모가 들어와서 전실 딸을 몹시 구박하였다. 그래서 그 딸은 혼인날을 받아놓고 죽었는데 그 딸의 넋이 접

죽은 사람의 혼백이 화해서 이 새가 되었다는 결말로 맺어지는데, 새가 한 맺힘의 증거물이 되는 셈이다.

여기서 한 가지 주목할 만한 점은, 恨의 서사를 전개함에 있어 傳說과 小說이 뚜렷한 차이를 보인다는 사실이다. 즉, 전설은 한이 '맺히기'까지에 비중이 주어지는 장르라면, 소설은 맺힌 한이 어떻게 풀려가는가까지를 총괄적으로 보여주는 장르라는 점이다. 바꿔 말해, 전설은 한이 맺히는 과정을 單元構造로 전개하는 경향이 있음에 비해, 소설은 맺히고 풀리는 二重構造가 기본이 된다는 것이다.

물론, 전설 중에도 한이 풀리는 결말로 처리되는 것이 적지 않다. 그러나, 전체 서사에서 그 부분이 차지하는 의미나 비중은 한이 맺히기까지의 내용에 비한다면 극히 미미하다. 서사의 가장 작은 단위를 '서술명제'41)라 하든 '모티프'라 하든 하나의 이야기가 성립되는 데는 최소 3개의 명제가 필요하다.42) 전설은 한이 맺혀 증거물을 남기는 것만으로도 성립될 수 있으므로 세 개의 명제로도 서사가 가능하나, 소설은 그것이 풀려가는 내용을 전개할 것이 요구되므로 최소 다섯 개의 명제가 필요하게 된다.

토도로프는 서술명제 다음의 서술단위로 '시퀀스' 개념을 제시하는데 그에 의하면 완전한 시퀀스 하나는 서술명제 다섯 개로 구성된다고 하였다. 즉, (1)안정된 상황에서 시작하여 (2)안정적 상황이 어떤 힘에 의해 어지럽혀지고 (3)그 결과로 불안정한 상태가 이루어지는데 (4)그 힘과 반대 방향으로

동새가 되었다. 한편 계모는 죽어서 까마귀가 되었는데 그래서 까마귀와 접동새는 원수지간이 되었다는 것이며, 접동새 울음소리가 "그읍 접동"이라고 하는데 이것은 "아홉 오라버니 접동"이라는 뜻이라고 한다. 『國語國文學資料事典』(한국사전연구사, 1997)

41) 서술의 최소단위를 토도로프는 '서술명제(proposition narrative)'라 하였다. 츠베탕 토도로프, 『構造詩學(곽광수 역, 문학과 지성사, 1977 · 1981)

42) G. Prince, *A grammar of Stories*(Hague : Mouton & Co. N. V. Publishers, 1973); *Narratology*(New York · Amsterdam : Mouton Publishers, 1982)

다른 하나의 힘이 작용하여 (5)안정이 회복된다는 것이다.43)

　恨을 주지로 하는 서사텍스트를 대상으로 할 때, 이 중 (3)까지는 한이 맺히는 내용에 해당되며 (4)와 (5)는 맺힌 한이 풀려 안정이 회복되는 내용에 해당한다. 소설에서는 한이 맺힌 채 이야기가 끝나는 경우를 별로 찾아볼 수 없다. 맺힌 한은 꼭 풀려야 하며 한의 풀림이 결말의 조건으로 요구되는 장르인 것이다. <숙영낭자전>이나 <장화홍련전>이 그렇고, <심청전> <홍길동전> <흥부전>도 그렇다.

　<숙영낭자전>은 여러 각도에서의 접근이 가능하나, 恨의 주지만을 고려하여 이 텍스트를 살펴보면 선군의 애정을 둘러싸고 형성된 세 여인 '숙영' '임씨녀' '매월'의 한이 어떻게 맺히고 어떻게 풀려 가는가를 서술하는 전형적 예이다. 이 이야기는 숙영을 중심으로 한이 맺히고 풀리는 전체 줄거리 속에 임씨녀나 매월의 한을 서술하는 시퀀스가 삽입되는 양상을 띤다.44) <숙영낭자전>의 서사는 위 5단계 시퀀스로 정리해 보면 1)천상의 인연을 지닌 선군과 숙영의 만남 2)우여곡절 끝에 결혼 3)숙영이 억울한 누명을 쓰고 죽음 4)누명이 풀리고 숙영이 다시 소생 5)백년해로의 내용이 된다. 이 줄거리에서 숙영이 한을 품고 억울하게 죽는 대목은 4)와 5)를 위한 전제가 된다. 즉, 서사의 초점은 3)에 있는 것이 아니라 4)와 5)에 있다고 볼 수 있다.

　<심청전>의 경우도 마찬가지다. 만일 '심청이야기'가 인당수에 빠지는 대목에서 끝났다면 인당수에 얽힌 전설이 되었을 것이고 <심청전>이라는 소설은 존재하지 않았을 것이다. <심청전>은 인당수에 빠진 후의 이야기 즉, 심학규와 심청의 한을 푸는 것에 초점이 맞춰져 있다. 심청의 한은 아버

---

43) 츠베탕 토도로프, 앞의 책, 96-105쪽. 토도로프의 5단계 시퀀스이론에 바탕으로 두고 恨텍스트를 분석한 논문으로 양희철, 「恨의 人物과 恨譚의 模型에 대하여」, 『韓國文學의 두 문제-怨恨과 家系』(김열규 외, 學硏社, 1985)가 있다.

44) 토도로프는 시퀀스들이 조합되는 방식을 삽입, 연결, 교체 세 가지로 설명하는데 이 경우는 '삽입'에 해당한다. 토도로프, 위의 책.

지가 눈을 뜨는 것이고, 심학규의 한은 눈을 뜨는 것과 더불어 자기를 위해 딸을 희생시킨 것이라 하겠는데 이 모든 한이 풀어지는 결말로 맺어짐으로 해서 심청이야기는 의미를 지니게 되는 것이다.

이와는 달리 전설은 결말에 해당하는 (4) (5)의 요소가 생략되어 있거나 전체 서사에서 상대적으로 작은 비중을 차지한다. '두견전설'은 한을 품고 죽은 인물이 두견새가 되었다는 것으로 끝나므로 (1)-(3)만으로 서사가 이루어진다 하겠다. 그리고, <치술령신모> 전설은 박제상의 처가 남편을 기다리다 못해 '망부석'이 되어 버렸다는 이야기 말미에 후세 사람들이 그녀를 위하여 사당과 <치술령곡>을 지어 제사지낸다는 내용이 부가되어 있어 형식상으로는 (1)에서 (5)까지를 다 갖추고 있지만 (4)와 (5)에 해당하는 것은 극히 미미할 뿐만 아니라 없어도 이야기의 성립에 전혀 장애가 되지 않는다.

<아기장수전설>[45]도 마찬가지이다. 영웅의 징표를 가진 아이가 태어나지만 그가 역적이 될 것을 우려한 주변사람들 때문에 뜻을 제대로 펴지 못하고 죽임을 당했고, 그가 죽은 후 용마가 나와 용소에 빠져 죽었다는 내용이다. 이 줄거리만으로는 아기장수의 한이 풀린 것으로 볼 수 없고, '용마'나 '용소' 자체가 아기장수의 한 맺힘의 증거물이 된다는 점에서 (1)-(3)만으로 서사가 완결된다고 할 수 있다.

문헌설화인 『수이전』의 <心火繞塔>을 예로 들어보자. 선덕여왕에 대한 연모의 정에 한이 맺힌 지귀가 결국은 '火鬼'가 되는 것으로 이야기 자체는 마무리된다. 화귀가 된 것은 한을 풀어가는 검은 빛 전이의 과정을 보여주

---

45) 한 평민이 아들을 낳았는데 태어나자마자 겨드랑이에 날개가 있어 날아다니고 힘도 세었다. 부모는 이 아이가 자라면 장차 역적이 되어 집안을 망칠 것이라고 생각해서 돌로 눌러 죽였다. 아기장수가 죽을 때 콩 닷섬과 팥 닷섬을 같이 묻어달라고 하였다. 얼마 뒤 관군이 아기장수를 잡으러 왔다가 무덤에 가보니 콩은 말이 되고 팥은 군사가 되어 막 일어나려 하고 있었다 결국 아기장수는 성공 직전에 관군에게 들켜서 다시 죽었다. 그런 뒤 아기장수를 태울 용마가 나와서 주인을 찾아 울며 헤매다가 용소에 빠져 죽었다. 지금도 용마의 흔적이 남아 있다.

는 것이 아니라, 한이 맺히고 맺혀 심중에 불이 일어난 결과이기에 한맺힘의 결정체로 이해해야 하는 것이다. 이야기 말미에 선덕여왕이 술사를 불러 呪詞를 짓게 했다는 내용과 당시 풍속에 이 주사를 문벽에 붙여 화재를 막았다는 내용은 엄밀히 말해 지귀의 한이 풀리는 것과는 무관하다. 오히려 한맺힘의 증거물로서, 火神의 유래를 말하는 민간신앙적 요소와 불교설화가 융합된 것으로 보는 것이 타당하다.[46)]

이 이야기는 편집광적 욕구와 그 욕구의 좌절에서 빚어진 검은 빛 전이에 초점이 두어진 것이 아니라,[47)] 절실한 相思의 念이 恨으로 이어지고 그 한이 불길이 되어 타올랐다는 것에 초점이 있다. 즉, '불길'은 한의 검은빛 전이의 '결과'가 아니라 한 그 자체의 결정체인 것이다. 그러므로 '呪詞'나, 당시 선덕여왕이 다니던 절로 원인 모를 화재를 당한 '靈廟寺'[48)]는 지귀의 한의 또 다른 증거물이라 해야 할 것이다. 요컨대, 이 이야기는 구조적으로

---

46) 불교설화 <術波伽 설화>가 그것이다. 어부 術波伽가 왕녀의 미모에 반해 식음을 전폐하자 왕녀가 만자자고 한다. 天祠에서 왕녀를 기다리던 술파가가 잠이 들었는데 왕녀는 그에게 목걸이를 빼놓고 간다. 잠이 깨어 그 사실을 안 술파가는 몸에서 불이 나 타죽고 만다. 이는 이성적 판단을 하지 못하고 감정에 휩쓸려 음심에 빠지는 것을 종교적 입장에서 경계한 설화로서 龍樹『大智度論』권 14 및 중국의 불교설화집인 釋道世의 『法苑珠林』권 21에 실려 있다. 『國語國文學資料事典』(한국사전연구사, 1997), 1817쪽.
  이 이야기가 신라에 수용되어 선덕여왕과 영묘사에 얽힌 역사적 사실과 결부되어 『수이전』의 설화로 정착된 것으로 볼 수 있고, 주사를 문벽에 붙여 화재를 막는 풍속이 있었다는 말미의 내용으로 미루어 불교설화가 신라적 상황으로 수용되어 화신의 유래를 말하는 민간신앙의 토대가 된 것으로 볼 수 있다. 이런 사실은 이 이야기를 火神의 유래에 관한 전설로 이해하는 근거가 된다.
47) 김열규 교수는 지귀의 마음에 心火가 일어난 것을 자기 한에 사무쳐 '아무데나 불을 지르고 다닌 것' 즉 放火한 것으로 풀이하였으나, 이는 원문의 내용을 비약시켜 해석한 것이라고 본다. 김열규, 「怨恨과 文學의 만남」, 『韓國文學의 두 문제-怨恨과 家系』(김열규 외, 學硏社, 1985)
48) 영묘사 화재사건 및 지귀와 이 화재사건의 관련에 대해서는 『三國遺事』卷四「二惠同塵」에 그 단편적 면모가 서술되어 있다.

앞에서 본 전설들과 같은 범주에 속한다.

같은 『수이전』에 실려 있는 <수삽석남>은 성격이 다소 다르다. 사랑하는 사람과 인연을 이루지 못하고 한을 안은 채 죽은 崔伉이 다시 소생하여 백년해로했다는 내용은, 미약하나마 한이 풀리는 결말을 내포하고 있다. 이야기가 실린 『大東韻府群玉』이 백과사전적 성격을 지니는 책으로서 줄거리만 짧게 요약·소개한 것이므로 서사의 비중을 논하는 데 무리가 있으나 이같은 결말은 전설과 소설의 구조적 차이를 규명하는 데 시사하는 바가 크다.

전설이면서 '한맺힘-한풀림'의 소설적 양식으로 많이 이행해 갔다고 생각되는 것으로 '아랑형전설'을 들 수 있다. '阿娘型 이야기'는 서사체의 종류에 따라 서술의 양상이나 恨의 主旨가 어떻게 달라지는가 하는 것을 보여주는 좋은 예이다. 密陽 영남루에 관계된 怨靈說話로서의 <아랑전설>, 編者·편찬연대 미상의 『靑邱野談』卷一에 실린 <雪幽寃夫人識朱旗>, 소설 <장화홍련전>은 모두 '아랑형 이야기' 범주에 속할 수 있는 것으로 유사한 내용이 장르를 달리하여 서술된 것이다.

<아랑전설>[49]은 (1)밀양에 부임한 신관들의 차례로 죽는 사건이 발생하고 (2)이것이 원귀의 출현 때문이라는 것이 알려지자 (3)아무도 그 곳으로 부임하려고 하지 않아 오랫동안 공백상태로 남겨진다. (4)새로 부임한 담대한 신관에게 그 원령이 출현하여 억울한 사연을 하소연하고 (5)신관이 이 사실을 명명백백하게 밝힘으로써 죄인은 죄값을 받고 아랑의 원한이 풀리게 된다는 내용으로 전개된다. 이 이야기는 한을 풀어 가는 전체 시퀀스 중 (4)에, 한이 맺히기까지의 과정을 서술하는 시퀀스가 삽입되는 구조를 지닌다. 한을 풀어 가는 이야기의 주인공은 담대한 신관이고, 한이 맺히는 이야기의 주인공은 아랑이다. 토도로프의 5단계 시퀀스 중 불안정한 상황이 야기되는 세 번째 단계는, 한을 풀어 가는 전체 이야기 틀 안에서는 '아무도 그 곳으

---

49) <아랑전설>의 텍스트는 『韓國民族說話의 硏究』(孫晋泰, 1981, 을유문화사)의 「阿娘型傳說」에 수록된 것을 취했다.

로 부임하려 하지 않는 상황'이 해당되지만, 전체 시퀀스 중 (4)에 삽입된
아랑의 원한 이야기에서는 아랑이 억울하게 죽어 원귀가 되는 대목이 해당
된다.

이 전설은 맺힌 원한이 풀리는 것으로 결말이 맺어진다는 점에서는 소설
과 다름이 없으나, 각각의 모티프에 주어진 서술의 비중을 고려하면 한 맺
힌 아랑의 사연을 서술하는 대목이 서사의 중심을 이룬다. 서술의 비중은
각 시퀀스에 할당된 서술의 길이, 즉 모티프(혹은 서술명제)의 數를 가지고
어느 정도 객관적으로 판단할 수 있다. 이 기준으로 볼 때 새로 부임한 사
또에게 원령이 나타나 한이 맺힌 사연을 하소연하는 대목 (4)의 서술분량이
가장 길며, 그 사연을 알고 난 사또가 시체를 찾아내고 죄인을 처단하는 대
목 (5)는 간단히 처리된다.

아랑의 한 맺힌 사연에 서술의 중점이 주어지는 전설과는 달리, <雪幽冤
夫人識朱旗>에서는 담대한 신관에 대한 정보가 길게 서술되어 결과적으로
그의 활약에 의해 억울한 백성들의 한이 풀리게 된 사례를 서술하는 양상을
띤다. 즉, 아랑전설은 한이 맺히고 풀리는 전체 이야기 틀 속에 아랑의 한맺
힘의 시퀀스가 삽입되는 構造인 것에 비해, <雪幽冤夫人識朱旗>는 아랑
이야기 외에 담대한 신관에 관한 이야기가 또 하나의 시퀀스로서 삽입되어
세 겹의 構造-토도로프의 5단계 시퀀스가 세 번 실현됨-를 지닌다. 그리하여, 이
야기는 신관이 주인공이 되어 백성의 한을 풀어주는 활약상에 초점이 맞춰
지고, 결과적으로 전설이 아닌 名判官에 얽힌 이야기 즉 民譚의 성격을 띠
게 되는 것이다.

한편, <장화홍련전>의 서사의 초점은 앞의 두 경우와 다른 양상을 보인
다. 이야기의 출발은 冤鬼 출현부터가 아니라 (1)장화·홍련 두 자매의 탄생
에서 시작하여 (2)계모의 음모로 (3)억울하게 죽어 원귀가 되었다가 (4)신임부
사에게 출현하여 원한 맺힌 사연을 호소하여 (5)결과적으로 원한이 풀리고
아버지인 배좌수의 딸로 다시 환생하게 된다는 내용으로 전개된다. 두 자매

의 한 맺힌 사연이 어떤 전체 시퀀스 속에 삽입되는 형태가 아니라, 그 자체가 전체 이야기 틀을 구성한다는 점이 앞의 두 경우와 다른 점이다. 따라서, <장화홍련전>은 주인공이 원한을 품고 죽었다가 신임부사의 도움으로 그 한을 풀게 되는 맺힘-풀림의 전형적인 이중구조를 지닌다고 볼 수 있다.

한맺힘 과정에 초점이 주어지는 單元構造인가, 아니면 맺히고 풀리는 二重構造인가에 따라 전설과 소설을 구분한다고 할 때,

망부석 · 두견새 · 아기장수 · 심화요탑-수삽석남-아랑-장화홍련전 · 숙영낭자전

과 같은 전개도를 그려볼 수 있다.

서사체의 종류에 따라 서사의 초점과 한의 주지가 달라진다고 하는 사실은 각 서사체에 대한 수용층의 요구와 직결되는 문제이다. '아랑전설'은 밀양지방에 유포된 전설이므로 서사전개는 그 지역의 영남루나 아랑각에 얽힌 사연을 보존, 전승해 가고자 하는 지역적 정서에 부응한 것으로 보여진다. 야담은 양반남성을 解寃者로 등장시켜 문제해결 능력의 소유자로서 자신들의 위치를 부각시키려는 의도가 작용하였고 여기에 恨맺힌 이야기를 이용한 것이라 생각된다. 한편, 국문애정소설의 주된 수용층은 여성이었을 것이므로, 같은 여성의 입장에서 자신을 소설 속 인물에 투사시켜 해피엔딩이 되기를 원하는 여성 수용층의 요구에 부응한 결과가 맺힌 한을 풀어 가는 데 역점을 두는 구조를 낳게 되었다고 생각한다. 전설이 맺힘의 이야기라면, 소설은 맺힌 것을 풀어 가는 이야기라고 할 수 있다.

1.2 서정장르와 '恨'

서정장르는 시간의 흐름에 따른 사건의 변화를 서술하는 양식이 아니다. 서정장르에서의 스토리는 언술의 이면에 함축되어 있고, 함축된 서사의 절정의 순간만이 언술로 표현된다. 따라서, 서정장르에서는 맺힘과 풀림의 내

용이 서술될 여지가 없고 또 그것을 요하지도 않는다. 요컨대, 서정장르에서
의 '한'은 怨, 願, 自責, 悔恨, 遺憾, 悲哀 등의 감정들을 안으로 함축하고
있는 복합적 정감으로서 의미를 갖게 된다. 스토리는 언술 이면에 잠재되어
있고 다만 이 복합적 정감으로서의 '한'만이 劇的으로 표출될 뿐이다. 그러
나, 서정장르에서 '한'은 단지 복합적 정서로서만 의미를 지니는 것은 아니
다. 때로는 그 복합적 정감의 집약체로서의 主題-즉, 그 복합적 정감이 어느 한
방향으로 집약되어 텍스트에 의미를 부여한 것-로서 기능하기도 한다. '한'은 경우
에 따라서 텍스트의 주된 정감을 의미할 수도 있고, 그 텍스트의 주제를 뜻
할 수도 있는 것이다.

여기서 복합적 정감의 총체로서의 '한'이 표출되는 경우와, 복합적 정감의
일부나 單面이 표출되는 경우로 나누어 생각할 수 있는데 앞의 것은 恨의
본질을 충실히 담고 있기에 '1차 恨텍스트'로, 뒤의 것은 단편적으로 恨의
본질을 포함하므로 '2차 恨텍스트'로 분류할 수 있다. 예컨대 단지 이별의
슬픔만을 노래한 시는 한의 본질을 총체적으로 보여준다고 할 수 없다. 그
러나, 한이라는 복합적 정감의 어느 일면을 함축하므로 恨텍스트가 아니라
고도 할 수 없다. 따라서 이런 노래들은 2차 恨텍스트로 다루고자 하는 것
이다. 유감·비애·회한·허무·자책 등의 복합된 정감을 읽어낼 수 있는
<처용설화> 및 <처용가>, 불안·질투·현실회피·공격적 태도 등이 복합
되어 있는 <서경별곡>, 님에 대한 원망·연모·하소연·願望의 감정이 혼
합되어 있는 <정과정>과 <원가>, 자책과 회한·비애 등이 복합된 <가
시리> 등은 모두 1차 한텍스트의 범주에 들 만한 노래들이다.

서정텍스트에서 恨은 언술 표면에 직접적으로 표현되기도 하지만, 많은
경우 그 대체적 표현으로 서술된다. '한'의 主旨가 다양한 언어표현으로 대
체되는 양상은, '억압'의 심리현상과 같은 원리로 설명된다. 그것은 바로 '은
유'의 원리이다.

記標-記意의 관계에서 원래의 기표 S-원래 의식의 세계에 속했던 생각이나 지

각내용-가 새로운 기표 S'로 대체되고 원래의 기표 S는 기의가 된다는 것이 '억압'의 과정에 내포된 은유원리이다. 억압에 의해 무의식으로 밀려난 원래의 기표-욕구 혹은 직접 경험된 결여-는 형태를 바꾸어 의식세계로 모습을 드러내는데 꿈이나 말실수가 그 대표적인 것이다.

'恨'-한을 야기한 결여상황, 예컨대 좌절된 욕망 등-은 새로운 기표에 의해 무의식으로 밀려난 원래의 기표라고 할 수 있으며, '恨텍스트'는 꿈이나 말실수같은 無意識의 형성물은 아니지만 밀려난 원래의 기표가 의식세계로 모습을 드러낸 일종의 한의 '증상'으로 이해할 수 있다. '恨텍스트'란 '한'을 억압된 기표-즉, 기의-로 하는 텍스트로 정의될 수 있기 때문이다. 즉, 기의(S)는 고정되어 있으며, S는 S'를 통해 드러난다. 그러므로, S'를 통해 S를 탐색해 가는 것이, 바로 서정양식의 恨텍스트를 분석하는 절차이다.

의식세계에서 경험된 욕망이나 좌절 등의 상혼이 무의식 세계에 억압되고 억압의 결과물로서의 '한'을 이해할 때, 한을 둘러싼 의식과 무의식의 의미작용은 은유와 환유로써 설명될 수 있다. 욕망의 좌절은 결여를 낳고 주체는 결여, 즉 잃어버린 것을 찾아 계속 방황하며 옮겨다닐 수밖에 없다. 욕망의 환유적 이동과 그것의 계속적 좌절이 응어리로 고착된 것이 바로 '한'이라 할 수 있으며 따라서 '缺如'-恨을 야기한 것-와 '恨'은 환유적 관계로 이해할 수 있다. 그리고, 결여가 의식적 언술의 틈을 통하여 모습을 드러낸 것이 '恨텍스트'이므로, 억압된 욕망이라 할 수 있는 '결여'가 '한텍스트'로 대체된 것으로 볼 수 있다, 즉 '결여'와 '한텍스트'는 은유의 관계로 설명된다.

'恨'을 둘러싼 무의식의 의미작용을 읽어내기 위해서는 먼저 恨텍스트에서 다양한 S'의 징표들을 찾아내는 일이 선행되어야 한다. 한을 원관념(tenor)으로 하는 은유적 표현은 그 대표적인 것이 될 것이며, 유사한 시어나 이미지의 반복, '한'과 특별한 관계에 있는 소재의 차용은 물론, 同化나 강한 긍정을 내포하는 否定의 표현 역시 '한'의 대체적 기호로 볼 수 있는 것이다.

'한'을 원관념으로 하는 **은유법**에서 가장 보편적으로 차용되는 보조관념

(vehicle)은 '杜鵑'이다. 다시 말해, '두견'은 '한'을 원관념으로 하는 가장 보편화된 보조관념이라 할 수 있으며 '두견=恨'이라는 은유가 성립되는 것이다. 두견은 달리 杜宇, 접동새, 촉조, 촉백, 불여귀, 귀촉도, 소쩍새 등으로도 불리는데 앞서 보았다시피 이 새에는 중국, 한국을 배경으로 하는 상이한 두 개의 전설이 얽혀 있다. 하나는 蜀 望帝의 憂國의 혼백이 화해서 두견새가 되었다고 하는 것이고, 또 하나는 계모의 시샘에 죽은 전실 소생의 혼이 화해서 이 새가 되었다고 하는 것이다. 그래서 이 새는 한을 품고 죽은 사람의 혼백, 나아가서는 恨과 슬픔 그 자체를 상징한다. 남에게 억울한 일이나 못할 일을 하여 재물을 빼앗는 행위를 가리켜 "두견이 목에 피 내어 먹듯"이라는 속담이 생긴 것도 이 새의 전설에 포함된 원한, 억울함, 슬픔의 정조에서 비롯된 것이라 하겠다.[50]

문학작품 속에서 이 새는 空山夜月이라는 시간·공간을 배경으로 하여 외로움, 슬픔, 그리움, 원망, 愁心, 無常感, 憂國忠情 등 恨과 관계된 인간의 마음을 대변하는 새로 등장한다.

> 杜鵑에 목을 빌고 꾀고리 辭說어더
> 空山月 萬樹陰에 不如歸라 우럿시면
> 相思로 가심에 밋친 恨을 풀어볼가 ᄒ노라   -安玟英-

> 梨花에 月白하고 銀漢이 三更인제
> 一枝春心을 子規야 알냐마는
> 多情도 病이냥ᄒ여 잠못들어 ᄒ노라   -李兆年-

위 두 시조는 모두 '두견'을 보조관념으로 하여 '한'의 주지를 형상화하고 있다. 우리는 '두견'이라는 한의 대체물을 통해 화자의 의식 깊숙이 자리한 욕망의 좌절 혹은 결여를 만나게 된다. 그 결여의 중심에는 '님'이 있고 욕망

---

50) 『국어국문학자료사전』 「두견」項

의 대상인 님과 함께 하지 못하는 데서 결여를 체험하며 그것이 恨의 동인이
된다. 그리고, 이 恨이 그것의 상징물인 두견으로 대체되고 있는 것이다.

여기서 한 가지 주목할 만한 점은, '두견'을 중심으로 하는 '한'의 의미망
이 특별한 시간·공간적 배경, 특별한 사물들과 자주 결부된다는 사실이다.
'두견'은 '月'-색은 白, 시간은 밤-과 '山' '梨花'와 결합하여 '한'의 주지를
강화한다. 즉, '한'은 색깔로는 '白'이요, 한을 절실하게 체험하는 시간은
'달' '한밤중'-구체적으로는 三更-이며, '梨花'는 한의 정서를 환기하는 객관
적 상관물인 것이다. 이들은 시조, 한시, 가사, 잡가 등 대부분의 고시가들에
서 한을 표현하는 일종의 관습적·상투적 표현이 되는 셈이다.

> 杜鵑아 우지말아 이제야 니 왓노라
> 梨花도 픠여잇고 시달도 돗아 잇다
> 江山에 白鷗 이신이 盟誓ㅣ 프리 홀이라   -李鼎輔-

> 西山에 日暮ᄒ니 天地에 가히업다
> 梨花에 月白ᄒ니 님싱각이 시로이라
> 杜鵑아 너ᄂ 눌을 글여 밤시도록 우ᄂ니   -李明漢-

와 같은 시구는 모두 '달밤+空山+杜鵑+梨花'의 결합이 강력한 '한'의 주
지를 형성해 낸다는 것을 증명해 준다.

'한'을 원관념으로 하는 은유법의 또 다른 양상으로서 과거 역사적 사실
을 보조관념으로 하는 예를 들어볼 수 있다. 역사적 사건이나 인물을 보조
관념으로 하는 은유를 보통 引喩(Allusion)라 하는데, 이때 '한'의 주지는 한
서린 역사적 사건이나 한을 품고 죽은 역사적 인물로 代替 서술된다. 언술
주체의 무의식의 한은 역사 속의 恨으로 모습을 바꾸어 언술 표면으로 돌출
되는 것이다. 그러므로, 여기에는 自我를 他我에 '同化'시키는 심리작용이
내재된다.

어화 王昭君이여 生覺썬디 可憐홀쓰
漢宮粧 胡地妾에 薄命홈도 긔지업다
至今히 死留靑塚을 못너 슬허 ᄒ노라　　　　　　　-金天澤-

千古에 義氣男兒 壽亭侯 關雲長
山河星辰之氣요 忠肝義膽이 與日月爭光이로다
至今히 麥城에 깃친 恨은 못너 슬허 ᄒ노라　　　　　-李鼎輔-

二妃昔追帝	옛날 두 왕비가 순임금을 좇아
南奔湘水間	남쪽 상수까지 달려갔네
有淚寄湘竹	그 눈물이 상수의 대나무에 흘러
至今湘竹斑	지금까지도 그 대나무는 얼룩이 졌네
雲深九疑廟	구름은 九疑廟에 깊게 드리웠고
日落蒼梧山	해는 蒼梧山으로 지고 있는데
餘恨在江水	한은 아직도 강물에 남아 있어
滔滔去不還	도도히 흘러가 돌아오지 않는구나

-李達, <斑竹怨>-

燕丹泣血虹穿日	燕丹의 피눈물은 무지개가 해를 뚫은 듯하고
鄒衍含悲夏落霜	鄒衍의 맺힌 슬픔은 여름에도 서리되어 내리네
今我失途還似舊	지금 길을 잃은 나는 옛날의 그들과 같으니
皇天何事不垂祥	하늘은 어찌 아무런 상서로움도 내려주지 않는가

-王居仁-

　　김천택의 시조는 漢宮을 떠나 胡 땅에 시집을 갔던 왕소군의 고사를 서
술한 것인데 그 고사 자체가 恨의 주지에 대한 보조관념이 되고 있다. 즉,
과거의 사건은 화자의 무의식 속의 한을 대체한 것이다. 이정보의 시조는
戰功으로 이름높은 영웅이건만 孫權에게 패하여 麥城으로 도피한 관우의
고사가 언술 주체의 한을 효과적으로 드러내는 보조관념이 되고 있다.
　　이달의 시에서 언술 주체의 한은, 순임금이 창오산에서 죽자 아황과 여영
두 왕비가 슬픔에 못 이겨 피눈물을 흘리며 상수에 몸을 던져 따라 죽었다

고 하는 고사로 代替 서술되고 있다. 과거 한 맺힌 사건을 보조관념으로 하여 언술 주체의 '한'이 언술 속에 모습을 내미는 것이다. 한과 슬픔을 즐겨 노래한 이달의 시에서 이같은 양상을 쉽게 찾아볼 수 있다. 이외에도 불우했던 두보의 처지에 빗대어 자신의 한을 노래한 <過鳥嶺聞杜鵑有感>(시전문은 뒤에서 인용될 것이므로 여기서는 생략함), 백제의 흥망을 "千年恨"으로 표현하여 자신의 깊은 한을 표출시킨 <白馬江懷古> 등이 여기에 해당한다.

세 번째 인용시는 王居仁이 억울하게 옥에 갇히게 된 것을 하늘에 호소한 시로서 『三國遺事』(卷二, 「眞聖女王・居陁知」)에 실려 있다. 연단이나 추연 모두 억울한 일을 당하였거나 그로 인해 한을 품고 죽은 인물들이다. 시적 화자는 자신의 처지를 그들의 것에 일치시켜 인식함으로써 현재 처지의 고통에서 벗어나고자 한다. 바로 이런 것이 '동화'의 심리작용인 것이다.

이들 인용 예에서 보다시피, 언술 주체는 과거 역사 속의 한 맺힌 사건 및 인물의 한과 자신의 한을 '同一視(Identification)'하고 있는데, '동일시'는 외부의 대상 특히 다른 사람의 성질을 자신의 퍼스낼리티 가운데로 끌어들이는 防衛機制이다.[51]

억압된 '한'의 주지를 대체하는 시적 장치는 은유만 있는 것이 아니다. 동질적 이미지나 시어의 **반복** 역시 무의식으로 밀려난 좌절된 욕망이 의식세계로 돌출하는 특별한 비밀의 매듭이다.

> 蜀帝의 죽은 魂이 蝶蝀새 되야 잇셔
> 밤마다 슬피 울어 피눈물노 긋치는이
> 우리의 님 글인 눈물은 언의 쩌에 긋칠고   -金默壽-

초장은 잉여적인 동어반복이다. '蜀帝'만 가지고도 '두견'과 '恨'의 주지

---

51) '동일시'에 대해서는 칼빈. S. 홀, 앞의 책, 107-113쪽 참고.

를 연상시키는데, 거기에 '죽은 魂'과 '蝶蛛새 되야 잇셔'라는 말이 잉여적
으로 되풀이되고 있는 것이다. 게다가 중장에서 고독과 번민의 시간인 '밤'
'슬픔'이라는 정서, '운다'고 하는 행위, '그침없는 씌눈눌'이라고 하는 강렬
한 비애의 표현이 이어져 초장에서 환기된 '한'의 체험이 고조되어 간다. 이
恨은 '영원히 그칠 것 같지 않은 님 글인 눈물'에서 절정을 이루어 相思의
念에 한이 맺힌 화자의 심정을 토로한다. 이처럼 동질적 이미지, 유사한 의
미의 시어를 겹겹이 쌓아 가는 반복적 표현은 곧, 意識 저편에 오랫동안 지
속되어 켭켭이 쌓인 상처가 의식의 세계로 그 모습을 드러내는 과정에서 언
어에 남긴 충동적 흔적인 것이다.

　　　西山에 日暮ᄒ니 天地에 가히업다
　　　梨花에 月白ᄒ니 님싱각이 시로이라
　　　杜鵑아 너는 눌을 글여 밤시도록 우느니　　　　　-李明漢-

　　　諸葛忠魂 蜀魄되야 그 님금을 못니 글려
　　　피나게 우는 소릭 이졔도록 슬프도다
　　　平生에 劉皇叔 모르는 날을 어이 울려는이　　　　-金壽長-

　　　보고지고 임의 얼굴 듯고지고 임의 말슴
　　　半夜空房에 황량몽 어대가고
　　　紗窓夜雨에 相思曲 무삼일고
　　　임도 응당 사람이지 木石이 아니어든
　　　千愁萬恨 잊자하고 一層樓 올라가서
　　　원근을 바라보니 千萬事로 상심이라
　　　청산은 중첩하여 임 계신 곳 가리운다　　　-<相思陳情夢歌> 中-

와 같은 시조나 가사도 똑같은 양상을 보여준다. '섧다' '간장이 끊어지다'
'소식이 그치다' '맺힌 설음' '긴 한숨 디난 눈물' '피눈물' '님생각' '相思'
'傷心' '千愁萬恨' 등의 시어가 이리저리 반죽된 언어표현을 단서로, 오랜

상처에 아파하는 화자의 내면을 읽어낼 수 있는 것이다. 시조나 가사 등 국문으로 된 텍스트가 비교적 직접적으로 무의식의 세계를 노출하는 것에 비해, 다시 말해 언술과 무의식 사이의 틈새가 비교적 크게 나 있는 것에 비해, 한시의 경우는 굴곡이 더 복잡하고 틈새가 더욱 촘촘하며 層도 깊어 그 통로를 따라 무의식의 세계로 들어가기가 쉽지 않다.

隴坂漫漫隴水悲	산마루는 끝없이 아득하고 물도 또한 슬프기만 하구나
旅人南去馬行遲	나그네는 남쪽으로 가려 하는데 말걸음은 더디기만 하네
辭家正欲懷吾土	집을 떠나와 내 고향을 그리워 했나니
入峽那堪聽子規	골짜기에 들어와 어찌 두견새 우는 소리 들을 수 있으랴
千嶂不分雲起處	겹겹 이어진 산봉우리라 구름 어디서 일어나는지 분간할 수 없고
數聲猶苦月沉時	달이 져갈 때 자지러지듯 우는 소리 더욱 괴롭구나
杜陵無限傷心事	무한한 슬픔에 마음 상한 두보는
直到涪州別有詩	다만 涪州에 이르러 시를 지었었다네

위 작품은 李達의 <過鳥嶺聞杜鵑有感> 전문이다. 한시는 글자 하나하나에 어떤 형상을 함축하고 있기에 시조보다 이미지의 효과가 크다. 무덤의 의미를 담고 있는 '隴', 보금자리를 떠나 방랑한다는 뜻의 '旅', 恨의 상징물인 '子規', 많음을 나타내는 '千'이라는 숫자, 겹겹이 산봉우리가 이어진 모습을 나타낸 '嶂', 陰의 정서를 환기하는 '月' 등의 글자에는 이미 오랜 시간 축적되어 온 어떤 경험이 담겨 있다. 그것이 다름 아닌 '고향을 떠난 데서 오는 비애'의 경험이라는 것을 확신케 하는 단서는 '子規'라는 소재이다. 여기에 '漫漫', '悲', '遲', '數', '沉', '傷' 등 비애의 정서에 부합하는 형용어가 부가되어 그 정서는 언술이 전개됨에 따라 고조되어 간다. 끝부분에 杜甫의 일을 서술함으로써 그가 느꼈던 傷心을 화자의 것과 동일화시킴

으로써, 비애감을 직설적으로 노출하는 폐단을 피하고 있다.

이와 같은 시어들은 '비애'의 동어반복이요, '한'의 대체적 표현이다. 고향으로 돌아가고 싶은 욕망은 의식의 이면으로 깊이 밀려나고, 그 욕망의 흔적들만이 의식의 틈을 뚫고 언술에 모습을 내비친 것이 이같은 되풀이적 표현으로 나타난 것이다. "琴盡卽還別 恨恨恨彌襟(거문고 소리 다하면 이제 이별을 해야 하니 맺히고 맺힌 한이 가슴에 가득하구나. <尋崔孤竹坡山庄>)"라는 표현에서 그 극대화된 모습을 볼 수 있다.

은유, 반복적 표현에 이어 좌절된 욕망이 언술의 틈으로 모습을 내비치는 과정을 이해하는 데 중요한 단서가 되는 것으로 否定의 표현을 들 수 있다. '부정'은 恨-혹은 缺失-의 체험이 언술을 통해 모습을 드러낼 때 취하게 되는 가장 보편적인 언어기호이다. 억압된 경험은 부정의 형태로 모습을 바꾸어 의식 속에 다시 나타나는 경우가 많은데, 이는 억압된 것이 되돌아올 때 나타나는 일종의 저항이다. 다시 말해 기표는, 기표에 의해 소멸된 것, 억압된 것을 부정 속에 다시 드러내 보이는 것이다.[52] 그 전형을 우리는 <處容歌>에서 보게 된다.

> 東京 밝은 달에
> 밤들이 노니다가
> 들어와 자리를 보니
> 다리가 넷이러라
> 둘은 내해였고
> 둘은 누구핸고
> 본디 내해다마는
> 빼앗은 것을 어찌하리오

疫神에 의해 범해진 아내를 보았을 때 처용은 "빼앗은 것을 어찌하리오"

---

52) 아니카 르메르, 『자크 라캉』(이미선 譯, 문예출판사, 1994), 124-126쪽.

하고 관용의 태도로 물러난다. 여기서 주목할 것은 역신이 아내를 범하도록
자신이 기회를 제공했음에도, 즉 아내를 역신에게 '내어준' 것임에도 그것을
역신의 '빼앗음'으로 돌리고 있다는 사실이다.[53] 처용은 아내를 빼앗긴 痛恨
의 사건이 자신에게서 비롯한 것임을 자각하기에 자책과 회한을 경험한다.
그 고통을 경감 혹은 소멸시키기 위해 불쾌의 원인을 무의식의 세계로 밀어
내 버리는 것이다. 그리고 그 무의식 속에 억압된 것이 의식의 세계로 다시
돌아오면서는 자책과 회한의 요소가 부정되고 온전히 역신의 탓으로 돌려지
게 된다. 즉, 역신의 탓으로 돌림으로써 불행의 원인이 자책과 회한의 형태
로써 자기를 향하게 되는 것을 막고자 하는 심리가 내재되어 있는 것이다.
그러므로, '빼앗은 것을 어찌하리오'라는 표현에서 보이는 관조적 어조는, 자
책과 회한이 否定의 형태로 위장되어 언술에 나타난 것이라고 할 수 있다.
　이같은 부정의 기호는 <西京別曲>과 <가시리>에서도 발견된다.

　　　구스리 바회예 디신돌
　　　긴히똔 그츠리잇가
　　　즈믄히롤 외오곰 녀신돌
　　　信잇돈 그츠리잇가

　　　가시리 가시리잇고
　　　ᄇ리고 가시리잇고
　　　날러는 엇디 살라ᄒ고
　　　ᄇ리고 가시리잇고
　　　잡ᄉ와 두어리마ᄂᆞᆫ
　　　선ᄒ면 아니올셰라
　　　셜온님 보내ᅌᅩ노니
　　　가시ᄂᆞᆫ듯 도셔오쇼셔

---

53) <처용가>를 이렇게 읽어내는 분석의 과정은 졸고, 「<處容歌>에 대한 정신분석적
　　검토」(『古典詩 다시읽기』, 보고사, 1997)에서 자세히 다루었다.

위 인용은 여음이나 후렴, 반복구를 빼고 實辭 부분만 옮긴 것으로, 두 작품 모두 사랑하는 님과의 이별의 恨을 노래한 것이다. <서경별곡>에서는 님과의 이별의 상황에 지면한 화자가 이별로 인해 둘의 사랑이 깨질까봐 불안해하는 심리를 엿볼 수 있다. 그런데 인용한 2연을 보면 불안과는 정반대의 어조로 사랑에 대한 강한 신념을 노래하고 있다. 이것은 무의식에 억압된 불안감이 의식의 세계로 돌출하면서 부정되고 그 확신으로 위장된 결과인 것이다.[54]

한편, <가시리>에서는 이별의 상황을, 님이 자신을 '버리고 떠난' 것으로 수용하면 강한 불쾌감이 따르게 되므로 이것은 무의식 세계에 밀려난다. 그러나, 기표에 의해 밀려난 기표는 다시 의식의 세계로 귀환하는 속성을 지닌다. 무의식에 억압된 불쾌감이 의식의 세계로 돌아올 때 '버리고 떠난' 사실은 부정되고, 자신이 '떠나 보낸' 것으로 모습을 바꾸게 되는 것이다.

다음, 빈번하게 차용되는 특별한 題材들 역시 억압된 恨의 대체물로 이해될 수 있다. 그 중 가장 비중이 큰 소재는 앞서 예를 든 '두견'이다. 그러나, 한 텍스트들에는 이외에도 달, 밤, 가을, 殘燈・殘月, 落花, 원숭이 울음소리, 두견화, 귀뚜라미, 오동, 기러기, 거문고・비파・피리 등의 악기, 꿈과 같은 소재는 恨의 대체물로 출현하는 경우가 많다. 이런 것들은 단독으로 출현하기보다는 몇 개가 어울려 素材群을 이룸으로써 恨의 주지를 강화한다.

> 梧桐 성귄 비예 秋風이 乍起ᄒᆞ이
> 갓득에 실름한듸 蟋蟀聲은 므스일고
> 江湖에 소식이 엇던지 기럭이 알가 ᄒᆞ노라
>
> 草堂 秋夜月에 蟋蟀聲도 못 禁커든

---

54) 이같은 심리적 방어기제를 '반동형성(reaction formation)'이라 한다. <서경별곡>의 방어기제에 대한 자세한 분석은 졸고, 「고려속요와 수용미학-<서경별곡>과 <정석가>의 경우-」, 『고전시 다시읽기』(보고사, 1997) 참고.

므슴 호리라 夜半에 鴻雁聲고
千里예 님 離別ᄒ고 줌못들어 ᄒ노라

瀟湘江 둘 붉은 밤의 돌아오는 져 길억아
湘靈의 鼓瑟聲이 엇띠나 슬프관듸
至今에 淸怨을 못익의여 져딕도록 운온다

첫째 둘째 시조에서 '오동' '추풍' '蟋蟀' '기럭이' '달'로 이루어진 소재
군 중 恨의 주지를 드러내는 데 핵심이 되는 것은 '가을'과 '기럭이'이다.
'오동' '蟋蟀'은 그것이 가을철 時物이기 때문에, 가을이 함축하는 '고독'
'이별' '나그네' '쇠락'의 의미를 보조한다. 여기서 '실름'은 '恨'을 대체한
표현인데 그 정조에 가장 잘 부합하는 시간이 '가을'이요, 그 중에서도 '달
밤'이다. '기럭이'는 고시가에서 흔히 '소식'을 의미하는 객관적 상관물로 등
장한다. 그러므로, '기럭이'는 이별의 恨을 표현하는 데 효과적인 소재가 된
다. '달'이라고 하는 소재는, 그것이 기울고 차는 이치가 주기적·항구적으
로 되풀이되기 때문에 삶이나 시절의 榮枯와 기복, 흥망성쇠를 상징한다.[55]
'日'이 陽의 정서인 '흥'의 미감과 관련이 깊다면, '月'은 陰의 정서인 '恨'
의 속성과 깊은 관련을 지닌다. 세 번째 시조에서의 '기러기'는 '악기소리(鼓
瑟聲)' '湘水'에 얽힌 사연[56]과 조합을 이루어 恨의 주지를 형상화하는 主
素材가 되고 있다.

奇岩에 붉은꽃은 蜀帝의 눈물이요
長堤의 푸른풀은 王孫의 恨이로다   -<滄浪曲> 中-

여기서 '奇岩의 붉은 꽃'은 '진달래'를 말하는데 진달래는 흔히 '杜鵑花'

---

55) 『한국문화상징사전』(동아출판사, 1992·1994)
56) 여기서 '湘靈'은 湘水의 神 곧 舜임금의 비를 가리킨다.

라고도 한다. 이는 진달래 꽃색깔이 붉기 때문에 恨의 인물 촉제의 눈물로 비유한 것이다. '두견화'는 '두견새'가 내포하는 恨의 의미를 나눠 갖는다.

'꿈'도 題材의 범주에 넣는다고 할 때, 이 제재야말로 무의식에 억압된 恨의 주지를 읽어내는 가장 효과적인 징표가 된다.

> 이몸이 꿈이 되어 님의 枕上 넌짓 가셔
> 分明이 現夢ᄒ면 놀나 ᄭᅵ여 반기려니
> 엇지타 愁心에 못일른 잠이 그도 어려워
>
> 七月이라 칠석날에 견우직녀 보려하고
> 원앙침 도도베고 오작교 꿈을 꾸니
> 창앞에 앵도화는 지저귀는 잡조 소래
> 홀연한 상사몽은 맹랑코 허사로다   -<寡婦歌> 中-

'꿈'은 특히 여성의 한 텍스트에 자주 등장하는데, 일시적으로 한풀이가 이루어지는 시간이요 공간이다. 무의식 세계에 억압되어 있는 것은 흔히 꿈을 통해 그 흔적을 남긴다. 恨텍스트에 무수히 등장하는 '꿈'제재는 한 맺힘의 단적인 증거물인 것이다. 특히 여성의 한 텍스트에서의 꿈은 님과 상봉하는 내용이 대부분이며 이는 화자의 내면에 억압된 한이 무엇인가를 직접적으로 말해 주는 단서가 된다. 따라서, 恨텍스트에서의 꿈은 자연히 '相思'의 주제로 이어지는 양상을 보인다.

이밖에 '殘燈'이나 '殘月'은 사위어가는 형상으로 인해, 안으로 움추러들고 맺히고 서린 恨의 상태와 흡사하다. 그리하여 恨의 대체물로 작용하는 경우가 많다. "아니시며 거츠르신둘 아으/殘月曉星이 아르시리이다"라는 표현으로 자신의 결백함을 토로한 <정과정>의 예를 들 수 있다. 또 한시문 가운데는 '원숭이 울음소리'로써 恨의 주지를 대체하는 예가 많이 발견되는데 원숭이 울음은 중국 시문에서 한과 비애를 표현하는 대표적 소재라는 점에서, 중국적 恨의 소재가 수용된 예로 볼 수 있다. 이상의 소재들이 몇 개가 어우러져 텍스트에 출현할 경우, 그것을 恨의 주지를 대체하는 징표로 읽어도 좋은 것이다.

텍스트 **길이**도 恨의 주지가 의식의 표면에 모습을 드러낼 때 남기는 언술상의 흔적으로 이해될 수 있다. 長型의 텍스트가 모두 한의 주지를 담고 있는 것은 아니지만, 무의식 세계에 억압되어 있는 한이 의식의 세계로 표출될 때, 바꿔 말해 맺힌 한을 언술로 쏟아낼 때 길이는 자연 길어지게 된다. 맺힌 한이 많을수록, 그리고 그 한이 강렬할수록 사설로 풀어내는 양상은 중언부언이 되기 쉽고, 따라서 어느 정도 언술의 량을 요하는 것이다. 자탄가류 내방가사나 시집살이민요를 예로 들 수 있다.

2. '음악'의 경우

음악은 그림이나 춤에 비해 '한'의 미를 표출할 수 있는 텍스트 내적 요소가 많다. 음악에서 恨텍스트를 거론할 때 흔히 성악곡으로서는 판소리, 기악곡으로서는 산조를 들게 되는데 이외에 시나위, 민요 <한오백년> <정선아리랑> <수심가> <농부가> <진도아리랑> 등도 恨의 정조가 깊게 배인 음악으로 꼽힌다.

언어예술을 제외한 다른 예술장르에서 '한'은 대개 '비애감'과 동일시되는 경향이 있다. 앞서 언급했듯이 '한'은 단순히 비애의 정서로 국한될 수 없다. 情緖는 美感을 형성하는 여러 요소들 중 하나이며, 나아가 미감이라 하는 것도 '한'이 포괄하는 다양한 미적 범주 중의 한 영역이다. 그러나, 음악이나 그림, 춤은 그 매체의 한계가 있어 다양한 층위에 걸친 '한'의 본질을 다 표현해 낼 수 없다. 그래서 결국 '한'의 미를 형성시키는 극히 일부의 요소인 '비애감'이 이들 예술장르를 통해 어떻게 표현되는가를 살피는 것에 국한될 수밖에 없다.

　위 음악들이 비탄조의 느낌을 자아내게 하는 표현요소들은 여러 가지가 있는데, 그 중 唱法上의 요소가 가장 큰 힘을 발휘한다. '계면길'[57]의 선율구성, 같은 계면길이라 하더라도 슬픈 악상 즉 계면성음으로 표현하는 것, 느린 장단, 꺾거나 떠는 발성법, 메나리토리·육자배기토리와 같은 독특한 음진행, 판소리에서의 수리성과 같은 목청 등이 이에 해당한다.[58] 여기에 성악곡일 경우 노랫말이나, 기악곡일 경우 산조와 같은 독주곡의 악기의 음색 자체가 비애감을 창출하는 경우도 있을 것이다.

　'조(길)'란 旋律에 관한 것으로 선율형태를 해부해서 구성음의 기능과 음정관계를 규명한 선율의 최대공약수의 구조틀을 말한다. 여기에 소리의 성질, 음색, 발성법과 관련된 '聲音'의 요소가 조합되어 계면길에 계면성음이 되었을 때 비애의 정조는 배가된다. 진계면은 아주 슬프게, 단계면은 슬픈 감정을 갖고, 평계면은 약간 애조를 띠고 부르는 것이다. 이 중 진계면은 떠는 청의 떠는 정도가 가장 심하고 미분음으로 흘러내리고 끌어올리는 글리산도의 사용이 많으며 꺾는 목을 많이 사용하므로 가장 드라마틱한 애조의 느낌을 준다.[59]

　음악의 속도 면에서 볼 때도 음악이 빠르게 전개되면 감정이 고양·흥분되어 흥겨운 느낌을 자아내기 쉽다. 속도가 느리다고 해서 모두 비탄조를 띠는 것은 아니지만, 비탄조의 음악은 느리게 전개될 때 애조의 정감이 배

---

57) '길'과 '조'는 흔히 동일한 개념으로 사용되는 경우가 많으나, 엄밀히 말해 '길'은 '旋法的인 개념'이고 '조'는 '唱法的인 개념'이다. 백대웅, 『한국 전통음악의 선율구조』(대광문화사, 1982), 9~47쪽.

58) 윤명원, 「한국 전통음악에 나타난 恨의 음악적 구조」, 《韓國民俗學》 30호, 민속학회, 1998. 12. 윤명원은 이 글에서 종묘제례악, 민요(한오백년, 상주아리랑, 수심가, 농부가, 진도아리랑), 판소리를 대상으로 하여 음악적 구조를 분석하고 계면조, 느린 속도, 시김새 등으로부터 한의 정서가 야기된다고 하였다.

59) 백대웅, 앞의 책.

가된다.

꺾거나 떠는 발성법은 넓은 의미의 '시김새'의 범주에 포괄되어 설명되기도 한다. 시김새란 좁은 의미로는 장식음 또는 음길이(時價)가 짧은 잔가락을 의미하고, 넓은 의미로는 旋律이나 節奏의 자연스런 연결, 유연한 흐름, 화려함, 멋스러움을 위하여 어느 음에 부여되는 표현기능을 뜻한다.[60] 그러나, 농현(搖聲), 퇴성, 전성, 추성, 장식음, 꾸밈음, 미분음적인 표현, 특수연주부호에 이르기까지 다양하게 쓰이는 음악용어이다.[61] 소리의 떨림은, 감정의 떨림 즉 슬픔의 정조를 구체화하는 효과적인 표현기법이 된다.

'토리'란 어떤 지역의 독특한 음악적 표현을 나타내는 말이다. 경상도·강원도 지방의 민요나 무가에 두루 쓰이는 '메나리토리'는 메나리조라고도 하는데 5음계로 구성되어 있으나 레·도나 미·라·도가 주요음이 되고 레나 미로 끝난다. 이 가락은 느린 가락으로 부르면 매우 슬프게 들린다.[62] <한오백년>은 메나리토리로 된 대표적 민요이다. 전라도·충청도 서부 지방 민요나 무가의 선율에 나타나는 '육자배기토리'는 판소리나 산조의 경우 계면조라고도 불린다. 선율의 구성음은 미·솔·라·시·도·레이고 미나 라로 마치는데, 떠는 목과 꺾는 목을 많이 쓴다. 이처럼 떠는 목과 꺾는 목을 많이 쓰는 것이 남도민요의 특징인데 <육자배기>가 그 대표적인 예이다. <시나위> 역시 육자배기토리로 연주하는 대표적 민속기악곡이다.

<시나위>는 오늘날 육자배기토리로 허튼 가락을 연주하는 합주곡의 의미로 사용되는데 이 음악이으로 살풀이춤의 반주음악으로 쓰일 때는 <살풀이>라 불린다. 巫歌 반주음악으로도 쓰이므로 일명 심방곡이라고도 한다. 시나위는 多聲的(Polyphony)·異音聲的(Heterophony) 성격[63]을 띠고, 즉흥적

---

60) 『한국민족문화대백과사전』(한국정신문화연구원, 1992)
61) 윤명원, 앞의 글.
62) 『한국민속대사전』(한국민속사전 편찬위원회, 민족문화사, 1991)
63) 무당이 남도음악 특유의 음구성과 선율진행을 보여주는 육자배기토리로 된 무가를 부르면, 피리 젓대 해금잡이는 저마다 육자배기토리로 된 허튼가락을 무가의 對선율

인 허튼 가락을 지니며 유동음을 많이 사용한다는 특징을 지닌다. 異音聲은
서로 상이한 선율을 對가 되게 연주하는 것을 말하는데, 한에 내포된 내면
적 갈등을 구체화하는 데 효과적인 표현수단이 될 수 있다고 본다. 또, 시나
위는 심한 搖聲과 退聲을 사용하므로 슬픈 느낌을 자아낸다. 시나위는 조선
말기에 산조와 판소리 잡가에 영향을 주었다. 이런 점들을 종합해 볼 때, 시
나위는 한의 본질적 특징을 가장 잘 드러내는 음악이 아닐까 생각한다.

이상의 음악적 요소 외에 노랫말의 내용 또한 '한'의 정서를 표출하는 중
요한 '텍스트 내적 징표'로 제시될 수 있다.

> 한 많은 이 세상 야속한 임아
> 정을 두고 몸만 가니 눈물이 나네   -<한오백년> 중-

> 한 많은 이내 몸이 모든 시름 잊으려고
> 달밝은 조요한 밤 홀로 일어 배회할 제 때마침 九秋로다
> 귀뚜라니 슬픈 울음 남은 간장 다 썪이고
> 霜風에 놀란 鴻雁 짝을 불러 슬피 우니
> 쓰라린 이 가슴을 어이 진정할까   -<旌善아리랑> 중-

> 에헤요 네가 진정 마음을 돌려서
> 이 세상 쌓인 한이나 두둥 싣고서 가거라   -<노들강변> 중-

이 민요들을 비애감 넘치는 노래로 받아들이게 하는 데에는 노랫말이 중
요한 구실을 한다. <한오백년>은 애조띤 곡조를 지닌 대표적인 노래이기도
하지만, 노랫말이 담고 있는 처연한 내용은 비애의 정조를 배가시키기에 충
분하다. <노들강변>은 新民謠로 곡조 자체는 오히려 경쾌한 쪽이지만 노

로 연주한다. 이때 무가의 선율과 일치되지 않는 다른 선율을 연주함으로써 다성적
효과를 낸다. 서양의 모방적 선율진행인 다성음악과는 달리 시나위는 전적으로 연주
자의 즉흥성에 의한 우연적인 다성진행이다. 『한국민족문화대백과사전』

랫말이 무정세월의 무상함을 표현한 것이어서 노래에 애감을 부여하는 요인이 된다.

한편, <愁心歌> <한오백년>과 같은 노래 제목, 애조를 띠는 악기의 음색, 감상하고 있는 음악에 대해 향수자가 가지고 있는 선행정보 등도 텍스트에 '한'의 의미를 부여하는 징표가 될 수 있다. 단 이런 요소들은 그 음악 자체 내에 함유된 것이라 보기 어려우므로 '텍스트외적 징표'라고 해야 할 것이다. 예컨대 <수심가>를 듣는다고 할 때, 그 선율이나 발성법, 장단 등 텍스트 내적 요소 외에도 이 제목이 세상살이의 온갖 근심, 슬픔을 연상시킴으로써 노래의 비애감이 더욱 배가되는 것이다. 또, 해금산조의 진양조 부분을 감상한다고 할 때, '해금'이라는 악기가 지니는 애연조의 음색, '산조'의 음악적 기원, 느린 장단이 창출해 내는 음악적 효과 등에 대하여 향수자가 사전지식을 가지고 있다면 그렇지 않은 경우보다 '한'의 미감을 더 깊게 체험할 수 있을 것이다. 다만, 음악의 경우 '한'의 미를 감지할 수 있는 텍스트 내적 징표가 그림이나 무용에 비해 많기 때문에, '한'의 의미작용에 향수자의 개입이 적어진다.

3. '춤'의 경우

꽉 짜여진 예술, 규범·격식이 지배하는 예술에서는 무의식에 억압된 내용이 표출될 수 있는 여지가 작다. 궁중예술이나 아악·정악, 佾舞, 서양의 발레가 '한'의 미와 거리가 먼 것은 그 내용이 우아하고 안정적이고 평온한 미를 표출하기 때문이라는 점도 있겠지만, 보다 근본적인 것은 이런 예술을 통해서는 의식의 이면에 깊이 억압된 정신적 상흔이 의식의 표면으로 돌출할 여지가 없기 때문이다. 즉, 내용의 문제가 아니라 표현수단상의 문제 때문이다. 이런 종류의 예술에서 自我의 개입은 최소치가 된다. 그러기에 '한'

이나 '흥'의 미보다는 '무심'의 미를 표출하는 데 적합하다.

이에 비해 民俗藝術에는 '한'이나 '흥'의 미가 깊게 융해되어 있고 또 이들 미를 잘 드러낼 수 있는 예술영역이다. 민속음악, 민화, 민속춤 등의 표현기법에서 공통적으로 발견할 수 있는 것은 '허튼예술'의 특징이다. 허튼춤, 허튼가락에서의 '허튼'이라는 말은 '허튼소리'라는 일상적 용례에서 알 수 있다시피 꽉 짜여지지 않은 느슨하고 빈틈이 많고, 흐트러지고, 격식에 얽매이지 않는 상태를 가리킬 때 사용된다. 일례로 민간무용의 반주음악으로 연주되는 삼현육각의 하나인 <허튼타령>64)은 '허튼가락'으로 되어 있다는 뜻인데 여기서 말하는 '허튼'이라고 하는 용어는 비고정 선율, 다성적 특성을 의미한다. 또 '허튼춤'65)이란 일정한 틀이나 형식에 구애됨이 없이 그때그때의 상황에 따라 무아경지에 들어가 즉흥적으로 추는 춤을 말하는데 여기서의 '허튼'이란 개성의 자유로운 표출, 격식으로부터의 자유로움 등을 의미한다.

격식과 규범이 엄격한 예술형태에서 꽉 짜여진 틀이 자아를 억제하고 충동을 여과시켜 단아하고 절제되고 우아한 미를 창출하는 예술적 장치가 된다고 한다면, 격식으로부터의 일탈을 특징으로 하는 허튼 예술은 격발적이고 돌출적이며 내면의 강렬한 충동을 여과·절제 없이 표출하는 수단이 된다. '흥'이나 '한'은 바로 이같은 느슨한 매듭 속에서 감지될 수 있는 미이다. 특히 '억압현상'을 특징으로 하는 '한'의 미의 경우 무의식에서 의식으로 통하는 매듭이 느슨할 때 쉽게 표출되기 때문에, 허튼예술형태는 한의 미를 감지할 수 있는 자원이 된다.

'한'의 미를 가장 잘 표현하는 <살풀이춤> 역시 허튼춤에 기원을 두고 있다. 오늘날 살풀이춤은 巫俗的 祭儀와는 무관하지만, '살을 푼다'는 의미로 볼 때 원래 무속과 깊은 관련이 있었으리라는 것을 알 수 있다. '煞'이란 인간에게 해를 끼치는 나쁘고 독한 기운을 말하며 살을 푼다고 하는 것

---

64) 『한국민속대사전』
65) 같은 책.

은 무당굿의 역할 중 가장 중요한 것일 수도 있다. 그러므로, '살풀이'란 어떤 면에서는 '한풀이'와도 통하는 면이 있다.

살풀이춤과 무속과의 관련성은 소도구인 '백색 수건'에서도 찾아볼 수 있다. 남도 지역의 씻김굿에서 '고풀이'나 '길닦음'에 사용되는 흰 천, 亡者의 넋을 상징하는 紙錢 등이 살풀이춤이라고 하는 예술적으로 형식으로 다듬어짐에 따라 흰 수건으로 변모되었다고 보는 것이 일반적이다. 또, 살풀이춤에 사용되는 음악이 순수 기악곡으로 연주될 때는 '시나위'라고 불리는데 巫樂的 성격을 지니는 시나위가락의 반주에 맞춰 춤을 춘다는 것 역시 兩者의 관련성을 짐작케 한다.

이처럼 살풀이춤의 기원을 巫俗의 祭儀와 직접적으로 연관지어 볼 수도 있지만, 종교적 기능과는 무관하게 굿이 끝난 뒤 벌어지는 난장적 놀이판에서 추어지는 허튼춤이 예술적으로 미화된 것으로 볼 수도 있다. 즉, 살풀이춤은 종교적 기능을 가진 巫舞와 오락적 기능을 가진 허튼춤의 양면적 성격이 敎坊이나 妓房을 통해 전승되어 오면서 우아한 춤사위와 '恨'이라고 하는 내용을 갖춘 예술양식으로 발전된 것이라 할 수 있다. 이같은 변천과정에서 살풀이춤은 기방인들에게 '散調' '卽興舞' '수건춤' '입춤' 등 다양한 명칭으로 불리면서 보편화된 춤사위가 형성되어 오늘에 이르렀다. 이 중 즉흥무라는 별칭은 자유롭게 격식의 구애 없이 즉흥적으로 추는 허튼춤의 성격을 반영하는 것이며, 수건춤이라는 명칭은 살풀이춤의 소도구인 수건에서부터 유래한 것이다.

춤은 인체의 동작이 표현매체가 되는데 동작의 강약·완급·대소·경중으로 춤의 주제나 내용, 내면의 감정을 표현한다. 微分的이고 斷片的인 움직임을 나타내는 가장 작은 동작단위를 '동작소', 몇 가지의 동작소들이 융합되어 총체적인 의미를 나타내는 것을 '춤사위'라 한다.[66] 이외에 소도구, 복

---

66) 鄭昞浩, 『韓國춤』(悅話堂, 1985·1995), 306-307쪽 및 『韓國의 民俗춤』(삼성출판사, 1992), 174-175쪽.

색, 음악 등도 표현의 수단으로 사용되지만, 이들은 춤 자체의 본질적 구성 요소라 할 수는 없다. 살풀이춤으로 국한하여 본다면, 동작소나 춤사위는 '한'의 미를 조성하는 텍스트 내적 요소라 할 수 있겠고, 나머지는 텍스트외적 요소라 할 수 있다. 살풀이춤에 있어서 '한'을 표현하는 텍스트 내적 징표는 음악에 비해서는 적으나 그림에 비해서는 많다.

춤은 움직임 자체가 표현전달의 수단이 되므로 움직임의 質과 量은 주제의 표현에 매우 중요한 역할을 한다.[67] 운동의 質은 긴장과 이완이 혼합되어 정지된 상태를 나타내는 '靜的 움직임', 운동량이나 춤 폭이 크고 변화가 많은 '動的 움직임', 둘을 조절하여 그 움직임이 내적 현상과 외적 현상으로 나타난 '中的 움직임'으로 분류된다. 운동의 量은 '輕的인 것'과 '重的인 것'으로 나뉠 수 있는데 전자는 중력의 보조가 작아지고 긴장이 풀렸을 때 생기는 현상으로 춤사위의 心的 裏面이 경쾌하고 流麗하며 해학적·비속적 성격을 띠게 된다. 후자는 중력의 보조가 증대될 때 나타나는 현상으로 장엄·숭고·비장한 내면을 표현한다.

춤사위의 양과 질을 조합해서 볼 때, 한국춤에서 보편적으로 볼 수 있는 '靜中動'의 미는 한국춤의 기본동작이라 할 맺는 형, 어르는 형, 푸는 형 세 가지가 조화된 상태이며,[68] 바로 恨이 맺히고 풀리는 心的 과정을 잘 보여주는 것이라 할 수 있다. 즉, 서러움의 응어리가 안으로 맺힌 것(靜)을 어르고 삭혀(中) 맺힌 감정을 풀어낸다(動)고 하는 내면적 흐름을 이같은 동작으로 표현해 낼 수 있는 것이다.

살풀이 춤사위의 예를 보면 팔동작 중 '여미는 사위', '모으는 사위', '비스듬히 펴는 사위' 수건으로 '고를 만드는 사위', 발동작 중 '찍는 사위', '모으는 사위'는 '靜'의 정서 즉, 안으로 맺히고 수렴된 닫힌 정서를 표현한다. 또 팔로 감거나 걸치거나 어르는 사위, 팔을 올리거나 내리는 사위, '수

---

67) 같은 곳.
68) 鄭昞浩, 『韓國춤』, 306쪽 및 『韓國의 民俗춤』, 206-207쪽.

건을 떨어뜨리거나 던지는 사위', 발로 뒷걸음치거나 딛거나 굽히는 사위는 '中'의 정서를 나타낸다. 그리고 팔로 감아서 채거나 뿌리는 사위, 잉어걸이·완자걸이·잦은걸음 등의 발사위는 '動'의 정서 즉, 맺힌 정서를 풀어내고 발산하는 개방성을 나타낸다고 한다.[69]

살풀이 장단은 도입부에서는 느리게 진행되다가 연결부에서는 점차로 빨라지면서 종결부에서는 처음과 같이 느린 가락으로 맺어진다. 이같은 장단과 정·중·동의 춤사위를 조합하여 살풀이춤의 구조를 분석해 볼 때 도입부의 느린 장단에서는 팔사위·발사위 모두 靜의 춤사위가 우세하다가 장단이 빨라지면서 점점 動의 춤사위가 우세해진다.[70] 이로 볼 때, 장단과 춤사위의 전개는 한이 맺히고 풀리는 心的 흐름에 상응하는 것임을 알 수 있다.

지금까지는 주로 살풀이춤에 나타난 '한'의 미를 대상으로 했지만, 탈춤이나 허튼춤, 모방춤 또한 한의 미를 간접적으로 표출한다. 한국춤은 크게 민속춤과 예능무용—살풀이춤, 승무, 검무, 태평무, 한량춤, 남무 등-으로 나뉘고, 민속춤은 다시 농악·탈춤 등 집단으로 추는 '대동춤'과 개인춤인 '홀춤'으로 나뉜다. 홀춤은 또 '허튼춤'과 '모방춤'으로 나눌 수 있다.[71]

집단무인 탈춤은 단순히 신명나게 어우러지는 것만이 아니라, 서민층이 지배계층으로 인해 맺힌 한을 풀 수 있는 효과적인 수단이 된다. 양반들에 대한 풍자가 이루어지는 봉산탈춤의 양반과장은 그 대표적인 예가 될 것이다. 탈춤사위의 動作素 중 동작을 사방으로 뿌려 확산시키는 동작(擴)[72]은 맺힌 감정을 밖으로 발산하는 개방적 태도를 나타낸다고 할 수 있다. 또, 느린 염불장단에 맞춰 몸 깊이 스며있는 氣를 마디마디 풀어내는 형상의 거드름춤[73]은 내면 깊이 맺힌 것들을 밖으로 풀어내는 심리적 작용에 상응하는

---

69) 정병호, 『한국의 민속춤』, 177쪽.
70) 김규희, 「살풀이춤에 나타난 '恨'의 정서」, 원광대학교 교육대학원 체육무용전공 석사학위논문, 1997. 2
71) 정병호, 『한국의 민속춤』, 30-32쪽.
72) 정병호, 『韓國춤』, 307쪽.

춤사위라 할 수 있을 것이다.

또, 오늘날 굿판이나 농악판, 탈판, 소리판, 잔치판 등에서 격식에 얽매이지 않고 자유로이 개성이나 감정을 발산하면서 신명나게 추는 오락적인 춤을 말하는 허튼춤은 단순히 오락적 여흥만을 위한 것이 아니고 내면적으로 쌓인 한을 풀거나 살을 풀려는 욕망의 발현이기도 하다. 탈춤이나 허튼춤은 흥겨움이 이면에 한을 담고 있는 춤이라 할 수 있으며 따라서 이 춤을 춘다는 것은 흥풀이인 동시에 한풀이의 의미도 지니는 것이다.

그리고, 모방춤 중 신체장애자를 흉내내는 병신춤은 표면상으로는 모자라고 약한 자의 모습을 모방하는 것이지만, 이면적으로는 가진 자, 힘있는 자의 행동을 풍자적으로 나타낸다[74]는 점에서 일견 희극적으로 보이는 몸짓에 깊은 한이 배어 있는 춤이라고 할 수 있다.

4. '그림'의 경우

여러 예술장르 중 '한'의 미를 드러내는 데 가장 비효과적인 것이 그림이다. 그림은 외계사물에 대한 모방도-재현의 정도-가 가장 큰 장르이고, 이것은 바꿔 말하면 정서 표현에는 부적합하다는 뜻이 된다. 그림은 정태적인 물체의 특징을 그리거나, 동적인 물체라도 그 정지된 순간의 특징을 포착하여 그리는 데는 효과적일 수 있지만, 시간의 흐름이나 운동성을 포함하는 대상을 그려내는 데는 한계가 있다.

恨이 형성되는 과정은 어느 정도의 시간성을 내포하고 이런 점에서 한의 미가 서사장르와 친연성을 가진다고 앞서 언급한 바 있는데, 이같은 시간성의 측면에서 보아도 그림은 한의 미를 표출하는 데는 부적합한 장르라고 생

---

73) 정병호,『韓國의 民俗춤』, 172-173쪽.
74) 같은 책, 119쪽.

각된다. 또 정서의 측면에서 볼 때 '흥'과 같은 단순미의 경우는 비교적 그림으로 형상화하기가 쉽다. 예컨대, 단원 김홍도의 <씨름도>를 보면 그 장면의 홍겨움이 직접적으로 전달돼 온다. 그러나, '한'은 다양한 정서가 이리저리 얽혀 있는 복합적 정서이므로 이를 그림으로 형상화하기는 훨씬 어려운 것이다.

그림의 구성요소로 우리는 線, 色, 造形, 材料, 빛과 음영, 원근, 대상 등을 들게 되는데 이런 것들로써 '한'의 정서를 표현하기는 거의 불가능하다. 이 중 '白色'은 無·죽음 등과 연관되어 간접적으로 비애의 정조를 환기할 수 있으나, 나머지는 한의 주지를 표현·전달할 수 있는 텍스트 내적 징표가 될 수 없다.

山水畵, 翎毛畵, 人物畵, 風俗畵는 대상에 따라 회화를 분류할 때 전통적인 네 범주가 되는데 이 중 인간사회 속에서 파생되는 미인 '한'과 관련이 있는 것은 인물화와 풍속화이다. 그런데 이 범주의 그림들이라 할지라도 恨텍스트로 규정될 수 있을 만한 것은 찾기가 어렵다. 왜냐면 한텍스트로 규정되기 위해서는 '한'의 주지가 담겨 있어야 한다는 조건을 충족시켜야 하는데 회화의 성격상 이 조건을 충족시킬 수가 없기 때문이다.

이에 몇 가지 예를 들어 한의 미와 관련지어 보기로 한다. 회화 특히 民畵 중에는 '說話圖'라는 것이 있다. '설화도'란 기존의 소설내용을 화폭에 옮겨 놓은 그림을 말하는데 전체 스토리를 그려낼 수는 없으므로 이야기 내용 중 인상적인 장면이나 순간을 평면적 화폭에 표현하게 된다. 따라서, 가장 잠재성이 풍부한 순간을 선택해서 그리게 되고, 이런 점에서 스토리는 잠재되어 있고 그 절정만이 언술로 표현되는 서정장르와 흡사하다. <春香傳圖> <九雲夢圖> <三國志圖> 등이 여기에 해당하는데, <춘향전도> 중 암행어사가 되어 돌아온 이도령 덕에 춘향이 옥에서 풀려나 반갑게 해후하는 장면을 그린 그림을 예로 들어보자(【그림 8】)[75] 우리는 선, 색채, 조형, 대상 등으로 구성된 그 그림을 통해서 '한'의 어떤 요소도 감지할 수 없다.

그 그림에서 '한'의 미를 감지하기 위해서는 소설 <춘향전>의 줄거리를 알 아야만 한다. 그 그림이 '한'의 주지와 관련이 있다면, 단지 <춘향전>이라 고 하는 소설이 전제되었을 때뿐이다. <춘향전>의 줄거리를 모르는 사람에 게 있어 그 그림은 恨의 주지와는 전혀 무관하다. 바꿔 말해 텍스트 자체만 으로는 '한'의 주지를 드러낼 수 없고, 향수자의 역할이 개입됨으로써 '한텍 스트'로서 의미를 지닐 수 있게 되는 것이다. 좀 더 구체적으로 말한다면, 그 그림이 지니고 있는 한텍스트로서의 징표는 <춘향전도>라고 하는 標題 뿐이며, 이 표제를 실마리로 하여 향수자가 그에 관한 정보를 연상함으로써 '한'의 주제가 의미를 지니게 되는 것이다.

또 다른 예로 한맺힌 삶을 살아온 어떤 인물, 예컨대 예컨대 정몽주【그림 9】나 최치원【그림 10】76)의 초상화를 들어보자. 중국 고대의 화론에는 '形似' 와 '神似'라는 개념이 있는데 전자는 외적 형태와 닮게 그리는 것을 말하고, 후자는 내면의 특징을 그려내는 것을 말한다. 應物象形은 形似의 이론을, 以 形寫神은 神似의 이론을 구체화한 것인데, 形神兼備에 이르도록 하는 것이 궁극적인 목표로 제시된다.77) 우리는 <정몽주像>의 얼굴의 윤곽이나 생김새 등 造形의 요소나 색채, 선과 같은 요소만 가지고는 '한' 혹은 '비애'의 정서 를 감지할 수 없다. 내면을 표출할 수 있는 것은 표정묘사인데, 설령 표정이라 고 하는 형체로써 '비애감'이라고 하는 내면적 정서를 표현할 수 있다 하더라 도 그 인물화를 '恨텍스트'로 규정할 수는 없다. 그 그림의 주제나 作意의 초 점이 '한'에 있는 것이 아니기 때문이다. 그 인물에 관계된 총체적 사실의 종 합이 바로 그림의 내용, 주제인 것이다. 이때, <정몽주像> 및 정몽주에 대한 감상자의 선행정보가 개입·부가되어 한의 의미작용이 완결된다. 그림 밖의 요소가 개입하여 그림 내용의 의미화가 가능해지는 것이다.

---

75) 『한국의 미 8』·民畵(중앙일보사, 1985), 141-142쪽.
76) 『한국의 미 20』·人物畵
77) 編著組, 『예술개론』(유홍준·박수인 옮김, 청년사, 1989·1992), 191쪽.

【그림 9】 1880년 李漢喆重摸 鄭夢周像

【그림 10】崔致遠像

만일 장례행렬을 묘사한 풍속화나 '두견새'를 대상으로 한 영모도가 있다고 가정해 봐도 마찬가지이다.[78] 이때도 역시 '죽음'이라고 하는 인류보편의 비극적 사건이나, 두견에 얽힌 전설을 연상함으로써 그 그림은 恨 내지 悲哀의 정조와 연결될 수 있다. 화가는 한이나 비애의 정조를 의도하지 않고 단지 풍속의 하나로서 장례행렬을 그릴 수도 있고, 두견의 전설과는 무관하게 그림의 소재로서 두견을 그렸을 수도 있다. 그런 의미에서 만일 이 그림들이 한텍스트가 될 수 있다면 화가의 의도나 그림 자체 내에서 발견되는 징표에 의한 것이 아니라, 그 그림에 대한 감상자의 사전지식, 선행정보에 의한 것이라고 할 수 있다.

이상 장르별로 한의 미가 어떻게 전개되는가를 살펴보았다. 끝으로 예술에 있어 창작행위는 물론 연행, 수용의 전과정은 일종의 한풀이의 기능을 갖는다는 것을 지적하고 싶다. 이는 예술에 의한 승화의 양상이라 말할 수 있다. 맺힌 한은 꼭 한의 원인이 제거되거나, 굿이라고 하는 종교적 절차에 의해서만 풀릴 수 있는 것은 아니다. 언어예술이라면 말이나 글로 풀어내는 것이요, 춤은 동작을 통해 풀어낸다. 또 창작만이 아니라 演行이나 享受를 통해서도 한풀이가 이루어질 수 있다. 예컨대, 恨의 맺힘과 풀림을 主旨로 하는 소설을 전기수가 읽어주는 장면을 생각해 보자. 우선 그 소설을 지은 사람은 소설 속 인물의 한이 풀리는 이야기를 만들어 냄으로써 간접적 한풀이를 한다. 그것을 읽어주는 전기수는 소설 속 인물과 창작자를 통해 한풀이의 대리체험을 한다. 그것을 듣거나 읽는 사람 역시 소설 속 인물과 자신을 동일시하는 감정이입을 통해 간접적으로 자신의 한이 풀리는 대리만족을 얻을 수 있다.

이것은 음악이나 춤, 굿의 경우도 마찬가지이다. 굿은 한풀이의 총체인

---

78) 실제 풍속화나 翎毛畵, 花鳥畵에서 장례행렬을 묘사한 그림이나 두견을 그린 그림을 찾을 수는 없다. 풍속의 경우 밝은 면, 새그림의 경우 꿩·까치·참새·오리·학 등이 주 대상이 되기 때문이다.

모습을 보여준다. 굿판은 원령의 한풀이의 場인 동시에, 무당이나 굿을 청한 가족들, 나아가 굿판에 참여한 사람들 개개인의 한풀이가 이루어지는 場이기 때문이다.

직접적 체험이든 간접적 推體驗이든, 창작의 순산이든 연행·향수의 순간이든 간에 이 순간은 감정의 표백상태, 맺힌 응어리가 액화되는 상태라 할 수 있을 것이며 바로 '한'이 단순한 정서상태로부터 美感의 영역으로 진입하는 순간이기도 하다.

3章 中國·日本의 '恨'계 미유형과의 비교

I. 중국의 '恨'계 미유형

앞서 살펴본 것처럼 '한'은 비극적 요소의 반복, 장기화, 지속화, 비애감의 고착화, 누적성, 복합성을 특징으로 하며, 일순간의 응축된 감정의 液化 및 그에 따른 無我感을 내포하는 미유형이다. 이같은 恨의 미적 특성은, 이와 유사성을 지니는 중국의 '한'계 미유형과 비교해봄으로써 더욱 선명히 부각될 수 있으리라 생각한다.

'恨'은 중국의 문학에서 詩語로 사용되는 예는 많으나, 評語로서 사용되는 예는 극히 드물다. '悲'나 '哀' '怨'이 미학용어로서 더 보편화되어 있다고 할 수 있다. 詩語로서도 恨보다는 怨이 더 많이 사용된다.

중국의 고전비평이론에서 제시되어 온 많은 詩品, 風格, 評語에서 '恨'과 유사하다고 여겨지는 것은 대개 그 안에 '悲哀'의 성격을 내포한 것들이다. 예컨대, 鍾嶸의 『詩品』, 皎然의 「辨體」 19字, 齊己의 『風騷旨格』, 司空圖의 「24詩品」, 嚴羽의 『滄浪詩話』 등에 나오는 '悽愴', '怨', '傷心', '騷愁', '悲慨', '悲壯', '悽惋' 등과 같은 것들이 바로 '恨'과 의미상의 공분모를 가지는 미학용어들로 제시될 수 있다.

이 중 특별히 비애의 정조를 중시한 사람은 鍾嶸이었는데, 그가 上品으

로 분류한 시인, 작품 중에는 비애감을 주조로 하는 예가 많다. 鍾嶸의 '怨'
과 더불어 司空圖의 '悲慨'는 '恨'에 가장 근접해 있다고 하겠는데, 이를
중점적으로 살피면서 '恨'의 미적 특징과 비교해 보기로 한다.

1. '哀而不傷'과 '恨'

중국의 고전 미학에서 최초로 비애의 미에 대해 언급한 것은 아마도 『詩
經』<關雎>에 대하여 孔子가 "關雎樂而不淫哀而不傷"(『論語』「八佾」篇)
이라 한 말일 것이다. '哀而不傷'의 내용은 朱子注에 "至於寤寐反側琴瑟鐘
鼓 極其哀樂而皆不過其則焉 則詩人性情之正 又可以見其全體也"라고 구
체적으로 설명되고 있다. 즉, 잠 못 이루고 뒤척이는 슬픔과 악기를 울리며
즐거워하는 樂이 있다 하더라도 그 슬픔과 즐거움을 지극히 하되 법도에 지
나치지 않게 한다면 性情의 올바름을 얻을 수 있다는 것이다. 이는 비애의
미의 한 기준을 제시한 것이라고도 할 수 있는데 여기서 중요한 것은 극단으
로 치우치지 않는 '中' '調和'의 태도일 것이다.[1]

『論語』「陽貨」篇의 "詩可以興 可以觀 可以群 可以怨.(시는 뜻과 정을
感發시킬 수 있고, 정치의 得失을 살필 수 있으며, 조화롭게 무리지을 수
있고, 원망할 수 있다.) 중 '可以怨'에 대한 주자 注를 보면 '怨而不怒'라
되어 있어 '哀而不傷'의 정신을 이어받고 있음을 알 수 있다.

그렇다면, '傷'이란 '哀가 극단으로 치우쳐 調和를 잃은 것'을 의미한다고
하겠는데, 이런 시각은 元의 楊載와 范德機에서도 발견된다. 楊載는 '出征을
노래한 시는 요컨대 출발에 임하여 애절한 마음을 표현하는 것이니, 슬프되
상심하지 않고 원망하되 어지럽지 않다. 중요한 것은, 흥을 일으켜 그 일에
감응하되 情性의 올바름을 잃지 않는 것이다.'[2]라고 하여 孔子가 말한 "哀而

---

1) 이에 대한 자세한 설명은 「중국의 '흥'계 미유형」 참고.

不傷"의 뜻을 그대로 이어받고 있음을 알 수 있다. 范德機는 <離騷>의 시 세계를 '激烈憤怒'로 규정하고 시를 공부하는 사람이 깊이 살피지 못하면 '哀傷'에 빠지기 쉽다고 하여 哀傷을 부정적 시각으로 보았는데, 이 역시 크게는 '哀而不傷'의 의미를 계승한 것으로 이해할 수 있다.[3]

이런 점에서 볼 때, '哀而不傷'은 아픔과 슬픔이 오래 지속되어 마음에 깊은 상처를 남기는 상태를 전제로 하는 '恨'의 美와는 차이가 있다고 하겠다. 즉, '恨'은 슬픔에 어떤 경계, 정도를 두지 않는 개념인 것이다. 中이나 和에 중점이 있기보다는, 오히려 슬픔의 정서를 더 이상 이를 곳이 없는 極까지 밀고 갔을 때 체험하게 되는 '비애의 공백상태'라고 보는 것이 적절하다.

2. '怨'과 '恨'

중국의 고전 미학이론가 중 비애의 정조를 가장 중시한 사람은 鍾嶸이다.[4] 그는 시의 품격을 上·中·下 3등급으로 나누고, 각 시인·시작품의 원류를 楚辭에 근원을 둔 것, 小雅에 근원을 둔 것, 國風에 근원을 둔 것으로 구분하여 설명하고 있다. 이 중 많은 시인들이 楚辭系로 분류되어 있고, 上品에 속하는 시인들이 劉楨 등 한 두 명만 빼고는 모두 '哀' 또는 '怨'이라는 평어로 언급이 되어 있음을 볼 때 그가 얼마나 悲哀의 정서를 중시했는가 하는 것을 짐작할 수 있다. 나아가, 이를 표현하는 어구도 '悲', '怨' 외에 '哀怨', '淸怨', '雅怨', '悽怨', '孤怨', '悽愴', '惆愴', '感慨', '慷慨', '悲涼', '感恨', '激刺', '悽戾' 등 다양하며 이를 18명의 시인들에 사용하고 있다는 점까지 종합해 보면 그의 비평을 '悲怨의 詩學'이라 해도

2) "征行之詩 要發出悽愴之意 哀而不傷 怨而不亂. 要發興以感其事 而不失情性之正." 楊載, 『詩法家藪』(『歷代詩話』, 何文煥 撰, 中華書局, 1981, 733쪽)

3) 『木天禁語』(『歷代詩話』, 752쪽)

4) 이하 鍾嶸의 『詩品』은 『中國詩話總編』 第一卷(臺灣:商務印書館』의 것을 자료로 함.

지나침이 없을 것이다.

그러면, 鍾嶸이 말하는 '怨'은 어떤 의미를 지니는 것인가 살펴보자. 종영은 『詩品』序에서,

> 嘉會寄詩以親 離群託詩以怨. 至於楚臣去境 漢妾辭宮 …中略… 凡斯種種 感蕩心靈非陳 詩何以展其義 非長歌何以騁其情. 故曰 詩可以群 可以怨… (즐거운 만남은 시에 기탁하여 그 친함을 드러낼 수 있고, 무리를 떠나는 슬픔도 시에 의탁하여 원망의 심정을 표현할 수 있다. 楚臣이 나라를 떠나고 漢妾이 宮을 이별하고 …중략… 무릇 이러한 일들은 마음을 흔들어 동요시키니 시로 서술하지 않으면 무엇으로써 그 뜻을 펼치며, 長歌가 아니면 무엇으로써 그 정을 표현하겠는가? 그러므로 '시는 무리지을 수 있으며 원망할 수 있다'고 한 것이다.)

라고 서술하고 있는데 여기서의 "詩可以群 可以怨"은 분명 『論語』「陽貨」篇의 "詩可以興 可以觀 可以群 可以怨"의 구절을 염두에 둔 것이다. 그러므로, 그가 말하는 怨은 群과 짝을 이루는 것임을 알 수 있다. 즉, '怨'은 무리를 떠나는 데서 야기되는 슬픔이나 근심을 의미하는 것이다. 여기서 "凡斯種種"은 '怨'의 정감이 일어나는 여러 상황들을 가리킨 것인데, 그 대표적인 예인 '楚臣去境'은 屈原의 일을, 漢妾辭宮은 班婕妤의 일을 말한 것이다. 이 모두, 무리의 구성원으로서 자신이 뿌리를 내린 곳, 삶의 터전이었던 곳을 떠나는 슬픔을 담고 있다. 그 외의 예들도 모두 자신의 고향을 떠나거나 친한 사람들과 이별하는 상황을 내포하고 있다.

楚辭 계열의 시인으로 鍾嶸이 上品으로 분류한 시인들 중 특히 李陵, 班婕妤, 王粲의 시는 '怨'의 성격을 이해하는 데 도움이 된다. 종영은 漢成帝의 寵姬였던 班婕妤를 李陵과 함께 前漢時의 五言詩의 대표시인으로 거론하고, 李陵의 시에 대해서는 "文多悽悵 怨者之流", 班婕妤에 대해서는 "辭旨淸捷 怨深文綺"라 평하였다. 그리고, 王粲에 대해서는 "發惆愴之詞"

라 평하였다. 班婕妤의 <怨歌行>은 한 성제의 총회였던 반첩여가 조비연의 등장으로 총애를 잃고 난 뒤의 쓰라린 심정을 노래한 것이고, 왕찬의 <七哀詩>5)는 後漢末 처참한 전란을 당하여 각지를 유랑하던 그가 자식을 버릴 수밖에 없는 부인들을 보고 그 비참한 현실을 개탄하여 지은 것이다. 이런 예들을 볼 때 鍾嶸이 뜻하는 '怨'에는 '離群' '離別'의 내용이 큰 부분을 차지한다는 것을 알 수 있다.

그러나, 그가 말하는 '怨'이 꼭 '離群'의 의미에만 국한된 것은 아니다. 그가 홍·관·군·원 중 특별히 '원'을 강조한 배경은, 그가 살다 간 시대의 역사적·정치적 상황과 밀접한 관련이 있다. 즉, 그가 이해·언급하고 있는 '怨'의 내용에는, 당시 지위가 높지 않은 문인들이 벼슬살이를 하면서 겪은 漂迫不定, 惆悵不安의 심정이 상당부분 반영되어 있는 것이다.6)

또한, 鍾嶸이 悲怨의 정서를 중시한다 해서 이런 내용의 시를 모두 상품으로 평가하는 것은 아니다. '淸怨' '雅怨'과 같은 溫和軟弱한 怨을 높이 평가한 반면, 慷慨激昂의 感慨와 같은 怨에 대해서는 부정적 시각을 가지고 있었던 것이다. 일예로 '嵆康의 시는 지나치게 峻切하여 淵雅의 극치를 잃었다'고 평한 데서 그같은 시각을 읽어낼 수 있다. 이로 볼 때 그가 말하는 '怨'은 '怨而不怒'의 원칙을 벗어나지 않았으며7) 궁극적으로 '哀而不傷'과 같은 '中'의 원칙에 입각해 있다는 것을 확인할 수 있다.

이상과 같은 성격의 '怨'을 '恨'과 비교해 볼 때 둘 사이에는 적지 않은 차이가 있음을 발견하게 된다. 우선, '離群' '離別' '정치적 소외감'에서 비롯되는 '怨'은 '한'의 일부로서 그 범위가 좁다고 할 수 있다. 또한 비애의 정도도 '한'보다 훨씬 약하다. 그러나, 여성적·내향적 비애에 가깝다는 점에서는 공통점을 지니며, 司空圖의 '悲慨'와는 대조되는 점이라 할 수 있다.

5) 원래 3首로 이루어져 있는데, 『文選』 23卷에 2수가 수록되어 있다.
6) 李澤厚·劉綱紀 主編, 『中國美學史』·第二卷(臺北:谷風出版社, 1987), 912쪽.
7) 같은 곳.

3. '悲慨'와 '恨'

司空圖는 24詩品 중 '悲慨'에 대하여,

大風捲水 林木爲摧 意苦若死 招憩不來. 百歲如流 富貴冷灰 大道日往
若爲雄才. 壯士拂劍 泫然彌哀 蕭蕭落葉 漏雨蒼苔. (큰 바람이 물을 말아
내고 숲속의 나무는 바람에 꺾인다. 괴로운 생각에 죽을 것만 같은데 쉬러
오라 부르는 사람 오지 않는다. 인생은 유수같고 부귀는 식은 재같다. 공명
한 진리는 날로 멀어지고 걸출한 인재도 그와 같다. 壯士는 칼을 어루만지
며 눈물 흘리고 슬퍼한다. 우수수 낙엽이 지고 가는 비에 푸른 이끼 생긴다.)

라고 설명하였다.

悲慨의 '慨'는 '壯士가 뜻을 얻지 못하여 탄식한다'는 뜻으로 '가슴이 꽉
차올라 한숨을 토하고 탄식한다'는 의미의 '嘅'와 같이 쓰인다.[8] 이 字意에
서 드러나듯 悲慨는 '悲憤慷慨'의 준말로서 여성적이고 온유·연약한 의미
의 비애가 아니라, 굳세고 강건하며 남성적인 요소를 포함하는 비애를 가리
킨다. 사공도의 설명에서 '큰 바람에 가지가 꺾인 林木'의 비유를 통해 剛勁
의 이미지가 전달되며, 이같은 남성적 비애는 '칼을 어루만지며 눈물 흘리는
壯士'로 직접 서술되고 있다. 그러므로 '悲慨'에서는 雄志를 품은 사람이 뜻
을 이루지 못하여 失意에 빠진 상태의 비애감이 큰 비중을 차지한다.

'壯'은 원래 키가 크고 장대한 남자를 의미했는데 이로부터 '盛大'의 뜻이
파생되었다.[9] 이로 볼 때, '壯'의 의미를 내포하는 '悲慨'에는 감정의 激烈
性, 激憤, 剛勁함이 담겨있음을 알 수 있다. 그리고, 이 격렬한 감정이 밖으
로 분출·발산되는 외향성, 행동으로 옮겨지는 적극성을 아울러 내포하고 있
다고 하겠다. 이런 점에서, 비개는 '怨而不怒'의 원칙에 입각한 鍾嶸의 견해

---

8) 藤堂明保, 『漢字語源辭典』(東京:學燈社, 1965·1987), 705쪽.
9) 같은 책, 380쪽.

와는 상당히 차이가 있음을 알 수 있다. 비개는 오히려 그가 높게 평가하지 않았던 慷慨激昻의 비애감에 근접해 있다고 하겠다.

范德機의 『木天禁語』10)에서는 <離騷>에 대하여 '激烈憤怒'라 하여 긍정적으로 평가하고 이 경지를 체득하지 못했을 때 빠지게 되는 결함으로 '哀傷'을 지적하였는데, '激烈憤怒'란 말에는 작자인 屈原이 不義不正과 맞서 忠節志操를 지킨 것에 대한 찬양의 어조가 담겨 있어11) 이 역시 司空圖가 말하는 '悲慨'와 거의 흡사하다는 것을 알 수 있다.

清代의 姚鼐(1732-1815)는 천지에는 陰陽剛柔의 道가 있다는 『周易』의 說을 바탕으로, 文은 천지의 精英으로서 陰陽剛柔의 道가 발한 것임을 전제한 뒤 다음과 같이 '陽剛之美'와 '陰柔之美'를 구분·설명하고 있다.12)

　　其得於陽與剛之美者 則其文如霆如電 如長風之出谷 如崇山峻崖 如決
　大川 如奔騏驥 其光也如杲日如火如金鏐鐵. 其於人也 如馮高視遠 如君
　而朝萬衆 如鼓萬勇士而戰之. 其得於陰與柔之美者 則其文如昇初日如清
　風 如雲如霞 如烟 如幽林曲澗 如淪如漾 如珠玉之輝如鴻鵠之鳴而入廖
　廓. 其於人也 漻乎其如嘆 邈乎其如有思 暖乎其如喜 愀乎其如悲.
　　(陽剛의 미를 얻은 것은 그 문장이 우뢰·번개와 같고 長風이 골짜기를
　빠져나가는 것 같고 높은 산 험준한 벼랑, 툭 터진 큰 하천과 같으며, 그
　빛은 밝은 해나 불과 같고 좋은 금과도 같다. 그 사람에 있어서는 뜻이 높
　아 먼 곳을 보는 듯하며 임금이 萬衆에게 조회를 받는 듯, 북이 울리매 수
　많은 용사들이 싸움에 나아가는 듯하다. 陰柔의 美를 얻은 것은 그 문장이
　아침해가 떠오르는 듯하고 清風·雲霞와 같고 깊은 숲이 부드럽게 촉촉히
　젖은 듯하다. 잔물결이 일렁이는 듯하고 아름다운 구슬이 빛나는 것 같고
　큰 기러기가 울면서 쓸쓸한 성곽으로 날아들어가는 듯하다. 그 사람에 있어
　서는 깊게 한탄하는 듯하고 멀리 생각에 잠긴 듯하고 기뻐하는 듯, 슬퍼하
　는 듯하다.)

---

10) 『木天禁語』(『歷代詩話』, 752쪽)
11) 李炳漢, 『漢詩批評의 體例硏究』(通文館, 1974·1985), 190쪽.
12) 『惜抱軒文集』(『中國美學思想彙編』·下, 臺北:成均出版社, 1983), 410-411쪽.

'陽剛之美'에 대한 서술을 보면 霆·電·長風·崇山·峻崖·決·奔 등 힘차고 장대하며 강건하고 시원한 느낌의 표현이 사용되고 있다. 사람을 형용한 부분 역시 君·勇士를 거론하여 위엄과 권위, 용맹성·남성성을 강조하고 있음을 본다. 한편, '陰柔之美'의 경우는 이와 반대로 初日·淸風·雲霞·幽曲·淪漾·珠玉 등 부드럽고 섬세하며, 작고 고우며, 연약하고 불안정한 느낌을 주는 표현이 사용되고 있다. 또한 사람에 대해서도 渺·邈·愀·喜·悲 등을 사용하여 깊은 생각, 愁心, 감정, 여성성이 강조되고 있다.

姚鼐는 직접적으로 '悲慨'가 陽剛之美에 속한다고 말하지는 않았지만, 위의 풀이에 의거할 때 '悲慨'는 이 부류의 미에 가깝다고 볼 수 있다. 문학이론가인 朱東潤은 직접적으로 '悲慨'를 陽剛之美로 분류하고 있다. 그는 司空圖의 二十四詩品이 시인의 생활, 사상, 자연과의 관계, 작품, 작법 등을 논한 것으로 보고 각 항목에 따라 二十四詩品을 배열하였는데 이 중 작품을 논한 것을 '陽剛之美'와 '陰柔之美'로 나누어 前者에 雄渾, 悲慨, 豪放, 勁健을 포함시키고 있는 것이다.13)

이 분류에 의거할 때, '恨'은 단연 '陰柔之美'에 속한다고 할 수 있다. 悲慨나 恨은 모두 비애감을 주조로 하는 미유형이지만 이와 같이 큰 차이를 드러내 보이고 있는 것이다.

또 王國維는 美를 '優美'와 '壯美'로 나누었는데 어떤 현상이나 사물이 우리의 삶과 아무런 이해관계가 없고 그것을 접했을 때 편안하고 안정된 상태에 놓이는 경우를 優美라 하고, 그 사물이나 현상이 우리에게 크게 불리한 관계에 놓여 우리의 삶을 파열시키고 의지를 꺾는 경우를 壯美라 하였다. 보통 말하는 미는 전자에 속하지만, 삶과 죽음, 현실과 이상 사이의 투쟁, 流涕의 내용 등을 담은 것은 壯美의 범주에 속한다고 하였다.14) 그 역시 '悲慨'가 壯美에 속한다는 어떠한 언급도 하지 않았지만, 후대의 문학이

---

13) 이병한, 앞의 책, 183쪽.
14) 『中國美學思想彙編』·下, 484-485쪽.

론가들은 자연스럽게 이를 壯美로 분류하고 있다. 美를 素美·壯美·華美로 나누어 司空圖의 24시품을 분류한 예를 보면, 壯美에 雄渾·悲慨·豪放·勁健·流動 다섯 가지를 포함시키고, 意象雄偉, 氣勢高邁, 勁健有力, 悲憤慷慨를 그 특징으로 지적하고 있다.[15] 이들은 앞서 朱東潤이 陽剛之美로 분류해 놓은 것과 거의 일치하고 있어, 중국의 미학에서 陽剛之美와 壯美는 상당부분 공분모를 지니는 것으로 인식되어 왔음을 알 수 있다.

'壯'은 강하고 성대한 것을 형용하는 글자이므로, 중국 미학에서는 특별히 어느 한 감정에만 국한되는 것이 아니라 굳센 의지, 깊은 비애, 격렬한 분노 등 강렬한 감정표현을 내포하는 것에 두루 쓰여져 왔다. 이에 의거할 때, 楊載가 六體 중 하나로 제시한 '悲壯'[16]이나 胡應麟이 분류한 '壯'의 14가지 양상 가운데 '壯而感愴'과 '壯而悲哀',[17] 그리고 王夫之가 樂府의 二大 長點 중의 하나로 지적한 '悲壯興發'[18] 등은 司空圖의 '悲慨'와 상통하는 점이 많은 미적 용어라 할 수 있다.

이상을 종합해 볼 때 '陽剛之美' '壯美'의 범주에 속하는 '悲慨'는 남성적·외향적·적극적 특성을 지니는 것으로, '陰柔之美'에 속하며 여성적·내향적·소극적 특성을 지니는 '恨'과는 그 비애의 성격이 판이하게 다르다는 것을 알 수 있다.

4. 기타: '悽惋' '惆悵'과 '恨'

기타 '한'과 유사하다고 여겨지는 다른 사람의 평어를 개괄해 보고자 한다.

15) 蔡鐘翔·黃保眞·成復旺 共著,『中國文學理論史』卷二(北京出版社, 1984), 267-270쪽.
16)『詩法家數』(『歷代詩話』, 726쪽)
17)『詩藪』(『中國美學思想彙編』·下, 161쪽) 胡應麟은 杜甫의 시를 대상으로 詩의 '壯'에 초점을 맞춰 그 美的 樣相을 14가지로 분류하였다.
18)『中國美學思想彙編』·下, 325쪽. "樂府之長 大端有二 一則悲壯興發 一則旖旎柔入."

皎然의 『詩式』「辨體」 19字는 시의 풍격을 한 글자로 나타내고 거기에 간단한 설명을 붙인 것인데, 그 중 '한'과 관련있는 '悲' '怨'에는 각각 '傷甚' '詞理悽切'이라는 설명어구가 붙어 있다. 여기서 '傷'이나 '悽'는 悲痛, 怨望, 恨嘆의 의미를 갖는 것으로 앞에서 보아온 '恨'의 복합적 정감에 포괄되는 것들이다.

齊己는 六詩, 十勢, 十體, 二十式, 四十門 등의 분류항목을 설정하였는데,[19] 十勢 중의 '孤雁失群勢', 四十門 중의 '惆悵' '嗟歎' '傷心' '騷愁'는 모두 마음에 깊은 상처를 입어 근심하고 슬퍼하고 탄식하는 것을 나타낸다.

嚴羽의 평어들 중 '한'과 관계있는 것은 「詩辨」 九品(『滄浪詩話』) 중의 '悲壯' '悽惋'인데, 高岑의 시를 '高岑之詩悲壯 讀之使人感慨'(『滄浪詩話』 「詩評」)라 평하고 있다. 여기서 '壯'이나 '慨'는 모두 굳건하고 강하고 남성적이고 적극적·외향적인 태도가 함축된 비애감을 나타낼 때 사용되는 글자임을 감안할 때, 같은 비애감이라도 悲慨나 悲壯은 여성적·소극적·내향적 비애감인 '恨'과 큰 차이가 있음을 알 수 있다. 이 외에 楊載의 十難 중의 '凄切'[20]도 '한'과 유사한 것으로 볼 수 있다.

II. 일본의 '恨'계 미유형 :
'모노노아와레(もののあはれ)'

'한'은 매우 복잡한 성격을 띠는 미의식으로 이에 대한 규정도 다양한 각도에서 이루어져 왔지만 한국적 비애감의 표출이라는 점에서는 별 이견이 없을 것이다. 이런 점에서 일본적 비애감이라 일컬어지는 '모노노아와레'와 '한'의 비교는 1차적으로 그 타당성을 부여받을 수 있다.[21] 양자 모두 비애

---

19) 『風騷指格』(『歷代詩話續編』, 丁福保 輯, 中華書局, 1983, 106쪽)
20) 『詩法家數』(『歷代詩話』, 726쪽)

감을 기본 정조로 하는 미유형이라는 점에서 공통적이지만, 이 앞에 붙은
'한국적' '일본적'이라는 수식어는 공통점을 넘어서는 어떤 차이가 놓여있음
을 전제하고 있다. 이제 양자의 同異點을 구체적으로 조명해 보기 위해서는
먼저 '모노노아와레'에 대한 이해가 선행되어야 할 것이다.

1. '모노노아와레(もののあはれ)'에 대한 개괄

일본 미학에서 고유한 범주를 형성하고 있는 '모노노아와레'는 '한'만큼이
나 복잡다양한 의미를 함축하고 있어 그 특성을 한 마디로 규정하기가 매우
어렵다. 보통 '일본적 비애감'으로 일컬어지고 있으나 이 비애감이 모노노아
와레의 전부는 아니다. 이에 관한 연구는 本居宣長이래 수많은 논자에 의해
진행되어 왔다. 그 연구에서 이루어진 규정들을 검토해 보면 모노노아와레
는 넓은 의미에서 어떤 사물이나 현상에 접하여 일어나는 主體의 깊은 감
동을 말하기도 하고, 그 사물이나 대상에서 감지되는 우아한 정취를 가리키
는 말로 쓰이기도 한다. '風流'를 중심으로 하는 미적 체계로 볼 때 전자—
주체의 깊은 감동—는 '풍류심'에, 후자—대상에서 감지되는 우아한 정취—는 '풍류
성'에 근접한 개념이라 할 수 있다. 협의로서의 모노노아와레는 보통 비애를
주된 정조로 하는 미적 범주로 이해된다.

그러나, 광의의 아와레 즉 감동일반을 나타내는 아와레라 할지라도 감동
의 내용은 비애의 상황과 깊이 연관되어 있어 순수하게 기쁨이나 찬탄에서
비롯되는 감동을 아와레라 하는 경우는 드물다. 그러므로, 아와레 혹은 모노
노아와레는 광의든 협의든 '비애감'을 주조로 하는 개념으로 이해해도 될
것이다.

---

21) 양 미유형은 일찍이 천이두 교수에 의해 비교 연구된 바 있다. 천이두, 『한의 구조
   연구』(문학과 지성사, 1993)

모노노아와레라는 단어는 '노'를 매개로 '아와레'에 '모노(物)'가 덧붙여 이루어진 것이다. 이 造語樣相에서 알 수 있듯 모노노아와레는 '아와레'를 핵심으로 하는 것이라 하겠고, 또 이 말의 용례를 검토해 봐도 모노노아와 레보다 아와레가 훨씬 더 오래 전부터 그리고 더 많이 사용되어 왔다는 것을 알 수 있다. '아와레'라는 말은 일찍이 『古事記』『日本書紀』『萬葉集』 등 상고대 시대의 문헌에서부터 나타나지만, 모노노아와레가 처음 문헌에 등장한 것은 헤이안 시대에 紀貫之에 의해 쓰여진 <土仕日記>22)에서부터이다. 이처럼, 역사적으로 더 오래되고 더 보편적으로 사용되어 온 아와레를 바탕으로 하여 '모노노아와레'라고 하는 말을 미학 용어로 체계화시킨 사람이 本居宣長이다. 아와레가 모노노아와레로 대체·체계화된 이래, 이 말은 일본예술의 고유한 특성을 나타내는 미학용어로서, 일본인의 미적 체험·미적 감각을 이해할 수 있는 실마리로서, 일본예술의 보편적 원리를 설명하는 미적 개념으로서 널리 일반화되기에 이르렀다. 그리하여 歌論, 判詞, 物語, 謠曲, 죠루리(淨瑠璃), 하이쿠(俳句) 등 넓은 범주에 걸쳐 사용되어 왔다.

일본어에서 '모노(モノ, 物)'는 인간·사물에 모두에 사용되는데 일본인들은 萬物에 영혼이 깃들어 있어 때로는 情의 발동도 가능하다고 여겨 왔다.23) 일본의 미학은 우주만물 속에서 '氣'를 감지해 내는 것에서부터 출발한다고도 할 수 있으며, 모노노아와레라는 것도 결국은 이와 같은 '모노 속에서 발견해 낸 아와레'의 의미를 지니는 것이다. 하나의 개념, 용어로서의 '모노'는 보편적인 것, 초월적인 것, 규정불가능한 것을 나타낼 때 쓰는 말로서,24) 多義的이면서 개별적 체험에 기초한 '아와레'를 실체화, 이념화, 추상화, 일반화하는 기능을 갖는 접두어이다. 일본어에서 '모노'는 주관성·파토스·情의 의미를

---

22) 성립년대는 未詳이나 承平5년(935) 2월에서 同年 後半 사이에 성립된 것으로 추정된다.

23) 鈴木修次, 「中國の'物'と日本の'もの'」, 『古典の變容と新生』(川口久雄 編, 東京: 明治書院, 1984)

24) 和辻哲郎, 『日本精神史硏究』(東京:岩波書店, 1970), 240-241쪽.

함축하는 아와레에, 객체·대상지향성, 로고스, 理의 의미를 갖고 있는 '모노'가 '노'를 매개로 융합됨으로써 상호 대립되는 성격을 서로 나눠갖게 되는 것이다.25) 그러므로, 모노노아와레는 이와 같은 성격의 '모노'에 내포된 아와레를 핵으로 하여, 美的 理念으로 일반화된 개념이라고 할 수 있다.

모노노아와레에 대한 이해를 위하여 먼저 辭書에 어떻게 개념규정이 이루어져 있는지 보기로 하자. 『大言海』26)에서는 모노노아와레를 세 범주로 나누어 설명하고 있는데, 희노애락 등의 감정을 마음에 느껴 발하는 感動詞로 보고 '噫'라는 한자로 나타내는 경우, 이 감동사가 명사형으로 사용된 경우를 다시 둘로 나누어 감상할 만한 것, 우미한 것을 뜻하는 '優'의 한자로 나타내는 경우와, 감동사 '아와레'를 오로지 傷(아파함)의 뜻으로 수용해서 명사화한 것으로 '슬퍼함' '傷心'의 의미를 지닌 '哀'로 나타내는 경우이다.

『古語辭典』(岩波)는 '아와레'가 '아'와 '와레'가 복합된 감동사의 의미에서 출발하여 대상이나 事態에 대한 애정·애석의 기분을 나타내는 데 사용되다가 헤이안 시대 이후에는 슬픔이나 절절한 정감을 나타내는 말로 쓰이게 되었다고 하였다. 여기에는 情感이나 情趣, 훌륭한 것에 대한 감탄과 공감, 憐憫, 慈悲, 슬픔, 願望 등의 의미가 내포된다고 하였다.

아와레에 대한 이들 辭書의 설명을 종합해 보면 '아와레'는 원래 사물에 접해서 일어나는 감동을 발하는 소리 즉 감동사로서, 처음에는 대상에의 찬탄의 기분을 나타낼 때 사용되었다가 점점 愛情·哀惜·슬픔을 나타내는 말로 쓰이게 되었다는 것을 알 수 있다. 그리고, 감동사가 명사화된 경우 깊은 감동, 愛情, 깊은 情趣, 同情, 悲哀, 적막함 등을 나타낼 때 사용된다는 것도 아울러 알 수 있다.

일본의 미의식을 대표하는 것으로서 '모노노아와레'에 대한 연구는 지금까지 수없이 많이 이루어져 왔다. 그 연구들의 출발점 내지 토대가 된 것,

---

25) 井上豊, 『日本文學の原理』(東京:風間書房, 1983), 19쪽. 33-34쪽.
26) 大槻文彦, 『大言海』(東京:富山房, 1956·1982)

혹은 최초의 체계적인 모노노아와레론이라 할 수 있는 것이 바로 本居宣長의 연구이다. 그의 모노노아와레론은 주로 <源氏物語>의 주석서인『玉の小節』와 연구서인『紫文要領』에서 이루어지고 있다.[27]

그는 종래의 <源氏物語>論이 지나치게 儒·佛의 영향만을 강조한 것에 회의를 품고 이 이야기를 관통하는 것, 이 이야기의 근저를 이루는 것으로 '모노노아와레'라는 개념에 주목하고 이를 부각시켰다. 우선 그는 '아와레'를 '모든 사물에 접하여 마음에 깊게 느끼는 바가 있을 때 터져 나오는 감탄의 소리'로 규정하고 감동사로부터 품사가 전성되는 것을 설명한 뒤 '物'과 '事'의 心(こころ)을 아는 것이 곧 모노노아와레라 하였으며-그는 '모노(物)'를 넓게 말할 때 붙는 첨가어로 이해하였다-모노노아와레를 안다는 것은 깊게 느끼고 감동하는 것이라 하였다. 즉, 그가 말하는 모노노아와레란 사물에 접하여 대상의 본래 의미를 깊게 이해하고 그에 공감하는 것이라는 것을 알 수 있으며, 그는 이것이 物語와 和歌의 공통기반을 이룬다고 보았다. 그는 '物과 事의 心을 아는 것'의 근거를『古今集』序의 '일본의 노래는 心을 근원(씨앗, 種)으로 한다'고 하는 구절에서 취하고 있으며, 후세 사람들이 아와레라는 의미를 '哀'로 한정하는 것은 이 말의 근본정신에 어긋나는 것이라 하였다. 이로 볼 때, 그가 말하는 모노노아와레는 단지 비애의 정감에 국한되는 것은 아니라는 것이 드러난다.

大西克禮[28]는 일본의 대표적 미학자로서 '아와레'라는 말이 함축하고 있는 다양하고도 복합적인 의미를 미학적 관점에서 포괄·종합하여 이를 일본의 대표적 미의식 중의 하나로 체계화하였다. 그는 광의의 일반적 의미/협의의 특수한 의미, 그리고 심리적 차원/미적 차원이라는 축을 설정하여 일반

---

27) 『玉の小節』『紫文要領』(『本居宣長全集』 第四卷, 大野晋·大久保正 編, 筑摩書房, 1972)

28) 大西克禮의 모노노아와레론은『幽玄とあはれ』(東京:岩波書店, 1939·1941)를 참고함.

적·심리적 의미의 '아와레'가 특수한 미적 의미로 발전해 가는 과정을 다섯 단계로 설명하였다.

1단계는 아와레가 '哀' '憐'이라고 하는 협의의 한정된 감정 내용을 나타내는 특수한 심리적 의미를 갖는 경우이다. 2단계는 그 특수하게 한정된 감정적 내용을 초월하여 널리 일반적 '감동체험'을 지시하는 경우의 일반적 심리적 의미이다. 3단계는 감동 일반의 형식에, 本居宣長이 말하는 '物이나 事의 心을 안다'고 하는 直觀이나 靜觀의 지적 계기가 부가된 미적 체험 일반의 의미를 나타내는 경우이다. 4단계는 이와 같이 轉化한 의미가 다시 원래의 哀愁 憐憫과 같은 특정의 감정체험의 모티프와 결합하고, 동시에 그 靜觀 혹은 諦觀의 시야가 특정현상의 범위를 넘어서 인생이나 세계의 존재 일반의 의미에까지 확대되어 다소 형이상학적 성격을 띠는 일종의 世界苦와 비슷한 것이 미적 체험의 내용을 결정짓는 경우이다. 이 단계를 그는 5단계와 구분하기 위해 아와레의 특수한 미적 의미의 분화로 규정지었다. 5단계는 미적 범주로서 아와레의 의미의 완성단계로서, 4단계에서의 아와레의 특수한 체험에 優美, 艶美, 婉美 등의 각종 미적 계기가 부여되어 종합·통일을 이루고 여기서 특수한 미적 내포가 성립되는 단계이다.

大西克禮는 哀感이 모노노아와레의 기본 정조를 이룬다고 보고 있는데, 이 때의 애감은 특수한 심리체험, 협의로서의 애감이 아니라 존재·인생에 대한 깊은 통찰과 靜觀에 따른 깊이를 수반하는 애감으로서, 보편적·일반적·형이상학적 깊이를 함축하는 일종의 세계고와 같은 개념이라고 하였다.

그의 '모노노아와레'론은 아와레라는 말이 포괄하는 의미범주를 다섯 단계로 나누어 미학적 견지에서 고찰한 것이지 시대적 추이에 따른 의미변화 단계를 제시한 것은 아니다. 시대적으로 보면 오히려 광의에서 협의로의 변화 즉 2단계로부터 1단계로의 의미변화가 이루어진다고 하였다. 辭書나 本居宣長, 大西克禮 등을 종합해 보면 '아와레'라는 말은 깊이있고 우아한 정취를 지닌 것에 대한 일반적 감동을 나타내는 말에서 哀感, 悲憐 등의 한

정된 특수한 감정체험을 나타내는 것으로 의미가 축소·변화되어가는 것을
알 수 있다.

　이를 좀 더 구체적으로 세분화하여 시대적 쓰임을 개괄해 보면, 초기 나라
(奈良)시대의 『古事記』『日本書紀』나 『萬葉集』에서의 아와레는 인간의 情
愛·同情을 나타내는 표현으로 많이 쓰이다가, 헤이안(平安)시대에는 전반적
으로 우아한 정취를 가리키는 말로 쓰이게 되었다. 헤이안 중기 이후에는 특
히 자연미에서 비롯되는 우아한 정취가 중심이 되었는데, 이 시대의 대표적
수필인 <枕草子>29)에서 그 전형을 발견할 수 있다. 또 헤이안 시대부터는
우아한 정취를 나타내는 말로 쓰임과 동시에 서서히 悲哀나 哀傷의 의미가
부각되기 시작하는데, <겐지모노가타리(源氏物語)>30)에서의 아와레·모노노
아와레의 쓰임은 주로 이 두 의미가 중심을 이룬다.

　그러다가, 감동일반의 의미 중 아와레가 비애감을 의미하는 것으로 한정
되어 사용되기 시작하는 것은 중세 무렵, 幕府時代부터이다. 이 시기의 대
표적 歌論家인 定家는 아와레를 靜寂·哀感을 간직한 것으로 해석하였고
그의 이름을 假託하여 지어진 『三五記』라고 하는 가론서에서는 비애감이
넘치는 작품을 '物哀体'로 규정하기까지 하였다. 가마쿠라시대에는 勇壯이
라는 뜻의 '앗파레'와 비애의 뜻의 '아와레'가 구분되어 사용되었고, 도쿠가
와 시대 역시 승리자에 대해서는 '앗파레'라고 칭찬하고, 실패자에 대해서는
'아와레'라고 동정하는 식이 되어 오로지 연민의 뜻으로 사용되기도 했다.31)
이 시기에는 아와레가 비애감이라고 하는 '情'의 측면을 의미하는 한편, 시

---

29) 헤이안 시대 여성작가인 세이쇼 나곤(淸少納言)에 의해 쓰여진 수필. 쓰여진 연대는
　확실치 않으나 跋文을 붙인 初稿本은 1000년 12월 전후 혹은 1001년 전반기에 성립
　된 것으로 추정된다. 『枕草子』·解說篇(東京:小學館, 1974·1992)
30) 이 소설은 여성작가인 무라사키 시키부(紫式部)에 의해 쓰여진 것이다. 이 소설이
　쓰여진 때는 정확히는 알 수 없으나 대략 42세로 죽기 몇 년 전인 1008년 무렵으로
　추정되고 있다.
31) 같은 책, 108쪽.

대의 지배적 이념이라 할 불교의 無常의 道理와 결부되어 知的인 작용, 즉 '理'의 측면까지도 함축하기에 이른다.[32]

그러나, 정도의 차이는 있지만 광의의 아와레, 즉 사물에 접해서 일어나는 감동일반을 의미할 경우에도 그 감동은 주로 비애의 상황에 깊게 밀착되어 있다고 보는 것이 종래의 모노노아와레론의 공통된 흐름이다.[33] 즉, 모노노아와레에 내포된 감동요소가 비애감으로 국한되는 것은 아니지만, 가장 깊은 감동은 비애감에서 온다는 것이다. 山崎良幸의 모노노아와레론 이같은 흐름을 집약적으로 보여준다. 그는 헤이안 시대까지의 아와레, 모노노아와레

---

32) 井上豊, 앞의 책, 26-27쪽. 및 『日本古典文學大辭典』(東京:岩波書店, 1984). 井上豊은 모노노아와레의 예만을 대상으로 하여 이 말이 1)優美한 정취를 의미하는 경우 -자연미가 중심이 됨 2)윤리적인 의미를 가진 경우-인간에 대한 情愛(주체가 객체에 대해 우월성을 갖지 않음), 同情이나 연민을 주로 하는 경우(객체에 대한 우월성을 가짐) 3)哀傷·哀感의 의미로 쓰이는 경우-주체의 婉弱함을 전제로 하는 경향 4)情+理를 겸해 지성의 의미를 함축하는 경우로 나누어 살펴 본 뒤 1) 2)는 초기 특히 2)는 이른 시기에 1)은 헤이안 중기 이후에 많고, 3)은 헤이안 시대(枕草子, 源氏物語), 4)는 중세에 우세하다고 하였다.

33) 本居宣長(『玉の小節』)도 이같은 견해를 펴고 있다. 재미있고 즐거운 일에서도 아와레라고 말할 수 있는 것이 많지만, 인간의 감정 중에 재미나 즐거움에서 느끼는 감동은 깊지 않으며 오직 비애감의 감동이 가장 깊다고 하였다. 이에 대하여, 大西克禮는 기쁨이나 즐거움 속에서도 감동을 느낄 수는 있으나, 우리는 삶의 과정에서 부정적인 감정을 더 강렬하게 느끼고 민감하게 반응한다고 하였다(앞의 책, 152-158쪽). 왜냐하면 생명력, 존재감 등 삶에 있어 적극적 감정은 일상 속에 늘 內在하므로 그 동기부여가 특별히 강하지 않으면 우리의 의식에 선명한 체험으로 나타나기 어렵지만, 마주오는 기차가 있음으로 해서 속도감을 느낄 수 있듯이, 生과는 반대되는 동기 즉 비애감·불행감 등 부정적 감정은 우리의 의식에 강렬하게 인식되기 때문이라는 것이다(같은 책, 164-165쪽). 이 외에 實方淸(『日本歌論の世界』, 弘文堂, 1969, 64-70쪽)도 아와레의 기본성격이 哀感과 靜寂에 있다고 하였으며, 久松潛一 編 『日本文學史總說』(至文堂, 1964, 35쪽)에서도 아와레의 미적 성격을 感動美·調和美·悲哀美·優美의 네 가지로 규정하여 여러 정감 중 비애의 속성을 강조하고 있다. 이밖에도 草薙正夫(『幽玄美の美學』, 塙書房, 1973, 230쪽. 236쪽)도 모노노아와레가 본래적으로 비극적인 미의식이라고 하였다.

의 全例를 어학적 관점에서 검토하였는데 그 결과로서 감동의 근원이 인간적인 것이든, 자연에서 오는 것이든 우아한 정취이든, 혹은 감동 일반을 말하는 것이든 비애감에 국한된 것이든 간에 그 근저에는 공통적으로 '愛憐'의 정조가 흐르고 있다고 결론지었다.[34]

기존의 논자들이 人情, 우아한 정취, 자연미를 나타내는 것으로 거론한 아와레의 예들도, 그 말이 쓰인 앞 뒤 맥락을 살펴보거나 텍스트를 분석해 보면 대개가 '愛憐'의 정조와 연관되어 있음을 알 수 있다.

> 行かぬ吾を來むとか夜も門閉さずあはれ吾妹子待ちつつあらむ
> (가지 않을 나를 올 것이라 여겨 밤에도 문을 잠그지 않고, 아아 아내는 나를 기다리고 있으려나.)   -『萬葉集』·2594-

> (讓り葉は)なべての月ごろは, つゆも見えぬものの, 師走のつごもりにしも時めきて, 亡き人の物にも敷くにやと, あはれなるに…
> (굴거리나무는 보통 달에는 전혀 보이지 않다가 12월 말경에 때를 만나서 죽은 사람의 精靈에 바치는 祭物의 깔개로 쓰이는 것일까 하고 생각하니 애절한 느낌이 든다.)   -<枕草子>·47段-

> もののあはれにえ過ぐしたまはで, めづらしき物一つばかり彈きたまふに, ことごとしからねど, 限りなくおもしろき夜の御遊びなり. (넘치는 감동을 그대로 지나칠 수 없어서 신기한 곡 하나만을 탔으므로, 어마어마하지는 않았지만 더없이 즐거운 저녁의 놀이였다.)   -<源氏物語>·若菜·上-

> 春はただ花の一重にさくばかりもののあはれは秋ぞまされる
> (봄은 단지 꽃만 필 뿐, 계절의 정취는 가을이 훨씬 더 낫다네.)
>   -『拾遺和歌集』·511-

---

34) 山崎良幸, 『「あはれ」と「もののあはれ」の研究』(風間書房, 1986). 여기서 '愛憐'이란 타인이나 대상에 대한 '관심·애정·배려'와 '憐愍'이 복합된 말인데, 필자도 이 의견에 전적으로 공감하는 바이다.

「沅・湘日夜, 東に流れ去る. 愁人の爲にとどまること少時もせず」といへる詩を見侍りしこそあはれなりしか. (「沅水・湘水는 낮이나 밤이나 동쪽-長安-으로 흘러가 버리네. 수심에 찬 나를 위해 잠시라도 머물러주면 좋으련만.」이라는 시를 보면 정말 서글픈 마음이 든다.)   -<徒然草>・21段-

첫 번째의 아와레는 인간의 情愛를, 두 번째는 감동일반의 의미를, 세 번째는 자연의 우아한 정취를 나타내는 예로 이해되고 있다. 그러나, 자세히 읽어보면 그 상황이 '비애'와 '연민'의 정조에 닿아 있음을 알 수 있다. 『萬葉集』의 예에서 '아와레'는, '나는 갈 의사가 없는데 그것도 모르고 나를 기다리고 있을 아내'의 처지를 가엾게 여기는 데서 비롯되는데, 그같은 아내의 상황은 비극적인 것이 아닐 수 없다. <枕草子>의 예 역시 '죽음'이라고 하는 비극적 사건을 배후로 하고 있는 데서 아와레의 정조가 배태된다. <源氏物語>의 예도, 여기에 인용하지 않은 앞 뒤 문장을 통해 겐지가 넘쳐흐르는 감동을 억누르지 못하고 琴을 연주하는 이유가 드러난다. 그것은 세상을 떠난 아버지 桐壺院이 말년에 무척 아끼던 琴으로, 겐지는 그 유래를 생각하며 옛날 일을 그립게 회상하고 있었던 것이다.

또, 『拾遺和歌集』에서의 아와레는 우아한 정취를 의미하는 예로서 인용된 것인데, '가을'이 더 정취가 있다고 여겨 애착을 갖는 것은 봄의 화려함에 비해 낙엽과 같은 쇠락・소멸의 징표가 깊은 비애감을 자아내기 때문이다. 일본의 미적 전통에서 가을은 '悲秋'로 인식되어 왔고 바로 이 때문에 가을이 가장 선호되는 계절이 되고 있는 것이다. 그리고 마지막 <徒然草>에서의 아와레는, 한 번 흘러가 버리면 돌아오지 않는 물의 속성을 빌어 삶의 무상감과 비애감을 표현하는 예이다.

한편, 歌論에서도 아와레는 비애감을 뜻하거나, 비애감에 넘치는 작품을 평하는 判詞 및 評語로 쓰이기도 했다. 이런 예는 중세 가론가인 藤原俊成, 藤原定家의 歌論書나 判詞에서 쉽게 찾아볼 수 있다.

歌はただよみあげもし, 詠じもしたるに, 何となく艶にもあはれにも聞ゆる
事のあるなるべし. (노래를 읊을 때는 艶하게도 아와레하게도 들려야 한다.)
－『古來風體抄』[35]－

まつ歌は …やさしく物あはれによむべき事とぞ見え侍る.
(노래는 우아하고 절실한 느낌이 들게 읊어야 한다.)　　　－『每月抄』[36]－

　여기서 艶은 화려함을 간직한 美를, 아와레는 이에 대조되는 것으로서 靜
寂·悲哀感이 감도는 美를 의미한다.
　이처럼 아와레가 일반적 감동이나 미적 정취를 나타내는 경우라 할지라도
궁극적으로는 비애의 정서에 밀착해 있음을 확인할 수 있다. 이제 '모노노아
와레'의 성격을 좀 더 명확히 규명하기 위해 마지막으로 이와 일견 유사해
보이는 '우라미(怨み、恨み)'와의 차이를 비교해 보기로 한다. '모노노아와
레'는 지금까지 보아왔듯이 사물, 타인 등에 대한 깊은 감동과 공감에 뿌리
를 내린 美感, 즉 긍정적 계기를 내포하는 미감이다. 이에 비해 '우라미'는
외부사물이나 대상과의 부조화에서 오는 불쾌감과 연결된 비애감이다. 즉,
한탄·원망·좌절 등 부정적 계기를 내포하는 비애감인 것이다.

　　(가)·父王の怨を其の靈に報いむと欲ほすは、是れ誠に理なり. (父王의 원
　　한을 그 영전에 갚고자 하는 것은 진실로 당연한 이치이다.)
　　　　　　　　　　　　　　　　　　　　　　　　　－『古事記』·下－
　　·由是 新羅怨曠積年. (이로 인하여 신라의 원망이 오랜 세월동안 깊
　　어갔다.)　　　　　　　　　　　　　　　－『日本書紀』·欽明元年9月－
　　·由是 二臣微生怨恨. (이 때문에 두 신하 사이에는 점차 원한이 생기
　　게 되었다.)　　　　　　　　　　　　－『日本書紀』·敏達 14年8月－

---

35) 藤原俊成, 『古來風體抄』(『歌論集』, 東京:小學館, 1975)
36) 藤原定家, 『每月抄』(『歌論集』, 東京:小學館, 1975)

(나) 飛鳥河の瀬に成る怨みも聞えず、細石の巖と成る喜びのみぞ有るべき。
　　(지금은 아스카강의 물줄기가 작은 여울이 되는 것처럼 원망은 들리지
　　않고, 조약돌이 바위가 되는 것처럼 기쁨만이 가득차 있습니다.)
　　　　　　　　　　　　　　　　　　　　　　　　　-『古今和歌集』·假名序-

(다) · 花散らす風の宿りは誰か知る我に敎へよ行きてうらみむ
　　(꽃을 다 지게 만드는 바람이 머무는 곳을 아시는 분은 내게 가르쳐
　　주세요 가서 불만을 말하려 하니.)　　　　　-『古今和歌集』·76-
　　· うらめしく君はもあるか宿の梅の散り過ぐるまで見しめずありける
　　(당신은 참 야속한 분이군요. 屋戶의 매화꽃이 다 져버릴 때까지 나를
　　찾아주시지도 않다니.)　　　　　　　　　　-『萬葉集』·4496-

(라) · あしくもよくも, あひ添ひて, とあらむをりもかからんざみをも見過ぐし
　　たらん仲こそ, 契り深くあはれならめ, 我も人もうしろめたく心おかれじ
　　やは. また, なのめにうつろふ方あらむ人を恨みて, 氣色ばみ背かん,…
　　(나쁘나 좋으나 함께 살며 어떤 경우라도 참아 나가는 부부야말로 인연
　　도 깊고 情味도 있는 것이지만, 아까 말한 여인의 경우는 자신도 상대
　　방도 응어리가 남아서 꺼림칙한 느낌이 들지 않을까요? 또, 남편이 잠
　　깐 다른 여인에게 마음을 옮겨가기라도 하면 그것을 원망하여 대들고
　　사이가 틀어진다면…)　　　　　　　　　　-<源氏物語>·帚木-

　'우라미'는 '怨み' 혹은 '恨み'로 나타내는데 (가)의 예들에서는 원한, 강
한 원망의 의미로 쓰이고 있고, (나)는 슬픔, 한숨, 비탄 (다)는 불평, 불만,
유감, 가벼운 원망의 의미로 쓰이고 있다. 모두 어떤 상황이나, 인물, 대상,
사건에 대하여 조화되지 못하는 심정이 발로되는 것을 보여주고 있다. 부조
화·불만·갈등의 요소가 내포된 '우라미'와, 조화와 화합, 융합의 마음의
발로인 '아와레'의 차이는 (라)에서 대조적으로 예시되고 있다. 사이좋게 살
아가는 부부에 대해서는 '아와레'를, 불화 속에 놓인 부부에 대해서는 '우라
미'라는 말을 사용하고 있는 것이다.

이상의 '우라미'의 용례로 미루어, 일본 미학적 전통에서 불쾌감으로서의 비애의 경우는 '우라미'로, 긍정적 계기를 지닌 비애감, 즉 쾌감이 내재된 비애를 말할 때는 '모노노아와레'로 나타내는 경향이 있음을 알 수 있다. 일반적인 말의 용례만으로 본다면 '우라미' 쪽이 '한'에 더 가깝다. 그러나, 美的 관점이나 문학사적 의의, 민족정서 면에서 볼 때 '한'의 비교대상으로 적절한 것은 '모노노아와레' 쪽이라 할 수 있다.

2. '恨'과 '모노노아와레'의 공분모

이제 '모노노아와레'를, 우주만물의 현상에 대한 깊은 감동에서 오는 비애감을 기본 정조로 하는 미의식으로 규정하고 '한'과의 공통점·상이점을 검토해 보기로 한다. 천이두 교수는 '恨'과 '모노노아와레'를 비교한 글에서 兩者의 유사성을 다음 몇 가지로 설명하고 있다. 첫째, 한문문화의 지배적 환경에 있었음에도 불구하고 그것과는 대조되는 자국어 문화의 한 전형적 측면을 표상하고 있다는 점 둘째, 양자 모두 여성적 편향성을 지닌다는 점 셋째, 모두 좌절·상실·결핍·한탄 등의 감정에서 유래하고 있다는 점 넷째, 둘다 소극적·부정적 정서에서 시발하여 점차로 적극적·긍정적 지평을 열어가고 있다는 점이다.37)

兩者 여성적 편향성을 지닌다는 설명은 이 美 유형의 본질을 꿰뚫은 날카로운 지적이 아닐 수 없다. 그러나, '한'을 한문문화와 대조되는 자국어 문화의 표상으로 이해한 것은 다소 무리가 있다고 본다. 또, 양자 모두 부정적 정서에서 시발하여 그것이 점점 긍정적 지평을 열어간다고 한 것에 대해서도 재고해야 할 점이 있다고 본다.38)

---

37) 천이두, 앞의 책.
38) 그의 '한' 연구의 대상에서 한문으로 된 텍스트는 제외되어 있는데, '한'이라는 말은

'한'과 '모노노아와레'의 가장 큰 유사성은 모두 '비애감'을 주된 정조로 하고 있다는 점에서 찾을 수 있다. 그 비애의 근원, 성격은 다르다 할지라도 1차적으로 양자 모두 비애감에서 출발하는 미의식이라는 점은 부인할 수 없다. 광의의, 그리고 초기의 모노노아와레가 사물에 접해서 일어나는 희노애락 모두를 포괄하는 감동일반을 나타내는 말이었다 할지라도 그 감동이 비애의 정감에 가장 밀착되어 있는 것임을 앞에서 언급한 바 있다.

둘째, 양자 모두 비애감을 주조로 한다 해서 그것이 비통, 애감이라고 하는 단순정서에 머무는 것은 아니라는 점이다. 비애의 체험을 통하여 사물·인생에 대한 깊은 통찰의 계기가 마련된다는 점에서 知的 측면까지 포괄한 비애감 즉, 보편성과 형이상학적 깊이를 획득한 복합적 미감이라는 점을 지적할 수 있다.39)

折節のうつりかはるこそ, ものごとにあはれなれ.
(계절이 바뀌어가는 모습이야말로 무엇보다도 애절한 느낌이 든다.)
-<徒然草>·19段-

오히려 漢詩에서 가장 많이 발견된다는 점을 간과하고 있다. 양면성이 순차적 진행인가, 동시적 함축인가의 문제도 검토를 요한다. 설령 순차적 진행을 인정한다 해도 모노노아와레의 경우 이같은 지적이 타당한가 검토해 봐야 할 것이다. 또, 모노노아와레가 비애의 정감를 주조로 하고 幽暗性을 띠는 것은 사실이나 이것을 '부정적 정서'라 할 수 있을 것인가 하는 점, 설령 그것을 부정적 정서로 본다 해도 과연 그것이 상실·좌절에서 오는 것인가 하는 점에 의문이 든다. 뒤에서 자세히 서술하겠지만, 모노노아와레의 1차적 특성은 우주만물에 대한 '감동'에서 출발하는 미유형이라는 점에 있고, 한탄·원망·좌절 등 부정적 계기를 지닌 비애감을 나타낼 경우는 '우라미(怨み 혹은 恨み)'라는 말로 나타내는 경향이 있다. 요컨대, 모노노아와레는 긍정적 계기에서 출발한 미의식인 것이다.
39) 이 점은 大西克禮(앞의 책, 124-133쪽. 143쪽), 井上豊(앞의 책, 26쪽), 山崎良幸(앞의 책, 53쪽), 『日本古典文學辭典』 등이 모노노아와레의 기본성격으로 지적한 것이지만 '恨'에도 해당되는 내용이다.

내가 누구를 한하리오   -<한중록>-

첫째 예의 경우, '계절이 바뀌어가는' 自然의 모습을 통해 삶의 진리, 나아가서는 無常의 道를 발견한 뒤의 느낌이 '아와레'로 표현되고 있음을 본다. 이는 자연현상에 대한 단순한 관심의 표현이라 할 수 없다. 두 번째 '한'의 예도 마찬가지이다. 한을 야기한 동인이 무엇이었든간에 그것을 원망하는 것이 무슨 의미가 있을 것인가 하며 부정적 상황을 있는 그대로 수용하려는 자세를 엿볼 수 있다. 여기에는 삶의 진리를 깊게 체득한 사람만이 가질 수 있는 달관의 태도가 담겨 있는 것이다.

셋째, 이와 같이 兩 미의식은 존재·삶의 내면으로 침잠하는 계기를 내포하므로 자연히 무거움, 깊이, 幽暗性을 띠게 된다. 외면지향성을 특징으로 하는 '홍'이나 '오카시'와는 달리 내면적 성향을 띠게 되는 것도 같은 맥락에서 이해될 수 있다.[40)]

넷째, 한이나 모노노아와레는 모두 인간사, 인간관계에 밀착되어 있는 미유형이라는 점에서 공통적이다. 무심이나 유우겐, 홍이나 오카시 등도 어떤 양상으로든 인간사와 연결이 되지 않는 것은 아니지만, 한과 모노노아와레에 있어서는 인간사, 인간관계가 이들 미유형이 형성되는 직접적 계기가 된다는 점에서 주목을 요한다. 일견 자연의 우아한 정취를 표현한 것처럼 보이는 노래라 할지라도 근저에는 비애의 정조가 자리함을 언급했는데, 이 비애감은 자연현상을 인간사와 결부짓는 데서 야기되는 것이다.

이 특징은 '한'의 미에서 더욱 부각된다. 대부분의 恨텍스트들의 내용은 인간사, 공동체 안에서의 인간관계와 직접적 연관을 갖고 있으며, 한의 미 자체가 인간사회 속에서 형성되기 때문이다. 자연물 자체가 한의 계기가 되

---

40) 井上豊은 '오카시'와 '아와레'를 비교하면서(앞의 책, 第 三章 「をかし」), 아와레의 특성으로서 幽暗性, 靜寂, 침잠, 渾一化, 한 점으로의 집중, 內攻的 경향, 무거움, 깊이 등을 지적하였다.

는 경우를 지배층의 漢詩에서 더러 발견할 수 있지만, 이 경우도 감정이입
과 같은 형태로써 인간사와 연결되는 양상을 보인다.

映溪千萬朶　　계곡물에 아른거리는 흐드러진 꽃가지들
却恨千分開　　도리어 활짝 꽃피운 걸 후회하고 있구나

僧看疑有寺　　승려는 바라보며 절이 있는가 의아해하고
鶴見恨無松　　학은 바라보며 소나무 없음을 아쉬워하네

色より香こそあはれと思おゆれ誰が袖ふれし宿の梅ぞも
(色보다는 香이 더 애틋하게 여겨진다. 누구의 소매에 닿아 옮겨온 것일
까. 이 집의 매화향기는.)　　　　　　　　　　　-『古今和歌集』·33-

　위 예 중 漢詩는 모두 『東人詩話』에서 발췌한 것으로, 각각 金坵가 '落
花'를 읊은 시구, 고려 때 과거시험에서 '夏雲多奇峰'이 제목으로 나왔을
때 어느 서생이 지은 聯句이다. 앞의 것은 '꽃'에, 뒤의 것은 '학'에 주체가
느끼는 '한'의 감정이 이입되어 있다. 자연물을 빌어 주체의 감정이 대리 표
현되고 있어, 결국 감정이입의 방식을 통해 자연물과 인간사가 깊이 연결되
어 있음을 확인할 수 있다.
　모노노아와레의 경우는 자연물이 등장하는 예가 훨씬 더 많이 발견된다.
위의 예에서 '아와레'를 '애틋하다'고 번역해 보았는데, 色보다 香이 더 애
틋하게 여겨지는 이유는 그것이 누군가-대개는 그리워하는 사람, 님인 경우가 많
다-의 소매에 닿아 옮겨왔기 때문이라고 하였다. 그러므로, 애틋한 느낌을
주는 香은 '그 사람'과 환유적 관계에 놓이는 동시에 인간사를 환기하는 객
관적 상관물의 역할을 하고 있다. 이 외에도 자연물이 모노노아와레를 야기
하는 대상이 되는 경우 대부분이 感情移入이나, 同化, 객관적 상관물 등의
형태를 통해 궁극적으로 인간사와 결부되는 양상을 보인다. 한이나 모노노

아와레를 야기하는 자연물이나 자연현상은, 그것이 인간사의 어떤 면을 연상시키거나 인간사와 유사한 면을 지니고 있기 때문이다.

다섯 째, 흥이나 무심계열의 미와는 달리 한이나 모노노아와레는 '價値'의 문제와 결부되어 있다는 점을 간과할 수 없다. 이 점은 네 번째 특성과 직결되는 문제이기도 하다. 이들 미유형이 기본으로 하는 비애감은, 뭔가 가치있다고 여겨지는 것의 결핍·부재·상실에 기인한다. 그렇다고 해서 이것을 곧바로 부정적 정서로 규정할 수는 없다. 恨의 비애감에는 분명 한탄·원망·좌절 등의 부정적 계기가 내포되어 있지만, 모노노아와레의 경우는 결핍된 것·부재하는 것 자체를 미적 대상으로 수용하므로 여기에는 부정적 계기가 내포되어 있지 않다. 俗의 기준으로 볼 때 부정적이라고 여겨질 수 있는 것에서 오히려 깊은 공감을 느끼는 것, 이것이 바로 모노노아와레의 본질적 특성인 것이다.

여섯 째, 미를 남성적인 '陽剛之美'와 여성적인 '陰柔之美'로 나누어 볼 때 한과 모노노아와레는 모두 후자로 분류될 수 있다는 점에서 큰 공통점을 지닌다.[41]

일곱 째, 민족정서나 미학, 예술사적 측면에서 한과 모노노아와레가 차지하는 비중이나 무게를 고려할 때 양자는 거의 동일한 의미를 지닌다는 점에서도 공통요소를 발견할 수 있다.

3. '悲哀感'의 상이한 變奏

천이두 교수는 한과 모노노아와레의 차이점에 대하여 다음과 같이 언급하고 있다. 첫째, 한이 좌절·상실·결핍에서 유래되는 대타적 공격성 즉 원한의 감정을 일차적 속성으로 하고 그러한 공격성이 자기에게 향할 때의 대자

---

41) 兩者의 비교 및 자세한 설명은 「중국의 '恨'계 미유형」 참고.

적 공격성 즉, 한탄을 이차적 속성으로 하는 반면, 모노노아와레는 존재에 대한 깊은 감동을 기반으로 한다. 둘째, 한은 怨, 嘆, 情, 願 등 모순적 정서가 복합체를 이루고 있어 그것이 끊임없이 발효되어 슬기를 지향하는 것이며, 모노노아와레는 무상감을 바탕으로 한 체념적 미취로서 단순정서이다. 셋째, 한은 윤리적 지향이 강한 반면, 모노노아와레는 윤리성은 약하고 미의식면이 상대적으로 강하다.[42]

이 견해는 兩 美感의 차이를 잘 지적하고 있지만, 한을 복합정서로, 모노노아와레를 단순정서로 본 것은 다소 무리가 있다고 본다. 모노노아와레 역시 美趣뿐만 아니라 훌륭한 것에 대한 감탄과 공감, 憐憫, 慈悲, 슬픔, 願望 등 복합적 정서를 내포하는 美이기 때문이다.

3.1. '悲痛'과 '愛憐'

비애의 정감을 주조로 하면서도 한과 아와레는 비애의 내용이나 성격이 크게 다르다. 뭔가 가치있다고 여겨지는 것의 상실·부재·결핍이 비애의 근원이 된다는 점에서 兩者는 공통적이지만, 그것이 시간의 흐름을 두고 반복, 장기화되면서 응어리로 굳어져 남은 상흔이 '한'의 애감의 실체라고 한다면, 모노노아와레의 경우는 결여감이 고통의 상태를 수반하지는 않고 단지 感傷的·哀傷的 차원에 머무는 양상을 보인다. 또한 그 결여감을 부정적인 것으로 인식하지 않고 깊은 공감을 체험하는 데서 모노노아와레의 미가 형성된다. 즉, 모노노아와레의 비애감은 타인이나 대상에 대한 '관심·애정·배려'의 의미와 '憐愍' '同情'의 의미가 복합적으로 내포된 '愛憐'의 성격을 띤다고 할 수 있다.

'한'의 비애감은 고통과 상처, 응어리를 함축한 것이기에 그 상처를 야기한 원인이나 대상에 대한 '怨望'의 정서가 수반된다. 그리고 '한'의 주체는

---

42) 천이두, 앞의 책.

상처의 근원, 고통의 실체, 한의 체험이 가져온 결과를 명확히 인지하고 있다. 이같은 認知作用은 무엇이 유리하고 무엇이 불리한가 하는 이해득실이나 시시비비를 판단하고 분석하는 知的 분별심에 근거한다. 반면, 모노노아와레는 정신적 상흔이나 고통을 내포하지 않기에 원망의 정서를 수반하지 않으며 따라서 이 경우의 애감은 이해관계, 시시비비와 무관하게 일어난다. 그러므로, 한에서 비애의 원인이 구체적이고 명확하게 드러나는 것에 비해, 모노노아와레의 경우는 막연하고 애상적인 경향을 띤다.

> 소곰수레 메워쓰니 千里馬인줄 제 뉘 알며
> 돌속에 버려쓰니 天下寶인줄 제 뉘 알리
> 두어라 알리 알지니 恨홀줄리 이시랴   -鄭忠信-

> 몸에 쌓인 이 가죽을 뉘라서 벗겨주며 눈 없는 게 한이로다
>   -<심청전> 中-

> 登臨暫隔路岐塵   높이 올라 속세와의 갈림길 잠시 사이에 두고
> 吟想興亡恨益新   시구 읊조리며 흥망을 생각하니 한이 더욱 새롭네
>   -崔致遠, <登潤洲慈和寺上房>-

첫 예에서 '한'을 야기하는 원인은 '보물인 줄 사람들이 알아보지 못하는 것'이고, 둘째 예에서는 '앞을 못 보는 것'이다. 여기에는 원망의 어조가 내포되어 있으며 가치있는 것과 무가치한 것, 눈이 있는 것과 없는 것의 차이를 구분하고 그 차이가 야기하는 여러 가지 이롭고 불리한 상황을 충분히 인지·판단하고 있는 것이다. 세 번째 예의 '흥망을 생각하니 한이 더욱 새롭다'는 내용 역시 '흥함'과 '망함'이라고 하는 역사의 明暗을 理智로써 측량하는 정신작용이 개재되어 있다.

此生 緣分이 천박하와 이리 되었사오니 첩의 怨恨을 풀어 주시면 죽은
혼백이라도 淨한 귀신이 되리이다.   -<숙영낭자전> 中-

애매한 일로 비명횡사함이니 누구를 恨하리오.   -<숙영낭자전> 中-

이 예에서도 한체험의 주체는 한을 야기한 원인 및 그것의 전후 사정, 한
의 경험이 자신에게 끼치는 결과, 자신이 취해야 할 방향 등을 명확히 인식
하고 있다. 따라서, 한에는 맺힌 것의 '풀림'에 대한 소망, 목적성이 내포되
어 있다.

그러나, 아래의 모노노아와레의 예를 살펴보면, 한체험에 내재된 정신작용
과는 사뭇 다른 양상이 드러난다.

人麻呂よみたる歌などを見るに, いみじうあはれなり. (히토마로가 읊은 노
래 등을 보면, 몹시도 절절한 느낌이 든다.)   -<枕草子> 47段-

雁の聲は, 遠く聞えたる, あはれなり. (기러기소리는 멀리서 들려오는 것이
서글프게 느껴진다.)   -<枕草子>·48段-

秋のころひなれば, もののあはれとり重ねたる心地して, その日とある曉に…
(가을이 되어서인지 서글픔이 더욱 깊어가는 심정이 되어, 떠나는 날 새벽무
렵에…)   -<源氏物語>·松風-

久しう手ふれたまはぬ琴を, 袋より取り出でたまひて, はかなく搔き鳴らし
たまへる御さまを見たてまつる人もやすからずあはれに悲しう思ひあへり.
(오랫동안 손대지 않았던 琴을 자루에서 꺼내 허무하게 튕기고 있는 모습을
보고 사람들도 모두 감개무량하여 서글픈 느낌이 들었다.)
                          -<源氏物語>·明石-

위의 예들에서 '아와레'는 悲調띤 느낌을 의미하는데, 그 느낌을 일으키는 원인이 '히토마로가 읊은 노래' '멀리서 들려오는 기러기 소리' '계절의 변화' '겐지가 琴을 연주하는 모습'이다. 이에 대해 화자는 '뭔가 뭉클하게 가슴을 치는' 느낌이 든다고 말하고 있다. 이 예들을 '한'의 예와 비교해 보면, 利/不利, 好/惡, 價値/無價値와 같은 분별에 기반한 지적인 판단작용이 개입되어 있지 않다는 게 분명히 드러난다. '한'의 원인이 결과적으로 주체에게 어떤 불이익이나 상처, 고통을 가져오고 그로 인해 상대에게는 원망의 마음을, 자신에게는 연민의 정을 품게 되는 것임에 비해, 모노노아와레를 촉발하는 대상이나 원인은 오히려 낭만에 가까운 哀傷을 내포한다. 다시 말해 모노노아와레의 경우, 한과는 달리 비애의 원인이 분명치 않고 어떤 의도나 목적성이 내포되어 있지 않다. 대상에 대한 연민에서 오는 막연한 비애가 모노노아와레의 실체이다.

이런 점들로 볼 때 '한'과 '모노노아와레'의 비애의 핵심을 이루는 것은 각각 '悲痛'과 '愛憐'이 아닌가 하는 결론을 유추해 보게 된다. 이들 한자의 어원을 보면 '非+心'으로 구성되어 있는 '悲'는 '痛'과 통하는 것으로 '悱'로도 쓰는데, 이 때의 '悱'는 '憤'에 가까운 의미를 지닌다. 이같은 어원적 의미에서 드러나듯 '悲'는 憤이나 화 등 마음에 쌓인 것이 울컥 밖으로 밀쳐나온다는 뜻을 내포한다.43) 이에 반해 '心 +粦'로 구성된 '憐'은 '愛'와 상통하는 것으로 '哀' '吝'의 의미를 내포하는데, 생각이나 느낌이 계속 끊어지지 않고 이어지는 것을 나타낸다.44)

이상을 종합해 보면 悲나 憐은 모두 '슬픔'을 의미하면서도, '悲'는 '아프다' '원망하다'는 뜻의 '痛'을 의미의 핵으로 하고 '憐'은 '어여삐 여기다' '불쌍히 여기다'는 뜻의 '愛'나 '愍'을 의미의 핵으로 하는 차이가 있음을 알 수 있다. 이로써, 痛과 상통하는 悲는 의미의 중심이 '주체'에 놓여지고,

---

43) 藤堂明保, 『漢字語源辭典』(東京:學燈社, 1965 · 1987), 728쪽.
44) 같은 책, 480쪽. 및 諸橋轍次, 『大漢和辭典』·4卷(東京:大修館書店), 1181쪽.

'愛'와 상통하는 憐은 '대상'에 더 비중이 주어진다는 차이를 추론해 볼 수
있다. 이 글자들은 각각 '恨'과 '모노노아와레'에 내포된 비애의 차이에 대
응하는 것이라 할 수 있다. 즉, '한'의 비애감은 주체가 체험하는 心身上의
苦痛을 중핵으로 하는 '實存的·현실적 비애'45)라 할 수 있고, '모노노아와
레'는 대상·사물에 대한 憐愍에 기반을 둔 '浪漫的·感傷的 悲哀'46)라 할
수 있을 것이다.

3.2. 구심적 경향과 원심적 경향

'痛'과 '憐'이 내포하는 애감의 상이한 성격은 자연히 두 번째 차이점으
로 연결된다. '痛'이나 '憐' 모두 '아파하는' 마음이 기본이 되지만 '痛'은
아픔의 주체에 더 비중이 두어지는 말인 반면, '憐'은 그 아파하는 마음이
상대를 '어여삐' '불쌍하고 애처롭게' 여기는 데서 기인하므로 '객체' '대상'
에 더 비중이 두어진 말이라 할 수 있다. 모노노아와레는 주체의 心的 상태
는 물론, 객체-자연물이나 일반 사물, 상대방 인물 등-의 속성이나 상태를 형용
하는 말로 사용되는 예가 많으나, '한'의 경우는 주체의 심적 상태를 나타내
는 말로만 사용될 뿐 객체의 속성을 형용하는 표현으로서는 쓰이지 않는다
는 것은 이같은 차이를 뒷받침하는 근거라 할 수 있다.

우리 한 풀이로 비단으로 다 하여 입어 봅시다.   -<흥부전> 中-

안맹하신 우리 부친 천지에 깊은 한을 생전에 풀려하고 죽엄을 당하오니
                                          -<심청전> 중-

모녀간 천지중 얼굴을 모르기로, 평생 한이 맺혀 잊을 날이 없삽더니, 오

---

45) 실체·이유가 있는 비애라는 뜻에서, 그리고 비애의 근원·실체를 분명하게 파악할
   수 있다는 의미에서이다.
46) 비애의 실체·이유가 불분명하고, 모호·막연하다는 의미에서이다.

늘날 뫼시오니 나는 한이 없사오나, 외로우신 아버지는 뉘를 보고 반기실까.
-<심청전> 중-

杜鵑에 목을 빌고 꾀고리 辭說어더
空山月 萬樹陰에 不如歸라 우렷시면
相思로 가심에 밋친 恨을 풀어볼가 ㅎ노라
-安玟英-

이 예들에 쓰인 '한'이라는 말에는 '한체험'의 주체가 자기자신을 가련하게 여기는 자기연민이 깃들어 있다. 자기연민은 피해의식이나 후회에서 비롯되며 아파하고 동정하는 행위가 궁극적으로 주체(나)를 향해 있는 심리작용이다. 여기서의 '한'은 어떤 상황에 대하여 주체가 한스러워하는 心的 상태를 나타내는 말이지, 그 상황 자체에 한의 속성이 내포된 것은 아니다. 바꿔 말해 '눈없는 상태' 자체가 恨은 아니라는 것이다. 사람에 따라서는 그 상황을 한스럽게 받아들이지 않을 수도 있는 것이다.

한편, 모노노아와레의 경우 3.1항에서 든 예들은 대개 주체의 심적 상태를 나타내는 말로 쓰였지만, 아래의 예들은 그 의미와 쓰임이 전혀 다르다.

早河の瀬にゐる鳥の緣を無み思ひてありしわが兒はあはれ
(早河의 물가에 있는 새처럼 의지할 곳 없이 생각에 잠긴 내 아이가 애처롭구나.)
-『萬葉集』·761-

色より香こそあはれと思ほゆれ誰が袖ふれし宿の梅ぞも
(色보다는 香이 훌륭하다고 생각된다. 누구의 소매에 닿아 옮겨온 것일까. 이 집의 매화향기는.)
-『古今和歌集』·33-

我のみやあはれとおもはむきりぎりす鳴く夕かげの山となでしこ
(나만 가련하다고 생각하는 것일까. 귀뚜라미가 우는 저녁무렵의 패랭이꽃이여.)
-『古今和歌集』·244-

五六日の夕月夜はとく入りて, すこし雲隠るるけしき, 荻の音もやうやうあ
はれなるほどになりにげり. (5, 6일 경의 저녁달이 어느새 져버리고, 하늘에
엷게 구름이 걸려 있는 풍경이나, 갈대의 잎을 스치는 바람소리조차도 가슴
에 절절히 스며들 정도가 되었다.)   -<源氏物語>·篝火-

あはれなる御遺言. (가슴을 저미는 듯한 유언.)   -<源氏物語>·賢木-

여기서 '애처롭다' '훌륭하다' '가련하다'고 번역한 '아와레'는 주체의 심
리상태를 표현한 말이 아니라, 주체가 대면하고 있는 대상의 속성을 나타낸
말이다. 그러므로, 애처롭고 훌륭하고 가련한 것은 '나'가 아니라 '아이' '향
기' '패랭이꽃'이며, '아와레'는 대상에 초점이 맞춰진 말이라는 것을 알 수
있다. '아와레'의 속성은 대상 속에 내재해 있는 것이기에, 노래 속의 '나'가
아닌 다른 사람도 보편적으로 그 내용에 공감할 수 있는 것이다. 우리는
'아와레' 뒤에 '-라고 생각한다(-と思ほゆれ, -とおもはむ)'라고 하는 표현에
주목할 필요가 있다. '애처로운' 것은 대상이고 그것을 애처롭다고 '생각하
는' 것은 화자이다. 문법적으로 볼 때 '아와레'라는 술어의 주어는 '아이'
'패랭이꽃'이며, '-하다고 생각한다'라는 서술어의 주어는 시적 화자인 것이
다. 이런 점들을 근거로, '한'은 '나(주체)'를 향한 연민이요, '모노노아와레'
는 '모노(物)'를 향한 연민이라는 잠정적 결론을 유추할 수 있다. 즉, 주체
('나')가 없으면 '한'의 미는 성립될 수 없으나, 모노노아와레는 '나'가 없어
도 성립될 수 있다.

한편, 한의 경우는 한의 정서를 유발하는 대상이 어떠한가는 별로 중요하
지 않다. 어떤 대상, 어떤 상황이라도 주체의 내면에 자리한 한의 응어리를
밖으로 끄집어낼 수 있다. 그러나, 주체가 모노노아와레를 느낄 수 있는 대
상, 다시 말해 모노노아와레라는 속성을 자체내에 내포하는 대상은 한정적
이다. 극단적인 예를 들어 더럽고 추한 사물에 의해서도 한의 정서는 촉발

될 수 있으나, 결코 모노노아와레의 대상은 될 수 없는 것이다. 품위와 깊은 정취가 있는 것, 작고 나약한 것, 변화해 가는 것이 모노노아와레라는 말이 적용되는 주대상이다.

요컨대, 모노노아와레는 '모노(物)'에 대한 관심·배려·애정에서 출발하는 원심적 경향이 강한 미의식이며, 한은 '我'의 심적 상태가 중심이 되는 구심지향적 미의식으로 규정해 볼 수 있다. 이같은 차이는 한이나 모노노아와레만이 아니라 이에 대응되는 '흥'이나 '오카시'의 경우에도 해당된다(2부3章 Ⅱ절 참고). 오카시와 아와레는 모두 감지주체의 관심이 사물이나 대상 등 외부의 것을 향하는 데서 생기는 미유형이라는 공통점을 지닌다. 한편, '흥'은 역시 '한'처럼 외부사물보다는 주체의 느낌, 정서, 심적 상태가 우선하고 여기에 더 중점이 두어진다는 점에서 공통적이다. 이로부터, 구심지향성 원심지향성이 한국과 일본의 미의 근본적 차이를 이루는 게 아닌가 추정해 볼 수 있다.

한과 모노노아와레의 이같은 차이는 주관성/객관성, 개별성/보편성[47]이라는 말로도 설명될 수 있으리라 생각한다. '아와레'의 속성이 대상에 내재한다고 한다면, 그것은 어느 정도 주체의 주관적 취향이나 판단을 넘어서 보편화될 수 있다. 반면, 한의 미는 어떤 상황이나 체험 자체가 한의 속성을 내포한다기보다는, 그것을 주체가 '한스럽게' 수용하는 데서 형성되는 것이므로 주관적·개별적 성향을 띠게 된다. 같은 상황을 두고도 한스럽게 받아들여질 수도 있고, 그렇지 않을 수도 있다는 것은 곧 한이 지니는 개별적·주관적 성격을 말해주는 것이라 하겠다. 이 차이를 '풍류'를 핵심으로 하는

---

47) 모노노아와레에 내재된 보편성에 대해서는 山崎良幸(앞의 책, 52쪽. 200-207쪽), 大西克禮(앞의 책, 151·118·168쪽)도 지적한 바 있다. 山崎良幸는 '아와레'라고 하는 정서를 유발하는 대상을, 구체적·개별적 사실을 넘어선 보편적인 것으로 변화시키는 구실을 하는 것이 '모노'라고 하였다. 또, 大西克禮는 '아와레'의 속성을 객관적·보편적 성질을 띠는 愛를 내포하는 靜觀·觀照의 개념으로 설명하였다.

미체계의 관점에서 설명한다면, 모노노아와레는 '풍류심'과 더불어 '풍류성'을 나타내는 말로도 쓰일 수 있으나, 한은 오직 '풍류심'을 나타내는 말로만 쓰일 수 있다고 하겠다.

'아와레'는 대상중심적인 경향이 강하고, '한'은 주체중심적 경향이 강하다고 하는 차이는 곧 이들 미감을 환기하는 외적 자극, 외적 대상에 얼마나 의존하느냐 하는 문제와 직결된다. '한'의 미 형성의 1차적 요인은 주체이기 때문에 자연물이나 외부 사물 등 대상에의 의존도는 극히 낮으며 주로 인간관계에서 빚어지는 '사건'이 중심을 이룬다. 그러므로, 한의 미 배후에는 인간사를 둘러싼 어떤 '이야기'-그 이야기가 극히 짧은 單元的 에피소우드로 구성되었다 할지라도-가 자리하게 마련이다. 그리고 그 이야기는 남녀간, 친구간, 가족간, 임금 과 신하간 등 다양한 범위의 인간관계에 걸쳐 있다.

'모노노아와레'의 경우는 초기에는 인간사가 대상이 되는 양상이 우세했으나 시대가 내려올수록-구체적으로는 헤이안 중기 이후-자연물을 포함한 일반 사물이 그 대상이 되는 양상이 두드러지게 된다. 특히 모노노아와레의 미가 형성되는 데 있어 '자연물'은 중요한 의미를 지닌다. 자연물은 恨의 미에 있어서는 간접적·2차적 대상에 불과하지만, 모노노아와레의 경우는 직접적·1차적 대상이 된다. 또, '한'의 경우는 외부 사물이 소재가 된다 해도 대개 몇몇 유형화된 자연물-梨花, 달빛, 두견새 등-이 대상이 되지만, 모노노아와레의 경우 대상물은 自然에 국한되지 않고 사람[48], 동물, 佛道나 信仰, 住居, 배(舟), 天體, 樂器 기타 일반 사물 등 광범한 소재에 걸쳐 있으며 자연물이라 할지라도 '한'의 경우와는 달리 다양한 종류가 대상이 된다. 특히 품위·깊은 정취가 있거나 작고 나약한 것, 화려하지 않은 것, 눈에 잘 띠지 않는 것, 변화해 가는 것이 주로 모노노아와레의 대상이 된다.

미감이 형성되는 과정이 주체 중심인가 대상중심인가 하는 점은 야기된

---

48) <枕草子>에서는 '孝子'를, 동일 작가가 쓴 <紫式部日記>에서는 讀經이나 僧侶를 아와레를 유발하는 대상으로 예를 들고 있다.

비애감의 성격을 규정짓는 직접적 요인이 되기도 한다. 한의 경우 체험의 주체는 한을 야기한 원인, 현재 상황을 명확히 이해·판단하고 있으며, 그것을 풀고자 하는 염원 및 의도, 목적성을 가진다는 것을 언급했는데, 이 점은 바로 한이 주체의 理智的 정신활동의 소산이라는 것을 말해 준다. 한편, 모노노아와레가 형성되는 데 있어서는 대상, 특히 자연물이 중요한 구실을 하므로 추상성을 띠는 정감조차도 感覺化되는 양상을 띤다. 한의 비애감이 理智的 경향을 띤다면, 모노노아와레의 그것은 感覺的 경향을 띤다고 할 수 있다.

그러나, 여기서 한 가지 간과해서는 안될 점은, 자연에의 의존도가 낮건 높건, 자연이 1차적 대상이 되건 2차적 대상이 되건 간에 그 배후에는 인간관계의 체험이 자리한다는 사실이다. 홍/오카시, 무심/유우겡의 미와는 달리 궁극적으로 인간사와 결부된다는 점이 한과 모노노아와레의 공통점이라 할 수 있다. 다만 모노노아와레의 경우 한과는 달리 인간관계가 주로 남녀관계에 국한되는 경향이 있다는 차이를 지닌다.

앞서 인용한 <杜鵑에 목을 빌고> 시조를 보면 두견이나 꾀꼬리 자체에 초점이 맞춰진 것이 아니라 주체의 한을 표현하는 소재가 되고 있을 뿐이다. 그리고 그 한은 남녀간의 相思心에 기인한다. 모노노아와레의 경우 『古今和歌集』 33번 노래를 보면 '매화향기'가 직접적인 대상이 되면서도, 그 배후에는 역시 남녀관계-매화향기를 話者가 기다리고 그리워하는 어떤 사람, 異性-라고 하는 인간사가 자리잡고 있는 것이다.

3.3 不調和와 調和의 미

앞서 한과 모노노아와레에 내재되어 있는 비애감의 본질로서 '痛'와 '憐'을 지적한 바 있다. '한'의 주체가 느끼는 心的 고통이나 상혼은 그것을 야기한 원인과의 '不調和'의 산물이며, 따라서 거기에는 '갈등요소'가 내재한다. 한편, 모노노아와레의 경우 대상에 대한 연민은 궁극적으로 대상과의 '調和'의 결과라 할 수 있으며 그 조화는 대상에 대한 '共感' '感動'을 기반으로 한다.[49]

> 임도 응당 사람이지 木石이 아니어든
> 千愁萬恨 잊자하고 一層樓 올라가서
> 원근을 바라보니 千萬事로 傷心이라   -<相思陳情夢歌> 중-

> 차 소위 성인의 권도라. 하나는 국가에 정절하심이요 하나는 임녀의 원한을 解釋함이 되리니 어찌 아름답지 아니하리요   -<숙영낭자전> 중-

> 恨不得供養眞身. (眞身을 공양하지 못한 것을 한스럽게 여기다.)
>   -『三國遺事』 卷3,「黃龍寺丈六條」-

> 未能瞻日月 却恨向塵埃. (龍顔을 뵙지 못했으니 도리어 속세를 향한 것이 한스럽도다.)
>   -『破閑集』·中卷-

> 恨眼目不長落老胡計中. (안목이 길지 못해 늙은이의 계략에 빠진 것을 한탄하다.)
>   -『破閑集』·下卷-

앞의 두 예의 한에는 '원망' '불만'의 심정이, 나머지 예에는 '후회'나 '자책'의 심정이 담겨 있다. 이처럼 '한'에 내재하는 갈등요소는 다양한 감정형태로 표출되며, 모두 한의 원인과 주체 사이의 부조화 양상을 드러낸다. 그리고 이같은 갈등요소는 결국 '맺힘' '응어리' '마음'의 '痛'으로 이어진다.

그러나, 모노노아와레에는 애초부터 부조화나 갈등요소가 내포되어 있지 않다.

---

49) 모노노아와레의 본질을, 대상에 대한 깊은 감동과 공감으로 보는 것은 本居宣長, 大西克禮의 모노노아와레론에 잘 드러나 있다.

(a)八月二十余日の有明なれば, 空のけしきもあはれ少なからぬに, …

(b)のぼりぬる煙はそれと分かねどもなべて雲ゐのあはれなるかな

（8월 20일께 새벽달이 있을 무렵 하늘도 절절히 마음을 저미는데… 遺骸를 태우고 하늘로 솟아오르는 연기는 어느 구름이 되었는지 분간할 수 없지만 구름이 있는 하늘 근처에 감회가 서려있네.)

-<源氏物語> · 葵-

折節のうつりかはるこそ, ものごとにあはれなれ. (계절이 바뀌어가는 모습이야말로 무엇보다도 깊은 정취가 있다.)   -<徒然草> · 19段-

秋は夕暮. 夕日花やかにさして山ぎはいと近くなりたるに, 烏のねどころへ行くとて, 三つ四つ二つなど, 飛び行くさへあはれなり. (가을은 석양무렵이 좋다. 지는 해가 화려하게 내리비쳐 산기슭에 아주 가까워질 때 까마귀가 보금자리를 향해 셋, 넷, 둘 날아가는 것까지 깊은 정취가 느껴진다.)

-<枕草子> · 1段-

春はただ花のひとへにさくばかりもののあはれは秋ぞまされる.

(봄은 다만 꽃이 필 뿐이지마는, 계절의 정취는 가을이 훨씬 낫다네.)

-『拾遺和歌集』 · 511-

이 예들에서 '아와레'는 모두 단순한 감회나 정취가 아니라, 애조띤 느낌을 내포한 깊은 감동을 의미한다. 눈앞에 펼쳐진 상황을 보고 가슴 깊숙이에서부터 느낌이 차오르는 상태를 형용하고 있으며, 그 느낌은 비애감에 근접한 것임을 앞 뒤 문맥을 통해 읽어낼 수 있다. <源氏物語>의 예는 겐지의 본처인 '葵의 上'의 장례식 장면을 묘사한 것으로 (b)부분은 그 상황에 접하여 겐지가 자신의 소회를 읊은 和歌이다. <徒然草> <枕草子> 『拾遺和歌集』의 예는 일견 비애의 정조와 무관한 것처럼 보일 수도 있으나, 계절이 바뀌어가는 것을 변화와 늙음의 징표로 보고 비애감을 느끼는 것은 우리나라나 일본뿐만 아니라 전세계 보편적인 감정일 것이다. 또 하루 중의 석양 무렵, 일본의 미적 전통에서 悲秋로 인식되는 가을이라는 계절 역시 그 소멸의 징표로 인해 사람에게 애수와 비애감을 느끼게 한다.

그러나, 비애감을 환기하는 것을 美的인 것으로 보고, 또 비애의 감정을 즐기는 것은 우리나라의 미적 전통과는 다른, 일본 특유의 전통적 미의식이라고 생각된다. 비애를 즐기는 태도에서 갈등이나 대립, 모순, 부조화의 심적 태도가 형성되기는 어렵다. 비애의 요소가 아픔과 상처의 씨앗이 되는가 아니면 그 자체를 즐기는가 하는 태도의 차이가 바로 한과 모노노아와레의 본질적 차이, 즉 부조화와 조화의 미적 차이를 낳는다.

묘사된 장면에서 우리는 원망이나 불만, 갈등, 가슴에 응어리가 맺히게 하는 상처 등을 느낄 수 없다. 오히려 그 정경에 깊이 몰입·동화되어 있는 심적 태도를 엿볼 수 있다. 즉 깊은 감동의 요소가 지배적인 것이다. 이같은 심리작용을 아리스토텔레스의 용어를 빌어 '비애의 쾌감'이라고 부를 수도 있을 것이다.

한편, '한'에는 모노노아와레의 핵심을 이루는 '감동' '공감'의 요소가 결여되어 있다는 점에 주목해야 한다. '한'에 내포된 憤, 痛, 責, 怨, 願, 後悔, 歎, 遺憾, 挫折 등의 의미는 모두 주체의 恨체험을 야기한 원인과 대상에 대한 '反感' '抵抗感'의 표출이라는 점에서 공통적이다. 그러므로, 여기에는 깊은 감동이나 공감의 심리작용이 개입할 여지가 없는 것이다.

이같은 점들을 근거로, 한의 비애감은 부조화에 바탕을 둔 것이요, 모노노아와레의 그것은 조화와 공감에서 비롯되는 것이라는 결론을 유추할 수 있게 된다. 그러므로, 기존의 미적 범주에 비추어 볼 때, 한은 비극미에, 모노노아와레는 오히려 우아미에 가깝지 않나 생각된다.[50]

---

50) 久松潛一(『日本文學評論史』-『久松潛一著作集·5』-, 至文堂, 1968)은 모노노아와레의 본질이 현실과 이상, 사실과 낭만, 이성과 감정, 형식과 내용, 허와 실 등 대립적 요소의 조화에 있다고 하여 모노노아와레를 調和美의 범주 속에서 이해하였다. 그가 말하는 조화의 미는 곧 기존의 미적 범주에서 우아미를 말한다고 볼 수 있다. 大西克

葛藤要素의 유무는 곧 카타르시스 작용의 개입여부와 직결된다. 카타르시스란 원래 소화불량에 먹는 약 이름이었다. 이로 인해 정신적 응어리를 배설·정화해 내는 작용을 의미하게 되었는데, 갈등이란 다름 아닌 정신적 소화불량의 표본인 것이다. 따라서, 예술 특히 비극이 갖는 미적 효능으로서의 정화작용은 정신적 응어리를 전제로 한다. 갈등요소 없이 대상에 대한 공감에 바탕을 두는 모노노아와레의 경우 카타르시스 작용은 개입할 여지가 없는 것이다. 물론 둘 다 美感에 속하므로 모노노아와레의 경우도 쾌감을 수반한다는 점에서는 같다. 하지만, 恨에 내재한 미적 쾌감이 以熱治熱의 효과를 지니는 카타르시스의 성격을 띠는 것에 비해, 모노노아와레의 경우는 共感에서 오는 미적 쾌감의 성격을 띠는 것이다.

3.4 시간성

3.4.1. 장기적 시간과 순간적 시간

앞서 한의 미에 내재된 비애의 본질은 '痛'이요, 모노노아와레의 그것은 '憐'이라는 것을 언급한 바 있다. 비애의 느낌이 상처나 응어리, 고통으로까지 진전되느냐의 여부가 양자를 가름하는 한 기준이 된다고 볼 때, 시간의 흐름을 두고 회한, 원망, 상처, 실망 등의 정서가 누적·반복되는 경우와 일회적인 체험으로 끝나는 경우는 마음에 응어리가 맺히느냐 하는 것과 직결되는 문제이다.

恨은 일회적 슬픔이나 좌절에 의해 형성되는 애상적 정감이 아니다. '한'의 본질을 규정하는 것 중의 하나가 '맺힘' '응어리'라는 것이고, 이것은 오

禮(앞의 책, 139쪽)는 아와레라고 하는 심적 상태에 일종의 '嚴肅性'이 내재해 있다고 하여 모노노아와레와 壯美(崇高美)의 깊은 관계를 시사하고 있다. 그러나, 井上豊(앞의 책, 27쪽)의 경우, 아와레는 처음부터 감동사의 성격을 지니므로 여기에 숭고한 것, 위대한 것을 찬미하는 의미가 내포된 용례가 있지만(<枕草子>의 예를 거론), 체계화된 미학용어로서의 '모노노아와레'에는 숭고미의 요소는 거의 찾아볼 수 없다고 하였다.

랜 시간의 경과 없이는 형성될 수 없는 요소이다. '한'이라는 말에 덧붙여지
는 수식어나 한정어를 보면 이같은 특성이 여실히 드러난다.

· 천추에 한이 있어 招魂鳥가 되었더니,
· 천추 깊은 한
· 길이 한이 있었기로
· 안맹하신 우리 부친 천지에 깊은 한을 생전에 풀려하고 죽엄을 당하오니,
· 너의 깊은 한을 내가 알든 못하여도
· 평생 한이 맺혀

위 인용 예들은 모두 <심청전>에서 발췌한 것으로 '千秋' '길이' '천지
에 깊은' '평생' 등의 어구는 바로 長期的 시간의 흐름을 함축한 표현이라
할 수 있다. 이외에도 '長恨歌' (白樂天), '終身의 至恨至痛' '한이 千萬'
'平生의 爲君父怨恨' '千愁萬恨' '恨오백년' 등 '恨'과 함께 쓰이는 자구들
을 보면 '한'이라고 하는 정서는 어느 한 순간의 비애나 분노, 불만, 원망으
로 형성되는 것이 아니라, 그 체험이 오랜 세월을 두고 지속·반복됨으로써
형성되는 것이라는 것을 명백히 보여 준다. 이같은 지속적 체험은 가슴에
응어리를 이루고, 한의 주체로 하여금 그것의 근원과 원인에 대한 꾸준한
성찰의 계기를 부여한다. 그럼으로써 삶과 인간에 대한 이해가 깊어지고 어
느 순간 부정적 감정이 漂白·無化되어 청량수처럼 정화되는 순간을 함축
한 것이 바로 한이 지니는 美的 본질인 것이다.

한편, 모노노아와레에는 지속적·반복적 요소가 결여되어 있다. 오히려 어
느 한 장면이나 광경을 보고 감지하는 순간적 비애감에 가깝다.

月も入りぬるにや, あはれなる空をながめながら…
(달도 이미 들어가 버리고, 가슴을 에이는 듯한 하늘을 바라보면서…)
-<源氏物語> · 賢木-

五六日の夕月夜はとく入りて, すこし雲隱るるけしき, 荻の音もやうやうあはれなるほどになりにげり. (5, 6일 경의 저녁달이 어느새 져버리고, 하늘에 엷게 구름이 걸려 있는 풍경이나, 갈대의 잎을 스치는 바람소리조차도 가슴에 절절히 스며들 정도가 되었다.)　　　　　-<源氏物語>·篝火-

のぼりぬる煙はそれと分かねどもなべて雲ゐのあはれなるかな
(遺骸를 태우고 하늘로 솟아오르는 연기는 어느 구름이 되었는지 분간할 수 없지만 구름이 있는 하늘 근처에 감회가 서려있네.)
　　　　　　　　　　　　　　　　　-<源氏物語>·葵-

　여기서 '모노노아와레'의 대상이 되는 사물(첫째 예), 상황(둘째 예), 사건(셋째 예) 들은 과거의 모노노아와레의 체험에 결부된 것이 아니라, 현재의 그것에 국한되어 있다. 위의 예 이외에도 모노노아와레를 설명하기 위해 든 예들은 대개 주체가 어떤 상황이나 장면·사물에 임해서 그것이 환기하는 독특한 미감, 분위기를 서술하는 것들이다. 이 예들은 과거의 어떤 '사건'에 얽힌 비애의 감정보다는, 현재 눈앞에 펼쳐진 상황의 독특한 분위기에 초점이 맞춰진다. 나아가서는 과거의 사실조차도 현재화하는 양상(세 번째 예)이 모노노아와레의 본질적 특성인 것이다. 이 때의 느낌은 순간적, 일회적인 것이다. 따라서, 똑같은 장면, 똑같은 상황이라 할지라도 그때그때 느낌이 달라질 수 있다. 어떤 대상, 장면을 '모노노아와레'라고 표현할 수도 있지만, 이와 대응되는 미감인 '오카시'로 표현할 수도 있다는 얘기다. 이와는 달리, '한'의 경우라면 같은 상황에 대하여 동일한 반응-恨의 미감-이 야기되는 것이다.
　이런 점들은 바로 '모노노아와레'에 내포된 순간성, 즉각성을 말해주는 것이며, '사물에 卽해서 그 가운데 나타나는 것'[51]이 바로 모노노아와레의 본질인 것이다. 이것은 시간적으로는 어느 한 '순간', 공간적으로는 어느 한

---

51) 山崎良幸, 앞의 책, 215쪽. 久松潛一, 앞의 책.

'장면'에 초점이 모아진다고 하는 특성을 말한다. '한'이 長期的인 것이라면 '모노노아와레'는 一回的인 미감이라 할 수 있는 것이다. 일본인의 思惟的 특징을 '卽物性'에서 찾는 견해도 같은 맥락에서 이해될 수 있다.[52] '즉물 성'이란 어떤 사물이나 대상에 접하여 卽興的·卽刻的으로 반응하는 작용 을 내포한다고 할 때, 이같은 사유특성이 미적 표현으로 나타나는 경우 앞 에서 언급한 것과 같은 일회적·순간적 비애체험으로 귀결되기 쉬운 것이다. 일본문학사에서 직감이나 직관에 호소하는 短詩型이 발달한 것도 이와 깊 은 관련이 있으리라 생각된다.

3.4.2. 과거지향과 현재지향

순간성·일회성이라고 하는 특징은 바로 모노노아와레가 '현재지향성'이 강한 미감이라는 것을 반영한다. 위의 예들에서의 모노노아와레는 과거부터 축적·되풀이되어온 경험에 결부된 것이 아니라, 현재의 느낌·현재의 경험 에 국한된 것이다. 과거의 경험조차도 현재화한다는 것에 모노노아와레의 특 징이 있다. 위 예 중 세 번째 것은 겐지의 첫 번 째 本妻인 '葵の上'의 장 례식에서 겐지가 부른 노래인데, 유해를 태운 불길에서 솟아나는 연기가 하 늘로 올라가 구름에 뒤섞이는 장면을 '아와레'라는 말로 표현하고 있다. 그 감회 가운데는 분명 '葵の上'과의 추억의 그림자가 포함되어 있다는 점은 부인할 수 없지만, 이 노래에서 직접적으로 모노노아와레를 불러일으키는 요 소는 그녀와의 추억이 아니라, 죽음의 흔적인 연기가 생동하는 구름 속으로 합쳐져 들어가는 현재의 광경이다. 과거의 추억까지도 현재화하는 독특한 미

---

52) 和辻哲郎, 앞의 책. 및 草薙正夫, 『幽玄美の美學』(塙書房, 1973), 233쪽. 형이상학 적 존재에 대해 생각할 경우, 이것을 추상적으로 생각하는 것이 아니라 즉물적으로밖 에 생각하지 않는 것이 일본인의 사유특성이라 하였다. 尾川正二도 『日本古典の美 的理念』(『일본고전문학에 나타난 미적 이념』, 김학현 옮김, 한림신서, 1997, 157쪽)에 서 일본인의 사유방법이 보편적인 理法을 특수한 相에 의거해 이해하려고 하는 데 있다고 지적하였다.

감을 확인할 수 있다.

　반면, '한'의 미는 과거의 체험이 있음으로 해서 성립될 수 있다. 현재의 상황, 현재의 광경도 그것이 과거의 체험과 결부될 때만 '한'의 미감을 띠게 된다. 위의 <심청전>의 예는 말할 것도 없고,

　　恨不得供養眞身. (眞身을 공양하지 못한 것을 한스럽게 여기다.)
　　　　　　　　　　　　　　　　　　-『三國遺事』卷3,「黃龍寺丈六條」-

　　未能瞻日月 却恨向塵埃. (龍顔을 뵙지 못했으니 도리어 속세를 향한 것
　이 한스럽도다.)　　　　　　　　　　　　　　　　　-『破閑集』·中卷-

등 앞서 인용한 대부분의 예들이, 현재의 '한'의 정서가 과거의 사실과 깊게 결부되어 있다는 것을 보여 준다. 과거의 사건과 연결되는 고리가 없어도 '모노노아와레'는 성립할 수 있지만. 과거의 체험이 없으면 현재의 '한'은 무의미하다. 현재까지도 '과거화'한다는 것에 한의 본질적 특징이 있다고 생각된다. '한'의 주지를 담고 있는 많은 텍스트들이 과거의 역사적 사실에서 비유를 취하여 현재의 '한'을 강조하고 있는 것도 같은 맥락에서 이해할 수 있다.

3.5. 差異의 근저에 있는 것

　지금까지 한과 모노노아와레의 차이를 몇 측면에서 조명해 보았다. 이들은 비애감을 기본적 정조로 하면서도 그 성격이 사뭇 다르다는 것을 알 수 있었다. 이 차이를 다소간의 무리를 감수하고 현실적·실존적 비애/낭만적·감상적 비애로 통괄해 볼 수 있을 것이다. 그렇다면, 같은 비애감을 주조로 하면서도 왜 이같은 차이점들이 빚어지게 된 것일까. 이것에 대한 답은 단정적 결론이라기보다는, 추론·추정의 성격을 띨 수밖에 없다.

차이를 배태하는 가장 중요한 요인으로서, 이들이 형성되는 '시대적·문화적 배경'을 꼽고자 한다. 오늘날 모노노아와레는 일본인의 미감을 가장 극명하게 보여주는, 바꿔 말하면 일본의 미를 대표하는 것으로 인식되고 있다. 그러나, 이 말에 함축되어 있는 美的 내포는 헤이안 시대의 그것에 뿌리를 내리고 있다고 해도 틀림이 없다. 넓은 의미에서 모노노아와레는 일본의 미를 대표한다고 할 수 있지만, 유우겡(幽玄)이 중세의 미를 대표하듯, 실질적으로는 '오카시'와 더불어 헤이안 시대의 미의식을 반영하는 것이다. <枕草子>가 오카시의 미를 잘 드러내 보인다고 한다면, <源氏物語>에는 모노노아와레의 미가 농축되어 있다. 모노노아와레의 미가 형성되는 과정에는 헤이안 시대의 미의식, 종교적 경향, 향유층의 생활상과 미적 취향, 당대의 문화적 풍토 등이 중요한 요소로 작용하였음은 말할 나위가 없다. 요컨대, 모노노아와레는 헤이안 시대 귀족의 미적 취향이 불교 우세의 문화적 토양과 어울어져 빚어낸 시대적 산물이라고 할 수 있는 것이다.

헤이안 시대는 佛敎의 융성기였다. 일본인의 전통적 미적 감각은 뭔가 결여된 것, 크고 화려한 것보다는 작고 나약한 것, 드러난 것보다는 감추어진 것, 滿月이나 만개한 꽃보다는 보름을 지난 달, 시들어 가는 꽃에 마음이 쏠리는, 변화해 가는 우주만물 속에서 아름다움을 느낀다는 점 등에서 특징을 찾아볼 수 있다. 이같은 일본의 보편적, 고유의 미감은 헤이안 시대의 미의식에 뿌리를 내리고 있는 것이며, '佛敎的 無常感'은 이의 형성에 결정적 영향력을 을 행사한 것이라고 할 수 있다.

'無常'의 진리란 이 세상에 불변의 것은 아무 것도 없고 인생이나 자연을 포함한 모든 것이 변화해간다고 하는 것이다. <源氏物語>는 주인공인 겐지가 이같은 진리를 깨달아가는 이야기이다. 부귀한 신분에 아름다운 용모와 재능, 지혜 등 모든 것을 갖춘 겐지가 젊은 시절 동안 수많은 여인들과 사랑을 나누며 온갖 광영을 누리다가 늙어가면서 이 모든 것이 무상하다는 것을 깨닫고 절로 들어간다는 내용이다.

계절의 移行을 통해 드러나는 '자연'의 변화는 무상의 진리를 느끼게 하는 직접적인 요소가 된다. 모노노아와레의 대상 중 왜 그렇게 자연이 큰 비중을 차지하는가 하는 의문도 여기서 답을 구할 수 있다. 무상의 도란 어떤 특별한 사건에 관계된 것이 아니라, 보편적이고 어쩌면 막연하다고 할 수도 있는 추상적인 것이다. 따라서, 모노노아와레의 미가 '한'의 경우와는 달리 이유가 불분명한 감상적 비애의 성격을 띠는 것도 당연한 결과라 하겠다. 모노노아와레 외에 유우겡, 사비, 와비 등 일본의 미유형이 불교의 토대 위에서 형성된 것임을 감안할 때, 일본예술에 끼친 불교의 영향은 거의 절대적이라 해도 과언이 아니다.

이에 비해 '한'의 비애감은 분명한 이유와 근거를 내포한다. '한'에 담겨진 비애는 어떤 특별하고도 개별적인 사건과 결부되어 있다. 그리고, 한을 야기한 그 사건들의 중심에는 '소외'의 과정이 자리한다. '소외'란 '이 세상은 나를 포함하지 않고 따라서 나는 이 세상 밖으로 밀려나 있다'고 느끼는 것이다. 소외는 男/女, 上/下, 忠/不忠 등의 차별 내지 구분을 전제로 한다. 필자는 이 차별의 구조를 야기하는 요소로서 유교이념을 제시한 바 있다. 이 때의 유교는 철학사상으로서의 유교가 아니라, 통치이념화된 이데올로기로서의 유교이다. 차별에서 오는 소외, 그리고 그 소외로부터 빚어지는 비애감은 종교적 진리와 결부된 비애감과 다를 수밖에 없다. 거기에는 아픔(痛), 상처, 응어리가 항상 자리한다. 이런 의미에서 '한'의 비애감은 '현실적' '실존적'인 것이요, 모노노아와레의 그것은 '낭만적' '감상적' '애상적'인 것이라는 성격을 부여해 볼 수 있는 것이다.

시대적 분위기와 더불어 '한'이나 '모노노아와레'라고 하는 미의식을 배태시키는 중요한 요인으로서 '문화담당층'-창작층, 향유층, 후원자 등을 모두 포괄하는 개념-의 성격을 고려하지 않을 수 없다. 모노노아와레라는 미유형의 모태가 되는 헤이안 시대의 미감은, 궁중을 중심으로 한 왕족, 귀족 기타 궁중에 관계된 상층 인물들에 의해 주도되었다. 이들은 경제적 혜택을 받는 계층으로 현실적 고통과는 거리가 멀었고, 이것은 삶의 권태와 무기력을 야기하는 한 동인으로 작용하였다. 자연히 그들은 자연 속에서 아름다움을 찾고 그림, 음악, 문학 등 예술작품의 향유 및 창작을 통해 삶의 자극을 추구함으로써 권태를 벗어나고자 하였던 것이다. 이같은 귀족들의 생활태도는 知的 문화의 결여를 낳고 예술이 唯美主義的 경향으로 흐르는 계기가 되었다. 따라서, 헤이안 시대의 미감, 미적 취향은 자연히 이들 문화활동 주체들의 생활상, 가치관을 직접적으로 반영하게 된 것이다. 여기에, 시대의 전체적 가치관, 삶의 방향, 사고방식을 주도해 가던 불교의 영향이 가미되어 모노노아와레라고 하는 독특한 미유형이 형성되기에 이른 것이다.[53]

'모노노아와레'가 귀족, 특권층 중심으로 형성된 미의식인 것과는 달리, '한'은 오히려 피지배층, 소외된 계층과 밀접한 관련이 있다. 물론 한시, 시조 등 지배층의 한텍스트에서도 '한'이 중요한 미유형이 되기는 하지만, 소외와 억압을 축으로 하여 형성된 현실적 비애감으로서의 '한'의 본질은 지배층보다는 피지배층 서민, 남성보다는 여성, 신분적·경제적 특권층보다는 소외층에 더 근접해 있는 것이다. 지배층의 텍스트에서의 '한'이 추상적·감상적 성격을 띤다는 점은 앞에서도 지적한 바 있으며, 이 경우 '한'의 비애감은 모노노아와레의 그것과 洽사하다는 것이 매우 흥미롭다. 현실적 소외나 생활의 고통, 삶의 실제적 생산현장과 동떨어진 특권층의 귀족 취향의 산물이라는 점에서 양자는 공통적이고, 이런 경우의 비애감은 낭만적·감상적·추상적 경향을 띠게 된다는 것을 새삼 확인할 수 있다.

兩者의 차이를 배태시키는 세 번째 요인으로 '민족성'의 문제를 지적하고자 한다. 일본인의 감정·사고의 패턴을 언급한 연구들을 보면, 일본인의 감정구조는 비애가 주조를 이루고 비애의 상황에서 美를 찾는 것이 일본문화의 한 주류를 이룬다고 지적하고 있다.[54] 이것은, 일본인들에게 비애를 즐기

---

53) 이상 모노노아와레와 헤이안 시대 귀족의 생활상과의 관련은 大西克禮의 앞의 책 (180-206쪽)에 자세히 설명되어 있다.

는 성향이 있음을 말해주는 한 단서가 된다. 이같은 성향은 모노노아와레가 感傷的·唯美的·浪漫的 비애의 성격을 띠게 되는 한 요인으로 작용했을 것이다. 또, 앞서 언급한 대로 추상적 사고보다는 즉물적 사고에 익숙하다든가, 보편적인 理法을 특수한 相에 의거해 이해하려고 하는 일본인의 사고성향은 대상중심적·원심적 경향의 미를 배태하는 토양이 되었을 것으로 추정할 수 있다. 이같은 즉물적 사고경향의 한 중심에는 '모노(物)'에 대한 일본인들의 독특한 인식이 자리하고 있다. 앞서도 언급했듯이 일본인에게 '모노'는 우주만물에 대한 총칭으로서 모든 존재물에는 魂이 깃들어 있다고 여겨져 왔다. 일본의 美學이나 神道는 바로 이 모노에 대한 각별한 관심에서 출발한다고 할 수 있으며, '오카시'나 모노노아와레가 공통적으로 보여주는 대상중심적·원심적 경향은 이와 밀접한 관련이 있음을 다시 한 번 확인하게 되는 것이다.

한편, 우리의 민족정서에는 '한'이라고 하는 독특한 한국적 비애감이 뿌리 깊게 자리잡고 있음을 부인할 수 없지만, 일본인의 경우처럼 그 비애가 美的 취향이 되거나 그것을 선호하는 성향이 있다고 보편화할 수는 없다. 일본인의 감정구조가 비애를 주조로 하는 것과는 달리, 우리의 경우는 '한'이라고 하는 '陰'의 정서뿐만 아니라 그 반대켠에 '홍'으로 대표되는 '陽'의 정서가 자리하고 있어 이 둘이 兩價的 균형을 이루고 있기 때문이다. 이 둘은 뚜렷하게 경계지어진 별개의 미유형이라기 보다는 서로의 영역을 수시로 넘나들기에 우리는 홍의 이면에서 깊은 한을, 때로는 한의 이면에서 홍을 감지하게 된다. 일본의 미 중에서도 우리의 홍과 비교될 수 있는 '오카시'가 있기는 하지만, 陽의 정서로서의 성격이 여러모로 다르다.[55]

---

54) 梅原猛, 『笑いの構造』(東京:角川書店, 1977, 176-177쪽) 草薙正夫(앞의 책, 236-237쪽)는 모노노아와레가 본래적으로 비극적인 미의식이라고 하면서, 일반적으로 이 비애의 감정을 즐기는 것이 일본인들의 예술적 취향이자 일본인의 미의식의 원류라 할 수 있으며, 이것이 일본예술의 한 특징적 경향이 된다고 하였다.

오카시에 내포된 陽의 성격은 ‘흥겨움’보다는 ‘재미’ ‘흥미’에 가깝다. 일본예술에서 ‘흥겨움’은 우리만큼 강조되거나 부각되지 않는다. 일본 문학 텍스트에서 ‘興’이라고 하는 말이 ‘정취’ ‘취향’과 거의 동의어처럼 쓰이는 경우가 많은 것도, 한국인에게 있어서의 ‘흥’과 같은 현상이 일본인의 정서 속에 존재하지 않기 때문이라고 생각한다.

이외에 기후・풍토 등 자연환경 요인 및 지리적 환경 요인도 무시할 수 없다. 일본의 기후는 고온다습하고 많은 강우량을 보이는 것이 특징적이다. 이런 기후가 우울하고 침잠되기 쉬운 어두운 성격, 염세적・비관적 성향, 나아가서는 비애감 자체를 즐기는 성향을 유발하는 한 요인이 된다고 볼 수도 있는 것이다. 모노노아와레의 비애감이 감상적・애상적・유미적 성격을 띠는 것도 비애를 즐기는 일본인들의 성향과 무관하지 않을 것이다.

또, 지리적 특성과 사고성향에 대해서도 생각해 볼 필요가 있다. 논리・설명・분석 등 ‘理’에 기반한 정신작용은 大陸文化의 공통요소이고, 理를 차단하고 정감이나 감각, 직관 등에 호소하며 思想性이 결여된 것이 島嶼文化의 특징이라고 한 견해56)에 비추어 보면, ‘理智的 悲哀’라고 하는 恨의 성격은 대륙문화 쪽에 가까운 半島文化의 산물이 아닐까 생각된다.

이상 양 미의식의 차이를 배태시킨 요인들이라고 여겨질 수 있는 것들을 몇 가지 언급해 보았는데 이것이 수학의 공식처럼 1:1의 명확한 대응이나 원인/결과 관계로 설명될 수 없음은 물론이다. 복합적 요인들이 상호작용하여 독특한 문화적 토양을 형성하고 그것을 토대로 문화적 스펙트럼이 형성되었을 것이며, 다양한 문화적 산물은 바로 그같은 특성이 표면으로 드러난 결과이기 때문이다.

---

55) 이 점에 대해서는 本書 「일본의 ‘흥’계 미유형」 참고.
56) 鈴木修次, 앞의 글 및 同著者의 『中國文學と日本文學』(東京書籍株式會社, 1987・1991), 61-62쪽.

제 4 부 '無心'論

1章 '無心'의 美學

Ⅰ. '無心'의 意味體系

'무심' '무심하다'라는 말은 오늘날에도 널리 일반적으로 쓰이고 있다. '무심결에 실토해 버리고 말았다' '그 사람 참 무심하군.'이라든가, '하늘도 무심하다', '그는 돈에는 무심한 사람이야.' '무심코 던진 말' 등의 표현은 오늘날 쓰이고 있는 '무심'이라는 말의 대표적 용례이다. 여기서, 첫 번째의 예는 '자기도 모르는 사이에', '무의식중에'의 뜻으로, 두 번째 예는 '타인에 대한 배려가 부족하다'는 뜻으로 쓰이고 있고, 세 번째는 '無情하다', 네 번째는 '무관심하다', '욕심이 없다'. 다섯 번째는 '아무 생각없이'의 의미로 사용되고 있다. 흔히 일상적으로 사용되는 이런 표현들은 발화주체의 독특한 심적 상태 및 태도와 관계된 것이라는 점에서 공통적이다.

이 말은 비단 일상생활에서만이 아니라, 문학을 비롯한 제 예술장르에서도 심미적 체험을 함유한 독특한 심적 상태, 다시 말해 '風流心'을 드러내는 말로 쓰여질 수 있는 것이다. 이에 대한 본격적 탐구에 앞서 '무심'이라는 말이 포괄하는 의미의 범주를 검토해 보기로 한다.

1. '無心'과 '機心'

'無'는 원래 老莊哲學的 연원을 지닌 말이다. 철학적 관점에서 '無' 개념에 접근할 때 여기에 대응되는 개념은 '有'이다. 그런데, 그 철학적 '無' 개념이 미학적·문학적 범주로 편입되었을 때의 '無心'의 상대적 개념은 '有心'이 아닌 '機心'으로 표현된다는 점을 주목해야 할 필요가 있다. 문학적 언술에서 '無心'은 '機心을 잊은 상태'를 의미하며, '機心이 고요하다'든가 '白鷗를 가까이 하여 機心을 잊다'와 같은 표현으로 형상화되곤 한다.

원래 이 '機心'이라는 말은 『莊子』「天地」篇에 기원을 두고 있다.

> 有機械者必有機事 有機事者必有機心. 機心存於胸中則純白不備 純白
> 不備則神生不定 …(중략)… 功利機巧 必忘夫人心.

이 앞에 물을 푸는 데 편리한 기계에 대한 언급이 나오는데, 기계를 가진 사람은 그것을 사용할 일(機事)이 생기고, 또 그것을 사용하려는 계획이나 마음(機心)을 갖게 된다는 것을 말하고 있다. 이로 볼 때, 機心이란 기계를 사용하려는 마음 즉 편리함·이익 등 世事的 가치기준을 가지고 만사를 헤아리고 사물을 판단·분별하려는 교묘한 마음을 의미한다고 하겠다. 여기에는 計較·相比·技巧·作爲·奇妙·巧智(세속적 지혜) 등의 의미요소가 내포되어 있으며, 機械之心이란 결국 巧詐한 마음, 恒常性이 결여된 마음, 이해득실에 따라 변화하는 마음, 분별지심을 뜻한다고 할 수 있다. 그리하여 機心을 흉중에 품으면 마음이 순백하지 않고 정신이 불안정하게 된다는 것이다. 그리하여, 사람은 이같은 '功利機巧'한 마음을 잊어 버려야 한다고 말하고 있다.

한편, '機事'란 세상의 번거로운 일, 是非·善惡·利害 등 분별적 가치기준에 입각해 운용되는 세상사를 의미하며, 따라서 '忘機'란 機事를 잊는 것, 혹은 機心이 없는 것, 功利機巧한 마음을 흉중에 두지 않는 것을 말한다고

보아야 할 것이다. 지극히 담백하고 無私(邪)한 '與世無爭'의 마음상태, 이
것은 바로 '無心'의 마음상태와 일치하는 것이라고 하지 않을 수 없다. '忘
機'는 곧 무심의 세계에 노니는 것을 의미하는 것이다.

『秋江冷話』에는 이같은 '無心'과 '機心'의 관계를 잘 드러내는 일화가
실려 있다. 대강 요약하면 다음과 같다.

韓明澮가 한강 남쪽에 정자를 짓고 '狎鷗'라 하였는데 성종이 압구정에
시를 지어 보내자 그에 和韻한 것이 수백 편에 이르렀다. 그 중 判事 崔敬
止의 시가 제일 나았는데 "임금의 은혜가 은근하며 두터우니 정자는 있어도
와서 놀지 못했네. 胸中의 機心이 고요하면(胸中政使機心靜) 벼슬 바다 위
에서도 갈매기와 친할 수 있으리라(宦海前頭可押鷗)"는 것이었다. 이것은
한명회가 벼슬에 욕심이 없어 사양하고 물러나 강호에서 늙겠다 하여 정자
를 지었으면서도 실은 벼슬에 미련이 있어 떠나지 못하는 것을 은근히 비꼬
는 의도가 담겨 있었다. 나(남효온)는 최경지의 시구중 '忘機押鷗'의 경지에
이를 수 있다는 것을 반신반의했는데, 어느날 곁에서 물새들이 의좋게 노는
것을 보고 문득 機心을 잊게 되었다.

이 외에도 문학작품이나 序·跋·附記 등의 글에서 兩者를 대비시키고
있는 것을 쉽게 찾아볼 수 있다.

號漁隱 晴朝月夕 或拊琴坐柳磯 或吹簫弄烟波 狎鷗而忘機 觀魚而知樂
以自放於形骸之外 此其所以自適其適.

聾岩李先生 年踰七十 …(중략)… 等富貴於浮雲 寄雅懷於物外 常以小
舟短棹 嘯傲於烟波之裏 徘徊於釣石之上 狎鷗而忘機 觀魚而知樂 則其
於江湖之樂 可謂得其眞矣.

是非 업슨 後ㅣ라 榮辱이 다 不關타
琴書를 흐튼 後에 이몸이 閑暇ᄒ다
白鷗야 機事를 니즘은 너와 낸가 ᄒ노라

처음 것은 漁隱 金聖器의 다음 시조,

> 江湖에 ㅂ린 몸이 白鷗와 벗이되야
> 漁艇을 흘리노코 玉簫룰 노피부니
> 아마도 世上興味는 잇분인가 ᄒ노라

를 소개하고 그 뒤에 南坡 金天澤이 註記한 글의 일부를 발췌한 것이고, 두 번째는 聾岩 李賢輔의 <漁父歌>에 대한 退溪 李滉의 跋文의 일부이다. 그리고, 세 번째는 漁翁에 依託하여 '忘機'의 경지를 노래한 申欽의 시조이다.

여기서 보다시피 機心이나 忘機 등의 주지를 드러냄에 있어 공통적으로 白鷗가 등장하고 화자는 漁翁을 가탁하는 양상으로 언술화되고 있음을 본다.[1] 이 경우의 魚鳥는 『莊子』「逍遙遊」篇에 등장하는 鯤과 鵬의 변형으로 볼 수 있다. 작품 속에서는 흔히 이 白鷗나 물고기에 '機事를 잊은' 다시 말하면 '無心한' 자신의 마음상태를 의탁하는 형태를 띠게 된다. 시조나 한시에서 흔히 등장하는 '無心한 백구'는 바로 자기 자신의 모습을 형상화한 것으로 보아도 좋다. 특히 '백구'는 '機心을 잊게 하는 존재'로서 무심의 상징으로 제시되는 것이다. 그리하여 '狎鷗而忘機 觀魚而知樂'은 무심의 상태를 나타내는 관습적 표현단위가 된다.

또한, 인용구절들을 보면 문학작품에서 구체적으로 '無心'이나 '機心'이 어떠한 양상으로 형상화되는가에 대한 단서를 얻을 수 있다. '等富貴於浮雲 寄雅懷於物外'에서 보듯 세상사를 가볍게 여기고 세속적 가치기준을 넘어

---

1) 白鷗가 '忘機'의 主旨를 환기하는 소재가 된 것은 『列子·黃帝』의 다음 이야기에 기초한다. "어떤 어부가 갈매기를 몹시 좋아하여 매일 아침 바다에 나가 수백 마리의 갈매기들을 좇아 노닐었다. 그 이야기를 듣고 아버지가 한 마리 잡아다 달라고 하여 그가 다음날 바다에 나가니 갈매기가 한 마리도 그를 가까이 하려 하지 않았다." 이 이야기에서 수많은 갈매기가 그를 따르는 것은 그가 無心의 경지에 있었기 때문이요, 한 마리도 다가오지 않은 것은 '잡으려고 하는' 목적, 즉 機心이 있었기 때문이다.

서며 物外의 세계에 뜻을 두는 것, '自放於形骸之外 此其所以自適' '江湖
之樂 可謂得其眞矣'에서 보듯 세속에 얽매임 없이 자유분방하게 形骸의
바깥 즉 物外의 세계에서 노닐며 유유자적한 것, 그리하여 강호지락의 眞味
(眞趣)를 얻은 상태가 곧 '忘機' 無心'의 경지임을 여실히 보여주고 있는
것이다. 나아가, 인용한 두 시조작품에서 드러나는 閑逸, 無慾, 無私, 자연
속에서의 隱居(脫俗性), 초연함, 깊이, 고요함과 같은 것도 無心의 세계를
특징짓는 요소라고 할 수 있다.

이상의 내용을 종합해 볼 때, 개개작품들은 無心에 바탕을 둔 시와 機心
에 바탕을 둔 시로 나누어질 수 있다고 본다. 앞서 언급한 機心의 요소들은
주로 부정적인 측면에서 설명된 것이었다. 하지만, 문학작품이란 근본적으로
是非·善惡·美醜·利害 등 分別之心의 산물이라 아니할 수 없으므로 美
學評語로서 이 용어들을 언급할 때는 작품의 優劣이나 好惡, 高下·深淺
등의 가치기준이 아닌, 작품성의 차이나 특징을 설명하는 말로 융통성있게
사용되어야 하리라고 본다.

이같은 관점에서 無心의 시와 機心의 시를 특징지워 보면, 먼저 '無心'의
시세계는 물아일체화된 세계, 있는 그대로의 사물현상 속에 주체가 용해되
어 주체와 객체를 둘로 갈라낼 수 없는 상태로 표현된다. 대상 속에서 나
자신을 잃어버림(沒我)으로써 대상뿐만 아니라 나 자신을 알게 되는 경지,
즉 '以物觀物的' 태도에 기반하여 '我'를 消除하는 無造作·無人爲의 경
지, 사물의 원래모습의 자족함을 긍정하여 我가 어느새 物의 본모습과 하나
가 되는 경지, 사물·대상 속으로 뛰어들어가 내면적으로 그것을 느끼고 스
스로가 그것의 생명과 함께 하나가 되는 경지로 언술화되는 것이다.

한편, '機心'의 시세계는 대상에 '대해서' 생각하거나 뭔가를 분석하고 판
단하는 태도, 기존의 통념 혹은 因果律的 世界觀을 物象에 배합하는 '以我
觀物的' 태도가 기반이 된다. 여기서 바탕이 되는 것은 喜怒哀樂愛惡慾의
七情으로 대변되는 主觀에 의해 사물을 굴절시켜 바라보는 시각이다. 이것

은 주객대립·분별의식의 소치라고 보아도 될 것이며 '我'를 가지고 '非我'의 세계를 해석하는 시각인 것이다. 이 경우 '我'와 '物'(非我)은 하나로 융해되어 있는 것이 아니고 둘로 분리된 채이다. 즉, 분별의 세계에 입각하여 대상을 외면적으로 향수하고 그것의 생명감을 감상하는 주·객분리의 상태인 것이다.

2. '忘'

'無心' 안에 포괄되어 있는 미적 내용 중 큰 비중을 차지하는 것이 '忘'의 개념이다. 시에서 흔히 등장하는 '忘'은 단순히 어떤 행위나 기억의 망각을 의미하는 것으로 그치지 않는 경우가 많다. 老莊에서 '忘'은 대개 '坐忘' '相忘' '兩忘'과 같은 조합으로 쓰이는데, 이 표현들은 '心齋' '喪我' 등과 더불어 인식주체의 의식이 소멸한 상태를 나타낸다.[2] 즉, 일체의 사념·판단의식과 같은 주체의 인식작용을 거부하고 나아가서는 자기존재까지도 자각하지 않기에 이르는 상태를 의미하는 것이다. 따라서, 彼/我나 然/不然의 分辨意識이나 對物意識이 없기 때문에, 공간상의 大小, 시간상의 長短같은 분별의식까지도 초월하는 경지이다.[3] 그러나, 이같은 의식의 소멸상태는 단순히 자기존재를 의식하지 않는다거나 對物意識에서 오는 相比意識을 벗어나는 것만을 의미하지 않는다. '忘'은 진실 및 실상을 보는 데 필요한 일종의 방법, 바꿔 말하면 無我·無心의 경지에 드는 과정에 필요한 방법으로 이해될 수 있는 것이다.[4]

---

2) 宋恒龍, 『東洋哲學의 문제들』(驪江出版社, 1987), 224-227쪽.
3) 요컨대 장자가 말하는 '齊物'이란 對物意識의 소멸에서 본 세계를 말하는 것이요, '逍遙遊'란 의식소멸에서 오는 자유의 경지를 의미한다고 해도 좋다. 송항룡, 위의 책, 223쪽.
4) Yim-tze Kwong, "Naturalness and Authenticity : The Poetry of 陶潛", ≪CLEAR≫

孤雲 崔致遠의 시 가운데,

　　·山僧忘歲月 唯記葉間春 (산속의 중은 세월을 잊고 오직 나뭇잎으로만
　　　봄을 기억하네)

　　·寂寂因忘我 松風枕上來 (고요한 가운데 나를 잊고 있노라니 솔바람이
　　　베개 위를 스치네)

　　·無心見月色 默默坐忘歸 (무심코 달보며 말없이 앉아 돌아갈 길도 잊어
　　　버렸다네)

에서의 '忘'은 이같은 노장적 의미의 전형적인 쓰임으로 보아도 좋을 것이
다. 이들 시구에서 '忘'의 대상은, 歲月(時間)·자기 자신(我)·자신이 살고
있는 세속의 공간 등으로 드러나 있는데 실질적인 범위는 명예·권력·富
등 세속적 가치 모든 것에 미친다. 나아가서는 善惡·好惡·美醜·老若과
같은 모든 분별의식에까지 해당되는 것이다.

　문학에서는 대개 어떤 사물―주로 자연물―과 조우하여 그 본질을 체득하고
그 것과 하나가 된 主客―如의 상태를 의미하는 경우가 많다. 그리하여 나머
지 俗된 세상사나 현실의 제반사를 잊어버리는 양상으로 표현되는 것이다.
이러한 양상의 표현은 漢詩뿐만 아니라 時調에서도 쉽게 찾아볼 수 있다.

　　　뒷뫼헤 시 다 긋고 압길의 같이 업다
　　　외로운 비예 삿갓 쓴 져 늙으니
　　　낙시에 맛시 깁도다 눈ㅎ진줄 모른다　　　　　　－孟思誠－

　　　柴扉에 기 즈져도 石逕에 올이 업다
　　　둣느니 물소릐오 보느니 麋鹿이로다
　　　人世롤 언미나 지난지 나는 몰나 ㅎ노라

　　아히도 採薇가고 竹林이 뷔여셰라
　　헤친 碁局을 뉘라셔 주어주리
　　취ᄒ여 松根을 지혀시니 날새는줄 몰래라　　　　　-鄭澈-

　이 시조들에서 '-ㄴ 줄 모르다'는 표현은 漢詩句에서의 '忘'의 변주이다.
어떠한 사물이나 상황에 몰두하여 자아를 잊는 상태를 이런 식으로 표현하
고 있는 것이다. '낚시에 몰두하여', '자연 속에 파묻혀서', '취하여서', '눈이
많이 쌓인 줄을', '세월이 지나가는 것을', '날새는(시절가는) 줄을' 모르고
있다고 한 것은 현재 沒我의 경지에 놓인 그것 외의 모든 것을 '忘'한다는
표현에 다름 아니다. 이것은 곧 '無我'의 상태, '無心'의 세계에 접어 든 것
을 나타낸 것이다.

3. '虛·靜' '寂·寥'

　다음으로 '無心'의 의미영역 내에는 '빔(空·虛)', '고요함(靜)'의 내용이
포괄되어 있음을 지적하고자 한다. 고전 시작품, 특히 한시나 시조에서 흔히
쓰이는 '空'이나 '虛', '寂', '寥' 등의 시어 및 이에 상응하는 한글표현은
단지 '텅 비어 아무 것도 없다'든가 '쓸쓸하고 고요하다'라는 자구적 의미에
국한시켜 해석할 수 없는 의미의 깊이를 지닌다. '虛'나 '靜'은 靜思·空
靜·澄懷 등의 개념과 상통하는 개념으로 주로 예술창조 과정 중 주체가
어떻게 창작상태에 진입하는가에 관한 이론을 설명하는 데 쓰여 왔다.[5]

---

5) 주체가 어떠한 干擾도 받지 않고 심미관조에 專心致志하는 정신상태로서 그 철학
　적 기반은 장자·순자 등의 허정이론, 불교의 공·정·무아 등의 이론이다. 또한, 宋
　의 理學家 邵康節의 '以物觀物'의 論('以物觀物' '以我觀物'이란 말은 원래 邵康
　節이 『皇極經世書』 「觀物外篇」 下에서 처음 언급하였다)과도 깊은 관련을 지닌다.
　胡經之 主編, 『中國美學叢編』 · 中(北京 : 中華書局, 1988), 474쪽.

그러나, 여기서 관심을 갖는 것은 창작이론으로서의 虛靜論이 아니라, '無'의 상태를 설명하는 老莊的 의미의 虛靜이다. 즉, 도가에서 말하는 '虛以待物'에서의 '虛'와 같은 개념이다. 노장에서 '虛'는 '寂寥無形'의 뜻으로 '渾'과도 상통하는 개념인데 이들은 모두 道를 다른 각도에서 설명한 것이다.6)

致虛極守靜篤 萬物竝作 吾以觀復. 夫物芸芸 各復歸其根 歸根曰靜.
(虛를 이루기를 지극히 하고 靜을 지키기를 돈독히 하면 만물이 함께 일어날 것이니 나는 그것이 도에 돌아감을 안다. 무릇 만물은 무성하지만 각각 그 근원으로 돌아가니 근원으로 돌아가는 것을 靜이라 한다.)
-『道德經』·16장-

一心定而萬物服 言以虛靜 推於天地 通於萬物 此之謂天樂.
(한결같이 마음이 안정되어 있어 만물이 복종하는 것이니 텅 비고 고요함을 가지고 천지에 미루어 이해하고 만물의 이치에 통달함을 말하는 것이다. 이것을 天樂이라 말한다.)　　　　　　-『莊子』「天道篇」-

虛의 궁극을 인식하여 내 마음에 고요한 상태를 유지하면, 만물이 풍성하게 생육했다가 어디로 돌아가는지를 볼 수가 있다는 내용이다. 즉, 有가 그 근원인 無로 돌아가는 것이 '靜'인 것이다. 金原省吾의 말을 빌면 존재의 배후에 깊은 표현정지의 無를 보는 일이요 형상을 깊이 포착하는 일이다.7) 이것이 곧 聰明이요, 靜觀이다. 근본적으로 정관은 '바라봄'의 생생한 체험을

또한, '虛'라는 말은 '無' '道' '体' 등과 더불어 神秘·玄妙와 같은 도가철학적 의미를 가지며 司空圖의 24詩品 중 '雄渾' '流動'과도 깊은 관련을 가지는 美學用語이다. 蔡鐘翔 外 2人,『中國文學理論史』·二(北京 : 北京出版社, 1987), 240-270쪽.
6) 鈴木大拙의 경우 장자가 말하는 '혼돈'을 주객분할 이전의 세계'로 풀이했으며, 노자의 용어로 '惚恍'에 해당한다고 하였다. 즉, 혼돈은 無象(狀)의 象玄之又玄의 세계를 의미한다고 하였다. 鈴木大拙, '妙について',『鈴木大拙全集』20卷(東京 : 岩波書店, 1968)
7) 金原省吾,『東洋의 마음과 그림』(閔丙山 譯, 새문사, 1978), 49쪽.

수용하기 위해서 그 전제로 '텅빔'을 요구한다. 텅빔은 일종의 몰입이며 주체와 대상간의 이질성 때문에 파생된 거리를 삭제하는 행위이다. 그러므로 텅빔에서 일어나는 거리의 삭제는 대상의 일체적 포용을 가리킨다.[8]

'寂·寥'도 '虛'와 거의 같은 의미를 지닌다.

> 有物混成 先天地生 寂兮寥兮 獨立不改 周行而不殆 可以爲天下母 吾不知其名 字之曰道 强爲之名曰大. (여기에 物이 뒤섞여 이루어져 천지에 앞서 생겼다. 적막하여 소리가 없으나 독립하여 영구불변하고 널리 행하되 위태롭지 않으니 천하의 어머니라 이를 만하다. 나는 그 이름을 모르지만 字를 道라 하고 억지로 이름을 붙인다면 大라 할 것이다.)
>
> -『道德經』 25장-

형체는 일정하지 않으나 뭔가 커다란 혼돈이 천지에 앞서서 생성하고 있었는데, 그것은 소리가 나지 않고 텅 빈 것 같으나 독립하고 변함이 없으며 보편적이고 쇠퇴하지 않으므로 만물의 어머니라고 할 수 있고, 그 이름을 모르기 때문에 가령 道라 부르기도 하고 혹은 大라 부르기도 한다는 내용이다. 여기서 '寂寥'는 '混' '虛靜' 등과 더불어 道의 존재상태를 각기 다른 각도에서 형용하는 말이라 할 수 있다. 이것은 곧 無心·無我의 경지를 표현한 말로서, 主客이 분할되지 않은 상태를 의미한다고 보아도 좋을 것이다. 문학작품에서는 사람은 없고 자연만이 우주를 감싸고 있는 상태를 묘사함으로써, 자연의 모습에 의탁하여 주체의 무심·무아의 상태를 드러내는 양상으로 언술화된다.

> 不知村遠近　　마을이 먼지 가까운지 그것은 모르지만
> 惟覺水虛明　　달빛이 물위에 밝게 비치는 건 알겠네
>
> -申光洙, <夜入丹浦>·2-

---

8) 유임하, 「문학적 상상력과 禪的 상상력」, 『현대문학과 선시』(이원섭·최순열 엮음, 불지사, 1992), 196쪽.

古木葉已盡　　늙은 나무가 잎을 다 떨구고 나니
山前秋水空　　산 앞 가을 물은 텅 비었네
　　　　　　　　　　　　-白光勳, <題金季綏畵八幅>·7-

秋江에 밤이 드니 물결이 ᄎ노민라
낙시 드리치니 고기 아니 무노민라
無心ᄒ 돌빗만 싯고 뷘 비 저어 오노라

山靜心常靜　　산이 고요하니 마음도 늘 고요하다
境幽事亦幽　　경계가 그윽하니 일도 또한 그윽하다
　　　　　　　　　　　　-李德懋, <閒居卽事>-

靜裏生涯足　　고요한 가운데 삶이 풍요롭고
人間事不聞　　세속의 일은 들리지 않네
　　　　　　　　　　　　-李珥, <坡山奉呈聽松成先生>-

　이들 시구에서 보면 滅·終·無의 의미를 담고 있는 '虛', '空', '靜'의
시어는 그에 상응하는 生·實·充·動·有의 의미를 내포한 시어들과 어울
려 쓰이고 있음이 드러난다. 이같은 대조는 한편으로는 역설적 표현법을 보
여주면서, '虛'나 '空', '靜'이 단순히 '없다'든가 '비어 있다' '움직임이 없
다'는 '無'의 의미가 아닌, '有'나 '動'에 의해 補換된 세계 즉 有의 세계를
그 안에 이미 머금은 것으로서의 '虛'나 '空'이 될 수 있게 하는 역할을 한
다. '물'에는 아무 것도 없다(空)고 표현했지만 '배'가 있고 '피리소리'도 있
고 물에 비친 '달'도 있으니 사실은 비어 있는 게 아니다. 이것은 '虛以待
物'이라고 하는 道家的 개념을 충실히 반영하는 대목이라 할 수 있다.

花滿小庭春寂寂　　꽃 가득 핀 작은 뜰에 봄은 적적하고
一聲山鳥下靑苔　　한 자락 산새 울음만이 푸른 이끼에 내려앉네
　　　　　　　　　　　　-白光勳, <幽居·1>-

古寺僧無箇　　낡은 절에는 스님이 아무도 없고
秋山坐寂寥　　가을 산만이 고요 속에 앉아 있네

　　　　　　　　　　-白光勳, <頭輪北庵寄尙山人>-

空山寂寂複寥寥　　빈 산은 고요하고 또 고요하다
山下孤庵號寂寥　　산 아래 외로운 암자 있어 '寂寥'라 이름하니
寂寥庵上相公墓　　그 寂寥庵 위에 相公의 무덤이 있네
惟有淸風不寂寥　　다만 맑은 바람이 있어 寂寥하지만은 않구나

　　　　　　　　　　-蔡之洪, <題松江墓庵>-

　　앞의 '空'이나 '虛靜'과 마찬가지로 '寂寥'도 '無'의 변주적 표현들이라
할 수 있으며 '아무 것도 없이 고요하고 적막하다'는 의미라기보다는, 비어
있기에 오히려 '가득 채워질 수 있는'(또는 '채워져 있는') 역설적 의미를 내
포한다. '산새'(첫째 인용구)나 '바람'(셋째 인용구) 소리는 일시적으로 고요
한 정적의 상태를 깨는 것처럼 보이지만, 영구한 적막감을 드러내기 위한
시적 장치가 되고 있다. 이처럼 '無'를 배경으로 하는 '有'의 세계를 표현하
는 것을 金原省吾는 '表現停止'라는 말로 설명하고 있다. 표현정지란 표현
을 중지해 버린다는 의미가 아니라, 언제든지 有나 움직임으로 전환될 수
있는 상태로 잠시 표현을 정지하고 있는 상태를 의미한다.[9] 어떤 현상의 한
단면을 표현하되 그 드러난 현상자체(즉, 有의 세계)에 고착되지 않고 이면
의 것(無·진리·道·실상)을 함축하는 것이다. 그것은 마치 산수화의 餘白
의 공간과 같은 의미를 지닌 것으로 이해할 수 있다. 소리가 없지만 전혀
움직임의 없는 '靜'이 아니라 어떤 계기에 의해 소리(有·動)로 전환될 수
있는 靜, 다양한 動의 씨앗을 품고 있는 靜인 것이다. 이와 같이 有-감각체
험 가능한 것-에서 無를 보는 것이 곧 無心의 체험이요, 無心의 미적 원리인

───────────

9) 金原省吾, 앞의 책, 49-51쪽.

셈이다. 그러니까, 無는 아무 것도 없는 상태를 의미하는 것이 아니라 무한 다양한 有를 머금고 있는 無인 것이다. 이처럼 '無'의 원리 및 '無心'의 미학은 '逆說'과 '補換'의 구조를 내포한다는 것이 드러나며, 헌사함·多·充·집단적 경향보다는 靜·寂·孤·個·虛의 이미지에 더 친연성이 있는 것임을 다시 한 번 확인하게 된다.

4. '閒(閑)'

시어로서의 '閑'은 '아무 것도 하고 있지 않는 것' 이상의 뜻을 내포한다. 곧 현실적인 관심과 욕망으로부터 마음을 자유롭게 가지고 그 자신과 자연이 함께 평화스러운 상태임을 나타낸다. 劉若愚는 '寂寥天地暮 心與廣天閒(조용히 천지는 저무는데, 마음은 넓은 냇물과 더불어 한가롭도다)'이라는 왕유의 시구를 예로 들어 '閒'을 '평화 속에 있음'(being in peace)이라고 번역한 바 있다.[10]

富春山 嚴子陵이 諫議大夫 마다ᄒ고
小艇에 낙디 싯고 七里灘 도라드니
아마도 物外閑客은 이 ᄲᅟᅡᆫ인가 ᄒ노라

功名도 富貴도 말고 이몸이 閑暇ᄒ여
萬水千山에 슬커시 노니다가
말업슨 物外乾坤과 함ᄭᅦ 늙ᄌ ᄒ노라

비록 못 일워도 林泉이 됴ᄒ니라
無心魚鳥ᄂᆫ 自閒閒 ᄒ얏ᄂᆞ니
早晩애 世事닛고 너를 조츠려 ᄒ노라　　　　-權好文-

10) 유약우, 『中國詩學』(李章佑 譯, 明文堂, 1994), 102쪽.

日暖코 風和흐디 鳥聲이 喈喈로다
滿庭落花에 間暇히 누어스니
아마도 山家 今日이 太平인가 흐노라

丹楓은 半만 붉고 시너는 맑앗는듸
여홀에 그물티고 바회우회 누엇시니
아마도 事無閑身은 나뿐인가 흐노라

閑雲不繫影　여유로운 구름은 그림자에 매이지 않았는데
野鶴欲誰依　들판의 학은 누구에게 의지하려 하는 것일까
　　　　　　　　　　　　　　　　　-白光勳, <次贈>-

等閒一笑看身世　무심히 한 번 웃고 내 신세를 돌아보니
獨立斜陽萬木中　햇살 빗긴 숲속에 혼자 서 있구나
　　　　　　　　　　　　　　-李珥, <楓岳贈小菴老僧>-

우리는 이 예들에서 '閑'과 관련된 어떤 공통된 요소 몇 가지를 추려낼
수가 있다. 첫째, '物外閑身'이라 하여 '閑'의 즐거움은 번거로운 세상일, 속
세의 현실세계 즉 機事를 벗어난 곳에서 찾을 수 있음을 공통적으로 나타
내고 있다. 둘째, 그 '물외'의 세계는 거의 대부분 '자연'을 지시하고 있음도
드러난다. 이로 볼 때 '閑'은 '隱'의 主旨와 깊은 관련을 맺고 있음을 알
수 있다. 위 예들에서도 드러나듯이, '閑'의 묘미를 누리고 있는 주체는 漁
翁・山翁・老僧 등 隱者的 성격을 지니는 인물들인 것이다. 셋째, 위 인용
시구들에서 드러나는 '閑'은 유약우가 지적한 '平和로움' 외에도 공통적으로
'太平함' '자유로움' '悠悠함' '시름을 잊음' '여유로움' '세속적 가치로부터
의 초연함'을 함축하고 있음을 알 수 있다. 백광훈의 <次贈>에서 보이는
'閑雲'은 다른 시인의 시에서도 많이 볼 수 있는 표현인데, 구름처럼 구속
없이 자유롭게 떠다니는 마음상태를 나타낼 때 흔히 사용되는 객관적 상관

물이다. 율곡의 시에서 '等閒一笑'라는 구절 역시 '세속적 가치로부터의 자유로움'을 나타내는 것으로 볼 수 있으며 '閑'의 다양한 의미들을 함축하고 있는 표현의 眞髓를 보여주는 것이라 하겠다. 요컨대, '閑'은 物外의 세계에서 맛보는 無心·無我의 경지에 다름 아닌 것이다.

5. '淡'

또 '무심'에는 '淡'의 의미가 내포되어 있다. 이 '淡'이라는 말도 老莊의 언술에서는 字句 이상의 함축된 의미를 지닌다.

> 樂與餌過客止 道之出口 淡乎其無味.　　　　　　　-『道德經』35장-

음악이나 음식은 사람의 감각을 자극하여 발을 멈추게 하지만 道는 말이되어 입에서 나와도 담담하여 無味하다는 내용이다. 여기서 '淡'을 설명하는 '無味'라는 말은 五味가 첨가되지 않았다는 것을 의미한다. 즉, 五味가첨가되지 않은 無味는 모든 맛의 기본바탕이 되는 것이요 색으로 치면 無色·素의 상태이며, 화려하고 감각적인 수식이 가해지지 않은 素朴하고 단순한 상태를 의미한다. 하도 담담하기 때문에 사람의 감관으로 포착할 수있는 특색은 없으나 그 작용은 무진장인 道의 상태를 형용한 것이다. 모든사물 현상에 가장 핵심이 되는 本質만이 존재하며 그 외의 어떤 것도 덧붙여지지 않은 지극히 순수한 상태를 표현한 것이라 할 수 있다. 음식의 맛으로 치자면 '무심'은 '淡白'의 맛이요, '흥'은 '甘味', '한'은 '辛味'에 비유될수 있을 것이다.

司空圖의 24시품에서 중요한 의미를 갖는 '沖淡'이나, 미론에서 예술의한 유형으로 언급된 바 있는 '枯淡',[11] 시평어로서의 '平淡'이나 玄學의 '淸

淡'과 같은 조합으로 사용되는 淡에는 공통적으로 노장적 의미가 배어 있다. 장자의 경우,

夫虛靜恬淡 寂寞無爲者 天地之平 而道德之至 故帝王聖人休焉.
-『莊子』「天道篇」-

이라 하였는데, '무릇 텅 비어 고요하고 담담하며 적막하게 작위적인 것이 없는 것은 하늘과 땅의 공평함이요 도덕의 지극함이니 제왕이나 성인은 이러한 경지에 머문다'는 내용이다. 여기서 恬淡(恬澹이라고도 씀)이란 名利를 탐내는 마음이 없어 淡泊한 상태, 無爲 · 無我의 상태, 虛心平氣하고 公平無私하며 어느 한쪽으로 치우침이 없는 無慾의 상태를 의미한다.12) 이 부분은 '無心'의 상태에 내포된 윤리 · 도덕적 측면을 명시한 대목이라 할 수 있다. 대체로 노장적 '無'개념에는 도덕이나 윤리적 가치덕목이 별로 침투해 있지 않은 것이 특징이라고 할 때 이 '恬淡'이란 개념은 특별히 주목할 필요가 있다고 본다.

이상의 예들로 미루어 볼 때 '淡'은 화려한 수식이나 허위, 작위를 가하지 않은 것, 세속적 가치개념을 초월한 주체의 담백한 심적 상태, 즉 私心이나 私慾이 없는 無心의 경지를 달리 이르는 말이라 해도 무방할 것이다. 老莊의 學을 恬淡之學이라고도 한다는 점을 고려할 때 이 말은 '無心' 개념의 핵심을 이루는 것이라고 할 수 있다.

---

11) 今道友信은 『美論』(白琪洙 譯, 정음사, 1982)에서 서양의 예술의 특성을 '若'(有)으로 동양의 예술특성을 '老'(無)로 보고, 각각 '躍動의 예술' '枯淡의 예술'로 예술의 유형분류를 행하였다. 175-180쪽.
12) 諸橋轍次, 『大漢和辭典』4卷(東京 : 大修館書店, 1955), '恬淡'項.

6. '절로절로'

『道德經』 25장에 '道法自然(도는 자연을 본받는다)'는 말이 있다. 여기서 '自然'은 구체적인 산수자연을 의미하는 名詞的 표현으로 이해할 수도 있고, 삼라만상의 본질로 제기될 수 있는 '자연스러움' '인위나 작위적 요소가 없이 저절로 그러함'을 의미하는 形容詞的 표현으로 이해할 수도 있다. 노장학에서의 道, 無의 본질은 바로 이 自然에서 찾아볼 수 있다. 산수자연은 도가 내재하는 곳, 나아가서는 도의 구현체로 인식된다.

'自然'에 해당하는 우리말 표현으로서 '절로'라는 副詞語를 주목할 때 '無心'의 미학은 '절로'의 미학13)이라고 해도 지나치지 않을 만큼, 양자는 깊은 관련을 가진다. 무심의 미를 담은 시들 대부분이 자연을 소재나 시적 배경으로 하는 점이라든가-이 경우 名詞的 의미의 '자연'-, 무심의 상태가 인위적 태도에서 나오는 분별심을 초월한 것이라는 점-이 경우 形容詞的 의미의 '자연'-을 고려할 때 '절로'의 마음은 바로 무심의 미의 중핵에 놓인다고 해도 될 것이다.

　　　　幽蘭이 在谷ᄒ니 自然이 듣기 됴해
　　　　白雪이 在山ᄒ니 自然이 보기 됴해
　　　　이듕에 彼美一人을 더옥 닛디 몯ᄒ애　　　　　　-李滉-

　　　　니집이 草堂三間 世事ᄂ 바히 업네
　　　　茶 달히ᄂ 돌탄관과 고기줍ᄂ 낙디로다
　　　　뒷뫼희 졀노 난 고ᄉ리 긔 分인가 ᄒ노라

　　　　바람은 졀노 묽고 돌은 졀노 불짜

---

13) 崔珍源은 『國文學과 自然』(成均館大學校 出版部, 1977)에서 우리의 自然美를 '절로절로'로 파악한 바 있다. 102-115쪽.

竹庭松檻애 一點塵도 업스니
一張琴 萬軸書 더욱 蕭灑ᄒ다   -權好文-

앗츰안기 다 것어진이 遠近江山 글림이요
柳幕에 니훗튼이 明月淸風 절로 온다
어즙어 輞川別業이 엇덧튼고 ᄒ노라   -金壽長-

靑山도 절로절로 綠水도 절로절로
山절로 水절로 山水間에 나도 절로
그中에 절로 ᄌ란 몸이니 늙기도 절로 ᄒ리라   -宋時烈-

　이들 예에서 보듯, '절로'라는 상태의 수식이나 한정을 받는 대상은 '幽蘭', '白雪', '고사리', '바람', '달', '산', '물'과 같은 자연물이다. 이것을 다른 각도에서 생각한다면, '절로'의 상태에 들 수 있는 것은 오직 '자연물'뿐이며 인간은 인위적인 분별심에 사로잡혀 '절로'의 경지, '無心'의 상태에 들 수 없다는 점을 시사하고 있다고 하겠다. 아울러 분별심에 침윤되어 있는 인간이라 할지라도, 자연사물과 함께 할 때 비로소 '절로'의 마음상태가 될 수 있다는 점을 간접적으로 부각시키고 있다. 마지막 예에서 그것이 확인된다. 모든 것이 '절로' 전개되는 자연사물의 무작위성에 힘입어 '이 몸(나)'까지도 '자연'의 일부로서 '절로'의 상태에 들 수 있게 되는 것을 시로 표현하고 있음을 본다.

7. 기타 : '觀' '玄' '妙' 등

　한자어 '觀'은 '見'이나 '視'와 구분되어 쓰이는 경우가 종종 있다. 이 글자들은 모두 '보다'라고 하는 의미를 담고 있지만, '見'이나 '視'가 단순히 물체의 형상이 눈에 비쳐 알게 되는 視覺作用의 측면을 지시하는 것에 비해, '觀'은 '內觀', '靜觀' 등의 조성으로써 정신적 깊이를 지시하는 쪽으로 쓰이는 경향이 있는 것이다. 즉, 육체적 눈으로 보는 것이 아닌 내면의 깊이를 헤아리는 눈으로 사물의 본질을 꿰뚫어 보는 것을 의미하는 것으로 불교에서의 慧眼과 상통한다고 할 수 있다. 어떤 사물, 현상의 껍데기가 아닌 내면·본질까지 들여다보기 위해서는 사사로운 주관이나 세속적 가치관에 물들지 않을 것이 전제된다. 즉, '바라봄'의 생생한 체험을 수용하기 위해서 그 전제로 '텅 빔'이 요구되는 것이다. 이같은 텅 빔의 상태 속에서 사물의 본질을 보는 것을 '靜觀'이라고 하거니와, '觀'이란 상하·전후가 없는 비공간적·비시간적 全一性의 상태를 의미한다고 볼 때[14] 정관은 바로 無心의 상태에서 가능해지는 것임이 자명해진다.

'玄'과 '妙'도 無心의 미학과 밀접한 관련을 갖는 시어들이다. 이 둘은 거의 같은 개념으로 쓰이며, 道家思想의 근본방향을 제시하는 핵심개념이다. 『道德經』 제 1장에는,

> 無名天地之始 有名萬物之母. 故常無欲以觀其妙 常有欲以觀其徼. 此兩者同出異名. 同謂之玄 玄之又玄 衆妙之門.

라 하여 '無名은 天地의 시작이요, 有名은 만물의 어머니'라 전제하고 이 둘은 같은 데서 나왔으나 이름만 다를 뿐이라 하였다. 그 근본이 되는 것을 '玄'이라 하고, 현은 모든 '妙'가 나오는 門이라고 설명하고 있다. 여기서 현과 묘는, 本質과 現象의 관계로 바꾸어 이해해도 될 것이다. 玄이란 깊고 깊어 말로 나타내려 해도 나타낼 수 없는 것을 의미한다. 그러한 玄을 근본(뿌리)으로 하여 파생해 나온 온갖 현상(잎·줄기·꽃)이 妙인 것이다. 이로

---

14) 李符永, 「老子 『道德經』을 中心으로 한 C.G.Jung의 道概念」, 『道教와 韓國思想』 (韓國道教思想研究會 編, 亞細亞文化社, 1987), 233쪽.

볼 때 현이나 묘는 동전의 양면처럼 道라고 하는 것의 양면을 일컫는 말임
이 드러난다. 그리하여 '道玄又玄'이라 표현한 것이다.

　일본의 동양철학자이자 禪學家인 鈴木大拙는 '妙'를 '형이상학직 무의식'
이라는 말로 설명한 바 있다.[15] 그에 따르면 이 말에는 '넘는다'의 의미가
포함되어 있으며 '無我' '無心'의 상태로부터 '妙'가 나온다고 하였다. '넘는
다'(초월)의 의미, 무심·무아의 상태를 형이상학적으로는 '妙'라 하고, 심미
학적으로는 '美'라는 글자로 나타낸다는 것이 그의 견해의 핵심이다. 즉, 동
양문화권에서의 '美'는 곧 '妙'와 상통한다고 보고 있는 것이다.

　老子의 문구나, 鈴木大拙의 지적이나 모두 玄·妙에 내포된 '深遠' '微
妙' '無窮' '無盡'의 의미를 강조한 것으로 볼 수 있다. 즉, 인식이나 사유
의 영역으로는 포괄할 수 없는-또는 그 경계를 넘어서는-현상의 본질, 존재의
깊이를 형용한 말, 혹은 만물의 근원으로서의 無의 상태를 형용한 말로 이
해할 수 있는 것이다.

　구체적인 시작품에서는 '玄'이나 '妙'라는 시어 대신 이와 동일한 뿌리에
서 나온 '幽'가 더 많이 등장하는 것을 본다.

山靜心常靜　　산이 고요하니 마음도 늘 고요하다
境幽事亦幽　　경계가 그윽하니 일도 또한 그윽하다
　　　　　　　　　　　　　　　-李德懋, <閒居卽事>-

試看河海千層浪　　강과 바다의 천층 물결을 보게나
出自幽泉一帶流　　그윽한 한 줄기 샘에서 흘러나오는 것을
　　　　　　　　　　　　　　　-李珥, <山中四詠·水>-

竟日柴門人不尋　　하루종일 사립문에 찾는 이 없는데
時聞幽鳥百般吟　　가끔씩 깊은 곳 새들의 울음소리가 들려온다

15) 鈴木大拙, 「'妙'について」, 『鈴木大拙全集』 20卷(東京 : 岩波書店, 1968)

梅花落盡杏花發 　　매화꽃 다 지고 나니 살구꽃 피고
微雨一簾春意深 　　주렴 밖 가랑비에 봄은 깊어만 간다
　　　　　　　　　　　　　　　　-白光勳, <幽居·2>-

幽卉漸映砌 　　그윽한 풀섶은 섬돌에 그림자 드리우고
新流已滿池 　　새로운 물줄기는 연못에 가득 찼네
　　　　　　　　　　　　-白光勳, <齋居感懷寄崔孤竹>-

이 인용시구들에서의 '幽'는 '玄妙'하다는 의미이다. 즉, 어떤 사물·존재
의 근원이 깊은 모양, 自然의 순리나 道가 자연물들을 통해 顯現되는 모습
을 형상화하고자 할 때 효과적으로 사용되는 시어인 것이다. '無心'의 상태
에 내포된 다양한 의미들 가운데, '淡'이 본질 이외의 불필요한 修飾이 없
고 소박·담백한 모습을, '절로'가 작위적이거나 인위적인 것이 없는 모습을
특별히 강조하는 것이라면, '幽'는 사고나 인식작용으로 헤아릴 길 없는 존
재의 깊이를 형용하는 데 강조점이 주어지는 시어라고 할 수 있다.

II. '無心'의 美的 원리

이제 '무심'의 미학의 사상적 근거가 되는 '無'의 철학 내지 '無'에 내재
한 원리 등을 먼저 조명해 보기로 한다. 有/無의 논의는 때때로 形而上/形
而下, 음/양, 이/기, 본체론/현상론 등과 맞물리면서 동양사상의 핵심을 이루
어 왔다고 해도 과언이 아니다.16) 특히, 道家와 佛家思想, 그리고 이 양자
의 변증적 발전이라 할 '禪'사상의 기저를 이루는 것은 바로 '無'사상인 것
이다. 儒家를 '有'의 철학적 원리로, 이들 사상을 '無'의 철학적 원리로 대
비하여 설명하는 시각은 새삼스러운 것이 아니다. 이 중에서도 도가적 무개

---

16) 久松眞一, 『東洋的無』(東京 : 講談社, 1987), 16-35쪽.

념은 동양의 무사상의 시원을 이룬다고 할 수 있다. 불가에서도 무를 말하지 않는 것은 아니나, 도가에서처럼 본체로서의 無, 현상으로서의 有 등 유/무의 이원적 설정 자체를 인정하지 않는다. 그리하여 '色卽是空'이요 '空卽是色'임을 실파한다. 한편, 유가의 경전 중의 하나인 『易經』에 제시된 '太極', '形而上'이란 개념은 노장의 '無' 개념과 거의 흡사하나 그 사상적 시원은 도가에 두고 있다고 할 때,[17] 동양사상의 핵심개념으로서의 '無'는 도가사상의 無개념과 거의 일치하는 것으로 보아도 좋을 것이다. 儒家에서도 '無心'이 언급되지 않는 바는 아니나 주로 人心의 청정한 상태를 나타내는 경우가 많고 도덕적 가치가 개입되어 있다는 점에서, 본체론적 개념에 기반을 두고 人心의 도덕적 상태를 나타내는 것에 국한되지 않는 도가적 '無心'과는 적지 않은 차이를 보인다고 하겠다.

여기서 핵심적인 용어로 등장하는 '無' 역시 불가나 禪에서의 '무' 개념보다는 노장적 개념에 기초한 것임을 밝혀 둔다. 그러므로, 이 節은 '無'를 중심으로 하는 노장철학을 文學理論化하는 시도의 일환이라고 보아도 좋을 것이다. 이에 도가적 개념의 '無'에 함축되어 있는 원리를 이끌어 내어 문학이론에 접맥시키는 실마리로 삼고자 한다.

---

17) 『易經』繫辭篇 上에 '易有太極 是生兩儀 兩儀生四象 四象生八卦'라 하여, 老子의 『道德經』 42장에서 '道生一 一生二 二生三 三生萬物 萬物負陰而抱陽 沖氣以爲和'라고 萬物生起의 과정을 설명한 것과 거의 동일한 사유기반에 기대어 있음이 드러난다. 여기서 '太極'이나 '道'(無)는 大同小異한 개념으로 이해해도 무방할 것이다. 한편, 『易經』은 일시에 이루어진 것이 아니라 周末의 齊·楚 지방에서 古來의 간단한 筮書에 노자의 本體觀이나 공자의 道德觀을 안배해서 성립된 것이라는 견해에 의거할 때(金原省吾, 『東洋의 마음과 그림』, 새문사, 1978, 82쪽), 『易經』에 제시된 萬物生起過程 및 太極 개념 등은 노자의 사상에 뿌리를 두고 있다고 보아도 무방하리라 본다.

1. '否定'의 원리

'無'가 함축하고 있는 가장 큰 철학적 원리는 否定性에서 찾아볼 수 있다. 『道德經』이나 莊子의 글 어디를 보아도 부정을 나타내는 의미의 無의 쓰임이 보편화되어 있음을 발견할 수 있다. 보통의 언술이 기존의 토대에 새로운 사실을 쌓아가는 방향으로 전개되는 것과는 달리, 이들의 언술은 기존의 것을 부수고 부정하고 파괴함으로써 역으로 진리에 접근해 들어가는 부정적 방법 혹은 우회의 방법에 기초해 있다고 할 수 있다.

노장에서의 '無'는 모든 존재의 근원으로서, '有'의 대립선상에 놓이는 '없음'의 개념이 아니라 '道'를 뭐라 이름할 수 없기에 잠정적으로 부르는 道의 異稱이다. 『道德經』 제1장에는,

道可道 非常道.
(도를 도라고 할 수 있는 것은 참된 도라고 할 수 없다.)

라 하여 도의 무규정성과 무한정성에 대해서 기술하는 것으로부터 시작한다. 즉, '도는 -이다'라고 긍정적으로 규정하거나 정의하는 것이 아니라, '-하는 것은 도가 아니다'라 하여 부정적 어법으로 道의 성격을 탐구해 들어가는 것을 보게 된다. 노자는 이처럼 도의 언어화·개념화를 부정했지만, 역설적이게도 언어나 개념을 통하여 도를 기술할 수밖에 없는 모순에 봉착하게 된다. 『도덕경』이나 『장자』 도처에서 발견되는 부정어법이나 모순어법은 따라서 그들이 자신의 견해를 피력해 나가는 데 피해나갈 수 없는, 그러면서도 가장 효과적인 방법이라 아니할 수 없다. 이같은 부정적 언어표현은 모순을 극복하고 道-진리, 본체-의 실상에 도달하려는 일종의 방법론적 부정의 원리를 내포하고 있는 셈이다.

즉, 진리를 찾아들어갈 때 진리 아닌 것을 하나하나 제거해 가는 부정의 방법을 통해 無分別·무규정의 '葆盡爲明'[18]의 상태에 들어갈 수 있게 되

는 것이다. 도가에서 부정의 대상이 되는 것은 '有'의 세계 즉, 善惡·有無·美醜·物我·主客 등과 같이 이원적 대립에 입각한 분별의 세계이다. 질서정연하고 확실하게 고정되어 버린 가치의 세계는 물론, 物을 어떤 한 지점의 시간·공간의 유한물로 고착시켜 사물의 다양한 존재양상을 유한화해 버리는 일원적 시각도 부정의 대상이 된다. '無心'의 미가 超感覺性, 價值中立性, 無私性을 띠는 것도 바로 분별의 세계를 부정하고 그것을 넘어서는 데서 오는 미적 특징이다.

그러나, '無'의 1차적 원리로서 부정의 방법은 부정 자체에 의미가 있는 것은 아니다. 부정이라는 여과장치를 통과함으로써 새롭게 露現된 有의 세계는 부정이라는 인식과정을 거치기 전의 有와는 다를 수밖에 없으며, 이때의 有는 달리 無로 표현될 수 있는 有인 것이다. 그러므로, 노자나 장자가 말하는 無란 '있다', '없다'를 나타내는 無가 아니라, 부정이라는 방법을 통해 일상적 사유의 한계와 분별을 넘어 있는 非有非無의 존재양상을 말함이요, 有까지를 포함하는 無인 것이다. 따라서, '無'에 내재된 부정의 원리는 역설적 표현, 비유적 표현을 통해 언술화되는 경향이 농후하다. 논리의 세계, 분별적 사유에 기초한 일상적 표현으로써는 초논리의 세계를 드러낼 수 없기 때문이다. 『도덕경』 전체가 역설의 언술이요, 『장자』의 언술 전체가 비유의 일종인 우화의 성격을 띠고 있는 것은 바로 그 언술 세계의 지향하는 바를 단적으로 반영한다고 하겠다.

이 節의 초점이 주어진 '無心'의 美 역시 이같은 부정의 원리에 기초해 있음은 말할 나위도 없다. 뒤에서 그 구체적 양상이 설명되겠지만, '無心'이란 '마음이 없다'든가, '邪心이 없다' 혹은 '情이 없다' 등과 같이 '있음'의 반대어의 성격을 지니는 것이 아니다. 따라서, '無心'의 대극에 위치할 만한

---

18) 無知의 근거를 제거함으로써 未分別·無規定의 상태에 들어가는 것을 나타내는 개념으로, 현상학에서 말하는 epoché(판단중지) 즉 일상적 태도를 배제하는 과정과 흡사하다고 할 수 있다. 宋恒龍, 『東洋哲學의 문제들』(驪江出版社, 1987), 68쪽.

개념은 '有心'이 아니라, '功巧히 計較하는 마음'을 의미하는 '機心'[19]이라고 하는 편이 타당할 것이다.

이에 비해, 儒家의 경우는 진리를 추구함에 있어 부정이라는 여과·우회의 길을 걷는 것이 아니라, 직접적·적극적으로 仁·義·禮·知·信·誠·敬과 같은 긍정적 가치의 세계로 들어가고자 한다. 유가에서도 絶四(無意·無固·無必·無我)와 같이 '無'에 대한 관심이 없는 바는 아니지만 결국 긍정적인 誠敬으로 귀착하게 되는 것을 본다.[20] 그리고 '絶四'의 조목에서 말하는 '無'는 字意대로 '없음, -아니함' 등 단순한 부정사의 의미를 지니고 있어, 노장에서의 쓰임과는 매우 다르다. 이 조목 중의 하나인 '無我'만 놓고 보더라도, 노장적 無我와 유가적 無我는 그 의미가 크게 다르다고 할 수 있다. 유가적 無我는 '邪(私)心'이나 '아집'이 없는 상태를 의미하는 반면, 노장적 무아는 무심과 거의 겹쳐지는 개념으로서 私니 公이니, 邪니 純이니, 是니 非니 하는 구별을 넘어선 상태를 의미한다. 즉, 유가적 무아는 일원적 가치지향을 그 특징으로 하지만, 후자의 경우는 가치의 다원화 혹은 의미의 개방화를 그 특징으로 한다는 점에서 큰 대조를 이룬다고 본다.

2. 補換[21]의 원리

노장에서의 유·무는 부정이라는 통로를 거친 뒤의 유·무개념임을 언급하였다. 노장에서 부정되는 것은 이 인식의 과정을 거치기 전의 有라는 것, 부정의 여과기를 통함으로써 새롭게 드러나는 有의 세계는 궁극적으로 無로

---

19) 諸橋轍次, 『大漢和辭典』및 漢語大詞典編輯委員會 編, 『漢語大詞典』'機心' 項.
20) 송항룡, 앞의 책, 21~22쪽.
21) '補換'이란 말은 해체비평에서 사용되는 'supplement'라는 용어를 필자가 借用한 것이다. 여기서 사용되는 개념도 해체비평에서의 그것과 거의 동일하다. 빈센트 B. 라이치, 『해체비평이란 무엇인가』(권택영 옮김, 文藝出版社, 1988)

표현되는 세계라는 것 등도 언급하였다. 이것을 달리 표현한다면, 후자의 有는 無의 원리에 의해 '補換'된 有 즉, 부정이라는 사유의 여과단계를 거친 有라고 할 수 있다. 有가, 有에는 없는 無를 보충하여 최초의 有 자리를 '置換'하는 것이다. 이것은 '아버지'가 그의 대극에 있는 '어머니'로 대치되는 것이 아니라, '아버지+어머니'의 복합개념인 '兩親'으로 補換되는 것, '남성'이 '여성'으로 대치되는 것이 아니라 '中性'으로 대치되는 것과 같은 양상이다. 따라서, 道나 無 개념은 중성적·양친적 속성을 지닌 것으로 이해될 수 있는 것이다. 이 때의 도나 무는 男女·大小·長短·物我 등의 대립적 有의 세계를 '넘어서' 존재(超在)하며, 그러면서 동시에 그 양극의 대립 속에 '內在'한다. 이때, 유와 무는 상호의존적이다. 無는 非無요, 有는 非有라는 역설적 논리가 성립하는 것이다.

이같은 補換의 원리를 내포하고 있는 '無心'의 세계 또한 '機心'을 다 배제해 버리고 남은 白色같은 상태의 무심이 아니라, 기심이니 무심이니 하는 분별을 넘어서서 양극을 모두 포괄해 있는 심적 상태를 지칭한다고 보아야 할 것이다.

3. '一'과 '多'의 원리

노장적 의미의 '無'는 모든 존재의 근원인 道의 異稱이며 周易에서의 太極 개념과 같다. 노자나 주역 모두 無에서 有가 나오는 것으로써 萬物의 生起過程을 설명하는데, 이때 '無' '道' '太極'이란 어떤 현상이 둘로 분화되기 전의 하나인 상태를 의미한다. 원래 하나인 것을 둘로 나누어 可/不可, 善/惡, 陰/陽이라고 하는 것은 분별과 판단의 소산이라고 할 수 있다.

서양문화의 사상적 기조를 '二'로, 동양문화의 본질을 '一'의 원리로 설명한 鈴木大拙의 견해[22]를 빌어 볼 때, 이 '一' '不二'의 세계에 가장 근접해 있는 사상이 바로 노장사상이라 할 수 있을 것이고, 여기서의 '一'은 곧 '無'로 바꿔 말할 수 있다. '二'가 차이·차별을 파생시키는 인위적 세계의 소산인 것과는 달리, '一'은 귀천, 시비, 선악 등 가치의 차별이 없는 세계이며 어떤 절대적이고 보편적인 기준이 없는 자연상태, 본래적 세계이다. 따라서, 도가에서 꿈꾸는 것은 이같은 분별과 판단이 파생되기 전의 '하나'의 세계로 복귀(歸一)하는 것이다. 老子가 감각체험이나 말로 궁구할 방법이 없기 때문에 '混然한 하나'라고 부르는 '道'23)나, 莊子가 말하는 '齊物'24)은 궁극적으로 이원적 대립이 無化된 상태, 즉 '一'의 상태를 바꿔 말하는 것으로 이해할 수 있다.

그러나, '一'을 강조한다고 해서 그것을 보편적 가치로서 절대화한다는 의미가 아님은 물론이다. 이처럼 어떤 절대적이고 보편적인 가치기준을 설정하지 않는다는 것은 환원하면, 모든 주관적 가치를 수용한다는 의미를 지닌다. 결국 도가에서 표방하는 것은 단지 '二'(有·판단·분별)의 세계를 부정하는 데 있기보다는, 존재의 다양성을 말살하여 하나의 기준으로 획일화하려는 온갖 가치기준을 無力化시키는 데 있다고 보아야 할 것이다.25) 따라서, '無'에 내재한 '一'의 의미는 '一'아닌 것을 배제하는 배타적인 것이 아니라, '多'를 수용·내포하여 조화롭게 하는 포용적인 것임을 확인하게 된다. '一'은 곧 '無'요 '道'이며 이 '一'로부터 만물이 전개되어 나온다고 하

---

22) 鈴木大拙, '東洋的一' '東洋思想の不二性', 『鈴木大拙全集』7卷·20卷(東京 : 岩波書店, 1968)
23) (道는) 보려고 하나 보이지 않으므로 이름하여 夷라 하고, 들으려 하나 들리지 않으므로 이름하여 希라 하고, 잡으려고 하나 잡히지 않으므로 이름하여 微라 한다. 이 세 가지는 窮究할 방법이 없기 때문에 混然한 하나라 한다. 『道德經』14장.
24) 이 '하나'인 실재를 포착하는 방법으로서 장자는 '心齊'와 '坐忘'을 제시한다. 彼와 此, 物과 我, 善과 惡, 主와 客 등의 주관적 판단이나 분별·비교·대립을 넘어서 있는 세계, 자기의식이나 對物의식이 소멸한 상태를 장자는 '齊物' '齊同' '齊一'이라는 말로 표현했다. 노자의 용어로는 '玄同'이라 한다. 『道德經』56장.
25) 송항룡, 앞의 책, 111쪽.

였으므로, '一'은 곧 '多'를 머금고 있는 '一'이라 할 수 있고 나아가서는 '一'은 곧 '多'라고 하는 역설이 성립될 수 있는 것이다.

노장에서의 無·一이 다양성을 내포한다고 했을 때 단순히 다양한 상태를 머금는다는 의미가 아니라, 그 다양성이 모순 상쟁을 지양하여 조화를 이룬 상태를 의미한다. 그리하여 莊子는 '옳고 그름을 조화시켜 天鈞-어느 한쪽으로 치우침이 없는 자연의 상태-에 머무르게 한다(和之以是非 休乎天鈞, 「齊物論」)'고 했던 것이다.

또한, '無' '一'은 다양성의 상호조화를 전제로 하면서, 그것이 어느 한 군데에 고착된 것이 아니라 유동하는 것·융통성있는 것일 것을 전제로 한다. 즉, 고착으로서의 無, 없음·停止로서의 無가 아니라, 언제든지 有로 生起할 수 있는 無, 그 자신은 示現함이 없으나 시현된 모든 것(有) 속에 이미 시현되어 있는 것, 따라서 움직임이 없는 것이 아니라 언제나 움직임으로 전환될 수 있는 것, 생동력과 다양한 변화의 씨를 품고 있는 것, 이것이 바로 無가 내포한 변화와 다양성의 의미인 것이다.[26]

이 때의 '無'는 움직임과 변화를 내포하되 외현상으로 정지되어 있는 것으로 보일 뿐, 처음부터 움직임과 변화의 싹을 내포하지 않은 무와는 다르다. 이같은 정지된 표현을 배경으로 하여 즉, 무의 원리에 기초하여 현상으로 드러난 것이 바로 有의 세계인 것이다.

4. '隱·老'의 원리 : 自然性

노장철학의 특성을 한 마디로 '無爲自然'의 사상이라고 하는데, '無爲'는 인위적·작위적이지 않은 것, '自然'은 '저절로 그러한 것'을 의미하므로 결국 두 말은 같은 의미를 달리 표현한 것이라고 할 수 있다. '자연'이라는 것

---

26) 金原省吾, 앞의 책, 45쪽.

은 진리, 道 혹은 無 자체를 일컫는 말이기도 하면서, 한편으로는 道의 존재양상 및 속성을 표현한 말이기도 하다. 現實에 기반한 유가철학과 구분하여 노장철학을 自然을 배경으로 하는 사상이라고 한다든가, '공자는 인생의 입장에서 자연을 보는 데 대하여 노자는 자연의 입장에서 인생을 본다.'[27]는 표현에서 단적으로 드러나듯이 유가의 경우는 현실·인생 즉, '有'의 세계에 관심이 모아진다고 한다면, 도가의 경우는 '자연' '道' '無'의 세계에 중점이 주어진다고 할 수 있다. 도가에서는 官僚世界·현실·인간세상 자체를 '俗'으로 보고 山水를 진리의 구현체로 봄에 따라 山·水 등을 자연으로 부르게 되었고, 자연은 곧 진리-혹은 진리의 존재양상을 형용한 말-를 의미하게 된 것이다.

俗을 떠나 산수자연 속에서 진리에 접근하고자 하는 것을 '隱居' '隱逸' '隱遁'이라 하는데, 은둔사상이 도가사상과 깊은 관련을 갖는 것도 바로 산수자연을 진리의 구현체로 보는 자연관을 배경으로 한다는 공통점을 지니기 때문이다.[28] 그러므로, '隱'이라는 말에는 언제나 '俗·人間·世間을 떠나 自然 속으로'라고 하는 방향성이 전제되어 있다. 단순히 官界, 정치권을 떠나는 것을 '隱'이라고 하지는 않는다. '山水自然'을 진리의 구현체로 여기고 그 속에서 진리를 추구하는 태도가 전제될 때 비로소 노장적 의미의 '隱'이라 할 수 있는 것이다.[29] 이런 점에서, '隱'이란 인간 사물 만물의 존재근원인 '無'-곧, 自然·道·眞理-로 돌아가는 생활방식을 의미한다고 한 金原省吾의 견해[30]는 매우 설득력이 있다.

귀양이나 致仕 등이 계기가 되어 정치 권력으로부터의 소외상황에 처하

27) 金原省吾, 앞의 책, 81쪽.
28) 小尾郊一, 『中國の隱遁思想』(東京 : 中央公論社, 1988), 26쪽.
29) 道가 실현되지 않을 때는 물러 났다가 道가 실현될 때는 나아온다고 하는 孔子의 생각은, '隱遁'한다 하더라도 현실에 대하여 완전한 격리를 꾀하지 않는다고 하는 外戶而不閉의 기본입장을 반영한다.
30) 金原省吾, 앞의 책, 44-53쪽. 및 84쪽.

게 되었을 때 현실도피를 꾀하여 일시적으로 자연 속에 숨는 것은 소극적
은둔이라 할 수 있다. 이 경우 그들의 시선이 향하는 곳, 궁극적으로 가치를
두는 곳은 俗의 세계 및 거기서 파생되는 권력·명예·임금의 총애·富 등
세속적 가치이다. 이것의 획득이나 유지에 어떤 장애가 발생했을 때 再起를
위한 잠정적 도피처로서 자연을 벗삼고 俗으로의 복귀를 위한 재충전의 기
회로 삼아 여건·기회가 마련되면 그 상태는 금방 깨어질 수 있는 형태이
다. 이 경우 자연이란 진리의 구현체가 아니라, 휴식의 공간이요 遊樂과 遊
賞의 공간이다.

　이처럼 無의 원리에 내재된 '隱'의 속성은 단지 속을 떠나 산수 자연간에
숨는다는 소극적인 의미로 이해될 수 없는, 삶과 진리추구에의 적극성을 담
고 있다. 앞서도 언급했듯이 隱은 有가 당초의 무로 다시 되돌아가는 자태
를 표시하여 그것을 행위화한 것이다. 즉, 사람의 생애, 활동, 생활에 있어
無로 복귀하는 생활양식인 것이다. 그러므로, 隱은 사회현실을 도피하거나
그것과는 별도의 유리된 것이라기보다는 사회현실 내지 사회생활의 한 양식
으로 이해되어야 한다.

　한편, '老'란 有가 無로 돌아가는 상태를 나타낸 말이다. 존재의 근원인
무에서 유가 파생되어 나오는 과정이나 상태를 '若'이라 한다면, 이 若에서
다시 無의 상태로 복귀하는 것이 老요 이것이 바로 사람의 일생인 것이다.
따라서, '老'란 단지 나이를 먹는 데서 오는 늙음을 지칭하는 것은 아니다.
有(若)의 상태가 보여주는 뜨거움, 熱情, 嗜慾을 벗어나 담담한 상태에서 삶
과 존재의 근원, 진리의 실상을 응시할 수 있는 경지에 이르는 것, 정신의
완숙함을 우리는 '老境'이라는 말로 표현할 수 있는 것이다. 그리고, 이 '老
境'의 상태에 기반한 생활양식이 隱인 것이다. 金原省吾의 말처럼, 서양문
화가 若(有의 세계)을 존중하는 것과는 달리 동양문화는 '老'를 존중한다는
데서 그 특색을 찾아볼 수 있는 것이다.[31] 今道友信이 생의 고양에 기초한
예술유형과 老의 원리에 기초한 枯淡의 예술유형을 구분하여 각각 서양과

동양의 특징으로 대비시킨 것도 같은 맥락에서 이해할 수 있다.32)

　無心이란 바로 이같은 은의 생활태도에 기반하여 노경의 경지에 이른 상태를 표현한 것이요, 한 마디로 말한다면 老境의 경지가 바로 無心이라 할 수 있는 것이다.

---

31) 같은 책, 39-43쪽.
32) 今道友信, 『美論』(白琪洙 譯, 정음사, 1982), 175-180쪽.

2章 '無心'의 美 형성의
思想的 背景

    '無心'은 풍류심 유형 중에서도 흥이나 恨과는 달리 知的 思考 내지는 형이상학적 깊이가 바탕이 되는 것인 만큼, 이 미유형을 깊이있게 이해하기 위해서는 '無心'이라는 말의 의미가 형성되기까지의 사상적·철학적 배경이 좀 더 심도있게 규명되어야 할 필요가 있다.

    그리하여 이 章에서는 주로 이 말의 의미가 형성되어 가는 과정을 道家·禪家·理學의 사상적 배경을 통해 더듬어 보고자 한다. 그리고, 이같은 사상적·철학적 배경이 風流의 미학과 접맥되는 양상을 규명하고자 한다.

I. '無心'의 의미형성과 그 사상적 배경

    '무심'은 道家의 '無' 개념에 기반을 둔 禪家의 중심개념으로, 여기에 宋의 理學的 心論이 수용되어 그 의미망이 구축된 것으로 볼 수 있다. 道家나 性理學의 언술에서는 '無心'에 관한 직접적 언급이 극히 드물고, 또 무심의 문제는 그들의 중심과제가 아니었다는 점을 전제하고 이 말의 의미가 형성되는 과정을 검토해 보기로 한다.

1. 道家的 배경

여기서 말하는 도가적 배경에는 노자·장자는 물론 후일의 위진남북조 시대에 성행한 淸談·玄學도 포함된다. 노자나 장자의 글에서는 '무심'이라는 말이 직접적으로 쓰인 예는 거의 없거니와 설혹 사용된 경우라도 어떤 특별한 개념적 징표를 가지고 사용되지는 않았다. '心'이나 '性'은 禪學(心則佛)이나 理學(心則性)에서 本體論·心性論의 중심용어가 되고 있지만, 도가에서는 心의 작용을 '作爲'의 것으로 보고 이를 멈추게 하여 '忘我'에 이르는 수행의 측면으로서의 '心齋' '坐忘' 등이 중시된다.

『道德經』에는 '무심'이라는 말은 등장하지 않고 다만, 이상적인 인간상을 묘사함에 있어 "聖人無常心"(49장)이라는 말이 '무심'에 가장 가까운 표현으로 사용되고 있다. 여기서 '無常心'이란 고정관념이나 욕심, 집착이 없는 마음 즉, '虛心'을 가리킨다.[1] 이는 無心의 心, 無慾의 心, 無爲의 心, 無言의 心, 無意志의 心으로 바꾸어 표현할 수도 있는 마음이다. 이외에 '虛其心'(3장) 역시 훗날 格義佛敎라든가 노장적 성향이 강한 禪師들의 글에서 '無心'의 의미를 풀이하는 단서를 제공하는 말이다.

장자의 『南華經』에서 '무심'이 직접적으로 드러난 예는,

形若槁骸 心若死灰. 眞其實知 不以故自持. 媒媒晦晦 無心而不可與謀. 彼何人哉. (형체는 마른 해골같고 마음은 죽은 재같다. 사실상 진실을 알면서도 그렇다고 스스로 자만하지도 않는다. 흐릿하고 어둑하며 無心하여 함께 얘기할 수도 없다. 이는 어떠한 사람인가?)   -「知北遊」-

記曰 通於一而萬事畢 無心得而鬼神服. (기록에 이르기를, "한 가지 일에 달통하면 만사를 다 이룰 수 있고 얻는 것에 마음을 두지 않으면 귀신도 감복한다."고 하였다.)   -「天地」-

---

1) 祁志祥, 『中國美學的文化精神』(上海 : 上海文藝出版社, 1996), 151쪽.

凡有首有趾 無心無耳者衆. (무릇 머리도 있고 발도 있되 마음이나 귀가
없는 것은 많다.)　　　　　　　-「天地」-

　　두 번째 예문의 '無心'은 '無慾의 心'으로 볼 수 있고, 세 번째 경우는
자구적 의미대로 받아들일 수 있다. 여기서 '무심'의 사용에 특별한 의미가
담긴 것은 첫 번째 예문이다. 여기서 '무심'은 '無意志' 혹은 '無思無慮'(黃
帝曰 無思無慮 始知道.『莊子·外篇』「知北遊」)를 의미한다고 볼 수 있는
데, 한 가지 특기할 사항은 無心의 마음상태를 '죽은 재'로 표현한 것이다.
이는 곧 '마음의 작용이 멈춘 상태'를 비유한 것으로서 장자式의 '無心' 이
해라 해도 좋을 것이다. 마음을 '죽은 재'에 비유하는 표현은 다음에서도 엿
볼 수 있다.

形固可使如槁木 而心固可使如死灰乎. (형체를 진실로 마른 나무와 같게
할 수 있습니까? 그리고 마음을 죽은 재와 같게 할 수 있습니까?)
　　　　　　　　　　　　　　　　　　-「齊物論」-

　　이 표현들을 종합해 보면, '무심'은 '마음이 없다'는 뜻이 아니라 '마음의
작용이 멈춘 것' '마음의 작용을 잊은 것'을 의미한다는 것이 분명하다. '죽
은 재'는 '불이 꺼진 상태'를 뜻하고, 또 불이 꺼지기 전의 '활활 타오른 불
꽃'을 전제로 한다. 불꽃이 타오르는 작용이 멈추었을 때 재가 생긴다. 그러
므로, 무심의 '無'는 '없음'의 뜻이 아니라 '멈춘 것' '忘'의 의미를 지닌 것
임을 알 수 있고, 무심이란 어떤 超脫한 경지에 이른 마음상태를 의미한다
는 것이 드러난다. 그것은 인위적 작용이 멈춘 虛靜復性의 상태, 곧 '無爲'
의 마음인 것이다. 이 마음을 노자나 장자는 嬰兒(『道德經』 10·28·55장),
自然, 道의 상태라 보고 있는 것이다.
　　여기서 알 수 있는 것은, 莊子가 사람의 본성을 이해하는 데 있어 心을
부인하지 않았고, 다만 죽은 재같은 心의 상태가 인간의 본성에 부합한다고

보고 있다는 점이다.2) '무심' 즉 죽은 재같은 심의 상태는 장자의 언술에서 '무심'이라는 말보다는 보통 '忘我' '喪我' '忘己'라는 말로 표현된다.

今者吾喪我 汝知之乎. (지금 내가 나 자신을 잃어 버린 것을 너는 알고 있느냐?) —「齊物」—

忘乎物 忘乎天 其名爲忘己. (物을 잊고 天을 잊는 것을 일컬어 자기를 잊었다고 하는 것이다.) —「天地」—

故養志者忘形 養形者忘利 致道者忘心矣. (그러므로 뜻을 기르는 사람은 형체를 잊고, 형체를 기르는 사람은 이로움을 잊고, 도를 이루려는 사람은 마음조차 잊는 것이다.) —「讓王」—

故曰 至人無己 神人無功 聖人無名. (그러므로 至人은 自己가 없고, 神人은 功이 없고, 聖人은 이름이 없다고 하는 것이다.) —「逍遙遊」—

'忘我' '喪我' '忘己'는 坐忘・心齋 등의 수련을 통해 얻어질 수 있는 超脫・자유의 심적 상태이다. 장자는 인간의 판단에 의한 分別・分化・分列・對立의 마음을 떠나 존재의 본질, 실재를 포착하는 방법으로서 '心齋'와 '坐忘'을 제시했다.

'心齋'3)란 外部의 對象에 향해 있는 自己를 內部로 집중시켜서 그 내부에 있는 實在의 모습-자연, 존재의 본질-을 포착하려는 것이다. 모든 감각을 단절시키는 것으로부터 시작하여 마음의 全一性을 저해하는 것을 전부 배제하여 마음을 純良靈妙한 상태로 淨化하는 작용이다. 즉, 분화・대립을 야

---

2) 같은 책, 157쪽.
3) '心齋'에 관한 것은 內篇 「人間世」에 나온다. "回曰 敢問心齋. 仲尼曰 若一志 無聽之以耳而聽之以心. 無聽之以心而聽之以氣. 聽止於耳 心止於符. 氣也者 虛而待物者也. 唯道集虛 虛者心齋也."

기하는 언어에 의존하지 않고, 실재를 직접적으로 포착하고자 하는 방법인 것이다. 나를 잊고 마음이 空虛해지며(忘我虛心) 자연과 인간이 동격의 것으로 하나가 되는 것(萬物齊同, 物我一體)은 이러한 心齋의 수련으로 도달되는 경지인 것이다.

'坐忘'4)은 心齋를 더욱 발전시킨 경지로서 肉體라고 하는 形을 떠나고 知識, 好惡의 情, 이익을 추구하는 마음을 잊어버림으로써 無差別의 大道에 同化하고 자연과 일체가 되는 것을 말한다.

莊子의 심재 · 좌망에 상응하는 것으로 老子의 '滌除玄覽'(『道德經』 10장)을 말할 수 있는데, 노자는 이를 통해 道에 이를 수 있다고 보았다. '滌除'란 '洗垢除塵'의 뜻으로 일체의 功利私慾의 타산을 제거함을 의미한다. '玄覽'은 '深觀遠照'의 뜻으로 일반적 감각이나 추상적 사고가 아닌 일종의 이성적 직관을 의미한다.

심재나 좌망, 척제현람의 과정을 통해 虛靜의 경지에 이르고 사물의 원모습, 본질을 볼 수 있고 자신의 本性의 원상태를 회복할 수 있다는 것이 이들의 생각이었다. 바로 이러한 과정을 거쳐 도달하는 마음의 상태를 '無我無心'의 경지로 보고자 하는 것이 필자의 관점이다.

여기서 한 가지 지적할 점은 老莊의 '忘我'나 '喪我'는 처음부터 '我'를 부정하는 불교의 '無我'와는 다르다는 사실이다. 불교적 '무아'는 처음부터 我가 없는 것이지만, 망아 · 상아는 我가 있되 그것의 작용이 멈춘 상태 즉 '죽은 재'와 같은 상태로 수양에 의해 도달되는 虛靜의 상태인 것이다.

이외에도 노자와 장자의 언술은, 禪家의 '무심' 개념 형성의 뿌리가 되는 '無'개념의 이론적 토대를 제공했다는 점에서 의미가 크다. 노자 장자에 있어 '無'는 '有'의 대립어로서의 不實在를 뜻하는 것이 아니라, 有無의 대립

---

4) '坐忘'에 관한 것은 內篇 「大宗師」에 나온다. "曰回益矣. 曰何謂也. 曰回坐忘矣. 仲尼蹴然曰 何謂坐忘. 顔回曰墮肢體 黜聰明 離形去知 同於大通 此謂坐忘. 仲尼曰 同則無好也 化則無常也."

을 파생시키기 전의 道의 全一性을 나타내는 개념임은 詳論의 여지가 없다. 道家의 언술에 있어 '無'는 '道' '自然'의 별칭이다. '虛'이므로 더 많은 것을 수용할 수 있고, '靜'이므로 더 큰 움직임을 가능케 하는 것이 바로 노자 장자가 말하는 '無(=道)' 개념인 것이다.

이처럼 '道'를 '無'로써 파악하는 관점은 위진시대의 淸談 · 玄學家[5]에 의해 하나의 說로서 크게 지지를 받게 되었다.[6] 이 청담 · 현학에 의해 '有'를 賤 · 末로 여기고 '無'를 貴 · 本으로 여기는 '貴無思想'이 위진시대를 풍미하게 되었다.[7] 청담 · 현학은 당대 지식인의 교양이었고 淸談家와 禪僧의 활발한 교류를 통해 청담의 지도적 위치를 차지하는 선승도 나타나게 되었다.[8] 이같은 문화적 분위기 속에서 선승들이 도가의 '無' 사상을 수용하고 그에 크게 영향받았을 것임은 그리 어렵지 않게 추측할 수 있다(이것이 다음 項에서 서술할 '格義佛敎' 형태로 나타나게 되었다). 그리하여 이들의 상호관련을 통해 형성된 당대의 '귀무사상'은 禪家的 '無心' 개념 형성에 결정적 기반을 제공하게 되는 것이다.

---

5) 後漢에 이어지는 魏 · 晋 시대는 지식인들에게는 매우 암울한 시기였다. 그들은 정치적 비판이나 담론이 어려워지자 '淸談'이라고 하는 추상적 논의를 통해 현실의 고통을 잊으려 했다. 이른바 '淸談'이란 魏의 正始年間(240-248)에 何晏 · 王弼의 담론에서 일어났고, 그 뒤를 이어 竹林七賢이 나타났는데, 이들의 중심적 화제는 易과 老子 · 莊子였다. 얼마 안 있어 佛理에 대한 탐구가 진행됨에 따라 易 · 老 · 莊 · 佛學을 포함한 학문을 총칭하여 '玄學'이라 일컫게 되었는데, 玄學은 淸談과 실질적으로 다름이 없었다. 「淸談과『莊子』」, 『莊子와 禪思想』, (黃秉國 編著, 文潮社, 1987 · 1989)
6) 예컨대 老子 · 莊子 주석에 일가를 이룬 王弼은『道德經』42장 "道生一"의 구절을, "萬物萬形 其歸一也. 何由致一. 由於無也. 由無乃一 一可謂無."로 풀이하였다.
7) 湯用彤,『理學 · 佛學 · 玄學』(北京大學出版社, 1991), 224-226쪽.
8) 東晋의 僧 支遁이 그 대표적 예이다.

2. 禪家的 배경

'無計較心'이라든가 '無分別心' '無思量心' 등과 같이 오늘날 통용되는 '무심'이라는 말에 함축된 의미의 상당부분은 선가의 무심론에서 형성된 것이라고 봐도 큰 과오가 없다. 이것이 '마음이 없다'는 뜻이 아님은 일견해서 곧 드러나는 점이거니와 心의 한 형태, 어떤 독특한 심적 상태를 나타내는 것임을 쉽게 알 수 있다. 노자나 장자 및 기타 도가의 언술에서는 '무심' 자체가 관심의 초점이 된 것은 아니었으나, 선가의 경우는 본격적으로 무심논의가 활발하게 전개되었으며 그 언술에서도 직접적으로 무심에 대한 정의 및 중요성 등이 피력되고 있음을 볼 수 있다. 노장에서의 '無'나 선가에서의 '무심'은 모두 본체론의 범주에 놓일 수 있다는 점에서 공통적이다.

2.1 佛陀時代의 무심론

사실상 이 '無心'은 중국선이 발흥하기 전 佛陀 당시부터 修行의 도로서 제시되어 온 것 중 하나이다. 이 때의 '無心', '有心'은 '有念', '無念'과 거의 같은 개념으로 통용되었고, 마음의 지극한 순수성, 청정의 경지에 이르는 법문으로서 '無念地'가 제시되었다. 『維摩經』에는 禪定에 드는 데 '有心'으로 할 것인가 '無心'으로 할 것인가를 둘러싸고 舍利弗과 維摩居士 간에 오간 대화가 소개되어 있는데9) 이는 有念·無念이 당대 禪의 중심강령이 되고 있었음을 말해주는 동시에, 有·無心에 대한 이해가 小乘的 차원에 머무르고 있음을 보여 준다.

여기서의 유심/무심은 단순히 '마음이 있고 없음'을 의미하며 '有情/無情'으로 바꾸어도 큰 오차가 없다. '무'가 '유'에 대립되는 개념으로 이해되고

---

9) 舍利弗尊者 於樹下 方入禪定 維摩居士 過而問曰 今何爲 曰方入禪定 居士曰 入禪時 以有心入乎 以無心入乎. 若以有心 一切有情皆爲入禪 若以無心 一切無情 皆爲入禪. 且道 如何入禪. 舍利弗不能對. 『維摩經』「弟子品」第三.

있음이 드러나, 중국 선학에서의 '무심'의 '無'가 노장적 '무'개념-유무의 대립을 넘어선 道의 형상화, 본체개념으로서의 無-에 근거를 두고 있는 것과는 차이가 있음을 보여 준다.

불타시대의 '무심'이 수행의 문제로서 중시된 것과는 성격을 다소 달리하여 중국 선에서는 우주의 보편적 진리를 다루는 본체론의 범주에서 '무심' 논의가 활발하게 전개된다. 선가 본체론의 핵심용어인 '空'과 깊은 관계가 있는 개념으로서의 '무심'은 중국선의 중심문제이기도 하다. 불타시대의 '無心'과는 달리, 중국선에서의 '무심'은 반야사상의 '空'을 이해하는 과정에서 노장사상의 無개념과 결합하여 형성된 중국적 개념이라 할 수 있다.

2.2 格義佛敎와 무심론

인도 불교가 중국에 전파되었을 때인 六朝時代-달마대사가 중국에 들어온 것을 대략 520년으로 추정할 때-는 불교의 융성시대로 청담·현학가의 활약이 크게 두드러진 시기이기도 하다. 육조시대에 청담·현학은 선승까지 포함한 당대 지식인의 교양이요 풍류였다. 특히 東晋의 高僧인 支遁은 老·莊에 조예가 깊은 인물로 淸談의 그룹에 禪僧으로서 가입한 것으로 유명하다.10) 前述한 바와 같이 이들 청담·현학가들의 공통의 기반은 無를 本·貴로 보는 貴無思想이었다.

귀무사상이 이 시대를 풍미하는 데는, 이들 청담가의 역할 못지 않게 東晋(316-420)의 僧 法雅에 의해 시작된 格義佛敎의 영향이 크게 작용했다. '格義'의 '格'은 '재다(量)'의 뜻으로서, 산스크리트의 原語와 노장의 용어를 비교하여 가늠하고, 후자를 전자에 적용시키는 것이다. 예컨대, 초기의 漢譯에서 '空'을 '無'로, '涅槃'을 '無爲'로, '菩提'를 '道'로 '眞如'를 '無爲'로

---

10) 『世說新語』文學篇 및 釋 慧皎 撰, 『高僧傳』卷 第四(『大正新修大藏經』第51卷, 東京 : 大正一切經刊行會, 1927)

번역한 것이 그 예이다. 이 격의불교는 동진의 승려 竺 法雅에 의해 처음 행해진 것[11]으로 노장사상에 의한 불교의 이해의 소산이라는 점에서 의미가 깊다. 말하자면 당대 귀족 지식인에게 불교의 哲理를 이해시키기 위해 재래의 토착 사상인 노장사상이 이용되었다고 볼 수 있다.

이 격의불교의 중심 문제가 된 것은 반야의 '空'과 노장의 '無'를 어떠한 관계로 받아들이느냐 하는 것이었다. 동진의 僧肇의 「肇論」[12]에 의하면 空의 해석에 心無義, 卽色義, 本無義[13] 등의 설이 있었던 것을 알 수 있는데, 이 중 竺 道安에 의해 주창된 '本無義'설은 노장사상과 가장 관계가 깊고 또 가장 널리 호응을 얻어 '空'의 해석의 본류의 위치를 차지했음을 알 수 있다.

이처럼 반야사상의 핵심인 '空'의 해석을 두고 청담·현학가들에 의해 노장의 '무' 개념이 중요한 토대를 제공하면서 귀무사상이 위진남북조 지식인들 사이에 풍미하게 되었던 것이다. 禪家나 道家 모두 '有'보다는 '無'를 우주·인간 존재의 본체개념으로 이해한다는 점에서 공통의 이해기반이 마련된 셈이다. '空'의 이해·번역과정에서 노장·현학의 '無'와 결합하여 禪家의 독특한 '無' 및 '無心' 개념이 형성되었다고 볼 수 있으며, 이것은 道家의 '無' 개념과 완전히 일치하지는 않는다 하더라도 상당부분 일치될 수 있는 개념이라 할 수 있다.

격의불교를 주창한 사람들[14]의 언술에 등장하는 '무심'의 개념도 이같은

---

11) 法雅 河間人. 凝正有器度. 少善外學長通佛義 衣冠士子咸附諮禀. 時依門徒並世典有功未善佛理. 雅乃與康法郞等 以經中事數擬配外書爲生解之例 謂之格義. (釋慧皎 撰, 『高僧傳』 卷 第四, 『大正新修大藏經』 第50卷, 東京 : 大正一切經刊行會, 1927)

12) 『大正新修大藏經』 第45卷.

13) 心無義는 '空'을 '心'이 없는 것으로 해석하는 입장이고, '卽色義'는 '物(色)'이 없는 것, '本無義'는 양쪽 모두 없는 것으로 해석하는 입장이다.

14) 竺 道潛, 支遁, 慧遠, 僧肇, 竺 道生 등이 격의불교 주창자의 대표적 인물이다. 黃秉國, 『老莊思想과 中國의 宗敎』(文潮社, 1987·1989), 153-158쪽.

위진남북조 시대의 문화적 배경을 염두에 두고 이해되어야 한다. 이들의 '무심' 이해는 '無'를 어떻게 파악하고 있느냐에 따라 조금씩 차이를 보인다. 예컨대 道安은 '靜'으로서의 '無' 즉 '無爲'와, '齊'로서의 '無' 즉 '無名' 兩 측면에서 無를 이해하고 있는데[15] 이같은 無 개념에 근거한다면 '無心'이란 '無爲之心' '無分別心'-'無名'의 '名'은 이것과 저것을 분별하는 것에 대한 명칭이다-의 의미를 지니게 되는 것이다.

　老莊의 입장에서 佛理를 탐구한 東晉의 釋 僧肇의「寶藏論」「肇論」[16]은 격의불교에서 '無心'을 어떻게 이해하고 있나를 살피는 데 중요한 단서가 된다. 그는 노자의 '道'를 설명하는 과정에서,

　　唯道無體微妙常眞. 唯道無事古今常貴. 唯道無心 萬物圓備. (道는 無體니 미묘하여 항상 참되고, 道는 作爲의 일이 없으니 예나 지금이나 항상 귀하고, 道는 無心하니 만물에 두루 갖춰져 있다.)　　　　-「寶藏論」-

　　對境無心逢緣不動 勿忘離微之道.…但無妄想者 卽離微之道顯也. 夫離者 虛也 微者沖也. 沖虛寂寞故謂之離微. …微故無心離故無身 身心俱喪靈智獨存. …無身故大身無心故大心. 大心故卽周萬物 大身故應備無窮.
　　(境界에 대하여 無心하고 緣을 만나도 不動 해야 하니 離와 微의 道를 잊으면 안 된다. …다만 妄想이 없는 사람에게만이 離微의 도가 나타나는 것이다. 무릇 '離'란 '텅 빔'을 말하고, '微'란 '텅 비고 깊음'을 말하는 것이니 텅 비어 깊고 고요한 것을 일러 離微라 한다. …微이므로 無心하고 離이므로 無身하니, 몸과 마음을 모두 잃은 뒤에야 신령한 지혜가 홀로 존재하게 된다. …몸이 없는 고로 큰 몸을 두게 되고, 마음이 없는 고로 큰 마음을 두게 되는 것이다. 큰 마음을 두는 고로 萬物에 두루 미치고 큰 몸을 두는 고로 만물에 응하여 갖춤이 무궁해지는 것이다.)　　-「寶藏論」-

---

15)『理學・佛學・玄學』, 302쪽.
16)『大正新修大藏經』第45卷.

라 하여 '道=無體·無事·無心=眞=貴=圓' 혹은 '離微의 道=無身·無心=虛·沖'으로 이해하고 있음을 명백히 보여 준다. 두 번째 인용대목에서 道를 '沖·虛'로 표현한 것은 『道德經』 4장의 '道沖而用之 或不盈'을 근거로 하고 있다. 여기서의 '無'는 '없음' '不在'의 의미가 아니라 텅 비어 있기에 더 큰 有, 萬有를 받아들일 수 있다는 의미로서, 老子·莊子의 '無'개념을 그대로 수용하고 있음이 드러난다. 또한,

> 聖人無心 生滅焉起. 然非無心 但是無心心耳. (성인은 無心하니 태어나고 소멸하는 것이 어찌 일어날 것인가. 그러나 無心이란 마음이 없는 것이 아니요 다만 無心의 心일 따름이다.) -「肇論」-

> 聖無有無之知則無心於內. 法無有無之相則無數於外. 於外無數於內無心 彼此寂滅物我冥一. (聖은 有無의 지식이 없으므로 안으로 無心하고, 法은 有無의 妄相이 없으므로 밖으로 思量이 없는 것이다.) -「肇論」-

와 같은 구절은 '聖人無常心'이라는 『道德經』의 한 대목에 근거를 두고 있다고 생각되는데, 그는 '無常心'을 '無心'으로 이해하고 있다는 것이 드러난다. 여기서 그가 이해한 '無心'이란 단순히 '마음이 없다'는 뜻이 아니라, 計較·思量·妄相·分別이 없는 마음임을 알 수 있다.

2.3 達摩大師와 慧可의 무심론

달마대사의 행적은 명확하지 않지만 그가 중국에 들어온 것을 520년경으로 본다면, 그가 인도불교를 중국에 전파하던 시기는 대략 六朝時代로서 특히 南朝의 梁나라(502-557)와 관계가 깊었다. 위에서 살핀 것처럼 이 시기는 청담·현학가의 귀무사상이 무르익고, 격의불교에 의해 佛敎 哲理의 이해의 토대가 마련된 시기였다.

중국 禪의 初祖라 할 達磨大師는 「無心論」「觀心論」을 전개했는데 여

기서 「무심론」은 훗날의 '無念'과 연결되어 南宗禪(頓悟)을, 「관심론」은 '有念' '離念'과 연결되어 北宗禪(漸修)을 파생시키는 근거를 제공하게 된다. 달마의 「無心論」은 온갖 思念과 妄相이 寂滅된 상태를 '무심'으로 보고 이것을 기술한 것이며, 「觀心論」은 마음을 붙잡아서 그 작용을 凝視하는 일종의 止觀修行을 '관심'으로 보고 그 양상을 기술한 것이다. 특히 「무심론」은 '無心'이라는 말이 禪家 本體論의 핵심개념으로서 정착되는 데 결정적 기여를 하게 된다.

달마의 「無心論」은 제자의 질문에 스승인 和尙이 대답하는 방식으로 서술이 전개되는데 偈頌까지 포함해 이 글에서는 '무심'이라는 말이 무려 53회나 등장하고 있어 달마의 가르침에 이 말이 얼마나 큰 의미를 지니는지 단적으로 드러난다.

弟子問和尙曰 有心無心. 答曰 無心. 問曰 旣云無心 誰能見聞覺知 誰知無心. 答曰 還是無心旣見聞覺知 還是無心能知無心. 問曰 旣若無心 卽合無有見聞覺知 云何得有見 聞覺知. 答曰 我雖無心能見能聞能覺能知. 問曰 旣能見聞覺知 卽是有心 那得稱無. 答曰 只是見聞覺知 卽是無心 何處更離見聞覺知別有無心. (제자가 화상에게 "마음이 있습니까 없습니까?"하고 물으니 화상은 '마음이 없다'고 했다. 다시 제자가 "이미 마음이 없다고 하신다면 누가 능히 보고 듣고 깨닫고 알 수 있는 것입니까? 또 누가 마음이 없음을 아는 것입니까?"하고 물으니, 화상은 "바로 이 無心이 보고 듣고 깨닫고 아는 것이니라. 바로 이 無心이 마음 없음을 능히 아는 것이니라."하였다. 또 "만약 마음이 없다면 곧 보고 듣고 깨닫고 아는 것도 없을텐데 어떻게 보고 듣고 깨닫고 알 수 있다고 하십니까?"하고 물으니, "내 비록 마음이 없으나 능히 보고 듣고 깨닫고 알 수 있느니라." 하였다. "이미 보고 듣고 깨닫고 알 수 있는 것이라면 이것은 곧 마음이 있다는 것인데 어찌 없다고 하십니까?" "보고 듣고 깨닫고 아는 것 이것이 곧 無心이니 見聞覺知 외에 어디에 별도로 無心이 있겠는가.)[17]

---

17) 釋 菩提達摩, 「無心論」, 『大正新修大藏經』 第85卷.

여기서 '무심'은 두 가지로 해석될 수 있다. 하나는 제자가 이해하고 있는 무심요, 또 하나는 스승이 말하고 있는 무심이다. 제자가 이해하는 '무심'은 견문각지의 감각적 분별계에 속하는 것인 반면, 화상이 말하고자 하는 '무심'은 見聞覺知에서 비롯되는 온갖 思念이 寂滅한 뒤 '無'의 세계에 도달했을 때 얻을 수 있는 無分別의 心的 경지이다. 그러한 무분별의 경지이기에 見聞覺知를 넘어서면서도 그것을 포괄할 수 있는 것이다. 그러나 제자는 스승이 말하는 '무심'의 참뜻을 이해하지 못하고 '有'의 대립개념으로서의 '無'에만 집착하여, '無心'을 '마음이 없다'고 字句的 의미로만 해석하고 있는 것이다.

이들의 대화는 다시 이어진다. '모든 것이 無心이라면 木石도 또한 無心일 것인데 어찌 木石과 같지 않습니까?'하는 제자의 질문에 화상은 다음과 같이 답한다.

> 我無心心不同木石. 何以故. 譬如天鼓 誰復無心 自然出種種妙法 敎化衆生. 又如如意珠 誰復無心 自然能作種種變現. 而我無心亦復如是. …夫無心者卽眞心也. 眞心者卽無 心也 … 無心卽是修行 更不別有修行. 故知無心卽一切 寂滅卽無心也. (내가 말하는 無心의 心은 목석과는 다르다. 왜 그러한가? 天鼓(천둥)에 비유할 수 있으니 비록 無心이나 자연은 종종 묘법을 낳고 중생을 교화한다. 또한 如意珠와도 같으니 비록 無心이나 자연은 종종 變現을 이룰 수가 있도다. 내가 말하는 無心은 이와 같다. …무릇 무심이란 곧 진심이며 진심은 곧 무심이니라 …무심은 곧 수행이며 별도로 수행이 있는 것은 아니다. 그러므로 무심이 곧 일체이며 적멸이 곧 무심임을 알아야 하느니라.)

달마는 和尙의 입을 통해 '무심'은 곧 '眞心'이요 '수행'이며, 無心은 곧 一切요 寂滅이라고 설파하고 있다. 달마대사에게 있어 '무심'이란 妄念에 가리움 없이 우주만물 모든 존재의 진면목을 볼 수 있는 마음 상태를 뜻한다는 것을 짐작할 수 있다. 이 말을 들은 제자는 홀연 깨달음을 얻고 '眞如

本無分別'을 내용으로 하는 無心의 偈頌을 짓는다.

> 大道寂號無相   큰 도는 고요하니 無相이라 일컫고
> 萬像窈號無名   삼라만상은 寂窈하니 無名이라 일컫는다네
> 如斯運用自在   이처럼 운용이 자유자재하니
> 總是無心之精   이것이 바로 無心의 精髓라네

우리는 여기서 舍利弗과 維摩居士 간의 대화 속에서 드러난 '무심'의 개념과는 달리, 온갖 思念이 寂滅한 뒤의 心的 상태를 나타내는 말로 한 단계 인식론적 상승을 이루고 있음을 보게 된다. 뒤이어,

> 昔日迷時爲有心   옛날 진리를 깨닫지 못했을 때는 有心이더니
> 爾時悟罷了無心   이제 깨닫고 보니 無心일세

등 게송을 두 편 읊은 뒤, '無心'이란 妄相이 없는 마음을 의미한다는 것으로써(言無心者卽無妄相心也.) 총결을 맺고 있다. 달마에게 있어 '무심'이란 일체의 망념이 제거되어 거울과 같은 淸淨한 마음을 회복한 상태를 뜻하는 것이다. 이처럼 淸淨한 마음에 도달했을 때 존재의 실상·본질(本性)과 자아의 참모습을 보게 되는 것(見性)이며, 마음이 虛靈하기에 불도에 통달할 수 있다고 본 것이다.

달마의 법통을 이은 직제자 慧可(二祖)는 이같은 달마의 '무심론'에 근거하여 '分別에 마음을 두지 않는 것을 이름하여 正이라 하고 解法에 마음을 두는 것을 이름하여 邪라 한다(無心分別名爲正 有心解法名爲邪)'고 하였다. 달마에게 無妄相心·無計較心·無思量心·眞心의 의미를 지니는 無心의 개념에, 혜가는 '無分別心'을 의미를 부가하고 이것을 '正'으로 파악하고 있음에 주목할 만하다.[18] 또한 그는 스승인 달마에 이어 無心이 正覺에 이르는 직접적 방도임을 설파하고 있다.

2.4 六祖 慧能 및 東山法門의 무심론

중국에 선종을 연 달마에 이어 실질적으로 선의 융성을 이룬 것은 唐의 高僧인 제 6祖 慧能에 이르러서이다. 혜능은 남종선의 실질적 初祖로서, 불타 시대에 해결을 보지 못하고 달마 이래 중국 선종의 중요개념이 된 '無念'을 宗旨로 하여 본격적 논의를 전개하고 있다. 그의 무심론은 이같은 무념사상의 기저 위에서 이해될 수 있다. 달마가 제시한 觀心論/無心論 중 '觀心' '有念'이 신수의 북종선 출발의 디딤돌이 된 것과는 대조적으로 '無心' '無念'은 혜능의 남종선의 기반이 되었기에 無念·無心은 혜능에게 특별히 중요한 의미를 지닌다.

> 善知識 我此法門 從上以來 先立無念爲宗 無相爲體 無住爲本. 無相者 於相而離相 無念者 於念而無念 無住者 … 善知識 外離一切相 名爲無相 能離於相 卽法體淸淨 此是以無相爲體. 善知識 於諸境上 心不染曰 無念 於自念上 常離諸境 不於境上生心… (선지식이여, 나의 이 법문은 위로부터 내려오면서 먼저 無念으로 宗을 삼고 無相으로 體를 삼으며, 無住로 근본을 삼는다. 무상이란 현상계에 있으면서 현상계를 떠나는 것이요, 무념이란 생각하면서 생각이 없는 것이요, 무주란…. 선지식이여, 밖으로 모든 상을 떠난 것을 무상이라 이름하니 능히 모습을 떠나면 곧 법체가 청정해진다. 이것이 무상으로써 체를 삼는 것이다. 선지식이여, 모든 경계 위에 마음이 물들지 않는 것을 무념이라 한다. 스스로 생각생각에 항상 모든 경계를 떠나서 경계 위에 마음을 내지 않는다.…)[19]

위는 慧能의 어록인 『六祖壇經』[20]에서 인용한 것이다. 여기서 '無'의 용

---

18) 『少室逸書』第一篇「雜錄」第一(金東華, 『禪宗思想史』, 太極出版社, 1975, 99쪽) 에서 재인용.

19) 『六祖壇經』「定慧品」

20) 『六祖壇經』은 元의 僧인 宗寶가 編한 것으로 6祖인 慧能의 語要를 集錄한 것이다. 달리 『六祖法寶壇經』『壇經』이라고도 한다. 鄭柄朝 譯解, 『六祖壇經』(韓國佛教研究院出版部, 1978·1986) 및 中川孝, 『六祖壇經』(『禪의語錄』4, 筑摩書房, 1976·1983) 참고.

법을 보면 불타시대의 사리불과 유마거사 간에 주고 받은 대화에서의 유심/
무심의 '무'의 용법과는 매우 다르다는 것이 눈에 띤다. 노장적 '無'의 용법
에 기반해 있다. 그는 '생각하면서 생각이 없는 것'을 '無念'으로 정의하고
있는데 이처럼 'A이면서 A가 아니다' 또는 'A이면서 Ā이다'와 같은 모순어
법은 바로 老莊의 독특한 표현법인 것이다. 노장적 '無'개념은 선가의 '무
심'의 실질적 의미기반이 되고 있는 셈이다.

'모든 경계 위에 마음이 물들지 않는 것' 즉 無分別·無妄相·淸淨의 의
미로 해석될 수 있는 혜능의 '無念' 개념은, 그를 포함하는 東山法門[21]의
사람들에게 있어 다소 표현을 달리하여 언급된다.

먼저 북종선을 연 神秀의 경우 "離念故無心 無心卽無色"[22]이라 하여
'離念'을 '무심'과 연결짓는 것을 볼 수 있다. 신수가 말하는 "離念'이란
'心不起離自性'의 의미로 방법상 敎學的인 '觀心論'을 제창한 북종선의 입
장을 대변한다. 그러나, '有念'은 그 내면에 無念의 진리를 얻어 看心·凝
心하는 행위로서 궁극적으로는 '無念'을 지향한다고 할 때, 無心에 이르는
방법만 다를 뿐이지 혜능의 '無念'과 크게 다를 바가 없다고 할 수 있다.[23]

資州 智詵은 '不念內心'을 주장하였고, 老安和尙은 '起心卽妄 不論善惡
不起卽眞'이라 하여 妄念을 일으키지 않고 선악을 분별하지 않는 것을 '無

---

21) 4祖 道信의 제자는 法融系(牛頭系)와 弘忍系(東山宗)로 나누어지게 되는데 혜능·
   신수 등은 홍인계 동산법문에 속한다. 김동화, 앞의 책, 114쪽.
22) 『圓覺經』 大疎鈔, 韓基斗, 『禪과 無時禪의 硏究』(원광대 출판국, 1985), 118쪽에
   서 재인용.
23) 참고로 '離念'에 관한 北宗의 입장을 대변하는 글을 들어보면, "所謂覺者 爲身心離
   念 離念是道. 身心離念 返照熟看 淸淨法身 得入佛道. (이른바 覺者는 몸과 마음이
   생각을 떠나 있으니 離念이 바로 道이다. 몸과 마음이 생각을 떠나면 看法이 무르익
   고 法身이 청정해져 佛道에 들 수가 있는 것이다)". 원래 '無念'에 대응되는 것은 看
   心과 凝心을 주된 특징으로 하는 '有念'인데, '有念行'이 여러모로 비판을 받고 '無
   念'이 정통의 것으로 인정을 받자 신수는 '無念'과 유사한 '離念'을 내세우고 이것을
   無心에 연결시켰던 것이다. 「北宗의 離念思想」, 한기두, 위의 책, 121-123쪽.

心'으로 파악하였다. 한편, 혜능의 '無念爲宗'에 기반을 둔 荷擇 神會는 '但無妄念'으로서의 '무념'을 주장하였다.

그러나, 이 주장들은 표현만 다를 뿐 근본석으로 '無念無心'과 같은 내용이라고 할 수 있다.

2.5 慧能 이후의 무심론

馬祖 道一(707-786)은 南岳 懷讓의 법통을 이은 제자로 '平常心合道'를 주장하였다. 그가 말하는 '평상심'이란 無造作·無是非·無取捨·無斷常·無凡聖의 의미로서 바로 '無心'을 바꿔 표현한 것이다.[24]

司空山 本淨禪師와 黃蘗 希運禪師는 모두 唐의 高僧으로서 『景德傳燈錄』에 실린 그들의 '無心'에 관한 논의는 禪家의 무심 개념의 형성과 정착에 지대한 영향을 끼쳤다.[25] 本淨禪師의 '無心論'은 '無心是道'를 대명제로 하여 전개된다.

若欲會道無心是道. 曰云何無心是道. 師曰 道本無心無心名道 若了無心 無心卽道 佛卽無心. (道를 會得하고자 한다면 無心이 바로 그 도이니라. 無心이 곧 그 道라 함은 무슨 뜻입니까? 禪師 말하기를 "道는 본래 無心하니 無心을 道라 이름한다. 만약 無心을 깨닫는다면 無心이 바로 道요, 佛이 곧 無心이니라.")

여기서 道는 根本義·眞理, 감각세계를 초월한 無의 세계로 본정선사는 '無心이 곧 道'라는 것을 되풀이하여 강조하고 있다.

---

24) 杜松栢, 『禪與詩』(臺北 : 弘道書局, 民國 69년), 2쪽. 41쪽.
25) 本淨禪師의 「無心論」은 『景德傳燈錄』 第四卷(『大正新修大藏經』 第51卷)에, 希運禪師의 「傳心法要」는 『景德傳燈錄』 第九卷에 각각 실려 있다.

四大無主復如水　　　四大26)에 無主하니 물과 같고
遇曲逢直無彼此　　　굽다(曲) 곧다(直) 하는 彼此의 구분이 없어라
淨穢兩處不生心　　　깨끗한 마음도 더러운 마음도 생겨남이 없으니
壅決何曾有二意　　　어찌 막힘과 터짐의 두 뜻이 있으리오
觸境但似水無心　　　경계에 접촉하여 물처럼 無心하니
在世縱橫有何事　　　이 세상 縱橫함에 일삼을 것이 무엇이 있으리오

見聞覺知無障礙　　　見聞覺知에 장애 없고
聲香味觸常三昧　　　聲香味觸에 언제나 삼매로다
如鳥空中只麼飛　　　새가 공중에서 저와 같이 나는 것처럼
無取無捨無憎愛　　　취함도 버림도 미움도 사랑도 없노라
若會應處本無心　　　사물에 응함에 無心한 마음으로 할 줄 안다면
始得名爲觀自在　　　비로소 觀自在라 이름할 수 있겠구나

이 偈頌들에서 드러나듯 본정선사가 말하는 '무심'이란 '無主' '無分別' '自由自在'의 경지이다. '無主'에서의 '主'는 모든 판단·분별·감각작용의 주체, 我의 主觀을 의미한다. 그는 이런 것으로부터 超脫함으로써 물이나 새와 같은 자유자재의 경지를 얻을 수 있다고 본 것이다.

黃檗 希運禪師(856年 寂)는 南岳 懷讓系로, 그의 「傳心法要」라는 글은 禪家의 '無心論'에 지대한 영향을 끼쳤다.

無心者無一切心也. 如如之體. 內外如木石不動不轉. 內外如虛空不塞不礙 無能無所 無方所 無相貌無得失. (무심이란 일체의 마음이 없는 것이요, 불변의 本體이니, 內外가 木石과 같아 움직이지도 變轉하지도 않고, 內外가 虛空과 같아 막힘도 거리낌도 없다. 존재하지 않는 곳이 없고 또 존재하는 곳도 없으며, 相貌도 得失도 없다.)

---

26) 佛家에서 '四大'란 세상의 만물을 이루는 地·水·火·風의 네 가지 근본을 말한다. 혹은 이 네 가지로 이루어진 사람의 몸을 가리키기도 한다.

此心卽無心之心 離一切相. 衆生諸佛更無差殊 但能無心便是究竟. 學道
人 若不直下無心 累劫修行終不成道. (이 마음은 곧 無心의 마음이니 일
체의 相을 떠나는 것이다. 衆生과 諸佛은 차이가 없으니, 無心할 수만 있
다면 궁극을 다한 것이다. 道를 배우는 사람으로서 곧바로 무심에 이르지
못한다면 累劫을 거듭하여 수행하여도 끝내 도를 이룰 수 없을 것이다.)

直下無心 本體自現. (곧바로 무심에 이른다면 본체가 저절로 드러날 것이
다.)

인용에서의 '無一切心', '如如之體', '離一切相'은 그가 이해한 '無心' 개
념의 또 다른 이름으로 보아도 좋을 것이다. 또한 그가 수행의 한 방편으로 제
시한 '直下無心'은 禪定에 드는 두 방법인 '理入'과 '行入' 중 '行入'의 한
전형을 보여주는 것이기에 그 의미는 더욱 크다고 할 수 있다.[27]
  또 그가 지은 偈頌의 한 대목인,

無心似鏡 與物無競   無心은 거울과 같으니 物과 다툼이 없고
無念似空 無物不容   無念은 虛空과 같으니 物을 포용하지 않음이 없
                    다네

을 보면 계교나 분별이 없는 마음상태, 일체의 망념이 제거되어 '거울' '허
공'처럼 된 마음상태를 '무심'으로 이해하고 있음을 알 수 있다.
  한편, 南泉 普願禪師의 牧牛公案의 영향을 받아 <牧牛圖頌>을 남긴 普
明禪師는 老莊的 관점에서 無心論을 펼치고 있다는 점에서 주목할 만하다.[28]

白牛常在白雲中   흰 소 항상 흰 구름 속에 있도다

---

27)『禪與詩』, 92쪽. '理入' '行入'은 달마의 '二入四行論'에 원천을 두고 있다. '理入'이
   란 佛理의 탐구를 통하는 방법이요, '行入'은 念佛・持戒・參禪을 통하는 방법이다.
28)『禪與詩』, 50~59쪽.

人自無心牛亦同　　사람은 본디 無心하고 소도 또한 그러하네
月透白雲雲影白　　달이 흰 구름을 비추니 구름 그림자 새하얗고
白雲明月任西東　　白雲과 明月은 西로 東으로 마음대로 떠다니는구나
-＜相忘＞·第八-

　장자의 '忘'개념을 빌어 '무심'의 경지를 표현하고 있는 것이 눈에 띈다. 다음 인용은 '相忘'을 主旨로 하는 『莊子』의 한 대목이다.

　　魚相造乎水　人相造乎道. 相造乎水者穿池而養給. 相造乎道者無事而生
　　定. 故曰 魚相忘乎江湖 人相忘乎道術. (물고기는 물에서 살아가고 사람들
　　은 道의 세계에서 살아간다. 물고기는 못을 파주면 먹고 살 수 있게 되고,
　　사람은 아무 일이 없으면 삶이 안정된다. 그러므로 물고기는 강과 호수에서
　　는 서로를 잊고, 사람들은 道의 세계에서 서로를 잊는다고 말하는 것이다.
-內篇, 「大宗師」-

　장자 인용은 삶과 죽음의 경계, 세속의 안과 밖의 경계를 초월하는 내용에 이어지는 것으로 여기서도 '물'과 '물고기', '道'와 '사람'이 혼용일체가 되어 서로 경계를 지어 구분하는 마음을 잊는다는 취지가 전개되고 있다. 「相忘」詩는 바로 莊子의 이같은 無分別心을 근거로 '무심'을 이해하면서, 구름과 달, 흰소와 흰구름, 소와 목동이 서로를 잊는 경지를 표현한 것이라 하겠다.

　元康의 「肇論疏」[29] 역시 老·莊子에 근거를 두고 '無心'을 이해한 글이다. 이것은 東晉의 釋 僧肇의 「肇論」을 해설한 글인데, 특히 노자의 '虛' '無爲而化' '聖人之心'의 개념을 빌어 승조의 '無心'을 풀이하고 있음이 눈에 띈다. 그는 일단 老子의 '虛其心'을 '無心而心謂之虛心'으로 풀이한 뒤, 앞서의 「肇論」에서 '無心心'의 구절에 대하여,

---

29) 『大正新修大藏經』 第45卷.

然非無心下 非是木石之無心 但是無知之無心 故曰 無心心. …以聖心
超名字之外 莫知何名 故名無心耳. (승조의 글에서 '然非無心' 아랫부분은
그가 말하는 無心이 목석의 無心과는 다르며 다만 無知의 無心을 의미함
을 말한 것이다. 그러므로 '無心의 心'이라고 했던 것이다. …聖人의 마음
은 분별의 세계를 넘어서 있지만 그것을 무엇이라 해야 할지 몰라서 다만
'無心'이라 부를 뿐이다.)   -「肇論疏」·中卷-

라고 註釋을 가하고 있다. 이 인용들에서 보듯, 그는 '虛心', '無知의 心',
'名(분별)을 넘어선 마음'을 '無心'으로 이해하고 있음을 알 수 있다.

　이로써 '無'는 없음의 의미가 아니라, 유무의 분별을 넘어 萬有를 포괄하
는 無, 일체를 통괄할 수 있는 無, 본체로서의 無의 의미임을 다시 한 번
확인하게 되었다.

　2.6 韓國 禪宗에서의 무심론

　한국에 禪이 최초로 전래된 것은 신라의 僧 法朗이 渡唐하여 第 四祖
道信으로부터 선을 배워온 데서 비롯된다. 신라 말에 전래된 禪은 高麗朝
에 들어와 九山禪門으로 크게 융성하게 된다.30) 이같은 양상은 생략하고 이
글의 주된 관심사인 '無心'의 논의에 초점을 모아 살펴보기로 한다. 한국
선승들의 무심 논의는 중국의 그것에서 크게 벗어나지 않으므로 대표적으로
慧諶과 景閑의 경우만 살피기로 한다.

　眞覺國師 慧諶은 唐代 무심론의 대표라 할 黃蘗, 本淨禪師의 무심 논의
를 각각 '本源淸淨心'과 '觸境似水'를 중심으로 소개하고 이외에도 다른 여
러 무심론을 통해 자신의 견해를 대신하고 있다.31) 그가 이해하고 있는 '무
심' 개념을 간추려 보면, '無心於事 無事於心', '無心心不起', '直下無心',

---

30) 한국에의 禪의 전래 및 발전과정, 고려시대의 禪思想 등에 대한 자세한 내용은 印
　　權煥, 『高麗時代 佛敎詩의 硏究』(高麗大學校 民族文化硏究所, 1983·1989) 참고.
31) 『曹溪眞覺國師語錄』(『韓國佛敎全書』第6卷, 東國大出版部, 1984)

'非思量分別', '內若無心 外卽無事', '無心之心 是名眞心', '心如虛空' 등
으로 중국 禪師들의 그것과 크게 다른 점이 없음을 알 수 있다.

> 怪鳥聲聲響幽谷　　기이한 새 울음소리 깊은 계곡에 울려 퍼지고
> 白雲片片彪靑山　　한 조각 흰구름은 청산에 무늬를 만든다
> 雨後靜坐人無事　　비온 뒤 고요히 앉아 있으니 일이 없고
> 雲自無心鳥未閑　　구름은 본디 무심하나 새는 한가롭지 않네
>
> -<雨後>, 『無衣子詩集』[32]-

　선가에서 '무심'의 대표적 상징물은 白雲과 流水, 거울이다. 반면, '새'는
'動' 즉 '有'의 상징물로 등장하는 것이 보편화되어 있다. 이 시는 無와 有
의 세계를 대표하는 구름과 새를 대비시켜 '無心'의 의미를 드러내고자 하
였다.

　한국 禪僧들 중 '無心' 사상에 가장 큰 관심을 가진 사람은 아마도 白雲
和尙 景閑일 것이다. 그는 달마에서부터 心印을 받은 순서대로 각각의 禪
의 要旨를 서술해 가고 있는데 특별히 '무심론'만 가려 기술하고자 한 의도
는 없었다 할지라도 '무심'이 禪家의 이론과 수행에 핵심적인 개념이 되는
까닭에 결과적으로 역대 '무심관'을 歷覽한 양상을 띠고 있다.[33] 그의 무심
관은 「語錄」[34]에 잘 나타나 있다. '佛言 世出世間功德 無如無心'라 전제
한 뒤 無心功德을 닦으면 三昧에 들 수 있다고 하였다. 뒤이어 '所以佛說
無心功德 直是無較量處'라 기술하고 있어 그가 이해한 '무심'이 禪家의 전
통적인 非思惟, 無較量心임을 알 수 있다. 이같은 그의 無心 이해는 다음
시구에서도 확인된다.

---

32) 『韓國佛敎全書』 第6卷(東國大出版部, 1984)
33) 역대 무심관의 개괄은 「白雲和尙抄錄佛祖直指心體要節」, 같은 책. 이 글은 역대
　　祖師들의 '心論'을 기술한 것인 만큼 자연히 '무심'에 관한 언급도 많아지고 있다.
34) 「白雲和尙語錄」, 같은 책.

流水出山無戀志   흐르는 물이 산을 나올 때 그리는 뜻이 없듯이
白雲歸洞亦無心   흰 구름 산 동굴로 돌아갈 때 아무 생각 없다네
                          -<出州廻山> 中, 「語錄」下-

　여기서 景閑은 無心을 상징하는 자연물인 白雲과 流水를 빌어 자신의 '無心'한 내면세계를 언어로 형상화하고 있다. 한편, 아래의 <無心歌>에서는 다소 직설적·산문적으로 자신의 '무심관'을 피력하고 있다.

　　萬物本閑 不言我青我黃 有人自鬧 強生是好是醜 觸境心如雲水意 在世縱橫有何事 若人心不強名 好醜從何而起 愚人忘境不忘心 智者忘心不忘境 忘心境自寂 境寂心自如 夫是之謂無心眞宗. (만물은 본디 여유로워 스스로 푸르다 누르다 말하지 않는데 오직 사람만이 요란하게 좋다 나쁘다 어거지로 분별하네. 경계에 접하여 마음이 구름, 물과 같다면 이 세상에 처하여 마음대로 縱橫하리니 무엇을 일삼으리오. 만약 사람이 어거지로 분별하려 하지 않는다면 좋고 나쁨이 어디서부터 일어나겠는가. 어리석은 이는 경계를 잊으면서 마음은 잊지 못하고, 지혜로운 이는 마음은 잊되 경계는 잊지 아니하네. 마음을 잊으면 경계는 절로 고요해지고 경계가 고요하면 마음은 절로 自在롭나니, 무릇 이것을 일러 無心의 참뜻이라 한다네.)

　여기서 그가 이해하고 있는 '무심'은 앞에서 보아 왔듯이, 無分別·無思量·自由自在함·忘心·超脱의 세계임이 드러나는 것이다.

　3. 理學的 배경

　지금 초점이 되고 있는 '무심'의 개념 형성에는 노장적 '無' 개념과 선가의 역할이 컸다. 특히 선가적 의미가 거의 그대로 '무심'의 의미범주를 결정했다고 해도 그리 잘못된 것은 아닐 것이다. 그러나, 여기에 儒家 특히 송

대 이후의 성리학적 心 개념이 부가되어 오늘날의 무심의 의미망을 형성한다는 사실 또한 간과되어서는 안된다. 사실상 오늘날 문학 및 제 예술에서 미학개념으로 통용될 수 있는 '무심'의 의미는 도가·선가·유가적 개념이 복합된 것으로 보는 것이 가장 적합한 관점일 것이다. 따지고 보면 선가의 이론 및 '무심' 개념은 노장에 근원을 둔다고 하겠고, 또 성리학의 주요이론이나 그들의 心論 형성에는 선가의 영향이 지대하였던 것이다.

앞에서 보아 온 바와 같이, 禪學에서의 '무심'은 計較心, 思量心, 分別心을 의미하는 '有心'에 대응되는 개념으로, 모든 망념이 제거된 淸淨·超脫한 마음(心)의 한 상태, 일종의 신비적 직관을 의미한다. 선가에서는 본체론적 관점으로 보면 이 無心을 깨닫는 것이 見性하는 것이요, 수행론적 관점에서 보면 전통적으로 이 무심만이 정각에 이를 수 있는 방편으로 인식된다. 이같은 선가의 기준에 비추어 볼 때 先秦儒學 및 성리학에서의 '心論'은 오히려 '有心' '觀心'-마음의 작용을 응시하여 붙잡아 두는 것-의 관점에 기초해 있지 않나 하는 가정을 해볼 수 있다. 이같은 중국 철학의 특징을 '向心文化'라 표현한 것은 매우 적절하다고 생각된다.35) 여기에 덧붙여 '向心'을 특징으로 하는 것이 儒家의 心論이라면, '脫心'은 道家나 禪家의 특징으로 차별화해 볼 수 있다. 좀 더 보편화된 용어로 求心/遠心으로 구분해 볼 수도 있을 것이다.

孔子의 '思無邪'(『論語』)나 '正心'(『大學』) 孟子의 '盡心'은 이러한 관점을 그대로 명시하고 있다. 先秦儒學에서는 사람에게는 心·身의 구분이 있고 治心하는 것을 修身의 근본, 나아가서는 철학의 근본으로 삼았다. 이런 점에서 禪家의 無心論에 대응된 有心論이 선진유학의 기본 틀이 아닌가 하는 명제를 세워 보는 것이다. 이같은 기본 틀은 宋代 이후의 性理學에서도 유지된다.

---

35) 祁志祥, 앞의 책, 14-22쪽.

禪僧과의 교유 및 그들의 저술을 통해 성리학자들은 불교로부터 중요이 론을 흡수하고 또 비판하기도 하면서 그들의 性理이론을 구축해 갔다. 특히 주회는 禪家의 '心論'에 대하여 '心思路絶處에서 天理를 찾고 悟入을 구한 나'고 하여 大本과 天理는 無念・無相에 의해 나타나는 것이 아니라고 비 판하면서 '天理는 心思의 올바름에서 나타난다'고 주장하였다. 또한, 仁義 禮智와 같은 倫常의 道가 바로 天理라 하였다.36) 이로 볼 때 성리학 역시 先秦儒學과 마찬가지로 有心・觀心論의 범주에서 心論을 전개하고 있음을 짐작케 한다. 다만 宋代 理學은 선진유학에 결여된 형이상학적 이론을, '太 極'을 중심개념으로 한 본체론37)으로 보강함으로써 인식론적 확대를 이루고 있다는 점이 다르다.

한편, 蒙培元은 중국철학에서의 '心'을 다음 셋으로 범주화한다. 첫째는, 道德之心으로서 先秦儒學 특히 孟子로 대표되는데 道德理性의 범주에 속 하는 心이다. 둘째는 理智之心으로서 荀子로 대표되며 認知理性의 범주에 속하는 心이다. 세 번째는 虛靈明覺之心으로서 불도로 대표되며 超理性的 本體 범주에 속하는 心이다.38) 부연하자면 이 셋은 각각 도덕・수행론, 인 식론, 본체론-우주만물의 보편적 원리를 규명하는 것-의 범주라 할 수 있다.

이에 근거하여 '無心'의 문제로 시각을 확대해 볼 때, '무심론'은 老莊이 나 禪學에서는 본체론의 범주에-노장의 경우는 '무심'보다는 '무'가 본체론에 해당 -, 先秦儒學 및 이학에서는 인성론, 도덕론의 범주에 속하는 것으로 구분해 볼 수도 있을 듯하다.

先秦儒學이나 성리학에서는 노장철학에서처럼 '無'의 문제가 관심의 테마

---

36) 所言禪學悟入 乃是心思路絶天理盡見. 此尤不然. 心思之正 便是天理 流行運用 無非天理之發見. 豈待心思路絶而後天理乃見耶 且所謂天理復是何物. 仁義禮智 豈不是天理 君臣父子夫婦兄弟朋友 豈不是天理.『朱子文集』卷59.

37) 韓國東洋哲學會 編,『東洋哲學의 本體論과 人性論』(연세대학교 출판부, 1982・ 1994), 77-83쪽. 95-107쪽.

38) 蒙培元,『理學範疇系統』(서울 : 民族文化文庫, 1990), 195쪽.

가 되지 않았으며, 禪學에서와 같이 '無心'의 문제가 본격적으로 추구되지
도 않았다. 또한 '有'를 賤·末의 것으로 '無'를 貴·本의 것으로 인식하는
貴無思想에 지배되지도 않았다. 반면 儒家에서는 心의 존재를 긍정하는 데
서 출발, '心'을 인간원리로 보고 이를 닦아 올바르게 하는 것에 관심의 초
점이 있었다. 心에 대한 이같은 접근성향을 앞서 말한 바대로 '向心'이라는
말로 특징지운 관점은 매우 적합한 표현이라 하지 않을 수 없다.

性理學은 선진유학에서 거론되지 않은 우주만물의 보편적 원리를 규명해
간 新儒學으로서 宋代에 성행했으므로 宋學으로 불리기도 하고, 보편적 이
치를 추구해 간다는 의미에서 理學 혹은 性理學으로 불리기도 한다. 周敦
頤(濂溪)가 우주만물의 근원적인 원리로서 '太極而無極'을, 인간원리로서
'心'을 제시한 이래 張載(橫渠), 程顥(明道), 程頤(伊川)로 이어지면서 그 이
론적 깊이와 폭을 더해 갔다. 그리고 朱熹에 이르러 송학은 집대성을 이루
게 된다. 주희는 정이천의 理氣說과 장횡거의 '天地性/氣質性'의 이론을 결
합하여 '천지성'을 '理'에서 나오는 것으로, '기질성'을 '氣'에서 나오는 것
으로 파악했으며 '理'를 '萬殊之一本'으로 보아 理氣의 관계를 '理一分殊'
로 파악했다.[39]

먼저, 心·性·情의 관계에 대한 주희의 견해를 간단히 검토한 뒤 '無心'
의 의미를 추출해 보고자 한다.

> 理者天之體 命者天之用. 性是人之所受 情是性之用. (理는 天의 本體
> 요, 命은 理의 작용이다. 性은 사람이 하늘로부터 부여받은 것이요, 情은
> 性의 작용이다.)[40]

---

39) "有天地之性 有氣質之性. 天地之性則太極本然之妙 萬殊之一本也. 氣質之性則
二氣交運而生 一本而萬殊也." (宋·黎靖德 編, 『朱子語類』卷四, 中文出版社, 197
0·1984) 理一分殊論에 관해서는 蒙培元, 『理學範疇系統』(서울 : 民族文化文庫,
1990), 77-100쪽.
40) 宋·黎靖德 編, 『朱子語類』卷5(中文出版社, 1970·1984)

惻隱羞惡是非辭遜 是情之發. 仁義禮智 是性之體. (惻隱·羞惡·是非·
辭遜은 情의 發動이고, 仁·義·禮·智는 性의 본질이다.)[41]

性者心之理也 情者性之動也 心者性情之主也. (性이란 心의 이치이고,
情이란 性이 發動한 것이며, 心은 이 性情을 통괄하는 주체이다.)[42]

이상의 내용을 다음과 같이 요약해 볼 수 있다.[43]

$$\text{心} \begin{cases} \text{理-體-性-寂然不動-仁義禮智(人倫五常)-道心} \\ \text{氣-用-情-感而遂通 – 愛惡讓知(惻隱之心)-人心} \end{cases} \begin{cases} \text{正-善} \\ \text{偏-不善} \end{cases}$$

이제 이같은 그의 심성론의 성격을 전제한 뒤 다시 '무심'으로 논지를 모
아 보기로 하자. 앞서도 말했듯, 이들이 직접적으로 '無'나 '無心'에 대해
언급한 대목이 거의 없을 뿐 아니라, 있다 해도 노장·선가에서 보아온 것
과 같이 특별한 의미로 사용된 것은 아니므로 그들의 언술의 이면에서 '무
심'의 의미를 추출해 내는 것이 필요하다. 주자의 언술에서 '無心'을 직접적
으로 언급한 대목은 극히 드물다.

(1) 道夫言向者先生教思量天地有心無心. 近思之 竊謂天地無心 仁便是
天地之心. 若使其有心 必有思慮有營爲. 天地曷賞有思慮來. 然其所以
四時行百物生者 蓋以其合當如 此便如此. 不待思惟. 此所以爲天地之
道. (楊道夫가 말하기를 "선생님께서 일전에 천지에 마음이 있는지 없는
지 생각해 보라고 하셨기에 근자에 이 문제를 생각해 보니 천지에는 마음
이 없고, 仁이 천지의 마음인 것 같습니다. 만일 천지에 마음이 있다면 반
드시 思慮가 있고 營爲가 있을 테지만 일찍이 천지에 思慮가 있었다는

---

41) 같은 곳.
42) 같은 곳.
43) 常盤大定, 앞의 책, 345쪽.

선례는 없습니다. 그러나 四時가 행해지고 온갖 만물이 생기는 것은, 아마
도 당연히 그러할 만해서 그런 것이요 思惟를 기다려 그리된 것은 아니라
고 생각됩니다. 이렇기 때문에 바로 천지의 道가 되는 것입니다.”라고 했
다.)[44]

스승과 제자의 문답으로 전개되는 달마의 「무심론」을 연상케 하는 이 대
목은 주자가 '有心/無心'에 큰 관심을 가지고 있었음을 시사한다. 천지는 마
음이 없다고 하는 양도부의 위와 같은 말에 주자는 有心의 근거를 제시하
여 그 반론을 편 뒤, 양도부가 다시 마음이 있다는 쪽으로 이해하는 듯하자
無心의 근거를 들어 유심에 대한 반론을 제기한다. 결국 유심/무심의 논의
에 대하여 주자는 天地는 無心이기도 하면서 有心이기도 하다는 결론을 내
린다. 이렇게 설왕설래하는 과정에서 무심/유심이 드러난 대목만을 뽑아 보
면 다음과 같다.

(2) 若果無心則須牛生出馬 桃樹上發李花 他又却自定. (만약 정말로 마
　 음이 없다고 한다면 소가 말을 낳는다든가 복숭아나무에 오얏꽃이 핀다
　 든가 해야 할 터인데 天地의 작용은 정확하고 틀림없이 정해져 있다.)[45]

(3) 問程子謂天地無心而成化 聖人有心而無爲. … 所以明道云 天地之常
　 以其心普萬物而無心. 聖人之常 以其情順萬事而無情. (양도부가 '程
　 子가 '天地는 마음은 없으나 萬物을 생성하고, 聖人은 마음은 있으나
　 作爲는 없다.'고 하였는데요 (이건 무슨 뜻입니까?)”하고 묻자 …(先生
　 이) “정명도는 '천지의 恒常함은 그 마음이 만물에 골고루 미쳐서 私心
　 이 없기 때문이고, 성인의 恒常함은 그 情이 만사에 순응해서 私情이
　 없기 때문이다.'고 말한 것이다.”라고 했다.)[46]

---

44) 『朱子語類』卷一.
45) 같은 곳.
46) 같은 곳.

(4) 萬物生長 是天地無心時 枯槁欲生 是天地有心時. (선생이 말씀하기
를, "만물이 생장하는 것은 천지에 마음이 없을 때이고, 시들어버린 초
목이 다시 소생하고자 하는 것은 천지에 마음이 있을 때이다."고 하셨
다.)[47]

인용 (1)에서 '무심'의 '무'는 '유심'의 '유'와 대립되면서 단지 '마음이 없
다'는 의미로 쓰여지고 있음이 드러난다. 그리고 양도부는 '마음이 있음(有
心)'을 思慮·思惟·營爲의 작용이 있는 상태로 인식하고 있음을 알 수 있
다. 이같은 有/無의 이해에는 禪家에서처럼 '無'를 本으로 여겨 가치를 부
여하는 가치론적 판단이 개입되어 있지 않다. 다만 순전히 상대적 개념으로
인식되고 있을 뿐이다. 인용 (2)는 주희의 답에 해당하는 부분인데 '무심'에
대한 생각이 (1)과 같다.

그러나, 인용 (3)에서의 無心은 앞 뒤 문맥으로 미루어 단순히 '마음이 없
다'는 의미가 아니라 '私心'과 '作爲'가 없다는 뜻으로 해석해야 옳다. 禪家
의 '心論'에 비해 윤리적·도덕적 시각이 뚜렷함을 알 수 있다. (4) 또한 유
심/무심을 단순히 '마음이 있다 없다'로 해석하기보다는 意圖性·計劃性이
있는 마음, 없는 마음으로 해석함이 옳다고 본다. 만물이 나고 자라는 것에
는 천지의 의도적 마음이 개입되어 있지 않은 반면, 시든 것이 소생하고자
하는 마음에는 의도와 목적, 계획성이 개입되어 있기 때문이다.

이상의 논지를 요약해 보면, 先秦儒學 및 성리학에서의 '心論'은 '心思의
正'을 강조하는 쪽으로 전개되어 도덕론·인성론의 색채가 강하고 따라서,
'無心'은 '邪된 마음이 없다' '私心·慾心·偏見이 없다'는 의미로 받아들
일 수 있다.

결국, 오늘날 문학 및 제 예술에서 미적 개념으로 사용될 수 있는 '無心'
은, '道家+禪家的' 意味의 바탕 위에 윤리·도덕성을 띠는 儒家的 의미가
부가된 것으로 이해하는 것이 가장 타당하다고 생각한다.

---

47) 같은 곳.

Ⅱ. '無心'의 미적 범주

지금까지 '無心'이라는 말의 의미가 형성되는 과정을 道家·禪家·理學的 배경을 통해 살펴보았다. 이 과정에서 드러났듯이 '무심'이란 단지 '마음이 없음'을 의미하는 것이 아니라 認識作用의 상승·초월 및 전환과 관계된 어떤 독특한 心的 상태를 나타내는 말로서, 문학을 비롯한 제 예술 영역에서 작품이해의 評語 혹은 창작·수용에 있어서의 심미체험과 결부될 수 있는 여지가 있음을 보여 준다.

이제 이런 점을 근거로 하여 이 말이 문학 내지 풍류와 어떻게 결부될 수 있는지를 살피기로 한다. 우선 1항에서는 '무심'이라는 말이 형성되어 나온 사상적 기반을 심미적 영역과 접맥시킨 몇 예를 살펴보고, 2항에서는 풍류의 미적 체계 내에서 '무심'이라는 말이 어떻게 다양하게 활용될 수 있는지 그 포괄영역을 검토해 보고자 한다.

1. '無心'의 思想性과 審美性의 접맥

哲理를 담은 사상적 개념으로서의 '무심'이 문학과 접맥될 수 있는 가장 단적인 예로서 禪家의 偈頌, 悟道詩, 山居詩, 示法詩 등의 禪詩를 들 수 있다. 禪詩는 禪家의 이치, 깨달음, 생활 등을 포괄하고 있으므로 선가 본체론의 핵심에 놓이는 '無心' 개념이 자연스레 시를 통해 표출되는 것이다. 그럼으로써 禪의 哲理와 문학의 심미성의 접맥이 이루어지는 것이다. 앞서 인용한 禪師들의 偈頌이나 기타 禪詩들을 통해 이같은 양상을 확인할 수 있다. 이 선시들은 일반 시작품에 커다란 영향을 끼쳤고, 특히 '無心'의 세계를 主旨로 하는 시작품들의 典範처럼 인식되어 儒學者 詩人까지도 다투어 禪 취향의 시를 짓기에 이르렀다.

　다음으로, 사상적 기반 위에서 파생된 '무심'이라는 말이 문학과 접맥되는 양상으로서 宋代의 濂洛派와 江西詩派에 주목하지 않을 수 없다. 主情的·感性的인 경향이 강한 唐詩에 비해 宋詩는 主理的·理性的 색채가 강하여 이치를 탐구하여 논리적으로 시에 표현하는 양상이 두드러졌다.[48] 이같은 宋詩風의 특징은 禪學의 기반 위에 理學의 興隆으로 빚어진 결과로도 볼 수 있다. 애초에 '無心'이라는 말이 우주적 哲理에 대한 탐구로부터 파생된 것이기에, 그 사상성이 문학과 연계되는 양상은 宋詩에서 더욱 뚜렷이 드러난다.

　'濂洛'이라는 말에서 드러나듯 이 유파는 濂溪의 주돈이와 洛陽의 정호를 축으로 宋代의 理學者들의 시풍을 일컫는 말로 사용된다. 따라서 염락파의 시는 그들의 性理學 사상과 表裏의 관계에 있을 것임은 말할 나위가 없다. 지금의 중심테마가 되고 있는 '無心'만 두고 본다 해도, 이 말이 그들의 시에 쓰였을 때 해석에 있어 그 사상적 배경을 도외시할 수 없는 것이다.

　　　強潔由來眞有爲　　억지로 깨끗하려 하는 것은 有爲에서 비롯되고
　　　好高安得是無心　　고상한 것만 좋아한다면 어디서 無心을 얻으리오
　　　汗亭妙旨君須會　　汗亭의 오묘한 뜻을 그대는 깨달아야 하리니
　　　物我何爭事莫侵　　일마다 간섭함이 없는데 物我가 무엇을 다투겠는가
　　　　　　　　　　-程明道, <和王安之·汗亭>, 『濂洛風雅』[49]·卷2-

　　　畬田種胡麻　　새로 일군 밭에 胡麻를 심고
　　　結草寄林樾　　풀을 엮어매어 숲의 그늘에 초가를 짓네
　　　珍重無心人　　珍重하고 無心한 사람
　　　寒樓弄明月　　추운 누대에서 밝은 달 희롱하네
　　　　　　　　　-朱晦菴, <西寮>, 『同上』·卷六-

---

48) 宋詩의 특징에 대해서는, 杜松栢, 『禪學與唐宋詩學』(臺北 : 黎明文化事業股份有限公司, 1976), 第二章. 및 卞鍾鉉, 『高麗朝 漢詩硏究』(太學社, 1994), 27-40쪽.
49) 『中國思想叢書』V.12 (서울 : 中央圖書, 1988)

古來賢哲士　　　古來의 현철한 선비들은
用舍皆無心　　　등용되고 안 되는 일에 모두 無心하였네

-薛文淸, <右答大道久不講> 中, 『同上』·卷八-

　여기서 쓰인 '無心'이라는 말은 禪家的 無心과는 거리가 멀고, 無慾, 無私, 無關心 등 理學的 心論과 관계된 개념임을 알 수 있다. 정명도의 시에서 '汗亭妙旨'는 바로 '無心'을 뜻하는데, 여기서 그가 의미하는 無心은 '억지로 깨끗하려 하는 것', '고상한 것만 좋아하는 것'과는 반대적 입장에 놓인 것임을 알 수 있다. 모든 사물이나 우주현상에는 美/醜, 善/惡의 兩面이 있는데, 겉보기에 좋은 것만 취하려고 한다면 그것은 탐욕이요 가식이며 한쪽으로만 치우는 편파적 태도가 아닐 수 없다. 이 대목으로부터 우리는 '無心'이라는 말에 대한 理學的 해석-즉, 心性論의 범주에서 倫理性·道德性이 가미된-을 어느 정도 읽어낼 수 있다고 본다.

　한편, 염락파의 한 사람인 邵康節은 物我關係에 기반하여 '以我觀物'과 '以物觀物'의 두 觀物態度를 제시하였다. 그에 의하면 전자는 自我의 主觀을 가지고 사물을 보는 태도이고, 후자는 我를 개입시키지 않고 있는 그대로를 보는 태도이다. 그는 '以物觀物 性也. 以我觀物 情也. 性公而明 情偏而暗.'[50]이라 하여 이 두 관점에 公明·偏暗 등 도덕성에 근거한 가치개념을 부여하고 있다.

　이 중 '以物觀物'의 태도는 바로 '무심'의 상태와 직접 관련된다. 사물(境界)에 접하여 我의 주관을 개입시키지 않는 것은, 妄念·妄相에 의해 가려짐 없이 사물의 본질, 실상을 보는 것을 의미하고 이같은 心的 상태가 바로 '무심'이기 때문이다.

　염락파가 성리학적 사고 위에 기초해 있다면, 禪의 영향을 크게 받은 일

---

50) 邵康節, 『皇極經世』·觀物外篇10(『中國美學思想彙編』·下, 臺北 : 成均出版社, 1983, 18-19쪽)

단의 시인그룹으로는 江西詩派가 있다.[51]

　　陳君今古焉不學　　陳君은 今古에 어찌 배우지를 못했는가
　　清渭無心映涇濁　　맑은 渭水가 無心히 흐린 涇水에 비친다는 것을
　　　　-黃庭堅, <和王觀復洪駒父謁陳無己長句>,『黃山谷詩集』·卷14-

　여기서의 '無心'은 윤리성과는 거리가 멀고, 清과 濁으로 대변된 分別의
세계를 넘어선 상태, 혹은 대립적 兩 極端을 모두 포괄한 상태를 나타낸다.
이같은 무심 이해법은 禪家의 흔적을 엿볼 수 있게 한다. 禪과 詩가 융합
내지 접맥되는 점에서는 禪詩나 강서시파의 시나 마찬가지이지만 전자가 禪
에 중점을 두는 '以詩寓禪'의 입장이라면, 후자는 詩 쪽에 중점을 두는 '以
禪入詩'의 입장이라는 점에서 차이를 보인다.[52]
　그러나, 禪學의 황금기인 唐宋代는 禪僧과 당대 지식인들 간의 교류가
활발하여 儒學者 詩人의 理論定立이나 시창작에까지도 큰 영향을 미쳤다.
정이천, 주희와 같은 宋代 이학가들도 선승들의 語錄 등 기타 저술들을 통
하거나 직접적 교유를 통해 그들의 용어를 빌어 온다든지 하여 이론체계를
정립하는 데 적지 않은 도움을 받았다.[53] 이같은 교류를 통해 禪의 세계 및
선의 용어가 흡수되었다고 할 수 있겠고, 선가 본체론·수행론의 핵심에 놓
이는 '無心'의 사상이 그들의 저술이나 교유를 통해 唐宋代의 시 속에 융
해되어 들어갔다고 볼 수 있다. 따라서 꼭 禪僧의 시나 江西詩派의 시가
아니라도 禪의 이치를 시에 담은 禪趣詩[54]를 통해서도 '무심'의 哲理를 엿

---

51) 禪學과 江西詩派의 관계에 대해서는 杜松栢,「禪家宗派與江西詩派」,『禪與詩』
　　(臺北 : 弘道書局, 1980)
52) 杜松栢,『禪學與唐宋詩學』第 三·四章.
53) 이학에 대한 선학의 영향 및 양쪽의 교류양상에 대해서는 杜松栢, 앞의 책(98-100
　　쪽) 및 常盤大定, 앞의 책 참고.
54) 杜松栢,『禪學與唐宋詩學』(326-364쪽)과『禪與詩』(143-163)에서 선승들의 시를
　　禪詩로, 선승의 시가 아니더라도 시에 禪의 이치를 담은 것을 禪趣詩로 구분하고 있

볼 수 있는 것이다.

王維나 蘇軾도 禪의 영향을 크게 받았다 하겠고, 禪趣詩의 범주에서 이해될 수 있는 여지가 크다.

人閒桂花落	사람 맘이 여유로우니 계수꽃 떨어짐을 알고
夜靜春山空	밤이 고요하니 봄 山이 빈 줄을 알겠노라
月出驚山鳥	떠오르는 달에 놀란 산새는
時鳴春澗中	때때로 봄 계곡물 속에서 운다

-＜鳥鳴澗＞,『王右丞詩集』·卷13-

위는 王維의 작품으로 禪趣詩의 대표적인 것으로 꼽힌다. 여기서 '閒'은 '無心'의 다른 표현이요, '靜'은 '無' '道'를 형용한 말이다. '무심'의 마음은 텅 빈 마음이기에 우주의 큰 움직임을 수용하고 포착할 수 있다. 閒과 靜은 禪의 理致 즉, 無爲의 세계를 계수나무, 春山, 달, 새, 산골짝물 등의 감각 영상을 통해 언어로 형상화함으로써 思想과 美學의 접맥을 꾀하고 있다 하겠다.

久厭勞生能幾日	수고로운 삶에 싫증난지 얼마였던가.
莫將歸思擾衰年	돌아갈 마음을 가지고 老年을 어지럽혀서는 안되리니
片雲會得無心否	片雲[55]은 無心을 깨달았는가 깨닫지 못했는가
南北東西只一天	사방이 온통 하늘뿐이로구나

-＜蜀僧明操思歸書龍邱子壁＞,『蘇東坡詩集』·21권-

向時迷有命	옛날엔 有命에 혼미했는데
今日悟無心	지금은 無心을 깨달았노라
庭內菊歸酒	울안의 국화는 술로 化해 버리고

다. 王維의 작품 중에서 禪趣詩를 많이 찾아볼 수 있다.

55) 여기서 '片雲'은 字句대로 '조각구름'을 의미할 수도 있고, 唐의 高僧 慧忠國師를 의미할 수도 있다.

窓前風入琴　　창앞 바람은 거문고를 울리네
-<歸去來集字十首·四>, 『同上』·43권-

　　이 시들에서의 '무심'도 理學的 의미보다는 禪家的 의미에 가깝다. 첫째
시에서는 '무심'이 깨달음의 대상이 될 수 있음을 제시하고 있는데, 이 점
역시 이같은 추정을 가능케 한다. 둘째 시에서는 깨달음의 내용 즉, '무심'
의 내용을 구체적으로 제시하고 있다. 지금 눈앞에 있는 '국화'는 언젠가는
'술(국화주)'로 그 모습을 바꿀 것이요, 창으로 불어오는 '바람'은 '거문고'와
만나 '악기소리'로 化하고 마는 것이 우주만물의 본질이다. 따라서, 여기서
의 '무심'은 '無妄相心'으로서의 무심이다. 妄相이란 사물의 본질을 왜곡하
여 눈에 보이는 현상을 고착된 것으로 인식하는 것이기 때문이다.

　　禪詩, 염락파·강서시파의 시에 이어 '무심'의 哲理性이 심미성과 접맥되
는 양상으로 玄風의 山水詩를 들 수 있다. 산수시를 山水를 묘사한 시로
본다면, 멀리 시경이나 초사 등에서도 산수시를 찾을 수 있겠지만, 산수자연
을 道와 眞理의 구현체로 보고 자연을 통해 우주만물의 본질을 포착하려는
시로 좁혀 생각한다면 본격적인 산수시의 출발은 위진시대 淸談·玄學의
흥성과 때를 같이 한다고 볼 수 있다.[56] 앞서도 언급했듯이, 魏晉時代는 정
치적으로 암울한 시기로 당대 지식인들이 정치와 俗의 현실로부터 벗어나
자연에 머물면서 추상적인 진리에 관한 논의를 통해 정신적 상실감과 소외
감을 위무하고자 했던 시기이다. 이들은 老莊學을 중심으로 하는 토론으로
서 청담과 현학을 탄생시켰는데 이 영향으로 '無'를 중시하는 '貴無思想'이
시대를 풍미하게 된다.

　　당대의 지식인들이 이해하는 '無' 개념은 노장적 無 즉 '無爲'의 無였다.
이 無의 세계를 시로 표현한 것이 바로 좁은 의미의 산수시라 할 수 있다.

---

56) 위진시대의 산수시 및 노장학과의 관련 등에 대해서는 王國瓔, 『中國山水詩研究』
　　(臺北 : 聯經出版事業公司, 1986년) 참고.

정치적 암울기에 소외감을 안겨주는 현실에서 벗어나 자연 속에서 초연하게 진리를 탐구하고자 했던 당대 지식인들의 욕구가 사상적으로는 '청담·현학'으로, 문학적으로는 '산수시'로 결집되어 나타난 것으로 이해해도 될 것이다. 따라서 산수시 특히 위진시대의 산수시의 특징은, 자연물의 묘사를 통해 形而上의 無를 표현하는 것을 主旨로 한다는 점이다. 결국, 산수시에 담겨지는 형이상학적 주제는 '無爲'의 세계 즉 '無心'의 세계라고 봐도 크게 잘못된 것이 없다고 본다. '無'라고 하는 思想的 테마가 '無心'이라고 하는 文學的 테마와 융합되는 양상을 확인할 수 있는 것이다.

여기서 한 가지 짚고 넘어갈 점은, 어떤 시인의 작품에 '무심'이란 시어가 쓰이거나 '무심'의 主旨가 드러날 때, 그 무심의 성격이 도가·선가·유가 중 어떤 것에 가까운지를 확연히 구분할 수 있는가, 그리고 그렇게 하는 것이 의미가 있는 일인가에 관한 문제이다. 우선 첫 번째 물음에 대해서 생각해 보자. 시의 전체적 맥락을 통해 어떤 성격의 무심인지 알 수도 있고 그 시인의 사상적 경향을 살피는 것도 간접적 단서가 될 수 있다. 또한, 그 시인이 처한 시대에 어떤 사상이 풍미했는가를 고려해 볼 수 있을 것이다. 그러나, 이런 단서들을 다 종합한다 해도 어떤 시인, 혹은 개개 시작품에서 '무심'의 성격을 칼로 베어내듯 명확히 단정하기는 어려우며 또 그같은 태도가 '무심'의 본질을 이해하는 데 큰 의미도 없으리라 본다. 세 사상적 배경이 혼융·종합하여 '무심'의 의미영역을 구축하고, 개개 시인들은 사실상 그 종합된 의미로서의 '무심'을 수용했다고 보기 때문이다.

禪詩, 염락파, 강서시파, 현풍의 산수시 등 '무심'이 지닌 哲理性이 美的 영역과 접맥될 수 있는 가능성을 타진해 보았다. 여기에 詩論, 詩話 등 예술이론에 관한 저술도 兩者의 접맥에 간접적 역할을 했으리라는 가능성을 제시해 볼 수 있다. 老莊的 성격이 강한 司空圖의 詩論이라든가, 禪理를 문학이론과 접맥시킨 『滄浪詩話』 등을 예로 들 수 있을 것이다.

2. 미학용어로서의 '無心'의 포괄범위

'무심'이란 말이 지닌 사상적 배경의 검토, 미학영역과의 접맥 가능성의 검토 등을 거쳐 이제 '무심'을 하나의 미학용어로 정립하고 미학의 영역에서 그 쓰임의 범주를 검토해 보고자 한다. 앞에서 언급하였듯이, '무심'의 미는 형이상적 깊이, 우주의 오묘한 哲理에 대한 인식론적 사유를 전제로 성립된 것이므로 식자, 지식인층의 예술에서나 논의될 성질의 것이다. 또한, 산문보다는 시, 긴 시보다는 짧은 시에서 그 미를 최대한 발휘할 수 있다. 따라서 무심의 미는 신비적 직관과 연관되며 현실에 대한 超脫, 어느 정도의 現實遊離 등을 특징으로 하게 된다.[57)]

2.1 詩語로서의 '無心'

仙人有待乘黃鶴　　　仙人은 기다림 있어 황학 타고 노니는데
海客無心隨白鷗　　　海客은 무심하여 백구와 어울리도다

-李白, <江上吟>, 『唐詩選』·卷2-

여기서 '無心'은 '有待(有心)'와 짝을 이루는 詩語로 쓰이고 있다. 仙人은 학이 없으면 타고 날아갈 수 없기 때문에 황학이 오기를 기다린 뒤에야 仙遊가 가능하다. 그러므로, 황학을 기다리는 선인의 마음은 利를 思量·計較하는 마음이 될 수밖에 없다. 여기서 海客의 無心은 無思量·無計較의 心을 나타내며 '有待'는 無心의 상태를 돋보이게 하는 구실을 한다. 결과적으로 '無心'이라는 시어는 '有待'와 어울려 쓰임으로써 仙人보다 더욱 超脫한 海客의 내면을 표현하는 데 큰 효과를 낳게 된다고 할 수 있다.

雲無心以出岫　　　구름은 무심하게 산봉우리에서 나오고

---

57) 本書, 「無心의 美的 原理」 참고.

鳥倦飛而知還   새는 날다가 지치면 돌아갈 줄 아는구나

-陶潛, <歸去來辭> 中-

　도연명의 '雲無心'이라고 하는 시구는, 후대에 '白雲'이 '無心'이라는 主
旨를 드러내는 소재로 관습화되는 계기를 마련한다는 점에서 의의가 깊다.
'구름이 無心하다'고 하는 표현은 唐代에 들어와 선승들이 그들의 시에 사
용하면서 '무심'의 표본이 되었지만, 문학에서 '무심'의 상징으로 구름이 정
착되는 것의 시초는 도연명의 이 시구가 아닐까 생각된다. 여기서 '무심'이
라는 시어는 구름이 산동굴에서 나오고 새가 날다 지치면 보금자리로 돌아
가는 단순한 자연현상을 우주만물 운행의 오묘한 이치로 연결시키는 역할을
한다.

　시어로서의 '무심'은 곧바로 전체 언술의 主旨 곧 '무심'으로 이어지기도
하지만, 아래 시에서처럼 전체 주지와는 무관하게 시작품을 구성하는 최소
단위로서의 어휘차원에 머무는 경우도 적지 않다.

　　엇그제 님 離別ᄒ고 碧紗窓에 지어시니
　　黃昏에 지ᄂ 곳과 綠柳에 걸닌 달을
　　아무리 無心이 보와도 不勝悲感ᄒ여라

　　千里에 글이는 님을 꿈속에나 보려 ᄒ고
　　紗窓을 依支ᄒ야 午夢을 니루더니
　　어듸셔 無心ᄒ 黃鶯兒는 나의 꿈을 ᄶᅵ오ᄂ니　　　　　-朴英秀-

　여기서 '무심'은 각각 '아무 생각 없이' '상대에 대한 배려가 부족한'의
의미를 지니는 어휘일 뿐이다. 이 어휘가 형이상학적 主旨나 우주의 오묘한
哲理를 함축하는 것과는 거리가 멀다.

　　구름이 무심탄 말이 아마도 虛浪하다
　　中天에 써이셔 任意로 둔니며서
　　구틔야 光明흔 날빗츨 짜라가며 덥ᄂ니　　　　　　　　　-李存吾-

　　여기서 사용된 '무심'에는 사유의 깊이, 초월의식, 신비적 직관이 전제되어
있지 않고, 다만 '구름'을 '무심'의 상징물로 보는 禪家의 전통 및 오랜 문학
적 관습의 흔적만 남아 있다고 할 수 있다. 歌辭와 같이 길이가 긴 시에서
어느 한 부분에 등장하는 '무심'은 대개 이같은 성격의 것이 대부분이다.

2.2 언술 내용으로서의 '無心'

　　'무심'이라는 말이 시어 차원에서 끝나는 것이 아니라, 텍스트 전체의 주
제, 언술의 주된 내용이 되는 경우를 생각해 볼 수 있다. 이 때의 언술 내용
은 대개 超·絶·脫등 형이상학적 깊이를 함축하는 주지로 발전하는 경우가
많다. 이 경우 '무심'이라는 말이 文面에 사용되느냐의 여부와는 무관하다.

　　木末芙蓉花　　나무끝의 부용꽃
　　山中發紅萼　　산중에 붉은 꽃잎 열었다
　　澗戶寂無人　　골짜기 마을은 고즈넉하여 인기척이 없는데
　　紛紛開且落　　꽃만이 흐드러지게 피고 지고 하는구나
　　　　　　　　-王維, <辛夷塢>, 『王右丞詩集』 13권-

　　이 시는 단순한 자연현상을 묘사하는 것만으로 無爲自然의 세계, 자연의
오묘한 이치를 담아내고 있다. 여기에는 '무심'이라는 말이 文面에 등장하지
는 않으나 언술의 主旨, 작자가 전달하고자 하는 심층적 의미는 바로 '무심'
의 세계인 것이다. 이로써 시어와는 다른, 언술 내용 및 작품의 주제로서의
'무심'을 말할 수 있게 되는 것이다.

漁翁夜傍四巖宿	늙은 어부 밤에는 서쪽 바위 곁에서 잠을 자고
曉汲淸湘燃楚竹	새벽엔 맑은 물 길어 대숲 땔나무로 밥을 짓네
烟消日出不見人	연기 사라지고 해가 뜨면 그 모습 보이지 않고
疑乃一聲山水綠	뱃노래 한 자락에 山水만 푸르렀다
回看天際下中流	고개 돌려 하늘 끝 바라보면 배는 물결따라 내려가고
巖上無心雲相逐	바위 위의 無心한 구름만이 오고 간다

-柳宗元, <漁翁>-

이 시 역시 可視化된 현상으로써 자연의 이치, 우주의 哲理를 형상화하고 있다. 여기서는 인간조차도 자연의 일부가 되어 버린 物我一體의 경지를 엿볼 수 있다. 그리고 바로 이 물아일체의 경지, 無心의 경지가 이 작품의 주된 언술내용, 심층의미가 되고 있다.

2.3 '忘我'의 미적 체험으로서의 '無心'

'무심'의 상태는 自由와 無限, 超脫의 경지이며 사물에 대한 妄念이 소멸된 심적 경지이다. 이 때 分別意識, 판단작용, 主觀, 計算, 意志 등 '我'의 모든 작용은 멈추고 虛靜의 세계에 들게 된다. 이것은 곧 장자가 말하는 '心齋', '忘我', '喪我'의 경지이다. 작자는 창작시에 이같은 망아의 순간을 경험하며 이것이 미적으로 형상화되는 것이다. 한편, 독자를 비롯한 수용자들은 예술작품의 享受를 통해 작자의 忘我體驗을 推體驗하게 된다.

千山鳥飛絶	첩첩 산중에 새들의 飛翔도 그치고
萬徑人蹤滅	길에는 사람의 발자취도 끊어졌다
孤舟蓑笠翁	외로운 배에 삿갓쓰고 도롱이 입은 저 늙은이
獨釣寒江雪	눈내리는 추운 강가에서 홀로 낚시질하네

-柳宗元, <江雪>-

우리는 이 작품에서 해가 지고 눈내리는 줄도 모르고 홀로 낚시질에 몰두해 있는 늙은이를 통해 작자의 忘我體驗을 추체험하게 된다. 작품 속의 '늙은이'의 무심의 경지는 바로 작자의 것이요, 작품 향수를 계기로 독자의 것으로 轉移 내지 확장을 이루게 되는 것이다.

秋江에 밤이 드니 물결이 추노미라
낙시 드리치니 고기 아니 무노미라
無心흔 둘빗만 싯고 뷘 비 저어 오노라   -月山大君-

여기서도 동일한 양상을 엿볼 수 있다. 낚싯대를 드리웠지만 고기도 하나 걸리지 않고 빈배로 돌아오는 심정이지만, 그것은 현실의 利害의 잣대나 計較로는 헤아릴 수 없는 充滿의 심정이다. 현실의 기준에 얽매이지 않는 自由自在함, 無思量의 마음, 손익의 계산을 넘어선 초탈의 경지, 텅 비었기에 오히려 감각의 눈으로 헤아릴 수 없는 크나큰 우주를 받아들일 수 있는 '大無', '虛心'의 경지를 이 작품은 언어로 담아내고 있는 것이다. 적어도 이 순간 '我'의 의식은 여기에 없다. 無我의 미적 체험을 언어로 형상화했다고 할 수 있다. 하나의 작품 속에서 '무심'이라고 하는 말이 詩語로서, 언술의 主旨로서, 忘我의 체험을 함축한 말로서 다양한 범주로 사용될 수 있음을 시사한다. 이렇게 보면 시어, 언술 내용, 망아의 미적 체험으로서의 '무심'의 범주가 확연히 구분되지 않는 경우도 많다고 할 수 있다.

2.4 '敍情'의 방식으로서의 '無心'

'무심'이 미학용어로서 활용될 수 있는 여러 범주 가운데 '敍情의 방식'을 나타내는 데 사용될 수도 있다는 점을 지적하고자 한다. 언어로써 情을 표현할 때, 자아의 직접적 노출에 의한 방식이 있는가 하면, 되도록 자아를 개입시키지 않는 방식도 있을 수 있다. 私情을 문면에 드러내지 않는 방식으로 정서를 표출할 때 '無心의 방식'에 의한 敍情을 언급할 수 있게 된다.

我나 情을 간접적·우회적·암시적으로 표출하거나, 哲理에 대한 사유라고 하는 인식론적 여과작용을 거치거나, 다른 대상-대개는 자연물-에 간접적으로 감정을 이입하는 景中情의 방식은 바로 叙情에 있어서의 '無心'의 방식을 구체적으로 설명하는 것이라 하겠다.

3章 예술장르·담당층·시대별
'無心'의 전개

I . '無心'의 본질과 '無心텍스트'

　'無心'은 한이나 흥과는 달리 思惟의 과정을 거쳐 도달되는 형이상학적 깊이를 지닌 미유형이다. 이런 점에서 무심은 특히 흥과 구분된다. '흥'이 정서의 즉각적 표출과 발산에서 야기되는 미유형인 것과는 달리, '무심'은 사유작용에 의한 정서의 간접화·우회화·여과를 내포하는 미유형인 것이다.

　'無心'의 미가 창출되는 사상적 배경을 보면 老莊이 주요기반이 되지만, 儒家나 禪家的 요소도 없지 않다. 무심의 미적 상태에 '邪心이 없다'고 하는 윤리적 의미가 부가된다든가, 한 쪽에 치우침 없는 내면적 조화상태를 함축하고 있다는 점에서 儒家的 中和의 원리의 지지를 받고 있다. 또, '무심'의 상태가 정신적 몰입상태를 의미한다고 할 때, 이 고도의 집중·몰입에 의한 忘我는 존재에 대한 靜觀的 透視에 의해 도달된다고 할 수 있다. 여기서 靜觀法이 존재의 실상을 투시하는 禪的 修行의 일종이라는 점에서 禪家的 사고기반도 간과할 수 없다. 그러나, '무심'의 미적 원리의 주된 기반은 어디까지나 道家라 할 수 있다.

　앞서도 언급했듯이 '無心'은 형이상학적 깊이를 함축하고 있는 미의식인 만큼, 정감을 직접적·즉각적으로 표출하기보다는 인간의 희로애락의 정감작용이나 '物我'의 구별의식 자체를 넘어서고자 하는 데서 그 특징을 찾을 수 있다. 無心은 주관의 개입을 최대한 배제하는 데서 오는 일종의 忘我·無我의 심적 상태이며, 따라서 無心의 미는 집단적·현실적·관계지향적인 '흥'의 미와는 달리, 오히려 이러한 경향을 거부하는 데서 창출될 수 있는 미유형이다. 그러므로, 고립된 개인적 차원에서 경험되는 미의식, 靜的 세계를 환기하는 미의식이라는 특징을 지닌다. 이런 점에서 볼 때, 여러 장르의 텍스트들 중 '무심'의 미적 원리가 가장 충실히 구현되어 있다고 생각되는 것은 禪詩와 水墨山水畵이다. 이들 텍스트들은 '無心'이라는 말이 詩語로 사용된 일부를 제외하면 텍스트의 직접적 구성요소가 되지 않는 '2차 텍스트'인 경우가 대부분이다.

II. 예술장르에 따른 '無心'의 전개

1. '문학'의 경우

敍情[1]의 방식으로서 흥, 무심, 한을 고려할 때 이들은 어떤 텍스트를 抒情이게끔 하는 본질적 요소가 될 수 있다. 그러나, 敍事나 劇樣式의 본령이라고 할 수는 없으며, 다만 이들 장르의 언술의 전개에 있어서 하나의 계기, 단위의 구실을 할 수 있을 뿐이다. '無心'의 경우는 특히 더 그렇다. '흥'은 서정의 본령인 동시에 탈춤이나 판소리라는 非서정장르에서도 중추적 구실을 하며, '恨'의 경우는 그것의 맺힘과 풀림이라는 구조가 敍事 전개의 기본 틀이 될 수도 있기 때문이다.

---

1) 여기서 敍情과 抒情을 구분해서 사용하고자 한다. '敍情'은 말 그대로 '情感의 표출'이라는 의미로, '抒情'은 敍事·劇·敎述처럼 문학장르의 하나를 의미하는 것으로 사용된다.

군이 '무심'의 미를 서사체와 관련지어 볼 경우, 그것은 사건의 전개보다는 인물의 성격설정 및 묘사에 관계된다. 예를 들어, <조신몽>이나 <구운몽>과 같은 '몽유 모티프'를 지닌 서사체에서 주인공은 七情에 사로잡혀 온갖 고통과 우여곡절을 겪다가 삶이 한바탕 꿈과 같은 것임을 깨닫게 되는데, 이같은 우주만물의 본질에 대한 깨달음은 개별적 주관과 변화무쌍한 자아의 정감작용을 넘어선 뒤에 도달되는 내적 觀照에 의한 것이다. 주인공은 '無心'의 미적 체험을 하게 되는 것이다. 그러나, 이와 같은 무심의 체험이 서사전개의 본질이나 필수적인 계기가 되는 것은 아니다. 서사전개 과정에 수반되는 인물의 내면변화를 그려내는 하나의 동기를 제공할 뿐이다. 이런 양상은 판소리, 탈춤에서도 마찬가지이다. 歌辭와 같은 교술장르에서도 詩的 話者가 어느 순간에 체험하게 되는 미적 경험 혹은 정감작용에 관계될 뿐, 텍스트를 일관하는 전체적 동기는 되지 못한다. 요컨대, 무심은 抒情樣式에서 그 미적 본질이 가장 잘 발현되며, 모든 무심텍스트는 抒情性을 근간으로 한다고 해도 지나침이 없다.

이제 문학텍스트에서 '무심'의 미가 구현되는 양상을 살핌에 있어 한 가지 짚고 넘어가야 할 문제가 있다. 이 문제는 조선조 대부분의 '무심텍스트'가 儒家를 정통으로 내세우고 斯文으로 자처하는 사대부 상층 지식층에 의해 專有되는 것임에 비해, 무심의 미적 원리는 道家思想에 그 근거를 두고 있다는 점에서 야기된다.

어떤 사상을 미학이론화하는 데 있어서 염두에 두어야 할 점은 양자간의 直接的, 單線的 代入을 피해야 한다는 점이다. 한 작가가 어떤 사상의 영향권 속에서 公的인 입장을 표명하는 위치에 있다는 것과, 그 사상을 바탕으로 문학적 형상화를 꾀하는 상황에 있다는 것은 구분되어야 한다. 즉, 한 개인의 사상가로서의 입장과 창작자로서의 입장은 구분되어야 한다는 것이다. 작가의 생애와 문학활동은 완전히 별개의 것은 아니나, 정치가·사상가로서의 한 인물의 입장이 창작인의 입장과 일치할 수는 없는 것이다. 또 어떤 작가의 작품을 해석하는 측에서도, 한 개인의 생애를 텍스트 해석에 단선적으로 대입하는 관점은 피해야 한다고 본다. 가령, 斥佛崇儒의 사회기풍 속에서 公的으로 儒家이면서 私的으로는 불교를 신앙하는 사람의 작품을 꼭 유가적 기준으로 해석할 수는 없는 것이다.

조선조에 유학 이외의 사상이 모두 이단으로 배척되었다고는 하지만 많은 유학자·문인사대부들이 '外儒而內老佛'의 입장을 취했다는 것을 감안할 때, 극단적인 노불배척자의 문학작품이라도 노장적 원리로 해석할 수 있다는 논리가 성립한다. 그러므로 어떤 사상과, 그 사상이 美的·藝術的 원리로 전환된 것은 엄연히 구분되어야 할 필요가 있다. 즉, 사상으로서의 유·불·도와 미적 원리로서의 그것은 구분되어야 하는 것이다. 여기서 관심이 두어지는 것도 역시 思想으로서의 老莊이 아니라, 문학이론화의 기반을 제공하는 미적 원리로서의 老莊이다.

또 한 가지 염두에 두어야 할 점은, 형이상학적 측면에서의 無 개념에 대응되는 것은 '有'지만, 이것이 '無心텍스트'로 구현되었을 때의 상대적 개념은 '有心'이 아닌 '機心'으로 언술화된다는 점이다. 문학적 언술에서 '無心'은 '機心을 잊은 상태'를 의미하며, '機心이 고요하다'든가 '白鷗를 가까이 하여 機心을 잊다'와 같은 구체적 표현으로 형상화되는 경향을 보인다.

여기서 주 대상이 되는 것은 時調와 漢詩이다. 여러 문학장르 가운데 왜 시조와 한시만을 주 대상으로 했는가 하는 문제는 곧바로 '無心'의 美的 本質과 연결된다. 우선 첫째는 앞서 언급한 것처럼 '무심'은 서정양식과 친연성을 지니기 때문이다. 둘째는 敍情의 방식으로서의 '무심'은 흥이 고양된 정감을 즉각적·직접적으로 표출시키는 單層的 성격을 지니는 것과는 달리, 간접화·우회화 및 인식작용을 통한 사유의 깊이를 내포한 複層的 敍情의 성격을 띤다는 점에서, 상층 지식인의 문학양식이 중심이 될 수밖에 없다. 또한, 집단적 어울림을 전제로 하는 民衆藝術이 좀 더 '흥'의 본질에 접근해 있는 것이라 한다면, '無心'은 혼자·개인적 차원에서 행해지는 '內向化'

를 그 특징으로 하여 민중보다는 上層藝術의 본질에 더 근접해 있다고 할 수 있다. 따라서, '흥'의 양상은 판소리나 탈춤을 비롯하여 全계층 예술에 걸쳐 언급되어질 수 있지만, '무심'의 경우는 민중층보다는 상층예술, 散文보다는 韻文, 시 중에서도 길이가 긴 歌辭보다는 길이가 짧은 시조, 시조 중에서도 서민층의 성향을 더 잘 반영하는 사설시조보다는 평시조 쪽에서 '無心'의 미적 본질이 더 뚜렷이 드러난다고 할 수 있는 것이다. 또한, 평시조와 한시의 작자층은 상당부분 일치한다는 점도 양자를 한데 묶어서 다룰 수 있는 배경이 된다고 하겠다.

이같은 무심의 미의 본질적 특성으로 인해 이 무심의 미가 언어예술에 체현됨에 있어 다음과 같은 표현기법과 결부되는 경향이 강하다. 즉, 逆說, 重義法, 함축적 시어와의 결합, 자연물을 통한 哲理의 형상화, 우주의 보편적 진리나 삼라만상의 본질 등에 대한 탐구가 작품의 主旨를 이룬다는 점, 형이하의 것으로 형이상의 세계를 나타내는 기법, 以物觀物의 태도 등이다.

'無心'이 美가 문학적 언술로 형상화됨에 있어 이 말이 문면에 직접 드러나는 1차 무심텍스트도 적지 않지만 그보다 더 많은 예가 2차 무심텍스트의 양상을 띤다.

1.1 인식주체의 소멸과 '以物觀物'의 觀照法

礒頭에 누엇다가 찌드라니 돌이본다
靑藜杖 빗기집고 玉橋를 건너오니
玉橋애 몰근 소리를 자는 새만 아놋다   -朴仁老-

우선 이 언술의 주체 혹은 사물의 현상, 상황을 인식하고 감지하는 주체에 대해 생각해 보자. 이 시조의 내용에는 어떤 인위적 작용이나 인간의 의지같은 게 전혀 엿보이지 않는다. 한 폭의 수묵화에서 느껴지는 담백함과 인간사의 한 단면이 삽화처럼 펼쳐져 있을 뿐이다. 물론 이 시조에도 시간

적 흐름이 묘사되어 있고 인식주체의 행위라고 할 만한 것이 '눕다', '깨다
르다', '빗기접다', '건너오다' 등의 동사로 나타나 있기는 하지만, 그 시간의
흐름과 동작이 마치 정지된 상태로서 감지된다는 데에 이 시조의 뛰어난 문
학성이 있다고 본다.

　그런데, 초장에서 '달이 밝다'고 느끼고 중장에서 '청려장을 집고 다리를
건너오는' 인식·행위의 주체는, 종장에서 어느 틈에 바뀌고 있음을 알 수
있다. 즉 '옥교 밑으로 흐르는 맑은 물소리를 아는' 것은 '자는 새'로 묘사
되고 있는 것이다. 논리적 차원에서 생각한다면, 맑은 물소리를 새가 아는
지 어떤 지는 별도로 치더라도 '자고 있는 새'가 그 상황을 인식할 수는 없
는 것이다. 우리는 여기서, 논리를 벗어난 언술 표현의 이면에서 어느새 시
적 화자와 '자는 새'가 物과 我의 구분을 떠나 하나로 융해되고 있는 상황
을 감지하게 된다. 인간과 자연물의 대립, 인간과 비인간, 논리와 비논리의
대립 및 이것과 저것을 구분하고 차이 짓는 분별의식은 無化되어 버리고
인간도 새도 다리도 물도, 달도 자연의 일부로서 하나의 풍경 속에 융해되
고 있음을 느끼게 되는 것이다. 인식의 대상이니 인식주체니 하는 구분이
없는 融一의 세계를 엿볼 수 있는 것이다. 그것은 바로 無에 내포된 '一'의
원리의 발현이요, 無心의 세계 그 자체인 것이다. 그러므로, 언술상으로는
'자는 새'가 맑은 소리를 듣는 것으로 되어 있다 하더라도, 그것은 시적 화
자가 듣는 것일 수도 있고 달이 듣는 것일 수도 있는 超論理를 내포한다고
할 수 있다. 하나인 '無'가 다양한 '有'를 함축한 것이듯, 주객융일을 이룬
상태가 절대적인 어느 하나만을 주장·강조하는 것이 아니라 이질적인 多를
포용하는 상태의 것임을 우리는 이 시에서 여실히 읽어낼 수 있는 것이다.

　이처럼 '無心'의 세계는 주객분리가 이루어지기 전의 '하나'의 상태를 말
하는 것이면서, 동시에 많은 것을 머금었기에 어느 하나를 고집하지 않는
無私·無邪의 경지를 의미한다고 보아도 좋을 것이다. 위 시조는 흔히 주객
합일·물아일체로 표현되는 시조의 서정을 전형적으로 보여 주고 있거니와,

이같은 물아일체의 상태는 바로 '無心'의 경지를 달리 표현한 것이라고 할 수 있다.

물아일체는 인식주체가 자연 속에 동화·용해해 들어간 모습을 설명하는 말이지만, 한편으로 그것은 자아의 소멸, 인식주체의 퇴각, 주관성의 捨象 혹은 脫色을 의미하기도 한다. 이러한 경지는 다음 시조에서도 명확히 엿볼 수 있다.

> 秋江에 밤이 드니 물결이 ᄎᆞ노미라
> 낙시 드리치니 고기 아니 무노미라
> 無心ᄒᆞᆫ ᄃᆞᆯ빗만 싯고 븬 ᄇᆡ 저어 오노라   -月山大君-

이 시조에서도 움직임을 최소화하여 전체적으로 靜的인 분위기를 조성한 다고 하는, '無心'의 미적 원리를 엿볼 수 있다. 종장의 '빈배 저어 온다'는 표현은 구체적 행위·동작을 담고 있으면서도 '물결이 차다' '고기가 아니 문다'와 같은 靜的인 상태를 나타내는 서술어와 병치됨으로써 전체적으로 정적인 분위기 속에 휩쓸려 들어가게 된다. 이 시조에서도 역시 초장·중장 에 묘사된 상황을 인식하고 표현하는 것의 배후에는 틀림없이 '나'라고 하 는 주체가 있을 것임에도 불구하고, '나'를 내세우지 않는 것을 느끼게 된 다. '나'를 드러내지 않는다고 하는 것은, '나'의 주관적 판단, 주관적 가치, 고정된 의미·관념을 개입시키지 않고 있는 그대로의 사물과 현상을 바라보 는 것을 의미한다. 이것은 '以物觀物'의 현실관조법이라 할 만한 태도이다.

'以物觀物'의 관조법이란 '자연이 자신을 드러내는 방식으로 자연을 바라 보는 태도'를 말한다.[2] 분별하고 사색하고 판단하는 자아를 버리고 시인의

---

2) '以自然自身呈現的方式呈現自然' 葉維廉, 「中國古典詩和英美詩中山水美感意識 的演變」, 『比較詩學』(臺北 : 東大圖書公司, 1983), 155쪽. '以物觀物' '以我觀物'이 란 말은 원래 宋의 邵康節이 『皇極經世』에서 "以物觀物 性也. 以我觀物 情也. 性 公而明 情偏而暗.(物로써 物을 보는 것은 性이요, 我로써 物을 보는 것은 情이다.

관점으로 물상을 보지 않으며 지성의 침투를 배제하는 것을 말한다. 모든 문학작품은 어떤 발화자의 입장을 언술화한 것인 만큼, 위 시조가 '以物觀物'의 태도로 주위의 사물, 현상을 관조한다고 해서 주관적 판단이나 개인적 성향이 전혀 개입되어 있지 않다고 말할 수는 없다. 그러나, 위 시조 및 無心의 세계를 언술화한 작품들을 보면 주관성이 최대로 배제되고 있는 그대로의 모습이 언어를 통해 드러내지고 있음을 감지하게 된다. '無心한 달빛만 싣고'라고 하여 '달빛'이 無心한 것으로 표현되었지만, 사실은 달빛과 하나가 되어 있는 '언술주체'의 심적 상태가 '無心'한 것으로 읽게 된다. 그러므로, '無心'하다고 하는 것은 주관성 · 個我性이 표백되어 버린 상태를 말하는 동시에, 마치 수면 위에 달빛이 반사되듯 주관성이 뒤로 퇴각하고 사물의 현상만이 자신의 본모습을 露現시키는 상태를 의미하기도 하는 것이다.

이로 볼 때, '無心'의 세계란 단순히 대상을 '이물관물'의 시선으로 관조하는 것만을 의미하는 것이 아니라, 대상 그 자체로 바로 들어가서 그 내부에서 있는 바 그대로의 사물을 보는 것, 그리하여 인식주체가 바로 인식의 대상이 되어 버려 더 이상 둘을 구분해 낼 수 없는 경지를 말하는 것이라 할 수 있다. 莊子는 이러한 경지를 '物化'라는 말로 표현한다(「齊物論」).

> 여긔롤 뎌긔 삼고 뎌긔롤 예 삼고져
> 여긔 뎌긔롤 멀게도 삼길시고
> 이몸이 蝴蝶이 되어 오명가명 ᄒ고져   -金逑-

위 시는 바로 이같은 物化의 경지를 主旨로 한 것이라 할 수 있다. 이 시는 '여기/저기' '이 몸/蝴蝶'의 대비가 無化되어 버리고 여기가 저기이고 저기가 여기이며, 내가 호접이 된 상태 즉 주객, 호악, 시비, 대소, 장단 등

性은 공평하고 밝으며 情은 한 쪽으로 치우치고 어둡다. 「觀物外篇」下)"라 한 데서 연유하며 후에 문학이론으로 활용되었다.

의 분별이나 대립을 넘어선 세계를 언술화하고 있는 것이다.

이같은 '無心'의 시세계 또는 물아가 일체화된 세계는 '機心'의 시세계와 비교해 볼 때 그 문학적 질감이 더욱 선명해진다.

> 步屧中庭月趁人   뜨락을 거니노라니 달이 내 뒤를 따른다
> 梅邊行遶幾回巡   매화꽃 둘레를 몇 번이나 돌았던가
> 夜深坐久渾忘起   밤 깊도록 오래 앉아 일어나길 잊었더니
> 香滿衣巾影滿身   향내는 옷에 가득 그림자는 몸에 가득
>   -李滉, <陶山月夜詠梅六首·3>-

> 孤負東園滿樹雪   혼자서 눈 가득 덮인 東園 나무들을 등 뒤에 두고
> 一枝留賞月明時   밝은 달빛 속에 남은 한 가지를 감상하네
> 夜來只恐風飄盡   밤이 오면 바람에 져 버릴까 두려우니
> 玉笛樓頭且莫吹   누대에서 옥피리 또한 불지 말게나
>   -白光勳, <咏落梅>-

위의 두 시는 모두 梅花를 소재로 하고 있는데 같은 대상을 바라보면서도 그것에 감응하고 수용·표현하는 태도에 있어서는 상당한 차이를 드러내 보이고 있음을 알 수 있다. 앞의 작품에서는 '이물관물'적 관조법에 의한 '無心'의 세계를, 뒤의 작품에서는 '이아관물'적 태도에 의한 '機心'의 세계를 엿볼 수 있는 것이다.3) 첫 번째 시는 '梅花'와, 매화향기에 취해 그 주변을 돌고 있는 '나'와, 그 언술 주체를 따라오는 '달', 이 세 요소가 하나로 융일되어 있는 상태를 보여준다. 매화·나·달은 셋이면서 하나이다. 자아가 우주현상 안에 溶入渾一해 들어가 눈앞에 끝없이 변화생성하는 사물에 化作하여 달도 되고 매화도 그림자도 되는 경지를 보여 준다. 즉, 주관적 느낌이나 생각('想')을 버리고 만물의 素樸함(즉, 道)에 화합하여 자유스런 경

───────

3) 그러나, 무심/기심의 시세계의 대비가 문학적 가치의 有無나 문학성의 高下를 의미하는 것으로 오해되어서는 곤란하다. 그리고 위 두 시의 특성이 곧 두 시인의 시전체의 특징을 대변하는 것으로 이해되어서도 안될 것이다.

지를 露現하는 세계를 보여 주고 있는 것이다. 화자는 매화에 '대해서' 생각하거나 뭔가를 분석하고 판단하는 것이 아니라 매화 그 자체가 되어 있다. 맨 끝구의 '향내는 옷에 가득 그림자는 몸에 가득'이라는 표현은 바로 이러한 상태를 드러낸다고 하겠다.

한편, 두 번째 시의 경우는 있는 그대로의 현상을 주관적 감정에 의해 굴절시켜 받아들이고 있음이 드러난다. '바람이 불면 매화가 다 떨어질 것'이라고 하는 기존의 통념 혹은 因果律的 世界觀을 物象에 배합시키고, 그 결과 '매화가 질까 두려우니 옥피리마저도 불지 말라'고 하면서 자아의 주관—여기서 主觀이라 함은 喜怒哀樂愛惡慾의 七情을 말하는 것이요, 이것은 주객대립·분별의식의 소치라고 보아도 될 것이다—을 가지고 '非我'의 세계를 해석하는 것이다. 이 작품에서 '我'와 '物'(非我)은 하나로 융해되어 있는 것이 아니고, 둘로 분리된 채이다. '나무를 등지고' 서 있다든가, '바람에 꽃이 져 버릴까 근심'하는 마음이라든가, '옥피리를 불지 말라'고 하는 표현에서 그것을 읽어낼 수 있다.

첫 번째 시의 경우 화자가 꽃이 되어 버린 상태 즉, '꽃 속에서 나 자신을 잃어버림(沒我)으로써 꽃뿐만 아니라 나 자신을 알게 되는' 상태[4]를 표현한 것이라면, 이 경우는 꽃을 '感賞'(둘째 句)하는 차원임을 보여 준다. 대상을 감상한다고 하는 것은 어느 정도 거리를 두고 그것의 好惡, 美醜 등의 가치를 분별하는 행위이기에, 대상을 어디까지나 대상 그 자체로 놓아두고 그 것을 '享有'하는 화자의 심적 태도라 할 수 있는 것이다.

이처럼 전자는 '이물관물'적 태도에 기반하여 '我'를 消除하는 無造作·無人爲의 경지, 사물의 원래 모습의 자족함을 긍정하여 我가 어느새 物의 본모습과 하나가 되는 '無心'의 경지를 보여 주며, 후자는 '이아관물'의 태

---

4) 이런 점에서 무심의 세계, 이물관물의 현실조응태도는 禪的 觀照法과 어느 면에서는 상통하는 부분이 있다. 鈴木大拙, 「禪佛敎에 관한 講演」, 『禪과 정신분석』(鈴木大拙 外 2人, 정음사, 1981), 147쪽.

도에 입각하여 자아의 주관성을 개입시키는 機心의 세계를 보여 주고 있다
고 보아도 될 것이다. 전자가 사물·대상 속으로 뛰어들어가 내면적으로 그
것을 느끼고 스스로가 그것의 생명과 함께 하나가 되는 경지라면, 후자는
대상을 외면적으로 향수하고 그것의 생명감을 감상하는 주·객분리의 상태
라고 할 수 있다.

또한 주·객의 상호관계에 있어 이같은 두 태도의 입장은, 化學作用에
있어서의 '化合'과 '混合'의 양상으로 대비될 수 있을 것이다. 전자가 두 이
질적 요소가 서로 융합하여 각각의 개아성을 상실하고 전체 속에 녹아 들어
가는 양상이라는 점에서 어느 의미로는 沒我·無我·자아의 放棄를 나타내
는 것이라면, 후자는 각각의 개별성을 유지하면서 전체를 구성하는 양상이
라고 할 수 있는 것이다5).

이같은 이물관물의 관조법이나 주객합일의 상태가 언어적으로 표출될 때
자주 차용되는 몇 가지 문체적 특성을 발견하게 된다. 첫째로 이런 시들에
서 두드러지는, '이미지'를 통한 표현·묘사·전달을 꼽을 수 있다. 이아관
물의 시선은 주로 사변적·관념적 언어로써 일상적 논리를 벗어나지 않는
범위 내에서 사물의 현상을 표현해 내는 것에 비해, 이물관물적 태도로 포
착된 만물현상은 사물의 구체적·감각적 '이미지'를 통해 언어화되는 경향이
농후한 것이다. 이미지를 제시하는 것은 사물의 현상을 설명하기보다는 구
체화하고, 정의·규정하기보다는 환기하는 데 효과적인 언어수단이다.6) 즉,
개념적 언어의 한계를 넘어 사물현상의 실재세계나 진리를 포착하는 데 가
장 좋은 방법이 될 수 있기 때문에 '無心'의 세계를 露現해 내고 있는 시
에서는 선명한 이미지 제시가 중요한 몫을 차지하게 되는 것이다.

---

5) 화학용어인 '混合'과 '化合'이란 말을 빌어 '흥'과 '無心'의 주·객 상호 조응관계
　를 설명한 것은 本書, 「'흥'의 美的 原理」 참고.
6) Yim-tze Kwong, "Naturalness and Authenticity : The Poetry of Tao Qian(陶潛)",
　《CLEAR》 vol. 11-12, 1989-1990. pp.67-69.

　지금까지 인용한 예들에서 보다시피, '자는 새만 물소리를 듣는다'거나 '무심한 달빛을 싣고 빈배 저어 온다'든가 '향내는 옷에 가득 그림자는 몸에 가득'과 같은 표현들은 주관적 시선으로 굴절된 사물의 모습이 아니라, 청각·시각·후각 이미지의 제시를 통해 눈앞에 펼쳐진 사물의 본모습을 그려내고 있다고 해야 할 것이다.

> 우는 거시 벅구기가 프른 거시 버들숩가
> 漁村 두어 집이 닛 속의 나락들락
> 말가흔 기픈 소희 온갇 고기 뛰노ᄂ다　　　　　-尹善道-
> 구룸 거든 후에 햇빗치 두텁거다
> 天地閉塞ᄒ오디 바다흔 依舊ᄒ다
> ᄀ업슨 믉결이 깁편듯 ᄒ여잇다　　　　　　　　-尹善道-

　이 시들을 보면 시각·촉각 이미지들이 효과적으로 사용되어 마치 눈앞에 實景을 대하고 있는 듯한 착각을 하게 한다. 그런데 만일 위와 같은 시에서 전달·표현코자 하는 내용을, 어떤 사물이나 현상을 단어의 의미에 의존하여 표현하고자 할 때는 그 단어에 이미 개입해 있는 주관적·편향적 가치, 고정화된 의미의 방해로 인해 실재의 직접적 파악이 어려워지고 주관에 가려지게 된다. 그리하여 이것/저것의 분별과 차이가 파생되고 주/객, 물/아의 이분적 대립이 생겨나게 되는 것이다. 즉, 관념적 사유, 설명, 주관적 판단, 분별로 특징지어지는 이아관물의 관조법에 지배받게 되는 것이다. 따라서, 이미지는 감수성의 분열을 막고 통합된 감수성을 전달·제시하는 효과를 지니며, 이미지를 통한 卽物化는 상대적으로 자아의 주관성을 뒤로 퇴각, 捨象시키는 역할을 하게 되는 것이다.[7]
　두 번째로 주관성이 捨象된 상태라고 할 '物我一如'의 세계가 표출되는

---

7) 박찬두, 「시어와 선어에 있어서 비유·상징·역설」, 『현대문학과 선시』(이원섭·최순열 엮음, 불지사, 1992), 210쪽.

시의 경우 드러나는 문체적 특성 중의 하나로 '無主語的 표현양상'을 지적할 수 있다.

> 松間石室에 가 曉月을 보쟈 ᄒ니
> 空山落葉에 길홀 엇디 아라볼고
> 白雲이 좃차오니 女蘿衣 므겁고야   -尹善道-

문학작품에서 주체를 애기할 경우 언술 내에서 주관과 판단과 입장을 표명하는 언술 주체와, 언술에 담겨진 내용·사건·현상을 감지하고 포착하는 認識主體로 나누어 생각할 수 있는데, 主語라고 한다면 1차적으로 언술의 주체를 말하는 것이다. 언술 내에서 主語를 생략하는 양상은 고전 시가에서 보편적인 것으로 보아도 무방하다고 할 수 있다.

위 시조를 볼 때, '曉月을 보려고 하는' '나'라고 하는 인식주체가 문면에 드러나 있지 않다. 문장 상으로 主語가 생략되어 있는 것이다. 이같은 무주어적 양상의 근거에 대해 다양한 해석이 가능하겠지만, 인식주체가 언술이면으로 퇴각하는 것 또한 그 이유 중의 하나가 된다고 보는 것이 필자의 관점이다.

또한, 인식주체의 소멸·주관성의 捨象을 수반하는 '이물관물'적 시선은, 언술 내에서 사람이 아닌 自然物을 주어로 내세우는 양상으로 표명되기도 한다. 즉, 자연물을 언술상의 주어로 내세움으로써 인식주체를 뒤로 감추는 것이 가능해지는 것이다. 앞에서 인용한 윤선도의 시조 <우는 거시>와 <구룸 거든>에서도 이러한 양상이 여실히 드러난다. '뻐꾸기가 울고', '버들숲이 푸르고', '어촌 두어 집이 수면 위로 들락날락하고', '고기가 뛰놀고', '햇빛이 두텁고', '천지는 막히고', '바다는 의구하고', '물결은 깁편 듯하다'고 할 때 거의 전부가 자연물을 주어로 내세우고 있음을 본다.

세 번째로, 무주어·자연물 주어의 양상을 보면 '竝行法(Parallelism)'의 문

장구조를 취하는 경우가 많음을 알게 된다. 이 병행법이야말로 物과 我를
동질화·일체화하는, 그리하여 하나의 풍물 속에 용해시키는 중요한 기능을
담당하는 것이다. 위 인용 시조뿐만 아니라,

> 녑 ᄇᆞ람이 고이 부니 ᄃᆞ른 돗괴 도다오다
> 暝色은 나아오디 淸興은 머러잇다
> 紅樹淸江이 슬믜디도 아니ᄒᆞ다   -尹善道-

와 같은 작품도, 자연물을 주어로 내세우는 기법이 병행법을 수반하는 경우
에 해당한다. 이 작품을 보면, '녑 ᄇᆞ람이 고이 불고', '달은 돗자리로 돌아
오고', '명색이 나아오고', '청흥은 아직 멀어 있는' 상태가 모두 '주어+서술
어'의 문장구조를 취함으로써 병행법의 양상을 보인다. 그런데, 종장에서 문
장상의 주어는 '紅樹淸江'이요, 서술어는 '슬믜디도 아니ᄒᆞ다'이지만, 실제로
는 '(나는) 홍수청강이 슬믜디도 아니하다고 느낀다(혹은 여긴다)'는 구조이
다. 따라서, 독자는 언술 이면에서 사물의 현상에 감응하고 그것을 수용하는
인식주체를 상정하게 되는 것이다. 그리하여 독자의 독해작용 속에서 다른
자연사물들과 인식주체는 균질적인 것으로 수용되는 것이다. 즉, 병행법은
주어로 등장하는 존재들을 모두 균질화하는 효과를 지닌다고 할 수 있다.
그리하여, 바람이나 달, 명색, 청흥과 더불어 종장의 인식주체인 '나'도 어느
틈엔가 그들과 대등한, 동질적인 존재가 되고 만다. 장자가 말하는 '物化'의
상태에 들게 하는 것이다. 내가 바람이고 바람은 달이고 달은 나무인 경지
가 펼쳐지는 것이다.
　다음 시조에서는 이같은 양상이 좀 더 선명히 드러난다.

> 梅影이 부듯친 牎에 玉人金釵 비겨슨져
> 二三 白髮翁은 거문고와 노리로다
> 이윽고 盞잡아 勸헐적에 달이 쏘한 오르더라   -安玟英-

이 시조 역시 '매영이 부듯치다' '옥인금차 비겨스다' '백발옹은 거문고
타고 노래도 부르다' '달이 오르다'와 같이 동일한 문장구조에 기반한 병행
법으로 구성되어 있다. 위 시조는 앞서의 <넙브람이> 시조외는 딜리 인식
주체인 '백발옹'이 실질적으로 문장상의 주어로 등장하고 있는데, 초·중장
에서 인물(玉人, 백발옹)은 종장에서 '달이 또한 오르더라'가 제시하는 선명
한 이미지의 환기력에 힘입어 자연물의 일부로 화해 버리는 것이다. 여기서
"쏘한"은 이같은 물화작용이 이루어지게끔 하는 강한 힘을 지니는 절묘한
부분이라 아니할 수 없다.

1.2. 多重透視의 기법과 의미의 開放化

'無心'의 세계는 닫힌 세계가 아니라 열린 세계이다. 俗의 현실에 대해서
가 아니라, 진리를 향해 마음을 열고 사물과 존재의 실상을 아무런 고정관념
이나 편견 없이 그대로 수용하는 '이물관물'의 관조를 통해 도달되는 세계이
다. 대상과 자아가 구분되지 않고 하나로 융해되는 '齊物'의 세계인 동시에
절대적 하나를 고집하지 않고 다양성을 수용하는 세계이다. 하나인 동시에
하나만을 고집하지 않는 역설을 내포한다. 동양의 산수화를 보면 서양화와는
달리 화가의 시선이 한 군데로 고정되지 않고 '多重透視'[8]의 기법으로 이루
어진 것이 특색이다. 우리가 어떤 산을 바라볼 때 어느 한 군데에 시선을 고
정시키고 바라보면 그 산의 실제모습과 본질과 전체상을 파악할 수 없다. 바
라보는 각도와 시간, 공간적 조건에 따라 그 모습은 달라지기 때문이다. 그
렇다고 어느 한 지점 어느 한 시점에서 바라 본 산만이 진짜 모습이요, 산의
전부라고 주장할 수는 없다.

그러나, 여기서에서 사용되는 '多重透視'라는 말은 꼭 언술의 視點에 국
한된 것은 아니다. 텍스트의 의미가 어느 한 방향으로 고정화되는 것이 아

---

8) 多重透視·單向透視라는 말은, 葉維廉의 앞의 글에서 인용함.

니라, 다원적 해석이 가능하게 개방화되는 양상까지 포괄한다. 텍스트의 의미세계는 개방화됨으로써 어느 하나로 고착될 때보다 深化·擴張되는 방향으로 전개된다. 관습적 태도·일상성·고정성·규정성을 부정하는 것이 '無'의 사상을 지탱하는 제 1의 원리라 할 때, 어느 고정된 시점, 시간, 공간에서 사물을 바라보는 單向透視에 의해 사물·현상의 가치나 의미·실재의 모습을 고착시켜 버리는 것이야말로 '無心'의 세계와는 거리가 먼 태도라고 할 수 있다. 일정한 각도, 시간, 시점을 고정시키는 것은 物과 我를 分隔시키는 조건이 되기 때문이다. 그러므로, 無心의 세계는 변화·유동성·다양성·개방성을 바탕으로 하는 '多重透視'의 시선으로 포착될 때 그 본질에 접근할 수 있을 것이다.

煙生浦口店	포구 주막집에 연기가 피어 오르고
罷釣滿緡風	고기잡이를 마친 배의 낚시줄에는 바람이 가득하네
天外夕陽盡	하늘 밖으로 저녁노을 스러질 제
歸帆山影中	산그림자 속으로 돛단배가 돌아오네

-白光勳, <贈漁父>-

어느 포구를 배경으로 고기잡이 배가 돌아올 무렵의 정경을 담백한 시선으로 포착한 抒情詩이다. 만일 이 언술 내용을 繪畵化한다고 가정하여, 그림의 초점 혹은 중심이 되는 것, 즉 가장 近距離에 그려질 내용은 무엇일까를 생각해 본다면 금방 판단하기 어려운 애매성이 담겨 있음을 느끼게 된다. 이 시에서 느껴지는 무작위의 시심, 이물관물의 관조적 표현기법은 이같은 시점의 비고정성과 무관하지 않음을 시사받게 되는 것이다.

이 시의 중심점 혹은 초점은 두 방향에서 생각해 볼 수 있다. '주막'에 중심을 두고 보는 방향과, '고기잡이배'가 떠 있는 '바다'(혹은 강)에 중심을 두고 보는 관점이다. 양자는 동시적 시선으로 포착 불가능한 것이다. 전자에 시점을 고정시킨다면 고기잡이배가 돌아올 무렵 밥짓는 연기가 피어오르는 포구의 주막집이 배경이 된다고 할 수 있겠고, 후자에 시점을 고정시킨다면 고기잡이를 마치고 돌아가려는 저녁무렵, 멀리 포구 주막집에서는 연기가 피어오르는 정경이 가물가물 눈에 보이는 그러한 광경을 상상해 볼 수 있다. 그런데, 이 양자의 관점은 兩立하기 어려운 양상을 노출한다. 즉, 전자일 경우 '낚싯줄에 바람이 가득한' 세세한 상태까지 관찰할 수 없을 것이고, 후자일 경우라면 공간이 '바다'이므로 해가 지는 상태를 '물 속으로 해가 가라앉는 형상'으로 표현해야 할 것인데 제 3구처럼 '하늘 밖으로 노을이 진다'라는 육지적 상황을 전제하고 있어 언술상, 상황상으로 모순이 노출된다. 전자냐 후자냐에 따라 '歸'의 해석도 '돌아오네'로 하거나 '돌아가네'로 하거나 정해지게 되는 것이다.

중요한 점은 이 시의 언술 내용이 시점상의 兩立은 불가능하지만, 어느 쪽으로 풀이를 해도 되는 융통성·개방성·다원성을 보인다는 점에 있다. 즉, 언술의 초점 혹은 화자의 시점을 어느 한 군데에 고정시키지 않는다고 하는 점이다. 여기서 우리는 시점이라고 하는 표현기법을 통해 드러나는 話者의 심적 태도나 사물을 관망하는 시각의 일면을 읽어낼 수 있다. 화자는 '포구'나 '배' 어느 한 쪽을 강조하려는 것이 아니고, 또 꼭 이 두 가지만을 詩想으로 포착하고자 한 것도 아니다. 시인의 시선은 구체적인 사물이 전개되는 미세한 현상 '안'에 매몰되어 있기보다는, 그 '위'에서 관조하고 있음이 감지되는 것이다. 그리고 이 시의 의미의 초점도 바로 여기에 놓여 있다고 생각된다. 어느 하나에 마음을 고정시키고 방향지우지 않는 시선, 여러 방향으로 열려진 마음상태를 우리는 흔히 '無心'의 경지라고 표현하고 있는 것이다.

古寺僧無箇	낡은 절에는 스님이 아무도 없고
秋山坐寂寥	가을 산만이 고요 속에 앉아 있네
斜陽聽鍾磬	지는 햇살 속으로 종소리 들리나니
溪路未應遙	계곡 길에서 멀지는 않겠지

-白光勳, <頭輪北庵寄尙山人>-

　화자가 발화를 행하고 있는 시적 공간은 '溪路'이다. 그런데 '낡은 절에 스님이 아무도 없다'는 것을 알고 있다. 하도 낡은 절이라서 스님들이 다 떠나고 상주하는 사람이 아예 한 분도 없다는 뜻인 지, 잠깐 절을 비웠기에 현재 아무도 없다는 뜻인 지 알 수 없다. 어느 쪽 해석도 가능하다.

　여기서 중요한 것은 어느 쪽 해석이 옳은가를 판가름하는 일이 아닐 것이다. 언술로 표명된 無心의 텍스트성이 의미의 고정화를 거부하는 데서 비롯되는 개방화·다원화와 깊은 관련을 가지며, 그로 인해 오히려 텍스트의 의미세계는 더욱 확대·심화된다는 점에 주목해야 할 것이다. 이 시에서는 사람이 한 사람도 없다든가 있다든가, 많다든가 적다는 사실이 별 의미를 지니지 않는다. 그것을 판단하는 것 자체가 무의미하다. 이같은 기준은 상대적인 것이기 때문이다. 이 시에서 '아무도 없음'을 나타내는 '無'라는 글자는 '많음' '번거로움'에 대립되는 표현이 아님이 분명하다. 사람이 아무도 없음으로 인해 가을산이 누리는 '寂寥感'은 한층 배가된다. 그리고, 이같은 無心의 텍스트성은, 시점을 '사찰안'이나 '계곡길' 어느 하나에 고정시키지 않는 화자의 사물관조태도, 열린 시선에 힘입고 있음이 드러나는 것이다. 어느 하나에 고정시키지 않음으로써 오히려 많은 것을 싸담을 수 있다는 것이 바로 앞 장에서 살펴 본 '無'의 원리 중의 하나인 것이다. 많은 것을 포용하기에 편중되지 않고 개별적인 사물 하나하나에 고착되는 시선을 벗어나 무한히 열린 세계, 끝없이 변화생성하는 도의 세계로 진입, 어느 하나에 고정되지 않는 자유스러운 경지를 언어로 露現하게 되는 것이다. 위 시에서 화자는 '아무도 없는 절'이나 '가을 山' '계곡 길' 등 개별적으로 전개되는 삼라만상의 개별상을 '넘어서서' 그것들을 하나로 포괄하는 道의 세계에 들어서고 있는 것이다.

　이같은 다양성의 포용이 서구시론에서 말하는 '애매성' '多義性'과 일견 동일한 것처럼 보일 수 있으나, 후자의 경우는 작품성을 풍부하게 하려는 '意圖的'인 시적 意匠이라고 할 수 있는 반면, 이 경우는 無心의 경지 즉 어떤 意圖性도 개입되지 않은 경지에서 자연적으로 유도된 결과라는 차이를 보인다. 또한, '無心'을 敍情의 한 방식으로 볼 때, '나'라고 하는 주체를 특별히 내세우지도 않고 '나'라고 하는 주체에 초점이 고정화되지도 않는다는 점에서, 어느 한 시점에서 주체에 초점을 맞추고 자아가 感受하는 외적 세계에 의한 자극을 농밀하게 표현해 낸다고 하는 서구의 전통적 서정이론과는 매우 거리가 있는 敍情技法이라고 할 수 있다.

이와 같이 작품 내적 시간·공간적 배경, 시점, 가치, 의미 등을 고정화시키지 않음으로써 텍스트의 의미영역이 오히려 심화·확대되고 개방화된다고 하는 無心의 美的 원리는, 시조의 경우 독특한 語法을 통해 실현되는 것을 보게 된다.

> 우는 거시 벅구기가 프른 거시 버들숩가
> 漁村 두어 집이 닛 속의 나락들락
> 말가흔 기픈 소희 온간 고기 뛰노느다   -尹善道-
>
> 산이 하 놉흐니 杜鵑이 나즤 울고
> 물이 하 묽그니 고기를 혜리로다
> 白雲이 내벗이라 오락가락 ᄒᆞᄂᆞᆫ고나

이 시조들 역시 앞서 보아온 대로 이미지 제시를 통한 이물관물적 관조법으로 '無心'의 경지를 표출해 내고 있음을 본다. 그러나, 여기서 특별히 주목하고자 하는 것은 '나락들락' '오락가락'과 같은 첩어표현이 담고 있는 非固定性 및 그로 인한 의미세계의 확대와 개방이다. 시조에는 유난히 '오명가명' '알동말동' '긴동 졀은동' '오명가명' '필동말동' '검거니 세거니' 등과 같은 표현들이 많은데 그 기본구성을 보면, 대립적인 두 의미소를 병치하고 거기에 접미사를 첨가하는 공통점을 지닌다. 그런데, 이런 표현들은 '난다' '든다' 혹은 '오다' '가다'의 字句的 의미자체에 초점이 주어져 있는 것이 아니라는 점을 우선 지적해야 할 것이다. 그렇다면, 이런 표현들이 야기하는 텍스트성, 문체효과는 무엇일까? 그리고 시조의 어떠한 의미지향성을 반영하는가?9)

　일견 이런 표현들은 어떤 상태나 동작이 되풀이되는 모습을 형용한 것처럼 보인다. 그러나, 그것으로 머무는 것이 아니라, '나다'와 '들다', '오다'와 '가다'로 표현되어진 대립적 의미세계를 어느 하나로 고정하지 않고 그 판단을 유보함으로써 의미의 개방화를 꾀하는 구실을 한다는 것을 놓치면 안될 것이다. 즉, 화자는 이 텍스트들에서 꼭 '어촌 두어 집이 연기 속으로 들락날락하는 풍경'이나 '백운이 오락가락하는 풍경'으로 시선이나 의미를 제한하고자 하는 것이 아니라, 그 대립성을 넘어선 상태를 지향한다. 발화의 초점이 애매해진다는 것은 바꿔 말하면 두 상이한 의미소의 대립성이 無化된다는 것을 의미한다. 화자는 두 의미소의 대립을 넘어선 세계 즉, 뻐꾸기나 어촌의 집, 물고기, 산, 두견, 물, 구름 등과 같은 개별적·구체적 有의 세계를 넘어선 세계, 삼라만물의 개별상을 파생시키는 근원을 표현하고자 하는 데 초점을 두고 있다고 볼 수 있다. 이것을 달리 '無心'의 세계라 해도 될 것이다. 이 외에도 '-인지 -인지' '-인가 하노라' '몰라 하노라'와 같은 시조 고유의 표현양식들도 같은 논의의 맥락에서 이해될 수 있을 것이다.

1.3. '閉門'의 이미지와 '隱'의 主旨

　고전시 텍스트 특히 時調나 漢詩에서 '隱'을 主旨로 하는 작품들은 아주 많다. 그러나, 언술화된 '隱'의 주지가 일시적 현실도피로서의 소극적 은거

---

9) 이 점에 대해서는 졸고, 「時調의 詩語와 抒情」, 『古典詩 다시읽기』(보고사, 1997)에서 자세히 언급한 바 있다.

에 관계된 것인지, 아니면 자연 속에서 진리를 찾으려 하는 적극적 은거에 관계된 것인지 혹은 유가적 隱인지 노장적 隱인지 텍스트 그 자체만으로는 판단할 수 없다.10) 그러나, 설령 이같은 隱의 형태를 작자의 생애, 사상적 경향, 그 작품이 지어지던 상황 등 텍스트 외적 맥락에서 실마리를 찾는다 해도 어떤 작품이 정확히 어떤 형태의 은거에 기초해 있는지 판단하기 어렵기는 마찬가지다. 여기서는 한 작가의 생애나 정치현실과 작품의 상관관계를 검토하는 데 중점이 있는 것이 아니라 '無心'의 미가 작품에 어떻게 구현되어 있는가를 살피는 데 역점을 두므로, 작품에 드러난 양상만을 가지고 논하기로 한다.

앞서 '隱'이란 無로 돌아가는 생활양식을, '老'는 若(有)가 無로 돌아가는 상태를 나타낸 말이라고 언급한 바 있다. 이러한 隱의 주지에는 어느 정도의 '脫俗性' '現實遊離'의 경향이 내포되어 있다. 여기서 '俗'이나 '現實'은 '自然'을 전제하여 그에 대응시킨 말임은 말할 것도 없다. '無心'의 미학에 기초한 작품들을 보면 거의 대부분이 自然素材를 취하고 있음을 알 수 있는데, 원래 物은 我에 대응되는 것으로서 '自然'은 가장 대표적인 物로 여겨진다. 무심의 미를 드러내는 작품들은 자연을 단순히 소재로 활용하거나 遊賞의 대상으로 묘사하는 것에 머물지 않고, 진리의 구현체 혹은 道가 두루 遍在하는 곳으로 형상화하는 경우가 대부분이다.

이런 점들로 미루어 볼 때 無心의 세계는 人事 속에서 형성되는 미의식이 아니라, 自然素材와 친연성을 지니는 미의식이라고 하는 점이 분명해진다. '흥'의 미학이 사람들의 집단적 어울림 속에서 조성되는 動的 미감에

---

10) 원래 유가는 外戶而不閉의 현실태도에 바탕을 두고 世間에 처하여 나아갈 때는 나아가고 물러날 때는 물러나는 것을 가치있게 여겼다. 그리하여 유가적 隱은 世間으로부터의 완전한 격리에 의미를 두지 않는다는 특징을 보이며, 이에 비해 노장적 隱은 世間을 완전히 떠나 자연 속에서 無로 돌아가는 생활방식에 가치를 둔다는 점에서 그 특징을 찾을 수 있다.

기초하는 것이라면, '무심'의 미학은 '自然속에서' '홀로' 체험하는 '靜的' 미감이라는 특성이 드러나는 것이다.

무심의 미가 露現되어 있는 작품의 소재는 자연물인데 그 가운데서도 주목할 만한 것은 '새'와 '물고기'이다. 유가적 미의식에 기초한 작품에서 '솔' '대' '매화' '바위' '국화' 등과 같이 유가적 가치의식(忠·節·不變 등)을 상징하는 것이 중요한 소재로 등장하는 것과 대조를 이룬다.

> 연닙희 밥 싸두고 반찬으란 쟝만마라
> 青篛笠은 써 잇노라 綠蓑衣 가져오냐
> 無心흔 白鷗는 내 좃는가 제 좃는가   -尹善道-

> 비록 못일워두 林泉이 됴ᄒᆞ니라
> 無心魚鳥는 自閒閒 ᄒᆞ얏ᄂᆞ니
> 早晩에 世事닛고 너롤 조츠려 ᄒᆞ노라   -權好文-

무심의 세계를 표현한 작품에서의 '새'나 '물고기'는 忠節과 같은 유교적 가치가 아닌, 자유와 무한한 변화로 대변되는 노장적 가치기준에 근거한 자연소재로서 『莊子』「逍遙遊」篇에 등장하는 鵬과 鯤의 변형으로 볼 수 있다. 작품 속에서는 흔히 이 白鷗나 물고기에 '無心한' 자신의 마음상태를 의탁하는 형태를 띠게 된다. 시조에서 흔히 등장하는 '無心한 백구'는 바로 자기 자신의 모습을 형상화한 것으로 보아도 좋다. 특히 '백구'는 '機心을 잊게 하는 존재'로서 무심의 상징으로 제시되곤 한다.

> 是非 업슨 後ㅣ라 榮辱이 다 不關타
> 琴書를 흐튼 後에 이몸이 閑暇ᄒᆞ다
> 白鷗야 機事를 니즘은 너와 낸가 ᄒᆞ노라   -申欽-

是非의 분별에 입각한 世事 곧 '機事'를 잊는 것이 곧 '閑'과 '無心'의 상태임이 드러나며 이 때 백구는 무심의 상태를 부각시키는 관습적 소재로 등장하고 있음을 본다. 시조나 한시에서 흔히 '漁翁'이 '機心을 잊은(忘機) 존재'로서 世事를 떠나 자연 속에 '隱居'하는 전형적 인물로 의미화되는 것도 같은 맥락에서 이해할 수 있다. 어옹은 무심이나 隱의 주지를 드러내는 데 가장 효과적인 대상이라 할 수 있으며, 어옹과 隱의 주지가 결합된 양상은 聾岩 李賢輔, 孤山 尹善道, 漁隱 金聖器 등의 漁父歌 계열의 시조에서 그 전형을 찾아볼 수 있다. 또한, 道家 계통의 시에서 '어부'가 '道'나 '無心'의 세계를 표현하는 전형적인 상징물로 등장하는 것도 자연스런 양상이라 할 수 있다.11)

'백구' '물고기' '어옹'과 더불어, 隱의 主旨를 전달하고 부각시키는 데 보편적이고 효과적으로 활용되는 것은 '닫혀있는 문(閉門)'의 이미지이다.

幽居地僻少人來　　외딴 곳에 사노라니 찾는 이가 드물어
無事柴門晝不開　　일 없을 적에는 낮에도 사립문을 닫아놓네
花滿小庭春寂寂　　꽃 가득 핀 작은 뜰에 봄은 적적하고
一聲山鳥下靑苔　　한 자락 산새 울음만이 푸른 이끼에 내려앉네
　　　　　　　　　-白光勳, <幽居 · 1>-

닉집이 길척냥ᄒ여 杜鵑이 낫졔운다
萬壑千峰에 외簑笠 닷앗는듸
긔좃ᄎ 줏즐일 업셔 곳지ᄂ듸 조오더라

綠水靑山 깁푼 골에 ᄎᄌ오리 뉘 잇시리

---

11) James J. Y. Liu, "Some Literary Qualities of the Lyric Tz'u(詞)", *Studies in Chinese Literary Genre*(Ed. By Cyril Birch, University of California Press, 1974), p.146.
　　'漁父詞' 계통의 시를 도가사상에 기반하여 접근하는 시각도 같은 맥락이라 할 수 있다. 이 점은 박완식, 「漁父詞 研究」(又石大學校 大學阮 博士學位論文, 1996.2)에서 자세히 논의되었다.

　　花逕도 쓸니 업고 柴扉를 닷앗는듸
　　仙尨이 雲外吠호니 俗客 올가 호노라

　　네 집이 어드미오 뫼넘어 긴 강 우희
　　竹林 풀은 곳에 외簑笠 다든 집이
　　그알픠 白鷗 썻거든 게가 물어 보쇼셔

　'閉門'의 이미지는 시조나 한시나 할 것 없이 빈번히 등장한다. 여기서 '柴扉'라든가 '柴門' '柴扉' '簑笠'은 단지 집의 외부와 내부를 가름하는 건축물의 일부가 아니라, 俗과 진리의 구현체인 자연의 경계를 뜻한다. 문을 닫는 것은 俗 즉 현실세계의 모순, 욕망, 구속으로부터 벗어나 자유와 진리를 찾고자 하는 적극적인 의지의 표현이요, '隱'의 생활방식의 반영이다. 특히 마지막 시조에서는 '竹林'이라는 공간적 배경이 설정되고 있어 '隱'의 主旨를 더욱 강화하고 있다. 이같은 '문닫음'의 행위는 곧 '無心'의 세계로 이어진다. 요컨대, '문을 닫는 행위'는 '無心'의 미에 내포된 '脫俗性' '奧妙함' '깊이' '맑음' '고요함', 현실적 가치로부터의 '超然함', 無私·無我의 마음, 진리의 구현체인 자연 속에서 어디에도 구속됨 없이 자유의 경지에 노니는 마음을 가능케 하는 계기가 되는 것이다.

　이로부터 '無心'의 미가 '흥'의 미학의 본질인 집단성이나 헌사함, 외면성, 정서의 홍기와 발산, 움직임 등과는 반대로 '개인성' '정적성' '내면성' '수렴성' 등을 그 특징으로 한다는 것을 다시 한 번 확인하게 된다.

1.4 言外之意와 表現停止의 기법

　'無'의 원리가 문학적 언술에서 '無心'의 美로 형상화되는 양상을 살핌에 있어, 지금까지는 주로 주체의 심적 상태·정신세계를 나타내는 용어로서, 혹은 敍情의 방식을 나타내는 용어로서의 측면을 검토하였다. 이제 무심이 서정적 비전으로 전환되었을 때의 언술화된 작품내용 혹은 주제로서의 '無心'의 세계를 검토해 보고자 한다.

> 夕陽湖上亭　　　저녁 노을이 호수 위 정자에 내려 앉고
> 春光在湖草　　　봄빛은 호숫가 풀섶에 머물러 있네
> 明月山前榭　　　밝은 달빛이 산앞의 다락을 비추니
> 花陰看更好　　　꽃 그림자 더욱 보기 좋구나
>
> 　　　　　　　　　　　　　　　　　-白光勳, <富春別墅>-

위 시는 봄날 어느 한적한 별장에서 본 자연의 풍광을 담백하고 간결하게 표현하고 있다. 화려한 수식어나 시인의 주관적 판단이 개입되어 있는 것을 찾아보기 어렵다. 이 시를 읽고 있노라면, 시인의 인식·사고·감각작용은 일시 정지되고 마치 투명한 수면같은 주체의 눈에 비쳐진-시인이 바라본 것이 아니라-자연의 實相이 그림처럼 다가온다. 이때 시인은 사물의 있는 모습 그대로를 반사하는 거울과 같은 존재이다. 프리즘과 같이 빛을 굴절시키지 않는다.

또한 위 시를 읽어보면, 눈앞에 펼쳐진 현상을 궁극에까지 밀고 들어가 밝히고 들추어내는 관점으로 포착된 것이 아니라, 말의 이면에 표현되어야 할 많은 부분을 남겨 두고 있는 듯한 여운을 남긴다. 즉, 화자는 눈앞의 풍광을 세부적으로 자세하게 그리고 실물에 가깝게 묘사·표현해 내려는 의지를 표명하고 있는 것이 아니다. 그런 표현의지를 잠재우고 있기 때문에 시는 더 이상 표현하기를 정지해 버린 것같은 여운을 던져 주는 것이다.

어느 정경의 한 단면을 묘사함으로써 그 현상의 전체 모습, 변화상, 본질, 표현되지 않은 裏面, 혹은 표현되어 드러난 것의 대극에 놓인 것까지를 환기하게 한다. 1구에서의 '夕陽'은 하루의 순환을, 2구의 '春光'은 계절의 순환을, 3구의 '明月'은 달의 운행을 언어표현의 이면에 함축하고 있다. 4구의 '花陰'은 '꽃'이라고 하는 '실체'와 '그림자', 그리고 그림자를 생기게 하는

'빛' 이 세 요소가 이루는 삼각구도를 환기한다. 그리하여, 모든 우주만물은 실체와 허상, 빛과 그림자, 비쳐주는 존재와 비춤을 받는 존재, 음과 양 등의 양면을 지니며 인간의 눈에는 그것이 별개의 것으로 보일지라도 결국은 하나임을 이 시는 보여주고 있는 것이다.

인간은 생활의 필요에서, 혹은 이것과 저것을 분별하는 인식작용의 결과로서 석양과 아침을, 봄과 가을을, 만월과 초승달을 구분하지만 석양 속에는 아침이, 봄에는 여름과 가을과 겨울이 이미 배태되어 있는 것이다. 부연해서 말하자면, 여기서 표현되어진 '봄'은 여름·가을·겨울을 완전히 배제해 버린 차원의 봄이 아니라, 봄 아닌 요소를 그 안에 이미 내재하고 있는 그런 의미의 봄이다. 이것이 봄의 본질이다. 여기서의 봄은 봄 아닌 요소에 의해 '보환'된 봄인 것이다. 이 시가 '無心'의 세계를 충분히 드러내고 있는 것은 바로 이같은 '無'의 원리를 언어로써 재현하고 있기 때문일 것이다. 이처럼 말로 표현되어진 것, 이면에 감춰진 의미, 언어표현으로 드러나지 않은 의미, 言外之意는 바로 '無'라 할 수 있고, 표면에 나타난 형상 속에 깊이 간직된 無를 보는 것이 곧 '無心'의 미적 체험이라 할 수 있는 것이다.

이처럼 '無'를 배경으로 하는 '有'의 세계를 표현하는 것을 金原省吾는 '表現停止'라는 말로 설명하고 있다.[12] 표현정지란 완전히 표현을 중지해 버린다는 의미가 아니라, 언제든지 有나 움직임으로 전환될 수 있는 상태로 잠시 표현을 정지하고 있는 상태를 의미한다. 어떤 현상의 한 단면을 표현하되 그 드러난 현상자체(즉, 有의 세계)에 고착되지 않고 이면의 것이라 할 無·진리·道·실상을 함축하는 것이다. 그것은 마치 산수화의 餘白의 공간과 같은 의미를 지닌 것으로 이해할 수 있다.

> 古木葉已盡　　늙은 나무가 잎을 다 떨구고 나니
> 山前秋水空　　산 앞 가을 물은 텅 비었네

---

12) 金原省吾, 『동양의 마음과 그림』(閔丙山 譯, 새문사, 1978·1994), 50쪽.

孤舟夜不棹   밤, 노도 젓지 않는 외로운 배
吹笛月明中   밝은 달빛 가운데 피리만 분나
                              -白光勳, <題金季綏畵八幅·7>-

'盡' '空' '不棹'는 滅·虛·靜·終의 의미를 담고 있고, 끝구의 '吹笛'은
生·實·充·動의 의미를 내포한다. 누가 피리를 부는 지 알 수 없다. 사물
들의 선명한 이미지 뒤로 인식주체는 물러나 있다. 설령 피리부는 존재가
'나'일지라도 이미 개아성이 강조된 주체로서가 아니라 다른 사물들 속에
더불어 있으면서 이미 物化되어 버린 존재로 감지된다. '물'에는 아무 것도
없다(空)고 표현했지만 '배'가 있고 '피리소리'도 있고 물에 비친 '달'도 있
으니 사실은 비어 있는 게 아니다. 동일한 시인의 '空庭聞葉落'(빈 뜨락에
는 나뭇잎 지는 소리만 들리네. <贈友>) 句도 역시 같은 발상이다. '나뭇
잎 지는 소리가 들리므로' '빈뜰'이라고 할 수는 없다. 그러나, 한편 나뭇잎
지는 소리는 눈으로 보이는 것이 아니므로 '빈뜰'이 아니라고도 할 수 없다.
비어 있는 뜰이 사실은 비어 있는 것이 아닌 셈이다. 이 시구들에서의 '空'
은 아무 것도 없이 텅 빈 상태가 아니라 '有'를 머금은 '空'인 것이다.

山風松子落   산바람에 솔방울이 떨어지고
一一秋聲聞   그 하나하나에서 가을 소리가 들리네
                              -申光洙, <孫庄歸路醉吟>-

위의 시 역시 無心의 체험을 언어로써 형상화한 것이다. '가을'은 소리가
없으면서 소리가 있다. 가을은 계절적 순환의 한 구분을 나타내는 것이므로
소리가 있을 리가 없다. 그러나, 화자는 솔방울 떨어지는 소리에서 가을을
체험한다. 그러므로, 가을은 소리가 없지만 전혀 움직임의 없는 '靜'이 아니
라 어떤 계기에 의해 소리(有·動)로 전환될 수 있는 靜, 다양한 動의 씨앗
을 품고 있는 靜이다. 이처럼 감각체험이 가능한 有의 세계에서 無를 보는

것이 곧 無心의 체험이요, 無心의 미적 원리인 셈이다. 그러니까, 無는 아
무 것도 없는 상태를 의미하는 것이 아니라 무한 다양한 有를 머금고 있는
無인 것이다. 이처럼 '無'의 원리 및 '無心'의 미학은 '逆說'의 구조를 내포
한다.

梅花落盡杏花發   매화꽃 다 지고 나니 살구꽃이 피어나네
                                             -白光勳, <幽居·2>-

紅衣落盡秋風起   붉은 꽃잎 다 떨어지고 가을바람이 불어오니
日暮芳洲生白波   해 저물녘 향기로운 모랫벌에 흰 물결 일어나네
                                             -崔慶昌, <浿江樓船題詠>-

　이런 시구들은 꽃이 떨어지는 것(盡)과 피는 것(發), 生起하는 것과 소멸
하는 것이 별개의 것이 아님을 보여 준다. 이같은 양극을 동시에 머금은 세
계, 그것이 곧 '無心'의 세계이다. 여기서의 '盡'은 다 사라져 없어져 버린
다는 의미가 아니라 다시 生할 수 있는 씨앗을 배태하고 있다는 의미를 함
축한다. 또한, 지금 눈앞에 '生'하는 것도 영원히 若일 수는 없다. 모든 삼
라만상은 消長盛衰의 순환을 거친다. 이처럼 若 속에서 老를 보는 것, 靜
가운데 動을, 動가운데 靜을, 虛가운데 實을, 實가운데 虛를 보는 것이 곧
無가 내포한 逆說의 원리일 것이다.
　이와 같이, 無心의 세계가 언어로 표현될 때 逆說의 구조를 취하는 외에
도 '이미지' 제시를 통한 표현을 취하는 경향이 있음을 간과할 수 없다. 언
어란 표현의 도구이되 어떤 사물·현상의 실상을 加減없이 정확히 표현할
수 없는 한계를 지닌다. 단어의 의미 혹은 관념적인 설명이나 규정·판단작
용에 의존해서는 어떤 형상 속에 깊이 내재되어 있는 無까지를 다 표현해
낼 수 없는 것이다. 사물의 本相을 그대로 전달할 수 없다는 한계를 지님에
도 불구하고, 無의 세계를 드러내기 위해서는 유한한 언어에 의존하지 않을

수 없다. 이같은 모순을 해소할 수 있는 방법이 바로 위에서 언급한 '逆說 的 表現'과, 다음 시구들에서 보이는 '이미지'에 의한 표현인 것이다.

花滿小庭春寂寂   꽃 가득 핀 작은 뜰에 봄은 적적하고
一聲山鳥下青苔   한 자락 산새 울음만이 푸른 이끼에 내려 앉네
                                    -白光勳, <幽居·1>-

이 시구에서 보다시피, 시각·청각 이미지의 제시만으로도 어떤 관념적 설명을 곁들이는 것보다 삼라만상의 본모습 그대로의 세계 즉, 無心의 세계가 효과적으로 부각되고 있음을 본다. 이미지를 통한 표현은, 物과 그것을 감지하는 我 사이에 언어의 사변성이 끼어들지 않게 하는 효과를 지닌다. 이 경우 物과 我의 만남은 언어를 매개로 한 우회적 만남이 아니라, 직접적 만남의 성격을 띠게 된다. 이러한 양상이 좀 더 진행되면 시 작품 전체가 어떤 意味化를 지향하지 않고, 시인의 눈에 비친 사물현상을 단순히 열거하는 데 그치는 양상으로 나아갈 수도 있다. 그리고, 구조상으로 볼 때 기승전 결 등의 순차성, 논리성, 의미의 강약에 의존하지 않는 無焦點의 양상으로 전개되는 경우가 많다.

구룸 거든 후에 햇빗치 두텁거다
天地閉塞ᄒᆞᄃᆡ 바다혼 依舊ᄒᆞ다
ᄀᆞ업슨 믉결이 깁편둣 ᄒᆞ여잇다   -尹善道-

따라서 위와 같은 시는 서구적 개념의 결말감·종결감이 느껴지지 않게 된다. 사물의 이미지 제시만 있을 뿐이다. 이런 경우, 의미상·논리전개상 매듭이 지어지는 느낌, 이미지 전개가 마무리되는 느낌, 닫혀지는 느낌이 없으며 경우에 따라서는 '未完成'인 것처럼 감지될 수도 있는 것이다.

보통 '構造'라고 하는 개념은 부분과 부분이 상호유기적 관련을 맺으면서

전체의 '의미화'에 기여한다는 특징을 지닌다. 어떤 전체적 '의미화'를 의도하지 않는 경우라면 부분과 부분, 부분과 전체의 유기성이 요구되거나 전제될 필요가 없다. 이 경우 등장하는 사물은 의미의 비중이나 초점이 모두 균등하다. 그러면서도 그것들이 어떤 전체의미를 위해 봉사하는 유기적 부분으로 존재하지 않는다. 그 하나하나가 살아있는 전체이면서 동시에 그것들은 각각 조화를 이루는 것이다.

> 萬里無雲一碧天   아득히 구름 한 점 일지 않는 푸른 하늘
> 廣寒宮出翠微巓   푸르스름한 산마루에 광한궁이 나타났네
> 世人只見盈還缺   세상 사람들은 차고 이지러지는 것만 볼 뿐
> 不識氷輪夜夜圓   밤마다 둥근 줄은 모른다네
> -李珥, <山中四詠·月>-

이 시는 속인들이 겉으로 드러난 현상(有)만 보고 감춰진 사물의 本相(無)은 볼 줄 모른다는 것을 한탄한 내용이다. 같은 내용을 표현하면서도 앞에서 보아온 시들과는 사뭇 다르다는 것을 느끼게 된다. 드러내고자 하는 이면의 것을 이미지가 아닌 관념적 설명을 통해 표현하고 있는 것이다.

> 晝夜穿雲不暫休   밤낮으로 구름을 뚫어 잠시도 쉬지 않으니
> 始知源派兩悠悠   비로소 알겠구나 근원과 갈래가 모두 아득한 것을
> 試看河海千層浪   강과 바다의 천층 물결을 보게나
> 出自幽泉一帶流   그윽한 한 줄기 샘에서 흘러 나오는 것을
> -李珥, <山中四詠·水>-

> 無極翁이 고텨 안자 내말슴을 디답ᄒᆞ더
> 鳶飛魚躍을 아는다 모ᄅᆞᆫ다
> 風月의 自然眞趣를 알리 업서 ᄒᆞ노라   -許磁-

위 시들도 역시 같은 無心의 세계를 언술화하면서도 앞의 시들이 이미지

를 통해 그 세계를 환기시키는 것과는 달리, 이 시들은 진리의 본질을 규정하고 밝히고 분별하려는 인식작용이 우선하고 있음을 본다. 단어의 의미에 의존하여 '傳達' '陳述'하고 있어 언어가 지닌 유한성에 갇혀 버리고 物과 我 사이에는 언어의 사변성이 가로막고 있게 되는 것이다. 따라서 無心의 세계를 진술한 것이면서도, 無의 원리나 無心의 미학에 근거해 있다고 할 수는 없는 것이다.

2. '그림'의 경우

인간의 삶이나 인물의 행위가 중심이 되는 '風俗畵'가 현실에의 참여, 타인과의 어울림, 관계지향성, 정서의 陽性的 표출, 생기하는 생명감을 특징으로 하는 '흥'의 원리를 가장 충실하게 보여주는 것이라고 한다면, '무심'의 미가 가장 잘 드러나 있는 회화장르는 '水墨山水畵'이다. 여기서 '水墨'은 채색과 대응되는 墨의 색, 즉 그림의 재료를 의미하고, '山水'는 그림의 내용 혹은 소재를 나타낸다.

우리는 한 폭의 山水圖를 대할 때 씨름이나 주막풍경을 소재로 한 김홍도의 그림을 대할 때와는 다른 느낌을 갖게 된다. 거기서 환기되는 미감이나 미적 체험의 내용이 다른 것이다.

山水畵帖에서 어떤 그림이든간에 한 폭 골라 감상할 때 공통적으로 갖게 되는 느낌-신비감이 감도는 幽玄한 세계로 이끌려 가는 느낌, 靜觀的 깊이를 함축한 畵面에서 감지되는 脫俗感, 우주만물에 대한 깊고 숙연한 자세, 세상 번다한 가치관으로부터 초연하게 실상을 관조하는 초연함-은 바로 '無心'이 미가 함축하고 있는 미적 내용을 설명한 것이라 해도 될 것이다. 그렇다면, 이같은 무심의 미를 창출하는 繪畵的 요인은 무엇일까? 이 점을, 수묵산수화의 색채, 원근법과 구도, 여백의 미, 자연소재 등을 중심으로 살펴보자【그림 11・12・13 참조】.

【그림 11】宋郭熙, 早春圖

【그림 12】 沈師正, 山水圖　　　　　　【그림 13】 沈師正, 倣沈石田山水圖

2.1 색채

수묵산수화의 멋은 墨의 색인 黑과 여백의 白이 이루는 조화에서 발견된다. 水墨은 검은 색이 지니는 형이상학적 의미를 담고 있다. 墨의 濃淡이나, 潑墨·破墨[13] 등의 用墨法에 따라 검은 색의 다양한 묘미를 창출할 수 있는데 '墨'으로 대변되는 '黑'('玄')은 老莊思想에서 '道'의 색으로 인식된다.『道德經』1장에는 도의 존재상태를 '玄之又玄'이라 하여 검은 색을 사물의 근원색, '一'의 색으로 파악하고 있다.

黑은 적극적 新生作用이나 울림이 없는 색[14]이요, 각 사물의 개별적 특성에 따른 고유성을 捨象한 색이다. 여러 가지 색깔들이 각 존재들의 고유성과 개별성을 표현하는 것이라면, 黑色은 모든 존재가 겉에 걸치고 있는 각양각색의 수식과 장식, 다양한 형상, 비본질적인 것을 다 걷어내고 최후까지 남는 것—흔히 우리는 그것을 '본질적 요소'라고 한다—을 의미하는 것이다. 老子가 '損之又損 至於無爲(덜고 덜어 무위에 도달한다.『道德經』48장)'라 한 것도, 본질적인 것은 모든 겉치레의 형상, 수식을 다 소거한 뒤에 얻어질 수 있다는 것을 강조한 것이다. 이로 볼 때 墨色은 바로 존재의 본질에 도달하고자 하는 형이상학적 지향성을 함축한 색이라 할 수 있는 것이다. 동양화에서 중시되는 '骨法'이라고 하는 것 역시 '有'의 세계를 포섭하고 있는 존재의 본질(즉, '無' '道')을 포착하는 것을 의미한다고 할 때,[15] 墨의 흑색은 바로 太極의 색, 無의 색이요, 우주의 조화를 상징하는 색, 合自然을 추구하는 고도의 형이상학적 세계를 상징하는 색이라 할 수 있는 것이다.[16]

---

13) 潑墨法이란 수분을 많이 가미하여 천이나 종이에 스미게 하면서 먹을 붓거나, 붓으로 흐트러뜨리고 쓸어 나가면서 연출하는 기법을 말하고, 破墨法이란 사물의 윤곽선이나 鉤斫法에 있어서의 濃淡을 淡墨으로 깨뜨려 가면서 그 위에 수차 중첩하여 그리는 기법을 말한다. 崔炳植,『동양회화미학』(東文選, 1994), 122쪽. 139쪽.
14) 金原省吾, 앞의 책, 196쪽.
15) 같은 책, 52쪽.

唐代 張彦遠(815-875)의 '玄化無言'이라고 하는 회화이론[17]도 존재의 본질의 파악이나 골법의 획득은 무표현의 표현, 無言의 색인 黑色을 통해 얻어질 수 있다고 하는 것을 단적으로 반영한 것이다. 즉, 모든 존재의 현묘한 변화를 포착해 내려면 無色(無言)의 경지로, 태극의 색인 현색으로 표현되어야 하며, 외물의 색채성을 초월해야 한다는 것이다. 이것은 色·聲·臭·味 등 외물의 감각성에 현혹되지 않아야만이 우주의 본질을 바라볼 수 있다는 莊子의 '五感超越' 사상에 기대어 있다(「天地篇」「在宥篇」). 위진 남북조 시대의 王弼(226-249)의 '得意忘象' 역시 색채와 형상에 대한 초월(忘象·忘色)의 사상을 말한 것으로, 수묵이 갖는 근원성과 밀접한 관련을 지니고 있다고 하겠다.[18]

그러나, 水墨의 색이 존재의 실상이나 道를 표현하는 개념, '一'의 개념의 현화라고 해서, '黑'이 나머지 색을 부정적으로 다 소거해 버리고 흑 하나만 남겨 놓은 배타적 의미를 갖는 것으로 이해하면 곤란하다. 다양한 用墨法을 통해 존재와 생명의 다양한 개별상을 표현해 낸다는 점에서 묵색의 '一'이 '多'를 수용하고 墨色이 五彩를 겸하는 포용성을 지니고 있는 것이다.

이상과 같이 水墨의 玄色은 형상의 감각성·개별성·다양성·주관성을 넘어서서 그 다양성을 창출하는 근원적 존재-도, 초자연적 존재, 진리 등-와 조우하고자 하는 심적 지향성의 繪畵的 반영이며, 바로 '無心'의 미의 繪畵的 실천이라 할 수 있는 것이다. 근원적인 '하나(一)'를 포착하고자 하면서 만물의 다양한 존재상을 하나 안에 포괄하는 것이 바로 '無'의 원리이며, 자아의 개별성·분별의식·다양한 감정들의 투쟁을 無化하고 넘어섰을 때 경험하게 되는 것이 바로 '無心'이라고 하는 미적 체험이기 때문이다.

五代의 荊浩(870-930)는 「筆法記」에서, '實' '本質' '實相' '骨法'을 중

---

16) 최병식, 앞의 책, 130쪽. 215쪽.
17) 같은 책, 153-159쪽.
18) 같은 책, 32쪽.

시하는 수묵화와, '華' '形似' '색채의 가미'를 중시하는 채색화의 특징을 제시한 바 있는데,[19] 이같은 차이는 바로 존재의 깊이, 형사의 이면에 감춰진 것, 형이상학적 의미에 의해 지탱되는 '無心'의 미와, 形似的 측면에서 겉으로 드러나는 우주 만물의 존재의 아름다움을 즐기고, 색채 가미에서 빚어지는 감각적 미감을 충분히 감득하고 향수하는 데서 체험되는 '흥'의 미의 차이에 상응하는 것이라고 할 수 있다.

2.2 遠近法과 構圖

무심의 미는 탈주관성, 자아의 퇴각, 주관성의 사상을 그 특성으로 하는, 일종의 忘我·喪我의 상태이다. 그 망아의 공간으로 대상-특히, 자연-이 침투하여 상호 교감, 합일을 이루어 내는 심적 경지, 그때의 미적 체험이 바로 '무심'의 미의 핵심을 이룬다. 전통 산수화의 원근법이라 할 수 있는 '三遠法'은 바로 자아의 방기에 의해 우주만물과 깊이있는 합일을 지향하는 무심의 미를 창출하는 繪畵的 방법의 일종이라 할 수 있다.

삼원법은 北宋代의 郭熙에 의해 제창된 것으로 산수도에서 산을 그리는 세 가지 시각을 제시한 것이다. 아래에서 산꼭대기를 올려다 보는 것을 '高遠', 산 앞에서 산의 뒷면을 엿보는 것을 '深遠', 가까운 산에서 먼산 쪽을 조망하는 것을 '平遠'이라 하였다.[20] 이 삼원법은 리얼리티의 측면에서 본다면 非現實的인 표현기법이다. 인간적 시선을 기준으로 할 때 산 앞에서 산 뒷면을 엿볼 수 없기 때문이다. 따라서, 삼원법은 공간적 투시법, 거리상의 표현기법적 측면보다는, 우주 만물의 내면적 본질에 대한 추구라는 점에서 중요한 의미를 지닌다. 즉 곽희는 물아일체의 경지를 이루기 위한 회화적

---

19) 같은 책, 187쪽.
20) 郭熙, 「林泉高致」, 『東洋畵論選』(元甲喜 編, 知識産業社, 1976)
   "山有三遠 自山下而仰山顚 謂之高遠 自山前而窺山後 謂之深遠 自近山而望遠山 謂之平遠."

방법으로서 외형적 물상을 관찰할 때 그 '遠氣'를 관조해야 한다고 하는 '遠望'의 사상을 제기했던 것이다.[21] 여기서 墨色은 遠望의 색이며 사물의 근원색으로 이해된다. 사물의 본질 즉 '골법'을 관찰하고 터득하는 방법으로서 '近'보다 '遠'을 강조한 것은, 遠望의 방법이 사물에 대한 관조적 태도를 반영한 것이기 때문이라고 생각된다. 즉, 시선을 사물에 바짝 들이대고 보게 되면 주관이 개입되고 대상을 왜곡하고 굴절시키게 되므로 실상에 접근할 수 없는 것이다. 이와 같은 '以我觀物的' 시각을 벗어나 '以物觀物的' 시선[22]으로 우주만물을 조망할 때 그 근원, 본질, 기운, 골법을 터득할 수 있다고 본 것이다.

전통 산수화의 이와 같은 삼원법적 투시 방법은 근대적 회화에서 말하는 '視點'과는 매우 다르다. 마치 세 개의 각기 다른 시점에 의해 잡힌 풍경을 하나의 원근법적 질서에다 배치한 것처럼 보여 구체적 원근감각이 생략되고 사실감이 결여된 느낌을 주는 것이다. 이런 의미에서 산수화의 시점은 無視點 혹은 複合視點과 유사한 점을 지닌다.

회화에서 '視點'이란 한 개인이 우주를 바라보는 시각을 나타낸 말로서 데카르트 이래 근대적 자아개념의 성립과 더불어 사물을 조망하는 데 있어 '인간적' 시각을 강조하는 말이라 할 수 있다. 이에 대해 초월자적 시각에서 우주만물을 조명하는 시각을 '消點'이라 하는데 산수화에서 보통 여백으로 처리되는 부분으로서 이것은 개인적 시점을 허용치 않는 개념이다.[23] 이 방법은 우주적 질서 즉 전체 속으로 개인을 끌어들여, 우주만물과 개체가 혼융되

---

21) 郭熙, 위의 글, "眞山水之風雨 遠望可得 而近者玩習 不能究錯縱起上之勢 眞山水之陰晴 遠望可盡 而近者拘狹 不能得明晦隱見之迹."
22) '이물관물적' 시선은 자아의 주관으로 사물을 바라보는 태도를 말하고, '이물관물적' 시선은 주관을 개입시키지 않고 만물이 스스로를 드러내는 모습 그대로를 관조하는 태도를 말한다.
23) 회화에서의 '視點'과 '消點'에 관한 것은 朴容淑, 『繪畵의 方法과 構圖』(집문당, 1980), 185-188쪽 참조.

게 하는 회화적 장치인 것이다. 따라서 소점은 '개아성' '자아의식'의 소멸을 전제로 한다. 이런 점에서 산수화의 사물투시방법은 시점에 의한 것이라기보다는 소점에 의한 것이라 해야 할 것이고, 보통 여백으로 처리되는 부분이 바로 소점이 두어진 부분이다. 이렇게 함으로써 초월적 세계로 비약, 융해해 들어가는 초월적 미감을 창출하게 되며 이 때의 미적 체험이 바로 '無心'의 미인 것이다. 자아는 이것과 저것, 주와 객 등의 이원적 분별을 넘어서서 우주만물에 대한 관조적 태도를 획득하게 되고, 나아가 대상(자연)과의 합일이라고 하는 동아시아적 예술의 최고경지에 도달할 수 있게 되는 것이다.

用墨法에 있어서 '번지기'와 같은 기법은 바로 이같은 초월적 미감을 배가시키는 방법이 된다. 결국 산수화의 삼원법은 無限을 의미하는 소점의 저쪽 배경을 강조하고 그 무한공간으로 觀者를 유인하기 위한 것이라고 할 수 있다. 서양의 원근법이 事象을 일정하게 한정된 공간에 입체적으로 그림으로써 사물의 시각적 實在感을 부여하는 데 목적을 둔 것과는 사뭇 대조적인 것이라 할 수 있다.

이와 같은 소점에 의한 구도는, 하나의 중심에 초점이 주어지고 그림 전체가 거기에 집중되어 있는 서양화의 꽉 짜인 구도와는 달리 無中心的인 것 혹은 多重透視的인 것으로 보이게 한다. 이것은 어느 하나에 가치를 부여하고 거기에 집중하고 그것을 절대화하는 偏執性을 벗어나 사물의 다양성을 포용하는 융통적이고 열린 시선을 반영한다. 이같은 무시점적 구도는 일원화된 개인의 시선을 배제함으로써 자아의 개별성을 초극케 하는 한 방법이 되는 것이다. 또한 공간의 제약으로부터 자아를 해방시킴으로써 상식과 관습을 무력화하고 눈(감각)으로 포착할 수 없고 색이나 언어로 다 표현해 낼 수 없는 초월적 전체성 혹은 만물의 본질에 접근할 수 있게 하는 것이다. 이처럼 자아의 放棄에 의해 우주만물에 합일해 가는 양상은 회화뿐만 아니라 문학이나 음악, 춤 등 제 예술장르에서 두루 발견되는 동아시아적 예술원리라고 할 수 있을 것이다.

회화의 원근법에 근거하여 '흥'과 '무심'의 미를 비교해 본다면, '흥'은 사물에 대한 근시안적 관심의 결과인 반면, '무심'은 원시안적 관심의 결과라고 할 수 있다. 즉, '흥'의 미는 우주만물의 모든 현상에 '확대경'을 들이대고 클로즈업시켜서 그것의 다양한 형상과 특질을 감각으로 포착하고 그 생명감을 感受하는 데서 야기되는 미의식이라 한다면, '무심'의 미는 사물에 거리를 두고 '망원경'을 가지고 멀리 조망하며 그 遠氣를 관조하는 데서 야기되는 미의식이라 할 수 있을 것이다. 따라서, '흥'은 평면적·單層的·具體的이며 '인간의 삶'이나 '현실'에 관심을 기울이는 경향성을 띠게 되며, '무심'은 '산수자연'과 같이 인간의 삶의 현장에서 어느 정도 유리된 세계를 조망하여 다양성을 파생시키는 하나의 근원을 포착하고자 하는 경향성을 띠게 되는 것이다.

2.3 餘白

서양화와 비교할 때, 산수화의 가장 큰 특징은 '여백'의 공간에서 찾아볼 수 있다. 산수화의 여백은 아무 것도 그려지지 않은 無言의 공간도 아니고 未完成의 공간도 아니다. 비워져 있음으로써 깊은 의미를 담고 있으며 그 자체로서 완성을 의미하는 공간이다. 가득 채워져 표현된 서양화의 畵面이 근대적 의미의 '自意識'의 충만을 상징하는 것이라면, 산수화의 여백은 자의식의 放棄를 상징하는 것이라고 할 수 있다.

여백은 消點이 두어지는 부분인데, 전통 산수화는 無限으로 이어지는 소점의 저편 배경, 즉 초월적 전체가 강조되는 회화장르이다. 초월적 존재는 대상적으로 완결된, 다시 말하면 닫혀진 전체로서 객관적으로 포착할 수 없는 것이며 이같은 무한의 존재를 표현하기 위해 화면은 여백으로 처리될 수밖에 없는 것이다. 자의식을 방기함으로써 더 깊은 자아의 본질을 체험할 수 있듯이, 화면을 비워둠으로써 무한한 깊이와 풍부함이 강조될 수 있는 것이다. 따라서, 비어 있는 여백의 공간은 주관성과 개별성을 벗어나는 데서 체험될 수 있는 '無心'의 미적 본질이 가장 극명하게 발현된 회화요소라고 할 수 있다.

2.4 自然素材

앞에서 '흥'의 미는 삶의 현장 속에서 체험되는 것, 현실적 삶과 밀착된 미의식이요, 풍속화에서 그 진수를 엿볼 수 있다고 말한 바 있다. 즉, '흥'의 미는 인간의 삶, 인간의 행위에 관계된 소재가 그 주된 부분을 이루는 미의식인 것이다.

이에 반해, '無心'의 미는 오히려 인간적 삶의 현장을 벗어난 자연공간을 주된 소재로 한다. 따라서, 무심의 미는 山水畵와 친연성을 지니는 미의식인 것이다. '무심'의 미와 산수화는, '自然은 道의 구현체요 소재지'라고 하는 명제를 기반으로 해서 창출된다는 공통성을 지닌다. 무심의 경지는 개체가 자연의 일부가 되어 주객합일을 이루는 데서 체험되는 미적 경지이다. 산수화에서도 인간이 등장하지만, 자연에 대립되는 존재로서가 아니라 그 일부로 인식되는 존재로 그려지며 산수화의 초점은 인간에 맞추어져 있지 않다. 또한, 거기에 등장하는 사람은 무리가 아니라 대개는 한 두 사람이다. 이것은 산수화의 지향점이 집단적 어울림에서 야기되는 떠들썩함에 있지 않다는 것을 말해 준다. '무심'의 상태는 '무아'의 상태에 다름 아니라고 할 때, 산수화 속의 인물이 한 개체로서가 아니라, 산이나 나무, 바위들과 同格化되어 처리된다는 것은 개별성의 捨象 혹은 자의식의 無化·용해를 의미한다고 볼 수 있다.

3. '음악'의 경우

우리나라의 여러 음악장르 가운데 무심의 미가 잘 드러나 있다고 여겨지는 것은 이른바 '正樂' 계열의 음악이라고 생각된다. 정악은 판소리, 잡가, 농악 등의 민속악의 對가 되는 것으로 종묘제례악이라든가 궁중의 儀式音樂, 혹은 歌詞・歌曲 등과 같이 雅正한 상층의 음악이 여기에 속한다. 민속악이 경쾌하고 속도가 빠르며 변화가 풍부하여 홍기하는 발랄한 생명감의 미인 '홍'의 미를 표현하고 있다면, 정악은 유현・장중・화평하며 감정표현이 절제되어 있고 신비스러운 분위기를 자아내며 대체적으로 속도가 느리고 변화가 별로 없는 것을 특징으로 한다.[24] 무심의 미는 바로 후자의 양상과 깊은 관련이 있다. 그렇다면, 구체적으로 어떠한 음악적 요소가 무심의 미를 창출하는 데 작용하는가를 살펴 보자.

먼저 '無心'의 미는 音이 전개되는 '빠르기'와 밀접한 관련을 지닌다. 서양음악과 비교하여 속도가 느린 것이 國樂의 일반적 특징이지만, 그 중에서도 정악은 느린 템포를 그 특징으로 한다. 농악과 같이 빠른 타악기 장단과 어우러지는 민속악은 속도가 빨라짐에 따라 감정적으로 조급해지고 홍분하기 쉽지만, 속도가 느릴 경우는 여유있고 한가하고 調和의 느낌을 야기한다.[25] 그리하여 빠른 속도는 생의 발랄한 홍기, 정서의 즉각적 표출에 따른 미의식인 '홍'의 미와 친연성을 지니는 반면, 유현한 분위기를 주는 느린 속도는 사물의 본질에 대한 내적 투시라 할 수 있는 靜觀의 세계로 우리를 인도하는 역할을 하여 '無心'의 미와 친연성을 지닌다. 속도가 빨라지면 변

---

24) 正樂의 개념과 범주에 대해 명확한 규정이 이루어진 것은 아니지만, 대체로 雅樂과 같은 성격을 지니는 음악으로 아정하고 정대하며 고상한 음악의 총칭으로 이해해도 큰 과오는 없다고 본다. 張師勛, 『국악대사전』(세광음악출판사, 1984) 및 『한국민속대사전』(한국민속사전 편찬위원회 編, 민족문화사, 1991)

25) 서양음악과 구분되는 국악의 일반적 특징에 대해서는 이혜구, 『한국음악서설』(425-429쪽) 참고. 서우석, 『음악과 현상』(文學과 知性社, 1990), 243쪽에서 재인용.

화가 심해지고 따라서 내면의 관조적 성찰이 어려워지고 靜觀的 사유를 불
가능하게 한다. 그러나, 느린 속도는 소리가 의식에 작용하여 내적 반응을
일으키는 것이 더디고 또 그 정도도 약하므로 내적 조화의 세계를 유지하고
사물에 대해 관조적 태도를 유지할 수 있게 하는 것이다.

이같은 관조적 태도는 선율구조와도 밀접한 관련을 지닌다. 음악의 선율이
이루어 내는 공간은 하나의 위상기하학적 공간으로 이해할 수 있는데, 서양
의 음악은 많은 音數, 다양한 장식음, 풍부하고 변화있는 선율, 화성체계로
그 음악적 공간을 가득 채우는 것을 특징으로 한다. 이에 비해 국악 특히 정
악의 경우는 음수가 적고 소리를 비우는 쪽이라 할 수 있기 때문에 상대적
으로 한가한 공간, 빈 공간에서 얻어지는 관조와 조화의 미를 획득할 수 있
게 되는 것이다.26) 이것은 마치 산수화에서의 비어 있는 여백의 공간이 無心
의 미를 창출하는 데 중요한 의미를 지니는 것과 같다고 하겠다. 老子는 '大
音希聲 大象無形(큰 음은 소리가 드물고 큰 형상은 형태가 없다.『道德經』
41장)'이라고 하였는데, 이것은 외형으로 드러나는 감각적 표현요소의 번다
함을 다 소거한 뒤에야 사물의 본질을 포착할 수 있다는 '無心'의 미의 원리
와 궤를 같이 하는 것이라 할 수 있다.

민속악 가운데 '엮음'이나 '자진'의 접두어가 붙는 음악형태는 한 장단 안
에 배치되는 노래말수나 음의 수가 빽빽하게 들어찬 것을 의미하는데, 대개
이러한 음악형태는 듣는 사람의 정서를 고조시키고 흥분시켜 유장한 느낌보
다는 흥겹고 신명나는 느낌을 부여한다. 이와 같은 차이를 보면, 속도나 선
율구조, 음의 배치 등이 어떤 미감을 창출하는 데 깊이 관여한다는 것을 알
수 있다.

이처럼 느린 속도, 음의 배치, 음의 수 등 선율적으로 한가한 공간은 상
대적으로 變化가 없거나 적은 것으로 느끼게 하는 요인이 된다. 변화가 없

---

26) 서우석, 「한국 음악미의 현상학적 서술」, 위의 책, 240-265쪽.

다는 것은 어떤 동일한 상태가 오랫동안 길게 연속된다는 것을 의미한다. 이것을 음악적 '현재성' 혹은 '현재의 폭'27)이라 한다면 정악처럼 속도가 느린 음악은 현재의 폭을 최대한 확장하고자 한다는 특징을 지니게 되며, 그로 인해 변화 없는 반복이 지속되는 느낌을 준다. 이같은 상태는 내적 흐름을 靜的인 것으로 만들어 존재에 대한 깊이있는 성찰이라 할 靜觀的 사유를 가능케 하는 것이다. 변화가 없다는 것은 어떤 동일한 상태가 지속되는 것이고 이것을 환원하면 새로운 내용의 첨가 및 발전적 전개가 결여됨을 의미한다. 새로운 내용, 새로운 정보, 새로운 자극이 주체에 계속 가해지면 거기에 대응하여 미를 감득하는 주체의 정신작용의 움직임이 빨라지게 되고 감정이 고조·흥분되는 것이다. 따라서 엄격한 동일성과 형식적 절제를 강조하는 유교적 예악사상에 침윤된 궁중음악의 경우 변화가 없고 속도가 느리고 깊고 엄숙한 미감을 야기하는 대신, 자유분방한 정서의 표현에서 오는 역동감, 생명감은 결여된 것으로 감지되는 것이다. 드라마틱한 변화에서 오는 생명감, '흥'의 미감은 시나위나 판소리, 산조, 농악 등에서 그 진수를 맛볼 수 있다.

또 한 가지 음악에서 無心의 미를 창출하는 요소로서 '終結'의 특징을 지적하지 않을 수 없다. 서양의 음악과는 달리 국악의 종결은 완결이나 성취의 의미가 아닌 '中止'의 의미를 지니는 경향이 있음이 지적되고 있다.28) 서양음악의 관점에서 보면 '미완성' '미완결'로도 이해될 수 있는 국악의 종지형태는, 새로운 시작 다른 세계로의 진입을 의미한다. 산수화에서 여백으로 처리된 소점이 무한의 공간, 인간적 감각과 사유를 넘어서 있는 보편적 실재의 공간으로 연결되는 것과 같은 의미를 지니는 것이다. 이것은 無心의 미를 이해하는 데 중요한 관건이 된다. 무심의 미는 닫혀진 틀, 유한한 세계에 갇힌 의식상태에서 형성되는 미의식이 아니라, 개방된 의식, 이질성과 다

---

27) 같은 책, 211-215쪽.
28) 시조 종장 끝구를 생략하는 것은 그 대표적 예라고 할 수 있다. 같은 책, 253쪽.

양성의 초월적 포용을 특징으로 하기 때문이다.

이같은 표현정지적 양상,[29] 未完的 종결의 양상은 무심의 미가 체현된 문학작품에서 어렵지 않게 발견된다. '構造'란 보통 완결을 이룬 전체 혹은 닫혀진 체계를 대상으로 할 때 성립되는 개념인데, 무심의 미를 체현하고 있는 시들을 보면 시적 대상이 되고 있는 우주만물의 있는 그대로의 모습이 묘사될 뿐 특별히 하나의 초점을 향해 의미화를 의도하지 않는 것을 보게 된다. 이미지의 나열이나 제시만으로 시가 이루어질 수 있음을 보여 주는 것이다. 닫힌 체계의 표상인 '종결'의 징표를 특별히 요구하지 않고, 나아가 구조의 폐쇄성, 일원적 의미로의 초점의 집중을 넘어서려는 데서 무심의 미의 표현적 특색을 찾을 수 있는 것이다.

4. '춤'의 경우

춤이란 동작을 표현단위로 해서 성립되는 예술인 만큼, 이 경우도 음악과 마찬가지로 속도가 느리고 움직임의 폭이 작고 靜的이며 동작의 변화가 적고 단순한 춤형태가 '無心'의 미를 표출해 내는 데 더 적합한 표현이라고 할 수 있다. 따라서 춤의 경우도, 탈춤이나 강강수월래처럼 흥겨운 장단에 맞춰 드라마틱하게 전개되는 민속춤보다는 종묘의례와 같은 의식에 사용되는 궁중무용이나 佾舞[30] 즉 상층 집단에서 향유되는 춤형태가 無心의 미와 친연성을 지닌다.

---

29) 表現停止란 말은 일본의 미학자 金原省吾가 동양의 예술기법의 특징으로 지적한 것으로 표현을 완전히 중단해 버린 것을 의미하는 것이 아니라, 형상으로 표현되지 않고 감각으로 포착될 수 없는 有의 이면의 것, 즉 無의 세계를 표현하는 것을 말한다. 金原省吾, 앞의 책, 50-53쪽.

30) '일무'란 宗廟祭禮나 文廟祭禮(文廟는 공자의 廟)의 행사에서 추어지는 文舞로서 武人의 춤인 武舞와 구분된다. 張師勛, 『韓國舞踊槪論』(大光文化社, 1984), 230-232쪽.

보통 呈才는 민속춤과 대비되는 궁중무용을 말하는데, 정재의 특징으로서 담담하고 유유한 장단의 흐름과 함께 춤가락이 우아하고 선이 고와 현실을 초연한 것처럼 신비스러운 멋을 준다는 것, 동양화에서 보는 것과 같은 여백의 미가 있는데 이것이 보는 사람으로 하여금 사고력과 유현미를 감지시킨다는 것, 감정이나 개성적인 표현이 절제된다는 점[31] 등이 거론된다.

춤에서 단일한 개체운동의 춤사위를 '動作素'라 하는데[32] 동작소의 수가 적다든가 춤사위의 형식이 정제되어 있다든가 하는 것은 움직임이 적다는 것 즉 표현되는 내용이 적고 수식이 적다는 것을 의미한다. 따라서 '자아개입'의 정도가 작아지고 개성적인 표현이 절제되는 미적 효과를 낳는다. 예를 들어 '佾舞'는 두 손을 가슴에 댔다 뗐다 한다든가 팔 다리를 위 아래로 들어 올렸다 내렸다 하는 등 극히 간단하고 단순하고 느린 동작으로 이루어지는데, 이같은 표현적 특징은 일무를 자아개입이 가장 작은 춤 형태, 개성의 발현이 가장 억제되는 춤 형태로 규정하게 하는 1차적 요인이 된다.

또한 춤을 출 때의 움직임의 질과 양을 생각해 볼 때,[33] 탈춤과 같이 춤폭이나 운동량이 크고 동작소도 다양하고 변화있게 구성된 춤 형태는 '動的'인 미감을 창출하는 반면, 정재나 일무처럼 춤사위가 극히 형식화되거나 춤동작이 제한된 경우는 '靜的'인 미감을 창출할 것은 당연한 이치이다. 따라서 후자의 경우는 내면과 외면, 긴장과 이완이 조화를 이루어 정신상태의 내적 흐름을 관조하는 미적 효과를 낳는 것이다.

한편 동작의 강약이나 경중에 따라 고려해 볼 때, 가볍고 약한 움직임은 긴장이 이완되었을 때 발로되는 현상으로 이런 춤사위는 경쾌하고 발랄한 느낌을 야기한다. 반면, 동작이 무거우면 중량감이 있고 장엄한 느낌을 야기

---

31) 같은 책, 25-26쪽.
32) 鄭昞浩, 『韓國의 民俗춤』(삼성출판사, 1992), 175쪽.
33) 움직임의 양과 질, 强弱, 그리고 그로 인한 심리적 효과에 대해서는 정병호, 위의 책, 174쪽.

한다. 속도가 느린 춤의 경우는 대체로 동작이 무겁게 표현되는 양상으로 전개되는 경향이 있다.

또한 춤사위의 패턴이 비교적 전형화되어 있는 궁중무용, 일무는 즉흥적이고 자유분방한 정서의 발산이 어려운 반면, 자아의 주관성을 개입시키지 않고 무념무상의 심적 상태에서 '無心'의 미를 표출하는 데는 매우 효과적인 형태라고 할 수 있다. 개성의 표현으로서의 춤사위가 아니라, 개성의 放棄로서의 춤사위가 되는 셈이다. 이로 볼 때 민속악이 '흥'의 미에, 정악이 '무심'의 미에 친연성을 지니는 것과 마찬가지의 양상이, 민속춤과 궁중무용·일무의 관계에서도 형성되는 것이다.

동작소의 수가 적다든가 동작의 폭이 작다든가 하는 것은 변화가 작다는 것을 의미하며 하나의 동작이 지속되는 시간이 길다는 것을 뜻하기도 한다. 따라서 하나의 동작에서 다른 동작으로 옮겨가기까지에는 아무런 표현도 하지 않는 동작의 정지상태, 동작사이의 빈틈·여백이 존재하게 된다. 이 동작의 여백은 단순한 '멈춤'이나 '정지'의 상태가 아니라, 다양한 변화를 하나의 흐름으로 포괄하고 개별성을 초월하는 데서 오는 내면의 조화상태를 의미하는 것이다. 그리하여 그 순간은 자아의 주관성의 산물인 물/아, 주/객, 외면/내면, 유/무의 대립의식이 止揚되고 忘我, 無心의 상태에 들게 되는 것이다. 즉, 아무런 동작도 하지 않는, 동작이 멈추는 '無爲의 공간', 동작과 동작 사이의 틈은 단순한 '虛'가 아니라 '가득 채워진' 공간이 되는 것이다. 그리하여, 회화에서의 여백의 미처럼 '無我'의 형이상학적 깊이를 지향하는 '無心'의 공간을 창출하게 된다.

5. '無心'의 미의 표현적 특색

지금까지 각 예술장르에서 無心의 미가 어떻게 발현될 수 있는지 살펴

보았다. 표현수단이나 연행의 방식은 다르다 해도 거기에는 공통적인 표현상의 특색이 있음을 감지할 수 있고 그것이 無心의 미의 특징 나아가서는 동아시아의 예술적 특징의 일면을 파악하는 실마리가 된다.

첫째로 지적할 수 있는 것은, 말·소리·색·동작 등을 각 예술의 표현수단이라 할 때 무심의 미는 그 표현단위의 量이 적은 것을 특징으로 한다. 문학작품의 경우 많은 말로 설명하기보다는 선명한 이미지 제시를 통해 함축적·암시적으로 표현하는 것을 볼 수 있으며, 음악의 경우도 음이나 노랫말을 빽빽히 배치한다거나 장식음을 많이 사용하는 경우 無心의 미를 감지하기 어렵다는 것을 살펴 본 바 있다. 그림에서도 역시 墨色 한 가지로 온갖 만물의 다양성을 표현해 내며, 춤동작도 무심의 미를 본질로 하는 경우 동작소의 수가 적고 번거롭지 않음을 살펴 보았다.

표현단위의 양이 적다는 것은 곧 표현에 담겨지는 내용, 정보의 양이 적다는 것을 의미한다. 무엇인가의 내용을 많이 '전달'하고 '표현'하고자 하는 예술적 의욕과 무심의 미는 본질적으로 거리가 멀다고 할 수 있다. 무심의 미는 오히려 외면으로 드러난 다양한 형상 그 이면의 것, 모든 비본질적인 것을 덜어내고 제거한 뒤 가장 최후까지 남는 '하나'를 포착하고자 하는 지향성의 산물이다. 大音希聲, 大象無形, 玄化無言, 無言의 言, 不立文字와 같은 예술기법은 바로 번거로운 표현의 절차를 거부하는 태도를 반영하며 無心의 미는 이를 통해 창출되는 것이다.

따라서, 무심의 미가 체현된 예술작품은 리얼리티의 측면에서 볼 때 '非寫實的'이거나 사실성이 결여된 표현을 취하는 경우가 많음을 두 번째로 지적할 수 있다. 그리하여 때로는 사물의 전체 모습이 아니라 일부만을 떼어낸 것과 같은 斷片的 표현으로 드러나는 경우도 적지 않다. '寫實的'이라고 하는 것이 어떤 대상의 형상을 실제에 가깝게 그려내고자 하는 태도를 말한다고 할 때, 외면으로 드러나는 모습보다 그 이면의 본질적인 것을 포착하는 지향성을 반영하는 무심의 미적 표현이 비사실적인 경향을 취하는 것은 자연스런 결과라 하겠다.

셋째, 무심의 미는 우주만물의 존재에 대한 형이상학적 사유의 깊이를 전제로 해서 성립되는 미의식이다. 이때 이같은 사유의 깊이를 유도하는 것은 '變化'가 없거나 크지 않은 표현들이다. 우리는 감각작용을 통해서 변화를 감지하는데, 변화가 크다는 것은 그 변화로 인한 자극이 '즉각적' '직접적'으로 주체에 작용함을 의미한다. 그러므로, 느린 속도라든가 동일한 상태를 지속시키는 현재성의 최대한 확장한다든가 선율의 높낮이의 폭을 작게 한다든가 하여 변화를 야기하는 대상으로 인해 주체에 가해지는 자극이나 영향력을 최소화함으로써 내적 靜觀의 세계로 몰입해 갈 수 있게 되는 것이다. 사물에 대한 靜觀的 투시는 주체의 주관적 판단이나 개아성, 희로애락의 감정 등을 개입시키지 않고 존재의 본질과 실상을 직시하는 사물관조태도이다. 이것이 바로 無心의 미를 체험하는 순간의 심적 상태인 것이다.

넷째, 무심의 미는 인식주체의 퇴각 내지는 소멸, 망각을 의미하는 표현들과 깊은 관련을 지닌다. 무심의 미적 체험에는 자아의 개별적 차별성을 넘어서서 도달하는 망아·무아의 심적 상태가 요구되므로 문학작품이라든가 춤, 회화 등에서 개성을 자유롭게 표출하는 표현보다는 자아의 개입을 배제하고 개성을 절제하는 표현형태를 취하게 되는 것이다. '無心'의 미에 기반으로 하는 작품들에서 '자연'이 주된 소재가 되는 것도 이와 무관하지 않다. 자아를 자연의 일부로 인식하고 그에 용해되어 들어가 개체로서의 자의식이 최소화되는 상태를 표현했을 때 바로 無心의 미가 창출될 수 있기 때문이다.

다섯 째, 무심의 미는 '未完의 構造'로 표현될 수 있다. 무심의 미는 인식의 틀 안에서 파악되는 개체에 대한 관심의 산물이 아니라, 틀 저 너머에 있는 무한의 초월적 실재에 대한 관심의 소산이다. 첨언하자면, 표면의 형상을 통해 드러나는 '有'의 세계보다, 다양한 개별상을 파생시키는 근원으로서의 이면의 無의 세계에 대한 관심, 사물의 본질에 대한 지향성이 반영된 미의식인 것이다. 이같은 무한의 존재는 대상적으로 완결된 형태, 꽉 짜여진 틀로 포착될 수 없는 성격의 것이다. 따라서, 이를 표현하려는 관심은 예술 작품 속에서 틀을 거부하는 형태, 중지적 의미를 지니는 종결형태, 여백이라든가 나열형태-종결의 징표를 결여한-와 같은 개방화된 구조를 취하는 쪽으로 나아갈 수 있는 것이다.

여섯 째, 무심의 미는 어떤 표현을 통해 무엇인가를 전달하고 의미화하는 의미작용의 산물이 아니다. 어떤 것에 의미를 부여한다는 것은, 그것 아닌 것과 '구별'하고 '차별화'하는 행위이다. 즉, 분별의식의 소산이요, 한계지음이요, 틀 안에 집어넣는 행위이다. 의미화란 무한을 유한화하는 작용이다. 무심의 세계는 이같은 분별의식, 대립의식을 초월하고자 하는 심적 지향성을 통해 경험되는 세계이다. 그럼으로써 언어나 기호를 통한 의미화의 세계로 얽어맬 수 없는 초언어, 초의미의 무한한 세계를 머금는 것이 바로 '무심'의 미적 체험인 것이다.

이런 점에서 볼 때, 대상에서 환기되는 감각적 즐거움-아름다운 경관·음악·미색·술·吟詩 등-외형으로 드러나는 생의 발랄하고 밝고 양성적인 측면에 의미를 부여하고 그것을 충분히 자각·음미하는 데서 파생되는 미의식인 '흥'의 미가 '의미화'의 산물이라면, 무심의 미는 '脫의미화'의 산물이라 해도 큰 과오는 없을 것이다.

Ⅲ. 예술담당층에 따른 '無心'의 전개

'예술담당층'이란 창작행위주체인 예술가뿐만 아니라 예술작품을 수용하고 향수하는 존재, 나아가 심적·물적 지원을 행하는 패트런까지를 포괄하는 개념이다. '風流'를 서양의 예술 개념에 상응하는 한자문화권의 개념으로 이해한다면, 동아시아적 예술담당층은 '풍류인'이라는 말로 나타낼 수 있을 것이다.

'흥' '무심' '한'의 미는 전시대 전계층에 걸쳐 두루 향유될 수 있고 체험될 수 있는 것이지만, 어떤 미는 특별히 어떤 계층과 더 밀접한 관련을 지닌다. '흥'의 미가 신분의 고하, 남녀노소에 관계없이 전 계층에 걸쳐 있고 특히 서민층을 기반으로 하는 민속예술에서 '흥'의 미감의 진수를 엿볼 수 있다는 점은 이미 지적한 바 있다. 이에 비해 무심의 미는, 상층문화를 형성하는 제 조건과 친연성을 지니며 상층계급이 향유하는 예술에서 그 본질적인 면이 발현되는 것을 보게 된다.

여기서 '상층'이라는 말은 무심의 미를 이해하는 데 주의를 요하는 말이다. 신분상의 상층이 곧 지식층이요, 권력상의 상층이요, 물질적인 면에서도 상층인 것이 우리 역사상의 현실이었지만, 무심의 미는 이 중 인식능력, 사유력을 갖추고 있는 지식상의 상층과 관계가 있다. 무심의 미의 특성은, 흥기하는 정서를 즉각적으로 발산하지 않고 이것을 여과하고 간접화하는 장치로서 '靜觀的 思惟'의 작용을 거쳐 창출된다는 점에서 찾을 수 있기 때문이다. 이런 능력을 갖춘 계층은 아무래도 지식층이라 할 수 있을 것이다. 그러나, 내방가사 작자들처럼 신분상의 상층이 반드시 지식층인 것은 아니며, 벼슬길에 나아가지 않은 은거자처럼 신분적으로 상층이 아닌 사람도 지식층일 수 있다. 그러므로 무심의 미는 권력상으로 지배계층인가 신분상으로 양반 사대부층인가 하는 점보다는 인식능력이 문제되는 지식층에 친연성을 지니는 것이다.

또한 집단보다는 개인적 단위에서 체험하게 되는 미의식이므로 집단예술과 무심의 미는 다소 거리가 있다. 예를 들어 상고대의 제천의식에서 치러지는 집단적 歌舞는 집단적 엑스터시를 수반하여 개인적 자의식이 상실되는 일종의 忘我狀態라는 점에서 '무심'의 심미체험 상태와 비슷하지만 兩者는 같은 테두리 안에 놓일 수 없는 것이다. 전자의 無我狀態는 집단 속에 자의식이 매몰되는 것으로 개인의 인식적 사유성이 내포되지 않은 상태인 반면, 후자의 경우는 인식과 사유작용을 통해 자아의 개별성을 넘어서는 데서 오는 초월적 비약으로서의 無我狀態라는 점에서 차이를 보이기 때문이다. 또한 전자는 자아가 집단적 신내림 상태에서 피동적으로 점유되는 것이요, 후자는 능동적 관조의 소산이라는 점에서도 구별된다.

이로 볼 때, 僧家의 시인 禪詩, 궁중무용, 정악 등에서 무심의 미의 진수를 엿볼 수 있는 반면, 판소리나 탈춤, 동물춤, 농악, 시나위, 민요 등은 무심의 미와 거리가 멀다고 하는 것도 바로 예술담당층의 성격과 깊은 관련이 있음이 드러난다. 물론, 민요나 잡가에서도 '무심'이라는 말이 쓰이지 않는 것은 아니지만, 이 경우 무심에 담긴 哲理性은 삭제되고 '無情함'이라는 의미로 변질되는 양상을 보인다. 시조의 경우도 사설시조에서의 '무심'은 漢詩나 평시조에서의 무심과는 성격이 다르다. 평시조의 경우는 禪詩나 禪趣詩, 기타 哲理性을 함축하고 있는 시와 같은 성격의 '무심' 용례가 적지 않은 반면, 사설시조에서는 거의 찾아보기 어렵다.

이것은 그림의 경우도 마찬가지이다. 張彦遠은 그림을 그리는 것은 形似보다 사물의 骨氣를 포착하고 物我兩忘, 妙悟自然의 경지에 이르러 현묘한 변화를 포착하는 것이 가장 우선적이고 중요하므로 회화 특히 수묵산수화는 俗人의 道와는 거리가 멀고 高人, 逸士, 文人 등 상류계층만이 가능하다고 하였다.34) 수묵산수화를 文人畵로 일컫는 것도 같은 맥락에서 이해할 수 있다. '無心'의 미는 지식층 가운데서도 잠정적이든 영구적이든, 자의든 타의든 권력이나 부 등 세속적 가치의 중심으로부터 벗어나 있는 계층에게 더 밀착된 미의식이다. 그것은 '無心'의 미가 어느 정도 현실유리, 세속적 가치에 물들지 않은 脫俗的이고 초연한 인격적 기풍을 함축하고 있기 때문이다.

---

34) 최병식, 앞의 책, 161쪽.

IV. 시대적 흐름에 따른 '無心'의 전개

한국적 미의식이 시대의 흐름에 따라 어떤 양상으로 전개되는가를 살핌에 있어, 왕조나 연대에 따라 시대분절을 하는 것은 별로 효과적이지 않다고 보아, 지배적인 시대이념(혹은 시대정신)에 의해 살피는 것이 타당함을 앞에서 언급하였다. 우리 역사상 불교·유교·도교가 각각 시대적 부침을 계속하며 이어져 왔지만 가장 뿌리깊게 그리고 영향력있게 우리의 삶을 지배해 온 것은 '儒家思想'이라 해도 과언이 아닌 만큼, 유가사상이 통치이념 혹은 지배이념으로서 시대의 전면에 부각되느냐에 따라 '유교이념 이전시대' '유교이념시대' '유교이념 이후시대'로 나누어 살펴 왔던 것이다.

'儒敎理念 以前時代'는 불교, 도교, 유교가 조화를 이루면서 병존하던 시기로 상고대, 고려조까지가 해당된다. 이 시기는 어느 특별한 이념이 시대 전반의 제 현상을 지배하는 절대적 가치로 부각되지 않는다는 특징을 지닌다. 이 시기 상고대의 집단적 신비체험은 앞서 언급한 대로 무심의 미적 체험과는 구분되어야 하며, '흥'의 범주에서 이해되어야 한다. 鄕歌라든가, 이 시대의 대표적 풍류인이라 할 수 있는 물계자, 월명, 원효, 광덕, 솔거, 왕산악 등의 풍류상을 살펴보면 무심의 미로 포괄될 수 있는 전형적인 특징들이 발견된다. 이들은 모두 사회공동체를 떠나 세속적 가치를 초월하여 자연 속에 은거하면서 靜觀的 수행을 통해 자아의 개별성을 초극하는 物我兩忘의 경지, 忘我의 경지에 이른 사람들이다. 무심의 미적 체험에 달관한 사람들인 것이다. 이들이 체험하는 무심의 경지는 儒家的 中和의 원리나 윤리성에 침윤되지 않았다는 점, 巫的 경향의 신비체험적 요소가 강하다는 점에서 유교이념시대의 그것과는 차이를 보인다.

사상적 배경을 전제했건 아니면 단순히 시어로서이건 간에 '무심'이라는 말이 우리 시문학에 활발히 사용되기 시작한 것도 이 유교이념 이전시대,

그 중에서도 高麗時代부터이다. 중국에서 禪學의 황금기인 唐宋代가 詩와 詩學의 황금기이기도 했던 것처럼 고려시대 역시 禪과 詩가 모두 융성한 시기로 평가된다.

선학의 홍성과 성리학의 수용, 선승과 儒學者層 詩人의 활발한 교류, 그리고 老莊學에의 지속적 관심 등으로 인해 이 시기의 시문학에는 정도의 차이는 있지만 道家・禪家・儒家의 배경이 혼용되어 있다고 할 수 있다. 그리고 이같은 배경에서 쓰여진 시문학 속의 '무심' 용례도, 특정의 어느 한 사상적 배경만을 전제로 하기보다는 이 셋이 복합된 의미를 지닌다고 보는 것이 타당하다.

예컨대 고려 후기에는 宋代 濂洛風의 영향을 받은 시창작이 활발해지게 되는데35) 이 경향을 대표하는 鄭夢周, 李穡 등의 시에 '무심'이라는 말이 등장한다 해서 이것이 꼭 성리학적 心論에 근거한 것이라고 말할 수는 없는 것이다. 우리나라 시문학에 쓰이는 '무심'이라는 말은 어느 한 사상적 배경을 전제로 하는 특별한 경우도 있지만, 대개는 도가・선가・이학적 배경이 종합 내지 혼융된 것으로 보는 것이 타당할 듯하다.

'儒敎理念時代'는 사회・문화・정치 전반에 걸쳐 儒敎 혹은 儒家的 理念이 절대적이고 지배적인 가치관을 형성하면서 시대를 주도한다는 특징을 지닌다. 禮樂을 비롯한 風流現象 전반에도 美를 善과 동일시하고 中化와 조화를 강조하는 유교적 美觀이 깊이 침투하여 예술의 절대적 가치기준이 되고 있음을 본다. 예술을 평가・감상함에 있어 내면적 품성이 강조되고, 따라서 이 시기의 예술에 체현되어 있는 '無心'의 개념 역시 윤리성, 도덕성이 가미된 것으로서 이해해야 한다. 孔子가 시를 통해 청정한 내면성을 배양한다는 의미로 사용한 '思無邪'라는 개념은 바로 유가적 美觀, 유가적 가치관이 가미된 '無心'의 상태를 의미하는 것으로 이해해도 큰 과오는 없을 것이다.

---

35) 고려말 濂洛風의 대두에 대해서는 卞鍾鉉, 『高麗朝 漢詩研究』(太學社, 1994, 230-257쪽)에서 자세히 다루었다.

문학, 그림, 음악 등 여러 풍류현상을 통해 무심의 미가 가장 활짝 꽃피워진 시기는 바로 이 유교이념시대라고 하겠는데, 그것은 무심의 미의 본질과 이 시대의 시대정신이 유사한 기반 위에 구축되어 있기 때문이라고 생각된다. 즉, 개별성을 초극하는 데 중점이 두어지건-무심의 미-, 개성을 인정치 않고 개체를 전체 속에 종속시키는 데 중점이 두어지건-이 시기의 시대이념-간에 양자는 결과적으로 '전체주의' '보편주의'의 양상을 띤다는 점에서 同質的이라 할 수 있다. 또한, 대립상을 '초월'하고자 하는 형이상학적 사유의 반영을 의미하건-무심의 미-, 자아나 개체의 '절제'라는 의미를 강조하건-이 시기의 시대이념-간에 양자는 內面的 調和를 지향한다는 점에서도 공통성을 보인다. 이런 점들을 감안할 때, 이 시기는 '無心'의 미라고 하는 꽃이 개화하는 데에 적절한 시대적·문화적 토양과 양분을 얻은 것으로 비유될 수 있을 것이다.

'儒敎理念 以後時代'는 유교의 영향력이 소멸한 시대라는 의미가 아니라, 유교가 정치·문화·사회 전반을 주도하는 '절대적'이고 '유일한' 가치관으로 영향력을 행사할 수 없게 된 시대적 상황을 의미하는 말이다. 이 시기는 다양한 가치기준이 동시에 수용될 수 있는 토양이 마련되는 시기로 임진·병자 양란 이후 조선조 후기가 이에 해당한다. 가치가 다원화되는 시대적 분위기는, 서민의식의 개화, 실학사상의 발흥, 서구문명과의 접촉, 개화사상, 근대화의 물결로 이어지는 일련의 시대상과 맞물려 유교이념 이후시대를 특징짓는다. 가치가 다원화된다는 것은 여러 입장의 목소리가 각자의 주장을 펴기 시작한다는 것을 의미하며, 나아가 전체 보편적 가치 속에 매몰되어 있던 개체의 개별성이 발휘되면서 사회 전면에 서서히 부각되는 것을 의미한다. 이같은 개인으로의 관심의 집중은 그 개인이 속한 현실에의 관심을 불러일으키고, 理念의 추상성보다는 現實의 구체성에 시선을 돌리게 하는 양상을 낳았다.

이 시기 예술문화의 변화로서 흔히 지적되는 것들-예술담당층이 서민층으로 확대되고, 觀念山水의 기풍에서 벗어나 實景山水가 성행하고 풍속화가 성행하게 되며 음악면에서도 민속악이 활성화되는 점, 그리고 문학에서도 현실에 대한 관심은 현실의 부조리를 비판하고 개선하려는 시가 산출된다는 점, 민중의 삶을 시의 소재로 하는 경향이 두드러진다는 점 등-도 역시 이같은 시대상에 부응하여 야기되는 현상이라고 할 수 있을 것이다.

이런 점에서 볼 때, 근시안적으로 현실을 바라보기보다는 현실이라는 틀 너머의 형이상학적 실재로 시선을 향하고 개아성을 넘어서고자 하는 지향성을 반영하며, 따라서 어느 정도 현실에 유리된 脫俗感을 특징으로 하는 무심의 미는 이러한 시대적 분위기와 일치되지 않는 점을 드러낸다고 할 수 있다. 이 시기는 여러 면에서 무심의 미의 본질과는 무늬와 빛깔과 결을 달리하는 시대일 수밖에 없다. 즉, 무심의 미가 제 예술에서 활짝 발현되기에는 별로 적합치 않은 시대적 분위기였다고 할 수 있는 것이다.

단적인 예로 유교이념 이전시대나 유교이념시대의 언술 가운데 '무심'이라는 말의 '無'는 단지 '有'에 대립되는 '없음' '빔'의 의미가 아니라 현상적인 유무의 대립을 벗어난 변증법적 통합으로서의 '무'개념이었다. 그런데, 이 시기에 들어오면 '有'의 대립 개념으로 변질·축소되어 가는 양상을 보게 된다. 예를 들어 가사라든가 잡가 등의 시에서 '무심하다'는 것은 '정이 없는 것(無情한 것)' '냉정한 것'으로 의미화되는 것이다. 이런 현상은, 시대적 분위기가 주관적 정서나 개성, 주체의 입장을 절제하지 않고 감정을 자유롭게 분출하려는 쪽으로 나아가고 있음을 반영한다.

이런 사실들을 종합해 보면 유교이념 이후시대의 시대상황 및 그 시대상황 속서 창출된 제 풍류현상들은 무심의 미가 시대를 대표하는 미의식으로 개화하는 충분한 여건이 되지 못했음을 알 수 있다.

4章   中國·日本의 '無心'계
미유형과의 비교

Ⅰ. 중국의 '無心'계 미유형

主客一如의 양상은 한·중·일 시문학에서 모두 최고의 시적 경지로 여겨져 왔다. 그런 만큼, 이를 골자로 하는 다양한 시품, 평어 등이 제시되어 왔다. 그러나, '무심'은 詩語로서는 많이 사용되었지만, 미학용어로 정착·보편화되지는 않았다. 지금까지 살펴 본 '무심'의 내포적 의미, 미적 특질을 고려하여 중국에서 古來로부터 보편적으로 사용된 미학용어-體, 詩品, 風格, 기타 評語 등-와 비교해 본다면 '무심'의 미적 특성이 더욱 뚜렷하게 부각될 수 있을 것이다.

중국의 미학용어들 중에는 '遠奧', '高古', '高逸', '神悟', '齋心' 등 '무심'과 유사한 것들이 많은데 그 중에서도 '淡'(平淡·沖淡·古淡 등)과 司空圖 24시품 중의 '超詣', 그리고 劉勰에 의해 창작의 기본으로 제시된 '虛靜'이 '無心'의 미적 내용에 가장 근접한 것으로 여겨져 이를 중심으로 '無心'과 비교를 해 보고자 한다.

1. '平淡' '沖淡'과 '無心'

'淡'을 중핵으로 하는 미학용어로는 '平淡', '沖淡', '古淡' 등이 있다. 먼저, 鍾嶸의『詩品』의 경우 '淡'이라는 말은 노장적 색채가 강하게 배어 있다.

> 永嘉時貴黃老稍尙虛談 於是篇什 理過其辭 淡乎寡味. (永嘉 때에는 黃老를 귀히 여겨 점점 虛談을 숭상하게 되었다. 이에 시편들은 이론이 그 언어표현에 지나쳐서 淡泊하고 맛이 적다.)　　　　　　　　-『詩品』序-

이 말은 도가적 淡泊함에 지배되어 문학적 풍미가 결여된 것을 가리킨다. 여기서 '虛談'은 玄學의 형이상학적 담론 즉 '淸談'을 말하는 것이며, '淡'은 노자『도덕경』35장에 근거한 도가적 개념이다.[1] 이로 볼 때 '淡'이라는 말이 포괄하는 내용은, '辭'의 요소 즉 문학적 풍미의 풍부함과 對를 이루는 것임을 알 수 있다. '無味'로서의 '平淡'의 개념은 竹林七賢 중의 한 사람인 阮籍의 글에서도 찾아볼 수 있다. 그는 「樂論」에서 "乾坤簡易 故雅樂不煩 道德平淡 故無聲無味(乾坤은 간명·단순하므로 雅樂은 번거롭지 않고, 道와 德은 平易·淡泊하므로 소리도 없고 맛도 없다)"고 하였는데 이 역시 도가적 '淡'의 의미를 그대로 이어받은 것임을 알 수 있다.

'淡'에 대한 종영의 시각은 中品 郭璞의 시에 대하여 '永嘉平淡之體'라 하고 "但遊仙之作辭多慷慨乖遠玄宗(다만 郭璞의 <遊仙詩>는 언어표현에 慷慨함이 많아 도가의 기풍에 어그러지고 그로부터 멀어졌다)"고 한 데서 더욱 분명하게 드러난다. 여기서도 '辭'라는 말이 나오는데 序의 인용에서처럼 언어표현 즉 문학적 측면을 말하며, '언어표현이 慷慨한 것은 도가적 기풍에 어그러지는 것'이라고 한 것으로부터 '언어표현의 강개성'이 '淡'과 대

---

1) "樂與餌過客止 道之出口 淡乎其無味."(『道德經』35장) 이에 대해서는 「무심의 의미체계」에서 자세히 언급하였다.

응되는 것임을 간접적으로 말하고 있다. 郭璞의 이 작품은 일반 '遊仙詩'와 마찬가지로 마음을 仙境에 노닐게 함으로써 世俗의 일을 초월하고자 하는 심회를 표현하였다. 현실의 일을 말할 때는 慷慨의 어조가 강하게 드러나 있는 것이 사실이다. 한편, 劉勰은 郭璞의 시세계를 '艷逸'로 평하고 <遊仙詩>에 대해서는 "飄飄而凌雲矣(가볍게 나부껴 구름 위를 날아오르는 것 같다)"고 하였는데,2) 이처럼 그의 <유선시>는 慷慨만이 아니라 艷逸·飄逸의 면모도 지니고 있다.

'慷慨'는 '분하게 여겨 한탄하고 슬퍼한다'는 뜻으로 '陽剛之美'에 속하고 '艷逸'은 '곱고 俗을 벗어남', '飄逸'은 '경쾌하고 俗을 벗어남'의 뜻으로 '陰柔之美'에 가깝다. 어느 쪽이든 '中'을 벗어나 어느 한 쪽으로 기울어진 미이다. 맛으로 치자면 五味가 가해진 것이요, 색으로 치자면 '修飾', '彩飾'이 가해진 有彩色이다. 이에 반해 '淡'은 五味가 가해지지 않은 '無味', '素朴'의 상태이며, '無彩色'에 비유될 수 있다. 바꿔 말하면, 전자는 五慾七情의 풍부한 정감에 연유하는 것임에 반해, 후자는 이 감정들을 넘어선 것 즉 초감각의 세계, 五慾七情이 빚어내는 온갖 변화와 주관을 넘어선 超脫의 세계에 속한 것이라고 할 수 있다. 이처럼 無味를 본질로 하는 '無心' 계열의 미는, '滋味'를 본질로 하는 '홍' 계열의 美와는 크게 대조를 이룬다.

또 下品 孫綽과 許詢의 시에 대하여 "孫許彌善恬淡之詞(孫綽과 許詢은 恬淡의 말에 더욱 능하다)"라고 했을 때의 '恬淡' 역시 같은 범주에 속한다. '平淡', '恬淡'의 특징을 보이는 시인들을 中品 또는 下品으로 분류한 것으로 보아 鍾嶸은 老莊과 玄學에 뿌리를 둔 '淡'의 풍격을 그리 높게 평가하지는 않은 듯하다.

그러나, 司空圖는 鍾嶸과는 다른 시각에서 평가하고 있다. 그의 24시품에서 '淡'은 '沖淡'이라는 造語 형태로 표현되고 있다. 司空圖는 道家와 佛家

---

2) 劉勰, 『文心雕龍』「才略」篇

에 깊게 경도된 사람으로 그의 문학론에는 양자의 요소가 융합되어 있는 만큼, 도가·불가적 연원을 지니는 시품이 압도적으로 많다. 自然, 素野, 淸奇, 高古가 이에 해당하며 沖淡도 그 중 하나이다. 그가 말하고자 하는 '沖淡'의 참뜻은 4言 12句 중 끝 4구에 집약되어 있다고 생각된다.

> 遇之匪深 卽之愈希 脫有形似 握手已違. (얼핏 마주치면 깊지 않은 듯하고 그것에 나아가면 더욱 희미해진다. 혹 형체가 있는 듯하나 손으로 쥐면 이미 어그러진다.)

'沖'은 텅 비어 깊은 상태를 나타내는 글자인데, 단순히 비어 있음을 말하는 것이 아니라 텅 비어 더 많은 것을 담을 수 있는 상태임을 함축한다. 이때 가득 담기는 것은 우리의 感官으로 포착되는 '有'의 세계가 아니라 초감각인 '無' '道'의 세계이다. 그러므로 이 글자는 '充'의 반대어가 아니라 '가득 참'과 '빔'의 대립을 넘어선, 달리 말하면 이 상반된 의미를 동시적으로 함축하는 말로 이해할 수 있다. 老莊의 언술에서 이 글자는 '道'의 존재방식을 형용하는 말로 사용된다. 위에 인용한 네 句는 바로 이와 같은 '沖'의 내포적 의미를 부연설명한 것이다. 인용어구 중 3구와 4구는 對를 이루는데 그 경지가 때때로 '有'의 세계에 속하는 것처럼 보일지라도(3구), 感官으로써 포착하려고 하면 이미 그 본질에서 멀어지는 것(4구)임을 언급하고 있다. 그런데 이 서술어법에서 주목할 만한 것은 대립적으로 보이는 3구와 4구의 내용이 별개의 두 상태를 가리키는 것이 아니라, 양면성을 지닌 하나의 상태를 가리키고 있다는 사실이다. 즉, 형체가 잡힐 듯하면서도 막상 손으로 쥐려고 하면 잡히지 않는 상태를 말하고 있는 것이다. 있는 듯하면서도 없고, 없는 듯하면서도 있는 것은 바로 '道' '無'-有의 대립어가 아닌, 道의 별칭으로서의 無-의 존재양상이다. 이렇게 볼 때, 司空圖가 말하고 있는 '沖淡'은, '無心'의 미적 원리에 내포된 '補換의 원리'에 기초해 있다고 볼 수 있다(보환의 원리에 대해서는 「무심의 미적 원리」 참고).

宋의 葛立方은 陶潛과 謝朓의 시세계를 '平淡'으로 규정하고 이 경지는 후세 시인들의 경우처럼 깜짝 놀랄 만한 표현이나 언어의 조탁으로써는 얻어질 수 없다고 하면서 다음과 같이 '平淡'의 본질을 간명하게 서술하고 있다.[3]

大抵欲造平淡 當自組麗中來 落其華芬然後 可造平淡之境. (무릇 평담의 경지에 이르고자 한다면 곱게 짜여진 것으로부터 화려한 수식을 덜어내야만 하는 것이니 그런 후에야 평담의 경지에 이를 수 있는 것이다.)

平淡의 경지는 인위적인 彫琢이나 修飾으로써는 얻어질 수 없는 것임을 말하고 그같은 天然의 경지에 도달한 또 다른 예로서 이백의 시구를 예시하고 있다. 天然의 것이란 인위적 작용을 가하기 전의 본래적인 모습이라 할 수 있으므로, 맛으로 치자면 '淡', 五味가 가해지기 전의 無味의 상태에 비유될 수 있다. '淡'이나 '天然'을 강조한다는 것은, 결국 劃目彫琢이나 화려한 수식을 부정한다는 것을 의미한다. 彫琢이나 修飾은 인위적인 것이며, '無心'의 제 1의 미적 원리는 바로 이같은 인위적 작용을 부정하는 것이다.

'淡'은 이외에도 많은 사람들에 의해 詩品, 風格, 評語 등의 미학용어로 사용되어 왔다. 蘇軾은 氣象의 崢嶸함과 五色의 絢爛함의 極은 결국 '平淡'으로 귀결된다 하였고,[4] 謝榛은 시 評語로서 '濃'에 대응되는 의미로 '淡'을 쓰는 한편, 作詩에서 '古淡'이 중요하기는 하지만 富麗함 또한 없어서는 안될 요소라 하여 '濃'·'富麗'에 대응되는 의미로 '淡'을 사용했다.[5]

---

3) "陶潛謝朓詩 皆平淡有思致 非後來詩人怵心劃目彫琢者所爲也." 『韻語陽秋』卷一(『中國詩話總編』第二卷, 臺灣 : 商務印書館)
4) "大凡爲文 當使氣象崢嶸 五色絢爛 漸老漸熟 乃造平澹." 『竹坡詩話』(『中國美學思想彙編』·下, 臺北:成文出版社, 1983, 37쪽)
5) "律詩雖宜顔色 兩聯貴乎一濃一淡" "作詩雖貴古淡 而富麗不可無", 『四溟詩話』(『中國美學思想彙編』·下, 128쪽)

嚴羽도 梅聖兪의 시를 평하면서 '唐人의 平淡處를 배웠다(梅聖兪學唐人之
平淡處)'라 하였다. 또, 楊載는 시의 '六體'의 하나로서 '平淡'을 포함시켰
고,[6] 胡應麟은 杜甫의 시를 대상으로 시의 '壯'을 14가지 양상으로 분류하
였는데 이 중 하나로 '壯而古淡'을 제시하였다.[7]

袁宏道는 문학이론, 미학적 측면에서 '淡'을 강조하고 그것을 詩評에 사
용하고 있어 특별히 주목된다. 그는 소식이 도연명의 시를 극히 좋아하는
것은 그의 시가 '淡'하고 '適'하기 때문이라고 하면서,

> 凡物釀之得甘 炙之得苦 唯淡也不可造. 不可造 是文之眞性靈也. 濃者
> 不復薄 甘者不復辛 唯淡也無不可造. 無不可造 是文之眞變態也. (무릇
> 物은 걸러내면 단맛을 얻을 수 있고 불에 구우면 쓴 맛을 얻을 수 있으나
> 오직 담박한 맛은 인공적으로 얻어질 수 없다. 인공적으로 얻어질 수 없다
> 는 것은 곧 文의 참된 본질이다. 진한 것은 다시 엷은 것으로 돌아갈 수 없
> 고 단 것은 다시 매운 것으로 돌아갈 수 없으나 오직 담박한 것은 (그것을
> 가지고) 만들어 내지 못하는 것이 없다. 만들어내지 못하는 것이 없다는 것
> 은 바로 文의 참된 변화상이다.)[8]

라고 하였다. 이 구절의 핵심은 '淡은 인공적으로 얻어질 수 없지만 또 그
것을 가지고 만들어내지 못하는 것이 없다'는 역설의 논리에 있다. 이것은 1
章에서 언급한 '一이면서 多'인 '無'의 원리를 구체적으로 부연설명해 준
것이라고 하겠다.

이상 살펴본 '淡'은 중국의 미학용어 중 '無心'에 가장 근접한 것이라고
해도 크게 틀림이 없다고 생각한다. 그러나, 앞서 언급하였듯이 '淡'은 '無
心'이 내포하는 다양한 미적 특성 중의 어느 일부에 해당한다.

---

6) 『詩法家藪』(『歷代詩話』, 何文煥 撰, 中華書局, 1983, 726쪽)
7) 『詩藪』(『中國美學思想彙編』·下, 161쪽)
8) 『袁中郎集』(『中國美學思想彙編』·下, 171쪽)

2. '超詣'와 '無心'

'超詣'는 司空圖가 24시품 중의 하나로 제시했던 것이다.

> 匪神之靈 匪機之微 如將白雲 淸風與歸. 遠引若至 臨之已非 少有道契
> 終與俗違. 亂山喬木 碧苔芳暉 誦之思之 其聲愈希. (정신의 신령스러움도
> 아니고 樞機의 은미함도 아니다. 白雲을 거느리고 淸風과 함께 돌아가는
> 듯하다. 멀리 이끌려 경지에 이를 듯하나 다가가면 이미 그것이 아니다. 다
> 소 도에 합치함이 있는 듯하나 끝내 세속과는 어긋난다. 어지러운 산의 높
> 은 나무, 푸른 이끼 위의 향기로운 빛. 암송하고 생각하면 그 소리 더욱 희
> 미해진다.)

신령의 영역에 속하는 것은 아니지만, 그렇다고 理智의 자로 헤아리거나
感覺으로 포착할 수 없는 세계에 대하여 함축적이고 암시적인 표현으로 서
술하고 있다. 문학에서의 '白雲'과 '淸風'은 세속의 가치에 구속됨이 없는
'자유'의 상징물인데, 이 두 사물을 통해 그 세계를 다소 구체적으로 부연하
고 있다. 이어, '終與俗違'라는 표현을 통해 속세에 섞이지 않는 '脫俗'의
면모를 설명하고 있다. 끝 두 句에서 '誦'과 '思'는 사물의 현상을 判斷·
計較하는 分別作用을 말하는 것인데, 이런 작용은 그 세계에서 더 멀어지
게 하는 결과를 낳는다는 것으로 매듭을 짓고 있다. 이를 종합해 보면, 서술
의 대상이 되는 그 세계는 神靈의 범주에 속하는 것은 아니지만, 理智的
計較나 감각작용을 넘어선 것이며, 또한 세속의 기준에 얽매이지 않는 悠悠
함과 超脫에 이른 경지임을 말하고 있다. 여기서 설명되고 있는 그 세계는
바로 '超詣'의 경지로서, 機心을 잊은 상태 즉 忘機의 상태인 '無心'과 아
주 흡사함을 확인하게 된다.

3. '虛靜'과 '無心'

다음으로 살펴보고자 하는 것은 '虛靜'이다. 虛靜을 문학창작론의 관점에서 파악한 사람은 劉勰이다.

> 是以陶鈞文思 貴在虛靜 疎瀹五臟 澡雪精神 …중략… 此蓋馭文之首術 謀篇之大端. (그렇기 때문에 문학적 사색을 잘 다스리는 데 있어 그 귀함이 虛靜에 있는 것이니, 마음속을 깨끗이하고 정신을 맑게 씻어내야 하는 것이다. …중략… 이것이 바로 문장을 통어하는 첫 번째 방법이요 시편을 도모하는 큰 가닥인 것이다.)   -『文心雕龍』「神思」篇

여기서 '虛'나 '靜'은 마음의 티끌을 씻어내어 마음이 깨끗이 淨化된 상태를 가리킨다. 본서 「무심의 의미체계」에서는 道家的 의미의 '虛' '靜'에 대해서 언급하였는데, 여기서 유협이 말하는 '虛靜'은 道家나 佛家的 관점에서 이해될 수는 없다. 비록 유협이 최후에 승려로서 일생을 마감했지만, 『文心雕龍』은 儒家的 입장에서 쓰여진 것이기 때문이다. 여기서의 '虛靜'은, '無心'이 포괄하는 다양한 의미요소 중 '無邪' '無私'의 투명한 마음상태에 부합하는 것이라 하겠다.

'虛', '靜'은 두 글자가 합쳐져 사용되기도 하지만 한 글자씩 사용되는 경우도 많다. 唐의 僧 皎然은 『詩式』「辨體」19字 중 '靜'을 "非如松風不動 林狖未鳴 乃謂意中之靜."[9]이라고 설명하였는데 여기서 '靜' 역시 劉勰의 경우와 큰 차이가 없다고 생각된다.

蘇軾은 "欲令詩語妙 無厭空且靜. 靜故了群動 空故納萬境."[10]라 하였는

---

9) 소나무가 바람에 움직이지 않고 숲속의 원숭이가 울지 않는 것과 같은 류가 아니라 마음의 고요함을 말하는 것이다.
10) 시어가 묘함을 얻기를 원한다면 (마음이) 空하고 靜해지는 것을 꺼려서는 안된다. 靜하므로 뭇 움직임을 이해할 수 있고 空하므로 만 가지 경계를 받아들일 수 있다. 『蘇

데 여기서의 '空'이나 '靜'에 대한 설명은 앞의 경우보다는 더 깊은 의미를
지닌다. '空'은 '充'의 대립어가 아니라, '空'이면서-혹은 空이기에-만 가지 이
질적인 것들을 받아들여 채울 수 있다는 뜻이다. 그러므로 '充'이라는 대립요
소를 보충하여 치환한 중립적 개념인 것이다. 따라서, '空'에는 '가득참'의 대
립어로서의 '빔'이라고 하는 의미와 '充'의 의미가 동시적으로 내포되어 있다.
'靜'도 똑같은 논리가 성립된다. 이렇게 볼 때, 소식이 말하는 '空' '靜'은 앞
서 袁宏道의 '淡'과 그 내포적 의미가 같다고 하겠으며, '無心'의 미적 원리
중 '補換의 원리'를 부분적으로 공유하고 있다는 것을 알 수 있다.

4. '自然' '疎野'와 '無心'

앞서 司空圖의 24시품 중 '沖淡'과 '超詣'가 '無心'의 미적 내용과 아주
흡사함을 언급하였는데, 나머지 시품들 중에도 '無心'의 특성과 상당부분 일
치하는 것들이 눈에 많이 띤다. '自然', '疎野'가 그것이다. 이들은 모두 道
家的 색채를 띠는 시품이라 하겠는데, 老莊에 심취한 사공도의 사상적 경향
으로 볼 때 자연스런 결과라 할 수 있다.

먼저 司空圖는 '自然'에 대하여 끝 네 구에 "幽人空山 過雨采蘋 薄言
情晤 悠悠天鈞(隱者가 빈 산에서 비가 갠 뒤 물풀을 딴다. 말없이도 정으
로 만나니 유유하게 자연과 조화를 이룬다."라 하였는데 여기서 '天鈞'은
『莊子』「寓言」篇에 나오는 말이다.

> 非卮言日出 和以天倪 孰得其久. 萬物皆種也 以不同形相禪 是卒若環
> 莫得其倫是謂天均 天均者 天倪也. (일에 따라 매일같이 한 말들이 자연의
> 분계와 조화되지 않는다면 누가 오래 갈 수가 있겠는가? 만물은 모두 종류

東坡集·前集』卷10(『中國美學思想彙編』·下, 37쪽)

가 다르며 각기 다른 형체로서 무궁히 변화하는 것이다. 처음과 끝을 둥근 고리의 처음과 끝처럼 구분할 수 없고 그 이치는 터득할 수도 없는 것이다. 이것을 자연의 조화란 뜻에서 天均이라 부르는 것이다. 천균이란 자연의 分界에 합치되는 것이다.)

시품의 '釣'과 여기서의 '均'은 같은 뜻으로, 오지그릇을 만드는 데 쓰이는 바퀴 모양의 연장을 말하는데 이 바퀴를 회전시켜 갖가지 오지그릇을 자유로이 만들 수 있으므로 이로부터 만물의 조화를 나타내는 뜻으로 쓰이게 되었다. 이로 볼 때, '自然'은 유유하게 만물과 조화를 이루는 경지를 핵심 내용으로 하는 시품임이 드러난다. 道家的 언술에서 '隱'은 만물과 조화를 이루는 본래의 삶의 방식으로 돌아가는 것을 의미하며,11) 이에 비추어 볼 때 '空山에 사는 幽人'은 바로 隱의 생활방식을 실천하는 사람으로 이해할 수 있다.

또 '疎野'의 내용 중 "惟性所宅 眞取弗羈(오직 본성에 따라 처하여 천진하게 취하고 얽매이지 않는다)" "但知旦暮 不辨何時(단지 해 뜨고 지는 것만 알 뿐 어느 때인가는 가리려 하지 않는다)"와 같은 것은 '無心'에 내포된 '一의 원리'와 완전히 합치한다. 즉, 이것과 저것, 善과 惡, 아침과 저녁, 하늘과 땅 등과 같은 분별의 세계를 넘어서 있는, 혹은 이분법적 차별상이 파생되기 전의 '混然한 하나'의 세계로 돌아가는 것이 바로 '無心'의 경지이기 때문이다.

이외에도 '雄渾'의 "超以象外 得其環中(형상 밖에 초연하여 그 핵심을 얻는다)"나, '高古' 중의 "虛佇神素 脫然畦封(텅 빈 마음으로 본바탕을 바라보고 分界를 벗어난다)"라는 내용이 '무심'의 일면과 부합하지만, 전체적으로 '雄渾'은 '雄'에 초점이 두어져 있어, '無心'과는 미적으로 강조되는 내용이 다르다.

---

11) 이에 대해서는 「무심의 의미체계」 참고.

5. 기타: '遠奧' '高妙' '妙悟' '逸'과 '無心' 등

이상 살펴본 것들 외에도 劉勰이 『文心雕龍』에서 8體 중의 하나로 제시했던 '遠奧'(「體性」篇), 魏의 嵇康과 阮籍의 시세계를 표현하는 데 사용한 '淸峻'과 '遙深', 東晋의 문학적 경향을 설명하는 데 사용했던 '忘機'와 같은 評語(「明詩」篇)들도 '무심'의 특성과 어느 정도 공통점을 지닌다. 그는 '遠奧'에 대하여 "馥采典文 經理玄宗者也(문채가 향기롭고 문장에 품위와 법도가 있으며 道家의 심오한 哲理에 바탕을 둔다.)"고 하여, 儒家의 이치를 따르는 '典雅'와 대응시키고 있다. '忘機'는 '機心을 잊는다'는 뜻으로 역시 道家的 연원을 지닌 말이다. 이외에 '淸'이나 '深'도 '무심'의 세계의 어느 한 단면을 설명해 주는 용어가 될 수 있다.

또, 皎然의 「辨體」19字 중의 '逸(體格閑放)' '閒(情性疎野)' '遠(非謂淼淼望水 杳杳看山 乃謂意中之遠)', 嚴羽의 9品(『滄浪詩話』「詩辨」) 중 '高' '深' '遠'도 '무심'의 미적 내용에 포괄될 수 있다.

그리고 '妙'를 중심으로 한 '高妙' '淸妙' '神妙' '簡妙' '妙悟'와 같은 용어들도 '無心'의 미가 포괄하는 내용 중 어느 일부와 관련을 가진다. 理智로 헤아릴 수 없는 심오한 哲理를 '妙'로써 나타낼 수 있기 때문이다.[12]

姜夔는 시에 '理高妙' '意高妙' '想高妙' '自然高妙'의 네 가지가 있음을 언급하고 있다.

> 碍而實通 曰理高妙 出事意外 曰意高妙 寫出幽微 如淸潭見底 曰想高妙 非奇非怪 剝落文采 知其妙而不知其所以妙 曰自然高妙. (막힌 것이 실로 확 트이는 것이 이치의 고묘이고, 일이 생각밖으로 나가는 것이 생각의 고묘이다. 은미한 것까지 그려내어 맑은 연못 바닥을 보는 듯한 것이 想像의 고묘이고, 奇도 怪도 아니며 꾸밈을 벗겨내어 그 묘함은 알되 묘한 까닭을 알지 못하는 것이 自然의 고묘이다.)[13]

---

12) '妙'의 道家的 의미는 「무심의 의미체계」 참고.

無心과 妙는 이치나 현상의 '깊이'를 강조한 말이라는 점에서 공통적이지만, 妙는 '玄微함'의 '不可解性'에, 無心은 '深遠함'의 '無限界性'에 초점이 맞춰져 있어 차이를 드러낸다.

또, 王若虛는 "妙在形似之外 而非遺其形似"라 하여 感覺을 넘어서 있는 세계를 가리키는 말로 '妙'를 사용하기도 하였다.14) 여기서 '形似'란 감각세계로 포착할 수 있는 '有'의 세계를 말하는데, 이로 보아 여기서 쓰인 '妙'는 道家的 색채가 강하다고 하겠다. '無心'의 경지 역시 감각에 의한 분별의 세계를 넘어서 있는 상태이므로 '妙'의 요소를 그 안에 함유하고 있다고 할 수 있다. '高妙' '淸妙' '簡妙' 등은 書畵나 문장의 표현상의 미묘함을 평하는 말로 쓰이기도 한다.15)

한편, 嚴羽가 말하는 '妙悟'(『滄浪詩話』「詩辨」)는 高妙나 淸妙, 間妙 등과는 다소 성격이 다르다.

> 大抵禪道有在妙悟 詩道亦在妙悟. …중략… 惟悟乃爲當行 乃爲本色. 然悟有淺深有分限 有透徹之悟 有但得一知半解之悟. (무릇 禪의 이치는 묘오에 있고, 시의 이치 또한 묘오에 있다. …중략… 다만 깨달음이란 사물의 본질을 的確하게 끄집어 내는 것이고 또 본래의 맛을 아는 것이다. 그러나 깨달음에는 얕고 깊음과 한계가 있으니, 투철한 깨달음도 있고 반절만 이해한 깨달음도 있다.)

그는 禪道와 詩道를 같은 이치로 보고 '妙悟'라는 말로써 설명하였는데,

---

13) 姜夔, 『白石道人詩說』(『中國美學思想彙編』·下, 80쪽)
14) 『潭南詩話』(『歷代詩話續編』 및 中國美學思想彙編』·下, 93쪽)
15) 예를 들어 楊愼은 書畵를 評함에 있어 豊艶에 대응되는 표현으로 淸妙를 언급했고(『中國美學思想彙編』·下, 122쪽), 王若虛는 '詞固高妙'(『潭南詩話』卷二)라 하여 언어표현의 특징을 지적하는 말로 '高妙'를 사용했다. 또 宋의 魏慶之는 '造語簡妙' '筆力簡妙'(『校正 詩人玉屑』, 世界書局, 136쪽. 138쪽)라 하여 표현의 묘함을 나타내는 말로 사용하였다.

이 말은 '妙'보다는 '悟'에 중점이 두어져 그 禪家的 연원이 강조되고 있으므로, '無心'과는 그 전체적인 방향이 다르다.

이외에 '逸'을 중심으로 한 詩品·畵品, 袁枚의 '空行' '齋心'(『續詩品』), '自得'[16] 등도 '無心'의 미적 내용과 관련이 있다. 이 중 '무심'에 가장 근접해 있는 것은 黃休復이 最上의 畵品으로 제시한 '逸格'이다.

拙規矩於方圓 鄙精研於彩繪 筆簡形具 得之自然 莫可楷摸 出於意表 故目之曰逸格爾. (規矩로 네모나 원을 그리는 데 서툴고, 정밀하게 색칠하는 데 세련되지 못했다. 筆力이 簡妙하나 형체의 구체성을 얻었고 자연스러움을 체득했다. 본보기로 삼을 수는 없으니 생각밖으로 벗어났기 때문이다. 이런 畵格을 가리켜 逸格이라 한다.)[17]

여기서 規矩나 楷模는 '法度' '規定' '본보기' '模範' 등 주어진 틀을 의미하고, '逸'은 바로 이러한 틀을 벗어난 것을 말한다. 표현의 측면에서 보면, 채색의 정밀함이나 꽉 짜인 빈틈없는 표현, 군더더기, 修飾을 덜어낸 簡略性을 특징으로 한다. 皎然의 「辨體」 19字 중 하나인 '逸' 역시 비슷한 내용을 담고 있다. 여기에는 '體格閑放'이라는 설명이 붙어 있는데, 여기서의 '放'은 틀에서 벗어났다는 의미를 지니며, '閑'은 표현상의 '簡'과 통하는 바가 있어 두 사람은 결국 같은 의미로 '逸'을 파악하고 있음을 알 수 있다.

이외에 司空圖의 24시품, 嚴羽의 9품의 하나로 제시된 '飄逸', 齊己의 20式 중의 하나인 '高逸', 張爲의 「詩人主客圖」 중의 '高古奧逸主'에도 '逸'이 포함되어 있어 '무심'과의 관련성을 시사한다. 특히 司空圖의 '飄逸' 설명 어구에는 "落落欲往 矯矯不群(의연하게 가고자 하며 우뚝하여 무리에 끼지 않는다.)"라는 구절이 있어, '俗氣를 벗어났다'는 의미로 '逸'이 사용되고 있음을 본다. 이는 '無心'이 지닌 脫俗의 요소와 부합하는 것이라 하겠다.

---

16) 魏慶之, 앞의 책, 220쪽.
17) 『中國美學思想彙編』·下, 1쪽.

이상 詩品, 風格, 評語 등을 통해 제시된 중국의 미학용어 중 '無心'의 미와 유사한 것들을 살펴보았다. 그러나 이미 설명을 하였듯이, 이들은 '무심'이 포괄하는 넓은 미적 내포 중 어느 일부의 특성을 공유하고 있을 뿐이지 '무심'과 완전히 일치하는 것은 아니다. '無心'은 이들 시품, 평어들이 의미하는 바를 총괄적으로 포괄할 수 있는 미학용어라고 생각된다.

II. 일본의 '無心'계 미유형 : 유우겡(幽玄)

일본 중세를 대표하는 '幽玄美'는 '無心'의 미와 여러 면에서 친연성과 유사함을 드러내 보인다. 老莊的 연원에 佛家的 요소가 가미된 사상적 배경을 지닌다든지 우주만물의 존재의 實相을 포착하여 거기서 어떤 깊이를 발견하려는 미의식의 소산이라는 것 등 이 둘을 하나로 묶어 이해할 수 있는 근거가 뚜렷하다.

그러나, 이 兩者의 對比는 여러 가지 문제점을 내포하고 있다. 그 중 가장 크게 부각되는 것은, 兩 개념을 용어화하는 배경이 판이하게 다르다는 점이다. 일본은 일찍부터 歌論이 발달해 있었고 지속적으로 이에 대한 논의와 관심이 표명되어 왔다. 모노노아와레, 오카시, 유우겡(幽玄), 사비(寂), 와비, 시오리, 호소미, 엥(艶) 등의 歌學用語는 한편으로는 美學의 범주에, 또 한편으로는 詩論의 범주에 관련되면서 風體·風格, 歌体, 評語나 詩品을 나타내는 말로 활용되어 왔다. 그리고 이들 하나하나에 대한 연구도 층이 두텁게 축적되어 왔다.

일본에서 이렇듯 歌論이 성행한 데는 '우타아와세(歌合)'라고 하는 일종의 文藝 社交모임의 활성화가 큰 역할을 했다고 보는 것이 일반적 견해이다. '우타아와세'란 둘로 편을 갈라 와카의 기량을 겨루는 것으로 社交를 겸한 일종의 文藝競演大會라 할 수 있다. 여기에는 각 편의 勝/負를 판정하는 '判者'가 있고 勝/負의 판정을 내린 근거(辭)를 설명하는 '判詞'가 따른다. 判者는 심사위원이라 할 수 있고, 判詞는 일종의 評語·評論에 해당한다. 判者가 判詞를 통해 勝負를 결정하기 위해서는 문학에 대한 깊은 이해와 소양이 전제되어야 하고 적절한 判詞를 구사하기 위해서 다양한 미학용어와 미적 기준이 필요해질 수밖에 없었던 것이다. 각종의 判詞 용어들은 그 시대의 예술적·사회적·종교적·정치적 조류의 영향을 받아 형성된다. 예컨대, 헤이안(平安) 時代의 왕조·귀족들의 感傷的 정취를 토대로 탄생한 것이, 흔히 日本的 悲哀感으로 설명되는 '모노노아와레'이고, 중세 무사정권시대라는 정치적 상황과 불교의 성행을 배경으로 한 미유형이 '유우겡(幽玄)'인 것이다.

이에 비해, '幽玄'의 비교대상이 되는 '無心'은 이와 같은 史的·文化的 배경을 지니지 않는다. '無心'이 미학용어로 제시된 바도 없을 뿐더러 그렇게 해야 할 필요성조차 제기된 적도 없다. 이것은 '無心'만이 아니라, '흥'이나 '恨'[18]의 경우도 마찬가지이다. 우리나라에서 예술에 대한 美學的 관심은 詩品論, 風格論으로 그 맥이 이어지고 있으나, 그 관심은 대개 漢詩에 집중되고 있을 뿐 국문시가의 경우는 소홀히 다루어지는 예가 많다. 간혹 歌集 序나 跋 중에 歌論의 성격을 띠는 것도 있으나 그것이 지속적·체계적으로 '-論'으로 발전되어 오지 못한 것도 사실이다. 따라서, 필자가 '無心論'을 전개함에 있어서도, 歌論書나 오랜 시간을 거쳐 축적되어 온 논의의 힘을 입지 못하고, 고전텍스트 내에서 문맥을 통해 '無心'의 美의 이론적 토대를 구축할 수밖에 없었던 것이다. 이같은 문제점이 전제됨에도 불구

---

18) '恨'의 본질과 美的 구조에 대해서는 千二斗 교수의 『한의 구조연구』라는 심층적 연구성과가 돋보인다. 그러나, '恨'이 그것을 포괄하는 전체적 체계 속에서 논의되지 않아, 한국의 美學이라고 하는 전체 틀 속에서 어떤 위상을 지니는지에 대한 설명이 공란으로 남겨지는 아쉬움이 있다.

하고 兩者의 비교에 관심을 기울이는 이유는, 歌論書를 통해서건 문학텍스트를 통해서건 兩者 간의 어떤 공통된 美的 感覺, 美意識을 읽어낼 수 있고, 바로 이 부분을 비교의 대상으로 한다면 크게 무리한 일은 아니라고 여겼기 때문이다.

1. '유우겡(幽玄)'에 대한 개괄

無心의 미에 대해서는 앞에서 그 본질, 특징, 제 예술에서의 전개양상, 사상적 배경 등을 중심으로 자세히 언급하였으므로 생략하고, 幽玄의 미에 대해 개략적으로 소개하고자 한다.

모노노아와레·오카시가 헤이안(平安)시대를 대표하는 미의식인 것처럼, 유우겡(幽玄)은 중세를 대표하는 미이다. 이것은 實相把握에의 적극적 의지에 기초하며 超脫·超俗的 신비감을 띠는 미유형이라는 특징을 지닌다.[19] 일본의 中世는 정치적으로는 가마쿠라(鎌倉), 무로마찌(室町) 등 幕府 무사정권 시대인 동시에, 문화적으로는 佛教가 성행하여 밖을 향해 방만해진 사람들의 시선이 내면으로 향해진 시기이다. 사람의 시선이 내면으로 향해지게 됨에 따라 마음의 靈性을 자각하게 되는 계기가 되는데, 이럴 경우 예술표현은 상징적 경향을 띠게 되고 영원성에 연결되는 미의식이 자리잡게 된다. 작가의 내면세계의 성숙, 인생이나 우주의 진리에 대한 내적 성찰의 심

---

19) 이하 幽玄에 관한 개략적 설명은 能勢朝次,「幽玄論」,『能勢朝次著作集·第二卷』-中世文學研究(思文閣, 1981); 大西克禮,『幽玄とあはれ』(東京:岩波書店, 1939·1941) 및 『美學』(東京:弘文堂, 1960·1967); 草薙正夫,『幽玄美の美學』(塙書房, 1973); 梅野きみ子,「'幽玄'の源流と平安文學への 反映」,『和漢比較文學叢書3』-中古文學と漢文學-; 太田靑丘,『日本歌學と中國詩學』(東京:弘文堂, 1958); 實方淸,『日本歌論の世界』(東京:弘文堂, 1969); 谷山茂,『幽玄』(谷山茂著作集1, 東京:角川書店, 1982); 西尾實,『中世的なものとその展開』(東京:岩波書店, 1961·1976) 등을 참고함. 자주 인용되는 書目은 저자명의 첫 글자로 나타내기로 한다.

오함이 요구된다(能:201쪽).

　원래 '幽玄'이라는 말은 老子의 『道德經』에서 비롯된다. 노장적 언술에서는 幽深難知의 의미를 지니는데 이것이 佛典에까지 확대되어 노장·불교사상의 심원함을 표명하는 말로 사용되었다. 이 말이 일본에 처음 들어왔을 때는 佛典 방면에서 사용되다가, 漢詩文에서 예술내용의 심오함, 예술미의 究極을 나타내는, 일종의 미적 '價値槪念'으로 사용되었다. 이것이 와카(和歌) 歌論의 성행·발전과 더불어 美類型, 歌體, 歌道, 風体를 나타내는 '樣式槪念'으로 사용되기에 이른 것이다.[20] 따라서, '幽玄'이란 용어는 抒情論, 美論, 批評(判詞), 歌論, 風体論, 風格論의 범주에서 사용되는 매우 광범한 미학용어라 할 수 있다.

　예술성과 관계된 '幽玄' 개념은 최초의 勅撰和歌集인 『古今和歌集』의 序文에 '興入幽玄'이라는 표현으로 등장한 이래 시대에 따라, 사람에 따라, 그리고 예술장르에 따라 그 내포와 강조점을 달리 하면서 매우 복잡하게 전개되어 왔다. 老莊의 언술 및 佛典 방면에 대해서는 2.2항에서 언급하기로 하고 예술방면에서의 유현론을 개괄해 보도록 한다. '幽玄'이라는 말은 文學, 繪畵, 茶道, 能樂 등 거의 모든 예술방면에 걸쳐 적용되고 있지만 여기서는 와카(和歌), 렝가(連歌), 노오가쿠(能樂)를 중심으로 살펴보기로 하겠다.

　詩情의 幽遠한 妙趣와 깊은 정취를 가리키는 말로 '幽玄'이 처음 도입된 것은 『續文粹』 『作文大体』 등 漢詩文에서였다. 藤原宗忠이 撰한 『作文大体』는 作詩法에 관한 저술인데 여기서 詩의 한 体로서 '余情幽玄体'가 제시되었다. 宗忠은 이 詩体에 속하는 예를 들고 '此等誠幽玄體也. 作文士熟此風情而已.'라고 기록하고 있으며, 宗忠이외의 글에서도 '古今相隔 幽玄相同'이라든가 '幽玄之古篇' '幽玄之境' '藝術極幽玄 詩情倣元白' 등 幽玄의 사용용례가 보인다(大:1941, 21-22쪽; 能:231- 42쪽). 이 용례들에서

20) '幽玄'을 가치개념과 양식개념으로 구분한 사람은 大西克禮이다. 大西克禮, 위의 책.

幽玄은 예술미의 극치 또는 그에 도달할 수 있는 재능이나 방법을 의미하는 일종의 미적 가치개념이라 할 수 있다.

'유우겡'이 와카의 歌論에서 처음 쓰인 것은 『古今和歌集』의 眞名序-漢文으로 된 서문-에서이다.

> 至如難波津之什獻天皇 富緒川之篇報太子 或事關神異 或興入幽玄.
> (「難波津」의 시편을 天皇께 바치고, 「富緒川」의 篇을 太子에게 보고하는
> 것과 같은 것에 이르러서는, 혹은 일이 神異에 관계되고 혹은 興이 幽玄
> 의 경지에 든다.)

이 眞名序는 紀貫之(945年 沒)가 쓴 것으로 위에 거론된 두 詩篇은 신비한 전설을 배경으로 하고 있다. 그리하여 "或事關神異"라는 표현을 쓴 것이다. 한편, 이 노래는 표면의 의미만이 아니라 그 이면에 심오한 祝福과 賞讚의 의미를 담고 있기에 "或興入幽玄"이라는 말로 해설을 하고 있다. 이로 볼 때 여기서의 '幽玄'은, 이면에 깊은 뜻을 담고 있고 흥취-心的 情趣-가 심오하여 그 趣旨를 얼른 포착하기 어려운 것을 나타내는 말로 쓰였음을 알 수 있다.

壬生忠岑(沒年未詳)의 『和歌体十種』에서 제시된 詩体 중 '高情体'를 해설하는 부분에서도 '幽玄'이라는 말이 사용되고 있다. 忠岑은 이 体에 해당하는 것으로 五首의 例歌를 들고 "此体 詞雖凡流 義入幽玄. 諸歌之爲上科也 莫不任高情.(이 体는 詞는 비록 凡流라 해도 義는 幽玄에 든다. 뭇 노래의 上等級에 속하는 것 중 高情에 해당하지 않는 것은 없다.)"고 해설하고 있다. 여기서 "義幽玄"는 "詞凡流"에 대응되는 것으로 '俗되지 않음'을 의미한다고 볼 수 있다. 또한, 그가 예를 들고 있는 五首가 전부 自然詠이라는 사실과 결부지어 볼 때, 그가 의미하는 '幽玄'은 '俗을 떠나 자연의 깊은 곳에 潛在해 있는 고결한 風雅의 세계를 동경하는 것'(梅:38쪽, 能:245

쪽)임이 드러난다.

한편, 이상의 幽玄 용례들이 단순히 美的·藝術的 가치를 나타내는 말로 사용된 것과는 달리 **藤原基俊**(1142年 沒)에 있어서는 처음으로 우타아와세(歌合)의 判詞로 도입되고 있음이 주목된다.

(左)君が代は/あまの岩戸21)を/いづる日の/いくめぐりてふ/數もしられず
(左勝:당신의 治世는 하늘의 동굴에서 나오는 해가 수도 없이 떴다졌다
돌고 도는 것처럼 끝이 없었으면.)   -「奈良花林院歌合」·2番-

괄호 안의 左/右는 歌合에 참여한 두 그룹을 나타내는데 이 겨룸에서 左쪽이 승리하였고 이에 대하여 다음과 같은 基俊의 判詞가 내려졌다.

左歌 言凡流をへだてて幽玄に入れり. (左歌는 언어표현이 평범함과는 월등 거리가 있고 歌情은 幽玄의 경지에 도달해 있다.)

여기서 문제가 되는 것은 "言凡流をへだてて"와 "幽玄に入れり"의 접속을 어떻게 보느냐에 따라 해석이 다소 달라진다는 점이다. 等位의 관계로 보면 '언어표현은 평범함을 훨씬 능가해 있고 (歌情은) 幽玄의 경지에 들만하다.'로 이해되고, 從屬의 관계로 보면 '언어표현은 평범한 수준을 훨씬 능가하여 幽玄의 경지에 들만하다.'로 이해될 수 있는 것이다. 앞의 해석으로 하면 幽玄의 경지에 이르른 것은 '歌情'이고, 뒤의 해석으로 하면 '언어표현'이 된다. 이같은 모호성을 다소나마 명확히 해 줄 수 있는 것으로 아래의 判詞를 참고해 볼 수 있다.

---

21) 여기서 "岩戸(いわと)"는 '동굴'의 의미인데, 일본의 天照大神(あまてらすおおみかみ)이 素戔鳴尊(すさのおのみこと)의 난폭함에 노하여 이 동굴에 숨었다는 故事가 얽혀 있다.

(左)見渡せば/もみぢにげらし/露霜に/誰がすむ宿の/つま梨の木ぞ
(건너다 보니 서리 내린 가운데 단풍이 들고 있네. 누가 사는 집일까? 저
배나무가 있는 집은.)　　　　　　　　　　-「中宮亮顯輔家歌合」· 2番-

左歌　詞雖擬古質之体, 義似通幽玄之境. (左歌는 詞는 비록 古質의 体
를 모방하고 있지만, 義는 幽玄의 경지에 통해 있는 듯하다.)

　여기서 '幽玄'이라는 判詞에 해당되는 것은 노래의 '義'-앞의 인용에 의거
하면 歌情-뿐이다. 이를 근거로 基俊의 경우 幽玄은 주로 노래의 義나 歌情
을 평하는 말로 사용되고 있다고 추정할 수 있는 것이다. 그렇다면, 그는 이
말을 어떤 뜻으로 사용하고 있는가가 문제가 된다.

　이 노래에서 'つま梨'는 '端(つま)梨(なし)'와 '妻(つま)無(な)し'의 두 뜻에
모두 걸리는 掛詞이다. 그러므로, 自然으로서는 寂寥한 晩秋의 풍경을, 人
間으로서는 짝을 잃은 사람의 고독한 심사를 二重으로 담고 있는 표현이
된다.

　한편, 앞의 <君が代は>는 '祝福' '頌讚'의 뜻을 담고 있는 노래이므로
寂寥나 幽寂 · 孤獨과는 거리가 멀다. 내용이나 소재 면에서 양자는 공통점
이 없으나 '深遠'한 趣旨를 지향하고 있다는 점에서 상통하는 면이 있다. 基
俊에 있어 유현은 내용이나 소재가 어떻든 '深遠한 情趣와 餘韻'을 담고 있
는 것에 대한 평어라 볼 수 있는 것이다(能:248-249쪽).[22]

　이상 平安朝의 '幽玄'은 주로 예술적 심도를 의미하는 가치개념을 함축
하고 있다고 하겠다. 이같은 가치개념 중 특별한 의미가 선택 · 강조되어 일

---

22) 太田靑丘는 基俊의 '詞涉妖艶富風流'라는 判詞의 용례를 들어 그의 歌論이 六
　朝 · 隋 · 唐 詩文의 遊仙 취향에 기울어지고 있다는 견해를 표명했다. 그리하여 이
　작품도 겉으로는 쓸쓸한 가을정취를 말하고 있지만, 裏面에서는 과부(작품 속에서 'つ
　ま'는 '妻'의 의미지만 古語에서는 '夫'를 나타내기도 한다)를 등장시켜 妖艶의 정취
　를 드러낸다고 보았으며 遊仙 취향의 和歌化의 예로 이해하였다. 太田靑丘, 앞의
　책, 132쪽.

종의 '樣式槪念'으로 정착되는 것은 中世에 이르러서이다.

藤原俊成(1204年 沒)의 幽玄論은 『古來風體抄』에서 '大方歌는 …다만 소리를 내서 읽는다든지 抑揚을 붙여 朗詠한다든지 할 때 어쩐지 艶하게도 幽玄하게도 들린다.'[23]고 한 부분에 잘 나타나 있다. 여기서 '艶'과 '幽玄' 은 同意的으로 사용되기보다는[24] 서로 구분되는 말로 사용되었다고 보는 것이 타당할 듯하다. 즉, '艶'을 '優美', '嬌柔妖艶'의 의미[25]로 보고, '幽 玄'을 이와 구분하여 '寂寥', '孤寂'의 의미로 보는 것이 문맥상 적합하다고 여겨진다. 그러나, 俊成의 美論에서 이 두 가지는 對蹠的인 것이 아니라, 조화와 보완의 관계에 놓인 것임을 염두에 두어야 한다. 이 두 개념은 相補 的으로 中世의 幽玄樣式-幽玄美, 幽玄体, 幽玄樣, 幽玄思想 등-을 육성하는 기반이 되는 것이다.

또, 그는 歌合의 判者로 판정을 할 때에도 '幽玄'이라는 判詞를 즐겨 사 용했는데,

> 心なき/身にもあはれは/知られけり/鴫立つ澤の/秋の夕暮
> (私情이 없는 出家한 이 몸도 이 情趣만은 깊이 느낄 수 있다네. 도요새
> 서있는 늪지의 가을 해질녘 풍경.)   -「御裳濯川歌合」·18番-

에 대하여 "'鴫立つ澤の'といへる, こころ幽玄に姿および難し. ("도요새 서 있는 늪지"라고 말한 心의 幽玄에, 姿의 幽玄은 미치기 어렵다.) 고 하였고,

> 冬がれの/梢にあたる/山風の/また吹くたびは/雪のあまぎる
> (겨울철 메마른 나뭇가지에 불어오는 이 산바람이 또다시 불어올 때는 눈
> 이 내려 하늘에 안개가 낀 듯하겠지.)   -「慈鎭和尙自歌合」·9番-

---

23) "大方歌は…ただよみあげたるにも, うち詠じたるにも, 何となく艶にも幽玄にも聞ゆ
   ることあるべし."
24) 비슷한 말을 병렬하여 강조했다는 견해는 太田靑丘, 앞의 책, 136쪽.
25) '艶'을 '優美'로 보는 관점은 草薙正夫, 앞의 책, 81-82쪽.

에 대해서는 "左歌 心詞幽玄の風体なり. (左歌는 心・詞 두 측면에서 幽玄의 風体이다.)"라는 소견을 제시하였다.

앞의 것에 대해서는 '心'의 幽玄을, 뒤의 것은 心・詞 兩面의 幽玄을 지적한 것이다. 일본 歌論에서는 '心' '詞' '姿'라는 말이 독특한 내포를 지닌 미학용어로 사용되고 있는데, 현대적 관점에서 설명하면 '心'은 시적 주체의 정서적 측면을 말하는 것으로 볼 수 있겠고, '詞'는 言語表現을, '姿'[26]는 文體(style) 혹은 風体, 情趣內容(혹은 歌의 내용)을 나타내는 것으로 이해할 수 있다.

心이나 詞 외에도 俊成은 姿, 風情 등 다양한 영역에 걸쳐 幽玄이라는 評語를 사용하고 있는데, '心'의 측면에서는 시적 주체의 '幽寂・閑・高雅'한 情調를, '姿'의 측면에서는 그같은 情調가 深化되어 빚어내는 '幽遠하고 깊은 분위기'를 나타내는 것에 대해 이 評語를 적용하고 있다. 그리고, '詞'의 측면에서는 이같은 心・姿를 깊이 느낄 수 있도록 어휘의 選擇・連結・照應이 절묘하게 이루어진 것을, '風情'의 측면에서는 새로운 것을 추구하기보다는, 優艶高雅를 主流로 하는 전통적인 歌情에 기초하여 시대를 관통해 흐르는 보편적인 감정을 심화하는 경향을 지닌 것에 대하여 '幽玄'이라는 평어를 사용하고 있는 것이다(能:255쪽).

이상 俊成의 歌論은 '嬌柔妖艶'을 특징으로 하는 '艶'과 '閑寂・深遠・高雅'를 특징으로 하는 '寂(さび)'을 중심축으로 하여 구성되는데, 이 두 요소는 中世의 대표적 樣式槪念으로서의 '幽玄美' '幽玄体'를 형성시키는 밑바탕이 된다. 그리고 여기서 한 가지 첨언하고 싶은 것은, 俊成의 歌論・美論은 道家的 遊仙思想과 당시 성행한 淨土思想의 융합적 바탕 위에 조성되었다는 사실이다. 基俊에게서 비롯되는 '艶'의 미학은 道家的 遊仙思想

---

26) 能勢朝次는 体・風体・姿가 거의 같은 의미를 지닌다고 하였다. 앞의 책, 252쪽. 그리고, 西尾實은 心은 思惟性을, 詞는 言語性을, 姿는 形象性을 의미한다고 하였다. 앞의 책, 17쪽.

과 결부되어 있고, 幽玄의 閑·寂 개념은 淨土思想과 밀접한 관계를 맺고 있다(太:137쪽). 嬌·艶을 강조하는 방향에 藤原定家의 幽玄樣이 자리하고, 幽·寂을 강조하는 방향에 鴨長明의 幽玄体의 맥이 이어지게 된다.

藤原定家(1241年 沒)의 幽玄論에서 중심개념이 되는 것은 '艶'이다. 그는 『每月抄』에서 '和歌十体'를 제시했는데 그 중 기본이 되는 것은 幽玄樣 -定家는 '体'라는 말과 '樣(さま)'라는 말을 混用했다-事可然樣, 麗樣, 有心体 네 가지로서, 이들은 "すなほにやさしき姿(素直하고 優美한 정취)"라는 공통특질을 지니므로 우선적으로 익혀야 한다고 하였다. 定家에 이르러 幽玄이 樣式概念으로 고정되는 것을 확인할 수 있다.

그는 歌合의 判詞로 여러 측면에 걸쳐 '幽玄'을 사용하였는데, 예를 들면 "義隔凡俗興入幽玄" "幽玄之詞雖頗異他" "心尤幽玄足賞翫者歟" "乃入幽玄之境" 등이다. 여기서 한 가지 주목할 점은 '詞'에 대해 幽玄이라는 평어를 사용한 것은 그가 처음이라는 점이다. 그렇다면 '幽玄之詞'란 어떤 것을 말하는가? 이를 추측할 수 있는 단서로 『每月抄』의 한 대목을 들어 본다.

> すべて詞に惡しきもなく宜しきも有るべからず. ただつづけがらにて歌詞の優劣侍るべし. 幽玄の詞に拉鬼の詞などを連ねたらむは, いと見苦しかるべきにこそ. (개개의 詞에 나쁘고 좋은 것이 있을 리가 없다. 다만, 詞를 연결하는 방식에 있어 歌詞의 優劣이 생길 수 있다. 우아한 幽玄의 詞에 강건한 鬼拉의 詞 등을 연결한다면 꼴불견한 것이 될 것이다.)[27]

여기서 '幽玄之詞'는 '강함'을 본질로 하는 '拉鬼之詞'와 정반대의 것으로, 優美하고 부드럽고 섬세한 것 즉 '艶'을 의미함을 알 수 있다. 또 한 가지 주목할 점은, 위의 判詞 예들 중 "幽玄之詞雖頗異他"는 '幽玄'에 해당되는 것이 敗로 판정을 받은 경우라는 점이다. 이는 俊成이 幽玄体에 가장

---

27) 藤原定家, 『每月抄』(『歌論集』, 小學館, 1975), 518쪽.

큰 가치를 부여한 것과는 달리 定家는 有心体[28]를 和歌의 본질을 가장 잘 갖추고 있는 樣式으로 여기고 있음을 말해 주는 예이다.

定家는 幽玄에 내포된 다양한 성격 중 특히 '艶'의 개념을 중시하였는데, 이때문에 『愚秘抄』『三五記』『愚見抄』『桐火桶』 등 定家의 이름을 假託하여[29] 幽玄을 '妖·艶'으로 이해한 歌論書들이 쏟아져 나오게 된다. 이 중 『愚秘抄』『三五記』에서는 유현체를 '行雲体'와 '廻雪体'로 나누고 있어 주목된다. '行雲廻雪'은 幽玄의 別稱이고, 幽玄은 '行雲廻雪'의 總稱[30]이다. 운무에 가려 멀어져 가는 神女의 모습에 비유하여 긴 소매 자락의 余情을 풍기는 것이 '行雲·廻雪体'이며, 이는 『文選』「高唐賦」의 巫山女 故事에 근거를 두고 있다. 여기서 幽玄이 道家的 취향의 艶冶遊仙思想과 결부되는 양상을 엿볼 수 있다(太:143쪽). 이는 夢幻·神秘·縹緲의 속성이 幽玄 개념에 첨가되는 계기가 된다.

僞書든 眞書든 이 가론서들이 幽玄体의 성립에 큰 영향을 끼친 것은 부정할 수 없다. 즉, 深奧하고 철학적 깊이를 지닌 유현의 內包에 婉艶, 嬌柔, 섬세, 濃艶 등의 色調를 강화했다는 점이다. 즉, 가마쿠라 시대에 이르러 妖艶한 것이 幽玄인 것처럼 생각하게 만든 변화의 요인이 된 것이다

---

28) 그가 생각하는 有心体는, 자신의 心을 깨끗하게 한 상태에서 일종의 정신적 경지에 의식을 몰입시킨 결과 얻어지는 것이며, 주체의 心을 강조한 것을 반영한다. 大西克禮, 『美學』, 212쪽. 太田靑丘는 이것을 禪家的 回歸의 반영으로 보았다. 앞의 책, 151쪽.

29) 俊成이나 定家가 유현의 예로 든 것은 自然을 읊은 것이 주류임에 반해 定家 假託의 僞書들의 경우는 戀情의 내용이 대부분을 차지한다는 점도, 이것이 定家를 假託한 것으로 보는 근거가 된다.

30) 幽玄の体も一途ならず. 幽玄の歌とて集めたる中に, 行雲·廻雪の姿あるべし. 幽玄は惣名なり. 行雲·廻雪は別体なるべし. いはゆる行雲·廻雪は艶女の譬名なり. それにとりても, やさしくけだかくして, 薄雲の月を蔽ひたらん心ちせん歌を, 行雲と申すべし. 又, やさしく氣色ばみてただならぬが, しかもこまやかに, 飛雪のいたく强からぬ風にまよひ散る心地せん歌を, 廻雪と申し侍るべし.

(能:285쪽)

　　鴨長明(1216年 沒)은 定家와 거의 동시대의 인물인데 그의 유현론은 『無
名秘抄』에 잘 나타나 있다. 그가 말하고 있는 幽玄은 "詞に現れぬ余情 姿
に見えぬ景氣(詞에 나타나지 않은 余情, 姿에 보이지 않는 景氣)"라는 표현
에 압축되어 있는데, 幽玄의 상태를 '가을 저녁무렵 하늘의 경치는 色도 없
고 聲도 없다'라는 비유를 통해 설명하였다.31) 이 無色·無聲의 상태는 言
辭를 絶하는 余情의 극치로서 '한 마디 말에 많은 이치를 담고, (말로) 나타
내지 않고도 깊은 마음을 다하는'32) 상태이다. 여기서 余情은 이면의 것을
다 드러내지 않는 '함축성', 분명치 않은 모호한 언어표현을 의미한다. 그의
晚年의 저서인 『瑩玉集』의 표현을 빌면, '있는 것도 아니고 없는 것도 아니
며, 경지에 이르지 못한 사람은 얻기 어려운'33) 정취인 것이다.

　　이를 통해 알 수 있는 그의 '幽玄' 개념은 그 표현이 縹緲模糊하여 포착
하기 어려운 것, 余情과 숨은 뜻이 있는 것이다. 俊成이나 定家 假託의 幽
玄보다 현저히 冲淡幽冥한 성격이 강하여, 定家가 말하는 '有心体'에 근접
해 있음을 알 수 있다. 이같은 長明의 幽玄 개념은 후일 心敬의 幽玄으로
이어진다.

　　正徹의 幽玄 개념은 『正徹物語』34)라는 책에 잘 나타나 있다. 그는 幽玄
体를 '꽃이 무성히 핀 남쪽 전각을 비단옷을 입은 女官 몇 명이 조망하는
풍정'35)으로 비유하여 형용한다. 이같은 艶麗·優雅한 풍경을 幽玄으로 인
식하는 裏面에는, '艶'을 강조하는 定家假託 僞書 계열의 幽玄觀이 그대로

---

31) 鴨長明, 『無名秘抄』(『日本古典文學大系65』-歌論集·能樂論集-, 岩波書店, 1961),
　　87쪽.
32) 一言葉に多くの理りをこめ, あらはさずして深き心ざしを盡す. 같은 책, 88쪽.
33) あるにあらず, なきにもあらず, 幽かにして, 境に入らざらん人の得がたきなるべし.
34) 『歌論集·能樂論集』(東京:岩波書店, 1961)
35) 南殿の花の盛りにさき亂れたるを, きぬ袴著たる女房四五人眺めたらん 風情を, 幽
　　玄体といふべき.

이어지고 있음을 감지할 수 있다.

　그러나, '幽玄에 대하여, 마음에 있어도 말로 나타낼 수 없는 것'36)이라든가 '마음 속 생각이 있어도 이것을 명확하게 말하지 않는 것' '다 말하지 않고 남겨 두는 体'37)와 같이 설명한 대목을 보면, 鴨長明의 '余情으로서의 幽玄' 개념을 이어받고 있다고 할 수 있다. 즉, 正徹의 유우겡 개념은, 優雅・縹緲・妖艶한 것을 한 축으로 하고, 깊이있는 정취・표현의 함축성을 또 다른 축으로 하여 구성되는 것임을 짐작할 수 있다.

　지금까지 와카를 중심으로 幽玄論의 전개를 개괄해 보았다. 日本 中世의 대표적 미유형으로서의 幽玄은 비단 와카뿐만 아니라 렝가(連歌), 隨筆, 모노가타리(物語), 能樂, 繪畵, 音樂, 書道 등 예술 전반에 걸쳐 적용되었다.

　連歌에서의 幽玄은 心敬(1475年 沒)의 歌論에 잘 드러나 있다. 그의 連歌論書인『さゝめごと』에는 連歌十体가 제시되어 있는데 그는 10체 중에서도 幽玄体를 가장 중시했다. 여기서 그는, '心의 艶'을 유현의 의미로 설명하고 있어38) 더욱더 '心'의 측면이 강조됨을 알 수 있다. 또한, 여기서 '心의 艶'이란 올바른 마음가짐을 말하는 것이라 할 때, 定家의 有心体가 幽玄으로 歸屬해 들어오는 경향을 반영하는 것으로 볼 수 있다.

　能樂의 幽玄을 언급한 대표적 인물은 世阿彌이다. 世阿彌는 대체로 歌論에서의 '幽玄'에 내포된 優麗微妙의 가치개념을 그대로 수용했고, 이를 바탕으로 能 표현의 제 1원리로 발전시켰다. 그는 '幽玄'을 강한 것(强), 단단한 것(硬), 세세한 것(細)에 대응되는 優美・柔和・氣品의 개념으로 이해

---

36) 幽玄といふものは, 心にありて詞にいはれぬもの也.
37) 心ざしはあれども, さだかにいひやらぬにも譬へたり. さればいひ殘したる体
38) 古人の幽玄体と取り置けるは, 心を最要にせしに哉. 世の常の好士の心得たるは, 姿・言葉の優ばみたる也. 心の艶なるには, 入り難き道なり.(옛사람들이 유현체라고 여긴 것은 心을 가장 중요하게 생각했는데, 世間의 作者들이 보통 幽玄으로 이해하는 것은 風体나 表現修辭의 아름다움이다. 心의 艶이라고 하는 것은 도달하기 어려운 길이다.)『さゝめごと』(『連歌論集・能樂論集・俳論集』, 小學館, 1989), 127쪽.

했으며 幽玄의 경지에 드는 것을 최상의 能로 여겼다.39)

　이외에 書道에서의 雪村, 繪畵에서의 雪舟, 茶道에서의 利休 등도 室町期 예술의 幽玄性에 깊이 경도된 인물들이다. 이들이 이해하고 있는 幽玄 개념에는 艶의 요소는 약한 반면, 寂·淸·沖淡·老·無의 요소가 큰 특색을 이루고 있음을 본다(太田靑丘, 179쪽).

　지금까지의 개괄을 통해서도 어느 정도 드러났듯이 '幽玄'은 그 內包가 論者, 時代, 예술장르에 따라 매우 복잡미묘한 차이를 보이고 있어 그 공통된 특질을 한 마디로 요약하기 어렵다. 그러나, 대강 그 맥락을 더듬어 보면 크게 'さび(寂)'의 요소와 '艶'의 요소가 '幽玄'의 美的 내용을 이루는 중심축이라고 볼 수 있고, '余情'은 이 둘을 아우르면서 표현과 내용상의 含蓄性·縹緲性을 나타내는 개념으로 인식되었음을 추론할 수 있다.

　다양한 內包, 상이한 견해들의 근저에 공통적으로 용해되어 있는 '幽玄'의 특질들을 深奧, 縹緲, 余情, 침잠, 간접성, 자연, 초탈, 寂寥感, 신비감, 함축성, 정서의 여과, 虛의 세계관 등으로 요약해 볼 수 있을 듯하다.40) 이 중 幽玄의 본질을 가장 잘 드러내는 것은, 어떤 미적 현상의 '깊이'를 가리키는 말이라는 점이다.

　처음 '幽玄'은 종교적 진리나 사상적 심오함을 형용하는 말이었다. 그것이 예술, 미학 영역으로 확장되어 예술미가 뛰어난 것을 나타내는 가치개념으로 사용되다가 深度있고 優美한 歌体를 지시하는 樣式槪念으로 고정되었다고 할 수 있다.

---

39) 世阿彌, 「風姿花傳」, 『連歌論集·能樂論集·俳論集』(小學館, 1989), 273-278쪽.
40) 大西克禮는 『幽玄とあはれ』(東京:岩波書店, 1939·1941, 85-91쪽)에서 '幽玄'의 특성을 다음 7가지로 설명하였다. (a)유현 개념에는 어떤 형태로든 숨겨진 것(隱), 가려진 것(蔽)의 개념이 함축되어 있다. 즉, 드러나지 않고, 명백하지 않고 몽롱한 것의 깊이를 나타내는 말이다. (b)仄暗性, 朦朧함, 薄明의 의미가 포함된다. 직접적·노골적·첨예한 것에 대립되는 일종의 우아함, 완곡함의 의미를 지닌다. (c)靜寂 (d)深遠함 (e)充實相 (f)신비성, 超自然性(신비적 우주감) (g)비합리성, 말로 설명하기 어려운 미묘함, 漂迫 縹緲와 같이 언어로 표현하기 어려운 불가사의한 미적 정취를 나타냄.

2. '無心'과 '유우겐'의 공분모

앞에서 보아온 것처럼 '幽玄'은 매우 복잡한 내포를 지닌 미유형으로서 그 특징을 한 마디로 뚜렷하게 설명하기 어렵다. 그러나 이같은 복잡다양성에도 불구하여 근저에 자리한 공통의 영역을 어느 정도 이끌어 낼 수는 있을 것이고 이것은 '無心'의 미와 비교할 수 있는 실마리가 된다. 兩者의 공통점은 크게 美的 측면과 思想的 기반에서 살펴 볼 수 있다

2.1 美的 기반의 공분모

먼저, 美的 측면에서 드러나는 兩者의 공통점을 살펴보자. 無心系의 미는 존재에 대한 깊은 성찰을 바탕으로 한다는 점, 정서의 깊이를 특징으로 하며 超脫·超俗的 색채를 띤다는 점, 세계 내지 예술적 대상과의 무갈등·무긴장 관계를 보이는 점, 生이나 우주만물을 가볍고 즐겁게 놀이처럼 받아들이는 흥/오카시에 비해 무겁고 깊게 심오하게 인식하는 多層的·複合的인 美라는 점 등을 들 수 있다. 또한, 주로 識者層에 의해 향유되고 내용도 脫俗的인 것이 대부분이라는 특징을 지닌다. 따라서, 우리나라의 辭說時調나 雜歌, 民謠 일본의 狂言·俳諧(純正連歌와 구분되는 滑稽性이 있는 連歌)와는 다소 거리가 먼 미유형이라 할 수 있다. 敍事보다는 抒情장르, 그 중에서도 특히 길이가 짧은 短型詩에서 그 특징이 잘 드러난다는 점도 兩者의 공통점으로 지적할 수 있다.

이제 이런 점을 기반으로 하여 兩者를 하나로 묶어 이해할 수 있는 비교의 근거를 좀 더 구체적으로 언급해 보기로 한다. 대상은 時調와 和歌로 한정하기로 한다.

> 秋江에 밤이 드니 물결이 츠노미라
> 낙시 드리치니 고기 아니 무노미라

無心혼 둘빗만 싯고 뷘 비 저어 오노라   -月山大君-

心なき/身にもあはれは/知られけり/鷸立つ澤の/秋の夕暮
 (私情이 없는 出家한 이 몸도 이 情趣만은 깊이 느낄 수 있다네. 도요새
 서있는 늪지의 가을 해질녘 풍경.)   -「御裳濯川歌合」·18番-

冬がれの/梢にあたる/山風の/また吹くたびに/雪のあまぎる
 (겨울철 메마른 나뭇가지에 불어오는 이 산바람이 또다시 불어올 때는 눈
 이 내려 하늘에 안개가 낀 듯하겠지.)   -「慈鎭和尙自歌合」·9番-

 이 인용 예들은 無心의 미를 농축해서 보여준다고 생각되는 時調와, 幽
玄이라는 判詞를 얻은 와카(和歌)이다. 시조 작품을 보면, 낚시로 잡아낸 물
고기가 얼마나 되는가 하는 세속적 利害를 떠난 초탈한 心的 경지가 투명
하게 드러나 있다. '텅 비어 있으면서도 가득 채워진 배'라고 하는 모순이
이 시조를 '無心'의 미가 體現된 것으로 이해할 수 있게 하는 직접적 근거
가 된다. 이같은 超脫·超俗的 경지는 와카 두 편에서도 엿볼 수 있다. 인
용 와카 중 앞의 것은 출가한 山僧의 신분이라 세속의 私情은 잊고 산 지
오래지만, 가을날 해질 무렵 새 한 마리가 늪 위에 서 있는 풍경을 보니 깊
은 정취를 느끼게 된다는 것을 말하고 있다. 뒤의 것은, 겨울철 불어오는 바
람은 나뭇잎들을 떨구기도 하지만 때로는 눈을 몰고 와 하늘을 온통 안개낀
듯 뿌옇게 하기도 한다는 내용이다. 앞의 것은 '心'-주체의 情緖·내면세계-
의 측면에서, 뒤의 것은 心과 詞-언어표현-의 측면에서 '幽玄'이라는 判詞가
부여되고 있다.
 시조와 와카가 풍기는 超脫感은 인간의 내면세계의 표출보다는 自然의
세계로 시선을 향하는 데서 기인한다. 이같은 자아표출의 억제, 주관성 개입
의 최소화는 텍스트에 孤寂感을 부여하고 마치 無彩色 톤의 산수화를 보는
듯한 느낌을 빚어내는 것이다. 자연의 모습 중에서도 풍성하고 화려한 측면

보다는 쓸쓸하고 고즈녁한 풍경을 詩化함으로써 超俗的 분위기가 배가되고 있다.

　그러나, 이와 같은 美感이 시조나 와카 전체 작품들의 일반적·보편적 특징이라고 할 수는 없다. 특히 와카의 경우-하이쿠(俳句)라면 몰라도-는 오히려 전체의 비중상 主流를 비켜간 양상으로 보아야 할 것이다. 가장 보편적인 와카 작품, 다시 말해 와카의 典型이라 할 수 있는 것은,

　　鳴きわたる/雁のなみだや/落ちつらむ/物思ふ宿の/萩のうへの露
　　(울며 날아가는 기러기의 눈물이 떨어진 것일까? 뜰안의, 수심에 잠긴 싸
　　리나무 위의 이슬.)　　　　　　　　　　　　　　　-『古今和歌集』·221番-

처럼 자연을 소재로 하더라도 話者의 주관적 정조가 강하게 투영된 양상을 보이는 것들이다. 와카의 전형적 작품들은 광대한 우주만물의 극히 미세한 부분을 포착하여 微視的·近距離的 시선으로 포착하는 것을 특징으로 한다.

　이에 비해 위에 든 작품은 새 한 마리가 고즈녁하게 서 있는 가을 해질녁 풍경이나 겨울철의 스산한 풍경은 오히려 遠距離를 조망하는 듯한 시적 화자의 시선을 감지하게 하고, 話者의 주관성이 脫色된 듯한 객관적 톤을 조성한다. 자연현상에 자아를 개입시켜 主觀的으로 굴절시키기보다는, 표면으로 드러난 현상 속에서 존재의 實相을 포착하고 자연의 순리를 감지하려는 의도가 강하게 부각되고 있는 것이다. 만물에 대한 깊이있는 성찰의 태도가 이 시를 지어낸 배경이 되고 있다.

　여기서 주목할 것은 자아가 직접적으로 노출되는 시, 주관적 정조가 텍스트 전체를 지배하는 시는 '幽玄美'의 범주에 포괄되지 않는다는 점이다. 위 와카들을 비롯하여 '幽玄'이라는 評語를 얻거나 幽玄体로 분류되는 작품들을 보면, 언어로 표현되기 전에 情緒的 濾過를 거치고 있음을 감지할 수 있다.

浮草の/池のおもてを/かくさずば/ふたつぞ見まし/秋の夜の月
(浮草가 연못 水面을 가리지 않는다면 두 개가 보일 터인데. 가을 밤 달이.)

위는 忠岑이 高情体의 例歌로 든 5首 중의 하나로 ‘義入幽玄’이라는 해설이 붙어 있는 작품이다. 이 노래 역시 앞의 221번 작품과는 달리 ‘淡白한’ 정취를 느낄 수 있다. 주체의 五慾七情이 여과된 담담한 抒情의 세계가 그려져 있는 것이다. 이는 맛에 비유하자면 五味의 첨가가 배제된 ‘無味’ ‘淡白’의 맛이다. 정서의 직접적 노출이 배제된다는 것은 감정표현의 間接化, 정서의 여과를 의미하는 것이며, 상대적으로 주관성은 뒤로 물러나고 시적 대상이 부각되는 양상으로 이어진다. 결과적으로 텍스트에 일종의 神秘感과 孤寂感, 깊은 정취를 부여하는 결과를 낳게 된다. 이렇게 본다면, 유현미를 특징지우는 ‘주관성의 퇴각’은 바로 무심의 미의 본질인 ‘物我一體’의 상태, 즉 ‘我’를 비우는 ‘虛心’의 상태와 다를 바가 없는 것이다.

‘我’의 존재가 이면으로 물러나고 욕구가 최소화되어 있기에 시는 자연히 ‘無葛藤’의 텍스트성을 갖게 된다. 無心이나 幽玄은 무갈등의 세계가 美的으로 성취된 것이다. 갈등이란 ‘我’의 욕구와 집착의 소산이요, ‘俗’의 산물이다. 이것을 넘어선 경지를 우리는 ‘無心’이라는 말로 나타내고, 일본에서는 ‘幽玄’이라는 말로 나타낼 뿐이다.

‘흥’이나 ‘오카시’도 무갈등의 美라 할 수 있지만, 이들은 ‘俗을 넘어서는 작용’이 개재되어 있지 않다. 어디까지나 ‘俗’의 세계에서의 생명감, 즐거움을 최대한 향유하려는 미적 의도에 의해 지배되고 있다. 이 점에서 ‘無心系’와 ‘흥系’는 커다란 차이점을 노정한다. 또한, ‘흥系’는 표면으로 드러난 모든 현상 즉 눈앞에 펼쳐지는 모든 생명현상의 발랄함에 이끌리는 美類型인 반면, ‘無心系’는 표피적으로 드러난 현상 裏面의 것에 대한 관심에서 탄생한 것이라는 차이도 지닌다.

2.2 思想的 背景의 공분모

다음으로, 兩 美類型을 성립시킨 사상적 배경을 보면 모두 老莊思想에 근원을 두면서 여기에 佛家的 요소가 깊게 침윤되어 있다는 공통점을 지적할 수 있다. '無心'의 미 성립의 사상적 배경에 대해서는 앞에서 자세히 언급하였으므로, 유현미의 사상적 배경에 대해서만 간략히 언급하기로 한다.

주지하다시피 '玄'은 老子의 『道德經』에서 '道'를 형용하는 말로 사용되었는데 '幽玄'이라는 말이 한 단어로서 老子나 莊子의 글에 나타난 예는 하나도 없는 것으로 보아 일본 가론에서 중요한 미적 개념이 되는 '幽玄'의 '幽'는 '玄'의 성격을 분명히 한정하기 위해 덧붙여진 것이라고 볼 수 있다. 老莊의 글에서는 '幽'보다는 주로 '玄'이 중심개념으로 사용된다. 따라서 이 두 글자의 조합으로 이루어진 '幽玄'이라는 말의 의미의 중심은 '玄'에 있다고 할 수 있다.

> 道可道非常道, 名可名非常名. 無名天地之始, 有名萬物之母. 故常無欲以觀其妙, 常有欲以觀其徼. 此兩者同出而異名. 同謂之玄. 玄之又玄, 衆妙之門. (道를 道라고 할 수 있으면 참 道가 아니고, 이름을 이름이라 할 수 있으면 참 이름이 아니다. 無名은 天地의 시작이요, 有名은 萬物의 어머니다. 고로 常無로써 그 妙를 보려 하고, 常有로써 그 徼를 보려 한다. 이 둘은 같은 데서 나왔지만 이름이 다르다. 이 둘을 모두 玄이라 이른다. 玄하고 또 玄하니 이는 衆妙의 門이다.)　　　　-『道德經』·1장-

> 其道幽遠而無人 吾誰與爲隣. (그 길은 아득히 멀어 아는 사람이 아무도 없는데 나는 도대체 누구와 더불어 길동무할 것인가.)　　-『莊子』「山木」-

> 爲不善乎幽閒之中者 鬼得而誅之. (아무도 보지 않는 어두운 곳에서 善하지 않은 짓을 행하는 자는 귀신이 잡아서 처벌할 것이다.)
> 　　　　　　　　　　　　　　　　　　　　-『莊子』「庚桑楚」-

攘棄仁義而天下之德 始玄同矣. (仁義를 떨쳐버린다면, 天下의 德이 비
로소 幽玄한 道와 하나가 될 수 있다.)   -『莊子』「胠篋」-

세 번째 인용에서의 '玄同'은 '深奧하고 幽玄한 道와 하나가 되는 것'을
말하며, '玄' 자체에 '道'라고 하는 형이상학적 의미가 함축되어 있음을 알
수 있다. 이는 우주의 근본원리, 根本知로서의 '無'개념과 동일시될 수 있는
개념이다.[41] 이에 비해, '幽'는 어떤 사물의 존재상태가 깊고 그윽한 것을
형용하는 말로 쓰이고 있음을 본다.

이와 같은 老莊的 의미의 幽玄이 일본의 歌論 특히 定家와 定家 假託의
僞書 계열 가론서에서 '艷'이라는 말을 핵으로 하여, 道敎의 遊仙思想과 결
부되는 양상을 앞서 살펴 본 바 있다. 老莊思想이 지닌 심오한 哲理性, 추
상성, 형이상학적 측면이 부각되지 못하고 이처럼 神仙, 夢幻, 神秘의 요소
가 강한 神仙思想으로 굴절되는 것은 일본 및 일본인이 지니는 미적 감각,
사유적 특성에 기인하는 것이라 해도 좋을 것이다. 요컨대, 幽玄美의 두 축
이라 할 '艷'과 '寂(さび)' 중 前者의 양상은 노장사상의 일본화로 설명될 수
있다고 본다.

老莊的 의미에 연원을 둔 '幽玄'이 불교사상의 심원함을 표명하는 말로
사용되는 과정에는, 낯선 불교의 진리를 재래의 老莊思想 및 노장의 용어를
빌어 설명하는 格義佛敎의 역할이 크게 작용했다고 할 수 있다. 이 점은
불교의 '空' 사상을 설명하는 데 老莊의 '無' 개념을 차용한 양상과 아주
흡사하다.

夫離者虛也 微者冲也. 冲虛寂寞故謂之離微. 夫聖人所以無妄想者 爲達
離也. …中略… 夫迷者無我立我 則內生我倒. 內生我倒故卽聖理不通. 聖
理不通故外有所立. 卽內外生礙. 內外生礙卽物理不通 遂妄起諸流. …中

41) 草薙正夫,『幽玄美の美學』(塙書房, 1973), 68-70쪽.

略… 故製離微之論 顯体幽玄. (무릇 '離'란 '텅 빔'을 말하고, '微'란 '텅 비고 깊음'을 말하는 것이니 텅 비어 깊고 고요한 고로 이것을 일러 離微라 한다. 성인들은 妄想이 없는지라 離에 통달했다고 하는 것이다. …중략… 무릇 미혹된 자는 無我를 내세우거나 有我를 주장하기도 한다. 그런즉 안으로 주관에 의한 顚倒가 생기게 된다. 안으로 주관에 의한 顚倒가 일어나므로 聖理에 통달하지 못하고 聖理에 통달하지 못하므로 밖으로 내세우는 바가 있게 된다. 그런즉 안팎으로 막힘이 생긴다. 밖으로 막힘이 생기면 物理가 不通하게 되고 드디어 망녕되이 諸 見解가 다투어 일어난다. …중략… 고로 離微의 論을 지어 幽玄한 진리를 드러내 体得시키고자 한 것이다.)
-「寶藏論」[42]-

玄樞者 玄謂幽玄 樞樞要. 謂至理幽玄 敎門樞要 佛窮盡之耳. ('玄樞'에서 玄은 幽玄을 말하고, 樞는 樞要-중추가 되는 긴요한것-을 말한다. 이는 지극한 이치의 幽玄함과 敎門의 樞要함을 말한 것이니, 佛의 진리만이 이를 다할 따름이다.)
-「肇論疏」[43]-

言此涅槃 畢竟性空. 諸佛齊證 卽是安隱幽玄之宅也. (열반은 필경 그 성질이 空한 것이고, 이는 諸佛이 모두 증험하는 바인 즉 安隱하고 幽玄한 집이라는 것을 말한 것이다.)
-「肇論疏」[44]-

般若幽玄 微妙難測. (큰 지혜는 幽玄한 것이니 미묘하여 헤아리기 어렵다.)
-「金剛般若經疏」[45]-

이처럼 불교에서 말하는 '幽玄'은 이치나 지혜의 지극함, 깊이, 幽深難測性을 형용하는 말로 주로 사용되고 있음을 알 수 있다.

---

42) 『大正新修大藏經』第45卷(大正一切經刊行會, 1927)
43) 같은 곳.
44) 이 부분은 「肇論」 중의 "涅槃性空也" 대목을 풀이한 것이다.
45) 能勢朝次, 「幽玄論」(『能勢朝次著作集・第二卷』-中世文學硏究, 思文閣, 1981, 211쪽)에서 재인용.

불교적 배경을 지닌 '幽玄'이 일본의 歌論으로 吸收되는 양상은 주로 俊成, 長名, 心敬에서 엿볼 수 있다. 俊成이 활약할 당시 보수파들은 幽玄体를 達磨宗이라 하여 비난하였고 俊成을 그 우두머리로 지목했다는 기록이 鴨長明의 『無名抄』에 나타나 있다(太:137쪽). 여기서 達磨宗이라는 표현을 쓴 것은 불교가 지니는 茫寞性, 포착하기 어려운 특성과 幽玄体의 특성이 吸似하기 때문이다. 이로부터 俊成의 歌學과 佛教의 관계를 짐작할 수 있으며, '그는 天台의 佛法을 배워, 一心三觀의 이치를 歌道의 주된 뜻으로 삼았다.'는 評[46]을 통해서도 그의 가론과 불교의 관계는 분명히 드러난다 하겠다.

한편, 승려 신분인 長明과 心敬의 幽玄論에서는 俊成과는 다른 일면의 불교수용양상을 엿볼 수 있다. 앞서 '幽玄'의 두 핵을 '艶'과 '寂'이라고 언급하였는데, 이 두 사람의 가론은 冲淡幽冥, 淸淨하고 寂廖한 心을 강조하는 특색을 지니고 있어 '寂(さび)'의 성향이 강하다고 할 수 있다. 요컨대, 중세 불교의 無常觀이 일본 미학에 반영된 것이 바로 幽玄의 한 축을 이루는 '寂'인 것이다.

老莊·佛家思想이 無心·幽玄 두 美를 형성하는 사상적 배경을 이룬다는 점은 공통적이면서도, 그 사상의 어떤 면을 어떻게 吸收하였는가는 다소 차이를 보인다. 無心의 경우는 이들 사상이 지닌 형이상학적 哲理-彼·此, 善·惡, 是·非와 같은 분별의 세계를 넘어서는 데서 오는 超脫의 이치-의 추상적 측면이, 幽玄의 경우는 哲里 자체보다도 이치의 지극함, 오묘함, 깊이의 측면이 우선적으로 선별·흡수되고 있지 않나 하는 추론이 가능하다.

이 두 미유형 간의 변별적 양상을 살피기 전에 일본의 경우 '無心'이라는 말이 어떤 의미로 이해·사용되었는지 간단히 살펴보고자 한다. 일본에서의 '無心(心なし)'은 '有心(心あり)'에 대응되는 말로 쓰였는데 가론이나 일반

---

46) 太宰春台(1680-1747)가 그의 著 『獨語』에서 俊成을 評한 말.

문학론에서 더 중시되고 가치있게 여겨지는 것은 '有心'이다. '有心'이란 깊은 마음을 간직하고 있는 것, 정조의 풍부함을 의미하여, '無心'은 무미건조하고 정감이 풍부하지 않은 것을 의미한다. '有心'은 歌合의 判詞로서 널이 쓰이다가 鎌倉時代에 들어와 특히 定家가 有心体를 주창함으로써 와카의 한 양식으로 정착, 중세가론의 중요이념이 되었다.[47] 連歌論에서의 이 말의 쓰임은 優美한 連歌를 '有心宗', 골계를 주지로 하는 連歌를 '無心宗'이라고 부르는 것에서 예를 찾아볼 수 있는데, 전자를 단아하고 고운 連歌(うるはしき連歌), 후자를 좋지 않은 連歌(わろき連歌)로 간주했다. 하이카이(俳諧論에서는 '無心所着의 句'라는 말이 쓰였는데 이는 의미가 불분명한 구를 말하며 비난의 대상이 되기도 하였다.[48] 이로 볼 때, 일본에서의 '無心' 개념은 풍류심의 한 유형으로서의 그것과는 전혀 상통하는 바가 없다고 하겠다. 이런 점에서 오히려 '유우겡'이 '무심'系 미유형으로 분류될 수 있는 일본 대표적 미유형이라고 할 수 있다.

3. '脫俗感'의 상이한 變奏

앞에서는 兩 美類型을 크게 하나의 범주로 묶어 이해할 수 있는 공통기반에 대해 검토해 보았다. 이제 같은 범주 내에서 兩者가 드러내 보이는 변별적 양상들을 살펴봄으로써 각각의 특징을 좀 더 명확히 이해하는 실마리로 삼고자 한다.

3.1. 超感覺性과 感覺性

兩 美類型의 변별적 요소로서 첫째로 지적할 점은, 우주만물 존재의 근원

---

47)『歌論集』「歌論用語」篇(小學館, 1975)
48)『連歌論集・能樂論集・俳論集』・解說篇(小學館, 1973・1989)

에 도달하고자 하는 美的 지향점이 동일하지만 무심의 미가 超감각적·추상적 성향을 띠는 반면, 유현미는 감각적·구체적 성향을 띤다는 점이다. 앞 項에서 兩者의 美的 공분모 설명을 위해 든 예를 다시 비교해 보기로 하자.

> 秋江에 밤이 드니 물결이 ᄎ노믜라
> 낙시 드리치니 고기 아니 무노믜라
> 無心호 돌빗만 싯고 뷘 빗 저어 오노라

> 心なき/身にもあはれは/知られけり/鴫立つ澤の/秋の夕暮
> (私情이 없는 出家한 이 몸도 이 情趣만은 깊이 느낄 수 있다네. 도요새
> 서있는 늪지의 가을 해질녘 풍경.)

> 冬がれの/梢にあたる/山風の/また吹くたびは/雪のあまぎる
> (겨울철 메마른 나뭇가지에 불어오는 이 산바람이 또다시 불어올 때는 눈
> 이 내려 하늘에 안개가 낀 듯하겠지.)

實利的인 면에서는 빈 배이지만 달빛을 가득 싣고 돌아오는 배나, 새 한 마리가 고즈녁하게 서 있는 가을 해질녘 풍경, 혹은 겨울철의 스산한 풍경은 모두 脫俗的 美感을 창출하고 있는 게 사실이다. 그러나, 시조의 脫俗感은 구체적 현상 너머의 우주적 哲理를 향해 우리의 시선이 옮겨지는 데서 오는 반면, 두 편의 와카의 경우는 눈앞에 보이는 사물을 깊이있게 응시하는 데서 온다고 하는 차이를 감지할 수 있다. 즉, 시조의 경우는 '밤'이라는 시간성, '江'이라고 하는 공간성, '찬 물결'이라는 촉각성, '달빛'이라는 시각성 등 인간의 감각성을 환기하는 제 요소들이 '돌빗만 싯고 뷘 비 저어 온다'고 하는 종장 구절에 의해 초감각화되는 양상을 보여 준다. '無心'의 미에서는 이같은 초감각성이 탈속감을 야기하는 반면, '幽玄'의 경우는 감각성을 궁극적인 곳까지 추구해 들어가는 데서 오는 탈속감이라고도 할 수 있다. 그러기에, 시조에서 시선의 이동은 정신적 上昇感·초월감이라고 하는

미적 체험을 수반하는 것이며, 와카의 경우는 表面에서 裏面으로, 深底로의
沈潛의 느낌을 수반한다.

이러한 美感은 어디서 오는 것인가. 이 시조의 경우 '無心한 달빛만 싣
고 뷘배 저어 온다'고 하는 역설적 표현이 그 직접적 계기가 된다고 할 수
있다. '逆說'이란 본래, 심오한 진리를 전달하기 위하여 상호 異質·對立的
인 표현을 병렬적으로 표현하는 기법이다. 이 경우 '텅 비웠을 때 가장 큰
것을 채울 수 있다'는 심오한 진리를 認識하고 깨닫게 하는 作用을 한다.

그러나, 와카의 경우 우리에게 이같은 形而上學的 體驗을 수반하지 않는
다. 寂寥感·스산함·고독감의 극치까지 다다르는 데서 오는 미적 쾌감을
감지할 수는 있지만, 그 '느낌'이 우주의 哲理를 깨닫는 '知的 觀照' 혹은
'認識作用'으로까지 이어지지는 않는 것이다. 요컨대 감각성으로부터 초감
각성으로의 垂直的·上昇的 정신작용의 여부가 無心과 幽玄을 가르는 중
요한 계기가 된다.

위 와카의 예는 幽玄美의 범주에 드는 다른 작품들에 비해 비교적 超感
覺的 색채가 강한 것인데, 아래 작품과 같은 것이 幽玄 혹은 幽玄体의 전
형적 예로 꼽힐 수 있다.

> 打ち寄するいそべの波の白ゆふは花ちる里のとほめなりけり
> (철썩 부딪히는, 하얀 木棉같은 이소베의 파도는 꽃이 지는 마을을 멀리
> 바라 보는 듯하구나.)

이 노래는 俊成에 의해 '風体는 幽玄調이며, 義 또한 凡俗하지 않다.'[49]
는 判詞를 받은 작품이다. 아득하고 淸雅하여 俗을 벗어난 듯한 시적 정취
를 빚어내는 것은 분명한데, 無心의 경우와 비교할 때 感覺性을 초월하여
無의 세계로 들어가는 인식론적 상승작용을 감지할 수는 없다.

---

49) "風体は幽玄調 義非凡俗." 위 노래는 「中宮亮重家朝臣家歌合」 二番歌이다.

요컨대, 유현미는 눈앞의 사물을 깊이 응시하여 그 존재감을 향유하는 것이다. 존재의 實相은 포착되기도, 헤아리기도 어려운 것이기에 그 오묘함·신비감은 배가되며 그에 따라 존재감도 그 깊이를 더하게 되는 것이다. 그러나, 여기에는 형이하의 것을 통해 형이상의 것을 드러내는 인식과정이 개재되어 있지 않고, 어디까지나 형이하의 세계의 깊이를 추구해 간다는 점에서 無心의 미와 큰 차이를 보인다고 하겠다.

3.2. 無限世界로의 '擴大'와 無限世界의 '導入'

인식적 상승과정의 개입여부는, 兩者의 차이를 無彩色과 有彩色의 비유를 빌어 나타낼 수 있게 하는 중대한 요인이 된다. 무심의 미는 근본적으로 '無'의 세계를 지향한다. 여기서 無는 有의 대응항이 아니라, 有無의 대립을 포괄하면서 넘어서는 道家的 無이다. 이에 반해 幽玄美는 눈앞에 펼쳐진 사물-형이하의 세계-의 존재감(색채, 향기, 촉각, 청각 등)을 궁극의 곳까지 추구해 들어가는 데서 얻어지는 것이기에, 그 지향점은 근본적으로 '有'의 세계에 머물러 있다. 그러나, '깊이(深度)'라고 하는 유현미의 본질은 어떤 형태로든 無限感을 수반한다.

> 뒷뫼헤 시 다 긋고 압길의 갈이 업다
> 외로운 비예 삿갓 쓴 져 늙으니
> 낙시에 맛시 깁도다 눈ㅎ진줄 모른다

> 冬ながら/空より花の/散り來るは/雲のあなたは/春にやあるらむ
> (겨울인데도 하늘에서 꽃이 떨어지는 것은 구름 저편에 봄이 있기 때문일까?)[50]

---

50) 이 노래는 忠岑의 高情体의 例歌 중 하나로 '幽玄'이라는 評語를 받은 작품이다.

이 두 노래 모두 有의 세계-시조는 낚시에 몰두해 있는 늙은이를, 와카는 겨울
철 눈내리는 풍경을 담고 있다-는 노래하면서도 그것이 無의 세계로 이어지는
양상을 보여 준다. 그리하여 무한한 넓이와 깊이를 체험하는 듯한 宇宙感을
빚어내고 있다. 그러나 '無限性'을 중심으로 하여 우주감을 야기하는 양상
에서 兩者는 차이를 드러내는데 그것을 '無限世界로의 擴大'와 '無限世界
의 導入'이라는 말로 구분해 볼 수 있다.

와카를 보면 '구름'을 경계로 '눈이 내리는 이쪽'과 '봄이 있는 저쪽'이
나누어지는데, 이쪽이 '감각'의 세계, '有' '俗'의 세계를 나타낸다면 저쪽은
無限, 超俗의 세계를 나타낸다. 이 노래의 중심은 '저쪽'에 있는 것이 아니
라 '이쪽'에 있다. 즉, 겨울철의 소재인 '눈'을 봄철의 '꽃'에 비유하여 눈내
리는 풍경에 대한 감탄의 정조를 표현하는 것에 歌意의 핵심이 있는 것이
다. 구름 저편에 있을지도 모르는 '봄'은 '눈'의 感覺性을 강화하는 구실을
한다.

한편, 無心의 미를 드러내는 시조작품을 보면 '낚시에 열중한 늙은이'로
대표되는 '有'의 세계에 歌意의 초점이 있는 게 아님이 분명하다. '뒷뫼'나
'앞길'은 '늙은이'가 속한 '有'의 세계의 것임에 틀림없지만, '새들도 다 날아
가 버리고' '사람 발자취도 다 끊어진' 것이기에 無限性을 환기하는 작용을
한다. 그러나, 와카의 경우와 대비되는 것은, 그 무한성이 '낚시'와 '늙은이'
라는 有의 세계를 강조하기 위한 背景으로 활용되는 게 아니라는 점이다. 오
히려 '낚시'와 '늙은이'가 지니는 有限性은, 초장에서 제시된 無限性으로 흡
수되어 그 존재가 無化되어 버리는 詩情을 빚어낸다.

요컨대, 幽玄美는 無를 배경으로 하여 無가 지닌 宇宙的 無限感을 획득
하는 데서 얻어지는 것이요, 無心의 미는 有를 통하여 有가 지닌 존재감이
無의 세계로 흡수되어 확산해 감으로써 얻어진다는 차이를 이끌어 낼 수 있
다. 前者가 유한한 것에 無를 수용・도입하여 有가 지닌 극치감을 향유하는
것이라면, 後者는 유한한 것을 無의 세계로 확산해 가는 초월감을 향유하는

것이다. 그러기에, 無心의 美가 體現된 작품 속에 그려진 풍경들은 어느 특정의 時間·空間性을 지닌 것이면서도, 시간의 찰나성·공간의 제한성을 넘어서 永續·無限의 세계로 확장되어 가는 美感을 조성하게 되는 것이다.

이것을 산수화에 비유해 본다면, 幽玄美는 여백을 배경으로 하여 그 여백이 지니는 무한-여백은 有限에서 無限으로 이어지는 통로로 消點이 두어지는 부분이다-의 의미에 힘입어, 화폭에 그려진 사물들이 무한한 깊이를 획득하는 양상이라고 할 수 있다. 한편, 여백이 단지 ‘有’의 배경에 그치는 것이 아니고 그 자체에 초점이 두어지는 경우를 상상할 수 있다. 이때 여백은 유한에서 무한으로 이어지는 통로이며 시선은 消點을 따라 無의 세계를 향하게 된다. 이런 경우 감지되는 美感이 바로 無心인 것이다. 이것을 다음 표로 나타내 볼 수 있다(표에서 괄호가 있는 부분에 중심점이 놓인다).

有 → (無)   (有) ← 無
(無心美의 경우)   (幽玄美의 경우)

3.3. 美의 對象 및 主體와 對象의 관계

無心의 美나 幽玄美는 모두 존재의 본질에 접근하려는 美的 의도를 지닌다. 유현·무심이라는 美感을 조성하는 대상은 주로 自然物이다. 그러나, 幽玄美는 자연에만 국한되는 것이 아니라 이 세상에 존재하는 모든 사물이 그 대상이 된다는 점에서, 거의 자연으로 국한된 無心美와 차이를 보인다. 유현미는 자연의 오묘함을 체험하는 데서 오는 미감이라기보다는, 어떤 사물이든간에-예컨대 人體의 幽玄·容貌의 幽玄도 얘기될 수 있다[51]-그것의 깊은 맛과 計測하기 어려운 오묘함을 감지하는 데서 오는 深度있는 감동이라고 하는 쪽이 더 적합할 것이다.

---

51) 能勢朝次, 앞의 책, 304쪽.

見渡せば/もみぢにげらし/露霜に/誰がすむ宿の/つま梨の木ぞ
(멀리 바라다 보니 서리 내린 가운데 단풍이 들고 있네. 누가 사는 집일
까? 저 배나무가 있는 집은.)

여기서 'つま梨'는 '端(つま)梨(なし)'와 '妻(つま)無(な)し'의 두 뜻에 모두
걸리는 掛詞이므로, 이 노래는 寂寥한 晚秋의 풍경과 더불어 아내가 없는
홀아비의 고독한 심사를 二重으로 담고 있다. 이 노래에 대해서 幽玄이라는
判詞가 사용되었음은 앞에서도 언급한 바 있다. 이 작품에서의 幽玄性은
自然에서만 얻어지는 것이 아니라, 인간의 고독감에서도 야기된다. 즉, 자연
경물이건 인간의 심정이건 시적 대상의 본질적 존재상을 그 究極의 경지까
지 추구해 들어가는 데서 오는 깊은 맛이 바로 幽玄美인 것이다.

磯頭에 누엇다가 씨드라니 돌이볼다
靑藜杖 빗기집고 玉橋를 건너오니
玉橋에 몰근 소리를 자는 새만 아놋다   -朴仁老-

無心의 미의 대상이 되는 것은 거의 예외 없이 자연물이다. 인간이 무심
의 대상에 포괄될 경우-예컨대 앞에서 인용한 <뒷뫼헤 시 다 굿고>의 경우-'인
간'은 자연화된 인간이다. 이 시조에서도 '靑藜杖 빗기집고 玉橋를 건너오
는' 인간의 존재를 감지할 수 있으나 그 존재는 여타 자연물로부터 구별되
는, '自我'를 주장하며 '個性'을 표출하는 인식주체로서의 모습이 아니라 여
러 자연물들이 빚어내는 하나의 전체 풍경 속에 융해된 모습으로 감지된다.
이때의 인간존재는 自意識이 소멸된 상태, 즉 자연화된 상태이다.

여기서 한 가지 주목할 점은 兩 美感을 야기하는 시적 대상에 대한 주체
의 태도이다. 우리는 위 시조에서 주변의 자연물과 하나가 되어 버린 주체
를 감지하게 된다. 그리고, 시 속에 실현된 物我一體의 美感을 推體驗하게
된다. 觀照·交感(親和感)·同化·感情移入·擬人化·物我一體[52] 등 자연

에 대해 주체가 가질 수 있는 정서적 태도면에서 볼 때, 객체에 대한 주체의 심리적·미적거리는 '觀照'의 경우가 가장 멀다 하겠고, '物我一體'의 양상이 가장 가깝다고 할 수 있다.53) 관조나 교감, 동화처럼 주체/객체간의 거리가 있다 하는 것은 곧 인식주체가 자신의 존재, 자신의 목소리를 끝까지 포기하지 않는 '混合'의 양상을 노정하는 것이요, 감정이입·의인화·물아일체처럼 거리가 최소화되어 있다 함은, 인식주체가 언술 裏面으로 퇴각 내지 소멸해 있는 '化合'의 양상을 보여주는 것을 의미한다.54)

물아일체의 경우 시 속에서의 인식주체는 더 이상 物과 我가 별개의 것임을 '분별'하거나 物을 대상화하지 않는다. 우주의 보편적 진리 속에서는 個我는 더 이상 의미가 없다. 그러므로, 無心의 미의 농축적 형태라 할 '物我一體感' '以物觀物'의 태도는 自我의 방기, 인식주체의 소멸을 의미한다고 보아도 좋을 것이다.

한편, 幽玄의 미가 體現된 와카들을 보면 사물의 깊이를 감지하고 향유하는 주체의 존재가 끝까지 언술 내용 속에 혹은 언술의 이면에서 자신의 존재를 드러낸다.55) 이것은 결국 유현미는 대상 쪽으로, 무심미는 주체 쪽으

---

52) 여기서 自然을 예술의 대상으로 했을 때 그에 대응하는 주체의 정서적 태도를 歷史的/民族的 自然感情, 客觀的/主觀的 自然感情을 두 축으로 하여 살펴본 大西克禮의 견해에 귀기울여 보는 것도 좋을 듯하다. 이 중 後者의 축에 대해 부연해 보면, 주체(자아)와 객체(자연) 사이에 일종의 거리가 있어 知的 흥미, 功利的 관심이 개재해 있고 心的 태도가 객관적인 경우와 자연에 대한 감정적 반응 및 공명이 직접적이고 절실하여 그 주체의 심금을 감동시키는 주관적 자연감정유형의 구분이 가능하다고 하였다. 大西克禮, 『自然感情の類型』(東京:要書房, 1948)

53) '物我一體'란 '物'과 '我'가 하나가 된 것으로 字句上으로는 미적 거리가 제로인 것으로 해석되기 쉬우나 이것은 가장 이상적인 예술의 경지를 관념적으로 가정한 것이고, 실질적으로 主客이 완전히 융해되는 양상은 있을 수 없다.

54) 주체/객체 간의 관계양상을 나타내는 '混合' '化合'에 대해서는 본서 「'흥'의 미적 원리」 및 拙稿, 「韓·日 短歌文學의 전통 비교」, 『古典詩 다시읽기』(寶庫社, 1997), 595쪽 註 11)참고.

55) 그러나, 時調라는 특정 장르를 전체적으로 개괄할 때 물아일체의 양상을 보이는 작

로 기울어지는 미유형이라는 차이를 말해 준다고 본다. 美感, 美的 體驗이
란 궁극적으로 인식주체와 그 대상이 交感하는 데서 빚어지는 조화인 것은
사실이나, 어느 한쪽에 강조점이 주어지는 것도 또한 부정할 수 없다. 일본
의 歌論에서 주체 쪽이 강조될 때는 幽玄体보다는 有心体라는 말로 포괄
하려는 양상도 이를 뒷받침하는 단서가 된다.[56]

요컨대, 幽玄美는 대상이 지니는 오묘한 깊이, 실재를 포착하기 어려운
데서 오는 신비감 즉 '風流性'이 강조되는 미유형이라면, 無心美는 대상의
그같은 현상으로부터 형이상의 것을 깨닫는 주체의 심적 작용 즉 '風流心'
이 강조되는 미유형이라고 할 수 있을 것이다.

3.4 언어표현상의 차이

사물·대상이 지닌 깊이에 초점이 모아지건(幽玄의 경우), 대상을 감지하
는 주체의 심적 깊이 혹은 심도있는 정서체험에 중점이 두어지건(無心의 경
우) 둘다 '깊이'를 지향하는 미유형인 것이 사실이다. 그렇다면, 그 깊이가
언술상으로 어떻게 나타나는가, 바꿔 말하면 그 깊이가 어떤 언어표현을 통
해서 감지될 수 있는가되는가 하는 언어사용의 문제를 고려하는 것도, 兩者
의 미묘한 차이를 드러내는 한 실마리가 된다. 예를 들어 살펴보도록 하자.

風吹けば/花の白雲/やや消えて/よなよな晴るる/み吉野の月
(바람불어 꽃같은 흰구름 점점 사라지니, 밤마다 밝아지는 吉野의 달빛.)
-「千五百番歌合」·271番-

___

품이 드물다는 것은 時調 자체의 장르적 특성이라 하겠고, 일본 시는 자아를 개입시
키는 것을 극도로 꺼리는 경향이 있음에도 불구하고 和歌의 경우는 我의 목소리가
뚜렷한 것은 와카 자체의 장르적 특성이라 할 수 있다. 한국의 문학작품 특히 국문시
가에서 '無心'은 '흥'보다 보편화되지 못한 게 사실이다.
56) 大西克禮, 『美學』·下(東京:弘文堂, 1960·1967), 212쪽.

こぎいでて/みおき海原/みわたせば/雲ゐのきしに/かくる白波
(배저어가다 보아둔 드넓은 바다, 멀리서 바라보니 구름 물러간 자리에 숨
어있는 흰 물결.)
-「廣田社歌合」·8番-

위 작품은 둘다 俊成에 의해 '幽玄'의 例로 거론된 것이다. 이들 작품에
서 유현미를 야기하는 시적 대상은 '달빛'과 '흰 물결'인데, 이 모두 뭔가에
가려져 있었던 사물이라는 점에서 공통적이다. 첫째 예에서 "晴るる"는 안
개나 구름이 끼어 뿌옇던 하늘이 개이는 것을 말하는데, 흰구름이 걷힘에
따라 그에 가려있던 달이 환하게 빛나는 것에서 오묘함과 깊은 정취가 조성
된다. 이처럼 감추어져 있는 것, 드러나지 않은 것에 대한 신비감과 동경이
幽玄美를 구성하는 기본적 요소가 된다. 이같은 양상은 두 번째 예도 마찬
가지다.

가려진 것, 드러나지 않은 것에서 幽玄의 미를 조성하는 것과 궤를 같이
하여, 함축적·암시적인 표현, 애매하고 불명확한 표현들이 사용되고 있음을
주목해야 한다. 앞에서 인용한 'つま梨'는 '端(つま)梨(なし)'와 '妻(つま)無
(な)し'의 두 뜻에 모두 걸리는 掛詞로서 함축적 언어사용의 대표적 양상이
라 할 수 있고, 위 예들에서 '꽃같은 흰구름'이나 '숨어 있는 흰 물결'과 같
은 비유법도 함축적 표현의 예라 할 수 있다.

'한 마디 말에 많은 이치를 담고, 나타내지 않고도 깊은 마음을 다한다.'
고 하는 長明의 余情論은, 이면의 것을 다 드러내지 않는 '함축성' '분명치
않은 모호한 언어표현' 등을 의미한다는 것을 앞서 언급한 바 있다. 또한
長明의 余情으로서의 유현 개념을 이어받아 '마음 속 생각이 있어도 이것
을 명확하게 말하지 않는 것' '다 말하지 않고 남겨 두는 体'를 유현으로
이해한 正徹의 견해도 살핀 바 있다. 이들의 견해는 모두 함축적 언어사용
이 유현미의 조성과 表裏의 관계를 맺고 있음을 시사한다. 요컨대, 유현미
는 언어가 가진 外延/內包의 이중적 속성에서 外延을 애매·모호하게 함으

로써 내포적 의미에 깊이를 부여하는 언어표현과 깊은 관계가 있다고 할 수
있다.

한편 무심의 미가 體現된 작품들의 언어사용 양상에 주목해 보면, 함축적
표현이나 애매모호성과는 다른 언어표현을 통해 美的 깊이를 조성한다는 것
을 확인하게 된다.

梅影이 부듯친 窓에 玉人金釵 비겨슨져
二三 白髮翁은 거문고와 노리로다
이윽고 盞잡아 勸혈적에 달이 쏘한 오르더라   -安玟英-

여기서는 있는 사실을 평면적·직접적으로 표현할 뿐, 함축성이나 내포적
의미가 담겨 있지 않다. 이 작품의 언어사용에서 눈여겨볼 것은 일종의 '省
略'이 내재해 있다는 점이다. 인식주체는 눈앞의 광경을 굴절하거나 왜곡하
지 않고 있는 그대로 거울처럼 비추어 낸다. 여기 등장하는 모든 사물은 서
로 어우러져 한 덩어리를 이루며 이 중 어느 한 사물에 초점이 맞춰져 있지
않다. 그렇다고, 눈앞에 펼쳐진 광경을 구성하는 사물 하나하나를 세부적으
로 정밀하게 그려내려는 창작 의도가 감지되지도 않는다. 주변의 온갖 사물
들 중 일부, 한 단면을 그려내고 있을 뿐이요, 나머지는 생략해 버린 셈이
다. 여기 그려진 斷面은 우주만물 전체를 대표하는 것이다. 부분을 가지고
전체를 환기하는 제유(synecdoche)의 양상을 보여준다. 그러므로, 이같은 제유
법의 근저에는 기본적으로 '省略'이 자리하고 있다고 할 수 있다.

無心의 미가 담고 있는 '깊이'는, 단편적인 것, 평범한 것, 일상적인 것이
우주의 원리, 자연의 질서, 형이상학적 세계와 같은 심오한 진리의 세계를
환기한다는 사실에서 비롯된다. 함축적 언어사용이 표면적 의미 속에 또 다
른 의미를 포개어서 담는 것임에 비해, 이 경우 언어사용은 극히 단선적인
것, 홑겹과 같은 것으로서, 함축성과는 다른 각도에서 美的 깊이를 배양해

낸다.

한 가지 덧붙일 것은 <秋江에> 시조에서 본 바와 같은 '逆說的 表現' 역시 無心美의 본질을 잘 드러내는 언어사용법이 될 수 있다는 점이다. '역설(paradox)'은 의미의 함축성·암시성과 같은 정서적 효과보다는, 심오한 진리의 효과적 전달이라고 하는 知的 효과를 지닌 기법이기 때문이다. 幽玄의 범주에 드는 작품들에서 역설적 표현은 거의 찾아볼 수 없다는 점도 兩者의 차이를 뒷받침하는 실마리가 된다.

3.5. '超詣'와 '飄逸'

無心이나 幽玄은 미유형인 동시에 일종의 評語가 될 수도 있는 것이므로, 기존의 詩品과의 관련성을 검토해 보는 것도 兩者의 차이를 드러내는데 효과적인 방법이 될 수 있다. 中國의 詩品 중 대표적인 것이라 할 司空圖의 '二十四詩品'과 비교해 본다면 결국 韓·中·日 세 나라의 美的 특성이 다소나마 부각될 수 있다고 본다.

'二十四詩品' 중 '無心'과 관련이 있거나 無心의 내용과 겹쳐지는 부분이 있다고 여겨지는 것으로 '沖淡', '高古', '超詣', '自然'을 들 수 있고, 幽玄과 유사한 것으로 '纖穠', '含蓄', '飄逸', '淸奇'를 들 수 있다. 시품 하나하나에 대한 설명은 비유적·암시적 표현으로 일관해 있어 정확히 어떤 양상을 지적하는 것인지 파악하기가 어렵지만, '沖淡'의 '沖'은 虛의 뜻이요, 淡은 五味가 첨가되지 않았다는 無味의 뜻이므로 '無心'의 내포적 의미에 가장 근접해 있다고 할 수 있다.[57] '高古'는 초월·초탈의 경지를 나타내고, '自然'은 노장사상에서의 道·眞·無 개념의 別稱이라고 해도 좋은 만큼 無心에는 '自然'의 의미가 함축되어 있다 하겠다. '超詣'는 초월한 듯 멀고도 造詣깊게 나아간 작품을 品格을 가리킨다는 점에서 脫俗의 의미를 내포

---

57) 無心이 지니는 '淡'의 속성에 대해서는 본서, 「'無心'의 意味體系」 참고.

한 無心와 흡사하다.

한편, '纖穠'에 대해서 司空圖는 "采采流水 蓬蓬遠春 窈窕深谷 時見美人(물 풍성히 흐르고 봄은 멀리까지 펼쳐 있는데 깊은 골짝에 아리따운 미인이 때때로 보이는 格)"이라고 설명하였는데, 이는 겉으로 드러난 외양이 곱고 깊이가 있고 풍성한 모습을 나타냈다고 하겠고, 幽玄이 지닌 '艶'의 성격과 흡사하다고 볼 수 있다. '含蓄'은 직접적인 토로를 배제하고 하고자 하는 말을 안으로 숨겨 포함한다는 의미이므로 幽玄의 기본특성인 余情의 미에 부합하는 것이라 생각한다. '淸奇'에 대해 사공도는 '淪流(맑고 잔잔한 물결)', '古異(옛스럽고 기이함)', '尋幽(그윽한 곳을 찾음)' 등의 어휘로 설명을 하고 있다. 이로 미루어 '淸奇'는 淸新奇妙의 品格을 가리킨다고 하겠고 淸雅하면서 그윽하고 기묘한 정취를 나타내는 幽玄과 아주 흡사한 면이 있다고 볼 수 있다. '飄逸'에 대하여 사공도는 '緱山의 鶴과 華山머리의 구름처럼 교교하게 무리와 섞이지 않는 品格', '바람에 나부끼는 쑥잎이 끝없이 떠가는 것처럼 잡을 수 없을 듯하기도 하고 장차 소식이 있을 것 같기도 한 모습'으로 형용한다. 이는 속된 현실을 벗어나 고상한 경지에서 노니는 것, 실체를 확연히 포착하기 어려운 상태를 뜻한다고 하겠고, 고상함과 초연함, 멀고 아득한 縹緲性, 불분명함을 특징으로 하는 幽玄과 공통의 부분을 지닌다고 볼 수 있다.

여기서 특별히 주목하고 싶은 부분은 無心이나 幽玄 모두 '脫俗性'을 지니는데 無心이 갖고 있는 탈속성은 '超詣'의 성격에, 幽玄의 탈속성은 '飄逸'의 성격에 가깝다는 점이다. '超'나 '逸'에는 모두 '俗'을 벗어난다는 의미가 담겨 있지만, '超詣'에는 '나아간다'는 의미의 '詣'가 들어가 있으며, '飄逸'에는 '나부낀다''방랑한다'는 의미의 '飄'가 들어가 있다. 이 두 글자가 兩 詩品을, 나아가서는 無心과 幽玄을 변별지우는 중요한 징표가 된다. '俗'을 넘어서되 하나는 방향성과 중심이 있는 것이요, 하나는 방향성과 중심이 없는 것이다. 그리고 前者는 추상적·超感覺的이고, 後者는 구체적·

감각적이다. '飄'는 '나부낀다'고 하는 시각성, '빠른 바람, 바람소리'에서 비롯되는 청각성을 내포하기 때문이다. 이것은 바로 無心과 幽玄이 지닌 추상성과 구체성의 단적인 근거라 할 수 있다.

또, '沖淡'과 '纖穠'을 비교해 보면, 둘다 언어로 표현되는 양상의 한 측면을 포함한다는 점에서는 공통적이지만 前者는 '無', '超感覺的' 방향으로, 後者는 '有', '感覺的' 방향으로 傾倒되는 차이를 보인다. 이는 앞의 '超詣'와 '飄逸'이 빚어내는 차이와 같은 맥락에 놓인다고 하겠다.

3.6. 差異의 근저에 있는 것

지금까지 無心과 幽玄을 하나의 범주로 묶어 이해할 수 있는 기반과, 같은 범주 내에서 드러내 보이는 差別相 및 각각의 고유성에 대해 살펴 보았다. 이제 이같은 차이를 배태시킨 배경에 관하여 생각해 보고자 한다.

幽玄은 본래 老子의 언술에 근원하는 말이고 형이상학적 깊이를 함축하는 말임에도 불구하고, 일본에서 美類型으로 정착되는 과정에서 感覺性이 농후한 개념으로 변질되고 있음을 앞에서 살핀 바 있다. 이에 대해 草薙正夫는 '物(もの)'의 이해에 있어 주로 直觀에 의존하는 일본인의 국민성·思惟特性 때문이라고 설명한다.[58] 일본인의 경우 초월적 존재의 추상성을 그대로 수용하지 못하고 구상적인 현실성으로 변모시켜 수용하는 특성을 지닌다는 것이다. 이 보편적인 것, 초월적인 것, 규정불가능한 것을 표현하는 말이 바로 일본어 '物(もの)'인 것이다.[59] 일본어 'もの'는 人도 物도 모두 포괄하는 개념이며,[60] '幽玄美'란 이 '物'이 지니는 깊이, 고상한 정취를 본바탕으로 하는 것임을 유추할 수 있다.

---

58) 草薙正夫, 앞의 책, 71-72쪽.
59) 같은 책, 233쪽.
60) 鈴木修次, 「中國の'物'と日本の'もの'」, 『古典の變容と新生』(川口久雄 編, 明治書院, 1984)

氏는 일본인의 사고방식은 현실주의적이고 직관주의적이며, 思想形態에 있어서는 內在論的·汎神論的이라 한 中村元의 말을 인용하면서 추상적인 것을 구상화하여 卽物的으로 포착하는 경향은 일본인의 국민적 성향이라 하였다. 일본에서 형이상학이 발달하지 않은 대신, 美學은 크게 발달한 것도 같은 맥락에서 이해할 수 있다고 본다.

'幽玄'에 내포된 다양한 성격 중 중심적인 것은 아마도 함축성, 불명료성, 애매성, 縹緲性일 것이다. 뭔가를 분명하고 첨예하게 지적·설명하는 것은 아무래도 일본의 문학세계, 美的 세계와는 거리가 멀다고 하겠다. 鈴木修次 는 中·日 詩의 敍情性을 비교하는 자리에서 설명적·논리적·사상적인 것을 중국시의 특징으로 들고, 이것은 비단 중국만이 아니라 大陸系 문학의 일반적 특색이라 하였다. 반면, 일본에서 예술행위가 이루어지는 공간은 민족적 공동사회의 좁은 커뮤니케이션의 場이므로 이같은 설명 없이도 상호 이해가 가능하였고, 결과적으로 분명·명쾌·논리적인 설명보다는 암시적이고 餘韻余情이 감돌며 애매모호하고 함축적인 표현방법을 선호하게 된 것이라 하였다.[61]

幽玄美를 특징을 야기한 근원에 대한 위와 같은 논리의 구도가 우리나라의 경우에까지 적용될 수는 없지만, 시사해 주는 바가 적지 않다. 우선 지리상으로 우리나라는 島嶼國인 일본보다는 대륙의 중국에 가깝다. 이같은 지리적 여건이 중국문화가 전파·수용되는 과정에서 兩國 간에 큰 차이를 배태했을 것임은 물론이다. 중국 문화를 동아시아 문화의 '中心'으로 보았을 때 주변에 전파되어 미치는 영향력은 그 공간적 거리에 반비례하고, 일반적으로 古代에 있어서는 海路보다는 陸路에 의한 접촉의 경우에 영향력이 강하다는 사실[62]에 주목해 볼 필요가 있다.

---

61) 鈴木修次, 「日本的敍情と中國的敍情」, 『中國文學と日本文學』(東京書籍株式會社, 1987·1991)
62) 全海宗, 「東亞 古代文化의 中心과 周邊에 대한 試論」, 『東亞文化의 비교사적 연

앞에서 兩 미유형이 모두 老莊思想을 원류로 하면서도 그것이 美的 類型化되는 과정에서, 幽玄은 노장사상의 哲理性·추상성으로부터 크게 벗어나는 양상을 보인다는 것을 살핀 바 있다. 이처럼 中心文化로부터의 공간적 거리, 大陸系인가 島嶼國인가 하는 지형상의 특징 등이 兩國의 美的·文化的 차이를 배태하는 중요 요인이 되었다고 추정할 수 있는 것이다.

구』(일조각, 1976·1982), 54-55쪽.

흥·恨·無心의 상호관계

흥·恨·無心의 상호관계

　지금까지 '풍류'를 최정점으로 하는 동아시아적 미학체계 수립을 위한 가능성을 탐색해 보았다. 풍류를 핵심어로 하여 '풍류성'과 '풍류심'을 이끌어내고 다시 풍류심의 세 유형으로서 흥, 한, 무심을 제시하였다. 그리고 이 각각의 미적 원리, 구체적 전개양상을 살핀 뒤, 논의범위를 중국·일본으로 확대하여 흥계, 한계, 무심계라는 미적 범주를 설정해 보았다.

　이제 맺음말을 겸하여 흥, 한, 무심이 풍류체계를 구축하는 데 있어 어떻게 상호관련을 맺는지 살펴보기로 한다. 먼저 지금까지 논의해 온 세 미유형의 특성을 비교 요약해 보도록 하자.

　첫째, 미적 체험의 원천이 되는 대상을 비교할 때, '무심'은 '자연'을 주된 원천으로 하고 '흥'은 兩者 모두를 포괄하는 반면, '한'은 '인간사회'에서 일어나는 갈등·모순·불행 등 인간사이의 不調和한 관계 속에서 형성되는 미의식이라는 특성을 보인다.

　둘째, 主調를 이루는 정감의 양상을 살펴볼 때, '흥'은 희열·쾌락의 정감이, '무심'은 초탈감이 주조를 이루는 반면, '한'의 경우는 비애감이 주를 이룬다. 이같은 차이는 미적 대상과의 상관관계가 긍정적이냐 부정적이냐에 의한 것이다. 긍정적일 때 희열·쾌락의 정감이 생기며, 부정적일 때 비애감이 싹튼다. 한을 야기한 요소들에 대하여 주체는 부정적인 반응을 계속적으로 유지한다. 설령 주체가 체념의 자세를 취한다 해도, 그것이 한을 야기한 사건들에 대하여 긍정적 태도로 전환된 것을 의미하지는 않는다. 체념은 부정적 반응의 한 변형된 모습이기 때문이다. 결과적으로, 흥은 '陽' '明'의 성격을 띠는 반면, '한'은 '陰' '暗'의 경향으로 흐르게 된다. 또, 흥과 무심이 無葛藤의 미라는 특징을 지니는 반면, 한은 葛藤에 기초한다는 특징도 이와 깊은 관련을 지닌다.

이들 주조를 이루는 정감을 표출하는 방식의 차이는 앞서 언급한 바 있다. 즐거움의 적극적 발산으로 특징지어지는 '흥'이 상승의 미감을 야기하고 소극적 수렴과 응축의 특징을 지니는 '한'이 하강·침잠의 미감을 형성하는 것은 자연스런 귀결인 것이다. '무심'은 상승의 미감이되, '흥'이 '量的 膨脹'에 기초한 상승인 것과 달리 인식작용의 변화 즉 '質的 高揚'에 의한 상승의 미감이라는 특징을 지닌다.

셋째, 어느 순간의 自我의 소멸을 수반하는 것이 풍류심의 본질이라 할 때, 이 세 미유형에는 모두 이같은 풍류심의 본질이 함축되어 있지만, 그 성격이 각각 다르다는 점을 지적하고자 한다. 풍류심의 본질인 '無我感' 혹은 어느 순간의 자아의 放棄는 자의식이 소멸된 후 空을 체험하는 상태이다. 흥의 절정인 엑스터시가 그렇고, 초월적 미감인 무심의 경지가 그러하다. 한의 경우도 어느 순간 응고된 감정이 液化되면서 자아가 진공상태에 이르는 심리체험을 내포한다. 자의식의 소멸은 어느 면에서는 서구미학의 '카타르시스'와 유사한 정서체험으로 이해될 수 있다. 그러나, 카타르시스는 근본적으로 자아의 소멸을 강조하는 개념이 아니며 자의식의 각성 상태에서 일어나는 淨化·해방감·고양감의 체험을 의미한다는 점에서 차이가 있다.

무아감의 상태에 이르기까지의 심리상태를 비교해 보면, 흥은 처음에 형성된 快·樂의 정감이 變質되지 않은 채 고조됨으로써 자의식이 발산되어 무아의 상태에 이른다. 무심은 物과 我의 경계, 차별의 세계를 넘어섬으로써 자아를 잊는 忘我의 상태에 이른다. 한편, 한의 경우는 부정적 정감에 휩싸여 있는 자아를 내면으로 억제하고 그것이 최대치가 되었을 때 처음의 부정적 정감이 無化되면서 그 정감 속에 침윤되어 있던 자아가 否定되는 양상을 취하게 된다. 그리하여 어느 한 순간 자아의식의 진공상태가 초래되는 것이다.

요컨대, 흥의 무아감은 자의식이 발산되어 消盡한 결과를, 무심의 무아감은 自他 분별의식의 초월 상태를 의미하며, 한의 무아감은 자아의식의 진공상태를 의미한다고 할 수 있다. 흥의 무아감이 엑스터시와 비슷하다면, 한의 무아감은 카타르시스 작용과 흡사하다고 하겠다.

넷째, 美感에 내포된 諸 심리요소 가운데 '知覺'의 측면에서도 세 유형은 차이를 보인다. 감각기관에 의한 직접적 자각인 '感覺'과는 달리 '지각'은 사물이나 현상들간의 관계에 대한 간접적 자각이므로 思考와 認識의 작용이 따른다. 흥은 즉흥적·즉각적 표출이 핵심적인 특징을 이루므로 '미적 대상'에 대한 주체의 思考나 認識, 知覺은 최소화되고 '감각작용'은 최대치가 된다. 반면, 한의 경우는 앞서 지적한 대로 비극을 비극적 상황으로 인식하지 않는 한 '恨'은 성립되지 않으므로 한을 야기한 요소에 대한 깊은 自覺과 認識을 전제로 한다. 또, 인식작용은 어느 정도의 시간을 요한다고 할 때, '흥'이 상황에 대한 즉각적 반응을 특징으로 한다는 것은 곧 흥을 체험하기까지의 시간이 짧다는 것을 뜻한다. 그러나, '무심'의 체험은 이보다는 상대적으로 긴 시간을 요하며, '한'의 경우는 이 둘에 비해 월등 긴 시간, 절대적으로 긴 시간을 필요로 한다. 따라서, 무심이나 한은 흥과는 달리 認識과 知覺作用은 최대치가 되며 감각성은 최소치가 된다고 할 수 있다.

흥은 미감의 심리요소 중 감각요소가 가장 활발하므로 遊戱性과 결부되기 쉬운 반면, 무심이나 한의 미는 오히려 진지함, 유희성의 결여라는 특징을 부여받게 된다. 따라서, 흥의 미에서는 弛緩感이, 한의 미에서는 緊張感이 두드러진다. 무심은 긴장에서 벗어난 심리상태라는 점에서는 흥과 같지만, 긴장으로부터의 이완의 계기가 감각의 활성화가 아니라, 사물이나 우주현상의 본질에 대한 지각·인식, 깊은 이해에서 온다는 점에서 흥과 결정적인 차이를 지닌다.

다섯 째, 미적 체험 주체가 현실에 대해 취하는 거리 및 태도면에서도 이 셋은 차이를 드러낸다. 홍이 '俗'의 미라 한다면, 무심은 '脫俗'의 미이다. 이것은 이들 미유형이 現實指向的인가 現實遊離的인가를 말해주는 대목이다. 홍은 현실에 긍정적이며 他者와의 관계맺음에 적극적인 미유형인 반면, 무심의 초월감은 오히려 현실부정의 소산, 俗에 속한 것과의 관계를 단절하려는 의지의 소산으로 이해될 수 있다. 이 점에서 무심계의 미가 '망원경'으로 멀리 사물의 기색을 조망하는 것으로 비유한다면, 홍계는 '확대경'으로 사물의 모습을 바라보면서 그 다양한 생명현상을 충분히 느끼고 수용하는 근거리적 현실 안에 기초해 있는 미유형이라 할 수 있다.

'한'의 경우 현실은 과거로부터 되풀이되어 온 부정적 정감이 여전히 큰 힘을 갖고 지속되는 시간이다. 즉, 과거의 연장일 뿐이다. 그러므로, 현실이 긍정적인 것이 될 수 없고 그렇다고 그것으로부터 초월할 수도 없다. 현실에 속해 있으면서도 관계맺음에 소극적이거나 그것을 부정하려는 태도인 것이다. 한 체험의 주체는 현실 속에 있으면서도 그 중심으로부터 소외된 존재이며 강한 分離感을 체험하는 존재이다. 그러므로 그 주체의 현실유리는 초월에서 오는 것이 아니라, 관계의 단절에서 오는 것이라고 말할 수 있다. 홍이 개방적인 미로, 한이 폐쇄적인 미로 이해될 수 있는 것도 이같은 근거에 연유한다.

여섯 째, 이들 미유형의 복합성·다층성을 검토해 볼 때, 홍과 무심은 단순미로서의 특징을 지닌다. 무심의 경우 거기에 이르는 과정이 복잡하나 무심의 상태 자체는 극히 단순하다. 세간의 분별성, 차별상을 덜어낸 뒤 경험하게 되는 미감이기 때문이다. 홍이나 무심과는 달리, 한은 대단히 복잡하고 다층적인 미감이다. 자아방어와 타인에 대한 공격심리가 이중적으로 복합되어 있는가 하면, 원망·염원·자책·회한·탄식 등 다양한 정감이 뒤섞여 있는 것이 바로 한의 미인 것이다.

일곱 째, 이 세 용어들에는 대상의 풍류적 속성을 '향수'한다는 개념이 내재해 있다고 하였는데, 주된 향수층을 비교해 보면, '흥'은 왕에서 아래 천민까지, 지식층/무식층, 권력층/소외층 할 것 없이 전계층 모두에 걸쳐 향유될 수 있는 것이라면, '한'은 주로 어떤 이유로건 소외의 체험을 겪는 계층과 밀접한 연관을 지닌다. 한편, 무심은 주로 논리적 사고와 인식작용의 훈련이 되어 있는 지식층에 더 밀착되어 있는 미유형이다.

여덟 째, '風流'의 속성 중 '멋'이 '맛(味)'과 관련이 있음은 1부에서 언급한 바 있다. 세 풍류심의 속성을 맛과 연결지어 보면, '흥'이 甘味, 한이 辛味, 무심은 淡味-五味가 첨가되지 않은 맛-에 비유될 수 있다.

지금까지 각각의 특징을 부각시키기 위하여 세 풍류심의 유형을 독립적 범주로서 비교해 보았지만, 전체 풍류체계 안에서 이 三者는 서로 침범할 수 없는 단단한 경계를 설정하고 그 안에 갇혀 독자적 입장을 고수하는 경직된 관계로 이해되면 곤란하다. '풍류'의 미학적 본질은 경계긋기나 차별화·고착성을 벗어나는 데 있다. 字意대로 바람의 흐름과 같은 자유로운 넘나듦과 융통성을 특징으로 하는 것이다.

우리는 풍류심의 어느 한 유형이 극대화되는 지점에서 다른 영역과 조우하게 되는 양상을 발견하게 된다. 흥, 한, 무심의 미가 서로의 영역을 넘나드는 유연한 관계양상을 아래와 같은 그림으로 나타내 볼 수 있다.

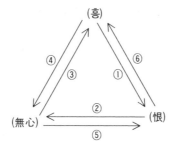

한이 극대화되는 지점에서 체념에 따른 현실긍정의 양상을 엿볼 수 있고
(6번), 이같은 현실수용자세는 쉽게 醉樂的 성향으로 변모되곤 한다. 醉樂의
중심에는 '흥'이 있다. 恨이 풀린 뒤의 절정을 '신명'으로 파악하는 견해[63]
도 있지만 흥은 꼭 恨이 풀린 뒤에 찾아오는 것은 아니다. 한의 응어리가
맺혀 있는 상태에서도 한이 극대화되면 흥으로 변형된다. 또, 흥이 극대화되
는 지점에서 흥의 절정인 엑스터시의 無我 상태와 '無心'의 忘我 상태가
조우할 수 있다(4번). 그런가 하면 '한'이 극대화될 때도 無心의 경지와 조
우할 수 있다(2번).

그러나, '무심'은 감정이나 인식작용, 자의식 등을 넘어 오묘한 哲理를 체
득한 경지이므로, 무심의 극대화가 '한'이나 '흥'으로 전환되는 경우는 상상
하기 어렵다(3, 5번). 또, 한은 흥으로 전환될 수 있지만 '흥'이 한으로 전환
되지는 않는다(1번). 흥은 본질상 한이 없는 상태를 말하기 때문이다. 한이
흥으로 전환되었을 때의 '흥감'은 전환의 과정이 개입되지 않은 순수한 흥
과는 차이가 있다. 흥의 미에는 어두움이나 그늘이 없지만, 한에서 전환된
흥은 그늘을 품고 있는 흥이다. 따라서, 한이 풀린 뒤의 '신명'과도 차이가
있는 것이다. 이로 볼 때, '흥'과 '한'은 풍류심의 극과 극을 이루면서 그 양
극이 맞닿아 있는 양상이라 할 수 있다.

이처럼, 흥·무심·한의 본질은 서로 유연하게 관계를 맺고 상호작용함으
로써 풍류의 체계를 구축한다. 다시 말해, 이 三者는 각각 고유한 영역을
형성하면서도 전체 속에 조화되어 '풍류'라고 하는 동아시아적 미를 창출하
는 기반이 된다.

---

63) 김열규, 『恨脈怨流』(主友, 1981), 37-38쪽. 43-47쪽.

風流房藝術과 風流集團

風流房藝術과 風流集團

I. 演行의 '場'과 文學集團

문학을 하나의 演行物로 인식할 때, 즉 창작자와 향수자를 전제하여 어느 구체적인 시간과 공간 속에서 어떤 예술적 형태를 통하여 披露되는 것으로 인식할 때, 언제나 중요한 문제로 부각되는 것은 연행물이라고 하는 메시지의 발화자와 그것을 수용하는 수신자의 문제이다. 연행행위의 주체는 때로 '문학담당층'이라는 말로 표현되어 깊은 관심이 표명되어 왔다. 이 때 '문학담당층'은 연행주체 가운데 주로 작자·창작자 등 연행물을 펼쳐 보이는 쪽만 지시하는 경우가 많았다. 그리하여, 문학의 '集團性'을 문제삼을 때 그 '문학담당층'의 身分이나 社會的 地位, 그들의 문학적 성향을 중심으로 집단을 분류하는 것이 주류를 이루었다.

그런데, 여기서 필자가 관심을 가지는 것은 그 행위가 펼쳐지는 구체적인 공간, 즉 '演行場所'이다. 장소에 따라 문학의 갈래와 문학집단을 분류해 보는 것은 演行文學이 대상이 될 때, 특별히 더 중요한 의미를 지닌다. 담당층의 신분에 따라 상층문학, 양반문학, 중인문학, 서민문학, 여항문학, 하층문학 등의 분류를 한다 해도, 실제적으로 연행이 이루어지는 상황을 보면 신분이나 계층이 다른 사람들이 同一한 장소에 모여 교유하기도 하고 同一 장르의 예술을 향유하기도 하므로, 주체에 의하여 분류된 문학집단 고유의

思考基盤이나 문학적 성향을 추출한다는 것은 다소 문제를 내포할 수 있다고 본다. 또, 演行狀況에서 '문학담당층'이 구체적으로 어떤 대상을 지시하는 지도 애매한 점이 있다.

예를 들어, 문학의 집단적 성향을 설명할 때 '서민화 경향'이라는 표현을 쓰기도 하는데, 이것이 창작자의 신분의 서민화를 의미하는지 아니면 듣고 즐기는 향수자층이 서민으로 확대되었다는 것인지, 아니면 내용이 서민적이라는 것인지 분명치 않은 경우가 많은 것이다. 이럴 경우, 연행물의 노랫말은 서민적이지만 그것이 관현에 올려질 때 귀족적이고 고급스런 正樂 계통 음악을 취한다면 어떻게 설명되어야 할 것인지가 문제가 될 것이다.

이 외에도 '주체'에 따라 문학집단을 분류할 때 야기되는 문제점은 많다. 예술행위에는 직접 참여하지 않지만 '서민적'인 예술을 물심 양면으로 뒤에서 후원하는 '上層'의 예술애호가의 존재는 어디에 위치시킬 것인가, 또한 향수자라도 단지 披露되는 연행물을 즐기고 감상하기만 하는 소극적 향수자와, 그 연행물의 창작에 직접·간접으로 관여하는 적극적 향수자는 구분될 필요가 없는 것인지, 연행물의 창작자와 그것을 실제 펼쳐 보이는 演奏者(實技人)가 일치하지 않는 경우 이 존재들은 '담당층'에 포함되는 것인지, 또 창작자라도 樂曲의 창작자와 노랫말의 창작자는 구분해서 생각하지 않아도 되는 것인지, 많은 문제들이 내포되어 있다.

이런 많은 문제점들은 '演行'이라는 측면이 소홀히 다루어지는 데서 파생한다고 보아, 그 연행물이 펼쳐지는 구체적인 '場'에 주목하여 문학집단을 분류하고, 그것을 일관된 기준으로 하여 詩歌史의 흐름을 살피고자 하는 데 본고의 취지가 있다.

문학(넓게는 예술)은 연행의 '場'에 따라서 크게 '굿당예술' '궁중예술' '놀이판예술' '풍류방예술' '일터예술'로 나누어질 수 있다.[1] 궁중예술은 궁

---

1) 이 구분은 『韓國民俗大觀』 5(고대민족문화연구소, 1982)에서 한국음악을 분류했던 것을 토대로 문학 및 예술 전반을 분류하는 기준으로 삼았다.

중에서 행하는 여러 儀式·宴享 또는 임금의 행차에서 연행되는 것이고, 굿당예술은 꼭 巫俗의 굿이 아니더라도 종교적 의식과 관련된 것을 모두 포괄한다. 놀이판예술은 주로 才人·廣大·선소리패·탈놀이패 등이 넓은 마당을 중심으로 판을 벌여 놓고 벌이는 놀이로서 연행되는 예술을 말하며, 일터예술은 넓게는 일상생활 공간을 포함하여 여기서 어업·농업·길쌈 등 노동과 더불어 연행되는 예술을 말한다. 풍류방예술은 詩人·墨客·歌客·琴客 등이 교유하는 풍류방을 중심으로 전개되는 예술을 말한다.[2]

본고에서는 이중 '풍류방예술'에 초점을 맞추어 그 담당주체로서의 '풍류집단'의 성격을 규명하고 시가사의 흐름 속에서 풍류방예술의 연원을 살펴 보는 데 목적이 있다. 본고는, 문학이면서 동시에 음악이기도 한 예술장르에 있어서 어느 한 쪽만이 강조된다든지, 향가·고려가요·시조 하는 식의 장르별 단절, 國文·漢文 하는 식의 표현매체에 따른 단절, 나아가서는 시대적인 단절 등 문학연구에 있어서 흔히 빚어질 수 있는 이같은 단절적 태도를 벗어나고자 하는 데 논의의 중점을 둔다. 그리하여, '演行의 場'을 중심으로 '풍류방예술' '풍류집단'이라고 하는 일관된 기준을 가지고 그 시가사적 흐름을 검토함으로써 그같은 단절적 연구경향을 극복하는 계기로 삼고자 한다.

Ⅱ. '風流房' '風流房藝術' '風流集團'

'風流房'이란 세상의 속된 일을 떠나서 음악과 함께 운치있고 멋있게 인생을 즐기려는 음악애호가들이 모여서 연주활동을 벌이던 곳으로 일명 '律房'이라고도 한다. '풍류방'이란 말이 처음 언제부터 등장하기 시작했는지 그 정확한 시기는 말할 수 없고 또 문헌상으로도 고구하기 어려우나, 조선

---

2) 『韓國民俗大觀』, 67-70쪽.

후기 歌樂活動이 왕성해지면서 그들이 교유와 유흥, 習樂의 목적으로 집결하는 공간이 자연적으로 형성되었을 것이고 그로부터 일종의 민간예능인 집결지로서 '풍류방'이라는 말이 사용되었다고 본다.[3] 그러나, 넓게 생각하면 사람들이 일상생활을 벗어나 예술이나 놀이를 즐기고자 하는 욕구가 생기면서부터 그 욕구에 부응하는 공간으로서 이미 어떤 형태로든 풍류방에 상응하는 공간이 있어왔을 것임은 자명하다. 다만 '풍류방'이라는 '말'이 가악활동이 성해지기 시작하는 숙종·영조년간의 시기부터 사용되었다는 것이요, 그에 상응하는 '概念'이나 '現象'은 이미 오래 전부터 있어 왔다는 얘기다.

풍류방에는 조선 후기 부유한 中人知識層이 새로운 예술 수용층으로 부상함에 따라 그들과 예술적 취향을 같이 하는, 어느 정도의 詩文의 교양을 갖춘 사람들이 모여들어 사사로이 예술을 즐겼다. 그들은 時調·歌曲·歌詞 등 正樂을 주된 향유장르로 하였는데, 가사, 시조 등 성악곡에 능통하였던 사람들을 '歌客'이라 불렀고, 가곡반주나 영산회상 등의 기악곡에 뛰어난 거문고 연주자를 '琴客'이라 하였다. 이러한 가객과 금객이 함께 어울려 풍류를 즐기던 곳이 바로 '풍류방'이며, 대개 大家宅 사랑이나 이들이 공동으로 지은 齋閣이 풍류방 역할을 하였다.

여기에 모여드는 사람은 중인지식층만이 아닌 예술을 애호하는 사대부나 예술적 소양을 지닌 중인부유층들도 많았다. 이들은 문방구와 서화와 거문고 등 악기를 갖춘 정하게 꾸민 풍류방에 모여 자신들이 연주활동을 벌이거나 음악연습을 하거나, 후배를 양성하기도 하는 등 직접적인 예술행위를 하기도 하였지만, 그 중에는 직접 연주나 가악활동에는 참여하지 않으면서 예

---

3) 조선 후기(1853년 경)에 '노량진 풍류회'라는 모임이 있었는데, 이는 남녀 무당들의 모임인 巫夫契의 일종으로서, 巫業에 종사하는 사람들이 상부상조 및 친목을 위해 조직한 단체였다. 이 모임이 이루어지는 회당을 '風流房', 회장을 '領位'라 하였는데, 풍류방이라는 말이 보편화되기 시작하는 것도 이 무렵이 아닌가 생각된다.
『民族文化大百科事典』(한국정신문화연구원, 1992)

술동호인으로서 감상을 하거나 재정적 후원을 하는 사람들도 있었다. 이렇게 볼 때, 풍류방은 歌樂을 통한 교유와 유흥·취미생활의 영위·演奏·習樂·後進養成 등 총체적인 歌樂活動을 위한 場이 되었으며, 나아가서는 歌樂發展의 계기를 마련하는 공간으로서 중요한 역할을 했다고 할 수 있는 것이다.[4]

이들 중 직접적으로 연주행위에 가담한 사람들을 일컬어 '風流客'이라 하였는데, 당대에 '-客'이라는 칭호는 같은 예능인이라도 재인이나 광대에게는 쓰지 않았던 것으로 보인다. 이들 '專門的 實技人'들이 단순히 음악의 테크닉에만 능한 것이 아니라 시문의 교양도 아울러 지닌 것에 대한 높임의 의미를 담고 있는 칭호였다고 본다.[5] 여기서는 실제 연주인뿐만 아니라 패트런, 단순한 감상자 등을 모두 포괄하여, 풍류방을 중심으로 직·간접으로 가악활동을 한 사람들을 '風流集團'으로 칭하고자 하는데, 이런 맥락에서 볼 때 '風流客'이란 풍류집단 중 '시문의 교양을 갖춘 전문적 실기인에 대한 조선 후기적 표현'으로 규정될 수 있다.

당대의 '才人廳'이 '官'의 행정적 관할 하에 '재인광대'를 중심으로 樂歌舞의 학습 및 연주의 구실을 했음에 비해, 이 풍류방은 '私的'인 집단이고 사회적으로 재인이나 광대보다 한 단계 격이 높게 인식되었던 '풍류객'들에 의한 고급음악 즉 '正樂'이 중심이 되었다는 점에서 그 차이를 발견할 수 있다. 또한, 풍류방의 음악은 방안에서 풍류객들이 조용한 풍류놀음으로 연주하는 음악으로 조용하고 평화스럽고 우아한 느낌을 주는 것이 특징이며, 이런 점에서 재인·광대들의 民俗樂과는 구분된다고 하겠다.

---

4) 이상 '풍류방' '풍류방예술'에 대한 개괄적 내용은 『民族文化大百科事典』(한국정신문화연구원, 1992); 宋芳松, 『韓國音樂學序說』(세광음악출판사, 1989); 『한국민속대사전』(민족문화사, 1991)을 참고함.

5) 柳世基, 『時調唱法』(文化堂, 1957), 3-4쪽. "詩를 아는 사람이 노래(歌)부르는 것을 위지 風流客이라고 합니다. 만일에 음악으로서 다만 노래만 부르거나 악기만 조종할 줄 알고 시를 모른다면 이것은 광대·가객 또는 풍각쟁이라고만 부릅니다."

이처럼, 풍류방에서 향유되는 예술은 '歌樂'이 주류를 이루지만, 거기에는 詩客·墨客 등도 참여하였으므로, 시나 글씨, 그림 등의 예술장르도 향유되었다는 점이 간과되어서는 안될 것이다. 예술적 취향을 같이 하는 사람들이 풍류방에 모여, 음악인은 唱을 하거나 奏樂을 하며, 시인들은 시를 짓고 묵객들은 글씨와 묵화를 그리는 모임을 '風流會' 또는 '風流놀음'이라고 하였던 것이다.

이상, '풍류방' '풍류방예술' '풍류객'과 같은 용어는 주로 조선 후기 특히 19세기적 현상을 중심으로 설명한 것이다. 그러나, 앞서 언급했다시피 어떤 공간에 모여 풍류를 즐기는 현상은 조선 후기 훨씬 이전, '藝術'이나 '風流' 개념이 싹틈과 동시에 있어 왔다는 점을 감안하여, 이런 용어들을 조선 후기적 현상으로만 한정하지 않고 폭넓은 개념으로 확장하여 시가사의 흐름을 검토해 보고자 하는 것이 본고의 목적이다. 이런 취지에 따라, 이들 용어를 조선 후기적 현상으로 설명하는 '外延的 定義'와, 특정시대를 넘어 서서 보편적으로 존재하는 예술현상으로 이해하는 '內包的 定義'를 구분하고자 한다. 본고에서 관심을 가지는 것은 외연적 개념을 바탕으로 이들 용어의 內包를 확장해 가는 것이며, 이러한 논지전개를 위한 초석으로 '풍류방' '풍류방예술' '풍류집단'의 內包的 개념을 다음과 같은 요건을 중심으로 규정해 보기로 한다.

1) '풍류방'은 신분상으로 양반이거나, 중인층 가운데서도 경제적으로 부유하거나 知識이나 교양면에서 상층인 사람들이 모여 풍류를 즐기고 교류를 하던 곳으로 정의될 수 있다. 즉, 풍류방은 '身分'이나, '經濟能力' '知識·敎養' 면에서 적어도 어느 하나는 상층인 사람들이 모이는 곳이다. 그러나, 풍류방에서 무엇보다 우선적인 것, 풍류방을 풍류방으로 의미짓게 하는 요소는, '예술적 취향·재능·소양'이었다. 양반사대부들이 교유하는 곳, 혹은 중인층이 모이는 곳이라는 식으로 신분적 제약이 풍류방 성립의 1차적 요건이 되는 것은 아니었고, 그렇다고 부유한 사람들이 모이는 곳은 더더욱 아

니었다. '藝術愛好家'를 중심으로 한 '同好人的 性格'의 모임이 열린 곳이라고 하는 점이 바로 풍류방의 1차적 본질인 것이다.

2) '풍류방'에 포괄될 수 있는 구체적인 장소는 대가댁 사랑·별장과 같은 방안, 실내공간에 한정되는 것이 아니고, 樓臺나 齋閣, 堂, 亭子, 軒, 別墅 등 人工的으로 만들어진 半自然 半室內의 성격을 지니는 장소까지 포괄된다. 처음 지어진 목적이 반드시 예술향유만을 위한 것은 아니었다 할지라도, 예술을 즐기며 취미생활을 영위하며 교유하기도 하고 연주활동도 하는 '놀이공간'으로 기능할 때 이들은 모두 '풍류방'의 범주에 속할 수 있게 되는 것이다. 고려의 崔瑀가 풍류를 즐기기 위해 지은, 천 명이 앉을 수 있다는 '又大樓'(『동문선』67권), 崔讜의 '海東耆老會'의 집결지였던 '雙明齋'(『동문선』65권), 金鈕가 친구들을 맞아 시를 짓고 술을 마시고 거문고도 타며 自適했던 '雙溪堂'(『慵齋叢話』2권), 月山大君의 '風月亭'(『謏聞瑣錄』), 金壽長의 '老歌齋', 朴孝寬의 필운대 '山房' 등은 모두 이름난 '風流房'이었다고 할 수 있는 것이다. 이같은 풍류방은 생활공간도 일터공간도 아니며, 오히려 일상의 현실이나 속된 것으로부터 벗어나 있다는 점에서 굿당예술의 '굿당'과 유사하나 굿당이 함축하고 있는 종교성과는 달리 '사교'와 '유흥', '놀이'의 목적을 지닌 공간이라는 점에서 차이를 보인다.

3) 풍류방에서 펼쳐지는 연행물의 종류는 크게 '詩'(書畵를 포함하여)와 '歌樂'으로 나누어질 수 있다. 여기서 '歌樂'에는 영산회상과 같은 기악곡도 포함되지만, 본고에서는 문학집단으로서의 풍류집단에 관심을 두므로 노랫말 없이 연주만으로 이루어진 음악의 경우는 제외한다.

'詩'는 '吟詠'이나 '詩唱'의 형태로, '歌樂'은 '歌唱'의 형태로 각각 披露된다고 할 수 있다. 이 중, '吟詠'은 자구적으로는 '動聲曰吟, 長言曰詠'[6]의 의미를 지니는데 이것은 보통 읊조리는 것이요, '詩唱'은 글을 읊되 淸

---

6) 諸橋轍次, 『大漢和辭典』(大修館書店, 1960)

을 붙여서 읽는 것이라는 차이가 있지만7) 사실상 거의 비슷한 형태라고 할 수 있다. 漢詩에 있어서는 흔히 오언절구, 칠언절구, 칠언율시에 청을 붙여 부르는데, 각각 약간씩 다르게 부르는 데에 그 묘미가 있다고 한다.8) '歌唱' 형태의 대표적인 것은 歌曲唱과 時調唱을 들 수 있는데, 이 중 時調唱은 그 본 창법 성휘가 詩唱에서 분리하여 온 것이라고 보는 견해도 있으며, 이 견해에 의하면 '시창을 하는 이는 으레 시조를 부르게 되는 것이요, 또 시조를 부를 수 있는 이는 시창도 쉽게 부르게 된다'고 한다.9) 즉, 그 창법이 咏詩와 거의 동일한 것으로 四聲에 의한 음계로써 시조시의 내용을 吟詠하는 것10)으로 이해할 수 있다. 이로 볼 때, 시조창은 가곡창에서 파생된 곡이면서도 詩唱과도 유사성을 지니는 연행방식이라고 할 수 있다.

4) 예술적 지향성을 생각해 볼 때, 풍류방예술은 품격이 높은 高級藝術을 선호하고, 전문성, 귀족성, 雅正性, 悠長性, 高雅性을 추구한다는 점에서 民俗樂과는 대응된다.

5) 이런 풍류회는 官주도하에 조직되거나 官의 행정적 통제를 받는 것이 아닌 '私的' 모임이요 組織이라는 점에서, 官의 행정적 관할 하에 운영되는 管絃房이나 敎坊, 掌樂院 주관 하에 연행이 이루어지는 宮中藝術과는 구분된다고 할 수 있다. 즉, 民間藝能人 주도의 藝術同好會라는 특징을 지닌다.

6) 패트런의 경제적 후원과 예술활동의 보장이 따르는 일종의 한국적 살롱예술이라 할 수 있다.

7) 집단형성이나 조직운영의 주된 목적은 놀이, 사교, 친목도모, 음악연습, 후진양성, 예술감상 등에 있어, 어느 면에서는 '非實用的'이고 '非日常的' '非營利的'인 성격을 띤다. 이런 점에서, 풍류방예술은 생활·노동의 일상

---

7) 李昌培, 『韓國歌唱大系』(弘人文化社, 1976), 387쪽.
8) 같은 곳.
9) 柳世基, 앞의 책, 80쪽.
10) 같은 책, 머리말.

적·실용적 목적을 띤 일터예술과도 다르고, 종교적 목적으로 펼쳐지는(혹은 종교적 지향성을 함축한) 굿당예술과도 다르다고 할 수 있다.

8) 풍류방예술의 주역, 실제 담당자, 참여자를 '風流集團'이라 규정할 수 있다. '풍류집단'이라는 말은 歌客·琴客 등 직접적으로 연주활동을 하는 전문적 實技人을 지칭하는 '風流客'은 물론, 詩客·墨客 등도 포함하며 나아가서는 단순한 감상자 및 경제적 후원자처럼 직접적으로 연주에 참여하지 않는 사람들까지도 모두 포괄하여 總稱하는 용어이다. 그리고, '風流人'이라는 말은 '풍류집단'을 개인단위로 칭할 때 사용될 수 있는 용어이다. 풍류인들이 풍류방에 모여 풍류를 즐기는 모임은 '風流會' 혹은 '풍류놀음'으로 불리워질 수 있다.

한편, '풍류집단'은 '풍류'라는 말이 내포하는 개념의 다양성에 의해 독특한 의미를 부여받게 된다. 즉, '풍류'라는 말은 꼭 예술만이 아닌 종교적·놀이적 범위에까지 걸쳐 있는 것으로서 동아시아의 '놀이·예술문화'의 원형으로 제시될 수 있는 개념인데, 본질상 '노는 것'이되 '예술성·심미성을 지향하며 노는 것'으로 규정될 수 있다.[11] 이같은 '풍류'의 개념정의에 따라 '풍류집단'은 '심미성·예술성을 지향하며 노는 집단'으로 이해될 수 있다. 그러므로, 이 용어는 좁게는 풍류방예술의 주역·담당자를 의미하지만, 넓게는 당대의 놀이·예술문화의 주역(주체, 담당층)으로 규정될 수 있는 것이다.

풍류방예술의 연원과 시대적 흐름에 따른 성격을 개괄해 보기 위해서는 이 풍류집단의 구체적 면모를 좀 더 규명해 볼 필요가 있다. 흔히 '담당층'이라는 말로 뭉뚱그려지는 대상도 풍류가 실제 펼쳐지고 수행되는 상황의 측면을 강조하고자 한다면 그 지칭범위가 매우 복잡해진다. 본고에서는 연행상황에서 행하는 역할에 따라 풍류집단의 성격을, '創作者' '實際 演奏者' '享受者'로 구분하고자 한다.

---

11) 本書, 1부 참고.

또, '창작자'라 해도 樂曲을 作하는 사람과 노랫말을 作하는 사람으로, 환원하면 음악인으로서의 창작자와 문학인으로서의 창작자를 구분하고자 한다. '연주자'도 노래를 주로 담당하는 歌唱者와 악기의 연주와 반주를 담당하는 伴奏者가 구분되어야 할 것이다. 그리고 '향수자'도 披露되는 연행물을 단순히 듣고 즐기는 향유하는 '鑑賞者'와, 연행물을 향유하는 동시에 경제적·심적·신분적 후원을 하는 '패트런'이 구분되어야 한다. 또한, 실기인이나 향수자의 경우 唱詞의 변개·첨삭에 개입하거나 영향력을 미치는 '能動的·積極的' 역할과 단순히 연주와 감상으로 일관하는 '受動的·消極的' 역할이 구분되어야 할 것이다.,

이렇게 세분화한다면, 문학담당층 혹은 풍류집단 등으로 뭉뚱그려지는 개념도 이 여섯 가지가 각각 성격이 다르고 실제로 이들 여섯 역할 중 한 사람이 둘 이상을 겸할 수도 있고 때에 따라서는 각각 다를 수도 있다는 점을 감안하여, 이러한 양상이 時代나 詩歌갈개에 따라 어떻게 달라질 수 있는가를 살피는 것은 매우 의미있는 일이라 여겨진다.

Ⅲ. 風流房藝術·風流集團의 시대적 변모

앞서 '풍류집단'을 넓게는 '심미성을 지향하며 노는 집단'으로, 좁게는 풍류방예술의 주역·담당자로 규정하였는데, 이 규정에 따라 논의의 대상이 달라질 수 있다. 전자에 의거한다면, 꼭 풍류방예술은 아니라 할지라도-때로는 그것이 굿당예술이나 일터예술의 범위에 속할 수도 있다-여러 면에서 그와 비슷한 형태를 보이는 것이 해당될 것이요, 후자에 의거한다면 말 그대로 '풍류방예술'에 속하는 대상이 해당될 것이다.

그리하여, Ⅲ장에서는 전자를 '擬似 風流房藝術'로 분류하여 1절에서 살

피고자 한다. 2절 이하는 '풍류방예술'의 원형이나 古形態로 인식할 수 있
는 것을 시대적 흐름에 따라 더듬어 보고자 한다.

1. 擬似 風流房藝術

1.1 祭天儀式 · 花郎道 · 八關會 · 무당굿 · 탈놀이

花郎道는 風流道라고도 불리웠던 만큼 '풍류'라는 말의 시작과 더불어
함께 쓰여왔고, 또 초기 풍류집단의 모습을 잘 보여 준다고 할 수 있다. 이
들은 신라적 風流客이요 風流集團인 것이다. 신라시대의 화랑에 대한 성격
은, '興邦國'의 목적으로 설립되었다는 정치적 측면, 풍속교화의 역할과 같
은 사회적 측면, 무사도적 의미, 재래의 고유신앙적 의미 등 다양하게 규명
되어 왔다. 이에 부가하여, 鄕歌를 짓고[12] 歌樂을 즐기며 산수간을 노닐었
다는 기록에 의거하여 예술·놀이집단으로서의 성격도 아울러 고려되어야
한다고 본다.

'나라에 유·불·도를 포함하는 玄妙한 도가 있으니 이를 風流라 한다'고
한 최치원의「鸞郎碑序」에 의거할 때, 三敎를 포함하는 재래의 고유신앙이
바로 '風流'로 인식되고 있었음을 알 수 있다. 따라서 '풍류'의 의미에 종교
적 요소가 내포되어 있음을 부정할 수 없다고 하겠다. 이 기록만 가지고는
종교나 신앙에서 빼놓을 수 없는 본질요소인 '宗敎儀禮'에 관한 것은 상고할
수 없지만,『三國史記』,「祭祀·樂」條(33권)을 보면, '三山·五岳 이하 名山
大川을 나누어 大·中·小祀로 한다.'는 내용이 있고, 필사본『花郎世紀』

---

12) 필사본『花郎世紀』(이종욱 역, 소나무, 1999)에는 화랑의 무리들이 두 부류로 나뉘
　　어 설명되고 있는데, 文弩를 중심으로 하는 무리들은 무예를 좋아하고 협기가 많았고,
　　薛原郎을 중심으로 하는 무리들은 鄕歌에 능하고 淸遊를 좋아했다고 한다. '7세 薛
　　花郎'조.

서문에 '花郞者仙徒也 我國 奉神宮 行大祭于天 如燕之桐山'라 하여 하늘
에 祭祀지내는 집단이 花郞이었다는 점을 시사하고 있다. 또한, 天靈과 五
嶽·名山·大川·龍神에 제사지내는 행사인 고려때의 '八關會'에 관한『高
麗史』기록을 보면(권 18, 毅宗2년) 新令을 頒布하는 내용 가운데, 팔관회가
신라의 仙風을 이어받은 것임을 명시하는 대목이 있어, 화랑이 하늘뿐만 아
니라 三山五岳, 名山大川에 제사를 지내는 제의집단이었을 가능성은 충분히
시사된다고 하겠다.

화랑들이 '相悅以歌樂 遊娛山水 無遠不至'했다고 하는 것도, 단순히 산
수유람의 성격을 띠는 것이 아니라 각 명산대천에 다니며 제사를 지냈다고
보는 것이 타당할 것이다. 즉, 화랑도에게 있어서는 興邦國, 敎化風俗의 의
미 못지 않게 제사집단으로서의 종교적 역할이 큰 비중을 차지했다고 할 수
있을 것이며, '花郞道'의 異稱이라 할 '風流道' 개념에도 이미 종교적 요소
가 배태되어 있음을 반영한다.

종교의례가 시·가무 등 예술형태 및 오락성을 수반하는 예는, 상고시대
의 동맹, 영고 등의 제천의식에서부터 찾아볼 수 있다. 여러 사람들이 모여
하늘에 제사를 지내고 함께 어울려 춤과 노래를 즐기는 과정에서 집단적 엑
스터시가 있었을 것이며 바로 이것이 上古代的 風流相이라고 할 수 있는
것이다. '풍류'란 '미적으로 노는 것'이요, 한자문화권에서의 '미'는 '어떤 상
태의 극치를 이루는 것, 어떤 상태의 속성으로 가득 채우는 것'이고, '논다'
고 하는 것이 정신적이고 도를 추구하는 경지까지 걸쳐 있는 개념[13]임을 감
안할 때, 결국 '풍류'란 '예술성·심미성을 지향하며 노는 것'이라 할 수 있
다. 그리고, 내포적 의미의 '풍류방예술'이란 이같은 풍류상이 어떤 구체적
예술형태를 취하여 그것이 응집력·중심축·구심점이 되어 集團化된 것을
말한다고 보아 무방한 것이다. 제의를 통해 天神과의 만남에서 오는 집단적

---

13) 本書, 1부 참고.

엑스터시를 체험하고 가무를 즐기며 '노는 것'이 상고시대의 제천의식이라 할 때, 花郎徒는 이같은 상고적 개념의 풍류정신의 맥을 이어받은 일종의 제의집단이라고 해도 좋은 것이다.

그러나, 화랑들의 활동상이 음악, 시(鄕歌) 등 예술적 지향을 내포하고 있다는 점과 그들을 신라대의 풍류집단으로 이해할 수 있다는 점 등을 감안하더라도, 그들의 풍류상을 '풍류방예술'의 원형으로 받아들이는 것은 무리이다. Ⅱ장에서 제시한 풍류방예술의 몇 가지 요건들에 비추어 볼 때, 화랑조직은 私的인 것이 아니오, 모임의 1차적 목적과 기능이 사교나 오락, 誻樂에 있는 것이 아니라 정치적·종교적인 것에 있으며, 그들의 풍류가 이루어지는 공간이 누각·재각과 같은 '半自然·半室內'의 '人工空間'이 아니라 순수한 '自然空間'이라는 점 등에서 거리가 멀다고 할 수 있다. 또한, 鄕歌가 지어지는 배경을 보아도, 사교적인 유흥과는 다소 거리가 있고 呪術的·政治的 목적이 강한 것으로 보아, 그들의 풍류는 오히려 '굿당예술'에 친연성을 지닌 것으로 이해되는 것이 타당하다고 생각한다.

이같은 양상은 고려조에 성행한 '八關會'의 경우도 마찬가지이다. 팔관회는 종교적 의례로서의 측면이 1차적으로 강조되는 것이며, 나라에서 주관하는 행사라는 점에서 화랑도와 닮아 있다. 八關會는 본래 불교에서 유래한 것이나, 고려 때는 오히려 天靈과 五嶽·名山·大川·龍神을 제사하는 의식이었고 燃燈會와 더불어 고려시대 국가적인 2대 행사로서 중시되었다.[14]

그러나, 팔관회는 단순히 제사하는 의식만은 아니었다. 제의가 끝난 뒤에

---

14) 『고려사』기록에는, '太祖 元年 11월에 비로소 팔관회를 설하고 儀鳳樓에 나아가서 관람하였는데 해마다 이렇게 하는 것을 常例로 삼았다'(世家1)는 내용이 있고, 또 태조 26년에 이른바 '訓要十條'가 내려지게 되는데 그 여섯 번째 항목이, '짐이 지극히 바라는 바는 연등·팔관에 관한 것인데, 연등이란 佛을 받드는 것이요, 팔관은 天靈·五岳·名山·大川·龍神을 섬기는 것이므로, 후세에 간신이 혹 加減을 건의하는 자가 있더라도 일체 禁止해서는 안된다'는 내용인 것을 보아서도 팔관회는 국가적으로 큰 비중을 지니는 祭儀行事였음이 드러난다.

詩會라든가 가무·음주가 따르는 宴樂의 場이기도 했다. 成宗代에 이르면, 팔관회를 번요하고 떳떳하지 못한 雜技라 하여 일체 파하도록 하라는 명이 내려졌던 적도 있었는데-팔관회는 성종 6년에 일시 폐지되었다가 현종 元年에 부활하였다-, 이것은 팔관회의 1차적 기능이라 할 수 있는 제의성보다 오락성·향락성에 치중되는 경향으로 흘러갔기 때문이었다.

이같은 팔관회의 양면성-종교성과 오락성-은, 제천의식에서 배태되어 화랑도를 거쳐 면면히 이어지는 풍류상을 반영하는 것으로서 이러한 양면적 풍류상은 무당의 굿에서 그 진면목이 드러나며, 오늘날의 탈놀이에서도 그 혼적을 엿볼 수 있다. 무당은 '神과 더불어 노는 풍류인'이요, 화랑은 삼산·오악의 신들과 교유하는 '巫的 풍류집단'이라 할 수 있는 것이다. 이런 맥락에서 볼 때, 오늘날 남자무당 혹은 곱게 치장하고 굿당에서 舞樂伴奏를 하는 사람을 가리켜 '花郎' '화랑이' '화랭이'라고 하는 것15)도 전혀 우연한 일은 아니라고 본다.

이런 점에서 볼 때, 화랑이나 팔관회의 주역, 탈놀이패들은 분명 신라·고려·조선을 대표하는 풍류집단으로 규정될 수 있고, 또 제천의식-화랑도-팔관회-무당굿-탈놀이로 이어지는 풍류상은 종교성과 향락성이 공존된다는 특이한 일면을 드러내고 있지만, 바로 그같은 종교성으로 인해 '풍류방예술'의 원형으로 자리매김할 수가 없게 되는 것이다. 오히려, 종교성에 토대를 두는 '굿당예술'의 古形으로 보는 것이 타당할 듯하다.

1.2 고려조의 '宮中宴會'

고려조의 예술은, 宮中 및 王을 중심으로 하는 풍류상이 주류를 이룬다는 점에서 다른 시기와 구분된다. 고려조 예술활동의 주된 무대가 되는 '궁중'은 어느 면에서는 풍류방예술의 '풍류방'과 비슷하다. 여기서 향유되는

---

15) 『한국민속대사전』 2(민족문화사, 1991), 1590쪽.

예술이 주로 귀족적이고 高雅한 점이라든가, 일상의 현실성을 떠난 유흥·향락성을 지향한다는 점, 왕이라는 영향력있는 패트런의 지원을 받는다는 점 등에서 양자는 매우 닮아 있다. 그러나, 가장 본질적인 면에서 '궁중'은 '풍류방'과는 다르다. 즉, '왕'이라고 하는 특수한 향수자를 전제로 하기 때문에, '궁중예술'이라는 범주가 따로 설정되어야 하는 것이다.

이런 점에서, 고려조의 예술양상을 개괄해 보면, '궁중'이라고 하는 공간에서 '왕'이라고 하는 특별한 향수자를 전제로 하는 '궁중예술'이 주류를 이루었다는 특징을 지닌다. <가시리> <동동> <청산별곡> 등 民謠系統의 노래로 일컬어지는 작품들도, 宮中舞樂化하는 양상을 보이기 때문에 순수한 민요로 보기 어렵고 따라서 이들도 '궁중예술' 내지는 그에 준하는 범주에 소속시켜야 한다고 본다.

고려시대에는 '敎坊' '管絃房' 등 나라의 행정적 관할권 내에 놓이는 掌樂 기관이 설치되었고 여기에 소속된 女弟子·伶人·才人들은 연등회나 八關會, 또는 宮中의 宴會에서 歌舞를 담당하였다. 忠烈王처럼 향락을 즐기는 왕은 이들만으로는 부족하여 각 지방의 倡妓와 巫女·악공 등을 뽑아 올리게 하여 宮中에 두고 향락의 도를 더하게 했다(『高麗史』「樂志」俗樂條). 이때 吳潛·金元祥 등의 嬖倖들이 가담하여 '쌍화점'이나 '太平曲'같은 新聲이 지어졌던 것이다. 이 경우 창작자는 이들 倖臣이라 하겠고, 연주자는 궁중 혹은 궁중 밖의 倡妓라 하겠으며, 향수자는 왕을 비롯한 주변 행신들이라 할 수 있다.

이 때, 왕이라고 하는 특별한 향수자는 노랫말의 내용이나 음악의 형태에 직접적인 관여를 했을 것이므로 창작자에 準하는 '적극적·능동적' 향수자라 할 수 있을 것이고, 실제 춤추고 노래부르는 기녀들 중에도 궁중을 출입히며 노랫밀을 채집하거나 연주하는 과정에서 改詞·첨삭 등의 변개를 가하는 사람들 경우도 역시 창작자에 準하는 '능동적·적극적' 실기인이라 할 수 있을 것이다. 이와 같은 風流相은 바로 '궁중예술'의 전형적인 연행양상으로 이해될 수 있다.

그러나, 이같은 풍류형태가 혹 '궁중'이라는 공간 외의 다른 곳, 예컨대 '풍류방예술'의 실연공간인 '누대'같은 곳에서 펼쳐진다 하더라도, 왕을 주된 향수자로 하는 한 그것은 궁중예술의 연장이라고 보아야 한다. 즉, 궁중예술의 경우는 궁중이라는 장소보다, '왕'이라고 하는 특별한 향수자를 위하여 연행된다고 하는 점이 더 우선적인 전제조건이 되는 것이다. 이런 점에서 볼때, 문학을 숭상했던 叡宗이 諸臣·詞人·逸士들과 酬唱한 시들을 엮었다는 『叡宗唱和集』은 물론, 李奎報·鄭知常·崔滋 등이 지은 口號·致語[16] 등도 궁중예술의 성격을 띤다고 해야 할 것이다.

2. 蔡洪哲의 '中和堂'과 고려조의 '耆老會'

앞서도 보았듯이 고려조의 음악은 대부분 宮中宴樂用으로 쓰이고 관현방, 교방 등 궁중의 장악기관에 의해 주도된다는 점에서 私的 조직에 의한 '풍류방예술'과는 거리가 있다고 할 수 있고, 예종임금과 같이 신하들과 더불어 풍류를 즐기는 경우 흔히 베풀어지는 '唱和會'도 왕이 핵심인물이 되므로 이 역시 궁중예술의 범주에 속할 만한 것이다. 그러나, 고려조의 예술이 왕과 궁중을 중심으로 하는 가운데서도 '풍류방예술'의 원형으로 볼 만한 것이 있는데, 그것은 '中和堂'을 무대로 하는 蔡洪哲의 풍류놀음과 고려조부터 성행하기 시작한 '耆老會'이다. 특히 『高麗史』樂志나 列傳 등 채홍철의 <紫霞洞>에 관한 기록을 보면 풍류방예술의 原形으로 볼 수 있는 뚜렷한 징표들을 발견하게 된다.

---

16) 구호나 치어는 宮中宴會用 音樂인 '唐樂'의 노랫말의 일종으로 문학적으로 볼 때 '詞' 양식이 주가 된다. 車柱環, 『唐樂研究』(汎學社, 1981), 46-50쪽.

…已而棄官 閑居凡十四年 自號中菴居士 以浮屠禪旨琴書 劑和爲日用
…又於第南作堂 號中和 時邀永嘉君權溥以下國老八人爲耆英會 製紫霞
洞新曲 今樂府有譜…　　　　　　　　 -『高麗史』列傳,「蔡洪哲傳」-

侍中蔡洪哲作也 洪哲居紫霞洞扁其堂曰中和 日邀耆老極懽 乃罷作此歌
令家婢歌之 詞皆仙語 盖托紫霞之仙聞耆老會中和堂 來歌此詞也
　　　　　　　　　　　　 -『高麗史』樂志, 俗樂條「紫霞洞」-

洪哲曉音律製歌詞 令歌婢唱之 其譜秘不傳 人未有知之者 一日置酒中
和堂 邀諸耆老 酒半忽聞洞中細樂聲 洪哲設綵雲梯 令女樂自屋上乘梯而
降 似若自天易下 遂列坐樽前 唱紫霞洞曲 盖托紫霞仙人聞耆英會中和堂
來歌此詞 權菊齋溥 嘗於夜宴作詩云 露洗銀河添月色…
　　　　　　　　　　　　 -『增補文獻備考』樂考, 卷106-

첫 번째 인용문은 채홍철이 琴書에도 깊은 관심을 가졌다는 것과 8인의
國老를 초청하여 자신이 지은 <자하동곡>을 연주했다는 내용이고, 두 번
째는 <자하동곡>을 家婢로 하여금 노래부르게 했다는 내용이고, 세 번째
는 중화당에 耆老들을 초청하여 벌인 풍류놀음의 구체적인 양상을 기록한
것이다.

이 기록들을 종합하면 채홍철이 耆老들을 中和堂으로 초청하여 풍류회를
벌이고, 거기서 劇的인 연출 하에 <자하동곡>을 家(歌)婢로 하여금 披露
하게 했음을 알 수 있다. 여기서, <자하동>, <자하동곡> 또는 <자하동신
곡>으로 불리는 새로운 노래를 '製'한 사람 즉, 創作者는 채홍철이요, 그것
을 음악으로 실제 연주한 사람은 그의 가비요, 그것을 보고 즐긴 사람들은
채홍철 및 초청받은 諸耆老임을 알 수 있다. 그 모임에 참석한 8인 중의
하나인 權溥가 그 장면을 詩로 읊었으니, 이 모임은 술과 詩와 歌樂이 어
우러진 전형적인 풍류회의 모습을 보여준다고 하겠다.

그렇다면, 창작자로서의 채홍철의 역할을 생각해 볼 때 그가 <자하동>의

노랫말만 지었는가 아니면 그 曲調도 지었는가 하는 점이 기록 속에서는 분명히 드러나지 않는다. 그러나, 列傳 부분을 보면, 그가 琴書를 탐독한 것으로 미루어 음악적 소양이 있었을 것이라는 것을 추측할 수 있고 따라서 曲도 지었을 가능성이 크다고 본다. 그렇다고 한다면, 채홍철은 조선 후기에서도 보기 드문 완벽한 曲·詞 양면의 창작자라고 할 수 있는 것이다.

그러나, 채홍철에 의해 창작된 <자하동곡>을 실제 연주한 사람은 채홍철 집안의 歌婢들이었다. 이 '歌婢'는, 官妓는 아니지만 사대부층과 직접 관계를 가진 私家의 예능인들이라 할 수 있는데, 私家에서 歌舞를 연습시켜 익히게 하는 방법도 있었지만, 대개는 전에 官妓였던 妓女를 거두어 집에 두는 경우가 많았다.[17] 柳方孝가 벼슬길에는 나아가지 않았으나 집안이 넉넉하여 집에 '聲妓'를 두고 손님들을 맞아들여 즐기곤 했다는 기록(『慵齋叢話』2권)이나, 李賢輔가 古人의 시문 가운데 노래부를 수 있을 만한 것을 골라 '婢僕'에게 敎閱했다는 기록(<聾岩漁父歌> 自跋)들에 의거해 보면, 이처럼 私家에 歌婢를 두는 풍습은 高麗부터 壬辰亂 전까지 사대부층에서 성행했던 것으로 보아진다. 이들의 존재는 조선 후기 창작을 겸한 전문 실기인들이 등장하기 전까지 '풍류방예술'에서 중요한 몫을 하는 '풍류집단' 구성원이라고 할 수 있는 것이다.

한편, 향수자 측면에 주목해 보면, 채홍철은 패트런의 역할도 겸하고 있다 하겠고, 거기에 참여한 8인의 기로들 역시 '소극적·수동적 감상자'에 머물지 않고 직접 창작에도 관여한 '적극적·능동적 향수자'의 성격을 지님을 알 수 있다. 이런 점들을 감안할 때, 이 풍류놀음은 개인단위의 취미로 끝나지 않고 集團的 성격을 지닌다고 할 수 있겠고, 이 풍류회의 主役들 즉, '風流集團'에는 채홍철 및 참가자, 가비 모두가 포함된다고 하겠다.

中和堂宴에서의 풍류집단의 역할을 검토해 볼 때, 채홍철처럼 '창작자'가

---

17) 김동욱, 「李朝 妓女史 序說」, 《아세아여성연구》 5집

‘향수자’를 겸하는 양상은 시가사 전반을 통해 하나의 보편적 흐름이라고 할 수 있다. 그러나, ‘실기인’의 역할은 별도의 존재가 행하고 있다고 하겠고, 이처럼 창작자가 향수자를 겸하되 실기인은 별도인 양상은 풍류방예술에서는 일반화된 연행패턴이라고 할 수 있다. 그러나, 이같은 패턴 외에 창작자가 향수자를 겸하면서 실기인의 역할까지도 겸하는 또 다른 연행패턴을 설정할 수 있다고 본다. 이같이 연행양상을 두 가지로 구분하여 시가사를 조명할 때, 前者의 패턴은 조선 전기까지를 특징짓는 양상이 된다고 하겠고, 後者는 조선 후기의 특징이라고 해도 될 것이다. 또, 연행물이 披露되는 방식에 따라 ‘吟詠’이나 ‘詩唱’을 實演의 일종으로 본다면, 이런 형태의 경우는 3자가 일치하는 양상으로 분류될 수 있다.

이 풍류놀음이 벌어지는 장소, 즉 ‘풍류방’의 역할을 하는 곳은 채홍철의 별장격인 ‘中和堂’이다. 경치 좋은 자하동에 지어진 半自然·半室內의 공간으로서 일상생활을 거주를 위해서가 아니라 사람들을 초청하여 풍류를 즐길 목적으로 지어진 것임을 짐작할 수 있다. 또한, 이 모임은 掌樂 기관의 행정적 관할과는 전혀 관계가 없는 ‘私的’ 집회의 성격을 띤다는 점에서도 宮中宴會에서 펼쳐지는 吟詩나 歌樂演奏와는 근본적으로 그 성격을 달리한다.

이상 풍류방예술의 原形으로서 채홍철의 ‘中和堂宴’을 자리매김할 때, 諸儒의 공동작이라 일컬어지는 <翰林別曲>도 같은 맥락에서 이해될 수 있다고 본다. 이것을 假稱 ‘翰林別曲宴’이라 해 본다면, 이 풍류모임의 상황은 채홍철의 ‘자하동宴’과 크게 다를 바가 없고, 이 작품이 노래로도 불린만큼 풍류방예술의 여건을 고루 갖춘 것으로 자리매김해도 큰 무리가 없다고 할 수 있는 것이다.

이 외에 私的 組織의 성격을 띠는 것으로 풍류방예술의 범주에 속할 만한 것으로 고려조부터 성행한 ‘耆老會’를 들 수 있다. 위 채홍철을 중심으로 한 풍류모임도 8인의 기로들을 초청한 것으로 보아 ‘기로회’의 성격을 띤다고 할 수 있다. ‘기로회’란 달리 ‘耆英會’라고도 하는데, 중국에서는

唐·宋 무렵부터, 우리나라에서는 고려시대부터 성행한 풍류모임이다.[18) 이
것은 나이가 많아 벼슬에서 물러난 선비들이 만든 모임인데, 조선조에는 '耆
老所'라 하여 국가에서 제도화하여 운영하였으나 고려의 경우는 致仕한 대
신들에 의해 私的으로 조직되었다.

고려조의 대표적인 기로회로는 신종·희종 때 同中書門下平章事의 벼슬
로 치사한 崔讜이 조직한 '海東耆老會'(최당의 호를 따서 雙明耆老會라고
도 함)를 꼽을 수 있다.

> …神王戊午 崔靖安公 始解珪朝 開雙明齋於靈昌里中 癸亥 集士大夫老
> 而自逸者 日以詩酒琴碁相娛 好事者傳畵爲海東耆老會圖…
> -『東文選』권84, 「海東耆老會序」-

> …崇文館之南斷峯之頂 愛一佳樹端 作堂其側 與當世士大夫年高而德邵
> 者八人 遊息於其中 日以琴碁詩酒爲娛 凡要約一依溫公眞率會古事…
> -『東文選』권65, 「雙明齋記」-

이 기록들을 보면, 해동기로회는 詩·酒·琴·碁가 어우러진 풍류회라는
것을 알 수 있는데, 碁가 들어가 있는 점이 다른 풍류회와는 다른 점이라고
하겠다. 대부분 관직에서 물러난 연로한 전직 대신들이 모여 소일하는 모임
으로서 음악이 수반되지만 넓게는 '詩會' 성격을 띠는 풍류회라 할 수 있다.
'해동기로회'라는 풍류회의 主盟格인 최당은 이런 모임을 갖기 위해 '쌍명
재'라는 재각을 짓고 만년을 소일한 것이다.

이 외에 기로회의 성격과 연행상황을 잘 알 수 있는 기록으로,

> …予於元巖諸老讌集詩 盖三嘆焉…諸老旣以佚豫自居 且樂其還都之近
> 也於是 擧酒相屬 侑之以歌者 大將軍金何赤 吹笛 將軍金斯革彈箏 蒼顔
> 白髮 笑語酬酌 望之若神仙然…彼柴桑竹林 名敎之罪人也 好事者 尙圖

---

18) 『民族文化大百科事典』(한국정신문화연구원, 1992)

而歌之 矧元巖之盛集 爲國家之元氣者乎 但未知今世善畵者誰與 善歌者
又誰與 若於圖也 雖欲執子弟之後 側箏笛之列 已不可得矣 至於歌詠 則
非予不肖者唱之而誰與.   -『東文選』,「元巖讌集唱和詩序」-

와 같은 것이 있다. 이 글은 벼슬에서 물러난 耆老들이 元巖에 모여 唱和
한 讌集詩를 보고 감탄한 李穡이 쓴 序文인데, 여기에는 술・시・악기
(笛・箏)가 어우러진 耆老會의 모습이 잘 나타나 있다. 같은 元巖耆老會(筆
者 假稱)의 장면을 묘사한 다른 기록으로는,

> 高麗恭愍王値紅賊之亂 南幸淸州 至元巖驛 其時杏村李侍中嵒 漆原侍
> 中尹桓 瑞谷侍中廉悌臣 唐城洪元哲 壽春李壽山 啓城王梓 檜山黃石奇
> 皆年高德邵 共稱七老 宴集詩曰 碧玉杯深美酒香 嵇琴聲緩笛聲長 箇中
> 又有歌喉細 七老相歡鬂似霜…   -『慵齋叢話』권9-

을 들 수 있는데 양자를 비교해서 검토해 보면, 당시의 연행상황의 윤곽이
비교적 선명히 드러난다. 이 모임은 '竹林七賢'을 모델로 한 '七老'라고 불
리운 인물들(李嵒 등 7인) 외에도 金何赤・金斯革 등 武人도 참석했음을
알 수 있고 이들어 어우러져 宴會를 열고 '賦詩'와 '歌詠' '奏樂'으로써 相
娛했음을 알 수 있다.

　이 모임이 '賦詩'를 위주로 하여 詩唱 혹은 吟詠을 했을 것이라는 추측
은 어느 정도 가능하지만, 첫 인용의 '그림 그리고 악기 연주하는 것은 이
미 불가능하나, 노래하고 읊조리는 것은 不肖한 내가 아니면 누가 하겠는
가?' 라는 대목에서의 '歌詠…唱之'라는 표현, 두 번째 인용의 연집시 내용
중 '그 가운데 가느다란 노래 소래 섞이니'('又有歌喉細)란 대목이 말하는
'노래'의 양상은 과연 어떤 것이었을까 의구심이 든다. 연집시의 내용은 그
모임의 이모저모를 시로 표현한 것으로 사실감이 있다고 보여지는데, 그렇
다면 누군가 노래를 唱한 사람이 있었음을 짐작할 수 있다. 즉, 이 풍류회

에서의 披露된 연행물은 주로 '詩'이지만, 곡조에 실린 '歌'도 향유되었다고 할 수 있다. 이 歌가 어떤 성격의 것인지 전혀 알 수는 없지만, 琴·笛·箏 등 管絃伴奏에 실린 것이라는 것만은 짐작할 수 있다.

이 외에도 『東國李相國集』의 琴儀·庾資諒의 墓誌銘(권 36)을 보면 이들이 벼슬을 그만둔 후 덕망있는 원로들과 耆老會를 만들어 置酒 詩會로 소요자적했다는 기록이 있으며, 李仁老를 중심으로 하는 '江左七賢' 역시 準기로회적 성격을 지니는 풍류집단이라 할 수 있다.

> 與當世名儒吳世才林椿趙通皇甫抗咸淳李湛之 結爲忘年友 以詩酒相娛
> 世比江左七賢…   -『高麗史』列傳,「李仁老傳」-

이 모임 역시 竹林七賢을 의식한 것으로 '竹林高會'라고도 일컬어지는데, 致仕한 후 조직된 것이 아니므로 엄밀히 말해 耆老會라고는 할 수 없다. 그러나, 이 점 외에는 앞서 보아온 기로회의 풍류양상과 거의 흡사하다.

이상과 같은 '耆老會'는 고려조를 대표하는 '풍류회'로, 그리고 이 모임에서 披露된 연행물들은 '풍류방예술'의 범주에 속하는 것으로 이해해 큰 무리가 없다고 본다. 그리고, '海東耆老會'의 '雙明齋'를 비롯하여, 각 기로들이 모여 연회를 즐기는 장소들은 바로 '풍류방'의 高麗的 형태로 이해할 수 있다. 시가사적 흐름으로 볼 때, 기로회의 전반적 양상은 19세기 朴孝寬을 盟主로 하는 '老人稧'로 그 맥이 이어진다고 할 수 있다. 이 耆老會는 '詩會' 성격이 강한 풍류회라 할 수 있고, 따라서 앞서 분류한 두 연행패턴 중 창작자·실기인·향수자 3자가 일치하는 양상이라고 할 수 있다.

3. 朝鮮 前期의 風流會

조선 전기의 풍류모임은 주로 詩會 성격을 띠는 것이 주를 이룬다고 할 수 있다. 물론 풍류회라는 것이 경관 좋은 누각·재각 같은 곳에서 술을 마시며 管絃絲竹을 곁들여 詩興을 돋우는 양상이 적지 않을 것이지만, 음악이 따르는 宴會 성격의 것보다는 순수한 시회가 중심을 이루었다고 보는 것이 타당할 것이다. 중요한 것은 음악이 수반되느냐의 여부가 아니라, 풍류회에 참여하는 사람들이 '문학인'의 의식을 갖고 참여하는가 아니면 '음악인'의 입장으로 참여하는가 하는 창작의식에 관한 것이라고 본다. 그리고, 단순히 음악을 감상하는 것이 아니라, 연주에 직접 참여하느냐가 문제의 관건이 된다. 이렇게 볼 때, 음악 중심의 풍류회는 조선 후기에 들어와서나 그 본격적인 면모를 엿볼 수 있게 된다.

시회가 중심이 된다는 것 외에, 조선 전기 풍류회의 또 하나의 특징은 문학의 음악화, 혹은 歌樂에 관심을 가진 양반사대부가 적지 않음에도 불구하고 그것이 개인단위로 머무를 뿐, 집단화되는 예가 드물다는 점이다. 이런 점은 歌壇을 중심으로 가악이 활성화되는 조선 후기와 비교해 볼 때 큰 차이로 드러나며, 시가사의 흐름에서 조선 전·후기를 구분하는 하나의 기준이 된다. 조선 전기에도 사대부가 직접 창을 한 예가 적지 않으며, 음악에 관심을 갖고 악기를 다룰 줄 아는 것이 그들에게 敎養의 일부였다는 점을 고려하면, 이 사실은 매우 중요한 의미를 갖는다. 즉, 음악은 시와는 달리 그들에게 전문적인 것·가치를 지닌 것·일생을 두고 추구할 것이 아니라 하나의 '餘技' '취미'로 인식이 되었다는 것을 반영한다.

'(吟)詩會'는 '시를 통한 集團的 交遊'로서 조선조 양반사대부들의 삶의 양식에서 보편화된 문화였다. 崔慶昌·李達·白光勳을 일컫는 '三唐詩人'이나, 南孝溫을 중심으로 하는 '鼇嶺七賢', 宋翼弼·李山海·崔岦·崔慶昌 등 詩文에 뛰어난 8인을 일컫는 '八文章'이니 鄭澈·徐益·崔慶昌 등을 일컫는 '二十八宿'니 하는 호칭들은 이 인물들이 한 곳에 모여(三唐詩人의 경우는 광한루·부벽루, 8문장의 경우는 무이동, 28宿의 경우는 삼청동) 풍류를 즐기는 집단적 詩會樣相을 가리키는 말이라고 할 수 있다.

양반사대부의 崇文의 풍토에서 유명·무명의, 그리고 크고 작은 풍류회가 무수히 많이 있었으리라는 것은 새삼 강조할 필요가 없다. 그러나, 여기서는 시회의 분포양상이나, 이들의 문학성향이나 집단구성원의 성격 등에 관심을 가지는 바가 아니므로 그 구체적인 내용은 생략하기로 하고, 대표적인 예로 '蠶嶺七賢'의 한 사람인 李撍을 중심으로 한 풍류회와, 宣祖 때의 委巷詩人 집단인 '風月香徒'[19]의 풍류회를 들어 풍류회 演行狀況을 살펴 보고자 한다.

　　戊豊副正撍字百源 構別墅楊花渡上 具小艇漁網 邀詩人騷客 日致好詩無慮千百篇.　　　　　　　　　　　-『秋江集』卷七,『秋江冷話』-

　　卽如劉翁與白大鵬是已 當時號爲風月香徒 香徒者 庶流修稧之名也. 學士先生降禮接之 往往酬詠相間.　　　　　　　　　　-『村隱集』跋-

첫 번째 인용은 무풍부정을 지낸 李撍이 別墅를 짓고 시인들을 불러모아 시를 짓곤 했는데, 그 양이 엄청나게 많다는 내용이다. 이것을 보면, 그들이 얼마나 자주 그런 모임을 가졌는지 짐작할 수 있다.

두 번째는, '風月香徒'의 중심인물인 劉希慶의 『村隱集』에 李植이 쓴 跋文의 일부이다. 同 文集 3권에는 '枕流臺錄'이라는 小題가 붙어 있는데, 여기에는 유희경의 詩作舞臺였던 '침류대'에 대하여 여러 문인들이 쓴 '記'들을 수록하였고, 그 뒤에 풍월향도들이 풍류회에서 주고받은 酬唱詩들을 실

---

19) '風月香徒'라는 말은 李植의 발문에 등장하지만, 이것을 위항시인집단을 가리키는 말로 용어화 하여 본격적인 관심을 가진 사람은 具滋均(『朝鮮平民文學史』, 民學社, 1974)이다.

어 놓았다.

이런 기록들을 바탕으로 '風月香徒'에 대해 검토해 보면, 유희경은 晩年에 北村의 淨業院 근처에 '枕流臺'를 마련하고 白大鵬·朴繼美·崔奇南·朴枝華·姜玉瑞·朴仁壽·權千同·孔億健 등과 같이 모여 酬酢詩吟하면서 풍류를 즐겼다는 것을 알 수 있다. '香徒'란 庶流들의 모임이란 뜻이지만, 여기 침류대에는 庶流만이 아니라, 車天輅·申欽·成汝學 등 士大夫 시인도 모여들었고, 이들은 서로 어울려 賦詩酬唱했다는 것이다. 이 '풍월향도'는 '洛社' '松石園 詩社' '七松亭 詩社' '竹欄詩社' 등 시사를 중심으로 전개되는 조선 후기 풍류회의 계기를 마련했다는 점에서 중요한 의미를 지닌다.

이런 기록들에 의거해 보면, 蔡洪哲의 '中和堂'이나 '海東耆老會'의 '雙明齋'처럼, 李摠의 '別墅'나 劉希慶의 '枕流臺'는 풍류가 펼쳐지는 '風流房'의 역할을 하고 있음을 알 수 있다. 즉, 시회가 베풀어지고 연행물이 披露되는 실제적 공간이 되고 있는 것이다.

위 예들의 경우 창작의 내용물은 당연히 '漢詩'였을 것이고, 이 한시들은 '詩唱'이나 '吟詠'의 형태로 演行되었으리라고 본다. 혼자서 지어 보는 경우라면, 눈으로 읽거나 속으로만 읊조려 보는 것으로 그칠 수도 있겠지만, 여럿이 모여 시회를 여는 상황이라면, 어떤 형태로든 참가인에게 자신의 작품을 披露했을 것은 당연하기 때문이다. 따라서, 이들 풍류회 경우도 창작자·실기인·향수인 3자가 일치하는 연행패턴을 보인다고 하겠다.

여타 시회의 경우도 거의 대부분 한시가 주류를 이루었겠지만, 여기에 부수적으로 '時調'도 곁들여 읊어졌을 가능성을 완전히 배제할 수는 없다고 본다. 조선 전기의 시조작자는 대개가 漢詩創作 능력이 있는 사대부층이었다고 볼 때 시회가 베풀어지는 場에서 시조도 아울러 지어졌을 가능성은 충분히 상정해 볼 수 있는 것이다. 그렇다면, 이 때의 시조는 어떤 양식으로 연행이 되었을까? 물론, 시조는 歌이다. 즉, 가곡창이든 시조창이든 노래로 불려졌고 각 가집에는 曲調名이 표기되어 있다. 그러나, 가집을 보면 고려말 지어진 시조에도 곡조명이 부기되어 있는데 그렇다고 해서 그 시조가 지어질 당시에 그 곡조대로 불리운 것이라고 할 수는 없다.

시조가 唱되었다는 구체적인 기록 중 시대가 앞서는 것으로 농암 이현보 (1467-1555)의 <漁父短歌> 5장을 들 수 있는데, 기존의 어부사를 축약하여 長歌는 '詠'하고, 短歌는 '唱'했다는 내용이 있다.

> …余自退老田間 心閑無事 裒集古人觴詠間 可歌詩文若千首 教閱婢僕 時時聽而消遣 … 一篇十二章 去三爲九 作長歌而詠焉 一篇十章 約作短 歌五闋 爲葉而唱之 合成一部新曲…   -<聾岩漁父歌>, 自跋-

농암의 이 <어부단가>에 대한 이황의 跋文에도 '(농암 선생) 短歌 5장을 侍兒에게 연습시켜 노래부르게 했다'는 내용이 있는데, 그렇다면 농암이 10장을 축약하여 5장으로 만들어 '爲葉而唱之'했다고 했을 때의 '唱'은 어떤 양상일까? 시조음악의 발전·분화과정에 비추어 볼 때,[20] 그리고 '爲葉而唱之'의 '葉'은 慢大葉·中大葉·數大葉의 '葉'과 같은 의미로 해석할 수 있다고 볼 때, 歌曲唱이었다고 추정해도 될 것이다.

그렇다면, 고려말 시조발생부터 이 기록에 나타난 시기 이전까지의 시조의 연행형태는 어떤 것이었을까? 문헌상 기록이 없기 때문에 추정을 할 수밖에 없는데, 아마도 일반 한시의 吟詠이나 詩唱의 형태와 거의 비슷하거나, 歌曲의 원형이 되는 慢大葉·中大葉·數大葉 중 가장 느려서 가장 먼저 없어진 慢大葉에 가까운 형태가 아니었을까 추정해 볼 수 있다.

이같이 吟詠이나 詩唱, 혹은 초기 시조가 불려진 '어떤 형태' 등을 演奏형태의 일환으로 본다면 풍류회에서 연행되는 내용물이 한시이건 시조이건, 작품 창작자—앞서 창작자도 음악인으로서의 창작자와 문학인으로서의 창작자로 나눈 바 있는데 이 경우는 후자이다—는 자기 작품을 披露하는 實演者가 되는 동시에

---

20) 張師勛, 『時調音樂論』(서울대학교 출판부, 1973), 27-29쪽.

다른 사람의 것을 듣고 즐기는 聽者 혹은 향유자가 되는 셈이다. 그리하여, 시중심의 풍류회에서는 대개가 '창작자=實技人(실제 연주자)=향유자'의 관계가 형성되는 것을 특징으로 한다.

조선 전기의 풍류회는 이처럼 詩會가 주류를 이루었지만, 드물게는 다음 鄭斗卿·洪萬宗·任有後·金得臣·洪錫箕의 풍류회와 같이 詩와 歌樂이 동일한 場에서 거의 같은 비중으로 전개되는 경우도 전혀 없지는 않았다.

> (a) 余髮未燥己嗜詩 猥爲鄭東溟斗卿所獎愛 嘗呼余爲敬亭山 盖相看不厭之意也. 曾於戊申間 抱痾杜門 一日東溟來問 任休窩有後 金柏谷得臣 亦繼至 皆不期也. (b)余於是設小酌 致數三女 樂以娛之. 酒半 溟老 乘興擧酌曰 丈夫生世 韶華如電 今朝一懽 可敵萬鍾 休窩 卽唫一絶曰…중략…(c)東溟曰 蘭亭之會賦者賦 飮者飮 今日之樂 亦可以歌者歌 舞者舞. (d)吾請歌之仍作短歌 揮手大唱 仍破顔微笑 素髮朱顔 眞酒中仙也.…중략…(e)洪晚洲錫箕 後至連倒三杯 携起柏谷 蹲蹲而舞.
>
> -『靑丘永言』鄭斗卿 作品 後序-

이 기록은 홍만종이 鄭斗卿의 시조작품 뒤에 序한 글인데 여기서 풍류회의 여러 성격에 관한 많은 것을 읽어낼 수 있다. 첫째로는, 이날의 모임은 사전에 어떤 기약 없이 이루어진 것이고, 홍만종·정두경 두 사람은 '相看不厭'의 '敬亭山'이라고 부르는 절친한 관계라는 사실로 미루어, 兩人을 중심으로 하는 이런 풍류회가 一回的인 것이 아니었음을 알 수 있다(a부분). 둘째, '設小酌 致數三女 樂以娛之'라든가 홍만종의 '請歌'에 정두경이 '作短歌 揮手大唱'하고 뒤를 이어 金得臣·洪錫箕가 춤을 추었다는 점으로 미루어 순수한 詩會는 아니었고, 詩와 歌樂과 舞가 어우러진 풍류놀음이었다는 사실을 지적할 수 있다(b, d, e부분). 그리고 이 때 妓女를 부른 것으로 보아(b부분), 정두경의 시조는 妓女의 管絃伴奏에 실어 부르는 歌曲唱이었다는 점도 아울러 짐작할 수 있다.

셋째, 이들은(특히, 정두경은) 자신들의 모임을 王羲之를 중심으로 하는

'蘭亭之會'에 비유하고 있음을 알 수 있는데(c부분), '난정회'의 성격을 검토
해 봄으로써 이 모임에 참가한 이들의 연행의식의 일면을 엿볼 수 있다. 난
정회 모임에 대해 왕희지 자신이 序한 글을 보면,

> 永和九年 歲在癸丑 暮春之初 會于會稽山陰之蘭亭 修禊事也. 群賢畢至
> 少長咸集 此地有崇山産峻嶺 茂林修竹 又有清流激湍 映帶左右 引以爲流
> 觴曲水 列坐其次 雖無絲竹管絃之盛 一觴一詠 亦足以暢敍幽情.
>
> -『晋書』列傳, 「王羲之傳」-

라 하였는데 '無絲竹管絃之盛'의 대목으로 미루어, 비록 그 모임이 호화의
극을 다하기는 하였으나 관현사죽이 갖추어지지 않은 순수 詩會의 성격이었
음이 드러난다. 이로 볼 때, 정두경이 자신들의 모임을 순수시회인 난정회에
비유한 것은, 斯文의 신분으로 술에 취해 노래를 '唱'한다는 것에 대한 자
괴감의 발로가 아닌가 추측할 수 있다. 즉, 비록 춤추고 노래하고 해서 양반
사대부의 正道에서 벗어나기는 하였지만, 어디까지나 이 모임은 賦詩에 비
중이 두어져 있다는 점을 암암리에 강조했다고 본다. 비록 시와 歌舞가 어
우러지는 자리이기는 하나, 자신을 '音樂人' 아닌 '文學人'으로 의식하고 있
음이 드러나는 것이다.

여기서 정두경은 시조 두 편을 지어 불렀는데, 그렇다면 풍류집단 성원으
로서의 그의 역할은 '창작자'와 '실제 연주자'를 겸하는 양상이라고 할 수
있다. 한 사람이 양자의 역할을 겸하지 않는다는 점이 바로 조선 전기 풍류
집단의 특징이라 하겠는데, 이런 전체적인 시대흐름 속에서 위와 같은 풍류
상은 드문 예이고, 대개는 음악적 관심이 개인적 취미의 차원으로 그친 예
가 대부분이었다. 古人의 시문 가운데 노래부를 수 있는 것을 골라 家婢들
에게 노래부르게 했던 李賢輔나 도산12곡을 지어 '使兒輩 朝夕習而歌之'
한 이황처럼 自·他의 詩를 音樂化해보는 데 관심을 가진 경우도 있었고,
정철이나 윤선도 등도 詩의 음악화에 관심을 갖은 대표적인 인물들이라 할

수 있으며, 또 樂器를 다루는 사대부도 더러 있었으나 이같은 음악적 관심이 전문화·집단화로 나아가지 않고 餘技나 취미 차원으로 머물고 말았다는 것이 조선 전기 풍류상의 한 특징이라고 할 수 있는 것이다.

'漢詩'를 중심으로 한 시회가 양반문화의 일부로서 그렇게도 성행했던 것과는 달리, 음악회적 성격의 풍류회가 활성화되지 못하고 개인적 차원으로 머무르고 만 것은, 그들이 거기에 의미와 비중을 두지 않았다는 것 그리고 평생 추구할 만한 가치가 있는 것이 아닌 '여기' '취미' 정도로 인식했다는 것을 말해 준다. 또한, 예능인에 대한 사회적 인식이 낮았다는 점과, 私的으로 歌婢를 두어 음악적 욕구를 충족시킬 수 있었다는 점도 집단중심의 歌樂活動이 활성화되지 않은 이유로 거론될 수 있을 것이다.

4. 朝鮮 後期의 風流會

조선 후기의 풍류방예술 및 풍류집단의 양상은 전 시대와 비교해서 여러 면에서 뚜렷한 차이를 보인다. 먼저, '詩會' 성격의 풍류회와 '音樂會' 성격의 풍류회 양쪽 모두 활발한 활동을 보인다는 점을 들 수 있다. 전자는 조선 후기에 들어와 활발한 움직임을 보이는 '詩社'의 조직을 통해, 후자는 '歌壇'을 주축으로 전개된다. 특히, 후자의 경우는 풍류방예술의 전형적 특징을 그대로 보여주고 있어 시가사의 전개에 중요한 의미를 지닌다.

물론 어느 풍류회나 시와 음악이 어우러지는 것은 일반적인 양상으로 이해할 수 있지만, 그 모임의 참여자들의 인식태도-즉 문학인으로서 참여하는가 음악인으로 스스로를 인식하는가-에 따라 어느 한 쪽에 비중이 두어지게 마련이고 이런 성향을 바탕으로 시중심의 풍류회, 음악 중심의 풍류회 등의 구분을 하는 것이다. 음악회성격의 풍류회라 할지라도 참여자는 歌客만이 아니요, 風騷人으로 표현되는 詩客, 금객, 묵객들이 포함된다. 이 중 주축이 되

는 것은 가객이요, 조선 후기 풍류집단의 독특한 한 부류인 이들 '歌客'은
자신들을 文學人 아닌 音樂人으로 인식하고 있다는 점에서 다른 시대의 풍
류인들과는 구분된다.

그러면 먼저, 歌樂活動을 중심으로 한 풍류집단의 풍류상부터 살펴 보자.
이 시기의 가단의 조직과 각 가단의 성격, 조선 후기라도 18세기와 19세기
가 보여주는 차이, 金天澤·金壽長·朴孝寬·安玟英 등 가단조직의 주축이
되는 인물들에 대한 개별적 연구 등은 기왕의 연구업적과의 중복을 피하기
위해 생략하기로 하고, 여기서는 '풍류방예술'로서의 면모, 그리고 그 주역
들·담당자들로서의 '풍류집단'이 풍류회에서 행하는 역할을 '創作者' '實際
演奏人' '享有者'로 구체화하여 살피는 데 중점을 두고자 한다.

조선 후기에는 金天澤을 중심으로 하는 '敬亭山歌壇', 金壽長을 중심으
로 하는 '老歌齋歌壇', 朴孝寬·安玟英을 주축으로 하는 '昇平稧' '老人
稧', 金天澤과 거문고의 명인 金聖器가 맺은 '峨洋의 稧' 등 수많은 풍류
조직이 있었는데, 이외에도 '稧會' 성격의 풍류조직이 많았다고 하는 것은,

> 友臺老人 結稧作會於弼雲三淸之間 而許多稧會 不過四五年無痕 而獨
> 老人稧 繼承幾百年…   -『金玉叢部』, 通番 68 跋-

의 내용으로도 충분히 짐작할 수 있다. 그런데, 여기서 다른 계회들은 다 없
어졌는데 '유독 老人稧만이 수 백년간 이어져 왔다'는 내용은 특별히 주목
할 필요가 있다. 이것은 安玟英이 '노인계'를, 고려부터 성행하기 시작한
'耆老會'를 계승한 것으로 인식하고 있다는 근거라고 하겠다.

이런 풍류조직에 직접·간접으로 참여하고 있는 사람들을 보면, 歌客·琴客
등 음악인은 물론이요 詩客(주로 風騷人이라는 말로 표현됨)도 포함되어 있다.

孫約正은 점심을 츠리고 李風憲은 酒肴를 장만ᄒ소/거문고 가야금 嵆琴

琵琶 笛觱篥 杖鼓 舞鼓 工人으란 禹堂掌이 드려오시/글짓고 노리부르기
와 女妓花看으란 내 다 擔當ㅎ옴싴

沈陜川鏞 疏財好義 風流自娛 一時之歌姬琴客酒徒詞朋輻湊並進 歸之
如市 日日滿堂 凡長安宴遊 非請於公則莫可辦也.   -『靑邱野談』 1권-

庚辰秋九月 雲崖朴先生景華 黃先生子安 請一代名琴 名歌名姬賢伶 遺
逸風騷人於山亭…   -『金玉叢部』, 通番 178 跋-

첫 번째 인용을 보면, 풍류놀음에는 '노래하는 것'뿐만 아니라 '글짓기'도
포함됨을 알 수 있고, 두 번째의 '詞朋'과 세 번째의 '風騷人'은 詩客을 칭
하는 것임을 고려할 때, 조선 후기 풍류모임들의 성격이 꼭 '音樂會'로 한
정되는 것만은 아니었음을 알 수 있다. 본고에서 말하는 '풍류집단'에는 가
객·금객·시객 외에도 '歌妓'나 경제적·신분적 후원을 하는 패트런까지
포함된다.
시조 작품 가운데서 이들의 풍류놀음을 상세히 표현해 내고 있는 것이
많은데 金壽長을 중심으로 벌어진 풍류놀음의 한 예를 들어 보면,

노릐갓치 죠코 죠혼줄을 벗님네 아돗든가/春花柳 夏淸風과 秋明月 冬雪
景에 弼雲昭格蕩春臺와 漢北絶勝處에 酒肴爛漫ㅎ듸 죠혼 벗 가즌 嶷笛
아름다온 아모가히 第一名唱들아 次例로 벌어안ㅈ 엇결에 불을쩍에 中한
님 數大葉은 堯舜禹湯文武갓고 後庭花樂時調는 漢唐宋이 되엿는듸 搔
聳이 編樂은 戰國이 되야이셔 刀槍劒術이 各自騰揚ㅎ야 管絃聲에 어리
엿다/功名도 富貴도 나 몰래라 男兒의 이 豪氣를 나는 죠화ㅎ노라

풍류방의 역할을 하는 '蕩春臺'를 무대로 기량이 뛰어난 名唱과 琴客들
이 모여들어 '노래잔치'를 벌이는 장면이 구체적으로 묘사되고 있다. 작품
내용으로 볼 때 그 노래잔치는 '戰國'의 형세로 비유되고 있어 '競演'의 성

격을 띤 것임을 짐작할 수 있다. 또한, 數大葉을 비롯한 歌曲 曲調名이 등장하고 있어 여기서 연행되는 음악은 歌曲임이 드러난다. 金壽長의 또 다른 작품,

> 名妓歌伴 期會ᄒ야 細樂을 前導ᄒ고 水陸珍味 五六駄에 金剛山 도라 들어…山映樓에 놀라안ᄌ 花煎에 點心ᄒ고 伽倻ㅅ고 거믄고에 가즌 嵇笛 섯겻는듸 男歌女唱으로 終日토록 노니다가…

도 비슷한 양상을 보여준다. '名妓' '歌伴'들과 풍류회를 갖기를 기약하고, '山映樓'라는 풍류공간에서 온갖 악기와 男女 唱者들이 어우러져 즐거운 풍류놀음을 벌이는 모습이 그려져 있다.

이 작품들에서의 '탕춘대'나 '산영루'와 같은 구실을 하는 공간으로 작품이나 기타 기록 속에 빈번히 등장하는 것이 雲崖 朴孝寬의 '弼雲臺 山房'이다. "仁旺山下 弼雲臺ᄂ 雲崖先生 隱居地라"로 시작되는 安玟英의 시조를 비롯하여, 그의 <梅花詞> 말미마다 그것이 '雲崖山房'에서 지어진 것임을 명시하고 있음을 볼 때, 이 역시 19세기 풍류집단의 중요한 활동무대 즉, '풍류방'이 되고 있음을 알 수 있다. 특히, 조선 후기 필운동 일대는 中人層 집단거주 지역으로서, 당시의 수많은 詩社와 위항시인의 활동무대였던 점을 아울러 감안하면, 필운동 일대는 조선 후기 예술의 발상지라 해도 과언이 아니다. 한편, 18세기 '老歌齋歌壇'의 중요한 활동무대가 되는 곳은 金壽長의 '老歌齋'였다.

> 老歌者 卽堯時 擊壤之曲 吾友金君子平 自少至老 以歌名當世 遂以老歌名其齋… -『海東歌謠』 附 『靑邱歌謠』 중 「老歌齋記」, 金時模書-

이렇듯 누대나 재각 등 풍류방 역할을 하는 장소에는 당대 풍류인들이 모여 音樂으로써 교유하며 遊興을 즐기고 競演을 벌이기도 하며 때로는 習

樂을 하거나 後進을 양성하기도 하는 등 전반적인 가악활동과 가악발전의
터전이 되었다고 할 수 있다. 그러나, 金天澤을 축으로 하는 '敬亭山歌壇'
의 경정산은 실제 풍류가 펼쳐지는 공간이 아니라 단지 상징적 의미를 지니
는 것이기에[21] 풍류조직의 이름은 될 수 있을지언정, 풍류방으로서의 호칭
은 될 수 없다.

조선 후기 이런 풍류모임에서 주로 연주되는 음악은 '歌曲'이 주류를 이
루었으나 18세기적 양상과 19세기적 양상은 다소 차이를 보인다. 19세기에
는 당시 가악계의 핵심인물이었던 安玟英이나 영향력있는 패트런이었던 대
원군이 판소리 명창들과도 교유함에 따라 '판소리의 風流房化' 양상이 전개
되는 것이다(이 점은 뒤에서 다시 언급하기로 한다).

그러면, 이제 이들 풍류집단의 성격을 歌客 · 琴客 · 詩客 등과 같이 각각
專門으로 하는 藝術分野에 따라 분류하지 않고, 연행에서 행하는 역할에
따라 '創作者' '實際 演奏人' '享受者'로 나누어 풍류의 연행양상을 검토해
보자. 우선, 金天澤을 예로 들어보면,

> 南坡金君伯涵 以善歌名一國精於音律 而兼攻文藝 旣自製新翻 畀里巷
> 人習之 因又蒐取我 東方名公碩士之所作 及閭井歌謠之自中音律者數百
> 餘関 正其訛謬 裒成一卷 求余文爲序 思有以廣其傳 其志勤矣.
>
> -『靑丘永言』序, 鄭來僑-

여기서 특히 주목할 부분은 '旣自製新翻'과 '旣善歌 能自爲新聲'라는 대
목이다. 新翻이나 '新聲' '新曲'은 모두 시조를 말하는 것인데, '新翻을 지
었다'는 것은 노랫말 즉, 시조시를 지었다는 것이요, '新聲을 할 줄 안다'는
것은 唱을 할 줄 안다는 의미로 해석할 수 있다. 그렇다면, 전자는 창작자
로서의 면모를, 후자는 實技人으로서의 면모를 나타낸다고 하겠다.

---

21) 원래는 중국에 있는 산 이름으로 그 산 위에 '敬亭'이 있다고 한다.

　위에서 드러나다시피, 金天澤은 창작자·실기인의 역할뿐만 아니라 전해 내려오는 수백 편의 가요를 '蒐集'하고 가집으로 '編纂'하여 후세인들에게 '전파'시키는 역할도 아울러 행했다는 것도 주목해야 할 것이다. 이같은 수집·편찬·전파 및 나아가서는 '風化之一助'를 하는 역할은 창작자나 실기인의 역할과는 구별되는 '享受者'의 면모라고 해야 할 것이다. 향수자 가운데서도 단지 披露되는 연행물을 즐기고 감상하는 '수동적·소극적' 향수자가 아닌 '능동적·적극적' 향수자의 면모를 보여주는 것이 아닐 수 없다. 이같은 '능동적 향수자'의 면모는 김수장이 『海東歌謠』를 편찬하면서 金天澤이 지은 歌曲을 '修正作譜'했다는 기록이나(『海東歌謠』 所載 金天澤 作品跋) 安玟英이 수집한 수 백 편의 작품이 朴孝寬의 교정을 받아 첨삭·윤색이 가해진 후 完璧을 기하게 됐다는 기록(『歌曲原流』 周翁 自序)으로 미루어 볼 때, 김수장이나 박효관이 행한 '修正'의 작업은 수집·전파에 못지 않은 '능동적·적극적' 享有行爲로 규정해도 좋을 것이다. 한편, 物心(경제적)의 지원을 겸하는 패턴 역시 능동적·적극적 향수자라 할 수 있겠지만, 바로 위에서 언급된 경우는 藝術行爲의 범위 내에서 발휘되는 능동성이라는 점에서 그 의미가 다르다.

　이같은 창작자에 버금가는 적극적 향수자로서 주목해야 할 인물은, 安玟英의 작품 속에서 수없이 등장하는 '石坡大老'(대원군)와 '又石公'이다. '당시 石坡大老와 又石公이 音律에 정통하여 그를 위해 周翁이 많은 新歌를 지었다'(『金玉叢部』, 朴孝寬序)고 하는 기록이나,

　　　仁旺山下 弼雲臺ᄂᆞᆫ 雲崖先生 隱居地라…이쩌의 太陽館又石公의 歌音이 皎如ᄒᆞ여 遺逸風騷人과 名姬賢伶을 다 모하 거느리고 놀마다 즐기실 졔…

와 같은 작품을 보면, 이들이 직접 시조를 짓거나 唱을 하지는 않았지만 상

당한 예술적 소양을 지닌 예술애호가들이었을 알 수 있다. 특히, 대원군은 이들에 대한 경제적 지원과 예능인에 대한 사회적 신분을 보장하는 영향력 있는 패트런이었다.

> 雲峴宮後園 有太乙亭泳樂池 池邊有古松 蕃衍于庭中 乙亥春親臨時 賜金環一雙懸之.

위 기록은 安玟英의 작품(『金玉叢部』通番40) 말미에 그 노래가 지어진 배경을 설명해 놓은 것인데, 대원군이 친림하여 금가락지 한쌍을 주었다고 하는 것은 풍류객에 대한 금전적 지원의 일환이라고 할 수 있다.

> 沈陜川鏞 疏財好義 風流自娛 一時之歌姬琴客酒徒詞朋輻湊並進 歸之如市 日日滿堂 凡長安宴遊 非請於公則莫可辦也…於是 歌妓琴客 盡其平生之技藝 終日遊衍 西路之歌舞粉黛 頓無顔色 當日席上 巡相以千金贈京妓 諸宰又隨力贈之 幾至萬金 沈公趺宕一旬而還 至今 爲風流美談.
>
> -『靑邱野談』1권-

위의 '심용'이라는 사람도 당대의 유명한 풍류객으로 손꼽히는 인물이다. 당대의 이름난 풍류객들이 심용의 인솔로 어느 회갑연에 참석하여 최대의 기량을 발휘하여 그 대가로 千金을 받았고 이 일이 風流美談이 되었다는 내용인데, 이 역시 영향력 있는 패트런이 예능인들의 금전적 융통에 큰 역할을 하였음을 말해 준다.

이들 영향력 있는 패트런과의 교유는 금전적 지원뿐만 아니라, 예능인들의 신분을 보장하고 어느 정도의 사회적 지위를 상승시키는 데 한 몫을 했다고 보여진다. 대원군은 대단한 예술애호가로서 판소리도 즐겨 들은 것으로 나타나 있는데, 이처럼 歌曲과 판소리는 격이 다른 예술-환원하면 가곡은 풍류방예술이지만 판소리는 民俗樂的 판놀음예술-이었지만, 영향력 있는 패트런에

의해 공통적으로 향유됨으로써 상호 교유하는 계기가 마련되었을 것으로 추정할 수 있다.[22]

특히, 판소리 廣大들의 경우 이런 양상은 더 극명히 나타난다고 하겠는데, 당시 歌客들보다 격이 낮게 인식되었던 판소리 광대들이 상층 패트런이나 중인층 가객들과 교유함으로써 그들에 대한 사회적 인식뿐만 아니라, 판소리 장르까지도 귀족화·고급화되는 계기가 된 것이다. 이러한 현상을 '판소리의 풍류방에의 進入' 혹은 '판소리의 風流房藝術化'로 표현하고자 한다.

이처럼 영향력 있는 향수자들은 장르간의 착종, 이질적인 풍류집단 간의 교유를 가능케 했을 뿐만 아니라, 작품창작이나 작품내용의 變改까지에도 영향력을 행사함으로써 '準創作者'로서의 면모를 보이기까지 한다.

　　…躬攝律呂 調以正之 鍊以精之 使後來之人 皎然無疑 是豈非千載一時
　　也歟 余不禁作興之思 不避猥越 乃與碧江金允錫君仲相確 而作新翻數関
　　詠歌聖德…　　　　　　　　　　　　　-『歌曲原流』, 安玟英 自序-

위로는 국태공 석파대로가 있어 음률에 밝고 또한 태평성대를 만났으니 이같은 천재일우의 기회에 시조를 지어 바치고 싶은 마음을 금할 길 없어 新翻 여러 関을 지어 성덕을 노래하고자 한다는 내용이다. 안민영의 작품 중에는 頌禱的 내용을 담은 것이 많은데, 이런 작품들은 바로 향수자의 존재가 창작의 계기를 마련하고, 작품내용까지 결정하게 된다는 것을 반영한다. 또한, 安玟英의 기록 중에는(『金玉叢部』 通番92 跋) '又石公이 三數大葉을 지으라고 명해서 이 작품을 짓는다'(又石尙書 命我以口圖東人爲頭作三數大葉 故構成焉)는 내용이 있어, 이들이 가객들에게 노래 내용을 주

---

22) '余於壬寅秋 與禹鎮元 下往湖南淳昌 携朱德基 訪雲峰宋興祿 伊時申萬燁金啓
　　哲宋啓學 一隊名唱 適在其家 見我欣迎矣 相與留連 跌宕數十日…'(『金玉叢部』
　　通番141, 跋)와 같은 기록은 당시 안민영같은 중인층 가객과 판소리 명창들의 교유를
　　말해 주는 근거가 된다고 하겠다.

문하기도 한다는 것을 알 수 있다.

지금까지는 주로 풍류집단의 創作者 역할, 향수자 역할을 중심으로 살펴보았는데, '實技人' 즉 실제 연주를 담당한 사람들도 간접적으로 작품 내용에 관여했을 가능성이 있다고 본다. 향수인에도 단순히 감상이나 즐기는 '수동적·소극적' 향수인이 있는가 하면, 작품창작에 직접적으로 관여하거나 내용의 변개·첨삭에도 간접적인 영향력을 행사했던 '능동적·적극적' 향수인이 있었던 것과 마찬가지로, '實技人'도 단지 남이 지어놓은 노랫말을 수동적으로 唱하기만 한 연주자도 있고, 노랫말 개사나 변개에도 관여한 능동적 실기인도 있었으리라고 보아진다. 후자의 경우라면 부르다가 노랫말이 음률에 잘 안 맞는 부분이 있으면 개사·첨삭하기도 했으리라 추정할 수 있다. 이런 점에서, 김천택이나 김수장·박효관·안민영·김성기 등은 노랫말 창작자인 동시에 뛰어난 실기인이기도 했던 대표적 인물들이라고 하겠다. 음악과 문학은 相隨相制의 관계에 있고 音律을 아는 사람이 노래말을 짓거나, 어느 정도 詩文의 교양이 있는 사람이 실제 연주를 행할 때 한층 훌륭한 예능인이 될 수 있었으며, 또 이런 사람들만이 '風流客'이라는 호칭을 얻을 수 있었던 것이다.

이같은 '音樂'을 중심으로 한 '集團的' 가악활동 양상은 조선 전기에는 볼 수 없었던 현상이다. 우선, 조선 전기는 시중심이었고, 음악중심인 경우는 개인적 취미활동으로 그쳤을 뿐 집단화되는 데까지는 나아가지 않았던 것이다. 또한, 창작인이 실기인을 겸하는 것도 조선 후기의 특징으로 파악할 수 있다. 이들, '창작자=실기인=향수자'의 성격을 가지는 풍류집단은 스스로를 '音樂人'으로 인식하고 있었고 이 분야에서 전문인이 되기 위해 피나는 노력을 했다는 점23)이 기록의 편린들 속에서 드러난다. 즉, 그들은 '專門的 音樂人'으로서의 의식에 철저했던 것으로 보이며 이 역할에 상당한 자

---

23) 金時模가 쓴 「老歌齋記」를 보면, 김수장이 본디 家勢가 빈한함에도 불구하고 불철주야 쉬지 않고 노래연습을 했다는 내용이 있다.

부심을 가졌던 것으로 나타나, 이런 점들이 조선 후기 가악중심의 풍류회를 활성케 한 근본적 요인이 되었다고 생각된다.

이런 점들을 종합해 볼 때, 조선 후기 풍류회의 특징은 '專門歌客의 등장'으로 설명하기보나는 오히려, 창작인이 실기인을 겸하는 양상이 보편화됐다는 것으로 설명하는 쪽이 좀 더 타당성이 있지 않을까 생각한다. 왜냐면, 專門唱者라면 고려조부터 조선 전기까지 사대부들의 私家에 두어졌던 '聲妓' 혹은 '歌婢'가 엄연히 존재하기 때문이다.

이상, 歌樂活動을 중심으로 하는 風流集團외에도 詩 중심의 풍류집단의 움직임에서도 특징적인 면을 발견할 수 있으니, 그것은 '詩社'를 중심으로 한 詩作活動이 활발하게 펼쳐졌다는 점이다. 그 대표적인 것으로 千壽慶을 중심으로 한 '松石園詩社' 丁若鏞을 중심으로 15인이 모여 조직한 '竹欄詩社', 純祖代의 池錫觀이 조직한 '七松亭 詩社' 등을 들 수 있을 것이다. 이들의 풍류상 및 전반적인 연행양상은 조선 전기의 일반 詩會 성격과 크게 다를 바가 없으므로 생략하기로 한다.

Ⅳ. 詩歌史的 맥락에서의 풍류방예술 · 풍류집단의 의미

시가사적 맥락에서 볼 때, 조선 후기는 여러 면에서 변모양상을 보여 특별히 주목되어 온 시기이다. 이 시기 문학의 특징으로서 흔히 지적되는 내용은, 시가장르간의 착종이 두드러진다는 점, 문학담당층이 확대된다는 점, 전문가객 · 평민가객이 등장한다는 것, 서민의식 대두에 따른 예술의 서민화 경향 등이었다.

본고는 문학작품이 어떤 구체적인 시간과 공간 속에서 披露되는 '演行'의 측면에 강조점을 두고, 연행이 이루어지는 공간에 따라 예술을 다섯으로 분류하여 그 중 '風流房'이라고 하는 독특한 연행공간에서 펼쳐지는 '풍류방예술'의 특성을 시가사적 맥락에서 조명해 보고자 하는 의도에서 전개되었다. 풍류방예술의 주역들을 '풍류집단'이라 할 때, 여기에는 가객·금객·시인·묵객은 물론 歌妓나 패트런까지 포함된다. 이 글에서는 지금까지 '문학담당층'이라고 뭉뚱그려져 이해되던 것을 '창작자' '실제 연주인' '향수자' 측면으로 나누어 그 성격을 규명하고 시대별 특성과 변모상에 주목해 보았다. 다시 창작자를 樂曲 창작자와 唱詞작자로 구분하고, 실기인도 歌唱者와 반주자로, 향수자도 단순히 듣고 즐기는 감상자와 패트런으로 나누어 살펴보았다. 그 내용들을 간추려서 정리해 보면 다음과 같다.

풍류방예술의 여러 요건들을 감안할 때, 그 원형으로서 제시될 수 있는 것은 고려조 '中和堂'을 중심으로 한 蔡洪哲의 풍류놀음임을 지적하였다. 그리고, 고려의 '耆老會'도 풍류방예술의 전형으로 자리매김되어질 수 있다는 점도 아울러 살펴보았다.

둘째, 조선 후기 시가의 변모에 관한 것 중 '서민화 경향'에 관한 것인데, 풍류집단의 활동상을 시대적으로 개관한 결과 서민화의 내용은 작품내용(즉, 노랫말)이 서민화됐다는 것과 작자층의 신분이 중인이나 서민까지 확장됐다는 의미에 국한시켜야 한다는 것을 지적하고 싶다. 음악면에서 본다면 오히려 정악중심의 고급화, 귀족적 雅正性에 대한 추구가 어느 시기보다도 강하였고 그것이 풍류방예술의 한 특징이 된다고 볼 때, '서민화'라는 말의 지시범위를 분명히 해야 할 필요가 있는 것이다. 이런 점에서, 진정한 '서민문학'이란 탈놀이와 같이 '놀이판'을 무대로 펼쳐지는 판놀음예술이나, 민요같은 일터예술이라 할 수 있다. 작자층의 신분이나 작품내용에 서민적 요소가 강화되었다든가 하는 것을 살피는 것만으로는 부족하다고 본다. 연행의 場, 작자, 향수자, 음악이나 노랫말 등 연행물의 내용, 모임이나 집단 조직의 목적·지향성, 官이 아닌 민간주도의 집단성격 이런 면 전부에서 서민적일 때 비로소 '서민문학'이라는 말을 쓸 수 있다고 본다.

셋째, 이와 관련해서 '판소리'는 판놀음예술(혹은 서민예술, 민속악)의 전형이었던 것이, 대원군이나 우석공·심용과 같은 신분적·경제적 상위층과 교유함으로써 광대의 신분과 지위가 향상되고 따라서 脫庶民化 경향, 高級化·귀족화되는 방향으로 나아갔다는 점도 주목된다. 이 중개역을 했던 것이 풍류집단이며 풍류방이었다고 할 수 있고, 본고에서는 이 양상을 '판소리의 풍류방예술화'로 표현한 바 있다.

넷째, 전문가객의 등장이라는 말도 재고할 필요가 있다. 풍류방을 중심으로 전문가의식이 싹튼 것은 사실이지만, 풍류집단 가운데도 노래를 여기가 아닌 전문적으로 唱한 '聲妓'같은 존재가 그 이전에도 이미 있어왔다고 할 때 다른 관점에서 설명되어야 할 필요성이 제기된다. 私家에 두어졌던 歌婢가 아니라도, 관현방이나 교방 등 관의 행정 관할 하에 놓이던 여제자, 전문적 가기들, 악공들의 존재는 어떻게 해명되어야 할까? 그들은 연행에 있어서의 '專門家'이며, 신분상으로도 중인이하 천민층이라 할 때, 양반들의 전유물이던 문학이 평민층까지 확대되었다고 하는 설명은 모순을 노정할 수밖에 없다. 이런 문제점은, 담당층을 창작자, 실기자, 향수자로 세분하지 않고, 또 문학을 총체적 연행물로 인식하지 않고 다만 노랫말이라고 하는 문학적 측면만을 두고 논의를 전개하는 데서 빚어지는 것이라고 본다. 그리하여, 본고에서는 대부분의 풍류회에서 창작자와 향수인은 대개 일치한다고 보고, 그 전제하에서 창작자가 실기인을 겸하는 연행패턴과 양자가 일치하지 않는 연행패턴을 구분해 보았다. 조선 후기 풍류방예술의 시가사적 의미는 이 양자(구체적으로는 3자)가 일치하는 본격적·전문적 가악활동이 시작됐다는 점에서 찾아져야 한다는 것을 지적하였다.

다섯 째, 창작집단을 연행상황에 의거하여 셋으로 구체화해 본 결과 향수자에 포괄되는 패트런의 성격이나 음악적 취향에 따라 시조의 경우도 唱曲面·唱詞面에서 變改나 영향을 입을 수 있음을 알 수 있었다. 지금까지, 향수자를 의식하는 데 따른 작품 자체의 변화에 대해서는 주로 판소리를 중심으로 언급되어 왔다. 또 宮中舞樂化된 고려속요의 경우도 王이라고 하는 특별한 패트런으로 인해 변개나 첨삭이 이루어진 예지만, 이것은 궁중예술에 속하는 것이다. 풍류방예술 중 歌曲의 경우는 대원군이나 又石公 등 큰 영향력을 가진 사람들을 패트런으로 하고 있고 안민영이나 박효관은 그들과 직접적 교유를 함으로써 頌禱·祝壽를 내용으로 하는 작품들이 상당수에 이르는 것을 본다. 이처럼 작품 전체 내용의 방향뿐만 아니라, 부분적인 改詞나 添削 등의 가능성도 충분히 짐작할 수 있는 것이다.

여섯 째, '풍류방'(특히, 조선 후기)은 歌樂에 있어 '專門家意識'의 産室이기도 하다. 관현방이나 교방에 속한 女弟子·歌妓·樂工·伶人 등도 歌樂의 전문가로서 이해할 수 있지만, 조선 후기의 풍류집단처럼 스스로의 역할에 자부심을 갖고 전문가로서의 '意識'을 가졌는가는 별개의 문제라고 여길 때, 진정한 프로의식을 갖고 여기나 취미가 아닌 평생의 길로서 자처한 '쟁이의식'은 바로 풍류방에서 배태되었다고 할 수 있다.

일곱 째, 전반적으로 大衆化·俗化의 방향으로 나아가 '이질적인 것끼리의 뒤섞임'을 특징으로 하던 조선 후기 시가의 양상을 볼 때, 이같은 시대적 흐름에 역행하여 오히려 歌樂의 '純正性'과 '高級性' '貴族性'을 유지하고 고수하는 역할을 했던 공간이 바로 '풍류방'이었다고 하는 사실은 시가사의 흐름에서 간과될 수 없는 부분이라고 생각한다.

여덟 째, 시중심의 풍류회와 가악 중심의 풍류회로 나누어 보고, 고려조는 양자가 거의 같은 비중으로 전개된다고 할 수 있고, 조선 전기는 시중심의 풍류회(즉, 詩會)가 성행하고 음악에 대한 관심은 개인적 차원에 머물러 집단화되지 않는 특징을 지니며, 조선 후기는 가악 중심의 풍류회가 성행하였고 시회의 경우는 각종 '詩社'를 중심으로 활발한 움직임을 보이는 것을 특징으로 한다.

이 글은, 향가·고려가요·시조·歌曲·漢詩·판소리 등의 시가장르를 그것들이 성행한 시대별로 분절하여 살펴 왔던 지금까지의 시각과는 달리 한

줄기의 흐름 속에서 연계지어 파악하고자 하였다. 그 한 줄기의 흐름이라고 하는 것은 그 노래들이 펼쳐지는 '場'이나 '演行狀況'에 주목하는 것이었다. 특히 '풍류방'이라고 하는 연행의 場에 관심을 集注하여 풍류방의 특수한 성격을 규명해 보고 그 곳을 무대로 '풍류집단'에 의해 披露되는 양상을 시대적 흐름을 따라 조명해 보고자 하였다. 이 관점은 향가·고려가요·시조 하는 식의 시가장르별 단절성과, 신라시대, 고려, 조선 하는 식의 시대별 단절성, 또는 국문시가·한문시가 하는 문학매체별 단절성을 극복하려는 기본 입장을 표명한 것이다.

辛恩卿

전북 전주 출생
서강대학교 국어국문학과
한국학대학원 한국문학 전공(석사)
서강대학교 대학원 국어국문학과(박사)
우석대학교 국어국문학과(1994~2009)
우석대학교 교양학부(2010~현재)
일본 동경대학 비교문학·비교문화 연구실 visiting scholar
미국 하바드대학교 옌칭연구소 visiting scholar
미국 하와이대학교 한국학연구소 visiting scholar

〈논저〉
『辭說時調의 詩學的 硏究』(개문사, 1992)
『古典詩 다시읽기』(보고사, 1997)
『한국 고전시가 경계허물기』(보고사, 2010)
『대학생을 위한 교양한자』(보고사, 2008)
「『한시외전』과 『법구비유경』의 비교 연구」
「시화와 우타모노가타리의 비교 연구」
「동아시아 산·운 혼합담론의 시원으로서의 『춘추좌씨전』에 관한 연구」 등

풍류 -동아시아 美學의 근원-

1999년 12월 16일 1판 1쇄 발행
2014년 10월 20일 1판 5쇄 발행

저 자 신은경
발행인 김흥국
발행처 도서출판 보고사

등록 1990년 12월 13일 제6-0429호
주소 서울특별시 성북구 보문동7가 11번지 2층
전화 922-5120~1(편집), 922-2246(영업)
팩스 922-6990
메일 kanapub3@naver.com
http://www.bogosabooks.co.kr

ISBN 89-8433-021-3 93810

정가 23,000원